濟公傳

王夢吉　等著
楊宗瑩　校注
繆天華　校閱

中國古典名著

下

三民書局

國家圖書館出版品預行編目資料

濟公傳／王夢吉等著;楊宗瑩校注;繆天華校閱.——二版三刷.——臺北市：三民，2017
冊； 公分.——(中國古典名著)

ISBN 978-957-14-5032-2 (一套：平裝)

857.44 97003447

© 濟 公 傳 (下)

著作人 王夢吉等
校注者 楊宗瑩
校閱者 繆天華
發行人 劉振強
著作財產權人 三民書局股份有限公司
發行所 三民書局股份有限公司
地址 臺北市復興北路386號
電話 (02)25006600
郵撥帳號 0009998-5
門市部 (復北店)臺北市復興北路386號
(重南店)臺北市重慶南路一段61號
出版日期 初版一刷 1983年5月
二版一刷 2009年2月
二版三刷 2017年11月
編號 S 851860
上下冊不分售
行政院新聞局登記證局版臺業字第〇二〇〇號

ISBN 978-957-14-5032-2 (一套：平裝)

http://www.sanmin.com.tw 三民網路書店

回目

下冊

第一百四十一回　眾家人忠心護主　孫道全奉命救人

話說張士芳把棚槓講妥，開了兩個單子，都沒留定錢，四百銀子在他懷裡揣著，回來見安人。老太太就問：「孩子，你把棚槓都定妥了？」張士芳說：「姑母，不用你老人家分心，我辦事準得鮮明，咱們家裡搭棚，不能叫人家恥笑！我定的是搭過脊棚，都要起脊帶瓦擄，前後搭暖棚客座，兩個包細蓆，不漏木頭，滿帶花活，四面玻璃窗戶，要五色天井子，門口搭過街牌樓，起脊帶花，活紮彩子，有鼓手樓子，裡面餘口座，搭大花座，要五色綢子，紮月亮門，帶欄杆，月臺，有鋪地錦，靈前圈門滿月玻璃的，紮彩綢帶牌樓，周圍月臺，玻璃欄杆。這個棚，要叫別人講去，準得一千銀；我只八百兩講得，先省二百銀子。我辦事不能叫我兄弟回來抱怨！」老安人一個女流之輩，那裡懂的，只說：「不多，不多。」旁邊王孝站著，等他說完了，說：「張公子，你在誰家定的棚？」張士芳說：「天和棚鋪。」王孝說：「我也在天和棚鋪講的，照你所說的東西一樣不短，短一樣你別答應，可是四百兩講的。還告訴你說，你講槓多少錢？」張士芳說：「一千六百兩。」王孝說：「我講的八百兩，也跟你所用的東西一個樣。」張士芳一聽一楞，這小子真是口巧舌能，當時說：「姑母，你別聽他們的，他們打算把我拱開，他們好賺錢，沒有這麼便宜麼！」老太太一聽，咳了一聲說：「王孝，你們這是何必！我內姪他還能賺我的錢麼？你們去罷！」王孝一聽，老安人說他不能賺錢，自己一想：「我一片好心白費了！」賭氣轉身出來。

眾家人在大門洞裡坐著，一個個生氣。這個說：「張士芳這小子，狼心狗肺！」那個說：「就盼著咱們公子爺一回來，這小子就得滾開；省得他這裡充二號主人。」大家正在紛紛議論，只聽外面一聲：「無量佛！貧道閒遊三山，悶踏五嶽，訪道學仙。貧道乃梅花山梅花嶺梅花道人是。」眾家人一看，來了一位羽士黃冠，玄門道教，頭戴青緞九梁道巾，身穿寶藍緞道袍，青護領相襯，腰繫杏黃絲絛，白襪雲鞋，背揹一口寶劍，綠沙魚皮套，黃絨穗頭，黃絨挽手，手執一把蠅刷；面似淡金，細眉朗目，鼻直口方，三綹黑鬍鬚飄在胸前，根根見肉，真是仙風道骨，一表非俗！眾家人就問：「道爺來何幹？」老道乃答曰：「貧道乃梅花山梅花嶺梅花道人，正在洞中打坐，心血來潮，掐指一算，知道王善人有難，貧道腳駕祥雲，前來搭救。爾等到裡面通稟，貧道並不要分文資財，所謂了然功德！」家人一聽說：「道爺來救我們員外爺呀？」老道說：「正是。」王孝一聽，甚為喜悅，趕緊往裡飛跑。來到裡面，說：「安人大喜！」老太太一聽，說：「這東西混帳！員外爺堪可要死，你還說大喜！喜從何來？」王孝說：「現在外面來了一位老道，說是梅花山的神仙，他說能救員外，豈不是大喜？」張士芳一聽，趕緊就攔說：「你們那弄來的老道！妖言惑眾，卻不是來矇兩個錢。有銀子也不給他，趁早叫他快去！」王孝說：「人家老道說了，以為行好不要錢。」張士芳說：「你滿嘴胡說！他不要錢，莫非自己帶著鍋走？」王孝說：「人家自己說不要錢。」旁邊王全之妻董氏，可就說：「王孝，你把老道請進來，給員外瞧瞧也好。倘若瞧好了，真花一千兩，二千兩還花呢；瞧不好，可不能給他。」王孝說：「是。」立刻轉身，來到外面，說：「道爺，我家夫人有請！」老道點頭，大搖大擺，往裡就走。書中交代：來者老道，非為別人，正是黃面真人孫道全，奉濟公之命，前來搭救王安士，同雷鳴、陳亮來到海棠橋，叫雷鳴、陳亮在酒館等著。孫道全這才來到王員外門首，假充神仙，同家人來到裡面。張士芳一瞧，就說：「你這牛鼻子老道那來的？跑到這裡來冤人。」孫道全口念「無量佛」，說：「貧道不能跟你一般見識，我要來搭救王善人。」張士芳說：「你不用妖言惑眾，你知道老員外是什麼病？」老道說：「山人自然知道，我恐其說出來，有人難以在這裡站著，怕他臉上掛不住！」張士芳說：「你倒說說老員外是什麼病？」老道說：「王老員外乃是被陰人陷害！」張士芳說：「你滿嘴胡說！老員外素常待人甚厚，是一位善人，那個家人能害老員外？」老道說：「倒不是家人陷害，我出家人以慈悲為門，善念為本，說話要留口德，不能明說。常言道：『話到舌尖留半句，事從禮上讓三分。』」張士芳說：「老道你真是造謠言，倒是誰陷害老員外？」老道微然一笑說：「你真要問害老員外之人，乃是：男子之身，陰毒婦人之心；內宅之親，外姓之人。」

張士芳一聽這幾句話，臉上變顏變色。眾家人大眾一聽，都猜疑是他，「內宅之親，外姓之人」，不是他是誰？大眾明白，又不敢說，都拿眼瞧他。張士芳惱羞變成怒，說：「老道你不用信口胡說！你說有陰人陷害，有什麼憑據？」老道說：「那是有憑據，你把家人叫過一個來。」張士芳說：「叫家人幹什麼？王得祿過來。」老道說：「管家，你到老員外床底下，床板上摸，有個桃木人拿下來。」王得祿果然到床底下伸手一摸，說：「不錯，有東西。」立刻把桃木人拿下來，一看，其形跟人一樣，裡面有老員外的生辰八字。張士芳這小子，心中有愧，他溜出來了。直奔三清觀一見董太清。張士芳說：「董道爺，你這個方兒真靈，我姑父只打那一天就沒起來，昏迷不醒。我姑父要死，我就能張羅辦白事❶。」董太

❶ 白事：喪事。

清說：「總得七天，人才能夠死，不到七天是不行的。」張士芳說：「靈可是靈，白費了。」董太清說：「什麼？」張士芳說：「今天來了一個老道，是梅花山的梅花真人，他說能給王安士治病，他叫家人把桃木人給拿出來。他還說出害王員外的人，是『男子之身，陰毒婦人之心，內宅之親，外姓之人。』不是我是誰？他算沒明說我的名姓，我跑出來了。」董太清說：「我告訴你，勿論他是誰，他也救不了。我由那一天晚上，我做法把王安士的三魂拘來一魂，七魄拘來兩魄，我在這攝魂瓶裝著，他焉能好的了？」張士芳一聽，說：「雖然你把王安士的魂拘來，在攝魂瓶裝著。要據我想，這個梅花真人，必來找你要攝魂瓶！」董太清說：「他不來便罷，他如果真來，我先將他結果了性命。」張士芳說：「怕你不行！我瞧人家那個老道，真是仙風道骨，穿著藍緞子道袍，黃臉膛，三綹黑鬍子，比你闊的多，大概能為比你大，找你來要，你不給就許要了你的命！」董太清說：「你真是氣死我也！」正說著話，就聽外面一聲：「無量佛！」張士芳說：「是不是來了？」董太清一聽，氣往上撞，自己一想：「好老道，竟敢壞我的事！還敢找到我門口來。我給他個先下手的為強，後下手的遭殃。」想罷，由牆上把寶劍摘下來，手中擎著劍，氣哼哼往外直奔。一開門，舉劍剛要剁，一瞧不是梅花真人，見門外站定這個老道，身高八尺，膀闊三停，頭上挽著牛心髮纂，身穿青布道袍，腰繫絲縧，白襪雲鞋，肋下佩著一口寶劍，綠沙魚皮鞘，黃絨穗頭，黃絨挽手，肩擔一根扁擔，扁擔上有兩個包裹，面如刀鐵，兩道重眉，一雙眼賽如環，鼻直口方，押耳兩綹黑毫，短擁擁一部鋼髯，猶如鋼針，恰似鐵線，根根見肉。董太清剛要用寶劍剁，一瞧不是外人，趕緊把寶劍擎住，嚇得亡魂皆冒，急忙上前行禮。不知來者老道是誰？且看下回分解。

第一百四十二回　二妖道貪財施邪術　兩豪傑設計盜魂瓶

話說董太清拿寶劍出來，一瞧不是別人，正是他師兄張太素，由外面回來。董太清趕緊一行禮。張太素一瞧，氣往上沖，說：「好師弟，我教會了你能為，你會拿寶劍要殺我，這倒不錯！」董太清說：「師兄莫生氣，這內中有一段隱情。」張太素說：「什麼隱情？」董太清說：「師兄進來說。」張太素來到裡面，說：「怎麼一段事？」董太清說：「師兄，你教給我害人那個方法，還是真靈。現在我害了一個人。」張太素說：「害誰？」董太清說：「害永寧村的王安士。」張太素一聽，勃然大怒，說：「好，你害別人我不惱，你害王安士，我且問你，咱們廟裡兩頃香火地，誰施捨的？」董太清說：「王安士。」張太素說：「修蓋大殿，誰的銀子？」董太清說：「王安士。」張太素說：「緣簿誰給寫的？一年四季供燈油，誰供給？廟中吃的糧米，誰施捨的？」董太清說：「也是王安士。」張太素說：「你既知道都是王安士，他是咱們廟裡頭一家施主，你害他，你還有良心麼？」董太清說：「我倒不是要害他，是張士芳他叫我害的，許給我五百銀子。」張太素一聽，呵了一聲說：「既是五百銀子還罷了，殺人倒落兩把血呀！我只打算白害了人呢！這還可以。」張士芳先一聽要不好，這一提五百銀子，見張太素也是見財起意的強徒。張太素說：「你害人為什麼拿寶劍把我砍呢？」董太清說：「現在有一個梅花真人，把桃木人給去了。我只打算他來找我要攝魂瓶，我故此拿寶劍出去。這個老道要壞我們的事。」張太素說：

「不要緊，我教給你害人，七天準死。我還會叫他當天就死的法子。張士芳，你去買點應用的東西，今天晚上我管保叫王安士咽氣。明天張士芳你就辦白事。」

張士芳甚為喜悅，立刻把應用的東西買來。等到天有二鼓以後，星斗出全了，張太素在院中擺設香案，把包頭上紮頭繩解開，披散開頭髮，手中仗劍，燒上香，一禱告：「三清教主在上，保佑弟子張太素，把王安士害了；得張士芳五百銀子，我給三清教主掛袍，還願上供。」其實三清教主也不能為掛袍上供就保佑他害人，也沒有這不開眼的神仙。張太素禱告完了，畫了三道符，用寶劍尖一挑，點著，口中念念有詞。三道符燒完，老道一用寶劍，說聲：「太上老君急急如律令敕！」把攝魂瓶打開，立時就見：「一陣陣冷氣吸人，一聲聲山林失色；咕嚕嚕聲如牛吼，嘩啦啦進來一個；滴溜溜就地亂轉，原來是王安士魂魄。」一陣陰風慘慘，眼瞧老道就把魂魄收在攝魂瓶之內，用紅綢子一封，五色線一繫。兩個老道同張士芳來到西配房屋中。這屋裡靠西牆有條桌，頭前八仙桌，兩邊有椅子，兩個老道在椅子上一坐，把攝魂瓶放在條桌當中。張太素說：「張士芳，你不信，你去瞧去，你姑父此時咽了氣了。明天你辦白事，你可得給五百銀子；不給，我照樣收拾你。」張士芳說：「我焉有不給之理？」正說著話，就聽東配房後有人喊嚷：「我要上吊了。」張太素一聽，說：「賢弟你聽東邊有人喊嚷要上吊，你我去瞧瞧，焉有不管之理？」董太清說：「瞧瞧去，我聽聲音像東後院。」

說著話，兩個老道同張士芳出來，將門倒帶上，繞到東配房後一瞧。本來院裡有一棵樹，在樹上搭著一件大氅，見這人頭戴翠藍色六瓣壯士帽，藍翠箭袖袍，薄底靴子，白臉膛，俊品人物，正解下絲絛，搭在樹上拴套。口中自言自語：「罷了，人是生有處，死有地，閻王造就三更死，誰敢留人到五更！死了死了，萬事皆休。」老道一看，說：「朋友，你怎麼跑到我們院裡上吊來了？我們跟你無冤無仇，素不相識，你這可不必。」這人抬頭一看，說：「道爺不可見怪，我實不知道這廟裡有人，我只打算是空廟呢！我要知道有觀主，我天膽也不敢來攪擾。」老道一聽這人說話，很通情理，這才說：「朋友，你為什麼要尋死呢？我看尊駕，堂堂一表非俗，大概不致不明白，為何尋此短見？」這人咳了一聲說：「道爺要問，一言難盡！我本是鎮江人，保鏢為業。我保著二十萬銀子鏢，走在這東邊漫窪裡，不想出來一伙強盜，約有四五十人，把我截住，要劫鏢車。我一提我們鏢局子的字號，這些賊人也不懂場面，他們說，就是皇上從此路過，也要留買路金錢。我一動手，他們人多勢眾，我一人焉能敵得了！二十萬銀子被他們劫了去。我自己越想越沒路；有心回去，這場官司打不了，客人焉能答應？叫我賠，我那有銀子賠？我一想，莫如一死方休。」董太清說：「你家裡有什麼人呢？」這人說：「家中有白髮的娘親，綠鬢的妻子，未成丁的幼兒；母老妻單子幼。」老道說：「既是你家中有老母妻子，你要一死，家中一家子全絕了。依我勸你，你別想不開！你到本地衙門去報去，留下案底，你還是回去，你總是實有其事。客人不信，叫他到本地衙門來細查此案，客人不能夠要你的命，你想對不對？你快去罷，我也不讓你廟裡坐著了。今天我們廟裡有佛事。」這人點點頭，說：「多虧道爺開導我，我謝謝道爺。」立刻深施一禮，由樹上把大氅拿下來，立刻跳牆出去。

老道轉身往回走，剛來到院中，只見西配房屋中有一個人，紅鬍子，藍靛臉，正要盜攝魂瓶。老道一看，氣往上撞，說：「孽障大膽！」立刻把屋門堵住。書中交代：來者非是別人，正是雷鳴、陳亮。這兩個人打那來呢？原來孫道全在王安士家中把桃木人拿下來，王員外還是不能起來。眾家人就問說：

「仙長，你老人家看我家員外是什麼病？」孫道全說：「你家員外被人陷害，失了魂了，我得去給找魂去。」眾家人說：「好，道爺那裡找去？」老道說：「你們不用管我，今天晚上把你員外的魂給找來就好了。」眾家人說：「員外的病，只要你老人家救得了痊癒，準得好好謝你。」老道說：「我倒不要謝禮，所為了然功德。我要去找魂，晚上再見。」說罷，出了王宅，一直來到海棠橋酒館之內，雷鳴、陳亮兩人在喝酒等著呢。見孫道全來了，陳亮說：「師兄喝酒罷。」三個人吃喝完了，孫道全把雷鳴、陳亮叫到酒館以外無人之處。說：「二位師弟，師父有分派，叫你二人今天晚上直奔西邊那座三清觀，師父提說，那廟裡西配房屋中，條案桌上有一個瓶，叫攝魂瓶。咱們師祖王安士的魂，被那廟裡老道拘了去，擱在瓶裡。你二人去把瓶盜來，就把王員外救了。可千萬要小心，那兩個老道可不好惹，都會妖術邪法，你二人可要留神。」雷鳴、陳亮點頭，立刻往前走。雷鳴說：「三弟，咱們二個人，你盜我盜？」陳亮說：「二哥，你飛簷走壁之能，竊取靈妙之巧，比我強。講說口巧舌能，見什麼人說什麼話，機靈便，眼力健，我比你強。二哥，你盜瓶，我使調虎離山計，把老道調出來。」雷鳴說：「你怎麼使調虎離山的妙計呢？」陳亮說：「我沒準，瞧事做事，也許放火，也許裝神作鬼。」兩個人說著話，來到廟門以外。陳亮說：「二哥你在西邊，瞧著我打東邊使調虎離山計。」陳亮上牆一看：兩個老道在西配房裡，一間後院東首有一棵樹。陳亮這才嚷：「上吊。」雷鳴瞧兩個老道出去，他由房上下來，剛要進西配房。雷鳴又怕屋裡還有人，方才也沒問孫道全，他這廟裡有幾個老道。雷鳴心中一猶疑，又怕兩個老道回來撞上；他又到東邊來探探，聽兩個老道正與陳亮說話。雷鳴復反回來，剛要推門，又怕屋中有人，聽了一聽，才推門進去。兩個老道回來了，見雷鳴正要伸手拿攝魂瓶。董太清一聲喊嚷：「好孽障大膽！」

雷鳴一回頭，見老道已到門口，顧不得拿攝魂瓶，拉刀想要往外闖。焉想這張太素用手一指，竟把雷鳴用定神法定住，不知雷鳴性命如何？且看下回分解。

第一百四十三回　雷鳴智殺張太素　悟禪氣吹董太清

話說張太素用定神法把雷鳴制住，老道心中就明白了，說：「賢弟，方才白臉上吊的，是跟他一處的；一個是調虎離山計，一個來盜瓶，對不對？」董太清說：「有理。」立刻吩咐張士芳把雷鳴捆上。兩個老道坐下說：「你這廝好大膽量，竟敢前來盜攝魂瓶！你姓什麼？誰叫你來的？那個白臉使調虎離山計是誰？趁此說實話。」雷鳴說：「我一個人來的，那個白臉不認識。」張太素說：「誰叫你來偷盜攝魂瓶的？」雷鳴說：「我自己要來偷的。」張太素說：「你怎麼不偷別的，單偷我這瓶子呢？」雷鳴說：「做賊的瞧見什麼就偷什麼，我愛這瓶子，我就要偷。」張太素說：「你這廝大概不說實話，張士芳給我把繩棍拿來。我非打你，你也不說？」張士芳立刻把繩子拿來，張太素就把雷鳴的衣裳解開，用繩子沾水一抽。雷鳴破口大罵，叭叭叭一連就是數十鞭，打的雷鳴身上盡是傷。陳亮在外面等候多時，不見雷鳴出來，陳亮暗中一探，老道正打雷鳴。陳亮一看二哥捱打，心中難受！有心下去，又知道老道妖術邪法，不是老道的對手；不下去，瞧著二哥受這樣委屈，心中又不忍。陳亮真急了，一瞧大殿後面堆著許多乾柴，陳亮立刻掏出自來火，給把柴草點著，少時連大殿都著了。張士芳偶然看外面一亮，往外一瞧，大殿火起來了。張士芳說：「可了不得了！大殿著了火。」董太清一聽，先把桌上攝魂瓶揣起來，同張太素、張士芳出來，到後面打算救火。陳亮此時進去，把雷鳴揹出來，一直趕奔海棠橋。再回頭一看，三清觀烈燄飛騰，火光大作。

陳亮來到海棠橋，找著孫道全。孫道全說：「二位師弟把攝魂瓶盜來沒有？」陳亮說：「師兄，你看不但攝魂瓶沒盜來，我二哥被老道打了一身傷；我使調虎離山計，才救出來。咱們得找個地方，叫二哥歇歇，上點止痛的藥才好。」孫道全說：「這可到王宅去罷。」這才帶領陳亮，揹著雷鳴，來到王宅。先叫陳亮在旁邊等著。老道一叫門，管家王孝開門一看，說：「仙長來了，甚好。」孫道全說：「我有兩個採魂童受累了，要借你們書房歇歇，你等可別偷著瞧。」王孝說：「是了，我們躲開，你同著進去罷。」老道這才同著陳亮，把雷鳴揹到書房，擱到裡間屋中。叫雷鳴定定神，上了金瘡止痛散，把簾子落下。老道在外間屋中一坐，少時有家人進來獻茶，說：「祖師爺，你給我們員外把魂找來沒有？我們員外可咽了氣了。」老道說：「你告訴裡面安人，不要緊，可千萬別哭！我準保管死不了。」正說著話，就聽外面一亂說：「三清觀著了火，把廟滿燒了。」孫道全見家人出去，說：「二位師弟，你們兩個人這個亂惹大了，三清觀廟都燒了，那兩個老道準要來找我拚命。」陳亮說：「那也無法，我焉能瞧我二哥活活打死呢！他不來便罷，他要來，咱們三個人跟他拚命。」孫道全說：「事已至此，二位師弟也不必管，那兩個妖道都會邪術，你兩人動手也是白送死，莫若你二人逃命去罷。我自有道理！他要找我，我跟他去就是了。」說著話，已然東方發曉。

只聽外面叫門，家人出去一看，是董太清、張太素。兩個老道，見大殿東西配殿一點沒剩，只燒的片瓦無存，兩個老道一跺腳說：「張士芳，因為你，把我的廟都燒了。我兩人非得找這個梅花真人去拚命！這兩個人必是梅花真人主使來的。」張太素說：「我知道這個真人，是靈猿化身，咱們去找他去。」

立刻來到王安士門首。一叫門，家人開門一看，認識，說：「董道爺、張道爺，二位這麼早，來此何幹？」張太素說：「你們這裡住著一個梅花真人麼？」管家說：「不錯呀。」張太素說：「你叫他出來，就提我二人找他有事。」家人立刻到裡面說：「仙長爺，現在外面有三清觀的董道爺、張道爺找你。」孫道全一聽說：「二位師弟，走你們的罷。」雷鳴、陳亮說：「師兄，我二人惹的禍，要一走，豈不叫兄長受累？」老道說：「你二人去罷，我去見他。」孫道全當時來到外面，一見董太清，一瞧認識說：「原來是你呀！」孫道全說：「二位道友有什麼話，咱們找清靜地方說去。兩個人事情，彼此說出來，叫人家恥笑，你我都是三清教的門人。咱們的事，找地方說去。」張太素說：「跟我走。」三個老道一直趕奔海棠橋而來。焉想到雷鳴、陳亮早越房出來，後面遠遠暗中跟隨。

三個老道來到海棠橋，天光大亮。張太素說：「孫道全，你說罷。」孫道全說：「咱們往北去，到天台山下說去，那裡沒人。」張太素說：「走。」三個人一直到天台山下。孫道全說：「二位道友找我為什麼？」董太清說：「你無故壞我的事！你主使一個藍臉，一個白臉，把我的廟燒了，我焉能容你？」孫道全說：「二位道友不必動怒，咱們彼此都是三清教的人；你把攝魂瓶給我，我叫王員外給你修廟，照樣賠你。也別管藍白臉那兩個人。咱們一概不提，你瞧好不好？」董太清說：「你那算白說，今天我非得把你宰了，方出我胸中之氣！我拿攝魂瓶，我自己會叫王員外修廟，何必你叫王員外給我修廟？」孫道全說：「二位別生氣，慢慢說。」董太清那裡肯聽，伸手拉出寶劍，照定孫道全就是一劍。孫道全並不還手，往旁邊一閃，口中直央求說：「二位道友饒了我罷！我給賠罪磕頭，還不行嗎？」董太清一劍跟著一劍，張太素臉朝南站著，瞧著說：「非殺了你，不出二人之氣！」口中直罵。這個時節，雷鳴、陳亮兩個，由東邊繞到北邊去，蹲在石頭背後，雷鳴一瞧說：「三弟，你瞧咱們師兄不還手，儘躲。這兩個老道真可恨！我先把這兩個老道冷不防宰了，以報打我之仇！」說著話，雷鳴拉出刀來，慢慢往前就走，張太素臉朝南站著，雷鳴由北邊打他身後頭往前來。心裡說：「你要不回頭，我就把你宰了！」焉想到老道也是惡貫滿盈，該當死，並沒回頭，只顧瞧董太清動手。雷鳴湊到近前，冷不防手起刀落，噗哧一下，紅光崩現，鮮血直流，張太素的人頭，滾落在地，死屍栽倒。

董太清一瞧，師兄被那藍臉殺了，說：「好孫道全，我說你們是一黨不是！把我師兄殺了，我今天非要你們的命不可！」雷鳴、陳亮說：「咱們三個人要他的命。」正說著話，只見張太素的人頭，忽然由地下飛起來，有兩丈多高，照定董太清的腦袋砸下去。董太清說：「師兄你死的屈，你別鬧鬼呀！你找你的仇人，我準給你報仇。」正說著話，人頭又飛起來，又照他打去；一連數次。大眾留神一看，在西邊石頭後頭，有個小和尚在那裡吹呢。孫道全一看，認識是悟禪。書中交代：悟禪打那來呢？原本濟公帶悟禪到松陰觀，一拜魯修真。本來魯修真是個修道的人，跟濟公一談，知道濟公是得道的高僧，二人倒是道義相交。和尚把乾坤顛倒迷路旂，送給魯修真。和尚說：「我將來到常山院慈雲觀，有一步大難，非道友救我不可！」魯修真說：「聖僧有用我之處，給我信，我必到。」越談越對，就留和尚師徒住下。次日天剛亮，和尚說：「悟禪，你到天台山下，去救你三個師弟去。」悟禪點頭，來到天台山下，在暗下藏著。見孫道全直央求，後來見雷鳴把張太素殺了，悟禪這才吹人頭打董太清。孫道全一瞧見，說：「小師兄快來！」董太清也瞧見，說：「好妖精，竟敢這樣無禮！」悟禪一撇肚子，一口氣把董太清給吹起來，離地有一丈，「噗咚」把老道摔下來。悟禪又吹，吹起來摔下去。正摔董太清，忽聽山坡一聲「無量佛！」說：

山中清，山中清，萬緣不到好修行。眼前浮雲傾富貴，崖下流水無困橫。是是非非不管我，長長短短沒人爭。惟有一時動情處，嶺頭一曲古風英。

一位老道，信口作歌而來，大眾睜眼一看，嚇得亡魂皆冒！不知來者是誰？且看下回分解。

第一百四十四回　老仙翁一怒捉悟禪　二義士夜探天台山

話說悟禪正在氣吹董太清，忽聽山坡一聲「無量佛」，信口作歌，來了一位老道。頭帶舊布道巾，身穿破衲頭白綾高腰襪子直搭護膝，厚底雲履，面如古月，鶴髮童顏，一部銀髯，真是髮如三冬雪，鬢賽九秋霜。在手中提著花籃，背後揹著乾坤奧妙大葫蘆。來者老道非別人，乃是天台山上清宮東方太悅老仙翁崑崙子。董太清一看，趕緊跪倒，口稱：「祖師爺在上，弟子給祖師爺叩頭。」孫道全也跪下了，悟禪也嚇得不敢吹了。雷鳴、陳亮不知這個老道的來歷。這位老道在天台山上，道德深遠。這座天台山，有四十五里地高，他的廟站在上面，叫接雲嶺。這座山上，豺狼虎豹，毒蛇怪蟒極多，凡夫俗子也到不了。孫道全、董太清都認識，故此趕緊行禮。老仙翁一看，說：「你兩個人為何在此爭鬥？從實說來。這個妖精是誰？」孫道全說：「回稟祖師爺，這個小和尚，是我師兄，我拜濟顛和尚為師，我要跟濟顛學習點能為法術。」老仙翁一聽說：「好，我山人正要找濟顛呢！」老仙翁為什麼要找濟公作對呢？這內中有一段緣故。

書中交代：老仙翁為什麼要跟濟顛作對呢？只因前者褚道緣、張道陵兩個老道，被雷鳴、陳亮給把衣裳都剝了去。兩個老道及至還醒過來，一瞧赤身露體，褚道緣說：「這怎麼好？要在街上一走，誰瞧見，誰不打耳光子的！」老道張道陵說：「咱們到天台山上清宮去找祖師爺去罷。」兩個人白天不敢走，等天黑，還是走山裡，不敢走村莊。到上清宮，一打門，小道童由裡面出來，一開門說：「二位怎麼連褲子都沒有了？必是賭輸了。」褚道緣說：「不是，我二人被濟顛和尚欺負苦了，我二人要見見祖師爺，求祖師爺替我們報仇！」說著話，來到裡面，一見老仙翁，老仙翁這個氣就大了，說：「兩個東西，怎麼這樣不要臉，連褲子都沒了？」張道陵說：「祖師爺有所不知，塵世上出了一個濟顛和尚，興三寶，滅三清；他說三清教沒有人，都是畜類，全都是披毛戴角，不是四造所生，脊背朝天，橫骨插心。他把我二人的衣服，全都剝了去。求祖師爺大發慈悲，給我們報仇。也給我們三清教轉轉臉！」老仙翁一聽，說：「我聽說濟顛和尚是個羅漢，怎麼會說出這些話來？童兒，去拿出兩身衣服來，叫兩個人穿上。那時我見著濟顛，我倒要問問他。」褚道緣、張道陵兩個人穿上衣服，在廟裡住了一天，走了。今天老仙翁早晨起來，在山上採藥，看見山下一股妖氣，直沖斗牛之間。故此這才下山來看看。一問孫道全，他提說拜濟公為師，故此老仙翁說：「我正要找濟顛僧。」又問：「你兩個人為何爭鬥？」孫道全說：「奉濟公之命，搭救王安士。」怎麼董太清、張太素害人拘魂，從頭至尾，細述一遍。董太清說：「祖師爺，你看孫道全，他無故使人把我的廟燒了。方才那個藍臉，把我師兄殺了。」老仙翁說：「董太清，你這孽障，無故不守本分，貪財害人，張太素死有餘辜。你把攝魂瓶拿出來，不准你再動手，山人今天便宜你！」董太清不敢不拿出來，立刻把攝魂瓶拿出來。老仙翁說：「孫道全，你拿攝魂瓶去救王安士。這個小妖精是你的小師兄呀？我把他帶上山去吊起來。你給你師父濟顛送信，叫他前來見我，他一天不來，我把他吊一天；他兩天不來，我把他徒弟吊兩天，那時他來，我把這妖精放下。」孫道全也不敢多說，悟禪就嚇的不敢跑。怎麼不敢跑呢？知道老仙翁身後，揹著那乾坤奧妙大葫蘆，勿論什麼妖精，裝到裡面，一時三刻化為膿血。老仙翁立刻把悟禪擱到花籃之內，老道竟自上山去了。

雷鳴、陳亮這兩個人就急了，雷鳴說：「師兄，你瞧這個雜毛老道，把咱們小師兄捉了去，你為何不管呀？」孫道全說：「你二位師弟有所不知，這個老道可惹不起，神通廣大，法術無邊。連咱們小師兄他那麼大道行都不敢跑，我更不敢惹了。」雷鳴、陳亮一聽，氣往上衝說：「你惹不起，我兩個人可惹得起；咱們小師兄被他弄了走，我二人焉能袖手旁觀！」孫道全說：「二位師弟打算怎麼樣呢？」雷鳴說：「這個老道不是就在山上廟裡住麼？」孫道全說：「是呀。」雷鳴，陳亮說：「我二人非得把老道宰了，給小師兄報仇不可！」孫道全說：「二位師弟可千萬不可任性！這個老道非同別人可比，你二人豈不是白送死？依我說，趁早別碰釘子。」雷鳴、陳亮說：「你說不算，我二人拚著我們兩條命不要了。」說著話，往山上就跑，孫道全再三攔也攔不住。這兩個人隨後就追老道，展眼再瞧，老道不見了，這兩個人焉能追得上？老道駕著趁腳風走了。這兩個人追去，山路甚是崎嶇，坷坎不平。正往前走，見眼前一道澗溝，南北有五丈餘寬，深有萬丈；當中只有一道獨木橋，東西沒有路，非得走這根獨木過不去。陳亮一看，這根木頭，年深日久，都糟了；用手一挖，木頭就往下面掉。陳亮說：「二哥，你看非得走這獨木橋過不去。要走當中這一斷，摔下去落在山澗裡，就得摔個肉泥爛醬。」雷鳴說：「咱們拚個死去，非得把老道殺了，把小師兄救回來。」陳亮說：「是。」兩個人把心一橫，立刻施展陸地飛騰法，就打這根木頭上走過來，也沒怎麼樣，二人這才又往前走。

約走了數里之遙，忽見眼前有一隻猛虎，兩隻眼燈籠相似，張著血盆大嘴，尾巴來回直擺，把地下的石子，掃的往上直飛。雷鳴、陳亮兩個人一看，嚇的亡魂！雷鳴說：「老三，你看這可要沒命。有心回去罷，走在獨木橋，也許掉下去；虎若要追，也跑不了。」兩個人一想，該死也活不了，拉出刀來，直往前走；走到猛虎跟前，老虎拿鼻子聞聞，一搖尾竟自走了。雷鳴、陳亮嚇的一身冷汗。陳亮說：「二哥，咱們兩個人許沒有人味了。老虎瞧見聞聞，都搖尾不吃。」雷鳴說：「咱們兩個人走罷，不該是他嘴裡食。」說著話，二人又往前走，眼見日已西沉。正往前走，只見大嶺上有一條大蟒，足有三十餘丈長，有缸粗細，兩隻眼似兩盞燈。雷鳴、陳亮被老虎嚇的一身冷汗，覺著毛骨悚然，剛把汗落下去，身上彷彿長點力氣；這又瞧見大蟒，把兩個人又嚇得驚魂千里！不往前走是不得，山上又沒有兩條路。陳亮說：「二哥，生有處，死有地，方才老虎沒吃咱們，這大蟒也許不害人。咱們楞往前闖。」正說著，只見這條大蟒一陣怪風，竟自去了。雷鳴、陳亮說：「好險，好險！你我兩世為人。」

二人微緩了緩，又往上走來，到了上清宮，約有二更天。一看滿天星斗，濛濛月色，山影靜悄悄，空落落。見這座廟前至後三層大殿，周圍地勢占的不小。正山門坐落北向，上面有字，是泥金匾刻的字，上寫「護國敕建上清宮」。東西有角門，都關著。廟門口有兩根旗杆，廟裡有兩根旗杆。雷鳴、陳亮二人看罷，擰身躥上牆去，往裡一望：正當中大殿五間，帶月臺，東西各有配殿。院中栽松種竹，清風飄然。大殿東邊，有四扇屏風門套著，是第二層院子。兩個人躥房越脊，施展飛簷走壁，如履平地相彷，往後直奔。站在房上一看：東跨院裡有燈光，這院中也是四合房，北上房五間，南倒座五間，東西配房各三間。北上房屋中，射出燈光。雷鳴、陳亮來到北上房前拔，施展珍珠倒捲簾，夜叉探海式，往屋中一看：見屋中靠北牆條案上面，有些經卷，頭前八仙桌上面，有一盞燈，兩邊有椅子，老道正在上首椅子上坐著，在燈下看書。這屋中是明三暗五，再一看房柁上吊著悟禪，繩子拴著腳，頭衝下吊著倒勢。雷鳴、陳亮一看，氣往上撞，立刻將手伸出拉刀，由上面一翻身跳下來，往屋中就闖。一掀簾子，打算擺刀殺老道，焉想到老道一抬頭，說：「好孽障，大膽的狂徒！」用手一指，用定神法，就把雷鳴、陳亮定住。雷鳴、陳亮氣往上撞，破口大罵。老道立時吩咐：「來人，他兩個小輩，將他縛到後面去結果性命。」不知二位英雄性命如何？且看下回分解。

第一百四十五回　永寧村法救王安士　韓家院捉拿章香娘

話說老仙翁把雷鳴、陳亮制住，吩咐把二人搭到後面去結果性命。這個時節，旁邊過來一人說：「師父，你老人家大發慈悲罷！這兩個人是弟子的結拜兄弟，又是我的救命恩人，求祖師爺看在弟子面上，饒恕他二人罷！二位賢弟跟我到後面去。」雷鳴、陳亮一看，說話這人，乃是夜行鬼小崑崙郭順。雷鳴、陳亮正破口大罵，郭順說：「二位賢弟別罵了。」立刻把雷鳴、陳亮帶到後面去，老仙翁還怒氣未息。天光剛亮，只聽外面一聲：「無量佛！」小道童出來一看，來者乃是孫道全。書中交代：孫道全自從山下見雷鳴、陳亮追趕老仙翁去，他也無法，拿著攝魂瓶，直奔永寧村。來到王安士家一打門，家人一看說：「道爺來了，可曾把我們員外爺的魂給找來？」孫道全說：「找來了。」家人立刻同孫道全來到裡面，一看王員外已然如同死人一般。孫道全把攝魂瓶拿出來，打開一念咒，王安士的魂歸了竅，當時王安士呦咳了一聲，一睜眼說：「我好悶得很！」眾人一瞧，老員外說出話來，都喜歡了。安人說：「員外，你好了？」員外說：「我沒有病，彷彿做了一場大夢。」眾家人說：「員外爺，你躺了好幾天了，昏迷不醒，要不是這位仙長把你老人家救了，就了不得了！」老員外說：「原來如此。」立刻翻身起來，如同好人一般，要給老道磕頭。孫道全說：「老員外千萬別給我磕頭，我要損陽壽。」家人先給拿過桂圓茶來，王安士喝了，就覺著心裡發空，家裡有現成的燕窩粥，先給員外喝了一碗。老員外請真人外面書房坐，老員外也就不敢給老道行禮了。穿好了衣服，陪著來到書房，叫家人預備上等果酒。眾人無不感念老道的好處，家人把酒擺上，老員外陪著孫道全喝酒談心。

老道喝著酒，忽然往東一看，一股妖氣直沖霄漢，書房是西房，正往東看，老道就問：「老員外，這東院裡是什麼人住著？」王安士說：「那院裡是我一個拜弟，姓韓名成，跟我也是世交。」老道說：「他家裡有什麼人？」王安士說：「他家裡夫婦兩個，有一個兒子，叫韓文美，有兒媳。道爺說這個做什麼？」孫道全說：「我看那院裡有一股妖氣沖天，那院中準有妖精。」王安士一聽說道：「沒聽說他家裡鬧妖精。真人看著準有妖精？」老道說：「那不假，準有。」王安士一想：「我跟韓員外至有交情，既知道，焉有不管之理！」說：「道爺既瞧出來，何妨慈悲，跟我過去給把妖精除了！那院裡韓員外跟我至好，也不是外人。」孫道全說：「可以，我山人去瞧瞧。」老員外立刻同老道來到隔壁一叫門，韓員外家的管家出來開門，一看說：「王員外，你老人家好了？」王安士說：「好了，你家員外可在家裡？」家人說：「在家裡。」王安士說：「你去裡面通稟一聲，我來見你家員外有事。」家人立刻進去一回稟，韓成趕緊迎接出來。孫道全一看，這位韓員外好樣子：身高八尺，膀闊三停，頭戴寶藍員外巾，迎面嵌美玉，他本是武舉出身，身穿藍緞員外氅，腰繫絲縧，白襪雲履，面如紫玉，濃眉大眼，三綹黑鬍鬚。一見王安士，連忙施禮說：「兄長欠安，可曾好了？小弟少來問候。」王安士說：「你我兄弟知己，勿敘套言。」韓成說：「這位道爺是誰？」王安士說：「這位乃是梅花真人，我的病就是這位道爺救的。」韓成指手往裡讓，來到書房落座，家人獻上茶來。王安士說：「今天我同道爺來，非為別故，我方才正在書房吃酒，真人看你這院中有妖精。我想你我知己，我不能不管！我求真人過來，給你降妖捉怪。」

韓成說：「我這院中沒鬧過妖精，道爺怎麼瞧有妖精呢？」孫道全說：「我看這股妖氣，還是陰氣，必是女妖。員外你把女眷連婆子丫環都叫出來，真人一瞧，就瞧出來。」韓成說：「可以。」立刻叫家人給內室送信，叫安人少奶奶眾婆子丫環都出來。少時內宅女眷都出來。老道來到院中一看：有一位婦人，二十多歲，長得姿容美絕，秀麗無雙，有兩個丫環攙著。孫道全一看這個婦人是妖精，老道拉出寶劍一指，說：「好妖精，見了山人，還敢大模大樣！」這婦人並不言語，孫道全說：「你還不現原形！」這婦人也不言語，孫道全舉寶劍趕過去就要剁。

這個少婦非是別人，乃是韓成的兒媳。怎麼會是妖精呢？這其中有一段情節。韓成之子韓文美，本是個念書的人，當初跟王全、李修緣都是同窗的書友。就是韓文美年歲居長，王全次之，李修緣頂小。皆因李修緣一走，王全也不念書了，韓文美就剩下一個人，自己在家中用功。偏巧他妻子故世，韓文美就無心念書，時常帶著書童出去遊山玩景，以解心中之悶。韓成打算給他續室，老不合適；高不成，低不就，故此耽誤下了。這天韓文美帶著書童又出去遊玩，走在永寧村西，覺著口乾舌燥。韓文美就說：「童子，你我到那裡去歇息歇息，找杯茶吃。」童子說：「眼前這不是清靜庵麼？廟裡老尼姑，不是公子爺的師父？咱們到廟裡去喝茶好不好？」韓文美一想也好，立刻同書童來到廟門口叫門。工夫不大，就見由裡面出來一個小尼姑，把門開開，說：「公子爺來了。」韓文美說：「老師父可在廟裡？」小尼姑說：「在廟中，公子爺請裡面坐罷。」韓文美帶領書童，這才往裡就奔，一直來到西跨院。這院中是西房三間，北房三間。南房三間，小尼姑來到北房禪堂，忙打簾子，說：「師父，韓公子爺來了。」這房裡老尼僧，僧名妙慧，一聽說韓公子爺來了，趕緊由裡出來，說：「公子爺來了，怎麼這麼閒在？」

韓文美趕緊行禮，說：「師父一向可好？弟子有禮。」老尼說：「好，公子爺請坐。」韓文美坐下，老尼姑叫來人倒茶來。只聽裡面屋中一聲答應，真是嬌滴滴聲音；一掀簾子，由裡面出來一個帶髮修行的少婦。韓文美一看，真似貌比天仙！給韓文美過來一倒茶，韓文美就聞著婦人身上帶著有一陣蘭麝之香。這婦人把茶倒上，慢閃秋波，微斜杏眼，瞧了韓文美一眼，轉身進屋中去。韓文美一瞧這婦人，當時心神飄蕩，這才問老尼僧：「這位婦人是誰呀？」妙慧說：「這是我新收的徒弟，他姓章，名叫香娘，他原是這村北的人。他丈夫故世，家有婆母，要逼他改嫁。他不願改嫁，情願出家，拜我為師。就在我這廟裡，侍奉佛祖。」韓文美點了點頭，坐了片刻，立刻告辭。一出廟，直彷彿把魂留在廟裡。

到了家中，茶思飯想。躺在炕上，茶飯懶用，一閉眼就見章氏香娘在眼前，自己得了單思病。韓員外夫婦跟前，就是這一子，一見兒子病了，趕緊請名醫醫治。給治先生，也瞧不出甚病症來，一天不如一天。那韓成一想：「這病來的怪！」就把書童叫過來一盤問：「你家公子上那去了？不說實話，把你打死。」書童不敢隱瞞，就把上清靜庵裡去，遇見章香娘之故一說。韓成夫婦疼兒子，趕緊叫人把清靜庵老尼姑接來。安人說：「親家，你瞧你徒弟，病得厲害！你得救你徒弟，我夫婦就是這一個兒。」老尼姑說：「我怎麼救他？」安人說：「你廟裡聽說有一個章氏香娘，你只要給我兒把親提妥了，他的病就好了。」老尼姑說：「呦，人家跟我出家，我勸人家改嫁，那如何使得？」安人說：「你費費心罷！只要你給提妥了，我必當重重謝你。」老尼姑說：「我提著瞧罷。」當時老尼姑回去，到廟中跟章氏香娘一提；先前章氏不願意，後來香娘願意了，老尼姑給韓宅送信，韓成還是定轎子娶，照娶姑娘一樣。韓文美一聽說定了，病就一天比一天見好。等娶過來，夫妻愛的如膠似漆，公婆也歡喜兒媳，婆子丫環都沒有不跟少奶奶合式的。半年多的光景，也沒人知道他是妖精。今天無故被孫道全看出來，孫道全攞寶劍剛要剁，焉想到韓成惱了，由後面冷不防打孫道全一個嘴巴，夾起來，來到大門外，把老道扔下。說：「你那來的老道？跑到我家裡撒野，說我好好的媳婦是妖精！你快滾罷！」說完了話，關上大門進去。孫道全一想：「正是：是非只為多開口，煩惱皆因強出頭。自己也覺得臉上無光。莫若找我師父，我把妖精捉了，可以轉轉臉。」想罷，往前走，剛一出村口，就聽後面起了一陣怪風，諒必是妖精追趕下來。不知孫道全性命如何？且看下回分解。

第一百四十六回　孫道全捉妖遇害　濟禪師拉船報恩

話說孫道全出了永寧村，正往前走，忽聽由後面起了一陣怪風，刮的走石飛沙四起。孫道全一聞這陣風，異香撲鼻，心裡說：「了不得了！這個妖精追下我來，要跟我做對。」正在心中思想，何嘗不是，只聽後面有人說話：「好孫道全，你往那走？仙姑娘跟你遠日無冤，近日無仇，你敗我的事，拆散我的金玉良緣！我仙姑這幾年沒吃人了，今天我開開殺戒，把你吃了，我好飽餐一頓。」孫道全一回頭，果然是那個婦人追下來了。孫道全趕緊拉出寶劍一指說：「好妖怪，你好大膽量，竟敢跟山人前來做對！我今天結果你的性命。」妖精說：「並非我仙姑娘找你，你無故懷著鬼胎，壞我的事，我焉能饒你？」孫道全擺劍就剁，妖精一閃身，抖手祭起一塊混元如意石。這石頭能大能小，起在空中，好似一座泰山，照孫道全頭頂打來。孫道全也有點能為，受過廣法真人沈妙亮的傳授，一瞧石頭打下來，趕緊口念護身咒，掐劍訣一指，說聲敕令。立刻石子顯了一道黃光，墜落於地。妖精一瞧，說：「好孫道全你敢破仙姑的法寶！」立刻又一抖手。孫道全一看，無數的長蟲，奔孫道全要咬。孫道全知道這是障眼法，立刻把舌尖嚼破，往上一噴；這些長蟲完全顯出原形，都是紙的。妖精勃然大怒說：「孫道全，你敢破仙姑的法術！」說著話，一撇肚子一張嘴，噴出一道黃光，這是他三千多年的內丹。孫道全立刻覺著身子一麻，翻身栽倒。妖精哈哈一笑說：「我打算你有多大能為，原來就是這樣！今天合該我吃你。」立刻把孫道全一提，來到山神廟，把孫道全擱在裡面。妖精把門一關，打算要顯原形吃孫道全。正在這般景況，就聽門外哈哈一笑說：「好孽障，真乃大膽，竟敢要吃我徒弟！來來來，咱們爺們較量較量！」妖精一聽，往外一看，來了一個窮和尚。

書中交代：來者乃是濟公。濟公由八卦山叫悟禪走後，跟坎離真人魯修真告辭，魯修真說：「聖僧何妨在我這廟裡多住幾天，你我可以盤桓盤桓。」和尚說：「我還有要緊事故，你我後會有期。」和尚出離了八卦山，往前行走，來到一個小碼頭，見王全、李福正進酒館。和尚也掀簾子進去。王全、李福剛坐下，要了一桌酒席。和尚也進來，向王全說：「鄉親才走到這裡？」王全一看，是蕭山縣樹林子裡遇見的那窮和尚。王全說：「大師父，你也來了？」和尚說：「你們二位，這些日子才到這裡？」王全說：「別提了，我二人在蕭山縣遭了一場官司，耽誤了幾天。」和尚說：「鄉親，你回家去罷！你不必找你表弟，找也找不著。你一天到家，你表弟也是一天到家；你兩天到家，他也兩天到家；你那時到家，他也就到家了。」王全說：「是，是。大師父沒吃飯罷？」和尚說：「可不是！」王全說：「你在這裡一同吃罷。」和尚說：「敢情好！」王全立刻叫伙計拿過一份杯筷步碟來。和尚就坐下，伙計把乾鮮果品菜蔬上齊。和尚大把抓菜，李福就瞧著不願意，和尚抓起來還讓呢：「你們二位吃這把。」王全一瞧，和尚真髒，滿臉抹油，王全嫌髒說：「和尚你吃罷，那盤子都是你吃。」和尚說：「我就得其所哉。」王全吃點不吃了，李福也飽了。和尚大吃大喝大抓，連跑堂的都拿眼瞪和尚。跑堂的心說：「好容易來了一位闊大爺，要成桌的酒席，吃不了，好吃的剩點，這叫和尚拿手一抓怎麼吃？」王全見和尚吃完了，叫伙計算帳。這個時節，由外面進來一個人，說：「那位搭船走？我們船上海棠橋。」李福說：「公子爺，咱們搭船走罷。」王全一聽說：「你還提坐船，提起來嚇的我魂飛膽裂！你曾記得曹娥江坐船嗎？」李福說：「曹娥江那是包船，這是搭船，這船上別的客座多著呢！」這才問管船的：「你船上有多少人了？」管船的說：「有二十多位了。」李福說：「上海棠橋我們去，船上有舒展地方沒有？」管船的說：「前後艙人都滿了，就是上鋪閒著，你們二位上海棠橋，坐在上鋪，給五百錢罷。」李福說：「錢倒好說，今天這就開船麼？」管船的說：「這就開船。」李福這才把酒飯帳給了，說：「公子爺上船罷。」王全站起身往外走，和尚說：「咱們那裡見罷。」王全也不知和尚說那裡見，主僕同管船的出了酒鋪，來到碼頭河岸上船。

眾坐船人都說：「還不開船麼？」管船的說：「開船，我們船上就是兩個人，還得雇一個拉短縴的就走。」正說著話，那窮和尚梯他梯他由東來了。管船的正嚷：「誰來拉縴？」和尚答了話說：「我去。」管船的說：「大師父，你一個出家人，拉縴行麼？」和尚說：「行，出家人按一口鍋，也跟俗家差不多，都得掙錢吃飯。」管船說：「就是，大師父你拉罷。」立刻把縴板給了和尚，管船的撤跳板開船。濟公禪師把縴板一接，拉著就走。書中交代：濟公要拉船縴，所為報答表兄王全出來找他，披霜戴雪，早起遲眠這點辛苦，和尚故此拉縴。人家拉縴喊船號，和尚一邊拉著縴，信口說道：

這隻船，兩頭高，坐船的主人心內焦。踏破了鐵鞋無處找，弟兄相見不分曉。到天台，才知道，
骨肉至親兩相照。

和尚念完了，往前走著，信口又說道：

想當年，我剃度，捨身體，洗髮膚，歸於三寶做佛徒，松林結茅廬。妄想除，餘思無，真被累，假糊塗，臉不洗，手不沐，無事笑泥沽。走陸路，遊江湖，好吃酒，愛用肉，不管晨昏焚爐。混寄在世俗，風霜冷倒穿葛布，天氣熱倒披裘服。為善要救惡必誅，濟困要危扶。

和尚一邊念著，往前走，又念：

這一隻船，兩頭搖，管船的女人好細腰。由打去年抱了一抱，直到如今沒摸著。

管船的一聽說：「和尚別玩笑，你滿嘴說的是什麼話呀?」和尚說：「我不管了。」說著話，和尚把縴板一扔，撒腿就跑。管船的說：「你們瞧這個和尚，真是半瘋！拉了這半天縴，快到了，他跑了，他也不要拉縴的錢。」眾坐船的人，一個個全都樂，說：「這個和尚真有點瘋病。」大眾紛紛議論，這且不表。

單說和尚撒腿就跑，直奔山神廟而來，羅漢爺先把靈光、佛光、金光閉住，來到山神廟門口，和尚一推門說：「好孽障，你這膽子真不小，竟敢吃我徒弟，待我來結果你的性命！」妖精正要吃孫道全，忽聽門外有人說話。妖精回頭一看，是一個窮和尚：短頭髮有二寸多長，一臉的油膩，破僧衣短袖缺領，腰繫絨縧，疙裡疙瘩，光著兩隻腳，穿著兩隻草鞋，長得人不壓眾，貌不驚人，三分不像人，七分倒像鬼。濟公禪師把三光閉著，妖精一看，是一個凡夫俗子，當時氣往上撞，說：「好個窮和尚，你敢前來多管我仙姑的事?你豈不是前來送死?」和尚說：「你這個東西，無故不守本分，纏繞韓文美，還敢欺負我徒弟！今天我非得要你的命！」妖精一張嘴，照定和尚噴出一股黃氣，打算要把和尚噴倒，焉想到和尚哈哈一笑道：「好孽障，你會噴毒呀！大概你也不認識我老人家是誰？我叫你瞧瞧。」和尚一摸腦袋，露出佛光、靈光、金光。妖精一看，見和尚身高丈六，頭如麥斗，身穿直裰，赤著兩隻腿，光著兩隻腳，原來是一位知覺羅漢。妖精嚇的連忙跪倒，嗥嗚叫不住聲。人有人言，獸有獸語，說：「聖僧，你老人家饒命！並不是我要與妖害人，因那韓文美他瞧見我，他要託人說我，我才跟他成親。求聖僧大發慈悲，饒了我罷！」和尚說：「你現原形我看看。」妖精立刻身形一晃，現了原形。和尚一看，這才明白。不知道是什麼妖精？且看下回分解。

第一百四十七回　濟公施法治妖婦　羅漢回家探姻親

話說濟公露出佛光、靈光、金光，妖精這才跪倒央求，和尚叫妖精現了原形，一看原來是一個香獐子。書中交代：這個香獐子，乃是天台山後天母宮，有一個玉面老妖狐的第三的徒弟，他有三千五百年的道行。這個老妖狐，乃是五雲山五雲洞五雲老祖的女兒，自稱玉面長壽仙姑。這個香獐子，他常到清靜庵去聽經，後來她一想，莫若我拜老尼姑為師，跟她學學經卷。自己搖身一變，變了一個美貌的婦人，到庵裡去投奔老尼姑。她說她是村北住家，丈夫故世，婆母要叫她改嫁，她不願意改嫁，要拜老尼姑為師，情願晨昏三叩首，早晚一爐香，侍奉佛主。她說姓章，名叫香娘。老尼姑妙慧信以為真，不知道她是妖精，把她收下。焉想到韓文美瞧見她，惦念在心，託老尼姑說媒。老尼姑倒是怕韓文美死了，韓成夫婦絕了後，倒是一番好意，把香娘子給韓文美說了去。今天香獐子遇見濟公，當時求濟公饒命。和尚說：「你要叫我饒你也行得，你依我一件事。」章香娘說：「只要聖僧饒命，有什麼事，聖僧只管吩咐！」和尚說：「你附耳，如此如此，然後這等這樣，依我的話照樣辦，我就饒你。」香獐子說：「聖僧怎麼說，我怎麼辦。」和尚說：「既然如此，你去你的，咱們那裡見。」香獐子立刻一晃身，竟自去了，和尚這才把孫道全救過來。孫道全一明白過來，睜眼一看，濟公在旁邊站著，孫道全趕緊給師父行禮。和尚說：「你無故要多管閒事，是非只為多開口，煩惱皆因強出頭，沒有那麼大能為，還要捉妖！沒捉成妖，差點叫妖精把你吃了。」孫道全說：「多虧師父前來搭救，不然，我命休矣！」和尚說：「你捉妖叫人家把你打出來，你還有什麼臉見人？我還捧你一場，叫你把神仙充整了。」孫道全說：「師父，我怎麼把神仙充整了？」和尚說：「你附耳如此這般，這等這樣，就把仙家充整了。」孫道全點頭答應。和尚說：「你去罷，我還有事。」

和尚出了山神廟，一直來到海棠橋，路西裡有一座酒館，字號鳳鳴居。初時這座酒館，原來是韓文美、王全、李修緣三個人，每人拿三百銀子成本開的。倒不為賺錢，所為三個人隨便消遣。後來李修緣一走，王全也不到鋪子去照料，韓文美一病，把這個鋪子就交給家人王祿照管。本來王祿就不務正，最好押寶賭錢，現在王全又出外去找李修緣，王祿更沒人管他了，自己胡作非為，把買賣全叫他輸了。鋪子後頭擱上寶局❶了，前頭把掌竈的跑堂的全散了，就剩了一個小伙計。王祿今天正在攔櫃裡，只見由外面進來一個窮和尚。和尚說：「辛苦，辛苦！」王祿也不認識是李修緣，一來濟公離家數載，二則又是僧人打扮，一臉的泥，也認不出是誰了。王祿說：「大師父，喝酒呀？」和尚說：「喝酒，拿兩壺來。」王祿給拿兩壺酒過來，和尚喝了，又要兩壺，喝完了四壺酒，和尚站起來就走。王祿說：「大師父，怎麼走麼？」和尚說：「喝夠了，不走怎麼著！要沒喝夠還喝呢。」王祿說：「你走，給酒錢。」和尚說：「給錢上你這喝來？」王祿說：「上我這喝來，怎麼就不給錢呢？」和尚說：「我沒錢，我本不打算喝酒，皆因你這寫著窮和尚喝酒不要錢，我才來喝酒。」王祿說：「那寫著？」和尚用手一指，說：「你瞧。」王祿一瞧，果然牆上貼著一張紅紙，上面寫著：「本鋪窮和尚喝酒不要錢。」王祿說：「這是誰

❶ 寶局：即賭場。

跟我鬧著玩的？」

和尚說：「掌櫃的，你這鋪子怎麼這麼熱鬧？」王祿咳了一聲說：「大師父，別提了，先前我這買賣，一開張很好，都叫我押寶輸了，現在把買賣做的這個樣。」和尚說：「咱們兩個人，倒是同病相憐！我和尚有二十頃稻田地，兩座廟，都叫我輸了。我也是押寶押輸的，現在我可學出高眼來。都說高眼沒褲子穿，這話一點不錯！是局上瞧見我，都不敢叫我耍，給我拿個三百錢，叫我喝茶，我就指著吃局上。」王祿一聽說：「大師父，你會押寶麼？」和尚說：「會，勿論什麼寶，瞞不了我。銅盒子、木盒子、打寶、飛寶、傳寶、遞寶，全瞞不了我；我一耍就得贏，如同撿錢一般。就是眾局上，都不叫我押，我沒了法子。」王祿一聽說：「咱們這後頭院有寶局，和尚你要給我猜幾個紅，不但我請你喝酒，我還給你換換衣裳。」和尚說：「你有錢麼？」王祿說：「有，我告訴你說罷，我剛借了二十吊印子錢。坐地八扣，十吊給八吊，二十吊實給十六吊。一天打二百四滿錢，打一百天，合滿錢二十四吊，連底子找得出十吊錢的利錢。沒法子，不能不借！這還是指著鋪子借的。大師父，你跟我到後面去，你給猜幾個紅，我贏了，苦不了你。」和尚說：「就是罷。」

立刻同王祿來到後面一看，後面這裡有好幾十個人，圍著寶案子。剛把寶盒子開出來，和尚說：「掌櫃的，你押罷，這寶進門闖三，你押大拐三孤釘❷，準是正紅！」王祿一想：「那有這麼巧！倘若押上，把十六吊錢一輸，那還了得！」自己不敢押。和尚說：「你不押，這寶可是三。」王祿說：「瞧瞧再押罷。」正說著話，做活的叫寶一揭蓋，果然是三。王祿一瞧一跺腳，自己後悔：「不該不押！這要聽和

❷ 孤釘：賭博時，把賭注押在一門上，叫做「孤釘」。

尚的話，把十六吊錢都押上孤釘，贏四十三吊二百。」少時就見又把寶盒開出來，王祿說：「大師父，這寶你猜什麼？」和尚說：「方才我叫你押三，你不押。這寶還是三。」王祿心中又猶疑，說：「方才開三，這寶那能還是三呢？」和尚說：「你愛聽不愛聽。」王祿一想，先瞧瞧再說罷，焉想到一開寶又是三。王祿自己又一跺腳說：「這是怎麼說話？兩寶來錢並著一百多吊。」和尚說：「你是不聽話。」王祿說：「我那知道！」說著話，第三寶又摔上盒子。王祿又問：「大師父，這寶押什麼？」和尚說：「這寶押二，這叫黑虎下山。」王祿一想：「和尚連猜了兩寶紅了，這寶許沒準，我莫若瞧一寶罷。」和尚說：「你又不押？」王祿說：「等等別忙！」眼看著又一揭蓋，是二。王祿自己一想：「我是什麼東西？和尚果然是高眼，我不聽。」和尚說：「你老不押，我走了。」王祿說：「別走。」自己一想：「這寶拚出十六吊錢不要了，和尚叫我押我就押。」

想罷一瞧，寶又開出來，王祿說：「大師父，這寶我押什麼？」和尚說：「我猜三，你愛押不押？」王祿一想，狠了，當時把十六吊錢滿擱在三上押孤釘，心裡擔著心，見寶蓋一揭，是么。紅的衝么，白的衝三。王祿一瞪眼說：「和尚，你瞧這寶么了，押輸了。」和尚說：「誰叫你先不押？我連猜三寶紅你不押，我那能夠寶寶猜著？」王祿一想：「這有什麼法子？不答應和尚也是白饒，和尚連一條整褲子都沒有。」自己撇著嘴，賭氣出來。和尚也跟著出來。剛來到外面，就見王全、李福一掀簾子進來，和尚說：「鄉親才來呀？」王全一瞧說：「和尚你也來了！」和尚說：「可不是，鄉親你快回去罷！不必在外面耽延了。在外面耽延，你也找不著你表弟。你回去，你一天到家，你表弟也到家；你兩天到家，你表弟也兩天到家；你那時回去，你表弟也就到了。」王全說：「是，和尚你做什麼在這裡呢？」和尚說：「我喝了四壺酒沒錢，他不叫我走！鄉親你替我給了錢罷。」王全說：「是了，我給罷。」李福可就有點不願意。王祿一瞧主人回來，趕緊回來行禮，王全說：「王祿，我且問你，這兩天老員外喜歡不喜歡？要喜歡我好回去。」王全本是個孝子，來打聽打聽，倘如老員外要不喜歡，自己暫且不敢回去，怕爹爹說，故此先來問。王祿說：「公子爺你回去罷，老員外幾乎死了，聽說今天才好。公子爺要昨天回來，還趕上著急了！老員外已然都上床咽了氣，多虧有一位老道給救了。」王全一聽一愣，說：「老員外什麼病呀？」王祿說：「不是病，聽說是被陰人陷害，聽說大概是張士芳，勾串三清觀董老道、張老道，可不知是怎麼陷害的。公子爺快回去罷。」王全一聽說：「別人都可說，惟張士芳他可不該！素常我給他銀錢，他倒生出這樣心來，真乃可恨！」和尚說：「鄉親，你們說著話，我要走了。」立刻濟公出了酒館，這才要趕奔永寧村，甥舅相認。不知後事如何？且看下回分解。

第一百四十八回　探娘舅濟公歸故里　點奇夢聖僧度善人

話說濟公出離了酒館，一直趕奔永寧村，來到故土原籍。濟公一看，咳了一聲，離家這幾年的光景，村莊都改了樣子。正是：

兔走荒苔，狐眠敗葉，俱是當年歌舞之地；露冷黃花，煙迷騰草，亦係舊日征戰之場。

濟公一看，舊日兒童皆長大，昔時親友半凋零。羅漢爺一進西村口，見路北一座大門封鎖，正是當年濟公自己的住宅。緊挨著三座大門，正當中就是王安士的住家，東隔壁是韓員外的宅子，西隔壁是李修緣的宅子。自修緣走後，王員外派人就把這所房子騰空了，用封條封上。濟公今日一看，睹物傷情，回憶當年有父母在堂，家中一呼百諾；如今只落得空房一所，自己孤身一人，未免心中可慘！濟公再抬頭一看，見娘舅王安士正在門口站定，兩眼發直，似乎心有所思的樣子。書中交代：王員外為什麼今天在門口站著呢？皆因韓成韓員外把老道打了一個嘴巴，夾著扔出去，王員外覺著臉上下不去，見韓成進來，王安士就說：「韓賢弟，你這件事做的太莽撞了！老道同我過來，乃是一番好意，賢弟你就粗魯太過！」韓成說：「兄長有所不知，這是我兒婦。無緣無故，那來的這麼個老道，拿寶劍威嚇我兒媳婦，倘若要嚇著怎麼辦呢？本來你姪兒韓文美就有病。」王員外自己頗覺無味，甚為後悔，不該多管閒事，立刻告辭。回到自己家中，一問家人，老道並沒回來。王員外一想：「老道是我的救命恩人，這一來，老道大概是沒臉見人，不肯回來。」王員外打算要謝老道幾千兩銀子，也不知老道那去了，自己覺得頗為煩悶，又想對不起老道，故此來到門口瞭望。

正在發愣，濟公趕奔上前，跪倒在地，口稱：「舅舅在上，甥兒李修緣給舅舅行禮。」王安士一瞧，是一個窮和尚，襤褸不堪。老員外一愣，並不認識，連忙說：「來人哪，給拿出兩吊錢來，給這位大師父。你趁此去罷。」王員外終朝每日找李修緣，恨不能李修緣一時回來；怎麼見了李修緣，倒叫給兩吊錢叫去呢？皆因王員外看著不是李修緣。想當年李修緣在家之時，是白臉膛，富豪公子的打扮。現在一臉的泥，又是窮和尚，老員外那裡認的出來！王員外只打算這和尚必是知道我的心思，他故意要這麼說，故此要給兩吊錢，叫和尚去罷。濟公跪著不起來，說：「舅舅不必拿錢，實是甥兒李修緣回來了。」王員外一聽，「啊」了一聲，正在發愣，王全、李福來到。王全一瞧這個窮和尚，在這跪著，也不知所因何故，趕緊上前行禮說：「爹爹在上，孩兒有禮！」王全是在鳳鳴居聽王祿說老員外差點死了，王全甚不放心，因此趕緊回來。見老員外正在門首，王全上前一磕頭。王安士說：「兒呀，你回來了！你可曾找著你表弟李修緣？」王全說：「孩兒並沒找著李修緣。在蕭山縣，孩兒遭了一場不白之冤的官司，差點喪了性命！因此孩兒回來了。」王安士點了點頭。王全就問：「你這和尚，跟我們走了一遭，為何在此跪著？」濟公說：「表兄，你不認識我了？我就是你表弟，李修緣回來了。」李福一看說：「你這和尚真是矇事！吃了我們一頓飯，你還來假充我小主人！我家公子我是認得的。」和尚說：「李福哥，你是不認識我了！我一洗臉，你就認識了。」王安士一聽說：「好，你進來洗洗臉，我看看。」立刻濟公同著眾人，來到書房。老員外吩咐家人打洗臉水來，家人答應，立刻把臉水打來。濟公一洗臉，把臉上的泥都洗去了。王安士再一看，何嘗不是李修緣！

王全一看就哭了，說：「表弟，你在蕭山縣見著我，你為何不說？你要說了，我早就把衣裳給你換了，何必叫你受這一路的苦楚！」李福一看，說：「哎呀！公子爺，你老人家千萬不可見怪！老奴實在太莽撞了。言語冒犯，望公子爺多多恕我！」濟公說：「你不必行禮，不知不怪。」王安士看出是自己的外甥，落到這般光景，老員外倒覺傷心，又是心疼，不覺掉下淚來，說：「修緣，你這孩子，怎麼做了和尚了？」濟公並不說實話，說：「我皆因由家中出去，遇見一個化小緣的窮和尚，他勸我出家，他說當了和尚，吃遍天下，走在那裡，都不用盤費。我一想也好，我就跟他出了家了。後來他把我的衣裳，全誆了跑了。我一作急，我就瘋了，因此我也不思回來。現在我在外面化小緣，遨遊四方，無拘無束，到處為家。常言說：『一日但有三抄米，不做人間酬應僧。』我一想出家倒比在家好，跳出紅塵，靜觀雲水，笑傲江湖，醉裡乾坤，壺中日月，榮辱不驚，禍福不計。雖處寂寥之濱，而心中快樂；雖僅藜藿之食，而物外逍遙！我是：『到處有緣到處樂，隨時隨分隨時安。』」王員外一聽，說：「你這孩子真是胡鬧！家中萬貫家財，享不盡的榮華，受不盡的富貴，你自己要不出去，何至落到這般景況！從出生以來，你那裡穿過這樣破爛的衣裳？再說你父母在日，由你從小就給你定下親事。現在劉素素姑娘父母早已故世，跟著他舅舅董員外住家，時常催我把你找回去，好迎娶過門。你這一出去，知道的，是你自己要出去的；不知道的，還說我貪圖你家的富貴，把你逼走了。你快把你這髒衣裳脫下來罷！王孝，你到裡面把公子爺的衣服拿出來，給他換上。」立刻家人答應，由裡面抱出一包袱衣裳來。

濟公換上文生公子的衣裳，把自己的舊帽、僧袍捲好，說：「舅舅，可千萬別把我這破衣裳扔了！扔了可有罪！等我還俗的時候，還得用這身衣裳。」王員外說：「既然如是，把這衣服拿到裡面去，交給安人收起來。等我擇一個好日子，到國清寺去給你還俗。」濟公點頭答應。老員外吩咐擺酒，家人答應。正要擦抹桌案，裡面婆子出來說：「老員外，老安人說了，叫李公子爺同咱們公子爺到裡頭去呢，老安人要瞧瞧哪！」王安士說：「好，兒呀，你同修緣到裡面見見安人。」王全這才同李修緣來到裡面。老安人一來多日沒見自己的兒子，二則也要瞧瞧外甥。王全先給娘親行了禮，李修緣這才給舅母行禮。老安人說：「修緣你在旁邊坐下，我且問你，這幾年在外面做什麼呢？」李修緣還是不說實話，就照著跟員外說的話，又對安人一說。在裡面說了幾句話，家人進來說：「書房擺上酒了，老員外等著跟二位公子爺吃飯呢。」王全、李修緣這才站起身，回奔外面。

來到書房，老員外正在這裡等候。家人已然把乾鮮果品，冷葷熱炒擺上。今天王安士心中甚為暢快，兒子也回來了，外甥也回來了，可以同在一桌吃酒，一面談心。老員外在上面坐，叫李修緣在旁邊上手裡坐下，王全在下手裡。爺三個同桌而食，開懷暢飲，甥舅父子一面吃酒，一面歡談。老員外要問問甥兒，這幾年在外面的根本源流細情，焉想到李修緣並不說實話，不肯說出自己的道德來歷。言語總帶著一半勸解老員外。濟公要打算渡脫娘舅，出家修行，無奈王安士貪戀紅塵，執迷不悟。三個人吃完了晚飯，把殘桌撤去，倒上茶來。老員外吩咐把臥具搬出來，今天同在書房安歇。家人把鋪蓋鋪設停當，老員外在一張床上，王全同修緣在一張床上躺下，談心敘話。王安士恐怕兒子外甥在外行路乏神，說多了話傷神，催促早睡，老員外說：「不必說話了，今天早點歇著，明天起來再說罷。」老員外說完了話，二目一閉，心神一定，正在迷迷離離，昏昏沉沉之際，老員外再一抬頭，嚇得亡魂皆冒！濟公禪師要施佛法，大展神通，暗渡娘舅。不知後事如何？且看下回分解。

第一百四十九回　妖婦獻形喚醒文美　真人贈藥救好修緣

話說王安士剛才睡著，忽見四外火起來了，王安士嚇得魂不附體，又怕把兒子外甥燒在裡面，趕緊說：「王全、李修緣快跟我走。」王全、李修緣跟著王安士就跑出來。正往前走著，只見後面來了一隻猛虎，搖頭擺尾，張著血盆大嘴，就趕過來。王安士帶著王全、李修緣，撒腿就跑，猛虎後面急追。正往前跑著，見眼前一道小河，截住去路，並沒有船隻。王安士一想：「這可了不得了！要叫猛虎追上，就沒了命了！」正在心中著急，忽見河裡的水嘩拉一響，當中露出一座蓮臺；在蓮臺上坐著一位老僧，頭戴五佛冠，身穿古銅色僧衣，脖領上掛著一百單八顆念珠，盤膝打坐，雙手打著悶心。王安士一瞧，趕緊就說：「聖僧救命！」那老和尚口念：「南無阿彌陀佛！善哉善哉，苦海無邊，回頭是岸。」說著話，老和尚掐了一朵蓮花，扔在河內，立刻這朵蓮花變了一隻船。那老和尚說：「王善人，你等上船罷！」王安士自己要上船，又怕猛虎趕到，把兒子外甥吃了，趕緊叫：「修緣快上船！兒呀，快上船！」王全、李修緣點頭，剛才上船，王安士還沒上船，猛虎趕到，張牙舞爪，張嘴就咬。王員外嚇的「呀」的一聲，驚醒了。睜眼一看，自己嚇的一身冷汗，原來是南柯一夢，王安士覺著心中亂跳。

方一明白，就聽李修緣那裡嚷：「舅舅，可了不得了！」王安士說：「修緣你嚷什麼？」李修緣說：「我做了一個怕夢，我看見咱們房子著了火，舅舅帶我們兩個人跑出去，又遇見一隻老虎，追咱們。咱們正跑著，見眼前一道大河過不去，忽然有一位老和尚坐著蓮臺，掐了一朵蓮花，扔在河裡，變了一隻船。他說：『苦海無邊，回頭是岸！』我同我表兄剛上船，瞧老虎來咬你，把我嚇醒了。」王員外一聽說：「真乃怪事！我方才也是做這個夢。」李修緣說：「舅舅要依我說，還是出家好，我看出家倒比在家好！人生百歲終是死，莫若修福種德，不修今世修來世，出家了一身之冤孽。像你老人家這個歲數，更應當出家才是。」王安士說：「你這孩子，瘋瘋顛顛，還說出家。我在這裡家中一呼百諾，出家有甚好處？你這孩子不想想你在外面這幾年出家，落的何等困苦艱難，風吹雨灑！再說你李氏門中，就是你一條根，並無三兄四弟，總想著光宗耀祖，顯達門庭，封妻蔭子，可以接續香煙。孟子曰：『不孝有三，無後為大。』你既讀孔、孟之書，必達周公之禮，莫不是你就忘懷了？」李修緣說：「舅舅此言差矣！你豈不知一子得道，九祖昇天？」老員外咳了一聲，賭氣不說了，又覺一沉睡，照樣又是一夢。如是者三次。

書中交代：這是濟公禪師要渡脫王安士，出離苦海，不想王安士連得三警，並不醒悟！聽外面天交三鼓，自己思想了半天，又復睡去。天光一亮，老員外、王全、李修緣俱起來了。家人伺候洗臉，吃茶吃點心。濟公就問：「舅舅，我韓文美韓大哥他怎麼沒有過來？」王員外說：「你韓大哥現在病著呢！」濟公說：「咱們得去瞧瞧他去，這幾年沒見了。」王員外說：「好，你我一同過去。」王全也跟著。三個人來到韓員外門首，一叫門，家人由裡面出來一瞧，說：「老員外過來了？」王安士說：「你到裡面回稟一聲，就提我外甥李修緣回來了，特意來望你家公子。」家人隨即轉身進去，少時出來說：「員外，我家公子有請。」王安士這才帶領李修緣往裡直奔。來到韓文美的臥室一瞧，韓成也在屋中，大眾彼此行禮。濟公一看韓文美，瘦得不像樣子，臉上一點血色都沒有。韓文美一瞧是李修緣，不是外人，有數年不見，趕緊說：「李賢弟，你這幾年上那去的？」濟公說：「我在外面化小緣來著。」韓文美說：「你化小緣一向可好？」濟公說：「化小緣也沒什麼好與不好，無非是到處有吃有喝就是了。韓大哥你這病，怎麼不吃藥呢？」韓文美說：「吃了許多的藥了，也不見好。」濟公說：「我這裡有一塊藥，給你吃罷。」韓文美說：「什麼藥？」濟公說：「伸腿瞪眼丸。」韓文美說：「兄弟，你別跟我玩笑呀，怎麼給我伸腿瞪眼丸吃？」濟公說：「你不知道，這藥一伸腿，一瞪眼，就好了，能治百病。這塊藥不是我的，是我偷的濟顛和尚的。」王員外拿眼瞪了他一眼。濟公說：「真是我偷的這個藥，勿論男婦老幼，諸般雜症，一吃就好。」韓文美立刻把藥吃了，真立刻覺著神清氣爽。

濟公說：「你這病是什麼病？你知道不知道？」韓文美說：「不知道。」和尚說：「我知道，你這病是虛癆。」韓文美說：「兄弟，你這可胡說！」濟公說：「不但我說你是虛癆，你還帶著妖氣，你的眼睛都發渾了。」韓文美說：「兄弟你是瘋了麼？」濟公說：「我一點不瘋，我瞧瞧我韓大嫂子在那裡呢？」韓文美說：「在西廂房呢。」濟公說：「我去瞧瞧去。」說著話，往外就走。眾人也都跟出來。濟公來到西廂房一看，說：「可是他？便是妖精。」韓文美說：「兄弟真瘋了，這是你嫂子，怎麼你說是妖精呢？這也就是兄弟你說；要是別人滿嘴胡說，我立刻就把他轟出去。」濟公也不答話，過去照定韓文美之妻，就是一個嘴巴。韓文美一看，就要翻臉；就見他妻子一張嘴，一口黑氣照濟公一噴，濟公當時翻身栽倒在地，人事不知，如同死了一樣。妖精顯露原形，一陣風竟自去了。韓文美看的明白，妖精現了原形，是有小驢子大的一個香獐子，駕風逃走。韓文美自己也愣了，心中這才明白：「敢情是這麼一個香獐子，天天跟我同床共枕？事到如今，我這才知道，從前恩愛，至此成空；昔日風流，而今安在？不怪人說芙蓉白面，盡是帶玉的骷髏；美豔紅妝，亦係殺人的利刃。」韓文美從此醒悟。

這個時節，王員外見外甥被妖精噴倒，真急了，連忙叫：「修緣醒來！」連叫數聲，叫之不應，喚之不醒。王員外一跺腳說：「這可怎麼好！盼來盼去，好容易把他盼回來，這要一死，真算是活該。」王全也著了急。老員外心中一想：「真要是李修緣由這一死，我把他的一份家業，全給他辦了喪事。」自己癡呆呆正在發愣，由外面進來一個家人，說：「王員外，現在外面來了一位老道，是梅花真人；他說知道李公子被妖精噴了，他特意前來搭救。他有仙丹妙藥，能夠起死回生。」王員外一聽，趕緊吩咐有請。只見老道由外面進來。王員外說：「仙長，你老人家慈悲慈悲罷！」老道掏出一塊藥來，叫人用陰陽水化開，給濟公灌下去。果然，少時就聽濟公肚子裡咕嚕嚕一響，睜開二目，翻身爬起來，立刻好了。濟公裝不認識孫道全，王員外一見孫道全將李修緣搭救好了，這才說：「仙長，你老人家別走了。前者救了我的性命，今天又救了我外甥，我實在感恩不盡！先請到我家去吃酒，我有一點薄意，要奉送仙長。」韓成此時也知道兒媳婦果是妖精，前者把老道打出去，大為抱愧，趕緊上前陪禮，說：「前者我實在粗魯，冒犯真人，我今天給真人陪罪！」老道哈哈一笑說：「二位員外，你我後會有期，我還有公事在身，暫且告辭。」說罷孫道全駕趁腳風竟自去了。老道是奉濟公之命，直奔上清宮，去給東方太悅老仙翁送信，這話不提。

單說王員外見老道走了，這才帶領王全、李修緣告辭，回到家中。剛要擺酒，只見張士芳由外面進來，這小子自從火燒了三清觀，他就講棚槓安人給他那四百銀子，連嫖帶賭把銀子都輸沒了。自己一想，還是沒落賸；又聽說王全、李修緣都回來了，張士芳一想：「這兩人一回來，我姑母就不能任我所為了，這兩個小子可是我的噎嗝。」他豈不想人家是自己的產業，為什麼是他的噎嗝？這小子天生來的狼心狗肺，他一想這兩人一回來，我姑母就不能給我錢；我莫如想法把他兩個人一害，將來王安士一死，百萬家資就全是我的了。想罷，到藥鋪買了一百錢砒霜，一百錢紅礬。藥鋪問他：「買這毒藥做什麼？」張士芳說：「配耗子藥。」將砒霜紅礬帶好，一直來到王安士家，要施展毒計，暗害王全、李修緣。不知後事如何？且看下回分解。

第一百五十回　買毒藥暗害表弟　點惡夢難度迷人

話說張士芳暗帶砒霜紅礬來到王安士家，一見老員外，張士芳說：「姑父你好了？我聽說我兩個兄弟回來了，我特意來瞧瞧！」王安士並不知張士芳勾串老道陷害他，還道張士芳是好人，怎麼一段緣故呢？皆因老安人偏疼內姪，王安士病好了，老安人給士芳倒說了許多的好話，說：「你病著，還是張士芳這孩子很不錯，見他兄弟不在家，瞧你要死，什麼事都張羅在頭裡；又給講棚，又去講槓，在這裡幫忙，亂了好幾天，見你好了才走的。」王安士聽夫人所說，信以為真，說：「這孩子就是不務正，其實倒沒別的不好。」今天張士芳一來，王安士倒很歡喜，說：「張士芳，你瞧你兩個表弟都回來了。你從此改邪歸正，我給修緣把喜事辦了，我也給你說個媳婦。」張士芳一瞧說：「表弟，你這幾年那去了？我還真想你！」這小子，嘴裡說好話，心裡盤算：「回頭我抽冷子❶，就把毒藥給擱在茶裡；再不然，擱到酒裡、飯碗裡，把他們兩個人一害死，我就發了財。」心裡思想害人，嘴裡很是仁義道德。李修緣說：「張大哥來了，咱們回頭一處吃飯罷。」王安士說：「好，你三個人在一桌吃，我瞧著倒喜歡。」說著話，家人把酒菜擺上。張士芳在當中上坐，王全、李修緣這兩個人皆在兩旁邊。剛要喝酒，濟公說：「張大哥，你瞧我這時候，要一跟人家在一個桌上吃飯，我就害怕，心裡總留神。如今好人少，

❶ 抽冷子：趁人不備時突然而發的舉動。

壞人多，我總怕嘴裡說好話，心裡打算要害我，買一百錢砒霜，一百錢紅礬，抽冷子給擱到飯碗裡；再不然，給擱到酒裡。」張士芳一聽說：「表弟，你這是瘋了，誰能夠害你呀？」濟公說：「去年有我們一個同伴的，也是窮和尚，他跟我一處吃飯，帶著毒藥，差點把我害了。由那一回，我跟人家一處吃飯，我常留著神；其實，咱們自己哥們，你還能害我麼？張大哥，你別多心，你身上帶著砒霜沒有？」張士芳說：「沒有。」濟公說：「你帶著紅礬哪？」張士芳說：「更沒有。」濟公說：「我也知道你不能，總是留點神好！」說的張士芳心裡亂跳。本來他心裡有病，他還納悶，怎麼世界上真有這一件事？嚇的他也不敢往外掏。一天兩頓飯，他也沒敢擱。天色已晚，老員外說：「張士芳你要沒走，你們三個人在這書房睡，我到後面去。」張士芳說：「就是罷。」老員外歸後面去，這三個人在書房安歇。王全同濟公在一張床上，張士芳在一張床上。王全躺下就睡著了，濟公也打鼾呼，惟有張士芳翻來覆去睡不著，心中盤算：「我總得把他們兩個人設法害了，我才能夠發財！」想來想去，沉沉昏昏睡去。剛才一沉，只見由外面進來一個人，有五十多歲，白臉膛，黑鬍子，頭戴青布纓翎帽，穿著青布靠衫，腰紮皮挺帶，薄底鸚𦡆窄腰快靴，手拿追魂取命牌。後面跟定一個小鬼，面似青泥，兩道紅眉，紅頭髮滋著，赤著背，圍著虎皮戰裙，手拿鋸翅釘狼牙棒。張士芳一瞧，嚇了一哆嗦。這公差說：「張士芳，你所作所為的事，你可知道？現在有人把你告下來了，你跟著走罷。」嘩啦一抖鐵鍊，把張士芳鎖上，拉著就走。張士芳說：「什麼事？」這位公差說：「你到了就知道了。」拉他趕快走著。張士芳就瞧走的這道路，黃沙漫漫，彷彿平生沒走過的道路。正往前走，見眼前一座牌樓，上寫「陰陽界」。張士芳一想：「了不得了！必是到了陰曹地府。」過了牌樓，往前走了不遠，只見眼前一座城池，好生險惡！但見：

陰風慘慘；黑霧漫漫；陰風中彷彿聞號哭之聲，黑霧內依稀見魑魅之像。披枷戴鎖，未知何日脫陰山！鋸解臼舂，不識甚時離地獄！目蓮母斜欹欄杆望孩兒，賈充妻呆坐奈河盼漢子。馬面牛頭，簇擁著曹瞞才過去；喪門弔客，勾率的王莽又重來。正是：人間不見姦淫輩，地府堆積受罪人。

張士芳一看，正在吃驚，只見有一個大鬼，身高一丈，膀闊三停，面似瓦灰，紅眉毛，紅眼睛，披散著頭髮，一身的毛，手拿三股托天叉，長得凶惡無比！高聲叫道：「汝是何方的游魂，來俺酆都地獄？快些說來，免受捉拿。」這公差說：「鬼王兄請了，我奉閻羅天子之命，將張士芳的鬼魂勾到。」大鬼說：「既然如是，放爾過去。」這公差拉著往前走，只見眼前一座大門，兩邊站立無數猙獰惡鬼，門口有一副對聯，上聯是：「陽世奸雄，傷天害理皆由你；」下聯是：「陰曹地府，古往今來放過誰？」橫匾是：「你可來了？」張士芳一看，嚇得膽戰心驚！進了大門一瞧，裡面彷彿像一座銀安殿，殿柱上有一副對聯，上聯是：「莫胡為，幻夢生花，算算眼前實不實？徒勞機巧。」下聯是：「休大膽，熱鐵洋銅，摸摸心頭怕不怕？仔細思量。」橫匾是：「善惡分明。」張士芳抬頭一看，上面是閻羅天子，端然正坐，頭戴五龍盤珠冠，龍頭朝前，龍尾朝後，身穿淡黃色滾龍袍，腰橫玉帶，篆底官靴。再往臉上一看，面如刀鐵，三綹黑鬍鬚，飄灑在胸前。真是鐵面無私，令人可怕！左右兩旁站著文武判官，一位拿著善惡簿，一位拿著生死簿。那判官都是頭戴軟翅烏紗，身穿大紅袍，圓領闊袖，束著一條犀角寶帶，足下方頭皂靴。兩邊還有牛頭馬面，許多猙獰惡鬼，排班站立。這位公差口稱：「閻羅天子在上，鬼卒奉敕旨將張士芳鬼魂帶到。」張士芳自己不由就跪下了。閻羅天子在上面，往下一看，說：「張士芳，你前世倒是積福做德，應於今世托生富貴人家，享安閒自在之福；不想你所作所為，俱都是傷天害理，在外面尋花問柳，敗壞良家婦女，損陰喪德；你又謀害你姑父王安士；今又想謀害你表弟王全、李修緣，實屬罪大惡極！來呀，鬼卒你帶張士芳先過秦廣王、楚江王、宋帝王、五官王、卞城王、泰山王、都市王、平等王、轉輪王、左三曹、右四曹、七十四司，然後帶他遊遍地獄。」

鬼卒一聲答應，拉著張士芳見過十殿閻羅，然後來到一個所在。一瞧，有兩個猙獰惡鬼，縛著一個人，拿刀正割舌頭。張士芳一看，說：「鬼王兄，這是怎麼回事？」公差說：「這個人在陽世之間，好談人閨閫❷，搬弄是非，胡言亂語，死後應入割舌地獄。」張士芳瞧著可怕，又往前走，有一個開膛摘心的，張士芳又問。鬼卒說：「這個人在陽世瞞心昧己，姦淫邪盜，死後應入剜心地獄。」說罷，又往前走，見有一座刀山，有幾個大鬼，舉起人來，就往上扔，都是刀尖衝上，扎的人身上鮮血直流。張士芳說：「這是因為什麼？」鬼卒說：「這是不孝父母，打爹罵娘，恨天怨地，喝雨呵風，死後應上刀山地獄。」再往前走，一看，有一根鐵柱，燒的通紅，叫一個人去抱，不抱，有大鬼就打。張士芳說：「這個怎麼回事？」鬼卒說：「這人在陽世姦淫婦女，敗人名節，死後應抱火柱。」說罷，又往前走，見有一座冰池，把人剝的赤身露體，臥在冰池凍著。張士芳一看就問，鬼卒說：「這人在生前唱大鼓書❸，專唱淫詞，引誘良家婦女，失身喪節，死後應該入寒冰地獄。」再往前看，有一個血池，有許多婦人，在裡面喝髒血。張士芳又問，鬼卒說：「這些婦人，有不敬翁姑的，有不惜五穀的，有不信神佛的，有

❷ 閨閫：古稱女子所居住的內室。此借指閨房隱私。閫，音ㄎㄨㄣˇ。

❸ 大鼓書：一種說唱藝術。用唱腔的方式講說民間故事。

不敬丈夫的，死後應該入汙池喝血。此即血汙池也。」看罷，又往前走了不遠，再一看有一桿秤，吊著一個人的脊背，說這個人在生前專用大斗小秤，損人利己，應該這樣報應。再一看，有倒磨磨的，有下油鍋的，有千刀萬剮的，有剝皮抽筋的，種種不一，都是在生前殺人放火，姦盜邪淫，是些犯罪的人。

張士芳遊夠多時，再一看有兩座金橋銀橋，有一個老者，長的慈眉善目，有兩個金童銀童，把著兩把扇，每人手裡托著一個盤子，盤子裡有一把摺扇，一塊醒木。張士芳就問：「這個人為何這樣清閒？」鬼卒說：「這個人在陽世，說評書，談今論古，講道德，說仁義，普渡群迷，勸人行善；死後金童銀童相送過金橋銀橋，超生在富貴人家。凡在陽世修橋、補路、放生、齋僧、布道、冬施薑湯、夏捨涼茶、濟困扶危、敬天地、禮神明、奉祖先、孝雙親，這些人死後，必過金橋銀橋。」張士芳自己點點頭：「不怪人說，善惡到頭終有報，只爭來早與來遲。」張士芳遊遍地獄，復又帶他見閻王爺，閻王爺吩咐：「把張士芳扔在油鍋熗了罷。」鬼卒一聲答應，眼瞧一個大油鍋，燒的油滾滾的，沸騰騰的，把張士芳拿起來，往裡就扔。嚇的張士芳「哎呀」一聲，睜眼一看，有一宗岔事驚人。不知後事如何？且看下回分解。

第一百五十一回　到地府見罪人惡心不改　遇妖怪起淫心喪命

傾生

話說鬼卒把張士芳往油鍋裡一扔，張士芳嚇得「哎喲」了一聲，一睜眼原來是南柯一夢。自己還在屋裡床上躺著，嚇的一身汗，被褥都濕了。剛一睜眼，就聽和尚那裡嚷：「可了不得了！心疼死我了，我的張大哥！」張士芳道：「李賢弟，你嚷什麼？」和尚說：「我做了一個怕夢，夢見來了兩個官人，把你鎖了去見閻王爺，閻王爺叫鬼卒帶你遊地獄，我在後面跟著。你遊完了地獄，閻王爺說你害王員外，又不知還想害什麼人，我瞧把你扔在油鍋裡，炸了個嘣脆透酥，把我嚇醒了。」張士芳一聽：「怪呀！怎麼我做的夢他知道呢？」自己心裡又一想：「做夢是心頭想，那有這些事呢！還是得想法子，把他們兩個人害了，我才能發財。不然，是不行！」心裡想著，又睡著了。照樣又是一夢，這回沒往油鍋裡扔，往刀山上一扔，又嚇醒了，又是一身涼汗。如是三次。張士芳嚇得心中亂跳，聽外面天交三鼓。張士芳一想：「我別在這睡了，這屋子有毛病，再睡得把我嚇死。」想罷，翻身爬起來說：「二位賢弟你們睡罷，我要走了。」王全也醒了，說：「張大哥，半夜三更你上那去？」張士芳說：「你別管，我是不在這了。」王全說：「既然如此，你叫家人開門。」張士芳穿好了衣裳，跑出來叫家人開門。眾人都剛睡著了，起來給他開門關好，沒有一個不罵他。本來這小子素常就不得人心。

張士芳出了永寧村，一直來到海棠橋，抬頭一看，秋月當空，水光似鏡，正在殘秋景況。金風飄灑，樹尖枝葉都發黃了。再一看橋下，一汪秋水，冷颼颼直望東流。夜深人靜，雞犬無聲。張士芳站在橋上，自己一想：「半夜三更上那去呢？莫若到勾欄院去，可以住一夜。」自己正在心中思想，忽聽北邊樹林之內，有婦人啼哭的聲音。張士芳順著聲音找去，到切近一看，果然是一個少婦，也不過至大有二十齡，嬌滴滴的聲音，哭的透著悲慘的了不得。張士芳借著月光細一看，這位婦人真是花容月貌，窄小金蓮不到三寸，稱得起蛾眉杏眼，芙蓉白面，頭上腳下，真個十成人才。張士芳一見，淫心已動，他本是個色中的餓鬼，花裡的魔王，忙叫道：「這位小娘子，為何黑夜的光景，在此啼哭？」這婦人抬頭看了一看說：「這位公子大爺要問，小婦人章氏，只為我丈夫不成人，好賭錢，把一份家業都押寶輸了，直落到家中無隔宿之糧。這還不算，他今天因為要錢，把我賣了，要指著還給輸帳。我故此晚上偷著出來，我打算在這裡痛哭一場，我一上吊，就算完了，一死方休。大爺你想，我是一點活路沒有！」張士芳一聽，心中一動，這可是便宜事，趕緊說：「小娘子，你別想不開，人死不能復生，你正在青春少年，死了太可惜的！你跟了我去好不好？」這婦人說：「呦，我跟你上那去？」張士芳說：「我告訴你，你在這街坊打聽打聽，我姓張叫張士芳，是這本地的財主；家裡有房屋地產，買賣銀樓緞號，我也是新近失的家；皆因沒有相對的，我也沒續絃。不是人家不給填房，再不然就是我不願意；我總要親眼得見人才長得好，我才要呢！你要跟了我去，咱們兩個人倒是郎才女貌。你一進門就當家，成箱子衣服穿，論匣子戴首飾，一呼百諾，你瞧好不好？」這婦人說：「公子爺你在那住？」張士芳說：「你跟我走罷。」伸手就要拉。這婦人說：「你瞧誰來了？」張士芳一回頭並沒人，再回頭一瞧，那婦人沒了。張士芳正在一愣，過來一個香獐子，就在張士芳咽喉一口，把張士芳按倒就吃，就剩下一個腦袋，一條大腿沒吃。書中交代：

這個婦人就是香獐子變的，奉濟公禪師之命，在這裡等著吃張士芳。這小子也是心太壞了，才能落到這樣收成，妖精從此走了。第二天王安士聽說張士芳走了，就派家人出來尋找。看見張士芳的人頭及大腿一條，回去一回稟王安士。王安士叫家人給買了一口棺材，把張士芳的腦袋腿裝上，埋在亂葬岡上，這話休提。

單說王安士要給李修緣還俗，然後好娶親，擇了一個好日子，先叫人給國清寺的方丈送信。李修緣本是當初國清寺許的跳牆的和尚❶。這天老員外同王全，送李修緣上國清寺去跳牆。老員外叫家人備上三匹馬，把李修緣原來那身破僧衣帶上，眾家人也都騎馬跟隨。剛一走出永寧村門口，和尚一施展驗法，他這匹馬就下去了。和尚來到一座樹林子，翻身下馬，把文生公子的衣裳都脫了去，仍舊把自己僧衣穿好，用手一指，把馬拴在樹上，用隱身法，把馬隱起來。和尚剛要往前走，只見那邊來了五六個窮和尚，說：「咱們快些走，晚了可就趕不上了。今天董員外的外甥女，劉百萬的女兒劉素素，齋僧布道，每人給二百錢，每人給一個饅頭。這位姑娘原本許配李節度之子李修緣。那知李修緣由十八歲走了，不知去向。姑娘住在舅舅家，董員外要給姑娘另找婆家，姑娘說：『忠臣不侍二主，烈女不嫁二夫，至死不二。』這位姑娘大才，咱們天台縣的紳衿富戶，都惦記說這位姑娘，董員外也逼著，叫姑娘不必等李修緣，另給找婆家。姑娘沒法子，出了一個對子，說誰要對上，就把姑娘給誰。姑娘這是難人，所以咱們台州府的舉監生員都對不上，碰釘子碰多了。姑娘最好行善，咱們去領饅頭錢去。」濟公聽見這片言語，知道

❶ 跳牆的和尚：舊時富貴人家的男孩在六、七歲時所舉行的一種出家儀式。目的是為了保佑孩童平安及身體健康。

這是未過門的妻子，濟公便趕過去說：「辛苦辛苦，咱們一同走。」眾和尚一看，說：「你也是去領饅頭上董家莊麼？」濟公說：「可不是麼？」

說著話，眼前不遠，出了這樹林子，就是董家莊。一進村口，路北大門，門口高搭席棚，眾僧人來到門首一看，有管家放錢放饅頭。濟公說：「我們一共七個和尚，給七個饅頭，一吊四百錢，都交給我罷，我再分給他們。」管家就拿了七個饅頭，一吊四百錢，都有一斤重一個，交給濟公。濟公拿著說：「饅頭你們自己拿著，錢到那邊慢慢分去。」說著話，一瞧門洞擺著一張桌子，上面有筆墨硯，押著一條對子，是十一個字，都有寶蓋，寫的是：

寄寓客家，牢守寒窗空寂寞。

和尚就問：「這條對子是幹什麼的？」管家說：「這是我們姑娘出的，我們員外說了：要有老頭給對上下聯，認一門乾親；要有僧道給對上，我們員外給修廟；要是文生公子給對上，只要年歲相當，情願把姑娘許配他。這個對子把我們本地念書人難住多了。」濟公說：「我給你對個下聯行不行？」管家說：「你能有這個才學，能配上下聯，我們員外給你准修一座廟。」

和尚拿起筆來就寫，寫完了，管家拿進去，叫婆子交給姑娘，姑娘一看，連聲讚美，真乃奇文、妙文、絕文。本來這條對子是不好對，他這上聯十一字都用寶蓋；再說姑娘這條對子，就說有終身之事，父母雙亡，在舅舅家住著，就算寄寓客家一般；牢守寒窗空寂寞，說的是自己孤身一人，獨坐香閨，心中寂寞，何時是出頭之日！要得下聯，還得意思對，十一字，字也得一個樣；或是全與亂絞絲，或是三點水，或是口字旁，或是單立人，雙立人，或用言字旁，全得言字，濟公對的下聯全是走之寫的，是：

遠避迷途，退還蓮逕返逍遙。

這十一個字的意思，書中交代：這位劉素素姑娘自落身以來，就是胎裡素，一點葷腥都不吃，他本是一位蓮花羅漢一轉，錯投了女胎。今天濟公來對這對子，是暗度他未過門的妻子。遠避迷途，言是人生在世上，如同大夢一場，彷彿在迷途之內，遠避迷途，即是要躲開迷途之意；退還蓮逕返逍遙，是不如出家倒逍遙自在。姑娘一看，連聲稱讚說：「快把這個人叫進來，我要見見。」家人說：「是一個窮和尚。」姑娘說：「勿論是僧是道，我要見。」家人到外再找和尚，蹤跡不見。和尚拿著一吊四百錢，施展驗法走了。這六個和尚一展眼，沒留神，見和尚沒了，這六個和尚趕緊就追。剛追出村口，一瞧，濟公正坐在地下挑錢呢，自言自語說：「這個是小錢，這二百不夠數。」這六個和尚一瞧，氣往上撞，大眾過來圍上濟公就打。不知後事如何？且看下回分解。

第一百五十二回　修緣公子朝寶悅　知覺羅漢會崑崙

話說濟公在地下數錢，六個化小緣的和尚趕到，大眾說：「好和尚，你把我們六個人的錢都拐了來，你還在這裡數錢！」說著話，這個和尚過來就是一拳。濟公說：「咱們一對一個的打。」六個和尚圍著濟公動手，誰要打濟公一拳，濟公必還一拳，六個人都不能多占便宜。正在動手之際，只見正北來了兩匹坐騎，騎馬的正是王孝、王福。老員外見李修緣的馬驚下來，趕緊派家人追趕。兩位管家正在尋找，見李公子又穿上了破僧衣，跟眾和尚打起來了。王孝趕緊下馬說：「別打！別打！」眾窮和尚說：「你別管，他把我們的錢誆了去。」王孝說：「你們別胡說了，還不滾開！這是我家公子爺。」眾和尚一聽，就不敢動手了。王孝說：「你們真要造反了，還不拿了錢走嗎？」眾和尚一聽，每人拿了二百錢，諾諾而退。

王孝說：「公子爺你上那去了？」濟公說：「我跟他們上董家莊化緣去了，領了一個饅頭，二百錢。」王孝說：「咳！公子爺，你也不怕人家恥笑！那不是外人家，董員外跟咱們還是親戚呢！你的馬呢？」和尚說：「那邊樹上拴著呢。」王孝說：「我們方才怎麼沒有瞧見？」和尚用手一指說：「那不是？」王孝、王福一回頭，果然馬在樹上拴著，這才一同來到樹林，把馬解下來，濟公翻身上馬，同家人回來。王員外說：「你上那去了？」濟公說：「沒上那去，我化緣去了。」王安士說：「你這孩子是胡鬧，已然要還俗，你還忘不了化緣？從此可不許你再化緣了！」濟公點頭答應，眾人催馬，這才直奔山坡國清寺來。原本這寺在半山坡裡，眾人催馬，剛來到山坡以下，只見國清寺廟門以外，兩旁邊一對一對和尚站著班迎接，大約有數十對僧人。王安士一看，只打算廟內方丈，知道王員外有錢，要這樣的恭敬，其實不然。當初國清寺的老方丈叫性空長老，現在老方丈圓寂了，是性空長老的徒弟寶悅和尚當家。性空長老乃是一位得道的高僧，臨圓寂之時，把徒弟寶悅叫到跟前，說：「某年某月某日，有知覺羅漢前來降香，必須如此這般，這等這樣。」故此寶悅和尚謹記在心。今天由大殿前往外排班，是五十四對，一百零八位和尚，各穿偏衫，手拿手爐手磬，口念真佛，迎接知覺羅漢，王安士那裡知道其中的細情！

眾人來到廟前下馬，濟公說：「這些個禿葫蘆頭。」大眾和尚心裡說：「這個和尚真討人嫌，他說我們是禿葫蘆頭，他也是和尚。」眾僧都是凡夫俗子，也不知道濟公的來歷。王員外眾人一進廟，寶悅和尚迎接出來，見了濟公打問訊。濟公也答禮相還，老員外並不解其意。寶悅說：「老員外來了？」王安士說：「方丈怎麼稱呼？」和尚說：「我叫寶悅。」書的節目，是修緣公子朝寶悅，知覺羅漢會崑崙。王安士今天來到國清寺，先施捨眾僧人，每人一件僧袍，每人一雙僧鞋，每人給錢兩吊。方丈請老員外在禪堂待茶，王安士說：「我今天特意給我外甥李修緣跳牆還俗，求老方丈慈悲慈悲罷！」寶悅和尚點頭，吩咐外面預備。眾人來到大殿之前燒上香，在大殿前擱著一條板凳，就算是牆。寶悅和尚說：「老員外，你外甥跳牆，我得打他一百禪杖，趕出廟去。」王安士一聽，說：「我外甥懦弱的身體，要打一百禪杖，他如何受的了？」寶悅和尚說：「不用真拿大禪杖，就拿一百根筷子以代禪杖；打一下，算十下。」老員外說：「這就是了。」寶悅和尚說：「修緣，我打過了你，你跳過板凳，跑出廟門就算完了。」

濟公點頭。寶悅拿起筷子一比，打一下，說：「啊！初一不燒香，十五不禮拜。前殿不打掃，後殿堆土塊。終朝飲美酒，狗肉隨身帶。出家亦無緣，送你還俗寨。脫下直裰來，趕出山門外。」說完了，叫李修緣跳牆。濟公跳過板凳，撒腿就往山門跑。王安士說：「別跑。」這句話未說完，就聽李修緣嚷：「我收不住腳了。」王安士眾人趕緊往外追，眼見李修緣掉在萬丈深的山澗之內。老員外一瞧，一跺腳說：「修緣兒呀！不想你死在這裡。」立刻放聲痛哭。寶悅和尚說：「老員外不必傷感，李修緣大有來歷。」老員外說：「罷了，他既是死了，我回家把他那份家業，全都給他念經設壇花了。」王全說：「爹爹不必這般！我看我表弟有些個道德，也許回家來點化你老人家，還不定死活呢！」寶悅和尚說：「公子之言有理，老員外請回罷。」王安士一概不聽，回家要超度李修緣。

書中交代：濟公那去了呢？羅漢借著遁法，直奔上清宮而來。來到上清宮一打門，由裡面出來了一個道童，一見是個窮和尚，破僧衣，短袖缺領，腰繫絨縧，疙裡疙瘩，光著兩隻腳，穿著兩隻草鞋，襤褸不堪。濟公早把三光閉住，道童就問：「和尚，你找誰呀？」和尚說：「煩勞仙童到裡面回稟一聲，就說我是西湖靈隱寺濟顛僧，前來拜訪你家觀主。」道童一聽，呵了一聲說：「你就是濟顛僧麼？你等著罷！」和尚說：「可以。」道童這才往裡回稟。此時老仙翁正會著客呢。書中交代：什麼人在這坐著呢？原來是上清宮後，天母宮的玉面長壽仙姑。他是五雲洞五雲老祖的女兒，他正在洞中打坐，忽見上清宮裡有一股妖氣沖天，玉面老妖狐一想：「怎麼上清宮會有妖精呢？我何不到那瞧瞧，是怎麼一段事？」自己這才來到上清宮，老仙翁見了他，以仙姑呼之。他見老仙翁，就稱呼老仙翁，這兩個人是對兵不鬥，老仙翁知道他父親是五雲老祖，管押天下群妖，勿論大小精靈，只要是披毛帶角，橫骨穿心，不是四造所生，脊背朝天，就屬五雲老祖所管。他有一宗聚妖旛，要一晃，天下的妖精全都得來到，仙翁故此也不惹他。玉面老妖狐也知道老仙翁道德深遠，廟裡有鎮觀之寶，有乾坤奧妙大葫蘆，勿論什麼妖精裝在裡面，一時三刻化為膿血，他也不敢惹老仙翁。今天老仙翁聽說玉面長壽仙姑來了，趕緊降階相迎，說：「仙姑來了，因何這樣閒在？」老妖狐說：「仙翁，我看你這廟內有一股妖氣沖天，不知是什麼一段緣故？」老仙翁用手一指說：「你來看。」老妖一看，屋裡房柁上，倒吊著一個小和尚，頭上有黑氣。老妖狐說：「這個和尚是誰呀？」老仙翁說：「塵世上出了個濟顛和尚，興三寶，滅三清，欺負我三清教門下：火燒了祥雲觀，燒死張妙興，火燒雲煙塔，雷擊華清風，捉拿張妙元，戲耍褚道緣、張道陵。這個妖精是濟顛的徒弟，我把他吊起來等濟顛。濟顛一天不來，我吊他一天；那時濟顛來了，我把他放開，我要看他是何等人物！」玉面老妖狐說：「老仙翁，那時濟顛來了，你千萬替我送信。我大徒弟在臨安城周宅跟周公子有一段金玉良緣，無故被他趕回來；我三徒弟章氏香娘，在永寧村韓員外家，也被他趕回來；我還有一個小徒弟，在小月屯被他殺了。我說我徒弟不會跟他們鬥法麼？他們說惹不起他。那時濟顛僧要來了，你給我一個信，我來略施小術，就把他拿了，替我徒兒們報報仇。」老仙翁說：「好，既是仙姑肯費其心，那時濟顛僧來，我必給你送信。」正說著話，童子進來說：「師父，濟顛找你來了。」其實濟顛沒這麼說，是說來拜訪觀主，他要給這麼傳話。老仙翁也是個高人，趕緊說有請。道童出來並不說有請，說：「我師父叫你走進去呢。」和尚並不嗔怪，說：「可以，進去就進去。」當時濟公禪師腳步踉蹌，一溜歪斜，梯拖梯拖直奔裡面。一見老仙翁要僧道鬥法，且看下回分解。

第一百五十三回　玉面狐上清宮訪道　濟禪師天台山會仙

話說老仙翁吩咐有請濟公，老仙翁心中思想：「我見濟顛，看看是何許人也？要是大路金仙，頭上有白氣；要是西方的羅漢，頭上有金光、佛光、靈光；他要是妖精，必有黑氣；要是凡夫俗子，我也看得出來。」正在思想之際，見和尚自外面進來。老仙翁一看，乃是凡夫俗子，心裡說：「聞名不如見面，見面勝是聞名。褚道緣、張道陵太也無能，受他的挫辱，真正可笑！」老妖狐一看，也是這樣想：「憑他一個凡夫俗子，我徒弟會不敢惹他。」和尚來到鶴軒一看，這院子是東跨院，北房五間，明三暗五。北上房鶴軒簾櫳高捲，靠北牆一張條桌，上面擺著許多的經卷，老子道德五千言。正當中掛著乾坤奧妙大葫蘆。前頭一張八仙桌，兩邊有椅子，上首椅子上坐著一個道姑，約有四十來往的年歲，白淨面皮，很透著年少的樣子，長的甚為美貌。頭戴青布道冠，身穿藍布道袍，青護領相襯，白襪雲鞋，下首椅子上坐著老仙翁。和尚一看，說：「你們公母倆好呀？」玉面老妖狐一聽，臊的面一紅；老仙翁一聽，呵了一聲說：「來者是靈隱寺濟公？」和尚說：「豈敢，仙翁，我叫道濟。」仙翁說：「道濟。」和尚說：「呦，好說，太悅。」老仙翁說：「顛僧。」和尚說：「毛道。」老仙翁說：「顛僧真乃大膽！」和尚說：「膽子小，還不敢來呢！」老妖狐說：「我打算怎樣個濟顛和尚呢？原來是一個丐僧！你瞧你這件破僧衣，實在難堪！」和尚微然一笑說：「人莫笑我這件破僧衣，我這件僧衣甚出奇。三萬六千窟窿眼，六十四塊補釘嵌。打開遮天能蓋地，認上袖袂一僧衣。冬暖夏涼春溫熱，秋令時節蟲遠離。有人要問價多少，萬兩黃金不與衣。」老仙翁一聽，哈哈大笑說：「你知道你的僧衣有好處，你可知道我這身上穿的衲頭？我常說：這衲頭，不中看，不是紗來不是緞。冬天穿上暖如綿，夏天穿上如涼扇。不拆洗，不替換。也不染，也不練，不用紅花不用靛。線腳八萬四千行，補釘六百七十片，乾三連，坤六斷。離中虛，坎中滿。中間星斗朗朗明，外邊世界無邊岸。也曾穿至廣寒宮，也曾穿赴蟠桃宴。休笑這件衲頭衣，飛騰直上靈霄殿。」和尚一聽說：「好好好，你把我徒弟拿來，叫我來怎麼樣呢？」老仙翁說：「和尚，你可知世事如棋局，不著者便是高手；一身似瓦甕，打破了才見真空。」和尚說：「你可知道一枝竹杖擔風月，擔起亦要歇肩；兩個空拳握古今，握住也須放手。」老仙翁說：「好，既然如是，咱們兩個人，今天就分個強存弱死，真在假亡！」和尚說：「你先把我徒弟放開，有什麼話咱們再講。」老仙翁說：「可以。」立刻先把小悟禪放下來。悟禪一晃腦袋，說：「師父，你瞧咱們爺們，準沒含糊，吊了我這幾天，我準哼哈沒有。」濟公說：「好，這才是我的徒弟。」老仙翁說：「顛僧，咱們到院中來較量較量。」和尚說：「毛道你出來。」老仙翁剛要動手，玉面長壽仙姑說：「仙翁暫且息怒，諒此無名小輩，何必仙翁跟他動手！割雞焉用牛刀，待我拿他罷。」

說著話，那老妖狐拉出寶劍，照定和尚劈頭剁來；和尚一閃身，滋溜躲開，伸手一把沒摸住。老妖狐臊的面紅耳赤，說：「好顛僧，膽子真不小！仙姑今天非得將你拿住不可。」和尚說：「那是膽子不小，旗杆上縛雞翎。」老妖狐一劍跟著一劍，和尚真快，滋溜滋溜直跑。左一把，右一把，老妖狐真急了，說：「顛僧真正找死，我叫你知道我的厲害！待仙姑用寶取你。」說話中間，掏出一根綑仙繩，長夠九寸九，按三寸三分為三才，又名叫「子母陰魂繩」。這繩子練的時候，先得害一個懷男胎的婦人，把婦人開了膛，用子母血把這根繩子染了。有符咒推著，借天地正氣，日月精華，練七七四十九日。這繩子扔起來，能長能短，勿論什麼妖精，綑上就顯原形；連大路金仙綑上，都得去五百年道行。今天老妖狐把這根繩子祭起來，口中念念有詞，說聲「敕令！」眼瞧這根繩金光繚繞，直奔和尚。和尚就嚷：「了不得了！快救人呀！」話音未了，這根繩早已把和尚綑上，和尚翻身栽倒。仙姑微然一笑說：「我打算濟顛有多大法力，原來是個無能之輩！我也不殺你，爾等去把他搭著，扔到後面山澗裡去罷。老仙翁，你看我略施小術，就把他拿住。」老仙翁一看，哈哈大笑，說：「這點小法術，他就不行了。爾等把他捺到後山去罷。」此時雷鳴、陳亮、孫道全都在後面。小悟禪在旁，瞧著師父被人家綑上，有心過去罷，又不是這兩個人的對手；雖然不敢過去，口中不乾不淨的還是直罵。玉面長壽仙姑一聽，氣往上撞，說：「要不然，我倒不殺濟顛和尚，衝著你，我把他殺了。」說罷，就要舉寶劍來殺，老仙翁趕緊就攔，說：「仙姑且慢動手，我這廟中是清靜之地，要把他殺了，豈不把我這院子髒了？」正說著話，只見由外面梯拖梯拖和尚來了。老仙翁老妖狐一瞧愣了！再一看，綑的不是和尚，是老仙翁的二徒弟小道童。

老仙翁把徒弟放開一瞧，綑的都沒氣了。老仙翁氣的鬚眉皆張，先把徒弟救了，給了一塊藥吃。老妖狐說：「好顛僧，你真氣死我也！」和尚說：「我氣死你，你就死罷。」老妖狐立刻伸手，又掏出一種寶貝來，口中念念有詞；和尚一看，由半懸空來了許多毒蛇怪蟒，兔鹿狐獾，這個就要咬和尚，那個就要盤和尚。和尚哈哈一笑，用手一指，口念：「唵嘛呢叭𠺗吽！唵敕令赫！」立刻一道黃光，這些東西全都化為紙的，這本是障眼法。老妖狐一見，說：「好顛僧，膽敢破我的法寶！真是人無害虎心，虎有傷人意。今天你休怨仙姑狠毒，這是你自找其禍！」說罷，口中念念有詞，一抖手，只聽呱啦一聲，一道火光，原來是一塊石頭，泰山壓頂，照和尚砸下來。他這塊石頭名叫「雷火石」，最厲害無比，勿論什麼精靈，打上就要死；島洞金仙，要被石子打上，得打去白光。今天濟公一看說：「呦，好東西！」用手一指，口念六字真言：「唵嘛呢叭𠺗吽！唵敕令赫！」這塊石頭一道黃光，復就歸原，被和尚一揚手接了去。老妖狐見和尚連破他三宗法寶，不能取勝，自己臊的滿面通紅！老仙翁說：「仙姑，你不必跟他為仇做對，待我來拿他。」擺寶劍照和尚就剁，和尚滋溜一閃身，一把沒摸著，老仙翁就把八仙劍的門路施展開了，真是：

拐李先生劍法高，洞賓架勢甚英豪，鍾離背劍清風客，果老湛盧削鳳毛，國舅走動神鬼懼，彩和四面放光毫，仙姑擺下八仙陣，湘子追魂命難逃。

老仙翁這個八仙劍施展開了，和尚圍著亂繞，老仙翁的劍又砍不到和尚的身上，老道真急了！此時陳亮、雷鳴、孫道全、夜行鬼小崑崙郭順，都得了信，來到前面一看，郭順說：「這怎麼辦？僧道都是我師父，打起來了。」依著孫道全打算，眾人過去給老道跪著，給講合。見老仙翁那個氣大了，動著手，老道說：「顛僧，就憑你這麼個凡夫俗子，也敢這樣個猖狂？你叫我三聲祖師爺，我饒你不死。」和尚說道：「毛道，你叫我三聲祖宗大和尚老爺，我也叫你不活。」老道一聽，氣往上撞！立刻口中一念咒，就地起了一陣狂風，真是：

好大風，好大風，聲如牛吼令人驚。損林木，如同劈砍，遮日光，殺氣騰空。天昏離，宇宙封，滾滾塵沙來的凶。從古也聞風古怪，不似今朝古怪風。

一陣狂風大作，和尚眾人一看，又一宗岔事驚人，不知後事如何？且看下回分解。

第一百五十四回　老仙翁法鬥濟公　請葫蘆驚走妖狐

話說老仙翁一念咒，一陣狂風大作，和尚一看，老道會分身法，又變出一個老仙翁來；也是跟他一樣，手裡拿著寶劍。這個拿寶劍就砍，那個就扎。和尚說：「好的，老道會分窠，又下了一個。」說著話，兩個老道各掐訣念咒，兩個老道化出四個來。四個老道還是不行，把和尚圍上，和尚滋溜滋溜跑的真快，四個老道還是砍不著和尚。四個老道一念咒，變八個，八個化十六個，十六個變三十二個，三十二個化六十四個，老道一院子都滿了。和尚滋溜滋溜亂跑，和尚說：「我可真急了！」立刻和尚抓了一把土，口念：「唵嘛呢叭⿰口迷吽！唵敕令赫！」一陣狂風，變出無數的老仙姑，這個老仙姑抱著那個老道不肯放，那個老仙姑抱了這個老仙翁叫乖乖。老道一瞧，事情不好，當時把舌尖咬破，一口血噴出來，把無數的老道收回去，仙姑也化了。玉面老妖狐氣的要與和尚拚命，臊得滿面紅赤。老仙翁說：「仙姑不用著急，待我今天要顛僧的命。」立刻由那屋裡，把乾坤奧妙大葫蘆拿出來。老妖狐知道這葫蘆的利害，勿論什麼妖精裝到裡面，一時三刻化為膿血。老妖狐他雖有八千年道行，他也當不了，急忙一跺腳，駕起妖風，竟自逃走。

老仙翁把葫蘆在手中一擎，說：「顛僧，你可認識我這葫蘆？」和尚說：「我怎麼不認識？這必是酒鋪裡的幌子，給你偷來的。我常在酒鋪裡喝酒，聽說你要賒酒，酒鋪不賒給你，你一恨，把人家幌子偷來。」老仙翁說：「你胡說！你可知道我這葫蘆的來歷？」和尚說：「我不是說酒鋪的幌子嗎？」老仙翁道，告訴你：

蔓是甲年栽，花是甲月開；甲日結葫蘆，還得甲時摘。裡面按五行，外面按三才；吸得精靈物，霎時化灰塵。

我這葫蘆經過四個甲子，勿論什麼精靈裝在裡面，一時三刻化為膿血；你別看我葫蘆小，能裝三山五岳，萬國九洲。和尚說：「還有些什麼個奧妙呢？」老仙翁說：「我要把你裝在裡頭，六個時辰，就把你化為膿血。」和尚說：「咱們兩個人，也沒有這麼大冤仇呀！你何必要我的命呢？你要把我裝到裡面，我要難受，我說：『道爺你饒了我罷！』我一嚷，你可把我放出來？」老仙翁說：「可以，只要你知我的利害，服了我，我就饒你。」和尚說：「隨你裝罷。」老仙翁立刻把葫蘆蓋一拔，口中念念有詞，只見出來一道霞光，金光繚繞，瑞氣千條，霞光一片；眼瞧把和尚一裹，展眼之際，就見和尚給霞光繞的瞧不真了。老仙翁把霞光一收，葫蘆蓋一蓋。老仙翁叫道：「顛僧。」就聽和尚果在葫蘆裡答應：「哎。」老仙翁說：「顛僧，你覺著怎麼樣？」就聽葫蘆裡說：「這倒很好，我有個地方住著，倒不錯。」老仙翁說：「顛僧，你不央求我，少時就把你化了。」這個時候，夜行鬼小崑崙郭順、孫道全、雷鳴、陳亮連小悟禪，都給老仙翁跪下了。眾人說：「祖師爺饒命！我師父有點瘋瘋顛顛，你不要跟他一般見識。」郭順說：「濟公也是我的師父，前者我師父在曲州府五里碑也救過我的性命，求師父看在弟子面上，把濟公放出來罷。」老仙翁說：「我山人原本和他往日無冤，近日無仇，皆因他興三寶，滅三清，欺負我們三清教的門人太過！我也要給三清教轉轉臉面。既是救過我徒弟，你等起來，我山人不要他的命就是了。」眾人這才起來，老仙翁剛要往外放濟顛，只見和尚又打外面梯拖梯拖進來了。眾人一瞧，也都愣了！

老仙翁呵了一聲，說：「顛僧，我將你裝在葫蘆之內，你怎麼會跑出來了？」和尚說：「我在裡頭悶的很，故此擠了出來。」老仙翁一瞧，葫蘆蓋蓋著，怎麼會擠出來呢？葫蘆還覺著很沉重。老仙翁掀開蓋往外一倒，「叭噠」倒出來，原來是和尚那一頂破僧帽。老仙翁說：「原來是這一頂破僧帽。」和尚說：「你別瞧不起這頂破僧帽，你還架不住我這頂帽子一打呢！」老仙翁一想：「我仰觀知天文，俯察知地理，我怕他這僧帽！」想罷，說：「和尚，你這帽子有多大來歷？」和尚說：「倒沒有什麼來歷，有點厲害！」老仙翁說：「我卻不信，你把帽子的利害，拿出來我瞧瞧！」和尚說：「可以。」立刻把帽子往上一扔，口念六字真言。老道一瞧：這帽子起在半懸空，霞光萬道，瑞氣千條，金光繚繞，猶如一座泰山，照老道壓下來。老仙翁一看，暗說：「不好。」心中一動：「這個和尚必有點來歷，也許是故意戲耍我！」老道見帽子要落下來，老道知道是利害，真急了；口中一念真言，立刻天門開了，由天靈蓋出來有一只多長的一個小老道，伸上兩隻手要接帽子。這就是老道的那點真道行，將來他要功成了，把皮肉囊一脫，就由天靈門走了。要不然，一落生的孩子，天靈蓋會動，那就是天門；等到一懂人事，會說話了，天門就閉上了。老道自己這點真靈，今天顯露出來，和尚這帽子要真打下來，得把老道打去五百年的道行。

濟公想和老道無冤無仇，又知道老道素常是好人，羅漢爺不忍傷他，用手一指，把帽子收回去，說：

「仙翁你別聽褚道緣、張道陵一面之詞。火燒祥雲觀，只因張妙興無故施展五鬼釘頭法，七箭鎖陽喉，惡化梁萬蒼；雷擊華清風，因為他練五鬼陰風劍，子母陰魂劍害人；孟清元身受國法，因他在馬家湖殺人；皆因他等為非作惡，實不可解！我和尚有好生之德，並非無故殺害生靈！褚道緣年幼無知，他要跟我和尚做對，我和尚才報應他。大概仙翁你也不知我和尚是誰？」說著話，和尚摸著天靈蓋，露出佛光、金光、靈光。老仙翁一看，和尚身高丈六，頭如麥斗，面如獅蓋；身穿直裰，赤著兩隻腳，光著兩隻腿，是一位活包包的知覺羅漢。老仙翁一看，連忙稽首，口念無量佛，說：「原來是聖僧，弟子不知，多有冒犯！望聖僧大發慈悲，不要跟弟子一般見識，聖僧請屋裡坐。」和尚說：「仙翁不必陪罪，你我倒要多親近呢！」老仙翁立刻把和尚讓到屋中，吩咐童子擺酒。和尚說：「且慢吃酒，我奉煩仙翁一件事。」仙翁說：「聖僧有什麼事，只管吩咐。」和尚說：「現在我娘舅王安士家中，要念經設壇，我這裡有一封信柬，求老仙翁駕趁腳風，送到永寧村，交到就回來，你我再吃酒。」老仙翁說：「是。」立刻接過字柬，竟自去了。

書中交代：王安士從國清寺回來，要搭棚辦事，叫國清寺給念經，用九十九個和尚，要三放燄口；一百零八個和尚，念梁王經，誰勸也不聽。老員外正要派家人去張羅，辦事搭棚，知會親友，大辦白事，超度李修緣。王員外要打算把李修緣的那一份家業，全都給花了。正在忙亂之際，外面一聲「無量佛」，家人一看，是一位老道，面如古月，髮如三冬雪，鬚賽九秋霜，一部銀髯，身穿破衲直身，背後揹定乾坤奧妙大葫蘆。家人有認識的，說：「這不是天台山的那位神仙麼？」這方都知道天台山上有神仙，在山下也瞧的見山上，隱隱有樹有廟，就是人上不去，山前沒有山道，且山上毒蛇怪蟒極多，也沒人敢去。

老仙翁常下山採藥，人人都知道他是神仙。其實後山有道上去，並不費事，有樹影著，沒有人知道；老仙翁也不告訴人，不願跟仕宦人來往，山上所為清靜。今天老仙翁來到門首，說：「我乃天台山上清宮崑崙子是也，貧道特意前來給你王善人送信。」家人把信接過，拿到這裡面說：「回稟員外爺，現有天台山那位神仙前來送信。」王安士接過信來，打開一看，呵了一聲，目瞪口呆！不知濟公上面寫的何等話說？且看下回分解。

第一百五十五回　送書信良言勸娘舅　回靈隱廣亮請聖僧

話說王安士打開書信一看，認得是李修緣的筆跡，上面寫著四句話，寫的是：

不必念經與設壇，實是未死李修緣。大略不過三二載，修緣必定轉回還。

王安士一看，呵了一聲，甚為詫異！立刻叫家人把老道請進來。家人出來再找老道，蹤跡不見。老仙翁早駕趁腳風回到廟中，說：「聖僧吩咐，弟子已將信送去。」和尚說：「勞駕！勞駕！仙翁不必太謙，我和尚將來還有奉求之事，非仙翁助我一臂之力不可。」老仙翁說：「只要聖僧給我一個信，我必到。」立刻吩咐擺酒。老仙翁陪著和尚喝酒，二人一盤桓，倒是道義相投。老仙翁說：「聖僧這打算上那去?」和尚說：「我得回廟，現在我廟中有要緊事，有人找我，不回去是不行的。但只一件，別的徒弟都可以帶回廟去；惟有這個徒弟，他是個妖精，若到臨安城，天子腳下，多有不便。」老仙翁說：「那倒好辦！我給他寫封信，叫他奔九松山松泉寺去，給長眉羅漢去看廟。長眉羅漢叫靈空長老，僧門中是他掌教。他本是韋馱轉世，手使降魔寶杵，所有天下的妖精，皆屬靈空長老所管。道門中就是萬松山紫霞真人李涵陵掌教。他兩個人十年一查山，大概三兩天必到我這裡來，聖僧何妨在我這多住幾天，等他二人來了，我給你引見引見。」和尚說：「我實在有事，你我後會有期。就煩仙翁給寫一封信，叫我徒弟悟禪去。」

老仙翁當時寫了一封信，由濟公交給悟禪；悟禪立刻告辭，竟自去了。和尚說：「雷鳴、陳亮，你二人拿我這簡帖……，附耳如此這般，別給我耽誤事！」雷鳴、陳亮點頭。和尚說：「悟真，你也回你的廟，安置安置，到靈隱寺找我去。」孫道全點頭，同雷鳴、陳亮各自告辭，一同下山去了。

和尚同老仙翁喝完了酒，和尚也告辭。老仙翁送到外面，和尚告了別，一施展驗法，展眼到了靈隱寺。剛到廟門首說：「辛苦！辛苦！」門頭僧一瞧，說：「濟師父你可回來了！監寺的廣亮找了你幾天了，打發人在臨安各酒館，連你所認識的各施主家，都找過了。你快上監寺的屋裡去罷。」和尚說：「可以。」梯拖梯拖進了廟。剛來到裡面，廣亮瞧見說：「師弟，你回來了，到我這屋裡來罷。」濟公說：「師兄，你好呢？」廣亮說：「好，承問承問。」立刻把濟公讓到屋中。廣亮說：「師弟，你多日沒回來了，我今日給你接風。我知道你吃葷，我給你擺一桌上等海味，師弟，你可一個人吃。我們吃素，都不能陪你呢。去多要幾斤好紹興酒來。」手下伺候人答應而去，工夫不大，把酒擺上，濟公也不謙讓，坐下就吃。喝了三杯酒之後，濟公道：「吃人酒飯，得與人做事；使人錢財，得與人消災。師兄，今天請我喝酒，必然有事罷！素常我在廟裡一喝酒，你就說我犯了清規，應當打四十軍棍，趕出廟去，這都是你的主意。今天你做主叫我喝酒，你是知法犯法，罪加一等。」廣亮說：「你別說了，我今天是給你陪不是的。素常我們哥倆，有些言差語錯，別管怎麼樣，我們總不是外人，你還能記恨麼？」濟公說：「你別繞彎了，不用這些零碎，有什麼話兒直說罷。」廣亮說：「既如是，」便向外道：「你們兩個人進來，給你師叔磕頭。」說著話，只見由外面進來兩個小和尚，給濟公跪下磕頭，跪著不起來。濟公一看這兩個小和尚都是面黃肌瘦，羅漢爺一按靈光，早已察覺明白。

這兩個小和尚是怎麼一段事呢？皆因石杭縣南門外頭，有一座萬緣橋，這座橋年深日久失修，全都坍了，不能走人。萬緣橋本是一條大路，行路人極多，橋塌了，隔著一條河，過不去來往人了。後來就有人在這河裡擺渡，過一個空行人，要十個錢；過一個挑子，要五十錢；過一輛車，要一百錢；過一頂轎，要二百錢；一天這擺渡能落幾十吊錢。過路人非得打這邊過去，沒處可繞，日子長了，他就靠擺渡訛人。就有人瞧出便宜來；人為財死，鳥為食亡，人家也在那邊擺擺渡，比他那邊減價一半。自然他這邊就沒有買賣了，他就不叫人家擺。人家說：「你也不奉官❶，許你擺，就得許我。」兩造裡一爭競，就打起來了；彼此一邀人，一打群架，兩下裡都受了傷，就在石杭縣打了官司。知縣一坐堂，把原被告帶上去一訊問，兩個人一個姓趙行大，一個姓楊行三。知縣道：「你們因為什麼打架？」趙大說：「回稟老爺，只因萬緣橋坍了，不能過人，我在那裡擺擺渡；他也擺擺渡，搶我的買賣。」楊三說：「回稟老爺，他擺渡，過一個人要十個錢，挑子要五十，一輛車要一百錢，一頂轎要二百；我擺渡比他減價一半，所為渡人，他不叫我擺，所以打起來。他邀人把我的伙計都打傷了。」知縣一聽說：「你這兩個東西都混帳！萬緣橋係官道，誰許你們在這裡訛人生事？每人罰你們五百吊錢，交出來，好公修萬緣橋，下去具結完案；不然，我要重辦你們。」這兩個人無法，每人交五百吊錢，具結完了案。知縣把地方傳來一問：「這座萬緣橋，可以修補修補行不行？」地方說：「回老爺，這座萬緣橋自宋室鼎立以來，這橋工程浩大，獨立難成，甚不易修。」知縣一聽，立刻坐轎，帶人來到萬緣橋一驗。瞧那橋上兩岸泊的磚石都沒了，還有新起的印。知縣一問地方說：「這橋上的磚石，都那去了？」地方說：「下役不知被

---

❶ 奉官：獲得官方批准。

誰偷去。」知縣回衙，立刻派人各處去訪查：「看萬緣橋的石頭大磚在誰家，前來稟我知道，我必要重辦他。」

官人領堂諭出來一訪，見海潮寺的後牆，有橋上磚石修的。官人看明白，立刻回稟知縣；知縣立刻出簽票，鎖帶海潮寺的和尚。海潮寺的方丈名叫廣慧，他有兩個徒弟，叫智清、智靜。官人來到廣慧廟中，就把師徒三個鎖到衙門。老爺一升堂，吩咐把僧人帶上來，廣慧同智清、智靜上堂，各報名磕頭。知縣說：「你既是出家人，就應該奉公守法，無故把萬緣橋的磚石偷去，賣錢修牆，你是認打認罰？要認打，我把你的廟入官，還要重重辦你；認罰，你給我化緣，化一萬銀子修萬緣橋。」廣慧說：「僧人願意認罰化緣。」知縣說：「你們願意認罰好！」立刻派了四個官人，押著廣慧、智清、智靜，每人揹五塊磚頭遊街；還叫他手打銅鑼，嘴裡說：

尊聲列位請聽言，手打鑼兒來化緣。施主要問因何故，只因偷了萬緣橋的磚。

四個官人押著，不說就打。天天出去，這五塊磚揹著，誰瞧見誰也不施捨，都說：「有錢也不給賊和尚。」師徒三個，這點罪實受不了啦！廣慧說：「智清、智靜，你兩個人到靈隱寺去找你師叔去罷！他在那廟裡監寺。他那廟裡有一位活佛濟顛，叫你師叔求求活佛濟顛慈悲慈悲，求給咱們化緣。他老人家名頭高大，化兩萬都化得了。」這才在官人手裡化了兩個錢在老爺跟前給遞了病呈，提說和尚都病了，老爺准了病假。智清、智靜直奔靈隱寺而來，一見廣亮，智清說：「師叔，了不得了！出了塌天大禍。」廣亮一問，智清把偷磚，現在怎麼化緣受罪的話一說。又說：「我師父叫我來找師叔，你給轉求活佛濟顛，幫我們化化緣；他老人家名頭高大，準化的出來。」廣亮說：「他可有點奇巧古怪的能為！這臨安城紳董富戶，上至宰相，下至庶人，沒有不敬服他的！他給人家治的病就多了。無奈他多日沒回廟了，他不定在那酒飯館裡；再不然，就是臨安城這些富戶家裡住著。」就趕緊派人去找。所有各酒飯館，是濟公有往來的地方，全找到了，都沒找著。今天找了第五天，忽然濟公回來；廣亮這才置酒款待，要求羅漢爺化緣。後事如何？且看下回分解。

第一百五十六回　驗橋口捉拿賊和尚　見縣主重修萬緣橋

話說濟公回到廟中，廣亮甚為喜悅，先給濟公要了一桌酒，這才叫智清、智靜進來，給濟公磕頭。濟公說：「師兄，你瞧我昨天做了一個夢。」廣亮說：「做甚夢？」濟公說：「我夢見一個賊和尚，又帶著兩個生賊，每個揹著五塊磚，手打銅鑼，口中直嚷：『尊聲列位請聽言，手打銅鑼來化緣，施主要問因何故，只因偷了萬緣橋的磚。』有四個官人押著，不嚷就打。你說這個夢，新鮮不新鮮？」廣亮一想：「怪呀！他怎麼會知道？」這才說：「師弟，你做這夢，倒是真事。這兩個小和尚是我的師姪，他師父叫廣慧，在萬緣橋海潮寺當家。只因他們把萬緣橋的磚頭，搬了幾塊；現在石杭縣把他們師徒三個鎖了去，叫他們揹著磚，化一萬銀子修萬緣橋。你想誰能施捨？他們實在受不了這個罪，知道師弟的能為，故此來求你慈悲慈悲！師弟，你衝著我，功德功德罷！」智清、智靜說：「師叔，你老人家要不答應，我兩個人跪著不起來。」濟公說：「你們兩個人起來。我就知道這頓飯不能白吃，這桌酒席是一萬兩銀子。」廣亮說：「多慈悲罷！」濟公說：「就是，回頭咱們一同走。」智清、智靜這才起來，說：「師叔多咱走呀？」濟公說：「今天就走，回頭就化緣，明天就動工修萬緣橋。」智清、智靜心說：「這可是吹著玩！」嘴裡說：「那是很好！」濟公吃喝完畢，說：「咱們走呀。」廣亮說：「師弟，等你回來，我再來謝你。」和尚說：「不用謝，小事一段。」說著，同智清、智靜出了靈隱寺，順大路往前走。

和尚一邊往前走，信口唱著山歌說：

勸世人，要修福，茅屋不漏心便足。布衣不破勝羅衣，茅屋不漏如瓦屋。不求榮，不受辱，平生安分隨世俗。遠去人間是與非，逢場做戲相桓舞。也不華，也不樸，一心正直無私處。終朝睡到日三竿，起來一碗黃虀素。粥一碗，菜一箸，自歌自舞無拘束。客來相顧奉清茶，客去還將猿馬扶。或談詩，或品竹，空笑他人終碌碌。南北奔馳為利名，為誰辛苦為誰辱？七情深，勸舐犢，雨裡鮮花風裡燭。多少烏頭送白老，多少老人為少哭。滿庫金，滿堂玉，何曾免得無常路？臨危只落一場空，只有孤身無伴僕。大墳高，厚棺木，此身亦向黃泉赴。世上總無再活人，何須苦苦多忙碌？張門田，李門屋，今日錢家明日陸。桑田變海海為田，從來如此多反復。時未來，眉莫蹙，八字窮通有遲速。甘羅十二受秦恩，太公八十食周祿。笑阿房，談今古，古來興廢如棋局。奉勸世人即回頭，我今打破迷魂路。

和尚念著往前走，智清、智靜二人跟隨。和尚說：「你們二人快點走行不行？」智清說：「行。」和尚說：「腿是你們兩人的不是？」智清、智靜說：「師叔，你說這話真新鮮！腿在我們兩人身上長的，又怎麼不是我們的？」和尚道：「我給你們轟著走。」智清說：「怎麼轟？」和尚說：「我一念咒，你們就走快了。」智清、智靜說：「念罷。」和尚口念六字真言：「唵嘛呢叭𠺗吽！唵敕令赫！」這兩個人身不由己，彷彿有人在後面推著一般，行走如飛，收不住了。智清就嚷：「師叔呀！你快把法術撤了罷，眼前是樹呀！碰上就得腦漿崩裂呀。」和尚後面就嚷：「不要緊，唵敕令赫！——拐彎就過去了。」智清、智靜果然到樹林子，一拐彎就過去。又往前跑，智清說：「了不得了！眼前是河，掉下就淹死。」和尚說：「不要緊！加點勁就躥過去了。」說著話，眼瞧到了有三四丈寬的河，真彷彿有人托著腳飛過去了。展眼之際，來到石杭縣。這兩人也跑不動了，躺在地下，起不來了。和尚來給每人一塊藥吃。和尚說：「你們兩人先到廟裡給你師父送信，你別往哪去。我上知縣衙門去找知縣講理去。問問他為什麼鎖我們和尚？智清、智靜，你兩個人，隨後到衙門來找我。今天少時我就要化緣，明天動工修萬緣橋。」智清、智靜點頭，竟自去了。

和尚一直來到石杭縣，邁步竟往衙門裡走。值日班頭一瞧，是個窮和尚，官人立刻攔住，說：「和尚上那去？」和尚說：「我到裡面倒口茶喝。」官人說：「你睜眼瞧瞧，這是賣茶的鋪子麼？」和尚說：「不賣茶，我到裡頭吃頓飯，買一壺酒喝。」這個官人說：「你這和尚，真是胡鬧，這也不賣酒飯。」和尚說：「那麼賣什麼？」官人說：「什麼也不賣，這是衙門。」和尚說：「衙門是做什麼的？」官人說：「衙門是打官司的。」和尚道：「我就打官司罷！」官人說：「你打官司告誰呀？」和尚說：「我告你罷。」官人說：「你這和尚是瘋子，你憑什麼告我？我招你惹你了？」和尚說：「我不告你，沒人可告，咱們兩個人打一場官司罷。」官人說：「這都是沒有的事。」和尚說：「怎麼沒有？這就是真的麼！」正在吵嚷之際，只見裡面一聲咳嗽，說：「外面什麼人在此喧嘩？」眾人一看，說：「老管家出來了。」只見由裡面出來一位老者，年過花甲，頭戴四楞巾，身穿皂緞色鋼氅，白襪雲鞋。官人一看，說：「老管家，你看，這個窮和尚無故前來攪鬧。」老管家抬頭一看說：「原來是聖僧！」趕緊跪倒給和尚磕頭。官人一瞧楞了，心裡說：「這個和尚必有點來歷，我們案門稿❶都給他磕頭！」也不知和尚是誰。

書中交代：這位老管家名叫徐福，這石杭縣的大老爺，原本姓徐，雙名志平，前者探囊取物趙斌，夜探秦相府閣天樓，盜五雷八卦天師符，巧遇尹士雄，就搭救徐志平主僕的性命，見過濟公。徐志平連登科甲，榜下即用知縣，就升在這石杭縣做知縣。故此今天老管家認識濟公，趕緊行禮，說：「聖僧，你老人家從那裡來？我家老爺時常想念聖僧！為何不叫他等通稟？」和尚說：「叫他等通稟，這位頭兒跟我要門包，我就剩三兩銀子，都給他了；他不答應，跟我要十兩銀子，不然，他不肯回，叫我走。故此我跟他吵嚷起來。你出來了。」徐福一聽說：「你們真乃膽大，竟敢跟聖僧要銀子！還不把銀子拿出來。你們素日間，想必做了多少弊了？」官人說：「老管家，你別聽大師父的話，我實不要門包。」和尚說：「你分明在懷裡揣著呢，我的三兩銀子是四件；你說沒有，你把帶子解下抖抖。」徐福說：「對，你身上有銀子沒有？」這個官人，方才給人家託了一件人情，剛分了三兩銀子，在懷裡揣著，這一來鬧的張口結舌，說：「老管家，我腰裡有三兩銀子，可是我自己的。」徐福說：「你滿嘴胡說！還不給聖僧？要不給，我給你回稟老爺，革去你的差事。」官人嚇的無法，委委屈屈把銀子拿出來，說：「大師父，給你罷。」和尚哈哈一笑說：「我不要，我這是管教管教你，誰叫你多管閒事？你要攔阻我，叫你認識認識，我和尚乃是靈隱寺濟顛僧是也。我再來，你就別攔我了。」官人說：「是。」大眾一聽，是濟顛活佛來了，眾人就吵嚷動了。

和尚同徐福來到裡面，徐志平一見，趕緊行禮，說：「聖僧久違，今天是從那裡來？」和尚說：「我

❶ 案門稿：即「稿案」。舊日官府中專管文件收發的人。

今天來見你一件事。」徐志平說：「聖僧什麼事？」和尚說：「海潮寺的和尚，跟我有點瓜葛，求老爺把他放了，我給你化緣修萬緣橋。」徐志平說：「是，弟子實不知海潮寺的和尚，跟聖僧有瓜葛；我要知道，天膽也不敢鎖拿他們。既是聖僧要給化緣修萬緣橋，弟子倒有個主意。」和尚說：「你有甚主意？」徐志平這才如此如此說畢，和尚一聽，哈哈大笑！不知志平說出何等言詞？且看下回分解。

第一百五十七回　施佛法善度王太和　因家貧經營離故土

話說濟公來到石杭縣，提說要化緣修萬緣橋，徐志平說：「聖僧既是說給化緣，何必聖僧親自去化，我這地方上有十家紳士財主，每家捐他們一千兩銀子修橋就行了。」和尚哈哈一笑，說：「老爺不必分心，我自有道理。」正說著話，兩個小和尚來了，在外面伺候濟公。知縣立刻吩咐把廣慧傳來，當堂釋放。徐志平說：「現有濟公來給你等講情，本縣看在濟公的面上，把你等放回，從此各守清規。萬緣橋有濟公替你等化緣，不用你們了，下去罷。」濟公說：「智清、智靜別走，我還有事。」兩個小和尚答應。廣慧謝過老爺，自己回廟。這個信外面就嚷動了，都知道現有濟公活佛來化緣，要修萬緣橋。知縣這裡擺酒款聖僧，正喝著酒，外面當差人進來回稟，說：「現有十家紳士遞了一張公稟，請老爺過目。」

書中交代：外面聽說濟公來了，人的名，樹的影，大眾一傳嚷，傳到十家財主耳朵裡。眾人一商量，說：「咱們大眾得見見這位濟公活佛，他老人家既是來化緣修萬緣橋，每人拿一千銀子來修這座橋。」眾人議定，就寫了一張公稟，來見知縣。當差人接進來，給徐志平一瞧。徐志平說：「聖僧，你看十家紳士，聽說你老人家來了，他等自相情願，每家出一千銀子，衝著聖僧修萬緣橋。」和尚說：「我和尚化緣，化一萬銀子，就化一家，不化十家。你問他誰一個人給一萬銀子，我和尚才要呢。」徐志平說：「聖僧，你別得罪他們！這地方可就是他們十家有錢，除此之外，別人拿不起。要得罪他們，可沒人施捨了。」和尚說：「不要緊！我回頭上興隆莊王百萬化去。」徐志平說：「聖僧，你千萬別去，那王百萬可是人稱王善人，每逢冬天施粥，夏天施涼茶暑湯。他報效過皇上銀子，捐了個五品員外。可就是一樣，他最恨和尚老道，不齋僧，不布道。前者在我這裡打過幾回官司，都是因為僧道化緣，不但不施捨，反把僧道打了，拿片子送到我衙門來。我念他是個善人，也不肯得罪他。聖僧，萬萬去不得！」和尚哈哈一笑，說：「老爺不必管我，和尚今天非得去不可！他既不施捨，我和尚才化他。要化他一萬銀子，他不能給九千九百九十九兩。我今天就要化出來，明天就要動工。我和尚要沒有這點手段，我也不來，到要叫老爺你瞧瞧。智清、智靜跟我走。老爺，咱們回頭再談。」徐志平也攔不了。

和尚帶領兩個小和尚，出了石杭縣衙門，一直來興隆莊。剛一進東村口，濟公就說：「智清、智靜，你兩個人帶著法器沒有？」智清說：「我帶著手磬呢。」智靜說：「我帶著木魚子。」濟公說：「好，打著念著走。」智清說：「念什麼呀？」濟公說：「咱們念子弟餃口遊街。」智清說：「就是。」立刻念著往前走。過路的人一瞧，都說這是半瘋。往前走了不遠，只見路北一座廣亮大門，門口上馬石❶，下馬石，有八棵龍爪槐樹；上有幌繩，拴著有百八十匹騾馬。對面八字影壁。這所房屋高大無比，一概是磨磚對縫，雕刻活花。和尚來到門首一看，迎門抹的棋盤心，白炭塗的影壁，真白花瓦砌的咕嚕錢。和尚一道「辛苦」，由門房出來一位管家，有二十多歲，道：「和尚你快去罷！你看我們門上貼著，僧道概不書緣。我們員外可是個善人，就是不齋僧布道。前者來了一個老道，不叫他化，他偏要化，我們員外出來，拿馬棒打了一頓，還給送衙門去。這幸虧我們員外沒在外頭。你要化一股香錢我給你，你快走！

❶ 上馬石：古代富貴人家置於門口供墊腳上馬的石頭。

我可說的是好話。」和尚說：「你給我，你可知道我要化多少錢？」管家說：「你要化多少錢？」和尚說：「我化一萬銀子，修萬緣橋。還得今天施捨給我，明天就不要了。」管家說：「我不叫你化，可是為你好。」心裡說：「這個和尚必是窮瘋了。」和尚說：「如要不叫我化，你得借枝筆我使使，我在影壁上寫幾個字。我在門口喊三聲，我就走。」管家說：「那行。」立刻把筆拿出來，和尚接過筆來，在影壁上寫了幾句。管家說：「和尚可惜你這點筆法，真可以的。」和尚說：「那是自然。」和尚就嚷：「化緣來了，喂！」拿手比劃著往裡扔。管家說：「你這是幹什麼？」和尚說：「往裡扔呀！」管家說：「你嚷罷，我們員外要出來就得了。」和尚就嚷了三聲：「回頭你們員外要出來，勞你駕！就提靈隱寺濟顛僧要化一萬銀子，修萬緣橋，明天給就不要了。他要不施捨，就提我說的，他不久必有一場橫禍飛災。我和尚走了。」說罷，和尚就走。管家也不解其意。

焉想到和尚走了，王員外帶著四個家人，由裡面出來。原本員外在後面書房裡坐著看書，耳輪中就聽外面喊嚷：「化緣來了，喂！」連嚷了三聲，王員外心中納悶，暗說：「怪事！這院子是五層房，素常外面有叫賣東西，裡面聽不見。現在外面喊嚷化緣來了呀，我怎會聽得真真切切？」立刻帶著四個家人出來。王員外就問：「什麼人在此喧嘩？」管家正要叫瓦匠拿炭水，把影壁上的字塗去了，省得員外瞧見，還沒塗呢，員外出來了。管家說：「員外要問，方才來了一個窮和尚來化緣。」員外說：「你沒告訴他麼，我這裡僧道一概無緣。」管家說：「我告訴他了，他跟我要筆在影壁上寫了幾個字。他說員外出來，叫我告訴你：他是靈隱寺濟顛僧，他要化一萬銀子修萬緣橋，他說員外爺要施捨，今天施捨；明天給他他就不要了；員外要不施捨，必有一場橫禍飛災。」王員外一聽，抬頭一看，影壁上和尚寫的墨跡淋漓。王員外「呀」了一聲，說：「趕緊把和尚追回來，我施捨一萬銀子！」管家也不知所因何故，趕緊追趕和尚。

書中交代：王員外為什麼一瞧影壁上的字，就要施捨一萬銀子呢？這其中有一段緣故。這位王員外名叫太和，原是這興隆莊生長，幼年的時節，家中很有錢。父母給定下前莊韓員外之女為婚，與王太和同歲。不料王太和少運乖舛，七歲喪父，九歲喪母，把一份家業，全被人家誆騙了，自己過的一年不如一年。長到十六歲，家中只落得柴無一把，米無半升，自己住的這所房子，都被人家拆著，零碎賣了就剩了兩間破屋。王太和已到十六歲，自己一想：「莫非束手待斃不成？總得想個主意，護住身衣口食才好。」左思右想，實在無法，把家中的破爛書收拾收拾，買點筆墨紙張，挑著書箱出去遊學，到各學館去做買賣。遊來遊去，遊到松江府地面，學館也多。太和做買賣，人也和藹，凡事死店活人開，做買賣是運籌有道定生財。王太和做出條路來，各學館的學生都不買別人的東西，專等他去，買他的筆墨紙張。越做越活動，也就有利息了。

王太和就在這西門城外，有一座準提寺內住著，過了有二三年的光景，自己存下有五六十兩銀子。王太和自己雖說年輕，在外面創業，並不貪浮華，很務本分。這天王太和走在松江府大街，見有許多人圍著擁擠不動。王太和一瞧，是一個卦棚，藍布棚上有白字，是一副對聯。上聯是：

一筆如刀，劈破崑山分玉石。

下聯是：

雙瞳似電，沖開滄海辨魚龍。

王太和也擠到裡面一看，是一位老道：面如古月，一部銀髯，飄灑在胸前；頭戴青布道冠，身穿藍布道袍，青護領相襯，白襪雲鞋。看這位老道精神百倍，髮如三冬雪，鬢賽九秋霜，真是仙風道骨！攤著卦攤，上面擺著是六爻的卦盤，按單折重交，有十二元辰，接八八六十四卦，三百八十四爻，擺著各樣的卦子，有父母、兄弟、妻子、官鬼等類。就聽老道說：「山人也能算卦，也能看相，可是誠則靈。可是有一節，要直話前來問我，愛奉承另找別人，卦禮倒不拘多少。」大眾也有算卦的，有的叫老道相面的，一個個沒有說老道相的不對。王太和一想：「我也叫老道來相相我的終身大運。」這才說：「道爺，給我看看相。」老道睜眼一看，就一楞，說：「貧道我可是直言無隱，尊家可別惱！」王太和說：「君子問禍不問福，道爺只管說。」老道這才從頭至尾一說。王太和不聽猶可，一聽嚇得顏色更變！不知老道說的何等言詞？且看下回分解。

第一百五十八回　李涵陵神相度群迷　王太和財色不迷性

話說王太和給老道一相面，老道說：「可是直言無隱，尊家可別見怪。」王太和說：「道爺只管說。」老道說：「看閣下的相貌，可與眾不同：額無主骨，眼無守睛，雙眉寒散，主於兄弟無靠；山根塌陷，主於祖業不擎；準頭為土星，主人之財庫；左為井，右為竈，井竈太空，有財而無庫，你是一世不能存財；騰蛇紋入口，將來必主於餓死；你七歲喪父，九歲喪母，十六歲犯驛馬星；這幾年在外面奔忙勞碌，幸喜你還勤儉，也沒落下什麼；從此之後，你是一天不如一天。尊家的相貌，貧道也就不能往下再說了。」王太和一聽老道所說之話，已過之事，果然一點不錯，大概未來之事，也必有準。把卦金給了，就回到準提寺。自己一思想：「我終歸餓死，我還往前奔什麼？莫如我趕緊回家，把親事退了，叫我岳父給姑娘另找婆家。我是這個命，別連累人家！」心中越想越難過，真如萬把鋼刀扎心一般！買賣也不做了，告訴和尚把房交了，自己挑著書箱，由松江府往回直奔。

這天走在半路上，本來是無精打彩，垂頭喪氣，也覺著累了；就在大道邊樹林子歇息歇息。剛來到樹林子一瞧，見地下有一個黃緞子包袱；自己把書挑放下，把包袱撿起來，打開一看：裡面有一個硬木小匣子，有鎖鎖著；有一個黃緞子小口袋，裡面有鑰匙。王太和拿鑰匙把鎖開開一看，匣子裡是黃澄澄兩對金鐲子，兩頭赤金首飾。宋朝年間，黃金最貴，每一兩可換白銀五十兩。大概這兩對鐲有八兩一對，首飾約有五六兩一頭，大概可值一千兩銀子還多些。王太和一想：「我自己終歸得餓死，我別害人家！要是這個東西是這個本主丟的，丟的起不要緊；倘若要是家人給主人做事，或替人辦事，把這東西丟了，就有性命之憂。我莫如在這裡等等，有人來找，我給人家。」想罷，把這個包袱包好，放在書箱裡，王太和就在地下一坐。等了工夫不大，只見由北邊飛也似趕來了一個騎馬的，是一匹黑馬，走的甚快，來至切近，馬站住，這人翻身下馬。王太和一看，這個人是長隨的打扮，有二十多歲，白淨面皮，看這人臉上顏色都變了，帶上驚惶失色的樣子，熱汗直流。下了馬，趕奔上前，衝王太和一抱拳，說：「這位先生請了，在下姓蘇叫蘇興，在臨安蘇北山蘇員外家當從人。今奉我家員外之命，到松江府我們姑奶奶家，取來一個包袱，內中是兩對金鐲，兩頭金首飾。走在這裡，我這馬一眼岔❶驚下了去，把包袱由馬上掉下來，我也下不了馬。好容易把馬勒住，我這才回來找包袱，可沒碰見有過路的人。先生，你老人家要看見我這包袱，你老人家得救我！我要把這包袱丟了，我就得一死。你老人家若見拾著，給了我，可就救了我的命了！將來我必有一份人心。」王太和點了點頭，開開書箱把包袱拿出來，說：「你瞧瞧，這點東西對是不對？」蘇興一看，說：「先生，你真是我的重生父母，救了我的命了！要沒這個東西，我真得死，也就是你老人家這樣好人，千金不昧！未領教先生貴姓呀？」王太和說：「我是石杭縣興隆莊的人，我叫王太和。」蘇興說：「老人家多咱到了臨安城，可千萬要到青竹巷四條胡同，蘇北山蘇員外家來找我，我叫蘇興。」王太和說：「是了罷。」蘇興實在心裡過不去，掏出五兩銀子，說：「先生，我也不敢說謝你，我盡我這點窮心，給你老人家買一杯茶吃。」王太和微然一笑說：「你胡鬧，我打算

❶ 眼岔：眼睛往別處看而不注意。

要你的銀子，我撿著你這東西，我就不給你了。你趁此拿著去罷。」蘇興見了王太和實意不肯要，自己也無法，便道：「先生，既是不要，我也不敢強你。先生那時到了臨安，可千萬賞臉來找我！」說罷，趴地下給王太和磕了一個頭，竟自告辭走了。

王太和自己還是心裡煩，想：「老道所說的七歲喪父，九歲喪母，十六歲犯驛馬星，說的真賽神仙，未到先知其實。」書中交代：這個老道本是大路的活神仙，乃是萬松山雲霞觀的紫霞真人李涵陵。老道下山，並不是相面算卦為要錢，所為是普渡群迷，教化眾生，故此斷事如見，王太和那裡知道老道的來歷！今天見蘇興走後，王太和煩了半天，才挑了書箱，往前趕路。這天正往前走，上不靠村，下不著店，天有日落之時，偶然雲生西北，霧長東南，粗風暴雨下起來了。王太和想要找個地方避避雨，見眼前一座破廟，又沒有和尚老道，牆俱都坍了。中有大殿三間，尚可避雨。王太和趕到切近，剛要進大殿，一瞧大殿裡有一位十七八歲的姑娘，長得十分美貌，正在大殿裡避雨呢。王太和一瞧一楞，自己一想：「男女授受不親，雖然是四野無人，我焉能不避嫌疑，壞人名節！我莫若就在外面廊簷下避避雨罷。」想罷，王太和就在大殿以外廊簷下一蹲，並不與那女子說話。焉想到雨越下越大，直下到天有五更方住，平地數尺深的水幸喜山道水下去的快，天亮水都流沒了。王太和挑起書箱就要走，那女子可說了話，說：「這位君子尊姓？」王太和說：「我姓王。」那女子說：「尊家乃是一位好人。奴家姓馬，叫馬玉榮，就在這前面馬家莊住家，望求尊駕攜帶我幾步。」王太和說：「那有何妨！」立刻送著姑娘來到馬家莊。這位姑娘家有父母，有哥哥，姑娘原本在他舅舅家住著，跟舅母辯了幾句嘴，姑娘賭氣回家，走到半路，趕上雨了。王太和把姑娘送到門首，自己要走；姑娘到家跟父母哥哥一提，在廟裡避雨，遇見王太和怎麼是好人，連大殿都沒進來，並未答話，今天送到家來。把這話一說，姑娘的父親追出來，把王太和讓到屋中，置酒款待，一家老小甚是感激。姑娘的父親說：「尊家貴姓？是那裡人？昨天小女原本在他舅舅家住著，因為辯一兩句嘴，姑娘也太任性，他舅母也不該叫他一個人回來。偏巧趕上下雨，在廟裡避雨；幸虧遇見尊駕，乃是正直君子，這要遇見歹人，那還了得！」王太和說：「我姓王，叫王太和，原本是興隆莊的人。往後姑娘別叫他一個人走路，總要有人跟著才好。」馬老丈說：「是，是。王先生可以在我家多住幾天罷。」王太和說：「我還有事。」立刻告辭，姑娘的父母千恩萬謝送出來。王太和這才順大路往回走。

　　這天到了自己家中，他這幾間破房子，有本村一個苦人住著呢，王太和到家，自然還得讓他住。王太和把書箱放下，自己甚為悽慘。吃了點東西，安歇睡覺。次日親身到韓員外家去退婚。韓員外自從年幼的時節，把女兒給他，那時王家還有錢呢；自從他父母一死，一年不如一年，後來聽說王太和出了外了，韓員外家裡有幾頃地，也算是鄉下財主，也不能把女兒另聘了，就得等他，姑娘跟王太和同庚。偏巧姑娘心重，自己想著命不好，將來到婆家也得受苦。日積月累，一憂愁把兩隻眼睛急瞎了，雙目失明，王太和還不知道呢。今天來一見韓員外，兩下寒暄了幾句，太和便道：「我打算叫你老人家，把姑娘另聘罷！我的命苦，別連累了姑娘跟我受罪！所有的定禮，我也不要了。」韓員外說：「那可不行，現在我女兒把眼瞎了；你定的時節，可沒有殘疾，現在我也不能再給人家，你趕緊搬娶過去。你自己慢慢的混，若說你做個小買賣，二三百銀子我給你拿，你只要勤儉，還不可以吃飯麼？」王太和一聽姑娘已把眼瞎了，自己一想：「不是一家人，不進一家門。該當要討飯，我前頭走，拉著一個瞎子，這倒也不錯。」

想罷，說：「岳父，既是你女兒把眼瞎了，我也不能說不要；你可得成全我，我也沒有多錢辦事。」韓員外說：「倒好辦，你有轎子就搭人。」王太和自己無法，只有幾十兩銀子，回家張羅辦事，定了吉日，把妻子娶過來。他這個時節，也沒有親戚來往人情。韓員外打算女兒過門後，過一兩個月，再給王太和拿錢做買賣，焉想到王太和娶過來，未到半月，王太和晚上睡不著，思想這日子怎麼過，翻來覆去睜著眼，偶見地下有一個火球，滾到南牆根沒了。一連三天。王太和就跟他妻子說道：「地下有個火球，你是瞧不見，滾來滾去，不知是什麼道理？」韓氏說：「許是鬧財罷！」王太和說：「也許有的事。」韓氏說：「你瞧準了，拿我的金簪插到那裡，等明天刨開瞧瞧。」王太和果然把金簪記上。次日用鐵鍬一刨，刨到有二尺許，只聽「咯當」一響。王太和仔細一看，目瞪癡呆！不知後事如何？且看下回分解。

第一百五十九回　得金寶福隨相轉　訪娘親跋涉天涯

話說王太和拿鐵鍬一刨，刨了二尺多深，就聽「咯噹」一響，王太和一瞧是石板。揭開石板一看，是一窖金元寶、銀元寶。金元寶都是一百兩一個的馬蹄金，銀元寶是二百兩一個的大元寶。王太和一看，先拿出一個來，照樣埋好，也不敢聲張。次日到岳父家提說要蓋房。韓員外說：「你有錢麼？」王太和說：「沒有多錢，對付❶著辦。」先買了兩個銀櫃。找木廠子一看，他這片地基不小，先蓋三層瓦房。隨著動工，隨著往外搬運金銀。把房蓋好了，把金元寶一數，是六百個，每個能換銀五千兩。銀元寶是四百個，共一千個，從此陡然富貴，有三百多萬銀子。在本地開的銀樓緞號，置買田地房產。大眾都知道王太和發了財回來了，都不知道怎麼發了財。王太和自己想起：「當初在松江府老道給我相面，說我該當餓死；現在我得了這大家私，還能餓的死麼？老道幾乎耽誤了我終身的大事！」從此不信服和尚老道，說僧道都是妖言惑眾。王太和每年冬施粥，夏施茶，捨棉襖棉褲，遇窮苦人等，貧老病瞎，必要周濟。就是不齋僧布道。今天為什麼要把和尚找回來，施捨一萬兩銀子呢？只因他瞧見影壁上寫的字了。濟公寫的是兩首絕句，頭一首是：

❶對付：設法湊集。

昔日松江問子平，涵陵道我一身窮；事至而今陡然富，皆因蘇興馬玉榮。

第二首是：

夢醒更深三更天，見一紅光奔正南；揭開石板仔細看，四六黃白整一千。

王太和一看，暗說：「怪呀！我的事沒人知道，這和尚可是神仙！」故此趕緊叫家人追回來。

管家追出村口，一瞧和尚正往前走，管家說：「大師父請回來！我家員外施給一萬銀子。」和尚這才轉身回來。王太和一見，說：「聖僧請裡面坐。」和尚來到書房，有家人獻茶。王太和說：「聖僧，我的事情，聖僧何以知曉？」和尚說：「你那是瞞不了我。你休要毀謗僧道！你可知道有兩句話：『心不好，命窮苦，直到了心好命也好，富貴直到老。命好心不好，中途夭折了。』人要做些陰騭事，能逢凶化吉，遇難成祥。當初老道給你相面之時，你是騰蛇紋入口，主於餓死。你做這兩件陰騭事，你這騰蛇紋通下來，變為壽帶紋。」王太和這才如夢方醒。和尚說：「你要不信，我還有個主意，給你瞧瞧。你拿一萬銀子，在海潮寺做功德修萬緣橋，明天吉日興工。你叫人抬四塊石頭來，我寫上四句話，一塊上寫一句，擱在萬緣橋旁邊，派兩個家人看著。頭一塊石頭，叫大眾白瞧白看；誰要看第二塊石頭，跟他要二百兩銀子；要瞧第三塊是三百兩；看第四塊是五百兩。這一千兩銀子，助你修萬緣橋作為酒錢。可別說是我寫的，就說是神仙寫的。」王太和一想，說：「誰花二百兩銀子瞧一塊石頭呀？我雖有錢，我也不能那麼冤。」和尚說：「你不信，你瞧著有人瞧沒有！」王太和立時叫人到海潮寺收拾，預備做公館，又叫家人搭了四塊石頭，給和尚把字寫好，把四塊石頭碼上，叫家人看著。王太和也在海潮寺同和尚住著，沒事下棋，萬緣橋就動工修起來了。

兩個家人看著四塊石頭，說：「眾位瞧石頭，頭一塊是白瞧白看，瞧第二塊是二百兩銀。」街市上都吵嚷動了，大眾圍著，瞧石頭上有字，寫的是七個字：

不姓高來本姓梁。

大眾一瞧，都說這兩個人是財迷，誰能花二百銀子瞧石頭？眾人紛紛議論。過了有十幾天，也並沒有一個問的，都是瞧瞧頭一塊，一樂就走。這天王太和就說：「聖僧，你老人家說有瞧石頭的，怎麼不靈呢？」和尚說：「你別忙，大約不過五天，就有人來瞧。」果然到第四天，忽然來了一個文生公子，頭戴翠藍色文生巾，身穿翠藍綢文生氅，腰繫絲絛，白襪雲鞋，白淨面皮，俊品人物；帶著兩個書童，挑著琴劍書箱。來到近前一看，這位文生公子就問：「這石頭是誰寫的？」家人說：「神仙寫的。」文生公子說：「神仙在那裡？」家人說：「你不用管神仙在那裡。你要瞧第二塊，是二百兩銀子；頭一塊是白瞧。」這位文生公子說：「我給二百銀子，你搭開我瞧瞧。」家人就趕緊到海潮寺，回稟員外道：「有人來瞧石頭了。」王太和心裡說：「真有這等樣人，肯花二百銀子瞧石頭！」自己不信，來到這裡一瞧，是一位文生公子打扮。王太和說：「尊駕要瞧石頭嗎？」這公子說：「不錯。」王太和說：「瞧第二塊石頭二百銀子。」這公子說：「我給二百銀子。」立刻打開書箱。拿出四兩黃金，折銀二百兩，交與王太和。王太和叫家人把石頭搭開，眾家人都不願意搭。王太和說：「你們誰來搭，每人我給二兩銀子賞。」大眾一聽，這個也要搭，那個也要搭，都搶著要搭。不到一刻，搭開一塊。這位公子一瞧第二塊更楞了！

書中交代：這位公子為什麼他要花二百銀子瞧第二塊石頭呢？這內中有一段隱情。頭一塊石頭上寫的是「不姓高來本姓梁。」這位公子就是不姓高來本姓梁，他原本是這石杭縣梁王莊的人，他五歲的時節，正趕上金宋交兵；斡離不大隊反到江南，他母親帶著他逃難，正趕上賊隊，把他母子衝散了。兒子找不著娘了，站在街上哭。由那邊來了一個人，歪帶著帽子，閃披著大氅，說：「小孩子，你哭什麼呢？」小孩雖說五歲，倒很伶俐，說話很清楚，說：「我是梁王莊的，我叫興郎。我娘帶我逃走，反遇見賊，把我娘衝散了，我找不著了。」這人說：「這跟我找你娘去罷，我是你舅舅。」梁興郎人小不肯吃虧，說：「你不是我舅舅，你是我哥哥，你帶我找我媽去罷。」這人說：「跟我走。」立時帶著梁興郎一走，來到甘泉縣地面，住在高家店。這地方太平，他打算把梁興郎賣了。偏巧這開店的高掌櫃，就是夫婦兩個，家有百萬豪富，他也不指著開店吃飯，所為應酬苦親友。這夫婦沒兒沒女，就問他：「帶著小孩是你什麼人呀？」這拐子手說：「我姓郎叫郎贊，這是我外甥，他父母都叫賊兵掠了去。這孩子跟著我也贅手，我打算找個主把他賣了。」高掌櫃說：「我瞧瞧。」把興郎叫到櫃房去，一給吃的，說：「你姓什麼？」梁興郎說：「我姓梁，叫興郎。」高掌櫃說：「他是你舅舅麼？」梁興郎說：「不是，我不認得他。我娘帶我逃，反遇見賊，我娘丟了。他說他是我舅舅，我就說你是我哥哥，他說帶我找我娘去。」

高掌櫃問明白，一問拐子手：「要賣多少錢？」郎贊說：「五十兩銀子。」高掌櫃說：「五十兩，我留下了。你給寫一張字罷。」郎贊說：「我不會寫字。」高掌櫃說：「你不會寫字，叫我先生代筆。我們這裡可有規矩，說五十兩可是減半，給二十五兩。在店裡賣有三成用錢，五十兩是十五兩。叫先生寫字是十兩，刨盡了，兩不找，你去罷，沒你的錢了。你要不答應，我把你送到衙門去，照拐子手辦你。」郎贊一聽也楞了。大眾作好作歹，算給了他幾吊錢盤費，郎贊走了。高掌櫃人稱高百萬，在家裡以員外呼之，把梁興郎留下，雇老媽哄著，要一奉十，起名高得計。後來請先生教他念書，到十六歲娶媳婦，也是本處楊百萬的女兒。楊員外也是夫婦兩個，就是一個女兒。過了有五六年，楊員外夫婦也死了，梁興郎這點造化大了，兩份百萬家私，都歸他一人。這天梁興郎跟他妻子說：「我本是梁王莊的人，現在我養身父母已死，我要出去訪訪我親生母去，找個下落。如死了，我把屍骨請回來；如沒死，我把娘親找回來。我這一去，多帶黃金，少帶白銀，暗藏珠寶，扮作遊學的書生，說不定幾年回來。家中全靠娘子料理。」楊氏說：「官人這是一份孝道，我也不能攔，官人去罷。」梁興郎這才帶了兩個書童出來，逢山朝山，逢廟拜廟，求神佛保佑母子相見。今天來到萬緣橋一瞧石頭，羅漢爺指引孝子迷途，母子團圓，且看下回分解。

第一百六十回　梁興郎千金看隱詩　濟禪師佛法指孝子

話說梁興郎來到萬緣橋一瞧，石頭上寫的是：「不姓高來本姓梁。」自己一想：「我出來這些日子，並沒訪著一點頭緒，我也不知梁王莊在那裡，這也許是神人指示。只要把我娘親找著，花幾千兩也不要緊。」故拿出四兩黃金折二百銀子。王員外叫家人把頭一塊石頭搭開，梁興郎一看第二塊上，寫的是：

巧妝改扮覓萱堂。

梁興郎一看，這明明是我，這才問：「第三塊還有字麼？」家人說：「要瞧第三塊，是三百銀子。」梁興郎一看，說：「我倒要瞧瞧。」立刻又拿六兩黃金折三百兩銀，交給王太和。王太和一想：「真怪！真有人拿銀子瞧。」叫家人把第三塊搭開，梁興郎一看，第三塊寫的是：

興郎要見生身母。

梁興郎一看，這更對了，說：「你把這塊拿開我看。」家人說：「要看第四塊，是五百兩。」梁興郎說：「你怎麼訛人哪！」家人說：「不訛人，你愛瞧就瞧，不愛瞧不瞧。」梁興郎一想：「已然花了五百，再花五百，只要有了我親娘的下落，慢說花一千，兩千也花。」想罷，又拿出十錠黃金，王太和叫人搭開第四塊一瞧，第四塊上寫：

去到臨安問法王。

梁興郎一瞧這句話，「呀」了一聲，幾乎翻身栽倒。自己一想：「了不得了！這許是有人知道，我由家中出來的心思，設出圈套，誆騙我一千銀。」自己又一想：「我的乳名沒人知道，此真令人難測！」自己這才問道：「眾人可知道這臨安法王，是怎麼一段事？可是地名？可是人名？」大眾一個個俱皆搖頭說：「不知道。」梁興郎自己心中，真如萬把鋼刀扎心。正在發楞，那邊來了一位老丈，眾人說：「你要打聽，問這位老頭罷，他叫福地聖人，什麼事他都知道。」梁興郎趕緊施禮說：「借問老丈，可知道這臨安法王是在那裡？」這老者說：「你要問臨安，由這往東南走，二十餘里，有一座興隆鎮。上那裡打聽去，這裡沒人知道。」梁興郎一聽無奈，叫書童挑起琴劍書箱，一直奔向東南。

約走了有二十餘里，見前面有一座鎮店，村口外樹林子，有二位老者在樹旁著棋。一位是白臉長髯，一位長的清奇古怪。梁興郎連忙上前說：「二位老人家請了，我打聽打聽，有個臨安法王，二位老人家可知道？」這位老者一聽，說：「臨安我可知道，當初金宋未交兵以前，這座興隆鎮就叫臨安鎮；後來宋室天下太平，改叫為興隆鎮。這個法王我可不知。」那位老者說：「賢弟，你是不知道。我比你大幾歲，我十二三歲的時節，你還是小孩不記事，這村口如意庵尼姑廟，我記的就叫法王庵，後來改的如意庵。你要打聽法王，尊駕到那裡去打聽罷！」梁興郎一聽，謝過二位老丈，趕緊帶了書童，進了村口一瞧。路北裡有一座廟，山門上寫著如意庵。上前一叩門，由裡出來了一個小尼姑，把門開開說：「施主找誰？」梁興郎說：「我是前來降香。」小尼姑說：「我們這是尼僧廟。」梁興郎說：「不管是甚廟，我要燒股香。」小尼僧便領到大殿，梁興郎燒上一股。燒完了香，說：「小師父，你帶領我在廟裡遊逛遊逛！」小尼僧說：「可以。」立刻帶著梁興郎到各院中觀看。這個廟是三層殿，是東西跨院，甚為寬敞。遊來遊去，來到一個東跨院，這院中是北房三間，東西配房，北房門外掛著一塊匾，上寫「冰心堂」三字。梁興郎一看，就知道這院中有孀婦守節。

正在一愣，只見由北上房出來一位老婆婆，有六十多歲，鬢白成霜，穿的衣服平常。梁興郎一看這位老太太的模樣，不由自己心中一慘，二目落淚；這位老太太一看他，也覺著眼圈一酸，眼淚落下來了。母子天性所感，老太太並不敢認，說：「這位先生尊姓？」梁興郎說：「我姓梁，乳名叫興郎。」老太太一聽，心如刀剜，說：「兒呀！我只打算今生今世，你我母子不能相見，沒想到為娘還見著你了。」梁興郎叫了一聲：「親娘呀！」也哭起來了。

書中交代：他母親怎麼會落到這廟裡呢？凡事自有個定數。自從母子一失散，老太太找不著孩兒，自己一想：「我還活什麼？」想欲自盡，幸遇見一位好人勸解老太太說：「你別死，倘若你兒在著，將來也可以母子見面。你暫為找個尼廟一住，慢慢再尋訪你的孩兒。」老太太一想也是，就投奔這法王庵來了。這個廟離梁王莊三里地，這廟裡老尼也是忠厚人，見梁老太太這份光景，老尼僧說：「你就在我這住著罷。那時你兒有了下落，你再走；沒有音信，你就跟我在廟裡修行罷。」梁老太太就在這廟中苦守，早晚侍奉佛祖。後來附近村莊，都知道廟裡有個梁李氏守節，大眾送了一塊匾，寫了「冰心堂」三字。梁老太太終日吃齋念佛，禱告神靈顯應，叫母子可以見面。今天果然梁興郎來了。母子見面，抱頭痛哭。興郎說：「娘親，你老人家不必哭了，孩兒現在甘泉縣娶了親了，我養身父母把我撫養大了，現在二老已經故世，孩兒才得出來尋找我娘親。多蒙神人指示，得見你老人家。娘親生養孩兒一場，未能在你老人家前，晨昏定省，叫你老人家受這樣清苦！孩兒今天接娘親家去，也可以享兩天安閒自在之福。」老太太一聽，說：「兒呀，今天你我母子見面，也算是神靈默佑。為娘終日燒香禱告，但願你我母子見一面；現在我瞧見你，就得了，你也不必接我回去。我已然是出了家，侍奉佛祖，我也就不想再還俗了。」梁興郎一聽，苦苦哀哀，總要請老娘回去。老太太執意不肯。梁興郎無法，就把家眷接到興隆鎮來，給老太太單買一座廟，叫老太太在廟裡修行養靜，梁興郎不時到廟裡去問候。

這天梁興郎想：「到萬緣橋瞧瞧這幾塊石頭，是什麼人寫的呢？我倒要訪問訪問。」自己帶著兩個書童，來到萬緣橋一看，萬緣橋已快告竣。梁興郎一打聽，方知是濟公禪師寫的，梁興郎要見見這活佛濟顛，正趕上王太和同濟公來到萬緣橋監工。有人指引告訴他，這位窮和尚就是靈隱寺濟公長老。梁興郎趕奔上前，說：「聖僧在上，弟子有禮。前者多蒙聖僧指示我，找著我娘親，弟子實在感恩不盡！」和尚說：「你起來，不必行禮。你母子既見了面，你要好好的盡孝，你回去罷。」梁興郎還要呈謝禮物給聖僧長老。和尚說：「不必，我和尚常說：一不積財，二不積怨，睡也安然，走也方便。」梁興郎無法，竟自告辭去了。

王太和正同和尚在這裡監工，偶然就見由對面來了一陣旋風，和尚說：「來了，來了。」王太和一看，隨著這陣風，來了一個老道，披髮仗劍，身高八尺，黃臉膛，三綹黑鬍鬚，穿著藍緞色道袍。王太和一看一楞，見老道趕奔上前，給濟公行禮。來者老道非是別人，正是黃面真人孫道全。和尚說：「悟真你幹什麼來？」孫道全說：「弟子自天台山分手，回到自己廟中，把廟中安置好了，到靈隱寺找你老人家，聽說你老人家來修萬緣橋，我就在廟裡住著。焉想到臨安城出了塌天大禍，錢塘知縣派我來請你老人家。」和尚一按靈光，早已察覺明白。書中交代：怎麼一段事呢？只因錢塘縣新任趙文輝，他本是兩榜出身，自到任以來，兩袖清風，愛民如子。焉想到地面上出了一件逆案，秦丞相的兄弟花花太歲王勝仙，他本是個惡霸，在本地無所不為，依仗著他哥哥是當朝宰相，無人敢惹他。王勝仙家中有二三十個如夫人侍妾，就有一個得寵的愛妾，就是田國本那個妹子。本來他是歌妓出身，琵琶絲絃，自己能歌能唱。這天王勝仙要到西湖湖心亭去取樂吃酒，先叫田氏坐著轎，帶著婆子丫環先去。三乘轎正走在西湖蘇隄，忽然來了一陣旋風，圍著轎子，繞了幾個彎，抬轎的人都睜不開眼。及至旋風過去，再一看田氏蹤跡不見，小轎內婆子丫環，一刀之傷殞命，大眾嚇的目瞪癡呆。不知後事如何？且看下回分解。

第一百六十一回　逛西湖惡霸遇妖精　看偈語私訪白魚寺

話說王勝仙的愛妾，被旋風刮去了。婆子丫環被殺，一無凶手，二無對證，有人報與王勝仙。王勝仙勃然大怒，給錢塘縣三天限要這案。錢塘縣一聽這個信息，趕緊帶領行房仵作一驗屍，婆子丫環都是哽嗓咽喉，一刀之傷身亡，生前致命，並無二處。知縣一想：「這件事甚是奇異。」回到衙門，派趙頭、張頭、王頭、李頭趕緊捉拿凶手。趙頭、王頭趕緊給老爺叩頭說：「回稟老爺，這件案，求老爺開恩，下役辦不了。老爺請想，要是人可以鎖來，這旋風怎麼拿得了！」知縣說：「這旋風其中定有緣故，你們得想法子給我辦。現在王大人給三天限，要不把凶手辦著，連本縣也擔不了。」趙頭說：「老爺要辦這奇巧案，可有一個人辦的了。」老爺說：「誰？快說來。」趙頭說：「現在靈隱寺濟公長老，他乃是當世的活佛，神通廣大，法術無邊，善曉過去未來之事。老爺去到靈隱寺拜訪濟公，求他老人家給占算，可以能把這案辦出來。」知縣一聽說：「好。」立刻傳轎，帶領趙頭、王頭、張頭、李頭、孫頭、劉頭、耿頭、馬頭，一齊來到靈隱寺。當差人過去一問，門頭僧說：「濟公沒在廟裡。」正趕上孫道全在廟內住著。他由天台山回到自己廟內，安置好了，來到靈隱寺找濟公，濟公未在廟內，孫道全就在廟內等著。今天聽說錢塘縣來拜訪濟公，孫道全出來一見，說：「我師父上萬緣橋去了。老爺有什麼事？」知縣說：「尊駕原來是少師父。」孫道全說：「是。」知縣說：「少師父，求你辛苦辛苦，把聖僧請回行不行？」孫道全說：「那倒行。老爺有什麼要緊事麼？」知縣就把王勝仙的夫人，被旋風刮去了，婆子丫環被殺之故一說。孫道全說：「請老爺回衙門去聽信罷，我去找我師父去。」知縣說：「少師父要去，得明天回來才好，往返有五六百里。」孫道全說：「那行，一千里我也能一天回來了。」知縣半信半疑回去。

孫道全駕著趁腳風，兩個時辰就來到萬緣橋，見濟公一行禮，說：「奉錢塘縣知縣之命，來請師父。」和尚說：「錢塘縣幹什麼請我？」孫道全把旋風殺人之故，從頭至尾一說。和尚說：「我現在不能回去呀，我得等萬緣橋工竣，才能回去。我給你寫一封信，你給錢塘縣知縣送去，叫他照我書信的話行事，就把凶手拿著了。」孫道全點頭答應。和尚寫了一封信，交與孫道全，信面上是一個紹興酒罎子，上面釘著七個鋸子，這是和尚的花押。孫道全把書信收好，辭別了濟公，仍駕著趁腳風回來。到了縣衙門，往裡一回稟，知縣趕緊吩咐有請，孫道全來到書房。知縣說：「少師父真快，往返才幾個時辰。」孫道全說：「我還耽誤了半天，要不然早來了。」知縣說：「可曾見著聖僧？」孫道全說：「我師父暫時不能來，叫我帶了一封信來。」立刻把信掏出來，遞與知縣。知縣一瞧，信面上畫著一個酒罎子，釘著七個鋸子。打開書信一看，上面寫的是：「字啟錢塘縣老爺知悉：貧僧乃世外之人，不能與國家辦理公事。老爺要捉拿凶手，照貧僧下面這八句話行事，可能拿獲賊人。餘容晤談，書不盡言。」老爺一看下面寫的是：

此事搔頭莫心焦，花花太歲豈肯饒！若問殺人名和姓，八月十五月半超。

下面寫的四句是：

此事搔頭莫心急，花花太歲豈肯休！若問殺人何處住，巧妝改扮訪白魚。

老爺一看，心中忖度了半天，說：「聖僧這是就叫我去私訪，可不曉得這『白魚』是人名是地名？今天天色已晚，明天煩少師父出去，幫本縣訪訪這件事。」孫道全說：「可以。」知縣就把孫道全留下，款待酒飯，老爺就在書房安歇。次日老爺吃完了早飯，換上便衣，帶家人趙升出去私訪。一面派錢塘縣八個班頭：趙大、王二、張三、李四、孫五、劉六、耿七、馬八，同孫道全也出去訪查，趙文輝帶著老管家，出了艮山門，慢慢往前走，心中躊躇：「也不知這白魚是怎麼一段事？」往前走了有三四里之遙，覺著身倦體乏，打算要找個地方歇息，吃一杯茶才好。抬頭往四外一望，但只見北邊是山，半山坡松林密密，隱隱射出紅光牆，乃是一座大廟。知縣一想：「庵觀寺院，是過路的茶園，倒可以去歇息。」想罷，說：「趙升，你我到山上廟裡去找杯茶吃。」趙升點頭。主僕二人順著山坡小路，一直夠往前奔。來至切近一看：這廟四外都是松柏，十分幽雅；再一瞧，廟前有一座石牌樓，上面有「同參造化」四字。牌樓後面是正山門，東西有角門，都關著。山門上面有字，上寫：「敕建古蹟白魚寺。」趙文輝一看，心中一動：「濟公禪師那四句話，是：『此事搔頭莫心急，花花太歲豈肯休！若問殺人何處住，巧妝改扮訪白魚。』莫非就是這白魚寺，也未可知。」再細看東角門外，有一股小道，不長草，想必是由東角門出入。這才來到東角叩打門鐶。

工夫不大，只聽裡面一聲「阿彌陀佛」，把門開開，是一位小沙彌，有十八九歲，穿著半大的僧衣，白襪雲鞋，白臉膛，長的眉清目秀。小沙彌抬頭一看，說：「二位施主來此何幹？」趙文輝說：「我來這裡燒香。」小和尚說：「施主請。」趙文輝帶領家人往裡直奔，小和尚把門關上，前頭引路。來到了大殿引著火，趙文輝燒了一股香，磕完了頭，小沙彌說：「施主請客堂坐。」這廟中前後是五層殿，同著趙大老爺由大殿往西，有四扇屏門，開著兩扇，關著兩扇，一進這西跨院，是北房五間，東西配房各三間，院中極其幽雅。小和尚一打西配房簾子，知縣主僕來到屋中一看：有八仙條桌，兩邊有椅子，條桌上擺著許多的經卷。知縣在椅子上落坐，小和尚說：「施主貴姓？」知縣說：「我姓趙。小師父，這廟裡有幾位當家的？」小和尚說：「有我師父，有一位師叔，我們師兄弟四個，餘者就是使喚人。施主這是從那裡來的？」趙文輝說：「我們是從遠方來的，從此路過。」小和尚說：「是是，施主在此少坐，我去烹茶去。」小和尚更透著伶牙俐齒，說著話竟自去了。

趙升見小和尚去後，他來到院中一看：北房五間，當中是穿堂，通著後面有院子，東西裡面屋中垂著簾子。趙升來到北上房，過廳一掀東裡間簾子，聞著屋中有一陣蘭麝脂粉之香，一瞧屋中靠北牆是一張床，掛著幔帳。屋中有梳頭桌，有鏡子，擺著有許多婦女應用的粉缸，梳頭油瓶等類物件。趙升一想：「怪呀！和尚廟裡那有這些用的東西？」正在瞧著納悶，小和尚由後面倒著茶來。一見趙升在這裡偷看，小和尚說：「你做什麼來這屋裡？」趙升說：「我瞧瞧。」小和尚說：「你別滿處混跑，我這廟裡常常有官府太太來燒香，你要撞著，怎麼得了！」趙升說：「你們這和尚廟裡，怎麼有粉缸，梳頭油瓶等物？做怎的呢？」小和尚說：「我師父愛聞梳頭油粉味，買了為是聞的。」趙升一聽說：「這不像話了。」兩個人正在狡展之際，只見後面出來一個大和尚，他的身高九尺，頭大項短，披散著頭髮，打著一道金箍，紫色臉膛，一臉的怪肉橫生，粗眉大眼，身穿藍綢子僧衣，月白綢子中衣，白襪雲鞋，手拿蠅刷。大說：「什麼人在此喧嘩？」小和尚說：「師父，你瞧他們來燒香，就滿室裡胡跑，我攔他他不聽。」和尚睜眼一看，說：「又來了幾個燒香的？」小和尚說：「西配房還有一位。」和尚哈哈大笑，說：「我打算是誰，原來是縣太爺；我計算你該來了，大概你所為王勝仙之事而來。告訴你說，那件事是我做的。」知縣一聽這句話，大吃一驚，大概今天來到廟中，凶多吉少，不知這凶僧究是何人？且看下回分解。

第一百六十二回　孫道全驚走妖和尚　周得山窮困被人欺

話說這個和尚一見知縣，竟敢目無官長，不但不畏懼，反倒一陣狂笑說：「縣太爺，你必是為王勝仙那案來的！那案正是洒家❶做的，你來了便該怎麼樣？」知縣一瞧，這事情不好，嚇的驚慌失色，連忙說：「和尚你錯認了人了，我那裡是縣太爺，原本是行路的客商。」凶僧哈哈一笑說：「你不用不認，錢塘縣我是常去。」知縣趙文輝說：「和尚你不要錯認人，我要告辭趕路。」說著話，站起來就要往外走。和尚道：「那裡走？今天你自來到我這廟中，爾休想逃走！這叫放著天堂有路你不走，地獄無門要找尋。徒弟，來給我將贓官縛了。」立刻小和尚進來，就把趙大老爺反剪二臂縛了。

書中交代：這個和尚名叫月明，他有三個師弟，叫月朗、月空、月靜。月空、月靜沒在廟裡住著，就是月朗在這裡。這兩個和尚本是酒色之徒，廟裡有夾壁牆地窖子，藏著有幾個婦人，都由煙花柳巷買來的。這兩個和尚都會妖術邪法。那天兩個人到西湖去閒遊，見王勝仙的愛妾坐著轎，長的十分美貌。兩個和尚一看，淫心已動，月明說：「師弟，你看這真是絕色的佳人！你我施展法術，把他搶了去。」當時就地祭起了一陣怪風，把田氏由轎子裡拉出來，揹著就走。婆子丫環瞧見要嚷，被和尚拉出戒刀給殺了。將田氏揹回廟，和尚說：「你要不從我，當把你殺了。」田氏本是歌妓出身，還有什麼不從！百

❶ 洒家：宋、元時期北方人的自稱。即「咱家」。

般獻媚，從了兩個和尚。和尚只打算這樣事沒人知道，焉想到被濟公給指出來。今天月明一瞧知縣一來，月明常瞧知縣過堂問案，不攔閒人看，故此認識他。月明一想：「他既來了，不能放他走，莫如剪草除根，省得萌芽復起，縱虎歸山，長出牙爪，定要傷人！」立時叫小和尚把知縣捆起來。趙升一看，說：「好和尚，膽子真不小，敢情是賊和尚。」一邊嚷著，就往外跑。和尚說：「別叫他走了，把他拿回來。」這句話尚未說完，外面角門「咣叉」一響，把門踢開，由外面趙大、王二等八個班頭闖進來了。

這八個班頭也是出來私訪，剛來到廟門首，就聽裡面趙升喊嚷；八個頭兒把門踢開，各拉鐵尺闖進來，就要動手，和尚用手一指，用定神法把八個人俱都定住。和尚伸手拉戒刀，剛要殺人，就聽外面一聲喊嚷：「好孽障大膽！光天化日，朗朗乾坤，竟敢在此要殺人！待山人來也！」和尚一看，來者正是孫道全。和尚一想：「事情不好，鬧大了，莫如三十六著，走為上著！」趕緊直奔後面，告訴他師弟月朗，帶著小和尚開後門，一并逃走。孫道全先救了八個班頭，顧不得追趕和尚，又把縣太爺找著救了。在廟中各處一搜，由夾壁牆搜出五個婦人來，一同帶著回衙門。一問，這五個婦人，內中就有一個是王勝仙的愛妾田氏，那四個都是妓者，當堂開放，然後將白魚寺廟入官，另招住持僧人。用轎子把田氏給王勝仙送回去。田氏見了王勝仙，還說沒有失節，其實跟和尚睡了兩夜了。這也是王勝仙報應，他素來常常霸占良家婦女，叫他的愛妾被人家搶去。田氏本是他心上的人，見找了回來，很歡喜，叫知縣案後訪拿和尚。知縣總算便宜，沒被參了。把事情辦完了，孫道全告辭回廟去。過了幾天，濟公也回來了，萬緣橋已工程報竣。知縣聽說濟公回來在廟，派人把濟公請到衙門，置酒款待，開懷暢飲。吃喝完畢，知縣說：「聖僧沒事，在我衙門多住幾天，可以盤桓盤桓。」和尚說：「我得趕緊走，還有要事，你我暇時再談。」

和尚告辭，出了錢塘縣。剛來到錢塘關，一瞧關裡有一座豆腐店，門口圍著許多人；裡面磨盤也碎了，水桶也劈了，豆子灑了一地，豆腐包也撕了。裡面有一個人，穿著青布小襖，腰繫鈔包，藍中衣，藍襪子，打綳腿，兩隻搬尖大尾巴靸鞋；長的兔頭蛇眼，龜背蛇腰，在那裡指手畫腳，口中亂嚷。和尚一按靈光，說：「哎呀！阿彌陀佛，你說這事我和尚焉能不管？」真是一事不了，又接一事。書中交代：這個豆腐店的掌櫃的，姓周叫周得山，夫婦兩個，跟前有一兒子，名叫周茂。他本是巡典州的人，只因家中年歲荒亂，度日艱難，來在這臨安錢塘關開了一座豆腐店，養著一條驢拉磨，供著各飯館子、各大油鹽店送豆腐，買賣做的很茂盛。做了幾年，手下存下幾十兩銀子。焉想到時運不濟，一家三口都得了疾病。指身為業的人，一不能做活，就得往外賠墊。一病病了半年，連吃藥帶養病，不但把所存的錢用盡，還拉下空子。好容易周茂能起來了，周得山叫周茂出去要要帳，好墊辦吃飯。周茂還走不動，就騎著驢出去。別處的帳都好要，惟有萬珍樓上酒館欠二十多吊錢，去要老不給。這個飯館子的東家姓孫，原本是本地的泥腿❷，外面號叫麻面虎孫泰來。萬珍樓的大管事的姓廖雙名廷貴，外號叫廖貨，也不是好人。這天周茂去要帳，廖廷貴一瞧，周茂騎的這條驢很快，廖廷貴說：「周茂，我騎你這條驢試試，可以嗎？」周茂說：「騎罷。」廖廷貴騎著走了一趟，果然這條驢足底下真快。廖廷貴說：「周茂，你們家又不做買賣，把這條驢賣給我好不好？」周茂說：「不賣。」廖廷貴說：「我給你多些錢。」周茂說：「多給錢也不賣。告訴你說罷：別的驢拉磨，磨二斗豆子；這條驢就能磨四斗。我父親病好，早晚

❷ 泥腿：比喻流氓、無賴之徒。

就要開張做買賣。」廖廷貴說：「你們做豆腐有本錢麼？」周茂說：「沒有，等開張再設法子。」廖廷貴說：「不要緊！你們那時開張，沒本錢，我借給你。」周茂說：「好。」跟萬珍樓要了幾吊錢回來了。

後來就把萬珍樓的欠帳也要完了，都墊辦著吃了飯。好容易周得山病體好了，想要做買賣，沒本錢，到處去借也借不來了。周茂忽然想起廖廷貴說過，要做買賣，他借給本錢，周茂跟他父親一提，周得山說：「你去借去罷。」周茂就來到萬珍樓，說：「廖掌櫃，現在我父親好了，要做買賣沒本錢，前者你提過，沒本錢你借給我們；我父親說叫我跟你提提，借二十吊錢。」廖廷貴說：「現在我可沒錢，我給你轉借罷。你明天來拿。」周茂一聽，很歡喜回去。次日又去，一見廖廷貴，廖廷貴說：「你要借二十吊可不行，我只給你借了十吊，一個月一吊錢利錢。」周茂一聽，一皺眉說：「利錢太大點。」廖廷貴說：「利錢大還沒處借去呢！你嫌大你就別借！」周茂一聽無法，說：「就是罷。」廖廷貴說：「可是十吊先給九吊。」周茂也答應了。後接過來一瞧，不是現錢帖，是日子條，到下月取九吊錢。周茂說：「怎麼下月取錢呢？」廖廷貴說：「你要欠帳還人家，日子條，比空口應人準強！」周茂說：「我們不是賒帳，是用現錢買豆子，好做買賣呀。」廖廷貴說：「你要現錢，一吊可是給八百。」周茂是等錢用，無法拿了七吊二百錢回家。周茂拿到家一數，每吊短二百，只剩五吊八百實錢，還有小錢。周得山瞧著錢，歎了一口氣，無法，窮吃虧，只可買了幾斗豆子且做買賣。一天磨二斗豆子，刨去度日，只賺一百多錢，一個月要拿出一吊錢利息，到日子就來取，遲一天都不等，再不然，就叫歸本錢。小本經營，拉這十吊錢虧空，何時能補的上！這天廖廷貴又來取利，正趕上周得山沒錢，廖廷貴不答應，周茂可就說：「廖廷貴，你多等一兩天，也不為過，這加一錢，已利過本好幾折了。」廖廷貴一聽惱了，說：「你當初借錢的時節，怎麼不這麼說呀？我沒找你來要借給你，叫你使的。」周茂又同他分說，廖廷貴張口就罵，三言兩語，跟周茂打起來。周得山出來一拉，廖廷貴揪住周得山就打。周茂一瞧打他父親，他真急了，拿起斧子照定廖廷貴就砍，把膀臂砍傷了。廖廷貴說：「好周茂，你敢拿斧子砍我！我走了，回頭再說！」說著話，廖廷貴走了。少時他帶了有二十多人，各持刀槍木棍，來到豆腐店，把周得山父子拉躺下就打。不知父子性命如何？且看下回分解。

第一百六十三回　廖廷貴倚勢欺人　陳聲遠助拳惹氣

話說廖廷貴帶領著數十個匪徒，各持刀槍器械，來到豆腐店，把周家父子拉出來，按倒就打。幸虧街坊各鋪戶出來勸解，廖廷貴叫眾人把豆腐店全都摔了，連磨盤也都摔碎了，木桶也劈了，一概的傢伙全摔淨了，廖廷貴帶著人走了。周得山父子渾身是傷，周得山見把屋中東西都拆了，自己買賣也不能做了，周得山一想說：「兒呀，咱們活不成了！打架咱們不得人，打官司咱們也沒人情勢力。我這大的年歲，從沒受過人這樣欺負！咱們活著惹不起他，我揣上一張陰狀，我一死到陰間告他。周茂，你到錢塘縣去喊冤，給我報仇；叫你娘到寧安府去告他。我這條老命不要了。」周茂也是想著要報仇，也不能攔他父親。父子兩個正說著話，外面進來一個人。周茂一看，這個人認識，也是這本地的泥腳，素常無所不為，敬光棍，怕財主，欺負老人。此人姓毛，外號叫毛嚷嚷，他就在這門口住。先廖廷貴帶著人來，他也不出來，這等人家都走了，他跑出來到豆腐店，說：「誰敢上這裡來拆豆腐店，好呀！在我眼皮底下，真如抓了我的臉一樣，不知道我姓毛的在這住嗎？方才我是沒在家，要是我在家，得把他們砍了。」他正指手畫腳，大嚷大叫，自稱人物。和尚由外面進來，照定毛嚷嚷就是一個嘴巴。毛嚷嚷一瞧說：「好和尚，你敢打我！」和尚說：「打還是好的，誰叫你在這裡放肆？」毛嚷嚷說：「好和尚，咱們倆是一場官司。」和尚說：「你出來！」毛嚷嚷出來，就被和尚揪倒就打，打了三下，毛嚷嚷說：「該我打你了。」掄起拳頭就打和尚，和尚數著一來，二來，三來，和尚說：「該我打你了。」一擰拐子，把毛嚷嚷翻下去，和尚打了他三下；和尚也不多打，說：「該你打我了。」和尚自己就躺下。毛嚷嚷又打了三下，還想多打，和尚又把他翻下去。大眾瞧著，也沒人解勸，都說和尚公道。打毛嚷嚷三下，和尚就叫他打；毛嚷嚷打三下，非得和尚把他擰躺下。眾人正瞧著和尚，跟他一對打三下，就聽旁邊有人說：「別打，我來也！」眾人一看，來者這人好樣子：身高九尺以外，膀闊三停；頭戴皂緞色六瓣壯士帽，上按六顆明珠；身穿皂緞色箭袖袍，腰繫絲鸞帶；薄底靴子；閃披一件皂緞色英雄大氅，上繡三藍色富貴花；面似烏金紙，粗眉大眼；海下一部鋼髯，灑滿前胸，來者乃是鐵面天王鄭雄。

書中交代：鄭雄前者由常山縣馬家湖跟濟公分手，自己回到家中，沒事也不上錢塘關來。只因鄭雄有一個朋友，姓陳叫陳聲遠，乃是東路保鏢的鏢頭，也在這臨安城住家，人也極其厚道。這天陳聲遠沒事，帶著家人出來閒遊，走在錢塘關外，見著有一個賣藝的，在那裡練把式，圍著許多瞧熱鬧的人。陳聲遠一看，這個賣藝的，練的拳腳精通，受過名人指教，大概不是久慣走江湖的，他也不會說江湖話，也沒人把錢❶。在外面做生意的，算命打卦，全憑說話，應該是還未練，先交代交代說：「眾位，在下是遠方人，不是久慣賣藝的；只因貴方寶地，投親不遇，訪友不著，把盤資花完了。在下在家中練過幾趟鄉拳，我也不知子弟老師在那裡住家，未能登門遞帖，前去拜望。眾位有錢幫把錢，沒錢幫站腳助威，幫個人緣。」應當得有一套江湖話，交代明白。陳聲遠一看，這個賣藝的，也不會說話，練了好幾趟，也沒有幾個給扔錢的。陳聲遠一想：「君子到處有成人之美，我下去幫他練一趟，給他幾吊錢，墊墊場

❶ 把錢：給錢；付錢。

子，周濟周濟他。」想罷，叫家人陳順：「去到錢塘關裡恆源錢鋪，給我拿五吊錢來，回頭我幫他練完了，你把錢串揪斷了，給往場子裡扔。——把廠有規矩，不準帶串扔。——」陳順就答應，到錢鋪取了五吊錢來。

陳聲遠進了場子說：「朋友，我幫你練一回。」賣藝的趕緊作揖說：「子弟太爺貴姓？」陳聲遠說：「我姓陳，我看你不是久慣江湖賣藝的樣子。」賣藝人說：「可不是！我也無法，我的朋友沒找著，困在這裡。子弟爺，你幫我，我給你接接拳？還是站在旁邊，給你報報名？」陳聲遠說：「你也不用接拳，你旁邊看著罷。」說著剛要練，只見由外面跳進一個人來，說：「朋友先等等練，我也幫個場子，咱們兩個人揸揸拳。」陳聲遠說：「可以。」一看這人身高八尺，頭帶粉綾緞軟帕包巾，身穿粉綾緞箭袍，腰繫絲鸞帶，單襯襖，薄底靴子，閃披一件粉綾緞英雄大氅，上繡藍牡丹花，面似油粉，一面的麻子斑點，長的透著姦詐的樣子。陳聲遠剛跟這人一揸拳，偏巧陳聲遠胸前岔了氣了。陳聲遠趕緊往外路圈子一跳，說：「朋友慢動手，我岔了氣了。」焉想到這小子不懂得場面。這小子哈哈一笑說：「就憑你這樣的能為，也要下來幫場子！」陳聲遠一聽，氣往上衝，說：「你什麼東西，膽敢羞辱於我！怎麼我岔了氣，你這樣不懂事務？」這人說：「本來你無能為，還要遮蓋麼？」大眾一看，二人要打起來，大眾趕緊勸解。有人把那人拖走了。陳聲遠叫家人把五吊錢給了賣藝的。陳聲遠說：「眾位，那位知道方才這人是那的？姓什麼？我必要去找他！這廝太不懂事務。」大眾勸解說：「大爺請回去罷，不必跟他一般見識，也不知道他是那的。」大眾都不敢告訴他。陳聲遠無法，岔氣岔的很利害，自己只得回家。再找家人陳順，找不著了。自己雇了一輛車回到家中，這口氣實在出不出。

少時家人陳順也回來了，陳聲遠說：「陳順你上那去了？我跟人家打起來，你怕人家打了你，你躲了？」陳順說：「老爺不要錯怪！小人見那粉白臉的棍徒一走，我想老爺又不知他的名姓，我暗中跟他去了。」陳聲遠一聽說：「好，你可曾打聽明白？」陳順說：「小人打聽明白，這廝是萬珍樓的東家，叫孫泰來，外號叫麻面虎，乃是本地的匪棍。結交官長，走動衙門，欺壓良善，無所不為，在本地很出名的，無人敢惹。」陳聲遠說：「好，等我把病養好了，我必要前去找他！」自己氣的了不得，請人給瞧，吃了幾劑藥，也不見好。這天鐵面天王鄭雄來瞧他，兩個人是知己拜兄弟，陳聲遠說：「兄長來了，好，你給我捏捏罷，我岔了氣了。」鄭雄說：「怎麼會岔了氣？」陳聲遠說：「別提了！」就把幫場子之事，從頭至尾一說。鄭雄說：「賢弟，你只管養病，愚兄必要替你報仇去。孫泰來憑他一個泥腿，也敢欺負你我兄弟！」陳聲遠說：「兄長不便跟他為仇做對；兄長的身價重，跟他犯不著。等我好了，我自己去找他。」鄭雄說：「兄弟你不用管，我是不知道你岔了氣，我要知道，把靈隱寺濟公活佛請來，給你一點靈丹妙藥，準吃了就好。我娘親多年二目失明，濟公都給治好，何況你這點小症！」家人陳順說：「鄭大官人，你提的不是靈隱寺那位瘋窮和尚？」鄭雄說：「是呀。」陳順說：「我方才在錢塘關去買東西，瞧見那位窮和尚，跟毛嚷嚷打起來了。在周老兒豆腐店門首，打一對三下呢。」鄭雄說：「我去看看，賢弟你家裡聽信罷。我必要到萬珍樓找出個樣子來！」鄭雄說著話，就往外走。聲遠叫家人拉沒拉住。

鄭雄就一直來到錢塘關，正瞧見濟公跟毛嚷嚷廝打，鄭雄說：「別打，師父，你老人家為什麼跟他來打？」毛嚷嚷一聽，鄭雄向窮和尚叫師父，他就嚇的急流湧退，本來鄭雄在臨安城威名遠振。今見鄭雄給濟公一行禮說：「師父為什麼跟他一個無名小輩打起來？」和尚說：「我打算把這碎鐵鍋片撿點賣了打酒吃。」鄭雄說：「師父要喝酒，弟子這裡有錢。」和尚說：「我一個人不去喝酒。」鄭雄說：「師父上那去？弟子陪你去。」和尚說：「我上萬珍樓。」鄭雄說：「我正要上萬珍樓。」和尚說：「好。」這才要上萬珍樓找孫泰來，大概有一場惡戰。不知吉凶如何？且看下回分解。

第一百六十四回　為朋友怒找麻面虎　邀師父大鬧萬珍樓

話說鄭雄見了濟公，濟公說要上萬珍樓去喝酒，鄭雄說：「我正要上萬珍樓去。」和尚說：「好。」鄭雄說：「我上萬珍樓去不是喝酒，我要替朋友去報仇，找孫泰來。師父要喝酒，上別處去喝去。」和尚說：「我也要去找孫泰來。」鄭雄說：「既是師父願意去，我也不攔，你我一同走罷。」和尚說：「你先等等。」和尚來到豆腐店裡，說：「周得山你先別死，你也別寫陰狀。周茂你也先別上錢塘縣告去。我和尚替你到萬珍樓去找廖廷貴，少時必叫你過得去，準得叫廖廷貴給你陪不是，摔砸你的東西，我管保照樣賠你。你等我兩三個時辰，聽我和尚的回信，要沒有場面，你再死也不晚。」周得山聽這話一楞，說：「大師父怎麼稱呼？」和尚說：「我乃靈隱寺濟顛僧是也。」周得山耳聞聽見說過，本來濟公在臨安城名頭高大，無人不知。周得山說：「聖僧既是慈悲，我聽你老人家回信。」和尚說：「對。」這才同鄭雄一直進了錢塘關，往前走了不遠，北裡就是萬珍樓酒飯館。鄭雄頭裡走，一掀簾子進去。一進門，東邊是櫃房，西邊是灶，鄭雄在攔櫃上一拍，說：「吩，鄭大太爺今天在這裡照顧照顧你小子。」麻面虎孫泰來正在櫃房裡埋怨廖廷貴：「不當依仗我這鋪子，拆人家的豆腐店；倘要逼出人命來怎麼辦？再說臨安城乃藏龍臥虎之地，就許有人出來，路見不平。連我此時都收了心，不敢無故惹禍。」廖廷貴說：「不必怨我呀，皆因周茂他先拿斧子砍我，你瞧瞧我這膀子有多重傷！」

正說著話，聽外面一拍攔櫃說：「孫泰來，今天鄭大太爺照顧照顧你小子。」孫泰來隔簾縫往外一看，是鐵面天王鄭雄。孫泰來知道鄭雄在臨安城晃動乾坤，人物字號，鄭雄眼皮最雜❶，上至公侯，下至庶民，沒有不認識鄭雄的。本來鄭雄也真愛交友，揮金似土，仗義疏財，慷慨大道，濟困扶危；勿論是誰，求到鄭雄跟前，十吊八吊，三十五十，真不含糊，故此臨安城遠近皆知，比孫泰來的字號大的多。鄭雄是正直為人，孫泰來是個惡霸，當面都不敢惹他，背談人人皆罵。鄭雄為人的聲氣，是人人仰望。今天孫泰來一瞧是鄭雄，就是一楞，說：「廖廷貴你看，禍來了！鄭雄可是本地的人物。今天這是旁風邪火，他來堵著門一罵我，我要不出去，我就不用混了。頭十年他要來罵我，我不惹他不要緊，臨安城提不到我孫泰來；現在我可就栽了，往後我就不用叫字號了。再一叫字號，人家就說：『孫泰來，你不用欺負我們，鄭雄你就不敢惹！』這一句話，我就得臊死！這可講不了，我倒得鬥鬥鄭雄。廖廷貴你出去，把他用好言穩住，別叫他走；我去找人去，我一個人不是他的對手。我約了人來，把他打壞了，反正是一場官司。」

廖廷貴點頭，轉身出來，見鄭雄氣哼哼，廖廷貴說：「鄭大爺，你來了，為何這麼大氣，誰得罪你老人家了？」鄭雄說：「我來找麻面虎孫泰來，叫他出來見我。」廖廷貴說：「鄭大爺你先消消氣，我們掌櫃的沒在家，你先上樓去喝杯酒，有什麼話好說。伙計，來把鄭大爺陪上樓去，給鄭大爺要兩壺酒幾樣菜。鄭大爺請罷。」伙計過來說：「鄭大爺樓上坐罷。」鄭雄一想：「冤各有頭，債各有主，我找孫泰來，他既沒在家，我不便跟別人鬧，我上樓去等他。」想罷說：「既是孫泰來沒在家，我樓上去等

❶ 眼皮最雜：指交際廣闊。

他，他回來叫他見我。」伙計說：「是了。」鄭雄就往裡走。和尚由外面進來，也是一拍攔櫃說：「孫泰來，今天和尚老爺照顧照顧你小子。」廖廷貴一想，真是牆倒眾人推。一瞧和尚，廖廷貴想起來了，他是矇飯吃的和尚呀！只因前者濟公知道萬珍樓是惡霸開的，他就在這白吃過兩頓飯。那一天和尚來到萬珍樓，吃了十吊多錢，和尚說：「跟我到錢鋪拿錢去。」廖廷貴叫伙計跟去，出了酒樓，一展眼和尚沒了。伙計回去說把人跟丟了，掌櫃的打伙計一個嘴巴，罵了一頓。次日，和尚又來了，一進門說：「掌櫃的，昨天我碰著朋友了，也沒給你送錢來；今天我特為來給你送錢還帳。」大眾一想：「和尚不是矇飯吃的，要是矇吃矇喝，今天就不來了！」和尚又坐下要酒要菜，什麼好吃要什麼，要了一桌子。吃完了，叫伙計一算，二帳歸一，合銀子十二兩八錢，和尚說：「不多。」和尚就到櫃上說：「掌櫃，我吃了十二兩八錢，跟我上錢鋪取去罷。」廖廷貴一想：「昨天叫伙計跟著去丟了，今天別叫伙計跟著了。」廖廷貴說：「和尚，昨天你說到錢鋪取錢，你就跑了。今天又到錢鋪取錢！」和尚說：「我昨天也不是跑了，是碰見朋友說話，跟伙計走岔了。」廖廷貴說：「我同你取去罷。」跟著和尚出了酒樓，和尚說：「你瞧過人飛沒有？」廖廷貴說：「沒有瞧過。」和尚說：「你瞧，這就是人飛。」梯他梯他，撒腿就跑。和尚一邊跑，口中說：「酒似青漿肉又肥，酩酊醉後欲歸回；任憑掌櫃不賒欠，架不住貧僧腿似飛。」廖廷貴追著，展眼和尚沒了。廖廷貴回到鋪子，說：「和尚又跑了。那時見著他，那時揪住打他。」今天和尚自己來了，一拍櫃說：「孫泰來，今天和尚老爺來照顧照顧你。」廖廷貴一瞧惱了說：「好和尚，你矇了兩頓飯吃，還敢來攪我們！」和尚說：「這是好的。」鄭雄一回頭說：「師父上樓呀。」廖廷貴一瞧，嚇的就不敢說了。說：「大師父同鄭大爺來的，請罷。」鄭雄說：「是我師父。」廖廷貴說：「是，是。」往下不敢再說別的。和尚同鄭雄上了樓，找桌坐下。和尚說：「鄭雄，你不是找孫泰來鬥氣麼？」鄭雄說：「是呀。」和尚說：「要鬧就得像個鬧的。」鄭雄一想這話對，立時把眼一睜說：「把這樓上的酒飯座，都給我逐下去。」伙計嚇的戰戰兢兢說：「是，是。」當時樓上酒飯座真有幾十位，膽小的趕緊走了。有不怕事的，聽鄭雄一說，都逐下去，就大大不悅說：「怎麼樣都逐下去？我花錢喝酒，就要在這喝完了。別管是誰，要把我轟下去，非得把我腦袋揪下來，沒了我這口氣；要不然，我就不能下去。」同座人就說：「二哥，你別答言；你不認識這位是鳳山街鐵面天王鄭雄嗎？他素常是個仗義疏財，有求必應，沒得罪過人的好人，這必是飯館子裡得罪了鄭爺。本來孫泰來就是個惡霸，鄭爺這是來跟飯館鬥氣，與你我何干？咱們又跟鄭爺往日無冤，近日無仇。你要一答言，打起來，這不是瘀氣麼？」說的那人也不敢答言了。就算還帳，大眾下樓走了。少時，樓上人皆走淨了。

鄭雄叫伙計把小菜擺上，伙計趕緊把小菜步碟擺好，鄭雄掌起一個碟子摔了。和尚說：「我沒聽見什麼響聲，你再摔一個。」鄭雄又摔了一個。和尚說：「伙計，你們都賣什麼菜？」伙計說：「應時小賣都有。」和尚說：「你給煎炒烹炸配幾個菜，拿幾壺酒，把夜壺給我拿來。」伙計說：「不行，你要酒可以，夜壺就是不敢拿。」鄭雄說：「去拿去，不拿把你腦袋給拿下來。」伙計賭氣下了樓，來到櫃上說：「掌櫃的，你再找人罷，我不能做這買賣。跟鄭雄來的這個窮和尚，叫我拿夜壺，我不能拿，我怕壞了行規。」廖廷貴一聽：「這可是太難了！姓鄭的他也是個人，掌櫃的去找人還沒來，不必等掌櫃的，我的主意：你到咱們立的把式場，將那些朋友找來，先把姓鄭的拉下樓來，打他一頓再說。不論他是多大字號人物，拚出一身剮，敢把皇帝打！」伙計答應。立時直奔把式場來，一瞧，正有二十多人在這裡練拳腳。素常這些人都跟孫泰來同吃同喝，今天伙計來說：「眾位，我們鋪子裡現在有人來攪鬧，掌櫃的叫我約你們去助拳，拉下來打壞了，有我們掌櫃的打官司，不與你們眾位相干。」大眾一聽，說：「就是，咱們替孫大爺去充光棍。」立刻各抄刀槍棍棒，直奔萬珍樓而來。不知鄭雄該當如何？且看下回分解。

第一百六十五回　孫泰來忍氣邀知己　猛英雄錯打法元僧

話說眾人各持刀槍棍棒，來到萬珍樓，廖廷貴說：「眾位來了，姓鄭的在樓上呢。」眾人說：「是。」立刻上樓。大眾來到樓上一瞧是鄭雄，大眾都愣了，這些人都受過鄭雄好處的。逢年按節，一沒落子❶，就去找鄭大爺，都知道鄭雄慷慨，誰一找借錢，多少不拘，鄭雄沒駁回過，常周濟他們。今天眾人一瞧是鄭雄，大眾就不敢睜眼了。鄭雄說：「你們做什麼來了？」大眾說：「鄭爺是你跟孫泰來嘔氣？」鄭雄說：「是呀。」眾人說：「我們要知道是你老人家，我們也不來。鄭大爺因為什麼找孫泰來？我們給說合說合。」鄭雄說：「倒不必，你們管不了。」大眾說：「我們要是管不了，幫你老人家拆他，反正不能幫他跟你反臉。」鄭雄說：「我也不用幫著，你等去罷。」眾人這才下樓，說：「這個架我們打不了，叫你們掌櫃的另請高明罷！」說罷，各自去了。廖廷貴一看說：「這一干人都是虎頭蛇尾！」他焉知道鄭雄比孫泰來眼皮雜的多！

廖廷貴正生氣，見麻面虎孫泰來來了，帶著一個大禿頭和尚，這個和尚原本是陸陽山蓮花塢的，叫神拳羅漢法元，他到臨安來逛，常在萬珍樓吃飯。孫泰來一盤問和尚，知道和尚有一身好本領，他套著一交朋友，兩個人倒很親近，孫泰來把法元讓到他家裡住著。今天孫泰來一想：「要約別人，打不了鄭

❶ 沒落子：困窮沒著落。也作「沒落兒」。

雄，認得鄭雄的人多！非得找生臉色，不可打鄭雄。」孫泰來知道神拳羅漢法元，本領高強而武藝出眾。孫泰來回到家中，一見法元，造出一片揑詞，說：「法師兄，我這買賣開不來了。」法元說：「怎麼？沒有本錢不要緊，我有銀子，你只管使。」孫泰來說：「不是，本錢倒有。現在這臨安城有一個鐵面天王鄭雄，他是本地的惡霸，結交官長，走動衙門，欺壓良善，常到我鋪子吃飯，不給錢還不算，挑鼻子弄眼，吃完了就摔就砸。今天他又來了，一進門說：『孫泰來，鄭大太爺來照顧照顧你小子。』伙計一勸他，他就張嘴罵，我在櫃房，我沒有答言；要一答言，當時就得打起來。有人把他勸到樓上喝酒去，我這才回來。你想我還怎麼能混？」法元一聽說：「不要緊，我去替你報仇去！你不便跟他翻面，把他叫出來指與我，我跟他分個高低上下！我若把他打死，不用你打官司，你就說都是酒辦座，你都不認識，一問三不知，神仙也沒法辦你。我一回陸陽山蓮花塢，他也沒地方拿凶手去。」孫泰來說：「好。」立時同法元僧直奔萬珍樓來。

法元在門口站著，說：「你把他叫出來。」孫泰來這才登樓梯上樓。鄭雄一瞧孫泰來上樓來，仇人見面，分外的眼紅，說：「孫泰來，我找你來了！」孫泰來說：「好，你找我來了，外面有人找你呢！你出來罷。」鄭雄說：「好，你就是預備上刀山油鍋，我姓鄭的既要來找你，我就敢試試。」說著話，鄭雄下了樓，立刻來到外面一看：站著一個大禿頭和尚，身高九尺，膀闊三停，披散著髮，給打著一道金箍，身穿藍緞色的僧衣，青緞子護領相襯，白襪，青僧鞋，面如藍靛，兩道硃砂眉，一雙金睛疊暴，押耳兩綹黑毫，長得凶如瘟神，猛似太歲，手拿一把蠅刷。孫泰來用手一指說：「就是這位和尚找你。」鄭雄就知道這是孫泰來爪牙，這才說：「你一個出家人，我跟你素不相識，遠日無冤，近日無仇，你找我做什麼？」法元說：「你就是鐵面天王鄭雄麼？」鄭雄說：「然也，正是某家。爾是何人？」和尚說：「酒家叫神拳羅漢法元，我找你，皆因你在本地欺壓買賣客商，為非做惡。酒家特意前來，要結果你的性命。」鄭雄說：「好僧人，爾有多大的能為，敢說此朗朗狂言大話！」掄拳照法元就打。法元急架相迎，二人各施所能，打在一處，真是棋逢對手，將遇良才。鄭雄本來能為出眾，受過名人指教；法元也是拳腳精通，本領高強。兩個打在一處，不分高低上下，圍看熱鬧的人就多了，都不敢上前解勸，眾人紛紛議論，說這場架可大了。都知道鄭雄是本地的人物，麻面虎孫泰來也是本地的惡霸，兩造都不是好惹的。

鄭雄正跟法元打著，未分勝負，這時節濟顛和尚在樓上，把樓窗開開往下瞧著，直說：「可了不得了！打起來了，快勸快勸。」酒鋪眾伙計大眾就嚷：「你們瞧這個矇吃矇喝的和尚，真可惡！」這一句話不要緊，可碰巧旁邊瞧熱鬧之中，站著一個渾大漢，他聽錯了，他只打算法元是矇吃矇喝的和尚呢！這位渾大漢有兩天沒飯吃了，他一想：「這個黑臉的，必是酒鋪子掌櫃的，因為這個和尚矇吃矇喝打起來。我要過去幫著這個黑臉掌櫃的把和尚打跑了，酒鋪掌櫃的準管我一頓飯吃。」想罷，一擺手中熟銅棍，照定法元和尚就打，連鄭雄也楞了。

書中交代：這位猛英雄原本乃是巡典州的人氏，姓牛名蓋，外號叫赤髮瘟神。按說書演義，他乃是前宋精忠傳牛臯之孫，乃是金毛太歲牛通之子，天生來渾濁猛勇，自幼年家傳了一身好本領，力大無窮，就是太渾。家中很是富豪，只因他父親一死，牛蓋是人事不懂，把一份家業，全被家人給分散了，牛蓋自己直落到沒飯吃。他又不懂得營運，要一餓了，瞧見那家街坊一做飯，他進去就吃人家。一家子的飯，被他吃了還沒飽。先前老街舊鄰，都不好意思，念其都是瞧他長大的，就給他吃；後來日子長了，誰能供給他吃！每逢一要吃飯，將門關上，怕牛蓋去，把門關上也不行，他把門踹了，進去就搶，誰也不敢惹他！大眾實沒了法子。內中有一位殷二太爺，說：「牛蓋呀！你淨在家裡，今天這家吃，明天那家吃，又該怎麼樣了？憑你這個身量，到軍營去投效，出去一開兵打仗，準得個頭品官，豈不好嗎？」牛蓋本是個渾人，說：「頭品官是什麼？」這個說：「提督。」牛蓋說：「對，做提督去。」殷二說：「我給你一吊錢盤費，你去罷。」牛蓋就拿著一吊錢，由家中起身；他也不知道上那去，往前走著。牛蓋一想：「我問問軍營在那裡呀？」想罷，見有過路的人，牛蓋在後面一嚷：「吙，站住，小子！」這人回頭一瞧：牛蓋身高一丈開外，面似青泥，紅眉毛，髮似硃砂，手裡拿著一條茶杯口粗細的銅棍，這人嚇的撒腿就跑。牛蓋一看說：「好小子，不告訴我，反跑了。」見人他又說：「吙，站住，小子！」這個一瞧也是跑。連問了三四個，一問就跑。牛蓋想出一個主意，瞧見有過路人，他過去一把把那人脖子一掐，牛蓋說：「別跑了，小子！」嚇的這人說：「怎麼了？我招你惹了你了？」牛蓋說：「我問問你，軍營在那裡？我們街坊說了，憑我這個身量，這個樣子，投效到軍營去，一開兵打仗，我就做提督。」這人說：「你撒開我，我告你。」牛蓋說：「你可別跑。」這人說：「不跑。」牛蓋這才撒開。這人知道他是渾人，說：「你要投軍，上京都去。那個地方，天子腳底下，求名在朝，求利於市。你要做官，上那去罷！」牛蓋說：「京都在那裡？」這人說：「在臨安，你往北走罷。」牛蓋也還是不明白，瞧見有店，就住店，進去就吃，第二天吃完了就走。店裡一要錢，牛蓋說：「老爺沒錢，等做了官給錢罷。」說完話撒腿就跑，人家又追不上。

他糊裡糊塗，他也不知道東西南北，這天真來到臨安了。牛蓋又一問人，上那投軍營，有人說：「你上衙門投軍營去罷！」牛蓋來到錢塘縣衙門一瞧，門口有許多當差的，那裡坐著，牛蓋說：「投軍營來了。」內中有一位老者就問他：「找誰？」牛蓋說：「我們街坊說的，就憑我這身量，投到軍營，出兵打仗，準做得了官。」老者一瞧，就知道他是渾人，老者說：「你來投軍，現在沒軍務；你要找個保人保你，我給你在軍營挑份差事，吃一份糧，成全成全你。」牛蓋說：「我找保人去。」老者說：「對了。」牛蓋轉身就走，碰見過路人，他也不認識，他就說：「咳，你別走，你給我當保人。」這人說：「什麼事？我給你做保人？」牛蓋說：「營裡挑份差吃份糧，成全成全我，你給我當保人。」這人說：「我不認識你呀！」牛蓋說：「就算你認識我罷！」那人說：「不行。」牛蓋說：「不行，我再找去。」自己找來找去，來到錢塘門，瞧見鄭雄跟法元打在一處。伙計一喊矇吃矇喝的和尚來了，牛蓋錯聽了，他只當是法元矇吃矇喝，鄭雄是酒鋪掌櫃的。牛蓋一擺熟銅棍，奔趕上前，照定和尚就打。不知法元性命如何？且看下回分解。

第一百六十六回 愣牛蓋窮途賣藝 病符神無故被摔

話說赤髮瘟神牛蓋擺棍照法元就打，鄭雄一看，見牛蓋身高一丈有餘，頭上戴豆青色六瓣壯士巾，身穿豆青箭袖袍，腰繫絲縧，單襯襖，薄底靴子，面似青泥，兩道硃砂眉，長得凶惡無比。手中使的這條棍，真有茶杯口粗細，照法元一打，法元嚇的忙往外圈一跳，自己一想：「這條棍子要打上，就得腦漿迸裂。」連忙撒腿就跑。猛英雄一聲喊嚷：「好囚囊的那裡走！」隨後就追。鄭雄也並不認識他，自己倒直發楞。廝面虎孫泰來自打算是鄭雄的幫手，正在發楞之際，濟公禪師由樓窗裡跳下來，把廝面虎孫泰來嚇得一跳。和尚剛跳下來，只見由北邊來了四個人，是錢塘縣的四位班頭，柴元祿、杜振英、雷四遠、馬安傑，四個人是上別處辦事去，由此路過，一瞧都認識。柴頭說：「鄭大官人，跟誰辯嘴？濟公你老人家在這做什麼呢？」和尚說：「鄭爺在這錢塘關開了一座豆腐店，被孫泰來給砸了。因為這個，我們來找他，他還要講打。」杜振英趕緊把孫泰來叫到旁邊說：「孫泰來，你不認識這個和尚，這是當朝秦丞相的替僧，你惹得起麼？依我說：你趁早認罪服輸，倒是便宜。」孫泰來說：「我也不認得這個和尚，再說豆腐店也不是我砸的，是廖廷貴砸的，我也不知道是鄭爺的買賣。」杜振英說：「廖廷貴砸的，如同你砸的一般，你認個賠就得了。」孫泰來說：「你們眾位分分心，瞧著賠了罷。」杜振英說：「聖僧，你給說和說和罷。豆腐店砸了什麼東西，叫孫泰來賠。」和尚說：「我給說和，準得對得起人。

豆腐店門窗砸了算白砸了，不叫你賠；水桶劈了，不叫你賠；豆腐槽子拆了，不叫你賠；鍋碎了，不叫你賠；一切碗盞傢伙摔了白摔；豆腐包撕了，也不叫你賠。」鄭雄說：「怎麼都不賠？」和尚說：「孫泰來，你就賠那盤磨罷。那可是見過，二百五十兩銀子沒賣，也不跟你多要，你就給二百五十兩銀子得了。我和尚管閒事，你們誰也別駁我，鄭雄也衝著我，孫泰來也衝著我。」柴頭說：「對，你們二位誰也別駁回。」孫泰來一想：「這倒不錯，和尚亮了一大片人情，這一樣就得了。」當著大眾又不好駁，只可忍著肚子疼，當時給拿出二百五十兩銀子，交給和尚。和尚說：「鄭爺，咱們走罷。勞眾位頭兒的駕！」柴頭、杜頭說：「聖僧請罷，我們也要辦事去。」和尚這才同鄭雄來到豆腐店。和尚說：「周得山，你也別死了！我給你訛了麻面虎孫泰來二百五十兩銀子，全都給你。你父子好整理買賣，開張度日。」周得山一看，給和尚磕頭，千恩萬謝，自己也就不死了。張羅置傢伙，重整買賣，和尚總算救了他一家人的性命。

鄭雄說：「聖僧，到弟子家去罷！」和尚這才同鄭雄來到鳳山街，到了鄭雄家中，天已掌燈。鄭雄趕緊叫家人擺酒，陪著和尚開懷暢飲。鄭雄就問說：「聖僧，今天那個青臉使棍的大漢，是跟聖僧認識麼？」和尚說：「我不認識。」鄭雄說：「我看他倒是個英雄，可惜不知他的姓名，也不知他那裡去了？」和尚說：「你要找他，我明天帶你去，就把他找著。」鄭雄說：「好，聖僧帶我把那猛漢找著，我問問他。」說著話，和尚閉上了眼，直衝。鄭雄說：「聖僧為何這樣困倦？莫不是熬了夜了？」和尚說：「我愛吃了睡，睡了喝，倒有趣。」鄭雄也只得陪著，喝到了天交三更，忽見由房上跳下一個人來，鄭雄一看，來者正是神拳羅漢法元，手中拿著戒刀。原來法元被牛蓋追的望影而逃，好容易走脫了。法元記恨前仇，今天晚上，要前來刺殺鄭雄。鄭雄一看，大吃一驚，就要抄傢伙動手。法元剛邁步來到上房門，濟公禪師用手一指，口念：「唵嘛呢叭咪吽！唵敕令赫！」用定神法把法元定住。濟公說：「好法元，你真膽子不小，竟敢前來行刺！你一個出家人，無故多管閒事！麻面虎孫泰來原是本地的惡霸，欺壓良善買賣人，依勢壓弱，你還敢助紂為虐！今天我把你拿住，要一呈送當官，你黑夜持刀，跳牆入室，行凶作惡，你想想你這罪名，打得了打不了？我和尚是佛心人，出家人以慈悲為本，我念你是個出家人，我和尚不忍加害於你，我今天把你放了。你改也在你，不改也在你，隨你的自便。」法元一聽說：「罷了，和尚你在那廟住？」和尚說：「我是靈隱寺濟顛僧是也。」法元說：「好，你我後會有期，你放了我罷。」和尚乃將定神法撤去了。法元竟自去了，回到孫泰來家，次日自己回陸陽山蓮花塢去了。

書中交代：牛蓋那裡去呢？他拿著棍追和尚，把法元追丟了，他再打算回萬珍樓，找不著舊路了。他不認識道，自己可真餓了！一瞧眼前有一座大店，牛蓋拿著棍，就進去。伙計一瞧說：「大爺來了？」牛蓋說：「來了。」伙計把他讓到東單間去，他也不懂挑屋子，伙計說：「大爺吃了飯沒有？」牛蓋說：「沒有。」伙計說：「你吃什麼？」牛蓋說：「要五斤酒。」伙計一聽，這位是大酒量，說：「還要什麼？」牛蓋說：「要五斤牛肉，要五斤麵。」伙計說：「要五斤麵怎麼吃？」牛蓋說：「拿嘴吃。」伙計說：「知道拿嘴吃，要五斤麵的餅罷。」牛蓋說：「對，就是餅罷。要五斤醋，五斤蒜。」伙計說：「那有那麼些醋蒜？」牛蓋說：「少點也行，你拿來爺爺吃罷。」伙計說：「別頑笑呀？」牛蓋說：「不頑笑。」伙計即知道這是個渾人，也不理他，把酒肉給他拿來。牛蓋飽餐一頓，吃完了睡了。次日早晨又吃了一頓，吃完了就走。伙計說：「你給錢呀！」牛蓋說：「等老爺做了官給錢。」伙計說：「做什麼官呀？」牛蓋說：「做提督，憑我這樣的身量，到軍營當兵，一打仗就做了官，我們街坊說的。」伙計說：「誰管你多咱做官，你給店飯錢。」牛蓋說：「沒錢。」伙計說：「沒錢你怎麼吃飯？」牛蓋說：「餓。」伙計一想：「這是個大渾人；瞧他這樣子，拿著棍，必會把式，打也打不過他。」伙計說：「你會練把式不會？」牛蓋說：「會呀。」伙計說：「你會練，我帶你到大街練把式，得了錢給我們飯錢，行不行？」牛蓋說：「行呀！我那練去？」伙計說：「我帶你去。」立時伙計買了一塊白土塊，帶領牛蓋來到了十字街，伙計畫了一個白圈，說：「你練罷！」牛蓋也不懂說江湖話，他就頑棍；耍完了棍，就練拳，有人就圍上了，伙計就替他說：「人窮當街賣藝，虎瘦攔路傷人，這位也不是久慣賣藝的，在我們店裡住著，困住了。眾位瞧著練完了，有錢幫個錢緣；沒錢幫個人緣，站腳助威。」說完了話，牛蓋又練了一趟，伙計說要錢了，這一回見了有五六百錢；要完了錢又練，練了有三四回，見了有一吊五六百錢，伙計一瞧，夠了他的飯錢了。說：「你再練見錢，是你自己的了，我不管了。這些錢算給我的飯錢了，我要走了。」說罷，拿著錢竟自去了。

牛蓋一瞧說：「好囚囊的，把錢給拿了走了，這倒不錯。」自己楞了半天，說：「我再練一頓飯錢，夠了飯錢我就不練了。」大眾瞧著可樂，他又練了兩回，見有了五六百錢。可巧旁邊正趕上病符神楊猛、美髯公陳孝由此路過。這兩個人是上青竹巷四條胡同瞧朋友去，有北路鏢頭鐵頭太歲周堃的姊丈，姓竇叫竇永衡，外號人稱打虎英雄，他夫婦來到京都，竇永衡拿著周堃的信，來找楊猛、陳孝，求楊猛、陳孝給找事。陳孝在青竹巷四條胡同，給找周老頭院中的三間房屋，叫竇永衡夫妻先住著，慢慢的找事。這幾天沒見了，楊猛、陳孝要去瞧竇永衡，由此路過，見牛蓋在這裡練把式，很有點能為。楊猛說：「兄長，你看這位朋友，必是為窮所困，不是江湖賣藝的。咱們都是一家人，我下去幫個場子，周濟周濟他。」陳孝說：「好，你下去罷。」楊猛分開眾人，進去一抱拳說：「朋友，你這個地方站的不錯呀！」牛蓋一聽，心中一想：「方才叫伙計把錢拿了走，他也必是來搶我的錢。」過來一把把楊猛脖領一揪，這隻手一托腿，給舉起來。牛蓋說：「囚囊的，你滾罷！」隔著人扔出場子來。楊猛使了個鷂子抄水的架子，腳落實地沒摔著。大眾一亂，楊猛氣往上撞，說：「好小輩，你敢扔楊太爺！」就伸手拉刀，要跟牛蓋一死相拚。不知後事如何？且看下回分解。

第一百六十七回　鐵天王感義找牛蓋　黑面熊含冤見刑廷

話說楊猛被牛蓋扔出來，自己臉上覺著掛不住，伸手拉刀，要跟牛蓋一死相拚。陳孝趕緊攔住說：「賢弟不可！一則看他也是個渾人，再者你我弟兄不便跟他一般見識！大人不見小人過，宰相肚裡有海涵，何必如此？你我走罷。」陳孝把楊猛勸著走了。牛蓋賭氣也不練了，自己拿著五百多錢往前走。肚子又餓了，見有一個火燒❶攤子，牛蓋說：「給我數罷。」賣火燒的，就給一五一十數了五十個。牛蓋用箭袖袍兜著，給賣火燒的扔下二百多錢，轉身就走。賣火燒的說：「大爺，這錢不夠！」牛蓋說：「就是那些錢，你愛要不要！」說著話，就跑。賣火燒的有心追罷，又沒人看攤子，牛蓋拿著火燒走遠了。正往前走，見羊肉鋪煮羊肉正出鍋，牛蓋過去說：「這塊給我，那塊給我。」羊肉鋪掌櫃的就給他拿。牛蓋拿了五塊肉，把三百錢扔下就走。羊肉鋪說不夠，牛蓋撒腿就跑，掌櫃的追也追不上。牛蓋拿著火燒、羊肉來在一條胡同，見一家門首有上馬石，牛蓋就把火燒往石頭上一倒，打算要坐在這裡吃。偏巧火燒掉在地下，有一隻狗看見，咬起火燒就跑。牛蓋說：「好狗，我還沒吃。你先搶我的吃，我打死你囚囊的。」拿著棍就追，他也不管這些火燒羊肉，在石頭上擱著丟了。他一追狗，狗跑來跑去，鑽進一家狗洞裡去。牛蓋一瞧說：「好狗，我把狗主找出來，叫他賠我。」站在門口就嚷：「狗主出來！」嚷

❶ 火燒：音ㄏㄨㄛˇ ·ㄕㄠ。一種以麵粉加水揉製，燒烤而成的扁圓形硬餅。又稱為「槓子頭」、「扛子火燒」。

了兩聲，裡面沒人答應，牛蓋拿棍就打門，打的門「喀嚓喀嚓」聲音大了。

書中交代：這個門裡正是打虎英雄竇永衡在這住著。楊猛、陳孝剛才來，正跟竇永衡提說，方才幫場之故，遇見一個不通情理賣藝的，真正可惱。正說著話，聽外面街門「喀嚓喀嚓」直響，外面喊嚷：「狗主快出來！」楊猛說：「誰砸門，咱們瞧瞧去。」三人一同出來，開了門一看，是方才那賣藝的人。陳孝一想：「這倒不錯，倒追上門來了。」陳孝一使眼，竇永衡繞到牛蓋身後，一揪牛蓋髮纂，楊猛就揪牛蓋手腕子；陳孝底下一腿，就把牛蓋踢倒。三個人拿一個，把牛蓋給捆上。牛蓋只嚷：「好狗主不講禮！我那邊還有火燒羊肉呢！」竇永衡說：「什麼狗主！亂七八糟的。且先把他擱在院裡，少時咱們喝完酒再盤問他。」三個人把門關好了，把棍也倒立牆下。三人來到屋中，擺上酒菜，喝酒談心。剛喝了兩杯酒，就聽外面打門說：「開門來。」楊猛一聽是濟公的聲音，說：「師父來了。」竇永衡就問：「誰？」陳孝說：「這可不是外人，是我二人的師父，咱們出去瞧瞧去。」三個人一同來到外面，開門一看，果然是濟公同著鐵面天王鄭雄。今日濟公和鄭雄早晨起來，吃完了早飯，和尚說：「鄭雄，我帶你去找昨天幫忙的那青臉大漢去。」鄭雄說：「好！」同著濟公來到這條胡同，和尚一叫門，楊猛、陳孝同著竇永衡出來。楊猛、陳孝先給濟公行了禮，跟鄭雄也認識，彼此問好。陳孝說：「竇賢弟過來，我給你見見，這是我師父，靈隱寺濟公長老。」竇永衡見和尚襤褸不堪，心中有些瞧不起；礙著楊猛、陳孝的面子，不能不行禮，給和尚作了一個半截揖。牛蓋在裡面瞧見鄭雄，牛蓋就嚷：「黑掌櫃的，你快救我罷！狗主不講理，把我捆上了。」鄭雄說：「誰是黑掌櫃的？」接著就問：「你們為什麼把他捆上？」楊猛說：「因為他無故特來砸門。」鄭雄說：「你們幾位衝著我，把他放了行不行？」陳孝說：

「我們跟他也不認識，也無冤無仇，既是鄭爺講情，把他放了罷。」立刻把牛蓋放開。和尚說：「鄭雄你把他帶了走罷。」鄭雄說：「師父不回我家去了？」和尚說：「不去了。」鄭雄這才告辭，帶著牛蓋竟自去了。

楊猛就問：「師父上那去？」和尚說：「我回廟。」陳孝說：「師父到裡面坐坐，喝杯酒再走。」和尚說：「又不是你家，我不便進去。」陳孝說：「這也如同我家一樣，師父裡面歇息無妨。」和尚說：「進去就進去。」說著話往裡就走。竇永衡心裡就有點不願意，心裡說：「楊大哥。陳大哥做什麼往我家裡讓和尚！我又有家眷。」當面又不能說，同著和尚來到裡面。陳孝說：「師父喝杯酒罷，現成的。」和尚也並不謙讓，坐下就喝，這三個人也坐下了。和尚喝了三杯酒，咳了一聲。陳孝就問：「師父怎麼了？」和尚說：「我和尚跟著好朋友，一同坐著喝酒還罷了；跟著王八羔子喝酒，一同坐著，我真不願意。」陳孝說：「什麼叫王八羔子？」和尚說：「要當王八還沒當，就叫王八羔子。」陳孝說：「我是王八羔子？」和尚說：「不是。」楊猛說：「我是王八？」和尚說：「不是。」總共三個人，這兩個人都不是，竇永衡一聽就惱了，說：「你這和尚，真是滿嘴胡說！我要不看陳、楊二位兄長的面上，我真把你打出去！」楊猛、陳孝趕緊就勸說：「竇賢弟，你不知道，濟公是詼諧的。」和尚又說：「看君顏色不正，有點印堂發青，橫禍飛災難辨明，大略難逃數定。妻被他人搶去，家財一旦成空。永衡須得早逃生，難免臨期事應。」說得竇永衡氣得直哆嗦，顏色更變。和尚說：「你要到了大急大難之時，連叫濟顛和尚三聲，必有救應。我和尚走了。」說著話，濟公站起來就走。楊猛、陳孝見濟公走後，竇永衡氣得了不得，這二人也覺著無味，當時也告辭。

楊猛、陳孝走了，竇永衡心亂意煩，躺在炕上就睡了。一連三天沒出門。周氏娘子是個賢德人，怕丈夫煩出病來，說：「官人別淨發煩！淨發煩，又該怎麼樣？再說找事也不是忙的。倘若憂慮出病來，更糟了！你帶上幾兩銀子，出去開開心，散散悶好不好？」竇永衡聽妻子一勸解，自己一想，也是煩不出事來。自己把衣服換上，帶上了幾兩散碎銀子，由家中出來，打算去約楊猛、陳孝到酒鋪喝酒去。剛一出家門口，往前走了不遠，見由對面來了兩位班頭，帶著有十幾個班頭伙計，都是頭帶青布纓翎帽，青布靠衫，腰繫皮挺帶，足下薄底快靴，窄腦鷜腰的，各拿單刀鐵尺，像辦案的樣子。一見竇永衡，官人說：「借光你哪，這是青竹巷四條胡同麼？」竇永衡說：「是呀！」官人說：「有一位打虎英雄黑面熊竇永衡在那個門住？」竇永衡說：「你們找竇永衡做什麼？」官人說：「我們跟你打聽打聽。」竇永衡說：「在下就姓竇，叫竇永衡。」官人說：「呵，尊駕就是竇永衡，尊駕就在周老頭院子住麼？」竇永衡說：「是呀。找我做什麼？」官人說：「你有一個朋友，在京營殿帥府衙門打了官司，叫我們來給你送信，你跟我們到衙門瞧瞧去罷。」竇永衡說：「什麼人打了官司？」官人說：「你到那瞧瞧就知道了。」竇永衡一想，自己朋友是多的，就瞧瞧去罷，自己跟著就走。本來竇永衡也沒做犯法的事，心裡並不多疑，俗言有這兩句話，說的不錯：「心裡不做虧心事，不怕三更鬼叫門。」心裡沒病，不怕冷言侵。跟著剛來到京營殿帥府門裡，官人一使眼色，大眾過來，就把竇永衡圍上，抖鐵鍊把竇永衡鎖上。竇永衡一楞說：「你們為什麼鎖我？」官人說：「你做的事，你還不知道麼？」竇永衡一想：「我並未做過犯法事，這真是『閉門家中坐，禍從天上來』。」自己又不能拒捕，只得等著過堂再說罷。官人進去一回稟，少時就聽裡面響鼓響梆子打錪，響了三遍梆錪，立刻京營殿帥二品刑廷大人升堂。有四十名站堂軍劊子手，抱刀刀斧手，也都在大堂伺候，壯皂快三班威武二字喝喊堂威，吩咐帶差事，有人拉著竇永衡上堂。官人喊嚷：「白沙崗斷路劫銀，殺死解糧餉官，搶去餉銀賊首，黑面熊竇永衡是你嗎？」竇永衡一聽這案，嚇的驚魂千里。不知這場橫禍飛災，從何而來？且看下回分解。

第一百六十八回　見美麗惡人定奸計　陸炳文獻媚害良民

話說竇永衡一上堂，嚇得戰戰兢兢，抬頭一看，見上面坐的這位大人，頭戴二品烏紗帽，身穿大紅蟒袍，玉帶官靴，白生生臉面，三綹黑鬍鬚。這刑廷大人姓陸，叫陸炳文。宋室年間，京營殿帥刑廷大人，就類似清朝的九門提督一般，統轄文武，管轄陸步兩營地面，查拿盜賊賭博流娼。刑廷大人見把竇永衡一帶上來，竇永衡在下面一跪，口稱：「大人在上，小人竇永衡給大人磕頭。」陸大人在上面把驚堂木一拍，說：「竇永衡，你在白沙崗斷路劫銀，殺死解餉職官，搶去餉銀。還不從實招來！免得本院三推六問，你的皮肉受苦。」竇永衡向上磕頭說：「小人竇永衡，原本是常州府北門外竇家崗的人，先前以打獵為生，後來想要在鏢行找碗飯吃，我夫婦二人來到這臨安城謀事，寄居在青竹巷四條胡同，小人從來並未做過犯法之事。今天我出來，要去看望朋友，不知所因何故，被官人把我拿來。求大人明鏡高懸，格外開恩，小人實在冤枉冤屈！白沙崗什麼劫餉殺人，我一概不得而知。」刑廷說：「你這廝大概跟你好好說，你不肯認，抄手問事，你萬不肯應。來，看夾棍伺候。」竇永衡說：「大人的明鑑，大人要用嚴刑苦拷小的，說小人是明火執仗，何為憑據？小人實在冤枉，求大人明鑑，但願大人公侯萬代！祿位高升！」刑廷大人說：「你說本部院斷你冤枉了是不是？本院自為官以來，上不虧君，下不虧民，豈肯虧負於你！要沒有憑據，我也不能勒令於你，我怎麼不拿別人呢？我把憑據給你找出來看，你認不認？」大人立刻標監牌，吩咐提差事。

竇永衡一聽有憑對證，自己大吃一驚，心裡說：「了不得了！真有憑據。俗言說的不錯，賊咬一口，入骨三分。」自己一想：「我沒結交匪類呀，我又沒有仇人，什麼人攀我呢？」正在心中思想，工夫不大，就聽「嘩啰嘩啰」鐵鍊響。竇永衡一看，帶上兩個罪人來，都是穿著罪衣罪裙，大項鎖手銬腳鐐。頭裡走的那個，身高九尺，大腦袋，項短脖粗，面如藍靛，髮如硃砂，凶眉惡眼，連鬢落腮鬍鬚；後頭跟著那個，也是身軀高大，黑臉膛，兩道劍眉，一雙環眼，長得一臉的橫肉。竇永衡一瞧這兩個犯人，並不認識。見這兩個人往堂下一跪，刑廷說：「你兩個人可認識他？」那個藍臉的說：「竇大哥，這個官司你打了罷！想當初你我兄弟一處做的案，一處吃，一處穿，各分銀錢；現在我兩個人犯了案，你連瞧瞧我們都不瞧！我二人實受刑不過了，但能挺得過去，也不能把你拉出來，這也無法！當初你我怎麼好來，你我活著在一處做人，死了在一處做鬼，吃過樂過，總不算冤。」刑廷大人說：「你這還不招麼？」竇永衡說：「回稟大人，小的並不認識他兩個人。」大人說：「王龍、王虎，你二人說實話，到底認識不認識竇永衡？」王龍說：「回大人，我二人跟竇永衡是結拜的弟兄！在白沙崗斷路劫銀，殺死解餉職官，是竇永衡率領，我二人聽從。」陸大人說：「竇永衡，你可曾聽見嗎？」竇永衡說：「小人實不認識這兩個人，他所說的話，俱是捏詞，實沒有這麼回事，求大人開恩！」陸大人說：「本院自為官以來，上不虧君，下不虧民，豈肯虧負於你？我自有道理。他二人既說跟你是結拜的兄弟，大概你有多大年歲，多咱生日，家鄉住處，家裡有什麼人，他必知道！竇永衡，你拿筆先細細的把年歲、家鄉、住處都寫出來，本院再問他兩個人。他要說不對，必定是攀拉你，我要重重辦他二人，本部院把你當堂開放；他二人要說的跟你寫的一樣不二，那時本院可要照例辦你。」

竇永衡一想：「這麼辦甚好！大概他二人仇攀我，必不知道我的年歲生日。我寫出來，他一說不對，大人就把我當堂放了。」想罷說：「大人的恩典，小人我會寫，求大爺賞給我的紙筆，我寫就是了。」刑廷說：「好，你會寫字，你先寫字罷。」大人說：「王龍、王虎，你可曾知道竇永衡的年歲生日？」王龍說：「知道。」大人說：「先叫竇永衡寫完了，你二人再說。」有當差人把筆墨紙硯拿過來，刑廷大人說：「竇永衡，你背著他二人寫，別叫他們瞧見。」竇永衡說：「是。」立刻拿筆一寫：「竇永衡年二十八歲，三月十五日子時生，原籍係常州府北門外竇家崗的人，先以打獵為生，娶妻周氏，今年二十四歲，現在來京謀事，住在青竹巷四條胡同周老頭家，同院是北房三間，東房兩間。」寫完了，交與當差人遞給刑廷大人。大人看罷，這才問王龍、王虎。王龍、王虎說：「大人要問竇永衡，他原本是常州府北門外竇家崗的人氏，先以打獵為生，現在不打獵了，來在臨安城，住在青竹巷四條胡同的路北。他今年二十八歲，三月十五日子時生人。我們那位盟嫂，娘家周氏，今年二十四歲，二月初九日卯時生，他住的是周老頭、周老婆的房子，同院北房三間，東房二間。北房三間是一明兩暗；東裡間是他的臥室，西裡間來人讓客做客室。堂屋一進門有條案八仙桌，兩邊有椅子；裡間屋裡，炕上有兩隻箱子，地下有一張連二抽屜桌，有一個錢櫃，東房做廚房。」竇永衡一聽，一概說的全對，他妻子的生日時辰都對，屋裡擺設也不差。竇永衡一想：「這可怪！這兩個人並未到我家去過，怎麼他會全知道呢？」自己一想：「這場官司了不得了！」刑廷陸大人一聽，就問竇永衡：「王龍、王虎說的對不對？」竇永衡說：「對可是對。小人實在冤枉，求大人公斷！」刑廷大人立刻把驚堂木一拍，說：「竇永衡，你還敢狡賴！大概抄手問事，萬不肯應，你這廝必是個慣賊呀！來，看夾棍。給我把他夾起來再問。」官人一聲答應。

三根棒為五刑之祖，往大堂上一扔，真是人心似鐵非是鐵，官法如爐果是爐❶。竇永衡嚇的戰戰兢兢，說：「大人，你要看那頭上的青天！」陸炳文勃然大怒，說：「竇永衡，你還敢說叫我看頭上的青天，本部院斷你屈了？夾起來！」官人立刻把竇永衡套上了夾棍。竇永衡此時，忽然想起濟公的那幾句話來：「怪不得說我印堂發青，顏色不正，有橫禍飛災，敢情我有這樣的大禍！果然濟公長老，他老人家是活佛，有先見之明！事到如今，我竇永衡才知道，我要聽濟公的話，早逃生離開了臨安城，還許把這場凶禍躲開了！」掌刑的把夾棍給竇永衡套上兩隻腳，回頭一看陸大人。陸大人一伸手，官人一看用八成刑，兩個人一揹繩，一個人一拉，竇永衡就覺夾的疼入骨髓。自己想起了濟公說的：「有大急大難之時，連叫濟顛和尚三聲，必有救應。」竇永衡此時疼的如刀剜肺腑，箭刺心肝一般，便口中祝告說：「弟子竇永衡，前者不知濟公是活佛，現在弟子大難臨了身；濟公長老，你老人家真有靈有聖，來搭救弟子，弟子此時實受不了了！」竇永衡嘴裡咕咕噥噥，連祝告了三遍，眾官人也不知他嘴裡說什麼，話言未了，就在大堂上起了一陣怪風，正是：

揚起狂風，倒樹絕林。海浪如初縱，江波萬疊侵。江聲昏慘慘，枯樹暗岑岑。萬壑怒嚎天咽氣，走石飛沙亂傷人。

這一陣風刮的毛骨竦然，大堂上出手不見掌，對面不見人。只聽「喀嚓」一聲響，這陣風過去，陸炳文再睜眼一看，大堂以下有一種岔事驚人。不知後事如何？且看下回分解。

❶ 人心似鐵非是鐵二句：意指即使人心像鐵一樣堅硬，也抵不過像熔爐一樣的法律。

第一百六十九回　王勝仙見色起淫心　陸虞候囑盜施奸計

話說陸炳文把竇永衡用夾棍夾起來，忽然大堂上起了一陣怪風，本來竇永衡這場官司是被屈冤枉。書中交代：竇永衡這場官司，皆因他妻子長得美貌惹出來的。臨安城有四個惡霸：頭一個就是秦丞相的兄弟，花花太歲王勝仙，第二個就是風月公子馬明，第三個是追命鬼二公子秦怛，第四是羅公子，外號淨街爺。這天周氏正在門口買絨線，可巧花花太歲王勝仙騎著馬，帶著許多惡奴，由青竹巷四條胡同路過。本來周氏長得美貌，天姿國色，雖不是濃妝豔抹，穿著淡妝素衣，更透著一番嬌態。稱得起眉舒柳葉，唇綻櫻桃，杏眼含情，香腮帶俏，梨花面，杏蕊腮，賽似瑤池仙子，月殿嫦娥。王勝仙一見，心神飄蕩，問手下眾家人：「這個婦人是誰家的？」家人王懷忠說：「大爺先回去，我打聽打聽。」王勝仙到了家，工夫不大，王懷忠回來了。王勝仙說：「你打聽明白沒有？」王懷忠說：「小人打聽明白了，大爺你死了心罷。」王勝仙說：「怎麼？」王懷忠說：「我打聽這個婦人，是打虎英雄黑面熊竇永衡之妻；這個竇永衡兩膀有千斤之力，那如何能搶得了。」王勝仙一聽說：「哎呀！我瞧見這個婦人實在長得好，我這些如君侍妾，長得都是平平無奇，要比上這個婦人差多了。我真一瞧見他，把魂就都沒有了。你們誰想法子給我把美人弄到手，我給五百銀子。」眾家人俱皆搖頭說：「我們實在沒法。」王勝仙自己就如同入了迷，茶思飯想，真彷彿丟了魂一般。

過了有兩三天，這天有家人進來稟報，有京營殿帥陸炳文前來拜見。王勝仙一聽門生來了，趕緊吩咐有請。書中交代：王勝仙他乃是大理寺正卿，為什麼陸炳文拜他做老師呢？只因是秦丞相的兄弟，陸炳文所為有事求秦相，借他的鼎力，故此拜他為老師。今天王勝仙把陸炳文讓到書房，陸炳文給老師把過禮，王勝仙說：「賢契，今天怎麼這樣閒在？」陸炳文說：「特意前來給老師請安。」王勝仙說：「這兩天我中了病了。」陸炳文說：「老師欠安了，什麼病症？」王勝仙說：「我難以對賢契說。」陸炳文說：「老師有什麼不可說的？何妨說說！」王勝仙說：「實不瞞你，我那天騎馬出去拜客，走在青竹巷四條胡同，看見一個美貌的婦人，乃是打虎英雄黑面熊竇永衡之妻。我回來茶思飯想，得了相思病了，沒有主意。賢契你要能把這個人弄得來，我必要保舉你越級高升。」陸炳文說：「既是老師抬愛，門生必當設法給辦，老師候信罷。」陸炳文說完了話，自己回到家中，要打算給王勝仙辦這件事，就是想不起主意來。他家人陸忠說：「老爺要辦這件事，我小人倒有個主意。」陸炳文說：「陸忠，你要把這件事辦好了，我賞你二百銀子。」陸忠說：「既賞我二百銀子，我就給辦。這個竇永衡我知道，我可沒見過；他妻子我倒見過一面，實是美貌。他住的是周老頭、周老婆院中，周老頭是我的義父。那一天我到義父義母家去，竇永衡的妻子，給竇永衡算了一命，他自己也算了一命，我還記著他們的生日：竇永衡是二十八歲，三月十五日子時生；他妻子是二十四歲，二月初九日卯時生。我義母太太也算了一命，我也算了一命，所以我知道竇永衡的根底。老爺要把查獄的差事派我，買通大盜，把竇永衡咬上，老爺把竇永衡拿來，一入獄就好辦了。」陸炳文說：「好，我就派你管獄，你給辦罷。」

陸忠得了這個管獄的差事，早晚一查獄，見有兩個大盜，陸忠就問：「你兩個人姓什麼？」這兩個人說：「我們親哥倆，叫王龍、王虎。」陸忠說：「你們兩個人什麼案？」王龍、王虎說：「在白沙崗搶劫餉銀，殺死解餉職官。」陸忠說：「你們兩個人這案活不了。」王龍說：「可不是。」陸忠說：「你們家裡還有什麼人？」王龍說：「有老娘，我兩個人都有妻子。」陸忠說：「你兩人年輕輕的，為什麼做這個事！你兩人要一死，家裡你老娘妻子怎麼好？誰能管吃管穿呀！」王龍說：「這也是無法，誰叫我當初做錯了事呢！」陸忠說：「我倒瞧著你們怪可憐的，有心救你們救不了，皇上家的王法，不能改例。你兩個人願意活不願意？」王龍說：「誰為什麼不願意活？誰能願意死呢？你要能想法救了我們，我二人決不忘了你的好處。」陸忠說：「我要救你們也容易，你兩個人得拉出一個為首的來，你兩個人就能保住性命。」王龍說：「就是我兩個做的，有誰可拉？」陸忠說：「我有個仇人在青竹巷四條胡同住，叫黑面熊竇永衡；你兩個人過堂，把他拉出來，說他為首，我管保叫你兩個人不死。」王龍說：「就是罷！」商量好了，晚上一過堂，王龍就說：「回大人，在白沙崗路劫，殺死解糧餉官，搶餉銀，是黑面熊竇永衡為首，他率領。」陸炳文心裡明白，說：「你說的話當真？」王龍說：「小人不敢說謊；他現在青竹巷四條胡同住家，大人把他傳來對證。」陸炳文這才派原辦馬雄，急拘鎖帶竇永衡。

今天堂上一訊問，王龍、王虎所說的話，都是陸忠早把供串好了。故此王龍、王虎的話，知道竇永衡的根根切切。陸炳文用夾棍把竇永衡夾起來，忽然大堂上刮了一陣怪風，風過去再看夾棍，折了三截了。陸炳文糊裡糊塗，叫王龍替竇永衡畫供，吩咐將竇永衡釘鐐入獄。王龍、王虎來到獄裡，託牢頭：「要把竇永衡置死，我二人的官司就好打了。只要我二人活了，我二人將來必有重謝。」牢頭說：「是了，你不用管了。」官人把竇永衡送到獄裡來，牢頭一見竇永衡，就把竇永衡帶到一間屋子裡。竇永衡一看，這屋裡有一張八仙桌，桌上擺著四盤菜，有酒壺酒杯，牢頭說：「竇賢弟，你喝酒罷。你許不認識我了？」竇永衡說：「我可實在眼濁，尊駕貴姓？」牢頭說：「我也是常州府的人，咱們老街坊，我姓劉叫劉得林。我因為爭行帖，用刀砍死人我就奔逃在外，現在我在這獄裡當了牢頭。我知道你是被屈含冤，我可救不了你。你只管放心，不能叫你受了罪。」竇永衡這才想起來，說：「原來是劉兄長。」二人坐下吃酒談心。竇永衡幸虧遇見故舊，獄裡還不算受罪。陸炳文把竇永衡入了獄，這才問：「陸忠，怎麼想法子，把他妻子誆出來，給王大人送了去？」陸忠說：「我有主意。」立時叫過一個家人來，陸忠說：「你外頭雇一乘小轎來，附耳如此這般。」

這個家人姓白，叫白盡忠，點頭答應，雇了一乘小轎，來到青竹巷四條胡同竇永衡家的門首。一打門，正趕上周老頭也沒在家，周老太太出來，把門開開，問了找誰。白盡忠說：「我是楊猛、陳孝二位大爺那裡打發我來的。現在竇大爺打了官司，楊爺、陳爺有心先去打聽，給竇大爺去料理官司，又怕竇大爺家裡竇大奶奶沒人照管；有心來照看家裡，又沒人給竇大爺去衙門託人情。楊爺叫我帶轎子，來接竇大奶奶到陳爺、楊爺家去商量。」周老婆一聽，嚇的往裡就跑，就說：「竇大奶奶，可了不得了！竇大爺也不知為什麼，他打了官司了。後街楊爺、陳爺，打發家人搭了轎子來接你，你是去不去？」周氏娘子一聽丈夫打了官司，恨不能打聽打聽是為什麼！俗言說的不錯，至親者莫過父子，至近者莫過夫妻；聽說丈夫打了官司，焉有不動心之理！周氏一聽，是楊猛、陳孝打發人來接，焉能不去！趕緊穿上藍布褂，青布裙，把門關鎖上了，說：「周大娘，給照應點罷！」周老婆說：「竇大奶奶去罷，打聽打聽也好，回頭等我老頭子回家，我再叫他去給打聽明白，到楊爺家去給你送信。」周氏來到外面，還給白盡忠萬福萬福說：「勞你駕了！」白晝忠說：「大奶奶上轎罷！」周氏就上到轎子，爲想到白晝忠頭前帶路，轎子搭著，一直夠奔秦合坊，搭到花花太歲王勝仙家裡來。這個時節，陸炳文早坐著轎來見王勝仙，正在書房談話。陸炳文說：「老師大喜！現在門生買盜攀賊，已將竇永衡入了獄了，少時就給老師把美人送到。」王勝仙說：「賢契多費神！我必有一番人情。」正說著話，有家人稟報美人搭到。王勝仙忙來到院中，見轎子落平，撤轎槓，去扶手，一掀轎簾，把周氏嚇的三魂皆冒。不知後事如何？且看下回分解。

第一百七十回　中奸計誤入合歡樓　聞凶信尋師靈隱寺

話說陸炳文遣人把周氏誆到王勝仙家中，一打轎簾，周氏就愣了，連忙問道：「呦，這是那裡？」旁邊過來兩個僕婦說：「大奶奶你要問，我告訴你，你丈夫已然打了官司，入了獄了。現在我家太歲爺姓王，是當朝秦丞相的兄弟，現任大理寺正卿。久慕大奶奶芳容美貌，特把大奶奶接來，跟我家太爺成其百年之好。你這一輩子，享不盡的榮華，受不盡的富貴！比你跟著竇永衡勝強百倍了！」周氏一聽這句話，如站在萬丈樓上失腳，揚子江斷纜崩舟。周氏雖然不是書香門第，也是根本人家，自己頗知禮義，立刻氣的渾身發抖，說：「好惡霸，你既做皇上家的職官，理應該修福行善，無故謀算良家婦女，做出這樣傷天害理事！我丈夫既被你陷了，我這條命不要了。」自己說著話，伸手就抓自己的臉，欲要撞死。王勝仙一看，本來周氏長得芳容美貌，絕世無雙，趕緊叫婆子把他攔住，揪到合歡樓勸解勸解他。婆子把周氏手拉住，就把二臂綑上。周氏本來懦弱的身體，焉能拉拉扯扯。婆子把周氏架到花園子合歡樓上去，有四五個伶牙俐齒的婆子，勸解周氏娘子。周氏破口大罵，罵累了，就不言語了。眾婆子一個個，你一言我一語，周氏娘子氣得顏色更變，說：「誰家沒有少婦長女，你這婆子歲數也不小了，總要說點德行話，你總盼著別當奴才，給人家支使著，你們要瞧著惡霸家裡好，你們誰家裡有少婦長女，就送給惡霸成親好享福！」眾婆子一聽，說：「大娘子，你別繞彎罵我們！太爺叫我們來勸你，我們也是為你好！你要不依從，真把太歲爺招惱了，就是一頓馬鞭子，那時你也應得；再不然把你打死了，就在花園子一埋，你也是白死。誰來給你報這個仇？」周氏說：「我情願死，你們還有什麼說了！」

書中交代：周老婆見竇永衡的妻子走後，把門關好。少時周老頭由茶鋪子喝茶回來了。周老婆說：「你回來了，咱們街坊竇大爺打了官司了。方才東街陳爺、楊爺打發人用轎子把竇大奶奶接了去，也不知竇大爺因為什麼事打官司。」周老頭一聽就一愣，說：「陳爺、楊爺親自來接的？」周老婆說：「不是，打發一個家人來接的。」周老頭一聽說：「既不是陳爺、楊爺親身來接，你就不應當叫他去！臨安城有四惡霸，常常的設圈套，誆騙良家婦女。倘若竇大奶奶有點差錯，又年輕輕的，咱們這場官司打的了嗎？你這般大歲數，就不知道慎重慎重！」周老婆說：「我那想到這些事情！你到陳爺、楊爺家去打聽打聽罷。」周老頭連忙來到楊猛、陳孝門首一打門，這哥倆在一個門裡住；楊猛在前頭住，陳孝在後院住。楊猛、陳孝正在一處談話，忽聽外面打門。二人開門一看是周老丈，陳孝說：「周老丈，為何這樣閒在？」周老頭說：「我來打聽打聽，現在竇永衡為什麼打官司？」楊猛、陳孝說：「不知道。」周老頭說：「二位不知道？哎呀，可了不得了！」周老頭「哎呀」了一聲，翻身就地栽倒。倒把楊猛、陳孝嚇了一跳，趕緊把周老丈扶起來。楊猛、陳孝說：「老丈，有什麼話慢慢說，為何這樣的著急呢？」老丈醒來，緩了半天，周老頭才把這口氣緩了過來。陳孝說：「老丈不必著急，慢慢說。」周老頭說：「方才我回家，聽我老婆子說：我上茶鋪子喝茶，我沒在家裡，有人去帶著轎子，說你們二位說的打發去的，說竇大爺打了官司，接竇大奶奶，把竇大奶奶接了走。我回去，我就說我老婆子，不是你們二位親自去接，就該攔住竇大奶奶別去，我就想到怕的有差錯。果然你們二位不知道。這事怎麼辦？也不知道把竇大奶奶搭到那去了！」楊猛、陳孝一聽也愣了，說：「周老丈不必著急！先請回去，我二人打聽打聽罷。」周老頭無奈，告辭走了。

陳孝說：「楊賢弟，你我去打聽打聽，竇永衡在那衙門打官司，因為什麼？這件事你我焉能袖手旁觀呢？竇永衡來投奔咱們弟兄，他要有了差錯，你我也對不起鐵頭太歲周堃！要不然，你我先去找濟公，求他老人家給占算占算。」楊猛說：「也好。」二人這才趕緊換上衣服，由家中出來，要打算到靈隱寺去找濟公。二人正往前走，見對面來了一個人，頭帶纓翎帽，青布靠衫，腰繫皮挺帶，青皮快靴，面皮微黃，粗眉大眼，燕尾髭鬚。楊猛、陳孝一看，認識是京營殿帥府的大班頭，此人姓白名平。楊猛、陳孝一看，說：「白頭那去？」白平抬頭一看，說：「原來是楊爺、陳爺，我正想找你們呢！我今天心裡是氣，咱們三人去喝酒去罷。」楊猛、陳孝一想也好，正要打算打聽打聽竇永衡在那衙門打官司，可以打聽打聽白頭。三個人一同來到酒樓之上，跑堂的一看，都是熟人，說：「楊爺、陳爺、白頭，今天怎麼聚會一處了？三位要什麼酒？」白平說：「你給我們來一百壺酒，隨便給我們配幾個菜。」陳孝說：「白頭幹什麼，要這麼些酒？隨著喝，隨著要，好不好？」白頭說：「我告訴你二位說罷，我簡直不願意混了，今天咱們痛飲一醉，我把我這一肚子的牢騷，跟你們哥倆說說。」陳孝說：「什麼可煩的事呢？」白頭說：「咳！別提了！咱們哥們在六扇門當份差事，大概有個名兒姓兒，你們二位有個耳聞，勿論什麼樣難辦的案，我出去伸手就辦著。」楊猛、陳孝說：「那是不錯，我們是知道的。」白平說：「現在我眼皮底下的像樣的案，我會沒辦著，反叫我手下的伙計馬雄給辦了。當初馬雄在我手下當小伙計，現在會把我給壓下去。」楊猛、陳孝說：「什麼案叫他辦了？」白平說：「就是白沙崗斷路劫銀，殺死解餉職官，搶劫餉槓那案，賊首竇永衡就在青竹巷四條胡同住，我會不知道，叫馬雄把這案給辦了。人家露了臉了，刑廷大人賞他二百銀子，我衝著他，這六扇門是不吃了。」楊猛、陳孝一聽竇永衡打這樣官司，心裡一哆唆，說：「怎麼知道是竇永衡做的呢？」白頭說：「有王龍、王虎把他供出來的。」楊猛、陳孝說：「這就是了，白大哥這也不必想不開，長江後浪推前浪，一輩新人換舊人；兄長早年把臉也露夠了，也該叫人家出頭了。」白頭說著話，一揚脖子一壺酒，少時喝的酩酊大醉。楊猛、陳孝叫伙計：「把白頭攙到雅座去躺躺，我們哥倆去去就來，伙計多照應罷。」伙計說：「是了。」楊猛、陳孝惦著去找濟公，二人這才下樓。

陳孝說：「楊賢弟，你聽見了，竇永衡打這樣官司。要據我想，竇賢弟決不能做傷天害理之事，這必是買盜攀賊，將他拉上，還不知竇大奶奶被誰誆了去！」楊猛說：「不要緊！我有主意。」陳孝說：「你有什麼主意？」楊猛說：「你我回家，拿上刀，到京營殿帥府，見一個殺一個，見兩個殺一雙；劫牢反獄，把竇賢弟救出來；再找竇弟婦；找著，你我一同找個山寨，當了大王就得了。」陳孝說：「你滿嘴胡說！臨安城淨護城軍就有幾十個，憑你我兩個人就要造反？三步一個官廳，五步一個柵欄，一傳信，護城軍一齊隊，連你我二人都白白饒上！再說你我都有家眷，焉能跑得了？」楊猛說：「連家眷一齊跑呀！」陳孝說：「你別嚷，嚷了這要給官人聽見，當時先把你辦了。」二人說著話，幸虧街上沒人聽見。往前走了不遠，見由對面來了一個人，走路一溜歪斜，說著話，舌頭都短了，是喝醉了的樣子。楊猛、陳孝抬頭一看認識，這人說：「楊爺、陳爺，二位賢弟別走，你我一同喝酒去。」陳孝點頭答應。要打聽竇大奶奶的下落，就在此人身上。不知來者是誰？且看下回分解。

第一百七十一回　遇故友巧得真消息　見義弟述說被害事

話說楊猛、陳孝剛出了酒樓，往前走了不遠，又碰見一個醉漢。書中交代：來者這個人，姓黃名忠，是長隨路跟官的，當年跟過兩任外任知府，手裡有兩個錢，也沒剩下。此人心地最直，最好交友，把銀錢都交了朋友了。現在跟著舊主人來京引見，把他薦到花花太歲王勝仙手下當管家。他在這臨安城又交了一般朋友，上至紳董富戶，買賣商賈，下至街上乞丐，他都認識，跟楊猛、陳孝也有來往。今天碰見楊猛、陳孝，黃忠說：「二位跟我喝酒去罷，我方才一個人喝了半天無味，我心裡不用提有多煩了。咱們哥們素常最對勁，今天總得喝喝。」楊猛、陳孝雖然心中有事，又不好駁復，反同著黃忠仍回到這座酒樓。伙計一瞧，剛把白平攙到雅座去睡著了，這二位又給同了一位醉鬼來。

三個人坐下，伙計過來擦抹桌案。黃忠說：「給我來三百壺酒。」伙計一聽：「這倒不錯，方才白頭要一百壺，這位要三百壺。」伙計連忙說：「有有，你先慢慢喝著，酒倒現成，沒有那麼些酒壺，你隨喝隨灌。」楊猛、陳孝說：「黃大哥幹什麼要三百壺酒？我二人方才喝了半天了。」黃忠說：「今天咱們一處喝一回，明天你們二位就見不著我了。」楊猛、陳孝說：「兄長此話從何而來？」黃忠說：「陽世人間是沒了我了，我決不能活了。」陳孝說：「兄長受了誰的欺負？是什麼過不去的事？只管說。我二人可以管，替兄長管管，素常咱們弟兄總算知己。」黃忠說：「你們哥倆不用管，也管不了，我心裡氣！先前我在外任跟官，掙多掙少，倒是小事。現在我們舊主人，把我薦到大理寺正卿花花太歲王勝仙家裡當差，我把肚子都氣破了！我這脾氣愛生悶氣，王勝仙這小子，身為大員，又是丞相的兄弟，不知自重，淨做些個傷天害理之事！今天無故他把人家安善良民竇永衡給買盜攀賊入了獄，把竇永衡妻子給誆到他家裡來。人家這位婦人，還是貞節烈婦，一下轎子，破口大罵。王勝仙叫老婆子把人家捆上，擱到合歡樓，派婆子勸解，硬要叫人家依從，跟他成親。我看見這事情，我真瞧不下去。我也想開了，我又沒兒沒女，人生一世，百歲也要有個死；我今天晚上買一把刀，到合歡樓把王勝仙這小子殺了，給大眾除害，我自己一抹脖子就算完了。我上無父母，下無妻子的掛礙，我落個名在人不在倒好。」楊猛、陳孝的心中很高興，得著周氏的下落。一看黃忠說話，舌頭都短了，喝的酩酊大醉，往地下一栽，人事不知了。

楊猛、陳孝叫伙計：「把這位暫為叫他在雅座躺躺睡一覺，醒醒酒。我二人去辦點事，少時就來。」伙計說：「楊爺、陳爺，可別再給同醉鬼來了！我們一共四個雅座，這二位已占了兩間；再來兩位，買賣就不用做了。」楊猛、陳孝說：「伙計多辛苦點罷，少時我們必多給酒錢。」說著話，楊猛、陳孝二人下了樓，陳孝說：「楊賢弟，敢情竇弟婦被花花太歲王勝仙誆了去，倘若竇弟婦周氏要被惡霸姦了，你我怎麼對得起鐵頭太歲周堃？」楊猛說：「要依我，還是拿刀劫獄反牢，把竇永衡搶出來。咱們三個人，一齊到花花太歲王勝仙家去，把狗娘養的一殺，把周氏搶出來。咱們三個人一同跑了，就結了。」陳孝說：「你別滿街上胡說了，惹出禍來，你就不說了！」說著話，二人來到錢塘關。剛一出錢塘關，見對面來了一個人，身高九尺，膀闊三停，頭上青壯帽，身穿白緞色箭袖袍，腰繫絲鸞帶，單襯襖，薄底靴子，閃披一件皂緞色英雄大氅。左手拿著一蒲包❶大八件❷，右手拿著一蒲包土物❸，再往臉上一看，面如鍋底，粗眉環眼，正在英雄少年。楊猛一看，非是別人，正是北路鏢頭周堃。凡事不巧不成書，周堃原本是由北路保著鏢，由此路過。離臨安城有二十多里路，周堃叫伙計押著鏢先走，他就拿了一蒲包土產東西，又買了一蒲包點心，要到臨安城瞧瞧姊姊、姊丈，順便探望楊猛、陳孝，焉想到走到錢塘關碰見了。周堃連忙上前行禮說：「陳大哥、楊大哥，一向可好？前者我姊丈同我姊姊來京，拿著我的書信，投奔二位兄長，多蒙二位兄臺照應，我承情之至。現在我姊丈他們在那裡住著呢？請二位兄長先指示我，我去看看，少時我必要親到二位兄長家去請安。」陳孝剛一楞，尚未答言，楊猛本是個渾人，說：「周賢弟，你來了好，我二人正在想劫牢反獄嫌人少，你來，這倒有了幫手了。」陳孝趕緊過去推楊猛一掌說：「你是瘋了！」周堃聽這話一楞，連忙說：「二位兄長，倒是怎麼一段事？」楊猛說：「我們兩人正為你姊姊、姊丈為難著呢！你姊丈竇永衡被人家買盜攀賊入了獄，你姊姊被大理寺正卿秦丞相的兄弟，花花太歲王勝仙誆了去，擱在合歡樓，要逼著成親呢！還不定怎麼樣了！」周堃一聽，「哇呀」一聲喊嚷，一甩手把兩個蒲包拋起去。

這蒲包點心正掉在一家院裡，這家是老夫婦兩個過日子。老婆說：「要吃大八件。」老頭說：「你瞧家裡連柴米都沒有，你還想吃大八件細餑餑，那有錢給你買去？」正說著話，只聽「叭噠」一聲，由

---

❶ 蒲包：泛指禮物。舊時饋贈水果或點心類的食品時，通常都用香蒲葉包起來，故這類禮品又稱為「蒲包兒」。

❷ 大八件：以八塊不同種類的糕點搭配一組為一斤，適於一般送禮。

❸ 土物：土產。

半空掉下一個蒲包來。撿進來打開一看，是大八件。老婆說：「這是上天可憐我，天賜的點心，我這造化不小！大概還有幾年福享。」老頭說：「這可真怪！」夫妻兩個悅喜非常。那一蒲包土物，掉在另外一家院裡，這家小兩口過日子，男人沒在家，這位大奶奶素常就不安分，常在門口倚門賣俏，勾引少年的男子，今天見扔進一個蒲包來，大奶奶一想：「這必是隔壁二兄弟給我扔進來的。我說昨天他跟我眉來眼去呢，這準是他！」這位大奶奶胡思亂想起來了。這是閒話休提。

單說鐵頭太歲周堃，聽說姊丈遭了官司，姊姊被人家誆了去，焉有不動怒之理？當時無名火往上一撞，如站在萬丈高樓失腳，揚子江斷纜崩舟一般，把蒲包一扔，撒腿就跑。進了錢塘關，要找花花太歲王勝仙的住家，見一個殺一個，見兩個殺一雙；刀刀斬盡，劍劍誅絕，把姊姊救回來，方出胸中的惡恨。自己往前走著，兩眼發直，周堃忽然一想，自己叫著自己的名字：「周堃，周堃，你這不是糊塗了麼？天上無雲，不能下雨；手中無刀，焉能殺人？自己並未帶著兵刃，先得買口刀再去。」想罷往前走，見眼前一座刀鋪。周堃邁步前去，說：「掌櫃的，有好刀沒有？」掌櫃的一瞧周堃兩眼發直，說：「你買刀做什麼？」周堃說：「你賣刀做什麼？」掌櫃的說：「賣的是兵刃。」周堃說：「我買的是兵刃，你給我拿純鋼打造的，刀越快越好！能一刀一個，殺人不費事的。」掌櫃的說：「沒有。」周堃把眼一瞪，說：「你敢說沒有！我自己找著出來，先拿你開刀。」掌櫃的嚇得連忙說：「有有有，大爺別著急，我給你找。」周堃說：「快給我拿來，只要刀好，不怕花錢。」掌櫃的趕緊到裡面，拿出一口純鋼刀來，周堃一看，說：「還有好的沒有了？」掌櫃的說：「這就是頂好的了，這個刀能斬釘削鐵，再沒有比這個好的了。」周堃一看，果然不錯，問掌櫃的：「要多少錢？」掌櫃的說：「要四兩銀子。」周堃並不駁價，由兜囊掏出幾塊散碎銀子，交與掌櫃的自己平，愛平多少平多少。掌櫃的把銀子收下，周堃拿著刀出來。自己一想：「我也不知道花花太歲王勝仙惡霸在那裡住，我臉上帶著氣，打聽人家，就許人家不告訴我；再說我拿著刀滿街走，也不是樣子。我自己先把刀暗帶起來，定定性再問人。」自己找了個地方，微然定定神，天光已然黑了。周堃見有過路人，這才說：「借光，大理寺正卿花花太歲王勝仙在那裡住？」這人說：「由此一直往北，見路北有一座廟叫狼虎廟，由廟前一直往西，就是秦合坊，頭一座大門是秦相府，往西走隔十幾個門，由西數頭一個大門，那處大的房子，那就是花花太歲王勝仙的住宅。」周堃打聽明白，當時這才夠奔秦合坊，要殺王勝仙的滿門家眷。不知後事如何？且看下回分解。

第一百七十二回　合歡樓姊弟同受困　鳳山街師徒定奇謀

話說鐵頭太歲周堃問明白道路，順大街往北，果然見有一座狼虎廟，這才往西，到了西頭一瞧，果然路北的大門，見門口有一乘大轎，多少馬匹從人。門洞裡點著大門燈，外面站著許多的差官，抬轎的轎夫。原本是京營殿帥陸炳文今天沒走，給王勝仙賀喜，師生在客廳擺酒，開懷暢飲。王勝仙打算今天痛飲一醉，晚間好洞房花燭，跟美人成親。周堃由外面來到大門洞裡，家人問：「找誰？」周堃說：「可是花花太歲王勝仙在這裡住？」家人說：「你要反哪，這是王大人住宅。」周堃一聽是王勝仙的家，拉出刀來，照家人就是一刀，人頭滾落在地。家人一亂，周堃擺刀亂砍，往裡就走。逢人就砍，遇人便殺，殺了有十數個人。周堃一想：「這宅院子大了，不知道姊姊在那裡？救姊姊要緊。」想罷，揪住一個家人，周堃一舉刀說：「我且問你，王勝仙騙來那個婦人周氏在那裡？你告訴我實話，我不殺你。」這家人嚇得直哆嗦說：「大太爺饒命，我告訴你，出西邊角門，穿過一座院子，往北是花園子。有五間合歡樓，在那樓上呢。」周堃聽明白，把這個家人也殺了；一直撲奔西角門，穿過一層院子，果然來到了花園子，見正北有五間樓房，樓窗燈影朗朗，人影搖搖。

周堃登樓梯上去一看，見姊姊周氏倒綑著二臂，有四個婆子還解勸呢。周堃一擺刀，噗哧噗哧，把四個婆子殺了，說：「姊姊跟我走。」過去把周氏繩扣解開。這時就聽樓下一陣大亂，齊喊嚷：「拿，別叫他跑了。」周氏一看說：「兄弟，你快把刀給我，我一抹脖子，你快逃命罷。」周堃說：「姊姊不要尋死，我背著你走。」周氏說：「你看外面人都圍上了，你快設法走罷！我反正不能落到惡霸手裡；你要不逃命，連你也饒上了。」周堃說：「姊姊別死！」再一看樓下，人都滿了，燈球火把，亮子油松，照耀如同白晝一般，各持刀鎗棍棒。原來周堃一進來，在門口一殺人，就有人報與王勝仙。王勝仙趕緊傳話，叫家丁人等，看家的，護院的拿人。淨他家裡就有百餘個家丁，大眾各抄傢伙，追到合歡樓，把樓就圍了。周堃見樓上有一根頂門的槓子，他抄起來，站在樓門一堵說：「那個不怕死的上來！」眾家人喊嚷，都不敢上樓。王勝仙同陸炳文也來到花園子，有眾多人圍隨保護著。王勝仙傳話：「誰要把殺人凶手拿下來，賞銀二百兩。」人為財死，鳥為食亡，聽這句話，有膽子大的就往頭上衝；剛一上樓梯，上到三四層，就被周堃用棍點下來。再有人上去，被周堃一棍，把腦袋打碎了。內中有兩個護院的是親兄弟，二人商量說：「兄弟你上樓梯，爬到欄杆，叫他首尾不能相顧。」周堃有主意，見一個爬欄杆奔樓窗，一個奔樓梯，周堃先把上樓梯的，用棍打下去；這個剛爬到欄杆，周堃趕過去一棍，正打在天靈蓋，給打下來了。一個個又都不敢上前了。周堃口中喊嚷：「那個敢來太歲頭上動土？」大眾家丁一聽，齊聲喊嚷：「那個太歲爺利害呀！」

正在這般景況，外面喊聲大振，來了無數的官兵。原來陸炳文早傳下令去，調本衙門兩員官五百兵，知會城守營各官廳，陸步兩營齊來拿賊。大眾一聚會來了，真有幾千官兵衙役，各掌燈球火把，長鎗大刀，短劍闊斧，就把合歡樓四面圍了個滴水不通。眾人亂嚷拿，可都不敢前進。這個說：「二哥你頭裡上呀！」那個說：「我當這份差，每月掙豆子大的一點銀子，賣命不幹。你要貪功，你上樓呀！你瞧這位太歲爺，拿著明晃晃的刀，又是木槓子，誰不怕死，誰就往前進。」大眾雖圍著，不往前上。周堃也是著急，下不來，不能把姊姊救了走，正在危急之際，只聽外面一聲喊嚷：「爾等讓路，天王來也！」有一人身高九尺，藍臉紅鬍子，手中一條鐵棍，由官兵後面亂打。這些官人，真是捱著的就死，碰著的就亡，著了一下，筋斷骨頭傷。官兵大眾一亂，說：「天王利害呀！」眾人往兩旁一閃，這位天王打了一條血路，直奔合歡樓的樓梯而來。周堃一看，這人臉上抹著藍靛，掛著紅鬍子，周堃趕緊就問：「什麼人？」這人說：「周賢弟，是我。」周堃聽說話口音甚熟，又問：「那位？」天王說：「且到裡面再說。」

書中交代：來者這位天王，是怎麼一段事情？原來周堃跟楊猛、陳孝分手之後，楊猛、陳孝無法，也不能攔周堃，二人一直夠奔靈隱寺而來。來到廟門首，陳孝一道辛苦，門頭僧問：「找誰？」楊猛、陳孝說：「濟公可在廟裡？」門頭僧說：「你二位找濟顛呀？」陳孝說：「是。」門頭僧說：「別提了，這個濟顛真可恨！一早起來，他就走出去一天，晚上非等關山門，他才回來，我們打算把他關到外頭老不行。往山下瞧二里多遠地，瞧不見他，我想這關山門，他可趕不上了；剛一關門，焉想到他伸進一條腿來，說：『別關，還有我哩！』天天如此，也不知道怎麼那麼巧；那時關門，那時他回來。今天你們二位來的巧了，由早晨他就沒出去，在大雄寶殿拿蝨子呢，你們二人瞧瞧去罷。」楊猛、陳孝二人立刻進了廟，來到大雄寶殿一瞧，果然濟公在大雄寶殿拿蝨子呢。楊猛、陳孝二人趕緊行禮。和尚說：「你兩人做什麼來了？」楊猛、陳孝二人說：「師父，應了你老人家的話了。」和尚說：「應了我什麼話了？」陳孝說：「現在竇永衡打了官司了，他媳婦被花花太歲王勝仙誆了去。求師父你老人家慈悲慈悲罷！設法救他才好。」和尚點了點頭說：「我救他，你二人附耳如此如此。你二人先走，咱們不見不散，準約會。」楊猛、陳孝點頭答應，竟自去了。

和尚穿上了僧袍，出了靈隱寺一直往前走。進了錢塘關，走了不遠，見對面來了一個人，身高九尺，面似烏金紙，環眉闊目，正是探囊取物趙斌，一見濟公，連忙上前行禮，說：「師父，一向可好？」和尚說：「趙斌呀，今天你不用賣果子了，我煩你點事。」趙斌說：「師父有什麼事只管說，今天我正心裡發煩，不愛做買賣呢！」和尚說：「我這裡有一封字柬，你拿著到鳳山街，就是你頭一天賣果子那家，他叫鐵面天王鄭雄，送去交到門房，他必有應酬你，你就在那裡等我。」趙斌點頭。濟公寫了一張字柬，交給趙斌。趙斌把果筐提起來，一直夠奔鳳山街，來到鄭雄門首。一道「辛苦」，家人一看，說：「這不是那位賣果子的麼？你找誰呀？」趙斌道：「我奉靈隱寺濟公之命，來給鄭爺送信。」家人說：「你認識濟公麼？」趙斌說：「濟公是我師父。」家人一聽說：「呵，你貴姓呀？」趙斌說：「我姓趙。」家人說：「你是濟公的徒弟，我們大爺也是濟公的徒弟，你跟我們大爺還是師兄弟呢！你在這門房坐坐，我給你進去回稟。」趙斌來到門房，家人把書信拿進去，鄭雄正在書房跟牛蓋說閒話呢。日前把牛蓋帶到家來，一問牛蓋那裡人，他說是巡典州的人；問他姓什麼？他說姓牛；叫什麼？叫蓋。鄭雄問他別的話，他也說不清楚。

鄭雄倒很愛喜他，把牛蓋留在家裡坐著，早晚沒事，教給牛蓋人情世態，說話禮路；他就是太渾，也有明白的，也有不明白的。今天二人正在書房坐著，家人把書信拿進來，說：「外面來了一個姓趙的，說是靈隱寺濟公叫他來給送信。」把信呈上去。鄭雄打開一看，心中明白，叫家人把趙斌讓到廳房去，給他預備幾樣菜，灌一壺酒，就提濟公說了，叫他在這裡等著，至遲二更天，濟公必來。便叫家人買一百錢藍靛，再買一掛唱戲用的紅髯子，交給趙斌，等濟公來了，自有吩咐；又教把鐵棍拿出來給他，家人點頭答應。出來說：「趙爺，我們大爺說了，請你到廳房去坐著喝酒。濟公有話，叫你在這裡等候，至遲二更天濟公必來。」趙斌點頭，這才到書房。家人擦抹桌案，把酒菜擺上。趙斌自斟自飲喝起來了。家人把藍靛紅髯子都買了，將鄭雄的鐵棍拿出來，交與趙斌。趙斌問：「做什麼？」家人說：「等濟公來了，他老人家自有吩咐。」趙斌就在鄭雄家喝著酒。少時天色掌燈，吃喝完了。天有初鼓以後，外面濟公來了，只見他揹著一個大包袱。趙斌說：「師父，揹的什麼？」和尚把包袱打開，眾人一看，全都目瞪口呆！不知包袱包的何等物件？且看下回分解。

第一百七十三回　改形象暗救貞節婦　施佛法火燒合歡樓

話說濟公禪師來到鄭雄家中，揹著一個包袱，打開一看，是五身衣裳；有青布纓翎帽，青布靠衫，皮挺帶，薄底鸚腦窄腰快靴，連褲子腿帶襪子全有，整整五份。趙斌一看，說：「師父，這衣裳帽子是那來的？」和尚說：「我偷來的。」書中交代：還是真偷來的，這話不假。原來仁和縣有一位班頭，姓焦，在錢塘關外住，家裡就是一個妻子孫氏住著，獨院獨門，三間北房，一間茅樓，素常孫氏就不正經，常與人私通。焦頭出去辦案去了，仁和縣衙門中散役，都常到焦頭家裡去，跟孫氏不清楚。今天焦頭出去辦案不在家，他們湊了五個人，到焦頭家裡去。孫氏一見，說：「眾位兄弟哥哥來了？」大眾說：「來了。」這個打酒，那個買菜，眾人喝起來了，亂說亂鬧亂玩笑。喝完了酒，五個人說：「焦大嫂子，我們都不走了！今天焦大哥不回來，咱們湊一夜。」孫氏說：「不走就不走了，你們都住下罷。」這五個人都歡天喜地，也有點醉了，全把衣裳脫了，五個人赤身露體往炕上一躺。眾人剛躺下來，就聽外面叫門說：「開門來！」孫氏一聽說：「可了不得了！我男人回來了。」這五個人嚇的三魂皆冒，說：「這可怎麼辦？」孫氏說：「你們快藏到茅房去罷！」這五個人顧不得穿衣裳，都藏在茅房去。孫氏趕緊把五人的衣服、帽子、靴子、褲子、帶子，檢到一處，用包袱包起來，這才出來開門。把門開開一瞧，並沒有人，孫氏心中納悶！找了半天真沒有，復反回來，到屋裡一瞧，五個人的衣服全丟了。就忙把五個人由茅房叫出來，說：「我男人並沒回家，你們的衣裳可都丟了。」這五人一聽楞了，說：「怎麼辦呀？」孫氏說：「你們快走罷！要等天亮這怎麼走？」五個人無法，跑了出來，溜著牆根走，怕碰見熟人。偏好有過路人，打著燈籠；這五個人越溜牆根，人家越要照照；一瞧還是熟人呢，說：「你們幾位頭兒，怎麼光著身子？敢是輸了？」五個人說：「不是，我們洗澡去，剛脫了衣裳，澡堂子著了火，我們嚇得跑出來了。」這人說：「那個澡堂子著火？怎麼沒聽見打鑼呀？」這五個人說：「許是把火就滅了。」用話遮蓋過去。這五個人各歸各家。這五個人好找便宜，這也是報應，衣裳原是被濟公偷了去。

和尚拿著五身衣服，來到鄭雄家見了趙斌，叫趙斌拿著三身衣服，附耳如此這般，這樣這等。趙斌把話記住了。用藍靛抹了臉，掛上紅鬍子，拿著鐵棍，一直夠奔秦合坊來，到王勝仙的門首，往裡就闖，擺棍見人就打，口稱天王來了，打了一條大路，來到合歡樓上了樓。周堃問：「誰？」趙斌說：「我是探囊取物趙斌。」周堃原與趙斌也認識，說：「趙大哥打那來？」趙斌說：「我奉靈隱寺濟公之命，前來搭救你姊弟二人。我帶來三身官人的衣裳靴帽，你同你姊姊都換上，我也換上。濟公說了，見樓下旋風一起，你我就下樓逃走，這叫魚目混珠。」周堃趕緊說：「姊姊換上罷！」周氏這才把靴子穿上，用繩子紮好，套上青布靠衫，腰繫皮挺帶，戴上纓翎帽，周堃也換好了，趙斌也把鬍子摘了，把壯帽揣在懷內，換上官人這身衣服。剛才換好，就見樓下起了一陣旋風，刮的出手不見掌，對面不見人。周堃同周氏、趙斌趁此下樓，趙斌在頭裡，周氏在當中，周堃在後面，分著眾人就往前走。大眾官兵被風刮的睜不開眼，這三個人都是官人打扮，眾人瞧見，也不介意。本來官人太多了，各衙門的全有，誰能準認得誰？再說刮風刮的也顧不得睜眼。三個人闖出重關，不敢奔前面走，奔後面花園子角門，把門開開，出了角門。周堃說：「哎呀！兩世為人了！」這句話尚未說完，只見對面來了兩個人，都是纓翎帽，青布靠衫，腰繫皮挺帶，薄底窄腰鸚腦快靴，這兩個人用手一指說：「驚弓之鳥，漏網之魚，往那裡逃走？」周堃、趙斌一看，說話這兩位非是別人，正是楊猛、陳孝。

書中交代：和尚在鄭雄家，打發趙斌走後，和尚出來找著楊猛、陳孝，把兩身官人的衣裳，給了楊猛、陳孝，叫他們換好了，一同來到王勝仙的後花園子角門，等候周堃、周氏、趙斌。囑咐楊猛、陳孝幾句話。和尚先進了後花園子，旋展佛法，起了一陣怪風，周堃同周氏、趙斌才混出來。楊猛、陳孝一瞧是周堃，趕緊過來說：「周賢弟，多有受驚了！濟公叫我二人在此等候，叫趙賢弟回家罷，不必管了；周賢弟先同你姊姊到我家去。濟公說了，明天必搭救你姊丈竇永衡。」周堃點頭，同周氏跟楊猛、陳孝走了。趙斌自己回了家，這話不表。單說和尚來到裡面花園子一施展佛法，這些官兵，這個說那個：「你為什麼統我？」那個說：「我這隻手拿著火把，這隻拿著燈籠，我多咱統你了？」那邊就說：「你為什麼擰我？」那個說：「你為什麼掐我？」大眾一亂，這個跟那個揪起來了，那個跟這個打起來了，這個把火把扔了，那個把燈籠扔了。燈籠扔在樓上，一著凡火，勾引火神，展眼之際，把合歡樓著了，烈焰騰空。正是：

南方本是離火，今朝降在人間；無情猛烈性炎炎，大廈宮室難占！滾滾紅光照地，呼呼地動天翻；
猶如平地火焰山，立刻人人忙亂。

王勝仙一瞧火起來了，急得直跺腳，疑惑把太歲、天王、美人都燒死樓內。太歲、天王燒死倒不要緊，心疼把美人也燒死了！連忙吩咐人救火，大眾怎麼用水澆也不滅。展眼之際，把一座合歡樓燒了個冰消瓦解。天光也亮了，火也燒完了，王勝仙心中自是喪氣。許多家人被太歲殺了，也有被天王打死的，這件事，又不敢告訴秦丞相，怕秦丞相究起底裡根由，反倒抱怨他。王勝仙無奈，死一個人給五十兩銀子辦白事，叫各家的屍親把屍領回去。這叫樂沒樂成，反鬧了個天翻地覆！他也該當遭這樣的惡報。

和尚早就走了。天剛一出太陽，濟公來到京營殿帥衙門門口。衙門對過有一座小酒鋪，剛挑開火，有幾位喝酒的，都是做小買賣的，一早出來趕市；也有賣菜的，也有這賣耍貨的，都在酒鋪來喝酒。和尚掀簾子進去，內中有認識的，說：「濟公這麼早，打那來呀？」那個說：「聖僧，這邊喝酒。」和尚說：「眾位別讓，我和尚今天心裡氣，我等著跪刑廷大人，非得打官司不可！」眾人說：「濟公，你老人家一個出家人，跟誰打官司呀？」和尚說：「別提了，昨天我們廟裡應了一家佛事，應的是七個人接三，偏巧我們廟裡和尚好忙，不夠七位，去五位還短一個，只四位和尚。好容易找了一個禿子，湊著去了。接完了三，本家說：『我們有一鍋煮飯，給和尚吃飯，可得饒一臺燄口。』本來我們這幾個和尚都是餓瘋子，一想既給燙飯吃，就饒一臺燄口，也不算什麼！焉想到把燄口放完了，本家就挑了眼了。他說：『正座嗓子不好。』不肯給錢。三說兩說說翻了，打起來；人家本家人多，把我們那四位和尚都打了，就是沒打了我。」眾人說：「濟師父，你打了人家了？」和尚說：「沒有，我跑出來了，要不跑出來，也就叫人家打了。我非得告他。念完了經，打和尚，那可不行。」眾人說：「濟公把氣消消，這也不要緊事，不必跪刑廷大人，官司不是好打的！」說著話，過來一人說：「聖僧，慈悲慈悲！我有個舅舅，寒腿，疼的下不了炕，求你老人家給點藥！」又一個說：「我拜兄弟的母親，痰喘咳嗽，老病復發，求師父慈悲慈悲，賞些藥罷！」和尚說：「今天我一概不應酬。過了今天，那天都行，今天我心裡煩得了不得了，非得等著跪刑廷。……」正說著話，就聽外面轟趕閒人，說：「閒人躲開，刑廷大人回來了。」本來刑廷大人出來威嚴大了，頭裡有鞭牌鎖棍劊子手，前護後擁一大片，眾人看熱鬧，只見刑廷陸大人坐著轎子剛到，和尚一聲喊嚷：「冤哪！」過去一把揪住轎子。和尚一使勁，就聽「喀嚓」一聲，轎槓斷了。不知該當如何？且看下回分解。

第一百七十四回　跪刑廷法術驚奸黨　請濟公神方買良心

話說濟公禪師一聲喊嚷「冤枉」，過去一伸手，把轎槓揪住，「喀嚓」一響，轎槓就斷了；轎子往前一栽，刑廷陸大人幾乎摔出來。他在轎內往前一衝，把二品紗帽掉下來，偏巧一滾，滾在撒尿子窩裡。轎子也不能坐了，紗帽也不能戴了。陸炳文勃然大怒，吩咐把和尚鎖上，自己賭氣，走進衙門去。官人把和尚鎖上，帶著來到班房。官人說：「和尚你好大膽子，竟敢把刑廷大人的轎子按斷了！回頭夠你樂了！」和尚說：「我也不知道怎麼股子勁，就把大人弄出來了！」官人對和尚說：「你回頭見了大人，也這樣說，可別改。」和尚說：「那是自然！」正說著話，就聽梆鑼齊發，大人升堂。陸炳文這個氣大了，到衙門換上帽子，立刻傳伺候升堂，吩咐帶和尚。官人立刻把和尚帶上來。陸炳文原打算和尚一上來，不容分說，拉下去重重的責打，方出胸中的惡氣。那知和尚一上來，陸炳文尚未說話，旁邊過來一個家人，在陸炳文耳邊說：「大人，這個和尚可打不得的，乃是靈隱寺的濟公，他是秦丞相的替僧。大人要打他，豈不是羞辱秦丞相麼？」陸炳文一聽，心說：「怪不得他這樣放蕩不羈，敢情是我師伯的替僧？怎可打下的！」自己無奈，把氣壓下去說：「和尚，你是個出家人，做事不可這樣粗鹵呀！就是有什麼冤枉之事，也可以慢慢說呀！」如果和尚回說：「我也不是故意的，請大人不必動怒。」陸炳文剛要下臺，就說道：「既是你不是存心，我念你是出家人，不怪罪你，你下去罷。往後須要安分！」也就算完了。焉想到和尚偏不這麼說。

和尚說：「我和尚實在冤枉，昨天晚上，我們廟裡應了一件佛事，是七個人接三，廟裡忙，和尚不夠了，剩了四個和尚，添上一個禿子，共去了五個人。接完了三，本家說給燙飯吃，叫饒一臺燄口。我們和尚本都餓瘋了，就吃了燙飯，給饒了一臺燄口。焉想到念完了經，本家說：『正座嗓子不好，不給錢。』還把我們和尚打了。我來一喊冤，也不知怎麼一股子勁使猛了，把大人給弄出來。」陸炳文一聽和尚說的太不像話了，當著這許多的官人，再不打和尚，太下不去了。陸炳文一想：「我先打了他再說，若秦相問我，我再到秦相跟前去請罪，就說我不知道是秦相的替僧，大概也不致為和尚把我丟官罷職。」想罷，一拍驚堂木說：「僧人，你好大膽量，滿口胡說，攪擾官署重地，拉下去，給我重打四十板！」掌刑的答應：「是。」翻過來一拉和尚道：「走。」和尚大聲說：「我要捱打了！」官人說：「你嚷什麼。」和尚說：「我要嚷！」官人把和尚拉下堂去，按倒就地；一個騎著和尚的脖子，一個按著腿。掌刑的剛把板子拿過來要打，忽然大堂前起了一陣怪風，刮的人人都不能睜眼，按人的也不能睜眼，掌刑的也睜不開眼。正刮著風，陸炳文在堂上坐著，好好的忽然肚中臌起來，臌的有大皮鼓相似，自己兩隻手夠不著肚臍。陸炳文心裡一迷，連說別打，官人自然就不能打了。陸炳文自己用手就掀鬍子，展眼三綹鬍子掀下兩綹來。從人說：「大人這是怎麼的了？」趕緊把陸炳文搭在內宅去。有官人暫把和尚看押起來。

陸炳文到了內宅，夫人少爺小姐一瞧都急了，說：「大人這是怎麼了？方才好好的，片刻的工夫，肚子會脹這麼大。你們快給請醫生去罷！」家人慌慌張張出來，就把隔壁賣藥的先生，姓王的請來了。

這位王先生，叫做「三元會」。怎麼叫「三元會」？只因他給治好了三個人，一個牙疼，一個長大瘡，一個長痔瘡。三個人都是他治好了後，三個人給他掛了一塊匾，寫的是「三元會」，故此眾人都叫他三元會。這位王先生，本來少讀王叔和，未念藥性賦，不懂的切脈，什麼叫浮沉遲數？用藥那叫熱寒溫涼？何為五臟六腑？那論陰陽五行？一概不知，素常就是餬飯吃。今天把他請到內宅，陸炳文在帳子裡，伸出手來診脈。夫人、小姐、婆子、丫環，都在屋中圍侍，得病不避醫家。王先生聽說肚子大。他錯疑是姨奶奶分娩急，本來陸炳文的手，十指尖尖，王先生把醫家的規矩都忘了，一進門應該望聞問切，他也不問是誰，伸手一診脈，裝模做樣半天。王先生說：「不要緊，這是要生產，你們快去請收生婆罷。」夫人一聽說：「快把他趕出去！」王先生還說：「我說是喜，夫人不信？」夫人說：「這是我們大人。」王先生一聽，沒的說了，被家人把他趕出去了。夫人說：「你們這些奴才！沒有能辦事的，請這樣的狗先生，快出去請名醫去！」家人說：「臨安城就有兩家名醫：一位賽叔和李懷春，一位指下活人湯萬方。」夫人、少爺說：「不拘把那位請來都行。」家人復又去了，少時把賽叔和李懷春請到。他給刑廷診脈，說：「大人，這個肚子可奇了！我看六脈平和，內裡十二經並沒有病，這個肚子我瞧不了。」夫人說：「先生瞧不了，誰還能瞧的了呢？望求先生指示！」李懷春說：「我看不了，湯萬方也看不了；就有一個人可能治，手到病除。」夫人說：「誰呀？」李懷春說：「靈隱寺的濟公長老，前者我在秦相府看病，二公子得著大頭瘟，我也瞧著脈理沒病，就是濟公治好了。非請他老人家來，別人治不了！」家人在旁邊言道：「靈隱寺濟顛僧，在我們衙門班房鎖著呢。」李懷春說：「原來如是，快去請他。」夫人問：「為什麼鎖著？」家人就把方才之故一說。夫人說：「你們快把和尚請來，只要把大人的病治好，我的主意，把他放了。」

家人跑出來，到了班房，本來這個家人也不會說話，說：「和尚，我們夫人叫你進去呢！」和尚說：「你們夫人叫我，我怕落口舌，言言語語不好聽。」家人說：「和尚別胡說！我們夫人叫你進去，是給大人治病。」和尚說：「治病呀！你告訴你們夫人，說我和尚刷了。」家人一聽說：「好和尚，你真著要打！我就照你這話回去。」家人來到裡面說：「回稟夫人，和尚不來，他說刷了。」夫人一聽，不懂這句話，說：「什麼叫刷了？」李懷春說：「夫人可以派少爺親身去請。見了和尚，說幾句謙詞，和尚就來了。」夫人說：「好，少爺你同家人請去。」少爺答應，連忙同家人來到外面，說：「聖僧，你老人家慈悲慈悲罷！我父親得了大肚子，求聖僧給治罷！」和尚說：「既是少爺你來請我，和尚就去給瞧瞧，可不定治的好治不好！」和尚這才往裡走。少爺先叫人把和尚的鐵鍊撤去。話說這位少爺倒很恭敬，本不是陸炳文的親兒子，是抱來的。他家裡是大雜拌，他這位夫人當初本是勾欄院的妓女，陸炳文原係四川人，帶著三萬銀子來京鄉試，他就在勾欄院一嫖，認識這個妓女，名叫翠紅。陸炳文也沒鄉試，把三萬銀子都花到翠紅的身上。後來只落得分文皆無，連盤費都沒有，也不能回家了。倒虧著翠紅一番惻隱之心，看陸炳文實不得了局，翠紅就把陸炳文留在勾欄院，在門房管管帳，買買東西。後來翠紅手裡，存了倒有兩萬多銀子，自己一想：「將來青春一過，又該如何？」看陸炳文倒是飽學，他跟老鴇兒一商量，要跟陸炳文從良。出來就花錢給陸炳文捐了一個小武職官，得了實缺，居然翠紅是個官太太，老鴇兒就是岳母老太太；買了一個姑娘，就是小姐，抱了一個孩兒，就是公子少爺。後來陸炳文拜了王勝仙做老師，官運也好，又有人情，未到十年，就做了刑廷，翠紅就是夫人了。今天少爺把濟公請進來，李懷春趕緊站起來說：「聖僧，你老人家來了。」和尚說：「李懷春，你淨給我和尚找事。」李懷春說：「這病非師父治，別人治不了！」和尚哈哈大笑。立刻要施佛法，度脫陸炳文，施展神通，搭救竇永衡，且看下回分解。

第一百七十五回　秉良心公堂釋好漢　訪故友夫妻得團圓

話說濟公禪師來到裡面，給陸炳文一看，夫人、少爺、小姐都說：「聖僧，你慈悲慈悲罷！」和尚說：「我看大人這病，我說出來，你們準都不信。」夫人說：「聖僧說罷，焉有不信之理！」和尚說：「大人這肚子是胎。」夫人一聽一愣，心說：「怪不得方才那個先生說是胎，這和尚也說是胎。」連忙問說：「聖僧，你看是胎，怎麼辦呢？」和尚說：「這可跟旁胎不同！大人這是一肚子陰陽鬼胎，非得把胎打下來才能好！我和尚開個藥方，到李懷春的藥鋪去取藥去。」李懷春說：「好，師父開罷。」立刻家人拿過筆來，和尚背著人寫好封上，交與家人。大人也不知和尚開的什麼藥，家人拿著去了。到了李懷春藥鋪，把字柬交在櫃上，家人說：「你們先生在我們大人衙門坐著，這是靈隱寺濟公開的方子，叫我來取藥。」藥鋪伙計打開一看，上面寫的是：「天理良心一個，要整的；公道全分。」藥鋪一看，說：「管家，你把藥方拿回去罷，我們藥鋪沒有良心。」管家說：「你們藥鋪沒良心。」伙計說：「不但我們沒良心，是藥鋪都沒良心。」管家無法，回來到裡面說：「回稟夫人，藥沒配來。」李懷春說：「怎麼！我那藥鋪，是藥皆有，怎麼會沒配來呢？」家人說：「你們藥鋪沒良心。」李懷春說：「為什麼我們藥鋪沒良心。」管家說：「他說是藥鋪，都沒有良心，沒有這味藥。」陸炳文說：「這藥方拿來我看看。」家人把方子遞給陸炳文。陸炳文一看，是「天理良心一個，要整的；公道全分。」陸炳文一想說：「這藥不用費錢，自己就有良心。」和尚說：「你只要有良心，就好的了。」陸炳文說：「傳伺候升堂。」家人說：「大人這個樣子，升得了堂麼？」陸炳文說：「升堂，升堂。我做的虧心事，我知道非升堂好不了！」他剛一說升堂，肚子就往回抽。李懷春說：「大人升堂辦公，醫生要告辭了，我還要到別處去看病。」說罷竟自去了。

且說陸炳文立刻命家人攙著，升坐大堂。給和尚搬了一個座，就在旁邊坐下。陸炳文吩咐拿著監牌，提王龍、王虎、竇永衡。手下原辦馬雄答應，立刻到監裡把王龍、王虎、竇永衡提上堂來，三個人在堂下一跪。陸炳文說：「王龍、王虎，在白沙崗搶劫餉銀，殺死解糧職官，有竇永衡沒有？你兩個人可要說公道良心話！」王虎、王龍一想：「前者已然都畫了供，大人這又問，久狀不離原詞，我二人改不的口。」想罷，說：「大人，有竇永衡。」陸炳文勃然大怒，一拍驚堂木說：「你這兩個人混帳，拉下去，給我重打每人四十大板！」掌刑的答應，立刻把王龍、王虎拉下去。打完了，陸炳文又問：「王龍、王虎，你兩個人說實話，到底有竇永衡沒有？」王龍、王虎一想：「這必是竇永衡的人情到了，大人要拷拷我二人，倒別改嘴，一口咬定，大概要把竇永衡辦了，我二人許把命保住。」想罷說：「實有竇永衡。」陸炳文說：「你這兩個東西實找打，再給我每人重打四十！」立刻又打，打完了又問。王龍、王虎一想：「這可真怪！前者我二人拉竇永衡之時，倒沒打，這是怎麼緣故呢？」二人還不改口，陸炳文又吩咐打，把兩個人連打了三次。打的皮開肉綻，鮮血直流。陸炳文說：「你兩個人要不說良心話，我生生把你兩個打死！到底有竇永衡沒有？」王龍、王虎一想：「這個刑受不了啦。再說有，還是打。」二人無法，說：「回稟大人，沒有竇永衡。」陸炳文說：「這不錯了，人說話要有良心。本部院有良心，我知道竇永衡是好人，你兩個人仇攀，是沒有竇永衡。」吩咐：「來呀，把竇永衡的鎖鐐砸了，我將他當堂開放。」

旁邊眾官人一瞧，大人這是無故瘋了，書辦趕緊過來說：「回稟大人，竇永衡在白沙崗打劫餉銀，殺死解餉職官，情同叛逆；再說大人已然都定了案，奏明皇上，大概這個案，必是立決，不久就有旨意下來，大人這裡把竇永衡放了，那如何使的？」陸炳文說：「你休要多說，我有良心，皇上他沒我大。大凡現官不如現管，我要放竇永衡，皇上他管不了我！」書辦一聽，這更不像話了，說：「大人要放竇永衡，書辦辦不了，大人先把書辦革了倒好。」陸炳文說：「革你不費事。來，貼革條，先把他革了。」立刻寫了革條貼上。原辦馬雄也過來給刑廷磕頭，說：「回稟大人，竇永衡放不得的。」陸炳文說：「怎麼？」馬雄說：「大人請想，竇永衡謀反大逆，已畫了供，大人給秦丞相行了文書，秦丞相已然知道；大人再把他放了，秦丞相再要這案，大人怎麼辦？」陸炳文說：「你放屁，秦丞相他管不了我的事。他做他的丞相，我做刑廷，他管不著我！我有良心！竇永衡是好人。」馬雄說：「大人要放竇永衡，先把下役革罷。」陸炳文說：「革你不費事。來，貼革條，把馬雄給我革了。」手下眾官人，一個個嚇的往後倒退。誰一攔就革誰，眾人都不敢言語了。

陸炳文吩咐來人，把竇永衡手鐐腳鍊砸開了。手下官人，立時把竇永衡的大三件摘了。陸炳文說：「竇永衡，本部院知道你是被屈含冤，你是個好人，我將你當堂開放。」竇永衡心中納悶，心說：「這是怎麼一段情節？」抬頭一看，濟公在旁邊坐著呢，竇永衡倒瞧著發楞。和尚說：「混蛋，你還不快走，等他明白過來，再叫人把你鎖上呢。」竇永衡這才明白，趕緊往外走。來到衙門門首，就聽門口眾官人，大家紛紛議論。這個說：「咱們大人無故放竇永衡，這事可新鮮！」那個說：「你聽信罷，早晚他這個刑廷決做不長了！」竇永衡一出衙門，只見對面兩個騎馬的，都是長隨路的打扮，來到刑廷衙門門口，翻身下馬。來者這兩位騎馬的，非是別人，乃是秦丞相兩位管家大人秦安、秦順。皆因陸炳文把濟公鎖了，街上全都吵嚷動了，傳到秦相府，秦相府的家人，都感念濟公的好處，前者濟公初入秦相府之時，是家人每月多增三錢銀工錢，是濟公出的主意。今天聽說刑廷把靈隱寺濟公鎖了去，有人回稟了四位管家大人。大管家秦安一聽，說：「好一個膽大陸炳文，竟敢把相爺的替僧鎖去了。這分明是羞辱丞相爺的臉面！」立刻進去一回稟秦相，相爺一聽，大大不悅，叫家人：「拿我的片子，趕緊到刑廷的衙門，就說我請濟公，即刻就來。」管家秦安、秦順拿著相爺片子，故此忙奔刑廷衙門來。

不言講二位管家請濟公。單說竇永衡出了龍潭虎穴，自己有心回家罷，又不敢回去；遭這樣官司，不曉得家裡抄了沒抄？自己一想，先到楊猛、陳孝家去打聽打聽，再作道理。想罷，這才來到楊猛、陳孝門首一打門，楊猛、陳孝正同周堃在裡面一處談話。聽外面打門，陳孝出來開門，一看是竇永衡，陳孝倒一愣，說：「竇永衡，你怎麼會回來了？」竇永衡說：「陸炳文當堂把我放了。到裡面我細對兄長說。」陳孝說：「你來好了，你妻子也在這裡，你內弟周堃也在這裡，你進來罷。」竇永衡同著陳孝來到裡面。周堃一見說：「姊丈，你怎麼會回來了？官司怎麼樣了？」楊猛一瞧也樂了，大眾彼此行禮。竇永衡就把方才陸炳文當堂開放，怎麼革書辦官人，濟公在堂上坐著，這話從頭至尾細述一遍。楊猛、陳孝、周堃三個人方明白。竇永衡就問周堃：「你打那裡來？」楊猛、陳孝說：「竇賢弟，你還不知道？你的官司，被人家買盜攀贓入了獄，你妻子被花花太歲王勝仙誆了去，擱在合歡樓。……」楊猛、陳孝就把已往從前，怎麼找濟公，怎麼周堃到王勝仙家裡殺人，濟公怎麼施佛法把眾人救出來，火燒合歡樓之故，如此如此一說。竇永衡一聽，嚇的毛骨悚然說：「原來有這些事，令人可怕！」陳孝說：「這件事要沒有濟公，可就了不得了！竇賢弟你今天既來了，咱們是合家歡樂，我預備點酒菜，痛飲一番。今天聽聽信，明天你們哥倆帶領弟妹好逃走。臨安是住不得了！楊賢弟你陪著竇賢弟周堃弟說話，我去買菜去。」說著話，陳孝出去買菜。工夫不大，見陳孝回來了，什麼菜也沒買來，臉上顏色更變。眾人問：「怎麼？陳兄長沒買菜來。」陳孝說：「了不得了！京營殿帥傳下命令，水旱十三門緊閉，各街巷口紮住官兵，按戶搜拿竇永衡。」眾人一聽，嚇的神魂皆冒。不知後事如何？且看下回分解。

第一百七十六回　陸刑廷下令捉強盜　美髯公聞信擋官兵

話說美髯公陳孝出去買菜，見街市上都亂了，聽說京營殿帥下了令，水旱十三門緊閉，按戶搜拿越獄脫逃江洋大盜黑面熊竇永衡。書中交代：怎麼一段事呢？原本刑廷陸炳文把竇永衡放走之後，秦相府派管家把濟公也請了走了。陸炳文忽然明白過來，一看在大堂上，王龍、王虎在下面跪著，陸炳文就問手下人：「王龍、王虎在這跪著做什麼？誰叫他們出來的？」手下人說：「大人不是把書吏革了，把馬雄也革了，把竇永衡放了麼？」陸炳文說：「誰把竇永衡放的？」手下人說：「大人叫放的，莫不是大人方才的事就忘了麼？」陸炳文一想，直彷彿心裡一糊塗，如做夢一般，渺渺茫茫，有點記得。自己嚇的驚惶無措：「竇永衡已然定了案，奏明聖上，這如何放的？」立時吩咐：「趕緊傳我的令，水旱十三門緊閉，知照各地面官廳把守；左右兩家搜一家；官至三品以下，勿論什麼人家，按戶搜查。」叫他們不能說他放走竇永衡，只說拿越獄脫逃的大盜竇永衡。「如有人隱匿不報，知情不舉，罪加一等；如有人將竇永衡獻出來，賞白銀一千兩。」這一道令下來，水旱十三門就閉了，街市上全亂了，各該管地面的老爺，帶官兵各查各段。

陳孝聽見這個信，菜也顧不得買了，跑回家來，一見楊猛、周堃、竇永衡，就把這件事一說。竇永衡一聽，咳了一聲，說：「二位兄長不必吃驚，我竇永衡情屈命不屈，別連累你們二位，我由後面跳牆出去，到刑廷衙門投案打官司。二位兄長設法，把我內弟同敝賤內，將他們送了走，叫他們逃命就是了。二位兄長就不必管我了。」陳孝說：「那如何使得！」楊猛說：「我倒有主意。」陳孝說：「你有什麼主意？」楊猛說：「我同周堃每人拿一把刀，到花花太歲王勝仙家，見一個殺一個，見兩個殺一雙；你同竇賢弟二人，夠奔刑廷衙門，刀刀斬盡，劍劍誅絕，把狗娘養的，殺一個雞犬不留；咱們大反臨安城，殺完了，闖出臨安城，遠遠的找一座山，去當山大王，扯起旗來，招軍買馬，聚草屯糧。官兵要來了，咱們也不怕，省得受這些狗官的氣！」陳孝說：「你別滿嘴胡說，就憑你我四個人，就要造反，那如何能行？你先別亂出主意，咱們看事做事。」正說著話，只聽外面一亂，有人打門。楊猛說：「你瞧搜來了！我先把他開刀。」陳孝說：「你別莽撞！待我出去，跟他說，能用話把他們支走了更好，實在不行，那可講不了！」說著話，陳孝趕緊來到外面，一開門，見門外站定了無數的官兵，有兩位本地面的老爺，一位姓黃，一位姓陳，都是將巾摺袖，鸞帶紮腰。箭袖袍，薄底官靴，肋下佩刀。陳孝一看，兩位老爺都是熟人。陳孝故作不知，說：「二位大老爺來此何幹？」黃老爺說：「陳孝，咱們彼此都是老街舊鄰，其實素常我們也知道你是安分度日的人，今天我們是奉京營殿帥的令，按戶搜查越獄脫逃的大盜竇永衡。這公事，沒偏沒向不得不如此。你閃開，我們到裡頭瞧瞧罷。」這是跟陳孝有個認識，透著還有面子；要是到別人家，沒有這些話，帶人就往裡闖，叫搜也得搜，不叫搜也得搜。

陳孝一聽這話，說：「二位老爺且等等進去，我有句話說，其實我在這方住了，也不是一天半天了，素常我也沒結交過匪類人，也沒有亂糟的朋友到我家來，大概你們老爺們也有個耳聞。今天我倒不是不叫你們眾位進去搜，我這家裡住著親戚呢，有我兩姪女，一個外甥女，在這住著，都是十八九歲，未出閨門的大姑娘。二位老爺帶著官兵進去，叫我這幾個親戚姑娘，拋頭露面的，多有些不便！二位老爺既是跟我陳孝有個面子，二位先帶人到別處查去；少時我把這幾個姑娘送走了，你們再來查。」二位老爺一聽，說：「那可不行！這是官事，莫非你敢抗令不遵麼？」陳孝說：「我也不敢抗令不遵，二位老爺多照顧罷，誰叫我家裡趕上不便當呢！」二位老爺說：「陳孝，你家裡隱藏著竇永衡呢？」陳孝說：「沒有。」黃老爺說：「既是你家沒有竇永衡，就有幾位姑娘，也不要緊，我們到裡頭瞧瞧，這有何妨呢？」說著話，就要推開陳孝往裡走。此時楊猛早拿著刀，在二門裡聽著，心說：「那個囚囊的一進來，我先拿他開刀。」

正在這番景況，陳孝正跟二位老爺狡辯之際，見由對面來了三乘小轎，有一個人騎著一匹馬，來到陳孝門首，翻身下馬。這人說：「陳爺，我們來接你姪女外甥女來。」陳孝一聽一愣，心裡說：「我說住著姪女、外甥女，是信口開河撒謊，怎麼真有人來接人？」看這人是長隨路的打扮，並不認識他，也真是隨機應變，當時說：「二位老爺，你瞧我不是說瞎話！是我家裡有親戚住著不是？人家來接來了。二位老爺先候一候，等我姪女他們上了轎子走了，你們再搜，這可以行了！」黃老爺、陳老爺說：「就是罷。」陳孝同著這人，帶著三乘小轎子來到裡面，陳孝說：「尊駕是那來的？」這人說：「我是鳳山街鐵面天王鄭雄鄭爺教來接竇永衡，我這帶來一封信你看。」掏出來陳孝一看信，是濟公的信，陳孝這才明白。趕緊叫竇永衡、周堃、周氏三個人上轎，把轎帘扣好，這人帶著就走。轎子走後，陳孝說：「黃老爺、陳老爺，你們二位帶人進來搜罷。」二位老爺才帶人進去搜查。那還搜誰？自然是沒有了！黃老爺一想這個事，自己忖度了半天，這二位老爺也都是精明幹練，在外面久慣辦案，一見這三乘轎子，來得詫異，先見陳孝不叫搜，說話言語支吾，臉上變顏變色的！這三乘轎子抬走了，見陳孝顏色也轉過來了，說話也透著理直氣壯了。二位老爺一想：「這三乘轎子之內定有緣故！」即派官人趕緊跟在後面跟著，看這三乘轎子抬到誰家去，給本地面官送信。勿論查過去沒查過去，趕緊著人搜拿。官人答應遵令，在後面跟著。

這三乘轎子，抬到鳳山街，進了一座路北的大門，官人一看，是鐵面天王鄭大官人家，官人立刻到鳳山街地面官廳一報，這本地面兩位老爺，一位姓白，一位姓楊。官人一回稟，道：「我們黃老爺、陳老爺，派我跟下來，有三乘轎子，由東街楊猛、陳孝家抬來，抬到這鳳山街鄭大官人家去。我們老爺說，轎子裡有情弊，叫我給老爺送信，趕緊去查去。」白老爺、楊老爺一聽，立刻帶本汛官兵，來到鄭雄門首，一道「辛苦」，說：「我們奉京營殿帥之令，按戶搜查越獄脫逃大盜竇永衡，煩勞眾位管家到裡面回稟一聲，我們要進去搜查。」家人鄭福進去回稟。鄭雄原本前者有濟公給他的信，叫他今天遣三乘轎子，到楊猛、陳孝家去接竇永衡夫婦、周堃；剛把三個人抬了來，家人進來回稟，說：「本地面官帶兵搜來了。」鄭雄一聽愣了，說：「可怎麼好？」心裡說：「濟公叫我把竇永衡接來，這要由我家搜了去，我落個窩主，這場官司我可打不了！」自己嚇的半晌無語。竇永衡說：「鄭大官人不必著急，我是命該如此！別連累你老人家，我跳後牆出去，投案打官司就是了。」鄭雄說：「如何使得！濟公既叫我把你們救來，我又焉能把你送進牢籠？」家人鄭福說：「奴才倒有主意，官人仍叫他們三位上轎子，官人騎上馬帶著走，作為攜眷出城去，就好辦了。」鄭雄一想，言之有理！立刻叫人備馬，把轎子抬進來，復又叫周堃、周氏、竇永衡上轎子，鄭雄帶著轎子，出來就上馬。白老爺、楊老爺問：「鄭大官人上那去？」

鄭雄說：「帶家眷上墳。」說著話，鄭雄催馬同轎子就走。家人再叫白老爺到裡面搜，那不是白搜麼？白、楊二位老爺更有主意，一看這三乘轎子，剛到鄭雄家去，剛要來搜，復又把轎子抬出來說上墳，顯必更有情弊！立刻派官人跟著，看出那門，給門汛❶老爺送信，務去搜轎子，別放他出城。見鄭雄帶著轎子夠奔艮山門而來。焉想到來到艮山門，門汛四位老爺，帶官兵攔住要搜。大概轎子想要出城，勢比登天還難！不知後事如何？且看下回分解。

❶ 門汛：武官駐防巡邏之地的關隘之門。汛，指武官統率的兵。

第一百七十七回　佛家點化救英雄　途中逃難逢山寇

話說鐵面天王鄭雄，帶著三乘轎子夠奔艮山門而來，心中甚是提心吊膽。剛來到艮山門，一看城門關著，門汛官廳四位老爺由裡面出來。這四位老爺，一位姓王，一位姓馬，一位姓魏，一位姓趙。這四位老爺，原本都跟鄭雄認識，本來鄭雄這個人，素常最好交友，眼皮是寬的，上至公侯，下至庶民，跟他認識的人甚多。今日四位該班老爺一看，說：「原來是鄭爺，轎子裡是什麼人？上那去？」鄭雄說：「轎子裡是我的內眷，今天是祭祀日子，我要出城去上墳，煩勞眾位老爺開開城，我要出城。」四位老爺一聽，說：「鄭爺，今天可不比往日，平常也不關城，任憑來往人出入。今天有京營殿帥府的令，水旱十三門緊閉，查拿越獄脫逃的大盜竇永衡，此事關乎重大，你轎子要出城，我們得掀轎簾門瞧瞧。其實咱們素常有交情，這個事公事公辦。」鄭雄一聽，說：「眾位老爺這話不對，我姓鄭的，大概你們眾位也知道，我平素也不與匪類人來往，我這轎子還能隱藏奸細麼？這轎子裡都是小男婦女，眾位要瞧，在大街上多有不便！」眾位老爺說：「鄭雄，你是明白人，我們是辦的公事，這個鄭重，我們耽不了！你要出城，不叫瞧，我們把你放出去，回頭再有人，我們怎麼辦？叫你出去，不叫別人出去，豈不是有了偏向麼？」鄭雄說：「既是你們眾位不瞧不叫出去，我回家不去了。」四位老爺正與鄭雄這裡狡辯，焉想到有鳳山街的官人趕到說：「我們白老爺叫給眾位老爺送信，這三乘轎子可別放出城去！原由東街楊猛、陳孝家搭出來，搭到鄭雄家，我們老爺要查，鄭雄又帶著搭出來，其中定有緣故！」

四位老爺一聽這說話：「鄭雄，你叫瞧，我們也得瞧；不叫瞧，我們也得瞧。」鄭雄說：「我不能叫年輕的婦女，在街上拋頭露面的。我不去了，我回去就是了。」眾位老爺說：「你回去，我們也得瞧。」鄭雄說：「你們眾位，這就不對了！我出城，你們要瞧瞧，怕帶出奸細；我回去，怎麼你們還要瞧呢？」眾位老爺說：「鄭雄，你這三乘轎子裡是誰？」原本頭一頂轎子是周堃，第二是竇永衡，第三是周氏。鄭雄說：「頭一頂轎子，是我敝賤內；第二頂轎子，是我姪女；第三是我外甥女。都是年輕的少婦姑娘。」眾老爺說：「有竇永衡沒有？」鄭雄說：「我也不認識竇永衡，那裡來的竇永衡呢？」眾老爺說：「既是沒有竇永衡，我們瞧瞧也無妨。」鄭雄說：「你們太不講理，真是倚官仗勢！」正說著話，只見由那邊「梯他梯他」，濟公來了。原來和尚由京營殿帥府大堂上，被秦相府的管家請到秦相府去，秦相一見，連忙讓坐說：「聖僧因為什麼，刑廷陸炳文敢把你老人家鎖去？」和尚說：「相爺問我和尚，原本有點不白之冤！昨天我們廟裡，應了一個接三，本家一鍋冷飯，叫饒一臺焰口，五個和尚念完了經，本家不給錢，說正座嗓子不好，還要打和尚，把我們那四個和尚都打了，就是沒打我；我要跪刑廷告他，焉想到刑廷不講理，把我鎖了去。及到了大堂上，陸大人他瘋了，他把大盜黑面熊竇永衡給放了。」秦相一聽，說：「竇永衡白沙崗路劫餉銀，殺死解餉職官，情同叛逆。我已然奏明聖上，呈請勾到，怎麼他又給放了？」和尚說：「他現在已給放了。大人不信，你派人打聽去。」秦相說：「好，既是他給放了，我看聖上旨意下來，他怎辦？他真要把這案放了，那可是找著被參，暫且不必管他。聖僧，在我這裡吃酒罷。」和尚說：「也好。」秦相立派家人擦抹桌案，把酒擺上，和尚喝了兩三杯酒，站起來要告辭，秦相說：「聖僧忙什麼？喝完了再走。」和尚說：「我去瞧熱鬧去，現在刑廷他把竇永衡放了，他又派人傳令，水旱十三門緊閉，按戶搜查大盜竇永衡。」秦相說：「這事可新鮮。」和尚說：「他要自己搗亂。」說著話，和尚告辭。

出了秦相府，一直來到艮山門。鄭雄正跟門汛老爺在這裡狡辯，怕人家搜轎子。見濟公來了，鄭雄連忙說：「濟公來了，你是出家人，你給評評這個理。」和尚說：「什麼事呀？」鄭雄說：「我帶著家眷，要出城上墳，他們眾位老爺要搜轎子；我想在大街上，年輕婦女拋頭露面的，多有不便，我說不去了；他們說不去了，也要瞧瞧轎子裡什麼人。你想這事，他們眾位太不講交情了！有些不對罷？」和尚說：「不對罷！可是鄭雄你不對。人家這是公事，你要不叫瞧，別位走到這裡，也都不叫瞧了，你想人家公事，還怎麼辦呢？」眾老爺一聽說：「大師父這是明白人。」鄭雄一想，心裡說：「濟公，這可是跟我玩笑，他叫我拿書信轎子接的竇永衡，現在人家要搜，他倒說這些話。這可是存心叫我打這場官司！」自己無法，說：「你們瞧罷。」眾老爺說：「頭一乘轎子是誰呀？」鄭雄說：「是敝賤內。」眾人掀簾一看，是一位白鬍子老頭，連鄭雄一瞧也愣了。眾人說：「鄭雄，你不是說這是你賤內麼？」鄭雄說：「你們沒聽明白，是我賤內的父親。」眾人說：「第二乘轎子是誰？」鄭雄說：「是我姪女。」眾人打簾子一看，是一位老太太。眾人說：「這是你姪女？」鄭雄說：「是我姪女的姥姥。」又問第三乘轎子。鄭雄說：「是我外甥女。」打開一看，是一老尼姑。鄭雄說：「是外甥女的師父。」眾老爺說：「鄭爺，你這是存心打哈哈，轎子又沒有年輕的婦女，又沒有竇永衡，你故意戲耍我們。開城放鄭爺他們出去罷。」立刻把城開了，三乘轎子連和尚一並出了城，來到鄭雄的陰宅。

周堃、竇永衡、周氏下了轎子，過來給濟公行禮。竇永衡說：「聖僧，你老人家真是佛法無邊，搭救弟子再生。我竇永衡但得一地步，必報答你老人家的厚恩！」和尚說：「鄭雄，你送給他三匹馬，一把佩刀，叫他三人逃命去罷。將來你我還有一面之緣。」竇永衡又謝過鄭雄，這才同周氏、周堃三人告辭。鄭雄說：「你們三位打算奔那去呢？」竇永衡說：「我也無地可投。」周堃說：「我打算同我們舍親，暫為投奔一個朋友處安身。」說罷拱手作別。三個人上了坐騎，順大路往前走，也沒有準去處；道路之上，飢餐渴飲，曉行夜宿。這天，往前走，天色已晚，有掌燈的景況，三匹馬正往前面走著，眼前是山口，嗆啷啷一棒鑼聲，出來了數十個人，都是花布手巾纏頭，短衣裳小打扮，各拿長槍大刀，短劍闊斧，把去路阻住。有人一聲喊嚷：「此山是我開，此樹是我栽；有人從此過，須留買路錢！牙縫說半個不字，一刀一個土內埋。」又說：「對面的眠羊孤雁，趁此留下買路金銀，饒你不死；如要不然，要想逃生，勢比登天還難！」周堃一看，對面有了截路的，趕緊往前一催馬說：「對面的朋友請了！在下姓周名堃，原本是北路鏢頭，今天我同舍親由此路過，煩勞眾位回稟你家寨主，就提我周堃，今天不能上山去拜望，暫為借山一行，改日再來給你家寨主請安。」眾嘍兵一聽，說：「原來尊駕是北路的鏢頭周堃，尊駕在此少候，我等回稟寨主一聲。」說著話，有人往山上飛跑。工夫不大，就聽山上「嗆啷啷」一棒鑼聲，來了二百餘人；各掌燈球火把，亮子油松，照耀如同白日一般。周堃抬頭一看：為首有三騎馬，當中一匹紅馬，騎著這人，頭上戴寶藍緞紮巾，藍箭袖，黃臉膛；押耳黑毫，肋下佩刀，得勝鉤掛著一條槍；上手一匹黑馬，這人穿黑褂，皂黑臉膛，也是掛著一條槍；下手裡一匹白馬，這人穿白愛素，白臉膛，得勝鉤上也掛著鎗。三位寨主來到近前，把馬一拍，問：「對面來者何人？」周堃說：「我乃北路鏢頭鐵頭太歲周堃。今日同我的舍親，由此路過，要借山一行，改日再謝。」這位黃臉的大寨主說：「令親是那一位？」周堃說：「我姊丈打虎英雄黑面熊竇永衡。」三位寨主聽了，「呀」了一聲，說：「原來是竇大哥。」趕緊三人翻身下馬，上前行禮。不知三位寨主是誰？且看下回分解。

第一百七十八回　翠雲峰英雄落草　陸刑廷獻媚欺人

話說周堃一提說打虎英雄黑面熊竇永衡，三位寨主趕緊翻身下馬，上前行禮，說：「原來是竇兄長，久違少見。」竇永衡一看，這三位寨主並不認識，連忙答禮相還，說：「三位寨主貴姓？我可實在眼生。」三位寨主說：「竇大哥是貴人多忘事，請至山寨一敘。」竇永衡說：「三位倒是誰呀？」這位黃臉的說：「提將起來，你我不是外人；此地亦非講話之所，請上山寨去再談。」竇永衡也不好不去，隨同大眾上山。來到大寨門一看，這座大寨房子不少。進了頭道寨門，馬匹交與從人，一直來到分贓聚義大廳落座，有手下人獻上茶來。周堃說：「未領教三位寨主尊姓？」這個黃臉膛的說：「你我是五百年前一家人，我也姓周，名叫虎，有個小小的外號，人稱笑面貔貅。這是我兩個拜弟。」用手一指那位黑臉的說：「他叫鐵貝子高珍，那位白臉的，叫黑毛蟚高順。這座山名叫翠雲峰。竇兄長，你們這是從那裡來？」周堃說：「別提了，我姐丈在臨安城寄居，無故遭了一場不白之冤的官司，幸虧遇見一位高僧，將我等救出龍潭虎穴，我打算同我姐丈投奔一個朋友去。由此路過，遇見三位寨主，不知三位寨主怎麼認識我姐丈？」周虎說：「我弟兄三人，在此久候多日，奉上命委派我等在此，久聞竇兄長威名遠振，今幸得會，真乃三生有幸。前者我們派人請過竇大哥兩次，沒找著住處，今天在此巧遇。竇大哥、周賢弟，你們二位別走了。」竇永衡說：「你們幾位在此占山，怎麼還有上司麼？」周虎說：「我們在此占山，原本是所為招聚天下的英雄，將來我們都是開國大將軍之職。」竇永衡說：「三位原是大宋國的將軍麼？」周虎說：「倒不是大宋國的官；我們有一位祖師爺，叫赤髮靈官邵華風。他有一件寶貝，名曰『乾坤子午混元缽』，他老人家能掐會算，善曉過去未來之事。在常州平水江當中有一座山，叫臥牛磯，山上有一座廟，叫慈雲觀，現在那廟裡有前殿真人、後殿真人、左殿真人、右殿真人，有綠林人五百多位，要設立熏香會，大眾都在這廟裡作落腳。竇大哥你們別走了，就在我這山住著，我們給慈雲觀祖師爺去一封信，聽候祖師爺的回音。你們幫助我等共成大業，將來亦可以得個一官半職的，好不好？」竇永衡一想，暫時也無處可去，只可先在這裡住著罷。當時也就應允了。周虎派人單給竇永衡夫婦打掃出一所房子來，叫他住，有婆子人等伺候。周堃也在這山上住著。笑面貔貅派人給慈雲觀去了一封信，終日五位寨主在一處盤桓。

光陰荏苒，日月如梭，過了些日子，這天眾人正在大廳談話。竇永衡提起在臨安城受了王勝仙的挫辱，深為可恨。周虎說：「不要緊，將來你我成了事，就可以報仇。」正說著話，由外面跑進一個嘍兵報說：「回稟眾位寨主，山下現有臨安城京營殿帥陸炳文卸任回家，由山下經過，我等出去把駝轎車輛截住；他拿了一個名片子，他說拜望寨主，要借山一行。」笑面貔貅周虎一聽，說：「高賢弟，你們誰認識京營殿帥陸炳文？」高珍、高順俱搖頭不認識。周虎又問：「竇兄長可認識？」那竇永衡一聽是陸炳文，立刻氣得顏色更變說：「三位寨主有所不知，這位陸炳文跟我仇深似海。我在臨安就是他買盜攀贓，把我入了獄；把我妻子誆了去，給花花太歲王勝仙送了去，害得我一家被害。要不是濟公救我，我等全皆死在他的手內。濟公早都告訴我，他是我的仇人，今日既是他來了，我焉能跟他干休？既是你們三位不認識這個陸炳文，今天活該我報仇雪恨！」當時拿起一口刀來，往外就奔。

書中交代：陸炳文怎麼會來到這裡呢？這內中有一段緣故，只因前者陸炳文把竇永衡放了，自己明白過來，再派人搜拿，也沒拿著。自己一想：「這事已然奏明了皇上，這如何耽得了！」趕緊坐轎來到秦合坊王勝仙的住宅，一求見，王勝仙把他讓到書房。陸炳文給王勝仙一行禮，說：「老師得救我，門生遭了事了。」王勝仙說：「賢契有什麼事？慢慢說。」陸炳文說：「現在白沙崗搶劫餉銀之竇永衡越獄脫逃。這件事已然奏明了聖上，求老師爺得庇護門生。」王勝仙一聽，勃然大怒道：「竇永衡是我的仇人，你不知道麼？火燒了合歡樓，把我的美人也給燒死在內，我落了個人財兩空，你單把他放了，等著他拿刀來跟我拚命！這個事你還叫我護庇你？他要來找我報仇，誰護庇我呀？你自己辦的好事，你自作自受，我也沒法。你請回去罷。」陸炳文碰了一個大釘子，自己無法，只得告辭。坐著轎子，正往回走，打算回衙門，再設法託人情。坐著轎正往回走，偶然見大道旁，站著一個美人，真是千嬌百媚，如花似玉。陸炳文偶然心中一動，自己一想：「王勝仙最愛美人，要求他的事，非得送給他美人，可以買動他的心。」想罷，趕緊吩咐住轎。問：「旁邊站著什麼人？」當差人說：「沒有人，就有一個賣畫的。」陸炳文定睛一看，原來是掛著一軸畫，上面畫的一個美人圖，猛一看真似活人一般。旁邊站著一個賣畫的人，一位儒流秀才打扮，俊品人物。陸炳文連忙叫把賣畫的人叫到近前，陸炳文說：「你這軸美人賣多少錢？」這人說：「大人要買，不敢多要錢，大人給一百銀子罷。少了也不賣。」陸炳文說：「一軸畫怎麼值這些銀子呢？」這人說：「我這畫賣的是工夫錢。貨賣識家，明公，我這畫陰天不畫，下雨不畫，刮風大寒大暑不畫，每逢天氣晴明，還得人高興，神清氣爽之時，拿起來畫兩筆；微有一點不高興就不畫。這軸畫畫了一年多的工夫，才能夠有神。故此少了不賣。」陸炳文說：「先生貴姓？」這人說：

「我姓梅，雙名成玉。」陸炳文說：「你是那裡人氏？」梅成玉說：「我原是鎮江府人氏。」陸炳文說：「你來京何幹呢？」梅成玉說：「只因我家中父母雙亡，帶著小妹來京，有兩家親戚，所為多有個照應。現在青竹巷二條胡同寄居。我兄妹就倚著畫畫度日。」

陸炳文心中一想：「每逢畫畫必隨人五官，看梅成玉他的相貌清秀，大概他妹妹也許長的好！」想罷，說：「先生，你把畫捲起來，跟我到衙門去。」梅成玉就拿著畫，隨同來到京營殿帥衙門，把梅成玉讓到書房，陸炳文又問：「先生，你家中共有幾口人？」梅成玉說：「就是我兄妹二人。」陸炳文說：「先生，令妹也會畫麼？」梅成玉說：「也會畫。」陸炳文立刻叫人平了一百銀子，交與梅成玉。陸炳文說：「先生，你把你的住腳留下，或許我還要找你畫幾條屏。」梅成玉心中很歡喜，留下住腳，告辭走了。陸炳文次日一早，派了一個婆子，拿著兩包點心，教給婆子幾句話，叫婆子坐小轎，直奔青竹巷二條胡同來。一打聽畫畫的梅先生住家，打聽明白，來到門首下轎，一打門。梅成玉同他妹妹碧環正在家中說話。聽外面打門，梅成玉一看是一位僕婦。梅成玉說：「找誰？」僕婦說：「我是京營殿帥陸大人衙門的。只因我們大人昨天買先生一軸畫，我們夫人瞧見很愛，叫我來找先生，還要畫幾樣畫。我到你家裡擾個坐。」梅成玉一想：「是個僕婦，讓進去有何妨呢？」立刻把僕婦讓到裡面，碧環姑娘自然也見著了。僕婦一看這位姑娘，果然是貌似天仙。陸炳文所為派僕婦來看看姑娘，如果美貌，就便把梅成玉請了去；如果姑娘長的平常，就作為罷論。婆子一看姑娘，真是千嬌百媚，這才說：「我們大人叫我來請先生到衙門去面談，還要畫多少樣呢，我也記不清楚。先生親身去見了我們大人說好了，就把定銀帶來了。」梅成玉一想甚好，立刻隨同僕婦，來到刑廷衙門。不知後事如何？且看下回分解。

第一百七十九回　梅成玉急中見表兄　點白犬耍笑驚奸黨

話說梅成玉同著僕婦來到刑廷衙門，僕婦先進去一回稟，陸炳文趕緊把成玉讓到書房。今天分外透著恭敬，說：「先生請坐。」梅成玉一想，我一個窮儒，刑廷大人這樣謙恭，自己倒覺著詫異。坐下一談話。陸炳文說：「先生今年貴甲子？」梅成玉說：「小生今年二十七歲。」陸炳文說：「聽說先生家中有一位令妹，沒有婆家，這倒是天緣湊合，我給你保一門親罷。現在大理寺正卿花花太歲王大人，新失的家，尚未續室，我給你保一門親，倒是甚好。」梅成玉也來到臨安住了好幾個月，向有耳聞，知道王勝仙乃是本地的惡霸，趕緊說：「小生乃一介窮儒，不敢仰視高攀，大人不必分心了。」陸炳文說：「先生，你別推辭，這門親你找都找不到！王大人乃是當朝秦相爺的兄弟，他是我的老師，將來過了門，論起親戚來，你還是我舅舅呢！」梅成玉心裡說：「我不給你當舅舅，恐怕多捱罵！」連忙說：「大人放心，我領情，這件事我也不能自主，還得回去，和妹子商量商量。」陸炳文說：「不用商量，你不願意也得願意！來，拿二百銀子來，你帶了去作為定禮。也不必打首飾，擇吉日就娶。你請回去聽信罷！這件事我給你作主。」梅成玉不拿銀子不行，勒令叫他拿著。梅成玉無奈，拿著二百銀子回了家，一見姑娘，梅成玉說：「妹妹，你快把細軟東西收拾收拾，你我快逃走罷！我去雇船去。」姑娘說：「呦，哥哥什麼事這樣慌張？」梅成玉說：「我也不必告訴你，沒有工夫，你快收拾，我去雇船去。」說著話，由家中出來。焉想到剛走到東胡同口，有兩位班頭帶著十個伙計，在這裡紮住。眾人一見梅成玉，大眾說：「梅先生你那去？我等奉京營殿帥之命，在這裡把守；你要打算逃跑，那是不行！你要走可以，可得把家眷留下！」梅成玉一聽就愣了，自己想著要跑，焉想到陸炳文早派人看上了！自己撥頭又往西走，來到西胡同口一看，也是兩位班頭，十個伙計把上。梅成玉一看，心中真急了，這便如何是好？自己正在發愣，只見對面來了一人，說：「賢弟，為何在此發愣？」梅成玉一看，說：「表兄，你來了好！我這裡出了塌天大禍。」

書中交代：來者這人非是別人，正是探囊取物趙斌。原來趙斌的母親是梅成玉的姑母，這兩個人是表兄弟。趙斌一看梅成玉這樣驚恐，問：「賢弟什麼事？」梅成玉說：「到我家再說。」二人一同來到梅成玉家中，趙斌說：「賢弟因為什麼？」梅成玉說：「我賣畫賣出禍來了！」趙斌說：「怎麼？」梅成玉就把陸炳文勒令說親之故，如此這般一說：「現在要跑也跑不了啦，東西胡同都有官人紮上！兄長你給我出個主意罷！」趙斌一聽，把眼一睜，說：「好狗娘養的，終日搶人害人，欺負到你我弟兄的頭上！我拿把刀到京營殿帥府，見一個殺一個，然後連王勝仙全都把他們殺了，方出我胸中之氣！」梅成玉說：「兄長這話不行，你一個人焉能反的了？京營殿帥有多少兵？你就滿打殺一個殺兩個，叫人家拿住你便糟了。再說你又無兄弟幾個，不但你救不了我，你再有個差錯，那時姑母他老人家怎麼辦？兄長總得想個萬全之策才好！」趙斌愣了半天，自己一想，說：「我有主意了！」梅成玉說：「兄長有什麼高明主意呢？」趙斌說：「我有個師父，乃是靈隱寺濟公活佛，他老人家能掐會算，善曉過去未來之事，你我弟兄去請他老人家來，給出個主意罷。」梅成玉說：「也好！」二人這才趕緊站起往外走，打家中出來，往前走了不遠，偏巧見濟公打對面一溜歪斜，腳步不穩，梯拖梯拖來也。趙斌一看說：「這可是活該，濟公他老人家來了。」連忙趕奔上前行禮說：「師父在上，弟子有禮！我正要去找你老人家去。」和尚說：「趙斌你起來，不必行禮。」趙斌說：「賢弟！你過來見見！這就是我師父濟公。」梅成玉一看和尚，襤褸不堪，心中有些瞧不起，過來給濟公作了個揖。趙斌說：「師父，這是我表弟梅成玉。」和尚說：「你要找我什麼事？」趙斌說：「師父！跟我到我表弟家裡去說。」和尚說：「也好！」這才同著梅成玉、趙斌，來到梅成玉家中，讓和尚在堂屋裡落座。

趙斌說：「師父，你大發慈悲罷！我表弟出了塌天大禍。」和尚說：「你不用說，我都知道。你們兩個人快到屋裡瞧瞧罷，屋裡這個亂還大。」趙斌、梅成玉一聽這話詫異，連忙趕到裡間屋中一瞧，見梅碧環姑娘上了吊了，只嚇得梅成玉與眾人渾身是汗。碧環命不該絕，這時候，幸虧工夫還不大，梅成玉趕緊把姑娘救下來，慢慢呼喚，姑娘悠悠氣轉。梅成玉說：「賢妹，你不可這樣想不開！你我兄妹親丁兩個，你要一死，剩我孤身一人，我也無倚無靠。現在有表兄請了靈隱寺濟公活佛前來，他老人家必能救你我兄妹，賢妹你不可再胡思亂想。」說罷一想自己這話，心中一慘，二目落淚。和尚說：「梅成玉、趙斌，你二人出來。」二人說：「師父怎麼樣？」和尚說：「梅成玉，你趕緊去到京營殿帥府見了陸炳文，你就說跟我妹妹商量好了，跟他要白銀千兩，一頭真金首飾，裙衫襯襖，要上等高擺海味席；給這個東西，當時送來，今天晚上就叫他轎子搭人；不給這東西，可不能把姑娘給他。」梅成玉說：「師父，這話倘若他都應允，把東西給了，拿轎子來搭人，那便如何是好？」和尚說：「不要緊，你只管去；他給了東西轎子來，自然有人上轎子。」梅成玉說：「誰上轎子呀？」和尚說：「我看院中不是有一條白狗麼？就叫他上轎子。」

梅成玉說：「那如何能行？」和尚說：「你就別管，我保能行。」趙斌說：「賢弟，師父叫你去你就去，師父他老人家神通廣大，法術無邊，他自有道理。」梅成玉半信半疑，自己這才起身出去。

走到胡同，眾官人說：「梅先生那去？」梅成玉說：「我到京營殿帥衙門見陸大人去。」眾官人說：「是，先生請罷！」梅成玉一直來到刑廷衙門，往裡一回話，陸炳文趕緊吩咐：「有請。」把梅成玉讓到書房，問：「先生來此何幹？」梅成玉說：「我因回家跟我妹妹一商量，他倒願意了，可得要一千銀子，一頭真金首飾，要一套裙衫襯襖，一桌上等高擺海味席；把這東西送了去，今天晚上叫王大人拿轎子搭人；要不給我銀子，那是不行。再說過門之後，他是豪富之家，我沒有錢，這個親戚也走動不了；不給我這些東西，這件事作為罷論。」陸炳文一聽，心中甚為喜悅，說：「只要你願意，要銀子東西現成。先生你回去，隨後我派人將銀子、衣服、首飾、酒席就送了去。」梅成玉這才告辭，回到家中。說：「師父，陸炳文都答應了。」和尚說：「好！」話言未了，有人把銀子東西俱皆送到。和尚說：「擺上酒，咱們喝酒。」梅成玉說：「師父，少時轎子可就來！」和尚說：「你先去買四個叉子火燒，半斤鹹牛肉來，我給白狗吃上轎子飯。」梅成玉立刻到外面，把火燒牛肉買來。和尚說：「家裡有紅頭繩胭脂粉沒有？」梅成玉說：「有！」和尚說：「拿來！」立刻把四個火燒拿上，每個夾上牛肉二兩。和尚說：「趙斌，你先去到錢塘關雇好一隻船，預備好了。梅成玉你趕緊把家中細軟的東西收拾收拾。回頭我打發白狗上轎子一走，隨後趙斌你送你表弟表妹逃走；要不然，白狗一現了原形，他必定還要來拿你的。」趙斌點頭答應。和尚這才把白狗一招手叫過來。羅漢爺這才要施佛法，大展神通，點化白狗變人，報應王勝仙。不知後事如何？且看下回分解。

第一百八十回 娶美人白狗鬧洞房 去官職狹路逢山寇

話說濟公禪師把白狗叫過來，把四個火燒給白狗吃了，白狗搖頭擺尾，前躥後跳。和尚拿紅頭繩把白狗兩個耳兜拴上，又用紅頭繩把白狗的嘴一繫，拿胭脂粉臉上一抹，把裙衫短襖給白狗一穿，把紅繡鞋給白狗後爪一穿，和尚口念「唵嘛呢叭咪吽！」用手一抹白狗的臉。和尚說：「遍體白毛烏嘴，搖頭擺尾發威；晝防門戶夜防偷，主人寒苦不悔；好犬不亂吠，今夜同入香閨；貧僧點化你變蛾眉，要你報應花花太歲。」和尚用法術點化了白狗，趙斌、梅成玉再一看，白狗坐在那裡，真是變了一個千嬌百媚的美人。趙斌、梅成玉二人喜出望外。趙斌先去到錢塘關把船雇好，回來同和尚開懷暢飲。直喝到天有掌燈以後，只聽外面鼓聲喧天，花轎來了。

書中交代：陸炳文給梅成玉派人送了銀子去，隨後他坐轎拿著美人圖，到王勝仙家去。一見王勝仙，陸炳文說：「老師大喜！」王勝仙自從火燒了合歡樓，他只當把美人燒死，心中實深想念，並無一刻忘懷，煩的了不得。今天聽陸炳文一來說大喜，王勝仙說：「我喜從何來？」陸炳文說：「門生我給老師訪著一個美人，已然說妥。這位姑娘有自己畫的行樂圖喜容，老師看了這軸畫，跟人一般不二。」王勝仙打開美人圖一看，說：「世上那有這樣的美人！」陸炳文說：「現在就有，我都給老師辦妥了。乃是青竹巷二條胡同，梅成玉的妹妹，定規今天晚上，拿轎子就替老師娶過來。一見就知道了。」王勝仙他本是酒色之徒，一聽這話，說：「賢契！你這樣替我勞神，我實在抱愧！」陸炳文說：「只要老師能庇護我把竇永衡放了，別丟官職就得了。」王勝仙說：「那倒是小事一段，好辦好辦。」來人擺酒，同陸炳文開懷暢飲。一面遣家人即刻找花轎娶親。只要有錢好辦事，少時就皆齊備，懸燈結綵，鼓樂喧天，花轎奔青竹巷二條胡同來了。

和尚先安置好了，見花轎到門口，和尚把門關上，叫吹打吹打。外面就吹打。和尚說：「吹大開門！工尺上柳青娘，撲粉蝶。」和尚說：「完了！要喜包！」要了無數的包，和尚這才跑進來，叫梅成玉說：「新人上轎，轎子堵門口上，忌生人！」轎夫答應，把轎子搭到門口，和尚攙白狗上了轎。有和尚的法術，治的白狗不能動，在轎子裡坐著；吹吹打打，搭著轎子，來到王勝仙家，有婆子掀簾把白狗攙下轎。王勝仙一看，果然是美人，真白，腳底下真小。拜了天地，王勝仙喜悅非常。一坐帳，桌上擺著成席的酒，大眾讓新人吃。新人也不言語也不吃。大眾瞧著是美人，是有和尚那點法術，治的要動也不能動。瞧這一屋子的生人，他這氣大了，擺著一桌子吃的，也不能張開嘴，白狗淨生氣！直到天有二鼓以後，陸炳文說：「老師請入洞房罷！少時門生也要回去。明天再來道喜。」王勝仙來到屋中一瞧，美人坐著也不言語。婆子要給新人脫衣裳，過來剛一解鈕子，把白狗綑嘴的繩兒碰脫了。王勝仙這個時節，說：「婆子你等去罷。」婆子都退出來。王勝仙趕過去，說：「美人你不必害臊，這乃是人間大道理！你我是夫婦。」說著話，這小子淫心已動，過去一摟白狗，他要跟白狗親嘴。本來白狗正有氣呢，照定王勝仙臉上一嘴，把王勝仙的鼻子咬掉了，白狗也現了原形，把衣裳連咬帶撕，往外就跑。王勝仙疼的亂滾，說：「狗精！」家人嚇的都跑了，也沒人敢攔狗。狗跑之後，才有人把王勝仙的鼻頭子撿起來，趁勢熱血給他粘上；再找陸炳文，陸炳文早已聽見說，跑回衙門，派人再拿梅成玉，已剩了空房子。

王勝仙這件事也瞞不住了，大眾都說這是陸炳文的奸計，安心陷害。王勝仙把這件事一回稟秦丞相，秦丞相勃然大怒，說：「本來我兄弟就無知，陸炳文他還引誘他，這廝深為可恨！」秦相遞摺本一參他，說：「他放走了大盜竇永衡，捕務廢弛，行同市儈，有忝官箴，任意胡為。」聖上旨議下，將陸炳文即行革職，永不敘用。陸炳文雖然革了職，這一任刑廷，他總剩十萬八萬的銀子，他自己帶著夫人少爺小姐，打點行囊褥套，雇駝轎車輛，由臨安起身，回歸南京。這天駝轎車輛正往前走，走到翠雲峰山下，忽然出來數十個嘍兵，把去路擋住。一聲喊嚷：「對面的眠羊孤雁，趁此留下買路金銀，放你逃生；如要不然，叫你等人財兩空。」陸炳文一想，趕緊催馬往前走，拿了一個名片子，說：「你們寨主貴姓？」嘍兵說：「我們大寨主叫笑面貔貅周虎。」陸炳文說：「勞眾位駕，拿我的名片子，就提我是京營殿帥陸炳文，卸任歸家，特意繞道，來給你寨主請安，就說我要借山一行。」嘍兵拿著名片到山上一回稟，周虎、高順、高珍三位寨主彼此盤問，都不認識。竇永衡一聽是陸炳文，不由得怒從心上起，惡向膽邊生，說：「三位寨主既不認識，這可活該，陸炳文是我的仇人，該當今天報仇雪恨。」說著話，竇永衡抄起一把刀來，就要往山下趕奔。笑面貔貅周虎說：「竇兄臺且慢，你跟他有什麼仇？你細細說！」竇永衡就把臨安被他所害之故，從頭至尾一說。周虎說：「既是你跟他有這樣仇，你倒不必下山殺他，他一死也就算完了，那也不算報仇。我倒有個主意，也不必要他的命，我下山把他讓上山來，用好言把他安慰了。我這三個人就說送他一程，把他押到慈雲觀，送到祖師爺那裡去，把他的妻子女兒，叫祖師爺愛給誰給誰。祖師爺那裡有『乾坤所』、『婦女營』，把陸炳文留在那裡，叫他伺候眾人，沒事就打他一頓，零碎挫辱他，比殺他還好。

山寨就煩你們二位給照料，我兄弟三人回頭就把他送了走。」竇永衡一想也好，說：「我見他不見？」周虎說：「你就不必見他了，我下山去見他。」說罷周虎同高順、高珍三人一同下山。

陸炳文正在這裡著急，周虎來到近前，說：「原來是大人駕到，小可未曾遠迎，當面謝罪！」陸炳文趕緊說：「寨主在上，我陸炳文有禮！今日借山一行，改日必來答謝。」周虎說：「大人今天既來到敝山，請至山寨少敘，大人必須要賞臉。」陸炳文心中是害怕，又不敢說不去。三位寨主立刻派嘍兵牽馬上山，同陸炳文來到山寨之內，分賓主落座。陸炳文說：「未領教三位寨主尊姓？」周虎三人各通了名姓，趕緊吩咐擺酒，款待陸炳文。周虎說：「大人這是從那來？」陸炳文說：「我是由臨安城要回金陵上元縣。」周虎說：「今天你我一見有緣，回頭我弟兄三人送大人一程。」陸炳文說：「不敢煩勞各位寨主這樣分心！」周虎說：「大人不必太謙，我三人是要送的。」吃喝完畢，這三位寨主帶著一百嘍兵，送陸炳文走下了翠雲峰，就奔常州府慈雲觀去了。這山上就剩下竇永衡，周堃二人，照料山寨的事情。周堃說：「姐丈！這一來陸炳文可遭報應了，總算他是害人反害己！現在你我弟兄還是怎樣？」竇永衡說：「雖然你我報了仇，但只一件，咱們本是安善良民，守分百姓，被事所擠，擠得無奈，現在已占山落草為寇，終歸你我還得想主意，這恐不是常法。」弟兄二人就在山上過了有五六天，這天忽然有嘍兵上山來報：「回稟寨主，現在山下有一個人，堵著山口大罵，要走路金銀，如不給送下山去，殺上山來，殺個雞犬不留。」竇永衡、周堃一聽，道：「這事可太難了！人家當山大王，講究斷路劫人；這倒有人來找山大王要銀子，真是欺我太甚！」二位立刻抄兵刃，翻身上馬，領嘍兵撞下山來。不知山下要走路金銀之人是誰？且看下回分解。

第一百八十一回　醉禪師書寫忠賢祠　假道姑拍花盜嬰胎

話說竇永衡、周堃二人，氣哼哼來到山下一看，二人趕緊翻身下馬，上前行禮。山下非是別人，正是濟公禪師。二人上前行禮說：「原來是聖僧，你老人家從那來？」和尚說：「我由臨安城要上江陰縣去。」竇永衡說：「師父，你老人家上山罷？」和尚說：「我不上山，你二人在這當山大王哪？」竇永衡說：「我二人無地可投，暫為借山棲身。」和尚說：「竇永衡，你附耳過來！如此這般，這等這樣。」竇永衡點頭答應說：「師父，給你帶點盤費！」和尚說：「我不要，有錢化，我要走了。」和尚告了辭往前走。

這天和尚來到江陰縣地面，眼見一座村莊，村口外那裡圍著許多的人。和尚剛來到近前，內中有人說：「和尚來了，我們領教領教和尚罷！大師父請過來！」和尚說：「眾位什麼事？」內中有人說：「我們這座村莊，有七八十戶人家，有三四輩人，沒有一人認字的，都是目不識丁。」大眾說：「這個事真怪，許是我們這座村莊，犯什麼毛病了！請了一位瞧風水的先生一看，他說我們不供文武聖人之過。供奉文武聖人，就有了文風了。我們村莊，公議修了一座廟，是關夫子、孔聖人，我們大家為了難了，有心說是關公廟罷，又有孔聖人；盡說聖人廟，又有關夫子。這個匾沒法起名。和尚你給起個名，大概你必能行！」和尚說：「我給起名，就叫『忠賢祠』罷！」大眾一聽說：「好！還是和尚高明！你會寫字，就求你給寫塊匾，行不行？」和尚說：「行！」立刻拿了筆來，和尚就寫，寫完了「忠賢祠」的匾。大眾說：「師父，你給寫一副對子！」和尚說：「可以！」提筆一揮而就。上聯是：

孔夫子，關夫子，二位夫子。

下聯是：

作春秋，看春秋，一部春秋。

大眾一看，書法甚佳，文理兼優，無不齊聲讚美。眾人說：「大師父，再求你山門上寫一副對聯！」和尚提筆寫起，山門上寫的是：

天雨雖寬，不潤無根之草。佛門廣大，難度不善之人。

和尚寫完了，眾人說：「這位大師父寫的這麼好，你怎麼的這樣寒苦，這樣髒呢？」和尚說：「眾位別提了，我是叫媳婦氣的。」大眾說：「怎麼叫媳婦氣的？」和尚說：「我娶了個媳婦，過了沒有十天，我媳婦跟人家跑了。我找了半年，把他找回來了。」眾人說：「那就不要他了！」和尚說：「我又要了。跟我在家，過了一個多月，他盡招和尚老道往家裡跑。我說他愛和尚，我賭氣作了和尚，我媳婦又跟老道跑了。氣得我各處找他，找著我決不能饒他。」眾人說：「你媳婦既跑了，你也就不用找他了。你已然是出了家，就在我們這『忠賢祠』住著罷，我們給你湊幾十畝香火地，有你吃的。你在廟裡教書，給你湊幾個學生；你自己一修行，好不好？」和尚說：「不行，我得找他去。」說著話，和尚一抬頭說：「這可活該，我媳婦來了！」大眾抬頭一看，由對過來了一位道姑，長得芙蓉白臉，面似桃花，手中拿著一個小包裹。和尚過去，一把手將道姑揪住，說：「好東西！你跟老道跑了，你當了道姑了！我娶了你，不跟我過日子。我找你這些日子，今日可碰見你了！」道姑說：「呦，你們眾位快給勸勸，我本是自幼出家，我也並沒有男人。和尚是瘋子，他滿嘴胡說！」眾人就趕過來勸解，說：「倒說是怎麼一段事？」和尚說：「他是我媳婦，他跟老道跑了，他當了道姑了。」道姑說：「你們眾位聽，和尚他是那的口音，我是那的口音？和尚他是瘋子。」眾人過來說：「和尚一撒手，叫他去罷。」和尚說：「不行。」大眾好容易把和尚拉開，道姑竟自去了。

和尚說：「你們大眾把我媳婦給放走了，你們就得賠我媳婦。」眾人都以為和尚是瘋子，眾人說：「咱們給和尚湊幾串錢罷。」大眾給和尚湊了兩串錢，說：「大師父，你去吃點什麼罷！」和尚拿著兩串錢，說：「我再找去罷！」說著話，和尚扛著兩吊錢，往前走。來到江陰縣城內十字街，見路北裡有一座卦棚，這位先生正打盹呢。本來這位先生也是不走運氣，由早晨出來，就沒開張，人家別的卦攤，擁擠不動，搶著算卦；他這裡盼的眼穿，連個人都沒有。先生正在打盹，就聽有人說：「來一卦！」先生一睜眼，只打算是算卦的，睜眼一瞧，不是，人家買一掛紅果。先生賭氣，又把眼閉上，剛一閉眼，和尚來到近前說：「辛苦，算卦，賣多少錢？」先生一抬頭說：「我這卦理倒好說，每卦十二個錢；你要算少給兩個罷，給十個錢。」和尚說：「錢倒不少，你給我算一卦，算著我請你吃一頓飯；算不著我把你告下來，我們兩人打一場官司。」先生說：「我給你算著，你也不必請我吃飯；算不著，我也不跟你打官司。」和尚說：「好！你給算罷。」先生說：「你抽一根籤罷。」和尚說：「不用抽，就算一個子罷。」先生說：「那不行，這是十二根籤，是子丑寅卯辰巳午未申酉戌亥，你說子不行，你抽出來才算呢。」和尚說：「我抽也是子。」先生說：「那不行。」和尚說：「你瞧。」用手一抽，先生一看，果然是子。說：「和尚你嘴倒靈了！」先生拿起卦盒，剛要搖，和尚說：「你不用搖，就算個單罷！」先生說：「不搖那不行，分為單折重交。」和尚說：「你搖也是單；不搖也是單。」先生不信，拿起卦盒一搖，倒出來果然是單。和尚說：「你就擺六個單罷。」先生說：「那能淨是單？」和尚說：「你不信你就搖，找事費！」先生連搖了五回，都是單，賭氣不搖了。擺上六個單，說：「這是六沖卦，離而復合。和尚你問什麼事？」和尚說：「我媳婦丟了，你算算找的著找不著？」先生說：「按著卦說，找的著。」和尚把兩吊錢往攤上一扔。和尚說：「我要找著我媳婦，兩吊錢給你，我不要了；找不著我媳婦，我跟你要四吊，我還把你告下來，我們打一場官司。」先生嚇得說：「你也別告我，我也不要你這兩吊錢。」和尚說著話，一抬頭見那道姑又來了。和尚說：「先生真靈，我媳婦來了，這兩吊錢送給你罷。」

和尚趕上前，一把將道姑揪住，說：「你這可別跑了！你是我媳婦，不跟著我，跟老道跑了，那可不行！」道姑說：「你這和尚，瘋瘋顛顛，滿嘴胡說。我跟你素不相識，你為何跟我苦苦作對？」和尚說：「我們兩人就是打官司去。」道姑說：「打官司就打官司。」正說著話，對面來了兩個班頭，說：「和尚，你們二位打官司麼？」和尚說：「打官司。」班頭抖鐵鍊就把道姑鎖上。道姑說：「二位頭兒，你們這就不對，我又沒犯了國法王章，就算我跟和尚打官司，怎麼單鎖我不鎖和尚呢？」班頭說：「我們老爺這裡有規矩，要有道姑跟和尚打官司，淨鎖道姑不鎖和尚。」道姑一聽這話，透著新鮮，其實不是這樣一段事。皆因江陰縣本地面出了兩條人命案，老爺正派差人拿道姑呢。江陰縣有一位班頭，姓黃名仁，他有個兄弟叫黃義，開首飾鋪。弟兄分居另過。這天黃仁要下鄉辦案，家中就有妻子吳氏住著，獨門獨院，三間北房。黃仁要出去辦案，得四五天才能回家，臨走之時，找他兄弟黃義去。黃仁說：「我要下鄉去辦案，這三兩天不能回來，你明天給你嫂子送兩吊錢日用，我回來再還你。」黃義說：「哥哥你去罷！」黃仁走後，次日黃義帶了兩吊錢，給嫂嫂送了去。來到黃仁家中一看，在他嫂子家中，坐著一個道姑，二十多歲，芙蓉白面。黃義就說：「嫂子，我哥哥不在家，你住家裡，招三姑六婆，有什麼好處？」吳氏說：「你管我呢！他又不是男子，連你哥哥他在家，也不能管我。」黃義也不好深說，給他嫂子把兩吊錢留下，自己回了鋪子，一夜就覺著心驚肉跳不安。次日黃義一想：「莫非有什麼事？我哥哥不在家，我再瞧瞧去。」立時又來到他嫂子門首，一叫門，把嗓子都喊乾了，裡面也不答話。左右鄰都出來了，同著黃義把門撬開，進來到屋中一看，嚇得黃義「呀」了一聲，有一宗岔事驚人。不知後事如何？且看下回分解。

第一百八十二回　吳氏遇害奉諭捉賊　濟公耍笑審問崔玉

話說黃義同街鄰人，進到屋中一看，見吳氏在牆上釘子崩著，手心裡釘著大釘子，腿上釘著大釘子，肚子開了膛，腸子肚子流了一地。吳氏懷胎六個月，把嬰胎叫人取了去。黃義一看，趕緊到江陰縣衙門喊了冤。老爺姓高，立刻升堂，把黃義帶上堂來一問。黃義道：「回稟老爺，我哥哥黃仁，奉老爺差派出去辦案，託我照料我嫂嫂吳氏。昨天我給送去兩吊錢，今天我嫂嫂被人釘在牆上，開了膛，不知被何人害死。求老爺給捉拿凶手！」知縣下去驗了屍，穩婆說：「是被人盜去嬰胎紫河車。」老爺這件事為了難，沒有地方拿凶手去。過了幾天，黃仁回來，一聽說妻子被人害了。黃仁補一呈子，說：「素日跟黃義不和，這必是黃義害的。」老爺把黃義傳來，說：「你哥哥說是你害的，你哥哥不在家，你去了幾次？是怎麼一段細情？你要實說！」黃義說：「回稟老爺，我哥哥走後，次日我送了兩吊錢去，見我嫂子家中有個二十多歲的道姑。我說我嫂子不應讓三姑六婆進家中，我嫂子還不願意，我就回鋪子了，覺著心神不定。次日我又去，就叫不開門；進去一看，就被人害了。」老爺一聽有道姑在他家，豁然大悟。前兩天西門外十里莊有一案是夫妻兩個過日子，男人外面作買賣，家裡婦人，頭一天留下一個道姑住了一夜，次日被人開了膛；也是懷胎有孕。左右鄰居都瞧見他留下一個道姑，次日他也死了，道姑也不見了。此案告在當官，尚未拿著凶手，這又是道姑。老爺立刻派馬快訪拿道姑。兩位班頭奉堂諭出來訪拿道姑，故此見和尚這揪著道姑，過來把道姑鎖上，就是和尚不揪著道姑，說打官司，班頭也是拿鎖道姑。

二位班頭，一位姓李，一位姓陳，把道姑鎖上，拉著直奔衙門，和尚隨同來到江陰縣衙門。班頭進去一回稟老爺，說：「有個窮和尚，揪著一道姑，下役把道姑鎖來。」老爺一聽，心中一動，立刻傳伺候升堂，帶和尚道姑。和尚來到大堂之上，老爺一看，趕緊離了座位，說：「原來是聖僧佛駕光臨。」上前行禮，眾官人一看說：「怎麼我們老爺會給窮和尚行禮？」書中交代：這位老爺非是別人，乃是高國泰。前面濟公傳，濟公在餘杭縣救過高國泰、李四明；後來高國泰在梁萬蒼家攻書，連登科甲，榜下即用知縣。故此今天見了濟公，連忙給和尚行禮，吩咐來人看座。和尚在旁落了座。高國泰說：「聖僧因為什麼揪著道姑？」和尚說：「我有五十兩銀子掉在地下，道姑撿起來，他不給我了，我揪著他跟他要，他不給。因為這個，我要跟他打官司。」知縣一聽，吩咐把道姑帶上來。官人立刻把道姑帶上堂，道姑一跪。知縣說：「你是那裡人？姓什麼？叫什麼？」道姑說：「小道是揚州府的人，我姓知叫知一堂，自幼出家，在外面雲遊訪道。」高國泰說：「你為何瞞昧聖僧的銀子？」道姑說：「我並不認識他，和尚滿口胡說。」和尚說：「老爺叫人搜他身上！」老爺立刻傳官媒在當堂一翻，道姑上身並沒有什麼東西。和尚說：「你都翻到了？」官媒一搜道姑的下身，搜出一個包裹來，官媒說：「回稟老爺，他不是道姑，他是個男子！」老爺一聽，勃然大怒說：「你這混帳東西，你既是男子，為何假扮道姑？大概你必有緣故！趁此說實話，免得皮肉受苦。」道姑說：「回稟老爺，我原本是揚州府的馬快，只因我們本地有兩個女賊，越獄脫逃，我出來改扮道姑，所為訪拿女賊。」知府說：「你是辦案的馬快，你可有海捕公文？」道姑說：「沒有。」知縣說：「大概抄手問事，你萬不肯應。來人，看夾棍伺候。」

旁邊官媒打開包裹一看，裡面有油紙包著那三個血餅子，有一個似乎成人形的，有好幾把鋼鉤鋼刀。官媒說：「回稟老爺，這是三個嬰胎，這就是六條人命。」老爺說：「你這東西那來的？」假道姑說：「我撿的，我還沒打開瞧，我還不知是什麼呢！」知縣說：「你撿的，你為何帶在貼身隱藏著？大概你也不說實話。」立刻派人用夾棍將他夾起來，再一看他倒睡覺了。高國泰說：「聖僧，你看這怎麼辦？」和尚說：「不要緊。」當時用手一指，口念六字真言：「唵嘛呢叭𠺗吽！唵敕令赫！」賊人當時覺著夾棍來的凶，疼痛難挨，熱汗直流，口中說：「老爺不必動刑，小人有招！我原本姓崔，叫崔玉，外號叫玉面狐狸。我奉常州府慈雲觀赤髮靈官邵華風祖師爺差派出來，盜去婦人的嬰胎紫河車，配熏香蒙汗藥，我扮作道姑，所為跟婦人不避，得便行事，這是真情實話。」高國泰道：「慈雲觀有多少賊人？」崔玉說：「有前殿真人、後殿真人、左殿真人、右殿真人，有五百多位的綠林，都在那裡嘯聚。」高國泰立刻叫崔玉畫了供，吩咐釘鐐入獄。和尚說：「拿汙穢之物，把他嘴堵上，吃飯時再給他拿出來；不然他會邪術，他能跑了。」大人點頭答應。高國泰退堂，請和尚來到書房。高國泰說：「現在我這裡還有一案，求聖僧指示我一條明路。」和尚說：「什麼事？」高國泰說：「西門外八里鋪出了兩條命案。我下去驗，門窗戶壁未動，兩個被殺，別的東西不丟，失去黃金百兩；我沒驗出道理來，這案怎麼辦？」和尚說：「不要緊！我請兩個人替你辦這案。」高國泰說：「請誰呀？」和尚說：「我把我們廟裡韋馱請來，叫他給你辦這案。」高國泰說：「那行嗎？」和尚說：「行！前者我請韋馱在秦相府盜過五雷八卦天師符。今天晚上在院中擺設香案，我一請就請來。你們可別偷著瞧，要偷著一瞧就瞎眼。」高國泰說：「是！」立刻吩咐家人，預備香燭紙馬。擺上酒在書房，同和尚喝酒。直喝到天有初鼓，外面桌案預備停妥。高國泰說：「聖僧該請了罷？」和尚說：「該請了！你在屋裡，可別出去。」高國泰說：「是！」

和尚來到院中，把香燭點著。和尚說：「我乃非別，我乃靈隱寺濟顛是也。韋馱不到，等待何時？」和尚連說了三遍，只聽高處一聲喊嚷：「吾神來也！」颼颼來了兩個人，說：「羅漢聖僧，呼喚吾神，有何吩咐？」和尚說：「八里鋪門窗未動，殺死了兩條人命，盜去黃金百兩，尊神把凶手給我拿來。」上面一聲答應：「吾神遵法旨。」說罷，竟自去了。高國泰在屋中聽著，心中說這韋馱爺來得真快。書中交代：來者這兩位神仙，非是別人，乃是雷鳴、陳亮。這兩個人原本由前者濟公在天台山法門老仙翁之後，叫孫道全回廟；叫悟禪投奔九松山靈空長老和尚；交給雷鳴、陳亮一封信，叫這兩個人某月某日到江陰縣，晚間在二堂後房上聽招呼。叫這兩個人裝神仙，給和尚捧場。雷鳴、陳亮由頭幾天，就來到江陰縣，在店裡住著，天天晚上到江陰縣衙中來。今天聽濟公說叫他兩個人去給辦八里鋪這案，雷鳴、陳亮一聲答應說：「遵法旨。」二人出了知縣衙門，雷鳴說：「老三！這案怎辦法？」這兩個人頭兩天就聽見說八里鋪這案，門窗未動，兩條命案。雷鳴、陳亮也不知是誰做的。今天濟公叫給辦這案，雷鳴沒有主意。陳亮說：「要探賊事，先入賊伙，我們到八里鋪左右去瞧探去。」雷鳴說：「也好。」二人這才一直來到西門，順馬道上城，用白練套鎖抓住城頭，順繩下去，抖下白練套鎖帶在兜囊。二人施展陸地飛騰往前走，只見眼前一座樹林。二人剛來到樹林，只聽林內一聲喊嚷，怪叫如雷，說：「吾神來也！」雷鳴、陳亮二人抬頭一看，嚇得亡魂皆冒。不知後事如何？且看下回分解。

第一百八十三回　因奇案濟公請神　見大鬼雷陳問盜

話說雷鳴、陳亮正往前走，只聽樹林內一聲喊嚷：「吾神來也！」二人睜眼一看，只見由樹林子出來一個顯大神，身高六丈，頭如麥斗，上頭帶著鳳翅盔，五色的臉膛，五色的衣裳，兩隻眼似兩盞燈相彷，一張嘴由嘴內噴出一股黑煙，起在半懸空，這股煙不散。雷鳴、陳亮大吃一驚。雷鳴說：「這是什麼東西？」二人打算要跑，陳亮說：「二哥且慢，你我弟兄在綠林這些年，可沒遇見過這事。大道邊什麼裝神弄鬼的事可都有；真要是神，他也不能害人。要是妖魔鬼怪，你我跑也跑不了。莫若你我長起膽子，問他一問。」雷鳴說：「對！」二人立刻拉出刀來，一聲喊嚷：「呔！對面你是神，趁此歸廟！你是鬼，趁此歸墳！我二人也是綠林人，也沒做過傷天害理的事情，跟你遠日無冤，近日無仇，你別嚇唬我們！」這個鬼「呀」了一聲，說：「原來是雷鳴、陳亮。」說完了這句話，晃晃悠悠復又進了樹林中。雷鳴、陳亮心裡說：「怪呀，他怎麼知道我二人是雷鳴、陳亮呢？」

兩個人在這裡站著發愣，工夫不大，只見由樹林子出來一人，頭上青壯帽，青綢氅，說：「原來是雷爺、陳爺。」雷鳴、陳亮一看這人，原來是綠林中小伙計姓王，叫王三虎，外號叫雲中火。雷鳴、陳亮說：「原來是王三虎呀，你怎麼幹這個？」王三虎說：「我也是不得已而為之。我就在這江陰縣住家，我家中七十多歲的老娘病著，家裡沒有吃的；我在這裡，雖然裝神，我可不截孤行客，我怕把人家嚇死。

我瞧有兩三個人，我方才出來，也不害人，只要得點財帛就罷了。沒想今天遇見你們二位。」雷鳴、陳亮說：「我跟你打聽打聽，你是這本地人，在這八里鋪，門窗戶壁未動，殺死命案兩條，盜去黃金百兩，你知道這案是誰做的不知？」王三虎說：「這件事我倒知道，你們二位怎不知道？做這案的人，跟你們二位聯盟的拜兄弟呀，也是西川路的人。」雷鳴、陳亮說：「我們拜兄弟裡，沒有甚能為的人。你說是那位？」王三虎說：「這個人是乾坤盜鼠華雲龍的拜兄，叫鬼頭刀鄭天壽，當初他把華雲龍帶出來的，不是跟你二位聯盟的嗎？」雷鳴說：「你知道這個鄭天壽，他在那裡住著？」王三虎說：「他就在這西邊，有個地名叫盆底坑，那裡有座廟，叫大悲佛院。廟裡有兩個和尚，一個叫鐵面佛月空，一個叫豆兒和尚拍花僧月靜，他們雖是和尚廟，可跟常州府慈雲觀的老道是一黨。這廟是慈雲觀的下院，鄭天壽就在那廟裡住著。聽說他們都會邪術，牆上畫個門就能走。」雷鳴、陳亮說：「你帶我們到那瞧瞧去，你只要指給我們就得了。」王三虎說：「可以。」立時到樹林，拿他自己的包裹，帶領陳亮、雷鳴往前走。雷鳴說：「你方才拿什麼弄的那麼大個？」王三虎說：「我拿竹皮子支的架子，假人腦袋，有一個銅筒子，一燒狼糞，就由嘴裡冒出煙來不散。」雷鳴說：「這就是了。」

三個人說著話，來到盆底坑，王三虎用手一指說：「就是這座廟。」雷鳴、陳亮說：「我二人到裡面去探探，你在外面等著。」王三虎說：「就是罷。」雷鳴、陳亮二人這才來到廟界牆，擰身躥上房去，在東配房後房坡爬著望下一瞧，借著月光看的甚真：正大殿頭裡有月臺，月臺上有一張牙桌，桌上擺著茶壺茶碗，旁邊坐著一個大禿頭和尚，黑臉膛，穿著青僧衣，看那個樣子，身軀胖大。就聽和尚那裡叫：「來人！」只見配房出來兩個小和尚，都是長得凶眉惡目，來到月臺前，說：「師父呼喚我等有什麼事？」

就聽那禿頭和尚說：「今日白天這件事，你鄭大叔回來，別跟他提。叫他一知道有錢，他就愛花，勿論有多少錢，到他手一嫖一賭就完了。我是把他恨透了。」兩個小和尚說：「師父心裡既恨他，不會把他攆走了，不叫他住？」大和尚說：「你兩個小孩子，懂得什麼？滿嘴胡說！去亮青字，把那個『溜丁』的『飄兒』摘了，把他一埋，你鄭大叔回家別提。」兩個小和尚一聲答應，到東屋裡拿了一把刀，往後直奔。雷鳴、陳亮在暗中一聽，這是殺人哪！二人就在房上暗中跟隨，只見這座廟是三層殿，兩個小和尚往後走著，這個說：「我說師兄，你瞧咱們才冤呢！分贓沒分，犯法有名！殺人教我們殺去，分銀子一兩也不給咱們。」那個小和尚說：「師弟你別瞎抱怨了！咱們廟裡時常害人，那個月不害幾個？一回也沒有給我們錢呀！」雷鳴、陳亮在暗中聽的明白。

到了第三層院子，雷鳴、陳亮由後面跳下來，每人拿一個，由後面一個「黃鶯拿兔」，把兩個小和尚脖子掐住。雷鳴、陳亮拿刀在小和尚腦袋上一擱，說：「你們兩個人要嚷，當時把你兩個殺了。」小和尚說：「不嚷！二位大太爺饒命！」雷鳴、陳亮說：「我問你們拿刀要殺誰？」小和尚說：「有一位公子姓曾，叫曾三品；離此五十里地，有個曾家集，他是那裡人。今日來到我們廟裡找茶喝，我師父瞧他有一匹馬，褥套裡有銀子，用蒙汗藥把他麻過去，捆上擱在這東跨院北房屋裡，叫我們二人去殺去。」雷鳴說：「這公子的馬匹褥套銀子在那裡？」小和尚說：「在那邊花園子馬棚裡拴著，褥套銀子都沒動，裡面說有三百多兩銀子。我師父怕叫別人知道，都藏在西跨院。」雷鳴、陳亮問明白，手起刀落，把兩個小和尚殺了。

二人來到東跨院北房屋中，用白蠟點著一看，在床上綑著一位文生公子，昏迷不醒。陳亮先把繩扣結解開，在院中找著荷花缸，拿碗取了一碗水到屋中，給這公子灌下去。少時公子還醒過來。陳亮說：「你別嚷，我二人是來救你。你在這廟中被害了！你姓什麼？」這公子道：「我姓曾，我叫曾三品，我原是曾家集的人，今天來到這廟中找茶喝，我也不知怎麼就糊塗了。」陳亮說：「你快跟我們走，給你找你的東西，送你逃命了。」曾三品活動了活動，同著雷鳴、陳亮來到西跨院花園子一找，果然馬匹褥套都在這裡。陳亮說：「你瞧這是你的東西不是？」曾三品一看，銀兩東西一樣不短。雷鳴、陳亮帶著他，開花園子角門，把馬拉出來；又繞到前面，找著王三虎。陳亮說：「你沒走甚好。」王三虎說：「你們二位到廟裡怎麼樣？可曾瞧見鄭天壽沒有？這大的工夫，我甚不放心！」雷鳴、陳亮說：「倒沒瞧見鄭天壽，我二人殺了兩個小和尚，把這位曾公子救出來。王三虎我二人給你十兩銀子，你拿到家去，奉養你老娘。你可得把這位曾公子送到曾家集去。」王三虎說：「就是罷！我謝謝二位大爺！」雷鳴、陳亮說：「不用謝，你們去罷！」曾三品說：「二位恩公尊姓大名？救了我一條命，我一家感念二位恩公的好處！」陳亮說：「我姓陳名亮，這是我二哥雷鳴。我也不必說，你趕緊快走。」曾三品同王三虎二人走後，雷鳴一想：「先回去先把這個禿頭拿了，回頭再拿鄭天壽。」本來雷鳴是個渾人，他想罷，也沒跟陳亮說。二人復又擰身上房，往下一探。這個時節，月臺上那黑臉和尚，正在著急，心中暗恨：「這兩個徒弟實在可恨，這半天還不來，殺一個人這麼大工夫，也不知那裡去了？」正在心中猶疑，忽然間瞧見地下有人影，原來雷鳴、陳亮在東房上，有月亮照的如同白晝一般。和尚一抬頭看，說：「什麼人好大膽量，竟敢在我這屋上？」雷鳴更口快心直，伸手拉刀說：「好囚囊的！雷二爺給你把狗頭砍下來！」說著雷鳴跳下來，擺刀就要過去。焉想到這個和尚會邪術，用手一指，說聲「敕令！」雷鳴翻身栽倒。

陳亮一瞧，雷鳴躺下，立刻一擺刀蹿下來，說：「好賊和尚，我焉能與你善罷干休？你敢傷我兄長！」說著話，剛要過去，和尚用手一指，陳亮也躺下來。和尚說：「好孽障！這是你自來送死，休怨洒家！」立刻伸手拉戒刀。不知雷鳴、陳亮性命如何？且看下回分解。

第一百八十四回　王三虎洩機大悲院　楞雷鳴智捉鐵面佛

話說這凶僧剛要拉刀殺雷鳴、陳亮，偏趕巧這個時節，由房上跳下一人，穿著一身夜行衣靠，紫臉，說：「什麼事？且慢動手！」陳亮一看，是鬼頭刀鄭天壽。陳亮認識他，他可不認識陳亮。陳亮真是見景生情，真伶俐，趕緊說：「鄭大哥麼？」鄭天壽說：「那位？」陳亮說：「我陳亮同雷鳴。」鄭天壽一聽說：「哎呀！這可不是外人！你們二位做什麼來了？」陳亮說：「我二人做買賣來了。」鄭天壽說：「咳！咱們自家，幸虧我來！」趕緊過來，把驗法撤去。把雷鳴、陳亮扶起來，說：「我給二位賢弟見見，這位和尚叫鐵面佛月空。」雷鳴、陳亮彼此趕緊行禮。月空和尚說：「賢弟你打那來？」鄭天壽說：「我今天白天瞧見一個美貌的婦人，我晚上去採花作樂，沒想到我找不著門了。合該總是人家祖上有餘德，不應當失節！我賭氣跑回來，也虧得我回來，我要不來，你這個亂惹大了！這二位是玉山縣三十六友的人，你要給殺了，你想想玉山縣的人答應不答應？」月空說：「這也難怪，我也不認識，事從兩來，莫怪一人。這位雷爺他先要跟我動手的。」鄭天壽說：「得了，不必說了！你我彼此都是自家。雷、陳二位賢弟既來了，我們一同吃酒罷。」月空立刻叫小徒弟收拾菜蔬預備酒。月空他廟裡有四個徒弟，那兩個到後去殺人，這半天沒回來。這兩個小徒弟立刻在廚房收拾酒菜。這個小和尚說：「咱們師兄他們兩人，怎麼還不回來呢？」那個說：「管他做什麼？回頭他們兩人找著要挨打。」

兩個小和尚正說著話，把菜都打點好了。剛要做，雷鳴跑到廚房來說：「你們做什麼菜呢？」兩個小和尚說：「沒做什麼，連葷帶素，打算要配十二樣。」雷鳴眼球一轉，他腰裡有包蒙汗藥，是前者得的單刀劉鳳的，要害濟公，使了幾兩，腰裡還剩下幾兩。雷鳴自己手裡拿著藥，搭訕著說話，用手點指說：「這盤是炒的，這盤是炰的，這樣是拌的。」兩個小和尚也沒留神，雷鳴把麻藥下在菜裡。六樣有藥的，六樣沒藥的。雷鳴記住了，仍出來跟月空、鄭天壽談話。少時小和尚擦抹桌案，就在月臺上把酒菜擺下。雷鳴早記著呢，他就說：「老三你吃這盤，我吃這盤，鄭大哥吃那盤，和尚哥哥你吃這盤，咱們分著吃，別打架，我愛吃的我留下。」和尚同鄭天壽也沒想到菜裡的毛病，以為雷鳴是個爽快人，倒不拘束。焉想得雷鳴把六盤有藥的給鄭天壽跟和尚吃，沒藥的雷鳴同陳亮吃。少時之際，和尚同鄭天壽一吃菜，俱皆翻身栽倒。陳亮說：「這是怎麼回事？」雷鳴哈哈一笑，說：「把囚囊的那麻藥麻躺下了！」陳亮說：「你怎麼擱的？」雷鳴說：「我到廚房去，冷不防給把藥灑上，六樣有藥，六樣沒藥。咱們吃的是沒藥的。」陳亮說：「二哥，真罷了！我佩服你！」立刻先把月空和尚，鬼頭刀鄭天壽綑上，把這兩個小和尚也拿住綑上。雷鳴說：「等天亮開了城，咱們把這幾個賊人解到江陰縣去，交給師父就得了。」陳亮說：「也好。」二人自己弄酒弄菜，又吃又喝。直等到天亮太陽出來，雷鳴，陳亮剛要打算把賊人解了走，忽然見外面進來了兩個班頭，都是頭戴纓翎帽，身穿青布靠衫，腰紮皮挺帶，薄底窄腰鶯腦快靴，帶著有幾十位伙計，來到這裡，說：「二位姓雷姓陳嗎？」雷鳴、陳亮一聽一愣，說：「不錯！二位頭兒貴姓呀？」官人說：「我姓李，他姓陳，我們是江陰縣的。你們二位是濟公的徒弟麼？我們是濟公打發來的，說你們二位在這裡拿住賊了，你把賊交給我們罷。少時濟公就來。」雷鳴，陳亮說：「不錯，我們這裡拿住了一個鐵面佛月空，一個鬼頭刀鄭天壽。」官人說：「咱們押著賊人一同走罷。」手下伙計，剛把兩個賊人抗起來，大眾一同出了廟。只見對面濟公扛著一個和尚來了。

書中交代：和尚昨天住在知縣衙門，今天一清早，跟高國泰說明白，和尚帶著眾班頭出了衙門。和尚說：「眾位頭兒，你們大眾趕奔盆底坑大悲佛院那裡，有一位姓雷的，一位姓陳的，是我兩個徒弟，他們那裡拿住賊了。你們到那去等我，隨後我就到，我還得去辦一樁差事。」眾官人頭裡走了。和尚來到西門裡，路北有一座酒館，和尚進去要了一碟菜，兩壺酒喝著。就聽眾酒座大眾紛紛議論，說：「我們這江陰縣出這樣新鮮事，無故淨丟二十多歲的小伙計；若是小孩丟了，說是拍花❶拍了去；這淨丟大人，莫非也叫拍花的拍了去？街市上都亂了這幾天。聽說有好幾十家丟人的，都告在當官，各處尋找，街上盡是找人的，你說怪不怪？」大眾正在議論之際，只見外面一聲：「阿彌陀佛！」只見由外面進來一個和尚，淡黃臉膛，有二十多歲，手裡托著簸籮，裡面有綠豆，按各桌上抓著施捨，只給三四十顆。

書中交代：這個和尚就是月空的師弟，叫豆兒和尚拍花僧月靜，他這豆兒有麻藥，吃三四十粒不怎麼樣，只要一過五十粒，藥勁一發散開，這個人就得迷糊。他一天只拍一個，不定由那拍，大眾也不理會。他拍了人給慈雲觀送了去，都要年輕力壯的，到慈雲觀就不叫出來。今天和尚又來到酒鋪，打算拍人。按各桌上一給綠豆，濟公說：「才來嗎？」月靜一看是個窮和尚，豆兒和尚說：「早來了？大師父。」濟公說：「我來了半天了。你給我點豆兒吃，可得過五十粒，少了可不行！」豆兒和尚一聽這話一楞，連忙抓給濟公有三十多粒豆子，濟公說：「不夠！」自己伸手就搶了一把。豆兒和尚心裡說：「你一吃就

❶拍花：拐騙小孩或婦女的人。

迷糊！我拍他這瘋瘋顛顛的做什麼？也罷，等他迷糊了，我把他帶出城，沒人的地方，將他推在大江裡就得了。」

心中想著，見濟公把豆兒都吃了嘴裡，自言自語說：「這豆兒怎麼不靈呢？不是五十多顆就行了嗎？我吃了有一百顆還不怎麼樣；你再給我點罷。」豆兒和尚一聽這話，嚇的心裡直跳，恐怕給明說出來，又給濟公抓了一把。心說：「只要把他迷糊過去，省得他滿嘴胡說，壞了我的大事。」濟公又吃了好幾十粒，說：「我吃了有一百五六十粒，還是不行，你再給我吃點。」豆兒和尚趕緊又給抓了一把。見窮和尚吃下去，一打冷戰，兩眼發直，不言語了。豆兒和尚一想，必是迷了，趕緊把濟公酒錢給了，說：「掌櫃的！這是我們廟裡瘋和尚，我把他的酒錢給好了。我帶他走，省得他發了瘋病，打人罵人。」掌櫃的說：「是！」大眾也不理會。豆兒和尚往外走，濟公站起來一聲不言語。隨後就跟了一直出了西門，豆兒和尚心中想要把窮和尚推在江裡就完了。正往前走著，濟公在後面一聲喊嚷：「站著！」把豆兒和尚嚇了一哆嗦，立刻站住，說：「不是迷糊過去了的？」濟公說：「沒有，我為是叫你給我的酒錢。你不是拍花的麼？」月靜說：「你怎麼知道？」濟公說：「我是專門拍花的。」豆兒和尚說：「怎麼你拍花的？」濟公用手一指，口念「唵敕令赫！」豆兒和尚迷糊了。濟公頭裡走，他後頭就跟著。濟公一高興，把他扛起來，走街市上過，路人一看，說：「和尚化緣，有打鑼的，有拉大鎖的，沒見過扛著和尚化緣的。」濟公說：「不開眼，少說話，我們廟裡搬家，大和尚搬運小和尚。」大眾一聽，這倒新鮮。和尚抗著拍花僧，來到盆底坑，正碰見雷鳴、陳亮。眾官人押解著鄭天壽、月空，濟公把月靜也交與官人。雷鳴、陳亮給師父行禮，大眾一同來到江陰縣。高國泰立時升堂，給濟公在旁邊搬了座位。將三個賊人帶上堂來，月空、月靜、鄭天壽，也明白醒過來。高國泰一拍驚堂木，說：「你等姓甚名誰？快說實話！」鄭天壽從頭至尾一說，把高國泰目瞪癡呆。不知後事如何？且看下回分解。

第一百八十五回　解強盜同至常州府　為故友涉險入賊巢

話說高國泰升堂一訊問，這三個賊人，一看已然到了公堂之上，濟公在旁邊坐著，料想不招也是不行。鄭天壽說：「老爺不必動怒，我實話實說。小人姓鄭，叫鄭天壽，我同這兩個和尚，都是慈雲觀祖師爺差派出來，叫我等給他們誆人。」高國泰說：「慈雲觀是怎麼一段事？」鄭天壽說：「慈雲觀有一位老道，叫赤髮靈官邵華風，他有一宗寶貝，叫『乾坤子午混元缽』，那廟裡有五殿真人，有三十二位採藥仙長，三十二位巡山仙長，三十二位候補真人，有熏香會上三百六十位綠林人，在外面有七十二座黑店，五百隻黑船，不久祖師爺要起首，奪取大宋江山社稷。」高國泰一聽就楞了。問說：「我這西門外八里鋪，門窗戶壁未動，殺死兩條人命，盜去黃金百兩，可是你做的？」鄭天壽說：「不錯，是我小人做的，我夜晚去竊盜，他瞧見一嚷，被我將他殺死。」高國泰又問兩個和尚，這兩個人亦都實話實說了。高國泰當時吩咐把他三個人釘鐐入獄。和尚旁說：「老爺你別要把他們入獄，這幾個賊都會邪術，要跑了你也擔不起。我和尚所為常州府慈雲觀這件事來的。你趕緊坐轎，我和尚幫你解到那常州府去，連假道姑崔玉一並。你把差事交到上憲，就沒你的事了。」高國泰說：「甚好！」

立刻傳兩頂轎，給雷鳴、陳亮備兩匹馬，手下官人，俱各帶了兵刃，把四個賊人帶上手銬腳鐐，裝在車上，前後有人把著。高國泰先請和尚上轎，和尚一上轎，把轎底蹬掉了，高國泰也不知道。上了轎，抬轎的也沒瞧見，搭起轎子走，和尚在轎子裡跟著跑。街上人一瞧，道：「這可新鮮！四個人搭轎子，怎麼十隻腳呀？」大眾直嚷，高國泰在轎子裡坐著，聽著草鞋「梯拖梯拖」直響，趕緊吩咐住轎。高國泰下了轎一瞧，和尚在轎子裡露著兩隻腳。高國泰說：「聖僧，這是怎麼一段事？」和尚說：「你真寃苦了我，難為老爺這兩隻厚底靴子，會沒把靴子頭跑破了！我瞧還沒有走著舒服，跑快了頭裡擋著，跑慢了後頭兜著，累了我一身汗，我可不坐這轎子。」高國泰一看和尚坐的轎子沒有底，說：「這是那的事？你們這些轎夫混帳！」眾轎夫說：「我們也不知道，怪不得抬著真輕呢！」高國泰說：「快來給聖僧換馬。」立刻有人給和尚拉過馬來。和尚騎上馬，大眾押解差事，來到常州府。有人往裡一回稟，提說：「江陰縣知縣同濟公押解四個叛逆前來稟見。」知府一聽是濟公，趕緊吩咐：「有請！」這位知府本是新由紹興府調過來的，就是顧國章顧大老爺。前者濟公在白水湖捉妖見過，故此今天趕緊有請。高國泰同濟公帶著雷鳴、陳亮來到裡面，一見顧國章，彼此行禮。高國泰回稟上憲，把公事交代清楚。顧國章說：「貴縣先請回衙辦公。」高國泰告辭去了。

顧國章說：「聖僧四位門徒，那兩位呢？」濟公說：「那兩個人沒跟我來，老爺升到這裡，貧僧特來道喜。」顧國章說：「聖僧說那裡話來？弟子倒是常想念聖僧。」和尚說：「老爺升了這常州府，聲名如何？」顧國章說：「我自己也不知道。」和尚說：「在你該管地面，有無數的邪教叛逆嘯聚，不久就要起事，你還不趕緊責拿？將來要一起首，你的地面擔的了麼？」顧國章說：「弟子一概不知，那裡有反叛？聖僧指示我一條明路！」和尚說：「常州府正西，平水江臥牛磯，有一座慈雲觀，有一個老道，叫赤髮靈官邵華風，他招聚了無數的賊人，在外害人誆人，將來不久就要造反。」顧國章說：「這話當真？」和尚說：「你把這幾個賊人帶上來一問，你就知道了。」顧國章立刻傳伺候升堂。吩咐把江陰縣解來的賊人帶上來。立刻將四個賊人帶上公堂，顧國章說：「你等都是那裡人？」四個賊人各道名姓，鬼頭刀鄭天壽說：「回稟大人，我四個人都是一處的，都是慈雲觀祖師爺差派出來的。」顧國章說：「慈雲觀共有多少人呢？」鄭天壽說：「要說人多，難以盡述。淨說有能為的，就夠好幾百。有五殿真人，有三十二位綠林仙長，三十二位巡山仙長，三十二位候補真人，三百多綠林人在薰香會的。外有七十二座黑店，五百隻黑船，人是多了沒有數。」顧國章一聽，說：「聖僧，這件事可怎麼辦？賊人勢派大了！」和尚說：「太守，你不必著急，我和尚所為這件事來的。」正說話，只聽外面一聲喊嚷：「無量壽佛！」手下官人上來回稟，說：「外面來了一個老道，來找濟公長老。」顧國章說：「什麼人？」和尚說：「要辦慈雲觀這件事，就應在此人身上。」

書中交代：來者是誰呢？這內中有一段隱情。只因前者濟公捉拿華雲龍之時，有玉山縣的兩個人，追風燕子姚殿光，過渡流星雷天化，這兩個人在半路上要搶劫差事，打算要救華雲龍，沒救了。後來一訪問，才知道華雲龍在臨安城為非作惡，鏢傷三友，種種不法，罪大惡極！姚殿光說：「雷賢弟，你我不必管了！」二人這天走在鮑家莊，雷天化說：「兄長，你我瞧瞧鮑二哥去！」這鮑家莊住著一位綠林人，叫矮月蜂鮑雷，也在玉山縣三十六友之內。姚殿光、雷天化二人，這天來到鮑雷的門首，一叫門，由裡面老管家鮑福出來了。認識這兩個人，鮑福連忙行禮，說：「原來是姚爺、雷爺，一向可好？」姚殿光說：「承問承問，你家大爺可在家裡？」鮑福說：「二位休提，我家大爺提不得了。」姚殿光說：「怎麼？」鮑福說：「你們二位不知道，我家大爺歸了慈雲觀，竟直是瘋了。永不回家來，把老太太也想病了。我去找他去，我家大爺說的真不像話，他道他已然出家了，要成佛做祖，不管在家的事了。勸他不行，連家都不要了。現在老太太病的甚利害，想我家大爺想病的。」姚殿光、雷天化二人，一聽說：「這事可新鮮，我們到裡面瞧瞧老太太。」管家說：「好。」立刻帶著姚殿光、雷天化來到裡面，一見鮑老太太在床上躺著，病體沉重，形容枯槁。姚殿光、雷天化說：「老伯母，你老人家這是怎麼了？小姪男二人來瞧你來的！」

老太太一翻眼，看了一看，原來是兒子兩個拜兄弟。老太太二目垂淚，咳了一聲，說：「老身是不行了！家裡沒有德行，你鮑二哥歸了慈雲觀瘋了，家裡老娘妻子他都不要了，你們看這可怎麼好？我跟前又沒有三個兩個，就是他這一個忤逆子；他把家抛了，我鮑氏門中斷絕了香煙；我這病是好不了。」姚殿光、雷天化一聽，這話可慘，說：「我鮑二哥他素常是個明白人，怎麼會做出這樣事來呢？老伯母不要傷心，我二人去找我鮑二哥去。我們見了他，勸勸他，把他勸回來就得了。」老太太說：「你二人真能把他勸回來，我燒高香，我的病還許好得了。」姚殿光說：「伯母請放寬心，我二人自有道理。鮑福，你來告訴我們說，你家大爺在什麼地方住著？」管家說：「在常州府正西平水江當中，有一座山叫臥牛磯，那一座山上有廟叫慈雲觀，那廟裡有一個老道叫赤髮靈官邵華風。你們二位去，不定進得去進不去；再說就滿打見著我家大爺，也未必你們二位能勸的了他。他說他現在封為鎮殿將軍了，誰勸他那算白說。」姚殿光說：「瞧罷！我二人盡力所為，實在不行，那也無法。」二人當時告辭，出了鮑家莊。二人盡其交友之道，順大路趕奔常州府而來。這天正是前走，只見對面來了一個人，騎著一匹白馬，鞍蹬新鮮，看這人頭戴粉綾緞軟帕包巾，身穿粉綾緞團花大氅，衣服鮮明。來到近前，滾鞍下馬，過來行禮，說：「原來是雷爺、姚爺！」姚殿光二人睜眼一看，「呀」了一聲。不知來者是誰？且看下回分解。

第一百八十六回　逢賊黨述說慈雲觀　入虎穴有意找盟兄

話說姚殿光、雷天化正要奔慈雲觀，在道路上碰見一個騎馬的，這人下馬，趕上前一行禮。姚殿光、雷天化二人一看，認識這個人，原來當初是綠林中採盤子❶的小伙計，姓張叫張三郎，外號叫雙鉤護背。今天姚殿光一看，說：「張三郎，你發了財了！你在那住著呢？」張三郎說：「我現在慈雲觀呢，當五路的都催牌。」姚殿光說：「你在慈雲觀，我跟你打聽個人，你可知道？」張三郎說：「不用說，你們二位必是打聽矮月蜂鮑雷，對不對？」姚殿光說：「不錯，你怎麼猜著了？」張三郎說：「我知道你們二位是跟鮑雷拜兄弟，我常聽鮑爺說你們二位。」姚殿光說：「他此時在慈雲觀，是怎麼一段事？」

張三郎說：「人家這個時節，位分大了，在慈雲觀封為『鎮殿將軍』，你們二位要去找他，我告訴你們，二位可別由前山進去。前山牛頭峰山有鎮南方五方太歲孫奎，帶著四員大將鎮守；你們也進不去，找人也不行。要去，奔臥牛磯的後山。這座山頭，裡占六里，北面寬有十二里，你們二位順著平水江一直往西，過了桃花渡口，有一座孤樹林，那裡靠著有一隻小船，有四位該值的頭目，專伺候我們『合字』綠林的人。你們二位到那一捏嘴，一打胡哨，他就過來。你們一上船，不用說話，他就把你們渡到臥牛磯後山碼頭去了。有二十多里的水面。你們下了船，愛給多少錢給多少，他也不爭競；不給錢都行。那

❶ 採盤子：江湖術語。指探路偵察之意。

山坡上有幾間屋，你們要坐坐喝茶都行。要上山一直往南，瞧見東西的一道界牆，高有一丈六，沒有門。你們二位躥上牆去，可別往下跳，地下瞧著是平地，可盡是削器埋伏；你們站在牆上，看裡面有五個亭子，離一百二十步遠一個，瞧當中亭子，有一塊汗白玉，你們二位跳在汗白玉上。走當中那一條小路，可別走錯了。一直往南，有三間穿堂的過廳，那屋裡有桌椅條凳，也沒人看著。只要你們往椅子凳子上一坐，那就有人來。凳子椅子都有走線，綠林人買熏香蒙汗藥，都在那裡買。找人有人來給通知，外人也不知道，也進不去，到不了那裡；生人進去，就叫埋伏拿住。你們二位記住了，去找鮑雷去罷。咱們回頭見！我辦公事去！」姚殿光、雷天化一聽，心裡說：「好險要的地方，幸虧有人告訴明白，要不知道前去，就得鬧出亂來！」姚殿光說：「張三郎你上那去？」張三郎說：「我當五路都催牌，是咱們『合字』各處的催餉傳信，都歸我辦。」姚殿光說：「你去罷。」張三郎上馬去了。

姚殿光說：「雷賢弟，你聽慈雲觀這點勢派大了，大概必是要造反？」雷天化說：「咱們到那瞧瞧。見著鮑二哥，能勸得了更好；實在勸不了，那也無法，你我盡到心了。」二人說著話，過了桃花渡口，打聽來到孤樹林，一看，果然有隻小船靠著。二人一打胡哨，由船裡出來四個水手，說：「『合字』嗎？」姚殿光說：「合字。」水手說：「上船罷。」二人立刻上了船，當時撐船就走。一直往南，來到臥牛磯山坡碼頭靠了船，姚殿光掏了一塊銀子給了水手，真是並不爭競。二人下了船，順著山道上山，往前走了三里之遙，見東西的一道界牆，高有一丈五六。二人躥上牆去一看，裡面地甚為寬闊，果然有五個亭子。二人奔當中亭子躥下去，走正當中小路。往前走了有半里之遙，抬頭一看，是三間穿堂的過廳。屋裡有三張八仙桌，有椅子杌凳，並沒有人。就在凳子上一坐，只見穿堂南院，有東西配房，由西房屋中出來了一人，頭戴翠藍六瓣壯士帽，身穿藍箭袖袍，三十多歲，兩道細眉，一雙三角眼，一臉的白斑。來到過廳，說：「二位來了？」姚殿光說：「辛苦辛苦！」這人說：「二位貴姓？」姚殿光說：「我姓姚，他姓雷，未領教尊駕貴姓？」這人說：「我姓甘，名叫露渺，二位尊字大號，怎麼稱呼？」姚殿光、雷天化，各通了名姓。甘露渺說：「久仰久仰！二位是來此買熏香蒙汗藥，是有別的事？」姚殿光說：「我們到這裡來找人，有一位矮月蜂鮑雷，他在這裡？」甘露渺說：「不錯。」姚殿光說：「煩勞尊駕，傳稟一聲，就說我二人前來找他。」甘露渺說：「是。二位在此少候，我去給通稟。」說罷，仍轉身出去，奔西廂房。

工夫不大，只見由西廂房出來了四個道童，都在十四五歲，都是髮挽牛心，插著金簪，藍綢子道袍，手裡打著金鎖提爐。再一看有四個人搭著一把椅子，上面坐著是矮月蜂鮑雷，頭上紫緞色六瓣壯士帽，上按六顆明珠，鮑雷原本是五短身材，身高五尺，田字體，紫臉膛，粗眉環眼，身上穿著藍色綢箭袖袍，腰繫鵝黃絲鸞帶，薄底靴子，閃披一件紫緞色團花大氅。來到穿堂過廳，姚殿光、雷天化一看鮑雷大模大樣，二人忙上前行禮，說：「鮑二哥一向可好？」見鮑雷大不似從前，見了故友，並沒有一點親熱的樣子。說：「原來是你二人，來此何幹？」姚殿光說：「二哥，我二人是由鮑家莊來，我二人原本是去瞧看兄長，聽說兄長沒在家，老太太想你想的病了，甚為沉重；我二人特意找你。你還不到家裡去瞧瞧老太太去。」鮑雷說：「你二人真胡說，我已然出了家，不管在家的事了！」姚殿光說：「兄長你是個明白人，怎麼這樣糊塗了？老娘乃生身的母親，你莫非不要了？」鮑雷說：「我已然出了家，不久要成佛做祖，不管他們在家的事了。」姚殿光說：「兄長你不回家，家中嫂嫂豈不守了活寡？再說也沒人照應！」鮑雷說：「那是陽世三間搭伙計，不算什麼。」姚殿光說：「哥哥你這話是瘋了麼？至親者莫過父子，至近者莫過夫婦；嫂嫂你也不要了，孩子你莫非也不要了？」鮑雷說：「咳，那是討債鬼，什麼叫兒子！你兩個人全不懂。」姚殿光、雷天化一聽，這番不像話。說：「二哥，你在這裡有什麼好處呢？兄長自己不要胡鬧！依我二人說，兄長別想不開，還是回家去罷。不然，老太太想你，病越想越利害。」鮑雷說：「你二個人滿嘴胡說，我不久就要成仙得道，誰管他們這些事情？」姚殿光說：「世上神仙自有神仙做，那有凡夫俗子做神仙的？」鮑雷說：「就做了神仙，不信，你跟我去瞧瞧！」姚殿光、雷天化說：「可以！我二人開開眼，瞧瞧你在這裡怎麼成仙？」

鮑雷吩咐從人，帶著姚殿光、雷天化二人奔西配房，也是穿堂門。鮑雷仍坐著椅子，四個人搭著。曲曲彎彎，走了許多的門，來到一所院落，是四合房，來到北中房屋中落座。姚殿光說：「這地方就是住神仙的麼？」鮑雷拿出兩粒丸藥來，說：「給你兩個人，每人一顆仙丹吃了，能化去俗骨。」姚殿光說：「我們不吃！」鮑雷說：「你二人既來了，不用走了，祖師爺早就提說，叫我約玉山縣眾朋友。今天你們自己來了，這也倒好。」姚殿光說：「你不必，你瞧著這裡好，我不願意；你不聽勸，我們要走了。」鮑雷說：「你兩個人那裡走呀？這廟裡只許往裡進人，不許往外出人。前番有秦元亮來找我，我不叫他走，他一定要走，被我把他拿住。我念其朋友之道，沒肯殺他，幽囚起來。那時他應了歸降，我把他放開。你兩個人要不知自愛，少時我也把你兩個人幽囚起來了。」那姚殿光、雷天化一聽這話，氣往上撞，說：「鮑雷，你太不懂交情。我二人來找你，是番好意。你歸了慈雲觀，連父母都不要了，為人子不孝，為臣定然不忠；為兄弟不義，交朋友定然不信！你還叫我們歸降？凡事得兩廂情願，我不願意歸你。」說著話，兩人站起來就走。鮑雷哈哈大笑，說：「沒人帶著你兩個人，焉能出得去？」話言未了，姚殿光、雷天化走到削器上，被絆腿繩絆倒，鮑雷吩咐手下人綑縛。這兩人氣得破口大罵。大約二位英雄難得活命，且看下回分解。

第一百八十七回 劉妙通有心救好漢 濟長老寫信邀英雄

話說姚殿光、雷天化二人被獲遭擒，二人氣得破口大罵。鮑雷吩咐叫人看守著他，立刻回稟了正殿真人赤髮靈官邵華風。立刻同了前殿真人長樂天、後殿真人李樂山、左殿真人鄭華川、右殿真人李華山，五殿真人升了座位，手下一干眾人，都在兩旁邊排班站立。邵華風吩咐將姚殿光、雷天化搭上來。這兩個人綑著，來到大殿前一看，見上面坐定五位真人，前頭有十六個道童，打著金鎖提爐，真是香煙繚繞。兩旁站著無數的老道，也有俗家，高高矮矮，胖胖瘦瘦，老老少少，面分青紅赤白紫綠藍，都是四野八方的山林海島的盜寇。正殿真人邵華風口念「無量壽佛」，說：「姚殿光、雷天化，你二人休要執迷不悟，山人奉佛祖牒文，玉帝敕旨，降世凡間，所為急救黎民於水火之中。大宋國氣數已終，山人乃應天順人。你兩個人跟山人有一段俗緣，奉佛派天差，你二人臨凡，保護山人，共成大業。將來山人南面稱孤，你二人都是開疆闢土的功臣，列土分茅的大將。」姚殿光、雷天化二人一聽，氣得顏色更變，破口大罵，說：「好妖道！你既是出家人，就應當奉公守分，跳出三界外，不在五行中；一塵不染，萬慮皆空；掃地不傷螻蟻命，愛惜飛蛾紗罩燈。出家人以慈悲為門，善念為本，無故妖言惑眾，蠱惑愚民；在這裡占山落草。亂臣賊子，人人得而誅之！你家大太爺，乃是堂堂正正英雄，烈烈轟轟豪傑，豈能歸降你等這些叛逆？不久皇上家天兵一到，把爾等全皆拿住，碎屍萬段，刨墳滅祖，死後也落個罵名千載！你家大太爺既被拿住，殺剮存留，任憑於你！」

這兩個人破口一罵，邵華風氣得哇呀呀怪叫，說：「眾位，此事該當如何？」旁邊有一人叫單刀太歲周龍說：「祖師爺，這兩個人還留著他？他毀謗你老人家，還不速將他兩個人結果了性命！」邵華風立刻吩咐來人：「將他拉到後面去，給我梟首號令。」旁邊過來一位老道叫董太清，他從前原本是要陷害王安士，也沒害成，自己廟也燒了，他投奔到慈雲觀來。邵華風封他為後門真人，把守慈雲觀的後門。今天董太清說：「祖師爺要把他兩個人殺了，豈不便宜他？往後誰只要拚出一死，就敢罵祖師爺了！要依我，把這兩個人交給我，到後面把他們剮了。再說這兩個人是玉山縣三十六友之內的，跟雷鳴、陳亮是拜兄弟。我師兄張太素，死在雷鳴之手，我今天把他兩個人淩遲了，也算給我師兄報了仇。」邵華風說：「既然如此，就派你將他二人結果了性命，隨你自便。」董太清吩咐手下人搭著走。旁邊過來一個老道，說：「董道兄，單絲不線，孤樹不林；我也跟玉山縣的人有仇，我幫你將他二人剮了。」董太清一看，這說話老道是劉妙通。董太清說：「劉道兄，你怎麼跟玉山縣的人有仇？」劉妙通說：「你師兄張妙興，五仙山祥雲觀被他們燒了；我們師父華清風，被濟顛和尚所害，我正想報仇雪恨。」董太清說：「好！你我二人去結果他等的性命。」說著，有人攔著頭裡走。董太清、劉妙通跟隨，來到西跨院，將姚殿光、雷天化放在地下。董太清拉出寶劍說：「我來殺！」往前趕奔，剛一舉寶劍要殺姚殿光，他的寶劍尚未落下去，劉妙通由後面手起劍落，把董太清的人頭砍下來，隨後用寶劍將這二人繩扣挑開。劉妙通說：「你二人快跟我走！」姚殿光、雷天化也並不認識劉妙通，二人跟著他來到後面，躥出界牆，來到後山江岸，幸喜小船在這靠著。劉妙通同姚殿光二人上了船，船上的人以為是慈雲觀的人，也不盤問。劉妙通催船快走。姚殿光說：「祖師爺你老人家貴姓？」劉妙通說：「此時沒有說話的工夫，下了船有什麼話再說。」小船剛來到岸北，下了船，只聽慈雲觀亂起來了。

原本是劉妙通把董太清一殺，早有人報與邵華風。邵華風派七星道人劉元素、八卦真人謝天機兩個老道，急速連劉妙通一並拿回來。這兩個道人，都有妖術邪法，就隨後追趕下來，相離也不甚遠。兩個老道手中仗劍喊嚷：「劉妙通慢走！」這個時節，姚殿光、雷天化說：「了不得了！要跑不了！」劉妙通說：「你兩人把眼閉上。」這兩個人就把眼閉上。劉妙通帶著兩個人，駕起趁腳風，往下一逃。好容易聽後面沒了聲音，大概是離遠了，不追了，三個人這才止住腳步。姚殿光、雷天化這才跪倒給劉妙通行禮說：「多虧祖師爺你老人家救命！未領教仙長怎麼稱呼？」劉妙通說：「我姓劉叫劉妙通，我原是五仙山祥雲觀的，只因我師兄張妙興不務正道，無故興妖害人；前者濟公到餘杭縣搭救高國泰之時，把我師兄用火燒死，連廟也燒了。我師父九宮真人華清風也不是好人；要鍊『五鬼陰風劍』，被雷擊了。我倒不敢做為非之事，在外面遊方，來到這慈雲觀掛單；不想遇見這些反叛，把我留下，也不叫我走了。今天我看你們二位倒是英雄，又是玉山縣三十六友的人，故此我趁此機會，把二位救出來。我有個朋友，叫聖手白猿陳亮，你二人可認識？」姚殿光說：「陳亮是我們拜兄弟，怎麼不認識？」劉妙通說：「這提起來，你我不是外人了。你我一同奔常州府罷。」姚殿光、雷天化二人點頭答應，三人一同來到常州府，打算找一座店住下，盤桓幾日。焉想到來到常州府城裡，就聽得市上紛紛傳說，言濟公長老在知府衙門拿了慈雲觀幾個賊人，要幫著知府老爺辦這件事，大概這個亂不小。劉妙通一聽說：「這可活該，原來濟公長老來了！我算計這件事，濟公就得來，非他老人家辦不了。二位，我們一同見見濟公去好不好？」姚殿光、雷天化說：「好！我二人前者為華雲龍，無意把濟公得罪了。他老人家既在這裡，我們一同去拜訪聖僧去。」三人一同這才到知府衙門。

劉妙通口念「無量佛」，說：「煩勞眾位到裡面通稟一聲，就提我叫劉妙通同姚殿光、雷天化前來拜見濟公。」當差人往裡一回稟，知府顧國章說：「聖僧是誰來找你？」和尚說：「雷鳴、陳亮出去把他們讓進來。」雷鳴、陳亮二人來到外面一看，都認識，連忙行禮。姚殿光說：「陳、雷二位賢弟，在這裡甚好！」陳亮說：「三位請裡面去罷，濟公在這裡。」大眾一同來到裡面。劉妙通、姚殿光、雷天化給和尚行禮，見過知府。劉妙通說：「聖僧你來了好，現在這個亂大了！」和尚說：「你不用說，我都知道。你三個人來了好，我煩你三個人辦點事。」三人說：「師父有什麼事？只管吩咐！」和尚要過筆來，寫了字柬，拿了一塊藥，說：「姚殿光、雷天化，你二人先去陸陽山蓮花塢，請金毛海馬孫得亮、火眼江豬孫得明、水夜叉韓龍、浪裡鑽韓慶，叫他四個人急速前來，幫著我辦慈雲觀。然後你二人拿我這塊藥，照我這字柬行事。」姚殿光、雷天化二人點頭，即刻告辭。知府顧國章說：「二位壯士，何妨吃杯酒再走？」姚殿光說：「大人不必費心，回頭再見。」這二人竟自告辭去了。和尚說：「劉妙通，你趕緊趕奔八卦山松陰觀，請坎離真人魯修真前來，這件事非他來辦不可。」原來邵華風當初他是魯修真的徒弟，他盜出「乾坤子午混元缽」，來到這慈雲觀，又拜馬道玄為師。劉妙通也遵命去了。顧國章說：「聖僧，這件事賊人勢派太大了，甚不易辦！」和尚說：「等孫得亮他們四個人來，先把賊人的五百隻截江賊船破了要緊。水面的賊人甚為猛烈，官兵不習水戰；先破了賊人的船，然後再調官兵，我幫你破慈雲觀。」和尚在衙門住著。過了幾天，這天有人進來回稟：「外面來了四個人，求見聖僧。」和尚哈哈一笑。這幾個人一來，要破慈雲觀易如反掌。不知後事如何？且看下回分解。

第一百八十八回　四雄奉命探長江　妖道施法捉俠義

話說濟公禪師在知府衙門等候，這天有人回稟，外面來了四個人求見，和尚吩咐讓進來。工夫不大，只見由外面進來了四位英雄。顧國章抬頭一看，頭一位：這人身高七尺以外，細腰扎背，頭上戴銀紅色六瓣壯士巾，上按六顆明珠，迎門一朵素絨球，禿禿亂晃，鬢邊斜插一枝守正戒淫花，身穿一件銀紅色箭袖袍，腰繫鵝黃絲鸞帶，薄底靴子，閃披一件西湖色英雄大氅，面似淡金，粗眉大眼，準頭端正，頦下無鬚，正在英雄少年；這位正是金毛海馬孫得亮。第二位：頭戴粉綾緞六瓣壯士冠，上按六顆明珠，也是插著戒淫花，身穿粉綾綢窄領瘦袖箭袖袍，周身走金線，踏金邊，上繡三藍牡丹花，腰繫絲鸞帶，套玉環，佩玉珮，單襯褉，薄底靴子，外罩一件粉綾緞英雄大氅，周身繡團花朵朵，面似銀盆，雅如美玉，雙眉帶煞，一雙金眼疊暴；這位是火眼江豬孫得明。第三位：翠藍褂，也是壯士打扮，淡黃的臉面，細眉朗目；這個就是水夜叉韓龍。第四位：穿青皂褂，身高九尺，正如半截黑塔一般，粗眉環眼；這位就是韓慶。知府一看，這四個人都是一表非俗。和尚說：「四位來了？」這四個人連忙行禮，說：「聖僧久違少見！」和尚說：「四位坐下。」四個人見過知府、雷鳴、陳亮，彼此敘禮已畢，眾人告了坐。

和尚說：「你們四個人來了甚好，我和尚特為請你四個人，有事奉煩。」孫得亮說：「我四個人也聽見姚殿光、雷天化提了，皆因慈雲觀的事情。聖僧有何吩咐？叫我四個人做什麼？聖僧只管說，我等萬死不辭！」和尚說：「別的不用你們，就是臥牛磯前山牛頭峰下，有賊人的船五百隻，你四個人能把『攔江絕護網』、『滾龍擋刀輪』船隻給毀了，就算你等奇功一件。這件事別人辦不了，就煩你四個人給辦這件事。」金毛海馬孫得亮等四人點頭答應，說：「聖僧吩咐，這乃小事，我四人這就告辭！聖僧聽信罷！」四個人立刻出了知府衙門，找了一座酒飯館子吃了點飯；候至天黑了，給酒飯帳，四個人出來。一直順江岸往西離臥牛磯不遠，四個人把水師衣靠打開，把白晝衣脫下來，用包裹包好，拿油綢子一裹，繫在腰間。四個人都換上分水魚皮帽，日月連子古水衣水靠，油綢子連腳褲，香河魚皮岔，收拾停妥，順江岸落水。四個人浮水往前走來，到牛頭峰以前，抬頭一看：這座山口，座北衝南，東西兩座牛頭峰，其形似牛角一般，東西兩座水師營，正當中有浮橋，都是明分八卦，暗合五行。晚間有燈籠分為五色，按著東方甲乙木是藍燈籠；西方庚辛金是白燈籠；南方丙丁火是紅燈籠；北方壬癸水是黑燈籠；中央戊己土是黃燈籠。就聽裡面來往有人巡更走籌，梆鑼齊發。金毛海馬孫得亮、火眼江豬孫得明、水夜叉韓龍、浪裡鑽韓慶，四人看夠多時，見這些船隻，緊抱山跟以下；要由山裡出來人，也得坐船，過浮橋大關；由外面進去，船也得由這裡過。

四個人沉身落水，睜睛一看，當中水寨門以下，當中有「攔江絕護網」，兩旁邊有半魚頭的「刀輪」，要有會水的人，由水面一鑽，就被「攔江絕護網」拿住；要碰在刀輪上，輕則就得受傷，重則就得廢命，非得從此走過不去。金毛海馬孫得亮看明白，他手中使的是一口摺鐵鋼刀，能夠斬釘剁鐵。孫得亮一看那網，是絨繩做的，慢說是人，連大魚都拿的住。孫得亮慢慢用刀，把「絕護網」割了一個大窟窿。四個人俱都鑽過去，鑽上水來露著半截身一看，貼著船往前直奔。孫得亮說：「三位賢弟，今天濟公派我們這點小事，他老人家永沒求過你我。前者搶劫差船，被他老人家拿住，聖僧有好生之德，復又把你我放了，總算待你我恩重如山。現在我們幾個人，淨把賊人的船壞了，這點小事，不算露臉。一不做，二不休，今天我們倒得努努力，既來到賊巢，把赤髮靈官邵華風的人頭帶回，也叫濟公長老看看，不枉你我幾個人來一場。」孫得明三人點頭，說：「咱們瞧事做事罷。」四個人在暗中瞧探，各船上竊聽。抬頭一看，見有一隻大船在當中，上面有大黃燈籠，上面寫著一個「孫」字。四個人料想這必是中軍。來至切近，隔著窗戶往裡一看，裡面燈光明亮，正當中坐定一人，頭戴紫色緞六瓣軟帕巾，身上穿紫箭袖袍，腰繫絲鸞帶，外罩紫色緞一件團花大氅，紫紅的臉膛，長得凶眉惡目，一臉的怪肉橫生，押耳黑毛。傍邊坐定一人，頭上青壯帽，皂色緞箭袖，黑臉膛，濃眉大眼，花白的鬍鬚。書中交代：這個紫臉的，就是鎮南方五方太歲孫奎；這個黑臉的，叫淨江太歲周殿明，兩個人正在談話。就聽周殿明說：「孫大哥，今天祖師爺傳下諭來，你可知道？」孫奎說：「甚諭？」周殿明說：「常州府衙門對門，有一座五福居，那是咱們慈雲觀開的；常州府衙門有什麼事，酒鋪就來給祖師爺送信。今天有人來送信，提說我們『合字』有幾個人，被江陰縣拿住；有西湖靈隱寺濟顛僧，押解來到常州府。叫祖師爺早作準備，恐其濟顛要跟我們為仇做對。祖師爺叫我們晝夜多加小心留神，要有什麼動作，趕緊報與祖師爺知道。」孫奎說：「賢弟你多此一慮，咱們這座臥牛磯慈雲觀，不亞似鐵壁銅牆，天羅地網一般；一人把守，萬夫難過。水旱兩路，能人輩出；祖師爺有『乾坤子午混元缽』這宗法寶，就能擋幾萬官兵。再說眾位真人，都是神通廣大，法術無邊；就即便有官兵來，都是凡夫俗子，也不足為論；除非有天兵天將臨凡。要打算破慈雲觀，勢比登天還難。」周殿明一聽，說：「兄長言之有理，可有一節，凡事不可大意，總以小心為妙。豈不知泰山高矣，泰山之上還有天。滄海深矣，滄海之下還有地！人外有人，天外有天。做事膽要大而心要小，智要圓而行欲方；見狸貓而當虎看，方保無虞。」金毛海馬孫得亮四個人聽得明明白白，孫得亮用手一拉這三個人，來到無人之處，孫得亮說：「三位別拿他們，打草驚蛇。這些東西，俱都是無名小輩，就把他們殺了，也不算什麼。今天來到這裡，不入虎穴，焉得虎子？畏首畏尾，焉能成事？你我直奔慈雲觀去，找赤髮靈官邵華風，把他殺了；你我也人前顯耀，鰲裡奪尊。」四個人真是藝高膽大，浮水來到北山坡，上了岸，一直往北走了十數里地。只見眼前是慈雲觀的大門，牆高一丈七八，周圍占三十六里地。四個人一看，有兩旁的腳門，不敢奔迎而去，由東南角躥上界牆；往裡一看，房子真有千八百間。四個人躥房越脊，各處哨探。見有一個院子，東西兩溜房，都是單間。北房南房，也是一大溜，各屋中都有燈光。四個人跳在院中一窺探，各屋中俱都是婦人女子，都是二十多歲，三十以內，沒有上年歲的。有咳聲歎氣的，有悲悲慘慘的，哭哭啼啼的。這個說：「我是叫賣花婆把我拍來的，」那個說：「我是道姑把我拍來的，也不知怎麼迷迷糊糊，來到這裡；到了這裡也出不去，如同坐監一樣。……」這五六百婦女，都不明白，糊裡糊塗，在這裡住著。四位英雄一聽，種種不一，說的可慘。四個人復又上房，探來探去，來到一所院落，見院中燈光明亮，北上房掛著四個紗燈，裡面坐著一個紫臉的老道，花白鬍鬚，氣度不俗；有四個童子伺候。四位英雄料想必是邵華風，四個人並不認識邵華風是什麼樣，膽子也真不小，各拉兵刃躥下來，打算闖進屋中。就憑一個老道，還算什麼？焉想到四個人剛一跳下來，老道呵了一聲，說：「好大膽！」站起身出來，用手一指，說聲「敕令」，把四個人俱皆定住，老道吩咐綑縛。四位英雄今日來到龍潭虎穴，被獲遭擒，大概難脫活命。且看下回分解。

第一百八十九回 邵華風升殿問豪傑 小悟禪一怒找妖人

話說金毛海馬孫得亮四位英雄，來到慈雲觀，瞧見一個紫臉的老道，只打算是邵華風呢。四個人拉刀下來，就被老道用法術制住。其實這個老道還是慈雲觀的無名小卒，他姓董叫董雲清，外號叫妙道真人。當初他原本是鎮塢龍王廟的，來在這慈雲觀，認邵華風為師，派他管婦女營的外圍子，他也會邪術的工夫。這四個人都是藝高人膽大，被老道妖術邪法制住。老道手下人，把四個人綁上。說：「好大膽量，四個刺客是那裡來的？」孫得亮說：「妖道，你要問，大太爺是陸陽山蓮花塢的。」董雲清說：「你四個人是陸陽山的？不能罷！陸陽山的當家的，跟我們祖師爺是拜兄弟，至友交情。我且問你，陸陽山的當家的叫什麼？」孫得亮說：「叫花面如來法洪。」董雲清說：「對呀，你四個人既是陸陽山的，來此何幹？是怎麼一段情節？」孫得亮本是個直人，說：「妖道，我告訴你，你也不用說交情。我等雖在陸陽山，我們在蓮花塢，可是跟法洪一事；我們是奉濟公長老之命，前來殺你這雜毛老道！你就是赤髮靈官邵華風麼？」老道說：「我山人乃是妙道真人董雲清。原來你這幾個小輩，是前來行刺。好好好！來人，把他四個人看起來，等候天亮，我回稟祖師爺，任憑祖師爺發落去。」立時有人看著四位英雄。等到天光已亮，董雲清叫人搭著四個人去，回稟了邵華風。

當時正殿真人升了座位，吩咐將刺客帶上來。這四個人一看，見赤髮靈官邵華風頭戴鵝黃色蓮花道冠，身穿鵝黃色道袍，上繡乾三連，坤六斷，離中虛，坎中滿，當中太極圖。老道是赤髮紅鬚，藍靛臉，長得凶如瘟神，猛似太歲。這四個人破口大罵。赤髮靈官邵華風說：「你這四個鼠輩，休要這等無禮！你等姓什麼叫什麼？是那裡人？為何前來行刺？趁此說實話。你家祖師爺跟你往日無冤，近日無仇，生而未會，面不相識，究係被何人主使前來？只要你等說出道理，祖師爺有好生之德，饒你等不死。」金毛海馬孫得亮立刻把眼一瞪，說：「妖道！你要問你家大太爺，行不更名，坐不更姓，我乃陸陽山蓮花塢的人。這是我一個拜兄，叫火眼江豬孫得明，那是我的兩個拜弟，叫水夜叉韓龍、浪裡鑽韓慶。皆因你等為非作惡，使出賊人各處拍花，各處設立賊船黑店，陷害客旅行商，起意造反，敗壞婦女的名節，拆散人家的骨肉，殺害生靈，種種不法；濟公長老派我等來結果你的性命，給四方除害。亂臣賊子，人人得而誅之。我等既被你拿住，甚好，你家大太爺乃堂堂正正英雄，烈烈轟轟豪傑，大丈夫生而何歡，死而何懼！來來來，快把你家大太爺殺了，我等死而無怨，你要把我等幽囚起來，可別說我辱罵你萬代。」老道邵華風一聽，氣往上沖，立刻吩咐把他四個給我推出去梟首號令。手下人答應，旁邊過來一人，說：「祖師爺把他們殺了，豈不便宜他們？他等既來行刺，情同叛逆，應該把他們剮了。」邵華風說：「也好，既待如是，就派你結果他等的性命。」金毛海馬孫得亮一看，說話之人，乃是鐵貝子高珍，這四人從前跟這高珍認識。今天高珍一說這話，孫得亮一想：「這小子真是小人得志，癩狗生毛！我等跟他素有認識，他出這樣主意，害我們這四個人。」立刻破口大罵高珍。

書中交代：鐵貝子高珍、黑毛蟇高順、笑面貔貅周虎，三個人自打翠雲峰送陸炳文回家，就把陸炳文押到慈雲觀來。陸炳文也是報應循環，他女兒叫赤髮靈官邵華風收為侍妾。他妻子叫乾法真人趙永明霸占了。把陸炳文打到囚犯營，給眾人支使著。他做了一任刑廷，刮盡地皮❶，得來十數萬銀子，也被慈雲觀留下了。陸炳文無故害人，倒都沒害成，他自己落了個人財兩空，死不了活不了，在囚犯營受罪。笑面貔貅周虎，同高珍二人，來到慈雲觀就沒走。今天鐵貝子一出主意，邵華風就派他結果金毛海馬孫得亮四人。高珍剛押著四個人走。忽然由外面跑進一個老道來，說：「回稟祖師爺，現在外面來了一個窮和尚，口稱是濟顛僧，堵著山門破口大罵，點名叫祖師爺出去，我等也沒看見這個和尚從那來的？」赤髮靈官邵華風一聽，說：「好，這四個人就是濟顛僧主使來的，我料想濟顛僧必來；我正要瞧瞧濟顛僧是何許人？也把他拿住，問問他因何跟我為仇作對？來，先暫為把他四個人押起來，等候拿住濟顛僧，一並再殺。」高珍一聲答應，立刻把四人交到囚犯營。管理囚犯營是一個在家，叫義俠太保劉勇。高珍把四個人交給劉勇，回來稟報邵華風。邵華風說：「待我出去捉拿濟顛僧。」話言未了，傍邊有人答話，說：「祖師爺暫息雷霆之怒，諒此無名小輩，何必你老人家親身勞動？待我等出去拿他，不費吹灰之力，易如反掌。」邵華風一看，說話非是別人，乃是乾法真人趙永明、妙道真人董雲清。邵華風說：「二位真人要去也好，須要小心留神。」

趙永明、董雲清二人立刻同左門真人，來到外面。趙永明說：「那裡來的濟顛僧，膽敢前來送死？」說著話，來到山門以外一看，並沒有人。趙永明說：「濟顛僧那裡去了？」左門真人說：「方才站在這裡一罵，我就跑進去回稟，也不知道此時那裡去了？也許知道二位真人出來，他不敢見，逃走了。」趙永明說：「也罷，既是逃走了，便宜他去罷。他如果再來，我必要結果他的性命。」兩個老道說罷，

---

❶ 刮地皮：比喻極力搜刮百姓的財物。

轉身剛要往裡走，聽後面一聲喊嚷：「吩！好雜毛老道回來！和尚老爺沒走。」兩個老道回頭一看，見山門外站定一個窮和尚，短頭髮有二寸多長，一臉的油泥，破僧衣短袖缺領，腰繫絨縧，疙裡疙瘩，穿著兩隻破草鞋，頭上有一股黑氣。兩個老道咳了一聲，說：「我打算怎麼個濟顛僧呢！原來是一個妖精！」

書中交代：來者並非是濟公禪師，乃是小悟禪。小悟禪自從前濟公法門崑崙子老仙翁，給悟禪一封信，叫他投奔九松山松泉寺，給長眉羅漢靈空長老去看廟。濟公不肯帶悟禪回臨安去，恐他是一個妖精，在天子腳底下，多有不便。濟公也知道悟禪心地最正，後到下文書，小悟禪成其正果，他也在五百尊小羅漢之內。悟禪在松泉寺，跟著長眉羅漢學習僧門裡的規矩，唪經念佛，修道學法。這天悟禪忽然跟長眉羅漢說：「我要到臨安瞧我師父去。」靈空長老咳了一聲，說：「你不去為是！」悟禪說：「我要去！」靈空長老說：「你要去，現在濟公在常州府衙門，你去罷！貧僧也不能攔你。」悟禪臨出門之時，靈空長老說：「遭劫在數，貧僧也不能甚攔，逆天行事。」悟禪也並不措意，一晃腦袋，來到常州府衙門，一見濟公。濟公咳了一聲，眉頭緊皺，說：「你為著什麼來？」悟禪說：「我想念師父，我來瞧你！」知府顧國章嘴快，說：「小師父來了甚妙，濟公正在為難！」悟禪說：「什麼事？」顧國章說：「現在拿住幾個賊，是慈雲觀的餘黨。現在慈雲觀赤髮靈官邵華風，勢派鬧得甚大。方才聖僧請了四個會水的能人，到慈雲觀去了，先破賊人的船隻，尚未見回來。我打算急速調官兵去破慈雲觀，又怕不行。聖僧也正在為難呢！」悟禪一聽說：「師父不用為難，我去找他，把雜毛老道拿來。」濟公說：「你別去，……」一句話沒說完，濟公一把沒揪住，小悟禪一晃腦袋走了。濟公咳了一聲，說：「他這一去，給我惹這個亂大了！」羅漢爺有未到先知，說：「凡事天意，劫數當然。」小悟禪這一來到慈雲觀，焉想到惹出一場殺身之禍，給濟公招出一件大難！不知後事如何？且看下回分解。

第一百九十回　悟禪僧施法救四雄　赤髮道法寶捉和尚

話說小悟禪一晃腦袋，來到慈雲觀，堵著山門一罵，說：「趁早叫赤髮靈官邵華風雜毛老道滾出來，就說有靈隱寺濟顛僧和尚老爺來也。」把門老道這才進去回稟。趙永明、董雲清二人出來，和尚沒有了。小悟禪並沒走，先到慈雲觀裡暗中一看，見金毛海馬孫得亮四個人正綁著，義俠太保劉勇看著。小悟禪知道這四個人是濟公打發來的，小悟禪下去，一口氣把義俠太保劉勇噴躺下。把四個人放開，叫四個人閉上眼，悟禪把四位英雄帶在江岸。孫得亮說：「聖僧，你老人家不來，我等性命休矣！」悟禪說：「我不是濟顛，我是濟顛徒弟，我叫悟禪。你們四個人趕緊回常州府罷，我師父還在常州府呢。你們四個人焉是這些妖人的對手，豈不是白送殘生？這個事都有我呢！」說罷復反，一晃腦袋復又回來。趙永明、董雲清出來，沒找著和尚，剛要回去。悟禪在後面一聲喊嚷：「和尚老爺沒走，雜毛老道你回來！」趙永明、董雲清回頭一瞧，原來是一個窮和尚；頭上有黑氣，必是妖人。兩個老道並不放在心上，說：「好妖僧！真乃大膽，竟敢這樣猖狂！待我山人來拿你。」悟禪說：「你就是赤髮靈官邵華風麼？」趙永明說：「你要問山人，我乃乾法真人趙永明是也。拿你這無名的小輩，何用我家祖師爺？」董雲清也道了名姓。兩個老道各擺寶劍，往前趕奔。悟禪一張嘴，一口黑氣，把兩個老道俱皆噴倒在地。早有人看見，把兩個老道搭著往裡去，回稟赤髮靈官邵華風。

五殿真人一看，說：「這是怎麼了！」左門真人說：「被那個窮和尚給噴倒了。」邵華風一聽，口念「無量佛」，說：「好孽畜，真乃大膽！待我親身去拿他。」這句話尚未說完，只見甲馬兵庫火著起來了。原來邵華風這廟裡有兩座庫，一名「甲馬兵庫」，乃是老道鍊成的紙人紙馬紙刀鎗，用符咒鍊成的，靜等造反的時節，老道用咒一催，能夠天昏地暗，日色無光；十萬紙人馬，能夠殺人。還有一座「陰兵庫」，是他派人收來的不該死的陰魂，前者七星道人劉元素在小月屯害了好幾十個人，還有前殿真人長樂天、後殿真人李樂山、同左殿真人鄭華川、右殿真人李華山，這五個老道收來的五百陰魂，裝在一個火葫蘆之內，有符貼著。要用時節，就把葫蘆口一拔，咒語一催，能夠天昏地暗，陰風慘慘，鬼哭神號，是一座陰魂陣。他這兩個庫，是對面有一個老道，叫赤髮真人陸猛看守。小悟禪今天把董雲清、趙永明噴倒，有人往裡搭；小悟禪隨著進來，見有一個紫臉紅頭髮的老道，看著這兩座庫。小悟禪下來，赤髮真人陸猛說：「什麼人？」剛要念咒，被小悟禪一口氣噴倒，當時就把「甲馬兵庫」點著，少時烈燄飛騰。邵華風見火起來燒了「甲馬兵庫」，趕緊叫童子拿了一碗茶來；邵華風果然是神通廣大，法術無邊，口中一念咒，把茶往空中一潑，當時一陣暴雨，把火澆滅了。邵華風氣得哇呀呀怪叫如雷，再找小和尚蹤跡不見。又有人報拿住四個人丟了，義俠太保劉勇人事不知，昏迷不醒。邵華風有「百草奪命金丹」，立刻給劉勇一丸，連趙永明、董雲清每人都灌下一丸藥去，將眾人救醒過來。邵華風說：「好妖僧！我山人跟他誓不兩立！」正說著話，有人進來回稟：「現在窮和尚又堵著山門罵呢！」赤髮靈官邵華風氣得顏色更變，立刻吩咐眾位真人，「爾等隨我來。」

大眾一同圍隨著，來到山門以外。睜睛一看，果然門外站定一個窮和尚，頭上有一股黑氣。邵華風說：「好孽障！竟敢這樣攪亂我的廟！爾真是前來送死！」小悟禪一看，出來了真有百餘人，又見赤髮靈官邵華風，頭戴鵝黃色蓮花道巾，身穿淡黃色的道袍，上繡乾三連，坤六斷，金八卦太極圖，腰繫杏黃絲絛，水襪雲鞋，背插一口寶劍，綠沙魚皮鞘，黃絨穗頭，黃絨挽手，真金的什件，手拿蠅刷。小悟禪說：「你等這些叛逆之賊，真乃可惱！今天和尚爺爺把你等全皆拿住，送到當官治罪。」邵華風一聽，就要往前趕奔。旁邊有七星真人劉元素在旁說：「祖師爺你老人家不必動怒，諒此無名的小妖魔，何必你老人家拿他？有事弟子服其勞，割雞焉用牛刀？待我拿他，易如反掌！」邵華風說：「你須要小心留神。」劉元素微然一笑說：「此乃小事一段。」說罷，拉寶劍趕奔上前，說：「來者爾可是濟顛僧？」小悟禪說：「非也，拿你們這些狐群狗黨，何必他老人家親自前來？我乃濟公的大徒弟悟禪是也。皆因你等無故興妖害人，各處拍花，設立賊船黑店，獲罪於天，無所禱也。和尚老爺特來拿你，殺惡人即是善念。你就是赤髮靈官邵華風麼？」劉元素說：「你家祖師爺乃七星道人劉元素是也，拿你何用我家祖師爺？」說著話，擺寶劍劈頭就剁。悟禪就閃身躲開，左一劍，右一劍，和尚跑的甚快。劉元素說：「好和尚，氣死我也！」悟禪說：「氣死你，你死罷！」老道說：「待山人用法寶取你。」悟禪說：「好！你把寶貝拿出來我瞧瞧。」劉元素由兜囊掏出一宗物件，口中念念有詞，說聲「敕令」，就見平地走起一陣怪風，來了一隻斑爛猛虎，搖頭擺尾，要咬和尚。悟禪噴了一口氣，把老虎噴起來，現了原形，乃是一個紙老虎。悟禪照老道一噴，這口黑氣噴的老道說聲：「好利害！」撥頭就跑，立刻渾身都腫了，跑到赤髮靈官邵華風跟前，劉元素就要栽倒。邵華風當時給劉元素一粒金丹吃下，方能止住疼痛，把毒氣散了。

八卦真人謝天機說：「好大膽妖僧！竟敢傷我的朋友！待山人用寶貝拿你！」說著話，祭起扣仙鐘。這種東西，其利害勿論什麼妖精，別管有多大的道行，扣上總是現原形。老道瞧出悟禪是個妖精，頭上有黑氣，故把扣仙鐘祭起來。焉想到悟禪可與別的妖精不同，他受過濟公的傳授；再說他在九松山松泉寺跟靈空長老在一處，又習學各樣妙法，此時悟禪能為大長。有這麼兩句話：「鳥隨鸞鳳飛能遠，人伴賢良品自高」，「近朱者赤，近墨者黑」這話一點不錯。八卦真人謝天機這一扣仙鐘，往下一落，眼睛瞧著把小和尚扣在底下。八卦真人謝天機哈哈一笑，說：「列位可曾看見了，我只打算這妖精有多大能為？據我看來，更是無名小輩，被我用扣仙鐘扣住了。」赤髮靈官邵華風說：「謝道兄，你且等等說大話。據看其中有緣故，方才扣仙鐘一落，我只見起了一陣黑風；恐其未必將和尚扣住，你掀開鐘看看罷。」八卦真人謝天機說：「不能罷，我看見將他扣住。慢說他這小小的妖精，勿論多大的道行，也跑不了。」說著話，立刻把扣仙鐘一掀，大眾一看，都皆楞了。扣的並不是和尚，把邵華風的小道童扣上了。謝天機「呵」了一聲，說：「真乃怪道，怎麼就把小童子扣上了？」話言未了，只見小和尚在眼前一晃，說：「和尚老爺焉能叫你雜毛老道的拿住！」謝天機一看，氣往上撞，說：「好妖僧，我看你今天那裡走？」拉寶劍就要砍。小悟禪張嘴一口黑氣，照老道一噴，立刻謝天機渾身紫腫，口中喊嚷：「好利害！」急忙跑到邵華風跟前。邵華風趕緊給謝天機一粒丸子吃了，方才止住疼痛。

邵華風說：「你等拿不了這個妖僧，還是山人去拿他罷。」邵華風立刻拉寶劍往前趕奔，說：「好孽畜，真乃大膽，竟敢這樣猖狂！待我山人來拿你！」小悟禪說：「你就是赤髮靈官邵華風麼？」邵華風說：「然也！正是你家祖師爺！」悟禪說：「我正要拿你，你乃是罪之魁，惡之首；拿了你給四方除害。」邵華風立刻用寶劍照悟禪就剁；悟禪一閃身，張嘴就噴。焉想到赤髮靈官邵華風真有點能為，口中念定「護身咒」，並不怕噴。悟禪連噴了幾口，老道並不躲下。老道忙用寶劍直剁，也砍不著和尚。邵華風氣往上撞，吩咐童子：「看我的『乾坤子午混元缽』來。」老道就倚仗他這種法寶，為「鎮觀」之寶。這個「乾坤子午混元缽」，經過四個甲子，裡面有五行真火，勿論什麼妖精，裝在裡面，六個時辰化為膿血。就是西方羅漢裝上，都能把金光煉散，過不去伽藍山。老道叫童子把「乾坤子午混元缽」取來，悟禪也是膽量不小，並不知他這「乾坤子午混元缽」的利害。焉想到邵華風口中念念有詞，把「混元缽」的蓋打開出來，五道光華分為青黃赤白黑，把悟禪一捲捲到「混元缽」裡去。老道把蓋一蓋，說：「孽畜自來找死，休怨山人！六個時辰將你化了就完了。」眾人說：「還是祖師爺佛法無邊。」邵華風當時用符咒封上「混元缽」。大概悟禪要想逃命，勢比登天還難。不知後事如何？且看下回分解。

第一百九十一回 魯修真涉險入慈雲 坎離真人智放悟禪

話說赤髮靈官邵華風將悟禪裝到「乾坤子午混元缽」之內，大眾立刻回歸到裡面。邵華風升了殿，把「乾坤子午混元缽」用符咒封好。說：「六個時辰，他準得化為膿血。這也是他自送殘生。」大眾說：「還是祖師爺法力無邊。」正說著話，只見由外面跑進來左門真人陳本亮，說：「回稟祖師爺，外面現有八卦山松陰觀坎離真人魯修真前來要見。」

書中交代：魯修真從那來呢？這內中有一段隱情。原本前者濟公差劉妙通拿書信趕奔松陰觀，去請魯修真。劉妙通拿著書信來到松陰觀門首，一叫門，由裡面小道童兒出來。劉妙通說：「道兄請了！」小道童說：「你來此何幹？」劉妙通說：「我叫劉妙通，奉濟公禪師之命，前來稟見真人，有要緊的大事。」小道童說：「你在此少候，我到裡面去回稟。」當時來到裡面，一見魯修真。道童說：「回稟祖師爺，現有劉妙通奉濟公之命，前來稟見。」魯修真說：「叫他進來。」小道童來到外面，說：「祖師爺叫你進去。」劉妙通一看屋中幽雅沉靜，魯修真在上首椅子上坐定，頭戴青布道冠，身穿藍布道袍，腰繫杏黃絲縧，水襪雲鞋，面如三秋古月，髮如三冬雪，鬢賽九秋霜，一部銀髯。劉妙通趕緊行禮，說：「祖師爺在上，弟子劉妙通參見祖師爺。」魯修真說：「你來此何幹？」劉妙通說：「我奉濟公禪師之命前來，有一封書信，給祖師爺觀看。只因赤髮靈官邵華風，在慈雲觀妖言惑眾，起意造反，招聚綠林中的江洋大盜，發賣熏香蒙汗藥，使人在外面拍花害人，有七十二座黑店，五百隻黑船。濟公由常州府叫我前來。」說罷，將書信拿出來，遞與魯修真。魯修真打開書信一看，上面沒字，就是畫著一個酒罈子，釘著七個鋸子。裡面書信寫的是：

靈隱寺道濟字啟魯真人台覽：日前一別，天南地北，人各一方，實深想念。伏思真人坐守深山，清修古觀，乃道高德重之人。近維仙駕起居安燕，闔廟清吉，定如私祝耳！敬啟者：令徒赤髮靈官邵華風，現在慈雲觀，招聚綠林賊寇，妖言惑眾，起意造反；手下有賊船黑店，發賣熏香蒙汗藥，使人四處拍花，陷害良民，罪莫大焉！貧僧乃世外之人，你我俱不應管塵世之事；無奈令徒太肆招搖，殺害生靈，勢派太大，誅惡人即是善念。今小徒悟禪受邵華風所害，裝在「乾坤子午混元缽」之內；祈真人鶴駕光臨搭救，見字切勿耽延，則功德無量矣！餘無別敘，面見再謝。即請

法安，不一。

魯修真看罷，點了點頭說：「濟公前者跟我提過此事。劉妙通你就給我看廟，我趕緊就走。我這廟中幾個童子，不能掌事。」劉妙通說：「祖師爺請罷，我看廟就是了。」魯修真當時下了八卦山，駕起趁腳風，展眼之際，先來到常州府衙門，叫官人往裡一通稟，濟公正同知府在書房談話。濟公趕緊吩咐有請。魯修真有官人帶領來到書房。和尚說：「真人來了？」魯修真說：「久違少見！」和尚說：「顧大人，我給你引見引見。這是八卦山坎離真人魯道爺。」知府顧國章跟老道彼此行禮。魯修真說：「聖僧方才遣劉妙通去給我送信，所有的事，我都知道了。聖僧還有什麼吩咐嗎？」和尚有未到先知之能，說：「現

在小徒已被赤髮靈官邵華風用『乾坤子午混元缽』裝起來，真人急速去搭救才好；去晚了，小徒悟禪性命休矣。」魯修真立刻告辭，出了知府衙門，駕起趁腳風，來到慈雲觀門首。一聲「無量佛」，說：「煩勞你等到裡面通稟，就提八卦山魯修真前來看望。」左門真人到裡面回稟，邵華風說：「原來魯修真來了。按說從前我在八卦山之時，你是我的師父。現在我已然另投別門，再說不久我得了宋室江山社稷，乃九五之尊，先不能論師徒，先得論君臣禮。」大眾說：「祖師爺言之有理！」邵華風說：「有請，我不便迎接他，叫他自己進來。」左門真人陳本亮立刻來到外面，說：「我家祖師爺有請。」

魯修真邁步往裡趕奔，一直來到大殿，抬頭一看，見赤髮靈官邵華風在上面，端然坐定。兩旁邊也有老道，也有僧家，高的高，矮的矮，胖的胖，瘦的瘦，老的老，少的少，真有百餘人。魯修真來到大殿上，邵華風並沒離開座位，坐著一抱拳，說：「真人來了，旁邊看座。你我也算師徒，現在我不久就要登基坐殿，有九五之尊，先論君臣禮為重。再說我又拜了馬道玄為師。」魯修真並不動怒，在旁邊落座。說：「我是前來看望看望你。聽說你這裡聲勢甚大，我特來瞧瞧你，倒並無別事。」邵華風說：「我將來面南拜北，封你為護國仙師。」魯修真說：「好！我聽說你有一種寶貝，叫『乾坤子午混元缽』，你拿出來我瞧瞧。當初這宗寶貝，可是八卦山松陰觀鎮觀之寶，我可沒試驗過。你且拿出來，我開開眼，見見世面。你可不必多心，並無別意。」邵華風料想給他瞧瞧，也不要緊。說：「你要瞧可也行。我現在『混元缽』裡，可裝著人呢！」魯修真故作不知，說：「裝什麼人呢？」邵華風說：「裝著濟顛和尚的徒弟，是一個妖精。六個時辰就能化為膿血，他無故前來跟我做對，這也是自找其死。真人你要看，可別起蓋，一掀蓋他可就跑了。」魯修真說：「我瞧瞧什麼樣兒？」邵華風說：「童子把『乾坤子午混元鉢』取來！」

童子拿過「混元缽」，就遞給魯修真。魯修真一看，說：「原來是這種樣子，還用符咒封著呢！這有什麼好處呢？」邵華風說：「裡面有三昧真火，勿論什麼妖精，裝到裡面，六個時辰，能化膿血。就是西方羅漢，都能把金光煉散。」魯修真說著話時，一掀蓋，由裡面滋溜冒出一股黑煙，小悟禪跑了。邵華風說：「你怎麼把妖精放走了？」魯修真說：「我倒是無意之中。小小的妖怪跑了，跑罷！總是他不該死，便宜他去了。那時他再來再拿他，也不算什麼！」邵華風一見，心中一動，勃然大怒，說：「好魯修真！這分明你受濟顛和尚的主使，前來救他徒弟；你不說幫著我，你反向著外人。你今天既來到這慈雲觀，休想放你出去。」魯修真說：「你休要多疑，我跟濟顛和尚，並不認識。」說著話，站起來往外就走。邵華風說：「你拿我的寶貝那去？」魯修真並不回頭，往外就跑。邵華風下了座位，往外就追，追出山門，再找魯修真，蹤跡不見。焉想到魯修真借著遁光走了，把「乾坤子午混元缽」收了去。邵華風一瞧魯修真把寶貝拐了去，他就楞了。眾人追趕出來，說：「祖師爺怎麼樣了？」邵華風說：「好魯修真，把我的寶貝誆了去！這必是濟顛僧叫他來的。」大眾說：「祖師爺這一丟寶貝，此乃大大不幸。再說倘若濟顛和尚前來，如何敵他？」邵華風說：「那倒是小事！我有幾個朋友，在萬花山聖教堂，有八魔，都是術學旁門，要拿濟公和尚，易如反掌，不費吹灰之力。再說還有陸陽山花面如來法洪。」大眾說：「祖師爺進去罷。」邵華風回來，立刻升殿。忽然外面有雙鉤護背張三郎探事回來稟報，如此這般一說，把邵華風氣得鬚眉皆豎，當時要派人夜入常州府前去行刺。不知後事如何？且看下回分解。

第一百九十二回　黃天化行刺被捉　顧國章調兵剿寇

話說雙鉤護背張三郎一見邵華風，說：「常州府現在調官兵要前來攻打慈雲觀，祖師爺早作準備。」邵華風一聽，氣往上撞，說：「這是濟顛和尚的蠱惑，那位先去到常州府，把知府連濟顛僧一並給我殺了，算奇功一件。那位敢去？」大眾聽這話，目瞪癡呆，並沒人答話。邵華風說：「莫不成這些人就沒有一位敢去的麼？」話言未了，旁邊有人答言，說：「祖師爺不必著急，這件事我去。」邵華風一看，說話這人，乃是都天道長黃天化。邵華風說：「黃道兄你有這樣膽量？」黃天化說：「這小事一段。無奈我一個人，單絲不線，孤樹不林，一個人是死的，兩個人是活的。那位跟了我去？」大眾一個個並沒人答話。黃天化說：「眾位都畏刀避劍，怕死貪生麼？既是眾位都不敢去，我只好一個人去罷！」邵華風說：「黃道兄你去，待山人敬你三杯酒，以助英雄之膽。」黃天化說：「祖師爺不必預備酒，等我回來，將知府濟顛的人頭帶來再喝，方顯我的英名！」邵華風說：「好！道兄請罷！我等眼觀旌節旗，耳聽好消息。但願你到那裡，旗開得勝，馬到成功。」黃天化立刻告辭下山，直奔常州府而來。

書中交代：一落筆難寫兩件事。濟公遣魯修真去救悟禪走後，少時有人進來回稟，外面有金毛海馬孫得亮、火眼江豬孫得明、水夜叉韓龍、浪裡鑽韓慶四個人前來稟見。濟公吩咐，叫他等進來。四個人來到書房，一見和尚，孫得亮說：「我等奉聖僧之命，直奔慈雲觀破賊船，我四個人心高性傲，要打算拿邵華風，不想被賊人妖術所擒。幸虧少師父悟禪去，把我四個人救出龍潭虎穴，叫我四個人回來。聖僧還有什麼用我等之處？」和尚說：「還有一事奉煩。」孫得亮說：「聖僧有話只管吩咐，我等只要能行，萬死不辭。」和尚說：「我這裡有一封錦囊，」附耳如此這般，「照我字柬行事，你四個人奔西湖靈隱寺去罷！」四個人點頭答應，和尚叫知府給四個人拿了五十兩作盤費，四人告辭去了，少時小悟禪也回來了。濟公說：「我不叫你去，你不聽。」悟禪說：「我沒想到這個妖道真利害，要不是魯修真前去救我，我命休矣！」和尚說：「我這裡不用你，你們到西湖靈隱寺去。」附耳如此如此，「謹記在心，我已然派孫得亮四個人去了，恐他四個人辦理不善。你去過了，下月十五再回來，不准違背我的話。」小悟禪點頭。正說著話，有人進來回稟，魯修真回來了。和尚叫人把魯修真讓進來。魯修真說：「聖僧吩咐的事，我都辦了。少師父可曾回來了？」和尚說：「回來了。」小悟禪過來答謝魯道爺救命之恩。和尚說：「悟禪你去罷！」悟禪告辭走了。和尚說：「真人多有辛苦！」魯修真說：「聖僧還用我不用？」和尚說：「真人先請回山。」魯修真告辭去了。

知府說：「聖僧，賊人勢派太大了，你看怎麼辦才好？我已然知會了兵馬都監，叫他調官兵去辦案，可不定怎麼樣？」和尚說：「大人不用忙，慢慢的商量著辦。」知府見天光已不早了，吩咐在書房擺酒，陪著和尚吃飯。直吃到二更多，忽然間和尚打一冷戰，和尚一按靈光，早已察覺明白。口念「阿彌陀佛，善哉！善哉！」知府顧國章說：「聖僧什麼事？」和尚說：「沒什麼事，我變個戲法給你瞧。」顧國章說：「什麼戲法？」和尚說：「我變平地抓鬼給你瞧！」知府納悶，不懂的什麼叫「平地抓鬼」。書中交代：此時都天道長黃天化早來了。老道在房上趴著，黃天化暗中窺探，見一個窮和尚，襤褸不堪，短頭髮有二寸多長，一臉的油泥，長得人不壓眾，貌不驚人。黃天化心裡說：「這就是濟顛僧，我打算是項長三頭，肩生六臂，腳蹬肩膀，是個人上之人呢！真是聞名不如見面，見面勝似聞名，原來是一個丐僧！據我看大概也沒有什麼能為。」心中正在思想，聽和尚說，要變戲法。黃天化一想：「我何必等著他睡了行刺呢？直下去亮刀把他殺了就完了。」心裡正在打算，主意未定。和尚在屋中用手一指，口念「唵嘛呢叭𠺗吽！唵敕令赫。」黃天化就彷彿有人推他一把，由屋上翻身掉下來，把知府嚇了一跳。手下人說：「有賊！」立刻把老道按住綑上，拿到房中。和尚說：「好東西，你這膽子真不小，你趁此說實話。」黃天化說：「罷了，我既被你等拿住，我告訴你，我叫都天道長黃天化，我奉赤髮靈官邵華風之命前來行刺，殺知府，殺濟顛。不想今天被獲遭擒，這是已往真情實話，殺剮存留，任憑與你。」和尚說：「大人，你派人先把他釘鐐入獄。」知府立刻派手下人，將老道帶下收監。

這個時節，忽然有差官來回稟：「今有兵馬都監陸大人派人來知會，今天天明陸大人派一位承信郎楊忠，帶一百兵，坐著兩隻小船，去到慈雲觀辦案，不想船到牛頭峰以下，賊人竟敢亮了隊。賊淨江太歲周殿明，帶領無數水鬼嘍兵，用錘鑽下水，把小船鑽了一隻，承信郎楊老爺陣亡了。那一百官兵落水淹死五十三個，逃回四十七名，糟塌了一隻船，兵馬都監陸忠陸大人派人來報。」知府顧國章一聽，大吃一驚，說：「這還了得！賊人竟敢拒捕官兵，情同反逆，慈雲觀簡直是反了！聖僧你老人家可有什麼高妙主意？本府我打算調本地面的兵船，會合兵馬都監，前去剿賊。求聖僧你老人家幫著破慈雲觀。」和尚說：「我幫著破也行，可得依我出主意。頭一則得調水兵戰船。賊人牛頭峰有水鬼嘍兵，陸營官兵不習水戰，去了也是白送了命，往返徒勞。再說老道妖術邪法，須排演激筒❶兵，找婦人的汙穢之物，要用黑狗血，白馬屌，方能破的了賊人的妖術。」知府說：「別的都好辦，惟有婦人的穢水可難找！」和尚說：「容易，只要有錢，就買的出來；大人你拿二百銀子，十兩銀子一筒，叫手下人去買二十筒來。」顧國章點頭答應。叫手下人拿二百銀子出去買去。果然有錢就能辦事，就有人賣，兩天的工夫，把二十筒穢水預備齊了。和尚叫顧國章知會了兵馬都監陸忠陸大人調一千能征慣戰的水兵，戰船二十隻。和尚教給眾兵練激筒，兩個人抬筒，兩個人手持兵刃護激筒，兩個人打激筒，一個人掌令旗，七個人一分。和尚把激筒兵先排演好了，這天兵船齊備，和尚同知府顧國章，兵馬都監陸忠，帶領雷鳴、陳亮，本衙門挑二百快手，共一千二百人，上了兵船，飄蕩蕩直奔牛頭峰。

和尚吩咐，叫水性精通的兵，先護住船底；兵船來到牛頭峰，相離不遠，只見牛頭峰三聲砲響，金鼓大作，賊人把戰船一字排開，原本早有人報進水師營去。鎮南方五方太歲孫奎，正同淨江太歲周殿明，在中軍帳談話。周殿明說：「孫大哥，這幾天也沒聽見信，前者五路督催牌雙鉤護背張三郎回來稟報，說常州府要來攻打慈雲觀。那一天來了兩隻小船，也無非百八十個官兵，一個小武職官，被你我把他等船鑽了一隻，傷損幾十個官兵，我只打算常州府決不能善罷干休，必然還有官兵前來。祖師爺叫你我晝夜小心防範，不可大意。不想這幾天倒安靜了，真令人難測！」鎮南方五方太歲孫奎說：「賢弟你看將來怎麼樣？祖師爺可能成事否？」周殿明說：「要據我想，祖師爺神通廣大，法術無邊；再說眾位真人都是精通法術，官兵來了，也是白送殘生。」孫奎說：「我想官兵這兩天沒動作，必有緣故。要來就不善，善者不來。」正說著話，忽然外面有人進來稟道：「現有常州府來了二十隻兵船，官兵無數，刀槍

❶ 激筒：舊時消防上用來噴水的器具。

如林，直奔牛頭峰而來。相離不遠，請都督早作準備。」孫奎說：「你看如何？」趕緊吩咐齊隊，「嗆啷啷」一棒鑼聲，把隊伍調齊，兵船撞出牛頭峰，要與官兵決一死戰。不知後事如何？且看下回分解。

第一百九十三回　雷陳奮勇殺水寇　妖道施法戰官兵

話說鎮南方五方太歲孫奎得報，現有官兵前來攻打臥牛磯，孫奎立刻吩咐手下水鬼嘍兵，調齊了隊伍，麻洋戰船五十隻，一字排開，旗旛招展，號帶飄揚。當中一桿大旗，三丈三高，葫蘆金頂，火雁掏邊，蜈蚣走穗，墜腳銅鈴，被風一擺，「嘩啰啰」亂響。白緞子旗上面有黑字，寫著「三軍司令」；當中斗大的一個「孫」字，背面一個「帥」字。孫奎手擎三截鉤連鎗，頭戴分水魚皮帽，日月連子箍，水衣水靠，油綢子連腳褲，香河魚皮岔；面如紫玉，紫中透紅，粗眉大眼，海下一部花白髯鬚，灑滿胸前；真是威風凜凜，相貌堂堂。對面官兵船隻，隊伍整齊，正當中一桿大旂，上面一個「陸」字，上手裡是知府顧國章，下手裡是一個窮和尚。五方太歲孫奎吩咐：「你等那個前往？先把知府顧國章結果了性命！」話言未了，旁邊有人一聲答話說：「待我前去！」孫奎一看，乃是翻浪鬼王廉，手中一擺三截鉤連槍，船往前一撞，王廉站在船頭，說：「那個小輩敢前來送死？」兵馬都監陸忠一看，這個賊人，身高有八尺，膀闊三停，頭上戴分水魚皮帽，日月連子箍，水衣水靠，油綢子連腳褲，香河魚皮岔，面似油粉，兩道劍眉，一雙三角眼，鷹鼻子，裂腮額，長的凶如瘟神，猛似太歲，手中擎著三截鉤連槍。陸忠吩咐：「爾等何人前往？把賊人給我拿來，算奇功一件。」旁邊有一位承信武功郎王文玉說：「大人不必著急，待卑職前往。」王文玉剛要擺刀出來，和尚說：「且慢，這些賊人都是高來高去，江洋大盜，能為武藝出眾，本領高強；王老爺去未必拿的了他，恐其受他人所算。」陸忠說：「依聖僧該當如何？這些賊人竟敢堂堂掌鼓，正正執旂，捕拒官兵，這還了得！」和尚說：「陳亮你去，把賊人結果了性命，以振軍威。」聖手白猿陳亮遵命，立刻拉出單刀，往前趕奔。

翻浪鬼王廉正在揚揚得意，一瞧忽由官隊閃出一人；身高七尺以外，細腰扎背，頭上戴翠藍色六瓣壯士巾，迎門拉茨菇葉，鬢邊斜插一朵守正戒淫花，身穿藍箭袖袍，腰繫絲鸞帶，單襯襖，薄底靴子，前後衣襟掖著；面如美玉，粗眉大眼，手擎鋼刀，來到船頭。王廉用三截鉤連槍一點，指說：「來者小輩，爾是何人？竟敢前來送死！」陳亮說：「你要問你家大太爺，我姓陳名亮，綽號人稱聖手白猿。爾是何人？」王廉說：「我姓王名廉，綽號人稱翻浪鬼是也。你要知道我的利害，趁此回去，休要前來送死。」陳亮哈哈一笑，說：「你等這些無知的叛逆，真是執迷不悟！大宋國自定鼎以來，君王有道家家樂，天地無私處處同。你等都是大宋國的子民，不思務本分，聽信妖道妖言惑眾，聚黨成群，叛反國家！皇上家省刑罰，薄稅斂，五穀豐登，萬民樂善，君正臣忠，那一樣虧負了你們？無故你等殺害生靈，荼毒百姓，上招天怒，下招人怨，亂臣賊子，人人得而誅之！你豈不知一日為賊，終身是寇？上為賊父賊母，下為賊子賊妻，被在官應役拿住，刨墳三代，禍滅九族，死後落個罵名千載。你等要知時達務，趁此率眾跪倒，認罪服輸，本處知府大人，有一份好生之德，還許饒爾不死。如要強欲抗衡，諒慈雲觀也無非彈丸之地，爾手下統帶，不過蟻群蚊團，烏合之眾，架不住嬰兒投石。現在都監知府，帶領天兵一到，爾趁此投降免死。」王廉一聽，氣得哇呀呀怪叫如雷，說：「小輩休要說此朗朗狂言大話！你豈不知，天下乃人人之天下，非一人之天下！有德者居之，無德者失之；勝者王侯，敗者寇桀，犬吠堯王，各為其主！諒爾有多大能為？」

陳亮一聽，氣往上撞，擺動了那手中刀，照定賊人劈頭就剁；王廉用手中鎗往上一架，陳亮執刀分心就扎，賊人斜抱月往外一崩。陳亮一順刀，照賊人脖頸就砍，賊人立上鐵門閃，往上相迎，兩個人在船頭一動手，各施所能。陳亮一想：「今天當著知府顧國章一干眾人，總得努點力，人前顯耀，鰲裡奪尊！」兩個人殺了個難解難分。陳亮把刀的解數一變別，一刀跟著一刀，一刀緊似一刀。賊人王廉只有招架之功，並無還手之力。這個時節賊隊之內，有人一聲喊嚷：「待我來！」一擺鉤連拐直奔船頭，要幫著王廉動手。這邊雷鳴一看，出來這個賊人，黃臉膛，短眉毛，母狗眼；也是頭戴分水魚皮帽，日月連子箍，一身水師衣靠。雷鳴拉出手中刀，一聲喊：「好囚囊的！打算兩個打一個，待我來拿你！」賊人一看雷鳴，長的紅鬍子，藍靛臉，二眸子一瞪，令人可怕。賊人不顧去幫著王廉，趕緊把手中兵刃一順，問：「來者爾是何人？」雷鳴說：「你家大太爺姓雷叫雷鳴，人稱風裡雲煙；你小子姓什麼？叫什麼？你家雷大太爺刀下不死無名之鬼！」賊人說：「你要問大太爺，名叫胡方，人稱破浪鬼。」雷鳴說：「你小子是鬼，今天就叫你做鬼！」一擺刀照定賊人劈頭就剁，賊人用鉤連拐急架相還。要講論能為，雷鳴、陳亮勝強百倍，胡方焉能是雷鳴的對手，三五個照面，被雷鳴一刀，扎在哽嗓咽喉，賊人當時一翻身，掉在水內。翻浪鬼王廉見胡方一死，他心裡一發慌，被陳亮手起刀落，將賊人結果了性命。

五方太歲孫奎一見手下兩員偏將，死在雷鳴、陳亮之手，賊人氣得哇呀呀怪叫。手中令旗一擺，有水鬼嘍兵五十名，各拿錘鑽下水，打算要鑽官兵的船底。焉想到和尚早有防備，船底下有能征慣戰水兵一百名，各擎兵刃護船底。見對面來了數十個水賊，各拿錘鑽奔船底來。這邊官兵用槍就扎，來一個扎一個，五方太歲孫奎在上面看著水花一滾，死屍往上一翻，水一發紅，大概是死了一個。孫奎就知道事情不好，當時一擺手中純鋼鵝眉刺，趕奔上前，照定雷鳴分心就刺。雷鳴擺刀急架相還。陳亮剛要擺刀過去幫著雷鳴，淨江太歲周殿明一擺鋼刀過來敵住陳亮，四個人如同走馬燈相彷，真是棋逢敵手，將遇良才。四個人不分高低上下，正在動手之際，和尚說：「陸大人，你傳令叫官兵前進，一擁齊上。」陸忠這才一揮令旗。這些官兵都是久操練之兵，真是隊伍整齊。大眾一聲喊殺，各擺兵刃往上就擁。賊兵雖人多，隊伍雜亂。本來這些賊人，都是些無業的游民，素常又不操練，有事也無非狐假虎威，打勝不打敗。官兵眾人，抱成一個團，槍刀亂遞，賊人大眾一亂，展眼之間，殺傷數十人。後隊見前隊一傷人，後隊便亂了；也有跳河的，也有會水的由水內逃命。鎮南方五方太歲孫奎、淨江太歲周殿明見事不好。孫奎說：「『合字』風緊急，『浮流扯活』罷！」周殿明一想：「已然是敵擋不住了，莫若趁此逃走。」想罷，擺刀照定陳亮虛點一刀，撥頭擰身躥下水去。孫奎也跳下水去逃命。雷鳴、陳亮不會水，見賊人跳下水去，二人回歸本隊。展眼之際，賊人四散奔逃，官兵把賊人的船隻，都搶過來。

濟公吩咐船進山口，來到山坡，把船隻靠岸。陸忠帶隊下船，激筒兵也下了船，方要上山，只聽山上鑼聲大振。眾人抬頭一看，見由慈雲觀出來無數的老道，真有百餘人。原本赤髮靈官邵華風早已得報。邵華風正在大殿升座，有牛頭峰的小頭目跑進來說：「回稟祖師爺，大事不好。現有常州府帶領無數官兵，二十隻戰船，來到山口，跟水軍都督孫奎開了仗。請祖師爺早作準備。」赤髮靈官邵華風一聽，勃然大怒，說：「眾位真人隨山人出去，跟他等決一死戰！」眾老道一個個揚揚得意，各持寶劍，出了慈雲觀，只見官兵隊已然進了山。邵華風說：「好一干無知的孽障，膽敢前來送死。待山人全把他們結果了性命！」話言未了，旁有七星真人劉元素說：「祖師爺暫息雷霆之怒，諒他等這些無名小輩，何必你老人家親身臨敵？待我拿他，不費吹灰之力！」劉元素立刻口中念念有詞，一聲「敕令」，平地起了一陣狂風，走石飛沙，直奔官兵隊。真是天昏地暗，日色無光，官兵俱不能睜眼。眾官兵說：「妖術邪法可了不得！濟公快來！」和尚哈哈一笑。僧道鬥法，不知若何？且看下回分解。

第一百九十四回　激筒兵揚威破邪術　濟長老涉險捉賊人

話說七星道人劉元素一念咒，走石飛沙，直奔官兵隊而來。官兵全都不能睜眼。大家齊聲喊嚷：「濟公快來！」和尚用手一指，口念六字真言：「唵嘛呢叭嘧吽！唵敕令赫！」立刻就風定塵息。七星道人一見窮和尚，嚇的撥頭就往回跑。八卦真人謝天機說一聲：「無量佛！賢弟你閃在一旁，待我拿他！」伸手拉出寶劍，往前趕奔，說：「來者你就是濟顛麼？」和尚說：「然也！正是。」謝天機說：「你可知道你家祖師爺的利害麼？你要知事達務，趁此過來跪倒，給我磕頭，叫我三聲祖師爺，山人有一份好生之德，饒爾不死！如要不然，當時我要結果你的性命！」和尚說：「好雜毛老道，你給我磕頭，叫我和尚老爺三聲祖宗，我也不能饒你！」八卦真人謝天機，看和尚是一個凡夫俗子，他那裡瞧得起他？焉知道和尚早把佛光、靈光、金光閉住。老道舉寶劍過來，照和尚劈頭就剁。和尚滴溜一閃身躲開，伸手掏老道一把；老道一劍跟著一劍，也砍不著和尚。和尚掏一把，擰一把，擰一把，掏一把。老道真急了，立刻口中念念有詞，由平地起了一陣怪風，從空中來了許多毒蛇怪蟒，兔鹿狐貛無數的野獸，直奔官兵隊，張牙舞爪咬官兵，嚇的官兵紛紛倒退。和尚用手一指，口念：「唵嘛呢叭嘧吽！唵敕令赫！」立刻現了一道黃光，這些東西都現了原形，全是紙的，墜落於地。八卦真人一看事情不好，連忙跑回去說：「祖師爺，我等法力太小，敵不了和尚，請祖師爺大施佛法，去把和尚拿住。」

邵華風一見了得，連聲喊嚷，立刻一擺寶劍，趕奔上前說：「好濟顛，我山人跟你遠日無冤，近日無仇，你無故跟我作對。今天祖師爺將你拿住，碎屍萬段，方出我胸頭惡氣！」和尚說：「好孽畜！你就是赤髮靈官邵華風麼？」老道說：「正是你家祖師爺！」和尚說：「我正要拿你，你既是出家人，就應當奉公守分，跳出三界外，不在五行中，一塵不染，萬慮皆空，掃地不傷螻蟻命，愛惜飛蛾紗罩燈。老道應當戒去貪嗔愛惡欲。你無故妖言惑眾，殺害生靈，招聚綠林江洋大盜，發賣熏香蒙汗藥，貽害四方；使人各處拍花，敗壞良家婦女，拆散一家骨肉分離；上招天怒，下招人怨，『天作孽，猶可違，自作孽，不可活！』我和尚並不願多管閒事，無奈你實屬罪大惡極，我和尚誅惡即是善念。今天該當你惡貫滿盈，你還執迷不悟，強欲抗衡。」老道一聽，氣得三尸神暴跳，五靈豪氣騰空，擺寶劍照定和尚劈頭就剁。和尚閃身躲開，走了三五個照面，和尚身體靈便，老道砍不著，真急了！身子往旁一閃，說：「好顛僧！氣死我也！待山人用寶貝取你。」和尚說：「你把你的寶貝掏出來，我瞧瞧。」

老道由身背後拿出一個葫蘆，裡面是五百陰魂，都是不該死的人，前者眾老道練百骨神魔，害的人收來的。今天老道真急了，口中唸唸有詞，把葫蘆蓋一拔，放出五百陰兵，立刻天昏地暗，日色無光，鬼哭神嚎，直奔官兵隊。和尚趕緊吩咐拿激筒打，眾官兵立刻用激筒一打，這汙穢之水，專破邪術，展眼之際，陰兵四散，化為灰飛。赤髮靈官邵華風一見和尚破了他的陰兵陣，老道大吃一驚，立刻又要念咒。和尚又吩咐官兵，用激筒打老道。官兵激筒照老道一打，眾老道渾身上下是髒水，念咒也不靈了。大眾說：「祖師爺可了不得了！」邵華風說：「快跟我走！」眾人撥頭就往廟裡跑。和尚說：「追！」官兵隊直追到慈雲觀山門以外。和尚吩咐官兵把東西南三面圍住。陸忠傳令圍廟。官兵雖有一千餘人，慈雲觀地勢太大，兵也不能滿圍過來，官兵就把前面扎住。和尚說：「陸大人、顧大人隨我進廟。」大眾帶領親隨人等，進了廟門一看，正北是大殿五間，有月臺，東西各有配殿。在大殿兩旁邊，有兩個八角的亭子，裡面當中仿像兩眼井口。和尚來到東邊亭子，往下一探頭看，大眾說：「不用說，眾妖道許由井亭子逃走，也許是地道。」話言未了，只見由井口裡伸出一隻大手，真有五六尺大，一手的黑毛，竟把濟公的腦袋抓住。就聽和尚一嚷：「可要了我的命了！」大手把和尚揪下井亭子去。知府顧國章眾人嚇的亡魂皆冒，說：「這可糟了，大概濟公要沒命了！」

此時雷鳴、陳亮等一看，心中好似萬把鋼刀扎心，賽如叉挑五臟，油烹肝，花箭刺了雄心，刀挑了鐵膽。雷鳴本是一個忠厚人，心中一想：「師父待我等恩重如山，屢次救我等的性命；現在他老人家被大手抓下井去，不知生死，我這條命不要了。倒要跳下去看看這裡面怎麼一段情節？看個水落石出。」猛英雄想罷，撒腿就跑，來到井亭，把心一橫，跳下井去。陳亮一看，急得一跺腳，自己心中一陣難過，想：「二哥已跳下去，世上知道有雷鳴就有陳亮，有陳亮就有雷鳴，我二人活著在一處為人，死了在一處做鬼。」想罷就往前跑，知府顧國章剛要攔。這句話沒說出來，見陳亮已跳下去了，急的顧國章一跺腳，自己一想：「濟公、雷鳴、陳亮，大概是沒命了。這老道再出來，誰能敵擋的了？」官兵眾人一個個無不膽戰心驚。顧國章一想：「為人子孝當竭力，為人臣忠則盡命；既受國家俸祿之德，理應當答報君恩，以身許國，為官捐軀。莫若我也跳下去，一死萬事皆休。」正由心中思想之際，只聽大殿旁一聲喊嚷：「無量佛！善哉善哉！你等放著天堂有路你不走，地獄無門自找尋！」眾官兵抬頭一看，只見由後面出來一個老道，頭戴青緞子九梁道巾，身穿藍緞色道袍，周身繡八卦，按著乾三連，坤六斷，離中虛，坎中滿，當中八卦太極圖，紫臉膛，凶眉惡眼，眾官兵嚇得魂不附體。

書中交代：怎麼一段事呢？原來赤髮靈官邵華風眾妖道被激筒打了一身穢血水，眾妖道跑到後面。邵華風說：「可了不得！好濟顛僧，施展這樣狠毒之計，破了你我的法術。眾位快跟我把身子洗乾淨，再作道理，山人焉能跟這濟顛僧善罷干休？」眾人趕緊打了淨水，把渾身都洗乾淨。赤髮靈官邵華風說：「眾位那位去探探去？」乾法真人趙永明說：「我去！」邵華風說：「你附耳過來，如此如此！」趙永明點頭答應，說：「那位去到前面探探去？」旁邊有黑虎真人陸天霖說：「我去！」立刻往外直奔，方奔到二門，有兩個從人說：「真人你上那去？方才和尚被大手給抓下去了！連那兩個姓雷姓陳的都跳在井亭子裡去。」陸天霖一聽，說：「這可是活該！待我去看看。」老道這才來到外面，站在大殿一看。工夫不大，只見由井亭裡摔出一隻胳臂來，鮮血淋淋，是現砍下的樣子；老道在大殿上看的真真切切，鼓掌大笑。兵馬都監陸忠同知府顧國章，也都看見了，嚇的顏色更變。顧國章說：「可了不得了！大概是濟公被賊人害了，把胳臂砍下來！」兵馬都監陸大人說：「顧大人你看，這不是濟公的胳臂。」顧國章說：「都監何以見得呢？」陸忠說：「你見要是濟公的手，有泥，肉皮不能這麼白！」顧國章一想言之有理，說：「要不是濟公，這必是雷鳴、陳亮！可惜這二位俠義英雄，一不為名，二不為利，一旦之間，喪在妖人之手！」正在歎息之際，忽見井亭子又扔出一條大腿來，也是鮮血淋淋，瞧著甚為可慘。老道黑虎真人陸天霖看夠多時，一陣狂笑，說：「好一個膽大的知府，竟敢前來送死。山人今天全把你等結果性命。」說著話，老道擺寶劍往前直奔，口中「咕噥咕噥」，又念起咒來。顧國章一瞧，事情不好，趕緊吩咐：「爾等快拿激筒，打」這句話尚未說完，就聽由西角門一聲喊嚷：「哎呀，阿彌陀佛！好孽畜！你又來興妖作怪？待我拿你。」眾官兵抬頭一看，見和尚「梯踏梯踏」，腳步踉蹌，來到大殿以前，眾人目瞪癡呆。不知羅漢爺從何處而來？且看下回分解。

第一百九十五回　濟公兵困慈雲觀　妖道率眾渡長江

話說黑虎真人陸天霖方要念咒，跟官兵作對。只見濟顛和尚來了，老道嚇得撥頭就跑。跑到後面一看，赤髮靈官邵華風眾人，全都蹤跡不見。陸天霖一想：「這倒不錯，大眾拿我作了押帳了，全都跑了！我也跑罷！剩我一個人，單絲不線，孤樹不林。」老道立刻奔後山牛背駝，竟自逃走。書中交代：赤髮靈官邵華風那去了呢？原本眾人一商議，見事不好，大概今天慈雲觀是保守不住了。邵華風咬牙忿恨：「濟顛和尚無故跟我作對，把我這座鐵桶相似一座廟給毀了，鬧的我上天無路，入地無門。」邵華風說：「眾位，現在濟顛和尚把我的廟挑了，我焉能跟他善罷干休？我由這裡直奔臨安城，到西湖靈隱寺，把他廟裡的僧人，見一個殺一個，刀刀斬盡，劍劍誅絕，然後放火一燒廟，我也算報了仇。眾位那位願意去跟我走一趟？如不願意去，眾位直奔仙人峰彌勒院，到通天和尚法雷那裡去等我，不見不散。」旁邊有前殿真人長樂天、後殿真人李樂山、左殿真人鄭華川、右殿真人李華山、七星道人劉元素、八卦真人謝天機、乾法真人趙永明、艮法真人劉永清，乾坎艮震坤離巽兌八位真人，連黑毛蕙高順、鐵貝子高珍，這些人都要跟著邵華風。迷魂太歲田章帶領單刀太歲周龍、笑面貔貅周虎一干眾熏香會的人單走。眾採藥真人巡山真人在一處走。分為三起，逃出了慈雲觀，來到後山牛背駝上了船，渡過平水江，來到孤樹崗，天光已晚。頭一起邵華風眾人說：「暫且先找地方住下罷。」這孤樹崗有慈雲觀的一座黑店，邵華風帶領眾人進了店。

這些賊人分頭逃走，四散逃奔。也有單走的，內中矮月蜂鮑雷一個人單走，自己覺著垂頭喪氣，不知如何是好。順著江岸往東，走了數里之遙，自己覺著口乾舌燥，偶見對面有一座小村莊，有茶攤子，鮑雷正想喝茶，來到近前一看，這裡坐著兩個人，正是追風攆子姚殿光、過渡流星雷天化。這兩個人是前者奉濟公之命，叫他二人今天在這裡等候鮑雷，燜上一碗茶，有濟公的一塊藥，放在茶內。今天鮑雷方來到近前，姚殿光說：「鮑二哥你來了？」鮑雷一見這兩個人，立刻把眼一瞪，說：「你兩個小子，在此做什麼呢？前者叫你歸慈雲觀，你二人不但不歸，反傷了我們的一個人；今天你們又在這裡！」姚殿光一聽說：「你先不用瞪眼，你喝碗茶，有什麼話再說。」鮑雷是真渴了，當時把這碗茶喝下去，出了一身的透汗，心中豁然大悟。鮑雷說：「二位賢弟從那裡來？」姚殿光說：「我二人，特為來等你。」鮑雷說：「我打那來？」姚殿光、雷天化說：「我們知道你打那來？你自己不知道麼？」鮑雷心中迷迷糊糊，直彷彿做了一場大夢一般，說：「哎呀！我家中還有人沒有？」姚殿光說：「怎麼沒有！前者我二人到慈雲觀，奉老太太之命去找你，你要殺我二人，莫非你忘了麼？」鮑雷自己一想說：「我渺渺茫茫，可記得我自從到了慈雲觀，邵華風給我一粒藥吃，我心中就迷了。瞧見你們就有氣，你們誰要一歸慈雲觀，我就喜歡了。真乃怪道！」姚殿光說：「現有靈隱寺濟公長老派我二人來接你，茶裡有藥，你喝下去才明白了。現在你家裡老太太盼你盼的病了，你先同我二人到家去看看，叫老太太好放心。然後你我再找濟公，給聖僧道謝。」鮑雷這才點頭，同姚殿光、雷天化回歸鮑家莊，這且不表。

單說赤髮靈官邵華風，同眾人來到孤樹崗店內，心中甚是不安。邵華風說：「眾位，那位到慈雲觀去探探官兵走了沒走？」艮法真人劉永清說：「我去探探，祖師爺聽候我的回信。」邵華風說：「劉真人需要小心！」劉永清立刻出了店，駕著趁腳風，來到慈雲觀一探，原來官兵正在搜廟放人呢。和尚叫官兵把「乾坤所」「婦女營」被難的放出來，問明白了眾婦女的家鄉住處，叫官兵給護送回去。

書中交代：和尚由井亭子怎麼出來呢？著書一支筆，難說兩件事。原本八角亭子伸出那隻大手是削器，人在上面一踏削器，這大手就出來，正把人抓住，底下有八個人看守地道，專等拿人。和尚故意叫大手抓下去，底下八個人要打算綑和尚，被和尚用法術定住。雷鳴、陳亮跳下去，見濟公正在地道裡站著，和尚說：「這八個人害人多了，你兩個人先把他等結果了性命。」雷鳴、陳亮殺這八個人，把胳臂大腿扔上去。顧國章只打算是雷鳴、陳亮被害了，其實不是雷鳴、陳亮。把這八個人殺完了，和尚說：「你們兩個人到那邊地道去找找，有一個人把他救出來。」雷鳴、陳亮二人，順著地道，找有半里之路，只見對面有一個人，正在那裡咳聲歎氣。雷鳴、陳亮在頭裡，濟公隨後跟著，來至切近一看，見這人身高八尺，膀闊三停，頭戴青緞色六瓣壯士帽，身穿青緞色箭袖袍，腰束絲鸞帶，單襯褲，薄底靴子，面如紫玉，粗眉朗目，此人非別，乃是飛天火祖秦元亮。雷鳴、陳亮一看說：「秦大哥，你在這裡，快跟我們走！」秦元亮一看，說：「雷、陳二位賢弟，你們從那來的？」雷鳴說：「我等奉濟公之命，幫著常州府知府，帶兵來剿滅慈雲觀，濟公知道你在此遇難，我等特來救你。你怎麼會在這裡的？」秦元亮說：「咳！二位賢弟別提了，我原本是一番好意，我到鮑家莊去瞧矮月蜂鮑雷，聽說他歸了慈雲觀，他母親想他想的病了，我來到這裡找鮑雷，勸他回家，他不但不聽，反倒叫我歸慈雲觀。我說不歸，他把我綑了。一見赤髮靈官邵華風，他們給我一粒藥叫我吃，我不吃，他說要殺我。後來也不知因什麼，又不殺了，把我弄到這地牢幽囚起來，更難受，生不如死。有四個人看守著我，天天也倒給我吃，給我喝，就是出不去。每天這些人勸我，叫我吃他這粒藥，說能化去俗骨，成佛做祖。所有上慈雲觀來的人，就不叫走，就得吃他們的藥；不吃藥就給幽囚起來，永不放。急的我心似油烹。我來了有半個多月了，今天看守我這幾個人都走了，我自己打算出去，也找不著出去的路。你二人由那裡進來的？」雷鳴說：「我二人是由亭子跳下來，有濟公帶領著。」正說著話，見濟公來到近前。雷鳴說：「秦大哥我給你引見，這就是濟公長老。」秦元亮趕緊給濟公行禮，說：「聖僧，你老人家來救我，再生我，心中實深感激。」和尚說：「不必行禮，跟我走罷。」三個人跟著和尚，走在地道內，各處搜尋，救出數十個被難的人來。和尚把眾人帶到慈雲觀前門，問明眾人的來歷，叫官兵用船隻送過平水江。一面派官兵搜查慈雲觀廟內，抄出無數的金銀物件。和尚問：「雷鳴、陳亮，你二人打算上那去？」雷鳴，陳亮說：「師父要不用我等，我二人打算要回家。」和尚說：「你二人要回家，可有一節，走在路上，千萬要少管閒事，戒之慎之！你二人要不聽話，惹出禍來，我和尚可救不了你們！」雷鳴、陳亮說：「是，我二人也不管閒事。」和尚說：「我可囑咐你們了。」又問：「秦元亮你上那去？」飛天火祖秦元亮說：「我也要回家了，改日再答謝你老人家救命之恩。」和尚說：「那倒是小事一段。你三個人要走，可有盤費麼？」雷鳴、陳亮說：「盤費倒有，師父不必惦念著。」知府顧國章說：「三位壯士要走，……」吩咐手下人：「給三位壯士每人拿五十兩銀子。」三個人還不肯要，和尚說：「大人既賞你們，你們就拿著罷。」三個人這才把銀兩帶好，立刻告辭官兵，有船送到南岸。秦元亮謝過雷、陳，告辭單走。雷鳴、陳亮二人連夜往下一走，天光亮了，到了一個地方，叫五里碑，有一座萬成店，專住來往保鏢的達官。雷鳴說：「老三，咱們到店裡吃點什麼，歇息歇息再走。」陳亮點頭。二人這一到店中，焉想到狹路相逢，又生出一場大禍臨身。不知後事如何？且看下回分解。

第一百九十六回　五里碑雷陳逢妖道　慈雲觀濟公救難民

話說雷鳴、陳亮由慈雲觀來到五里碑這座店，連夜走路，覺著身體勞乏，也覺著腹中飢餓。見眼前有一座店，原本這座店常住保鏢的。雷鳴、陳亮一進店，小伙計王三認識，知道雷鳴、陳亮是威鎮八方楊明的同伴。伙計說：「雷爺、陳爺二位少見哪！」雷鳴、陳亮說：「少見！」王三說：「二位打間上房好不好？」雷鳴說：「好！」伙計帶領來到北上房，是一明兩暗三間，東西都是單間屋子。二人來到北上房，西裡間一看，屋裡有八仙桌椅子，靠後窗戶是一張床，張著床幃，床上有小桌，伙計給打洗臉水，倒了茶來。說：「二位吃什麼？」雷鳴、陳亮說：「你給來兩壺酒，先給煎炒烹炸，配六個菜來。」伙計說：「是。」轉身出去，少時擦抹桌案，把小菜杯碟擺好，把酒菜端來。雷鳴說：「王伙計你喝一盅。」王三說：「請罷，你們二位這是從那來？」雷鳴說：「我們由平水江。」王三說：「你們二位由平水江來，沒聽見慈雲觀怎麼樣了？」雷鳴說：「你們也知道慈雲觀的事麼？」伙計說：「我們也聽見說慈雲觀有幾個老道，妖言惑眾。聽說常州府調官兵去拿賊，可沒得準信。」雷鳴說：「現在有靈隱寺濟公長老，帶領官兵把慈雲觀抄了。」伙計說：「這就是了。」說完了話，轉身出去。雷鳴二人喝著酒，雷鳴說：「老三，你我這回閒事總算管的不錯，要不是濟公他老人家，這些妖道可真辦不了。」陳亮說：「你我要不是濟公，咱們也不管閒事，多一事不如少一事，『是非皆因多開口，煩惱皆因強出頭。』這件事總算全始全終。」

二人正說著話，只聽外面一聲喊嚷：「無量佛！店家，有地方沒有？」伙計說有。雷鳴、陳亮聽聲音甚熟，偷著往外一瞧，來者非是別人，正是赤髮靈官邵華風、前殿真人、後殿真人、左殿真人、右殿真人、七星真人、八卦真人這一干群賊，把雷鳴、陳亮嚇得亡魂皆冒。書中交代：邵華風昨天夜內住孤樹崗店內，派艮法真人劉永清一哨探，官兵圍著慈雲觀，正在放人。劉永清回去說：「回稟祖師爺，現在官兵並沒走。」邵華風說：「好！明天一早你我起身，先直奔靈隱寺，見僧人就殺，放火燒廟。回來到彌勒院，找通天和尚法雷，大眾聚會在一處。把外面五百隻黑船調齊，七十二座黑店的人，一並湊齊，先殺濟顛和尚，然後跟常州府知府決一死戰，把知府殺了，我自立為常州王。你等大家須要助我一臂之力。」眾老道全都點頭答應。在店中住了一夜，今天天一亮，眾人頭一起起身，要直奔臨安城。走在這五里碑，眾人要吃點飯，見萬成店是一座大店，眾人進了店。邵華風說：「伙計，這裡有寬大的屋子沒有？」伙計說：「上房裡方才來了兩位，倒是打間。眾位道爺等一等，我叫上房那兩位挪出來，到別的屋吃去也行。」邵華風說：「甚好！」伙計立刻來到上房一看，見雷鳴、陳亮蹤跡不見。

書中交代：雷鳴、陳亮那去了呢？這兩個人偷著看是邵華風眾妖道來了，把雷鳴、陳亮嚇的亡魂皆冒，心中一想：「這是對頭冤家到了，這要一見著老道，準得要我的命。」嚇的這兩個人無處可躲，一撩床幃，藏在床底下去。心裡說：「只要老道不找，等他們吃完了飯走了，再鑽出來；倘若要搜尋著，也是無法，只可認命，萬事皆由天定，生有處，死有地！」兩個人藏起來。伙計一瞧沒了人，說：「這件事可怪，怎麼會沒了人？莫非這兩個人是騙子手，沒給飯錢就跑了？怎麼也沒見出去呢？是人是鬼呀？」伙計楞了半天，說：「眾位道爺進來罷！上房這兩個人沒有了。」赤髮靈官邵華風眾人來到屋中說：「怎麼一段事？」伙計說：「這兩個人連飯錢沒給，也不知什麼時候走的？」邵華風說：「走了走了罷，你趕緊給我們要兩桌菜，快來，我們吃完了還要趕路呢！」伙計點頭，轉身出去。邵華風眾人也沒想到是雷鳴、陳亮，幸喜沒往床底下找。少時伙計把桌子擺上酒菜，端進來，眾老道坐下喝酒。邵華風心裡煩，說：「眾位真人，今天你我快吃，吃完了就走，我恨不能一時到了臨安城，把靈隱寺廟裡和尚刀刀斬盡，劍劍誅絕，放火一燒廟，我這個仇算報了。我然後再把常州府知府一殺，我自立常州王。眾位助我一臂之力，我得了江山社稷，跟你等列土分茅❶，平分江山。」說的正在高興之際，忽聽外面有人說：「阿彌陀佛！」問伙計說：「你們這裡有十幾位老道在這裡吃飯，有沒有？」伙計說：「有，不錯。」眾老道一聽是濟公和尚的口音，眾老道嚇的連魂都沒有了！邵華風說：「眾位可了不得了！濟顛和尚來了！可恨就是魯修真，他要不把我的『乾坤子午混元缽』誆了去，我焉能不是濟顛和尚的對手？」此時雷鳴、陳亮在床底下一聽，心中暗喜。

書中交代：外面來者非是別人，正是濟公禪師。和尚在慈雲觀把廟抄了，所有廟中被難的人，都放淨了。抄出賊人的細軟金銀不少。知府顧國章把銀子賞了被難這些人，分散了有一半，直鬧了半夜天亮，東方發曉。和尚說：「陸大人你帶兵回去罷，暫且把廟封鎖。顧大人你也回衙理事。我和尚帶著你手下馬快班頭何蘭慶、陶萬春兩個人，去到戴家堡拿眾妖道完案。」知府說：「聖僧你老人家既是慈悲，甚好！」立刻叫何蘭慶、陶萬春跟著聖僧去辦案，帶一百銀子作盤費。二位班頭點頭答應。和尚說：「咱

❶ 列土分茅：古時天子分封諸侯時，用白茅包些土給他，以示分封土地。

們回頭見。」立刻告辭分手，坐船來到平水江南岸下了船。和尚帶著何蘭慶、陶萬春往前走來，到五里碑。和尚說：「二位頭兒，咱們吃點東西再走。」說著話，進了萬成店，和尚說：「辛苦辛苦，你們這店裡，有十幾位老道在這裡沒有？」伙計只打算和尚跟老道是同伴的，趕緊說：「不錯，在上房裡！我伴同師父去！」和尚說：「好！」伙計前頭走，說：「眾位道爺！有一位和尚來找你們眾位。」伙計說著話，沒聽見上房裡有人答言。及至來到上房，掀簾子一看，眾老道一個沒有了。方才那兩位，一位藍臉，一位白臉的，又在那裡坐著喝上了。

伙計一楞，說：「這是怎麼一段事？眾老道那去了？」雷鳴、陳亮說：「由後窗戶都跑了。」伙計說：「你們二位方才那去了？」雷鳴說：「老道是我們仇人，我二人在床底下藏著。」說著話，和尚同陶頭、何頭進來，雷鳴、陳亮趕緊給師父行禮。伙計說：「老道他們走了，你們二位給這兩桌飯錢罷。」雷鳴說：「我們憑什麼給呀？方才我們要的六樣菜，都叫老道吃了，我們這是他們剩的，誰要的菜誰給錢！」伙計說：「那可不行。」正說著話，掌櫃的過來，問：「怎麼一段事？」伙計照樣一學說，掌櫃的一聽，說：「老道為什麼跑了？這位大師父是誰？」雷鳴說：「這是靈隱寺濟公，方才那些老道，都是漏網的賊人。」掌櫃的一聽說：「既是濟公活佛，這不要緊，勿論吃多少錢，我候❷了。伙計，再去給濟公添酒換菜。聖僧在我這裡吃二年，我也不要錢。」掌櫃的一恭敬和尚，和尚倒說：「不要緊，我給錢。」立刻落座。連二位班頭，五個人一處喝酒，開懷暢飲。吃喝完，和尚照數連雷鳴、陳亮先要的菜，都給了銀子。陳亮說：「師父上那去？」和尚說：「我上戴家堡。你二人要回家去罷，千萬可要少

❷ 候：北平方言。指支付、付清。

管閒事，伸手是禍，縮手是福。諸事瞧在眼裡，記在心裡；要不聽我和尚的話，鬧出禍來，我和尚可不能管。」陳亮說：「師父不用囑咐，我二人也不管閒事。」當時二人先告辭出了萬成店，順大路行走。陳亮說：「二哥，你我也該回家了。頭一則我妹妹也該聘了。」本來陳亮家裡有叔嬸，在鎮江府丹陽縣開白布鋪，並不指著陳亮做綠林。他自幼跟叔叔嬸母長大成人，陳亮是自己好在外面闖蕩江湖，行俠做義，跟雷鳴住家相離十里地的街坊。這兩個人往前走，來到一座村莊，忽見有一老丈，揪著一個十二三歲的小孩直打。小孩破口大罵，看光景也不是父子，也不是爺孫。雷鳴一看，有些詫異，連忙上前詢問。焉想到這一問，又生無限是非。不知後事如何？且看下回分解。

第一百九十七回　趙家莊英雄見怪事　七星觀羅漢捉妖人

話說雷鳴、陳亮要回鎮江府，走在道路之上，來到一座村莊，見有一個老者，拉著一個十二三歲的小孩直打。這孩子口中不住直罵。雷鳴一看，說：「老三，你看這個小孩，老頭為什麼這麼大年歲跟小孩一般見識？我過去問問。」雷鳴來到近前，說：「老頭，這孩子是你什麼人，你打他？」老頭說：「二位要問這孩子，並不是我什麼人，實在可恨。」雷鳴說：「既不是你什麼人，你這麼大歲數，打小孩子，因為什麼？」老者說：「我告訴你們二位，你給評評理。老漢我姓趙，叫趙好善。我們這地方叫趙家莊。這個孩子叫二哥，他姓陳，他有一個母親，娘家姓孫，跟我並不沾親帶故。只因他母子逃難，來到我這村莊，我是一片慈心，見他母子可憐，一個年輕的婦人，帶著一個小孩子，流落在外鄉，連住處都沒有。我對門有三間場院房，叫他母子白住，我並不要房錢。他母親倒很安分，天天到七星鎮，有一家財主家去做針線活，早去晚歸。人家財主家有小孩子，怕打架，他母親天天去，也不帶著他。昨天他母親回來，躺在炕上，一句話也沒說，就死了。今天我聽見說，我一想已然死了，這也無法，誰叫他住我的房呢？我只好給買一口棺材，把他埋了罷。誰想到這孩子，他說不叫埋，他說他母親沒病，他還要留著他母親做伴。二位想想，莫非我這房子就擱著一個死屍占著，世界上也沒有死了人不埋的道理！我就要埋，這孩子張嘴就罵，不叫埋定了。因為這個罵上我的氣來，我這才打他。」雷鳴說：「你這孩子，這可是太渾。你娘業已死了，焉有不埋的道理？」小孩說：「我娘沒病，我叫不埋，我還留著叫我娘跟我做伴呢！」雷鳴說：「你這孩子可是胡鬧，你快叫人家把你娘埋了罷。不要緊，你沒人管，我們把你帶了走，我瞧你也怪苦的。」趙老丈說：「二位把他帶了走罷。」小孩直哭直鬧。趙好善說：「二位貴姓？」雷鳴、陳亮各通了名姓。趙好善說：「二位跟我來瞧瞧，他說他娘沒病死不了，你們二位來瞧瞧，是死了沒有？」

雷鳴、陳亮二人跟著進了這西村口。趙好善說：「我就在這路北大門住家，路南裡這是我的場院了。」雷鳴、陳亮一看，路南裡是一片空地，周圍籬笆圈裡面，有三間南房。大眾一同來到裡面，到了屋中一看，東裡間順前簷的炕，炕上躺著一個少婦，已然是死了。雖然衣服平常，看年歲也不過有三十歲，長的倒有幾分姿色。雷鳴、陳亮一看，果然是死了。說：「孩子，你娘分明是死了，好端端又不是人害的，你不叫埋怎麼樣？」正說著話，聽外面一聲：「哎呀！阿彌陀佛！善哉！善哉！你說不管，我和尚焉有不管之理？」雷鳴、陳亮一聽是濟公的聲音，趕緊往外一看，果然不錯，是和尚帶著何蘭慶、陶萬春兩位班頭。雷鳴、陳亮說：「好，趙老丈，你看看靈隱寺濟公來了。」趙好善也有個耳聞，知道濟公名頭高大，趕緊把和尚讓進來，雷鳴、陳亮說：「師父從那來？」和尚說：「我告訴你兩個人，不叫你們兩個人管閒事，你兩個人還是不聽！方才我一出店，要上戴家堡，偶然打了一個冷戰，我就知道你兩個人要惹禍。我和尚不能不追來；我要不來，這個亂大了！」雷鳴、陳亮說：「師父這有什麼禍呢？」和尚說：「那是有禍！我且問你，這個婦人是怎麼一段事？」雷鳴說：「趙老丈，你跟聖僧說說這件事！」趙老丈又照樣把話學說一遍。提說：「人死小孩不叫埋。」和尚說：「這是死人麼？」趙好善說：「怎麼不是？」和尚說：「你來看！」用手衝著死人一指，口念「唵嘛呢叭𠺗吽！唵敕令赫。」雷鳴、陳亮，趙老丈再一看，和尚把障眼法給撤了，眾人一看，炕上躺著並不是真人，原來是一個紙人。眾人全楞了。

書中交代：這是怎麼一段事呢？原本這村北有一座廟，叫七星觀，廟裡有一個老道，叫吳法通，綽號人稱廣法真人，乃是赤髮靈官邵華風的記名徒弟。素常這個老道無所不為，廟裡有夾壁牆，他在煙花買了幾個婦人，擱在夾壁牆之內，終日作樂。吳法通自己有一部邪書，老道會練妖術邪法。老道常在廟門口站著，見孫氏早起上七星鎮去做活，晚半天回來，天天由他廟門口經過。老道一看，本來孫氏長得美貌，雖衣服平常，人才出眾，稱得起眉舒柳葉，唇綻櫻桃，杏眼含情，香腮帶笑。老道本是花裡的魔王，色中的餓鬼。這天孫氏又從他門口過，老道訪問別人，問這個婦人是誰家的。有人說：「道爺你不知道，這個婦人原本是逃難來到趙家莊，在趙善人的場院房住著，天天到七星鎮李宅去做針線養活。」老道聽明白了，自己一想：「我要把這個婦人用法術引到廟裡來，大概婦人一丟，必有人找。我總得把這件事辦嚴密了，免生口舌是非。」老道用紙糊了一個婦人，跟活人一般，老道能用法術催著，叫這個假人能走。這天老道在門口等候，又見孫氏來了。老道一念咒，說聲「敕令」，孫氏一打冷戰，兩眼發直，自己就進了廟。老道把孫氏擱到夾壁牆，叫那四個妓女給順說。老道一面給假人貼上一道符，用咒語一催，這假人來到場院房一躺，有伏驗法，遮著凡人眼，跟真人一樣。老道在廟內，點著一炷信香，要有人把假人埋了，他也能知道；要有人破了他的法術，這信香就滅了，他也能知道。今天被濟公把法術一破，雷鳴、陳亮、趙好善一看是個假人，趙好善說：「這是怎麼一段事？」和尚說：「你也不用問。少時你看，必有人來不答應！」雷鳴、陳亮說：「師父，這是怎麼一段緣故？師父給管管罷！」和尚說：「我既來，焉有不管的道理？我要不管，就得出人命！我和尚誅惡人即是善念。咱們等著罷。」

趙好善說：「聖僧到我家去罷！」和尚說：「也好！」連雷鳴、陳亮一同來到趙好善家中，是南倒座五間為客廳，屋中倒很幽雅沉淨，眾人落了座，有手下人倒過茶來。趙好善說：「聖僧吃葷吃素？既來到我家裡，不要做客，我這裡葷素都可以現成。」和尚說：「我葷素都可以用。」趙好善立刻叫家人預備酒飯。家中倒是便當，少時擦抹桌案，把酒菜擺上，大眾落座，開懷暢飲，談心敘話。直吃到天有初鼓以後，忽然間走石飛沙，聲如牛吼，令人膽戰心寒，刮的毛骨竦然。立刻屋中燈頭火就滅了。和尚說：「來了！」眾人嚇的亡魂皆冒。

書中交代：和尚把假人的障眼法一撤，老道在廟裡就知道了。心中一動，說：「這是什麼人好大膽量，竟敢破我法術，壞我大事！我焉能跟你干休善罷！」吳法通他廟裡早有練成的百骨神魔，是他素日在亂葬岡子裡撿的人骷髏骨，也並非容易，非是一日之功，湊來湊去，湊齊了。也有腦袋，也有胳臂腿腳，湊成一處，用舌尖中指的鮮血滴上，借天地陰陽之氣，雨潤露滋，並受其日月之精華，老道再用符咒一催，把這百骨神魔練好了。在大殿裡，有一口空棺材，將這骷髏骨藏在裡面。要用他，能用符咒一催，給他寶劍，使他出去，非得殺了人不回來。這件東西，專能害人。前者小月屯鬧喊喊嗰嗰，就是這一類的東西。今天老道吳法通，知道有人破他假人，心中暗恨。到晚上星斗出全了，老道在院中，預備香燭紙馬，五穀糧食，黃毛邊紙，硃砂筆硯，香菜根，無根水，老道披髮仗劍，畫了三道符，一念咒，把百骨神魔催起來，給他一口寶劍。這種東西，帶著一陣陰風，直奔趙好善家中來了。雷鳴、陳亮眾人一看，就是一個旋風裹著雪白，有一丈多高，也看不準是什麼。和尚說：「來了，好孽畜！」立刻把僧帽摔出來，霞光萬道，把百骨神魔壓在就地。和尚說：「你們瞧！」眾人一看，是個骷髏骨。和尚說：

「趙好善，你叫人點火燒。」立刻用柴火一燒，燒的有血跡，有腥臭之氣。趙好善說：「這是那來？」和尚說：「你跟我來！」連雷鳴、陳亮二人，俱跟隨和尚要直奔七星觀，捉拿老道吳法通，搭救難婦。

不知後事如何？且看下回分解。

第一百九十八回　戴家堡妖魔作怪　八蜡廟道士捉妖

話說濟公禪師把百骨神魔燒化，隨即帶領雷鳴、陳亮、趙好善出了趙家莊，來到七星觀。老道吳法通正在院中作法，不見百骨神魔回來，桌上的七盞燈花都滅了，老道就知有人破了他的法術。正在心中一楞，只聽外面一聲喊嚷：「好孽畜！你敢興妖無故害人，我和尚焉能饒你？」老道抬頭一看，見來了一個窮和尚，短頭髮有二寸多長，一臉的油泥，破僧衣，短袖缺領，腰繫絨絲，疙裡疙瘩；足穿兩隻草鞋，「梯拖梯拖」，一溜歪斜；長得三分不像人，七分倒像鬼。帶著一個藍臉，一個白臉，一位老丈。老道看和尚是個凡夫俗子，羅漢爺早把三光閉住。吳法通一見，口中說：「什麼人？好大膽量！」和尚說：「就是我老人家！」老道打算要跑，和尚用手一指點，口中念六字真言，「唵嘛呢叭咪吽！唵敕令赫！」用定神法將老道定住。和尚說：「雷鳴、陳亮，你兩人把那老道殺了罷！這東西害過無數的人了，留著他貽害於後人！我和尚誅惡人即是善念。」雷鳴、陳亮立刻拉出刀來，手起刀落，將老道結果性命。和尚說：「在大殿裡有一口空棺材，就把老道擱在裡面，明天趙好善你叫人把他埋了就完了。這座廟就給你做為家廟。」趙好善點頭答應。和尚帶領眾人，把夾壁牆打開，裡面有四個妓女，連孫氏也在裡面。和尚說：「你們這四個婦人，趕緊收拾自己的東西，天亮各奔他鄉。趙好善你把孫氏領回去，叫他母子團圓。」等候天光亮了，四個婦人各自去了。眾人把孫氏帶回趙家莊。

和尚說：「雷鳴、陳亮，你二人要回家，去罷，還是少管閒事為要。我和尚也要上戴家堡捉拿邵華風。」趙好善謝過濟公。雷鳴、陳亮告辭分手。和尚帶領何蘭慶、陶萬春，由趙家莊出來，直奔戴家堡而來。大約有四五十里之遙，戴家堡也屬常州府所管。和尚同二位班頭，方來到戴家堡，只見由對面鼓樂喧天，八個人搭著一個彩亭子，裡面坐著一個十二三歲的小孩，有好幾十人護送。何蘭慶、陶萬春一看，這事透著新奇。心裡說：「這麼一個小孩，可有什麼好處呢？」何蘭慶見旁邊站定一位老者，在那裡咳聲歎氣。何蘭慶過去深施一禮，說：「借問老丈，這小孩可有什麼好處呢？大眾圍隨著，用亭子搭著上那去？」這老者咳了一聲說：「尊駕不是我們本處人罷？」何蘭慶說：「不是！」老者說：「尊駕有所不知！在我們這村北有一座廟，只因前者八蜡神在我們這村莊裡鬧的甚利害，不是傷人，就是著火。眾村會首❶到八蜡廟一燒香上供，八蜡神吩咐來人說，叫我村莊一天給他供一個小孩，他要吃一百天就走；若要不給供，把我們合村的人都要了命。我們這村莊方圓有兩千多戶人家，眾會首一商議，誰家有孩子，也捨不得去給八蜡神上供。花錢買誰也不賣。大眾說：這是咱們的村難，眾人出了個主意，誰家有孩子，寫上名字，摶上紙團，擱在斗裡搖，搖出誰家的小孩，就把誰家的小孩去上供，沒偏沒向，碰命。每天送一個，今天二十九天了。八蜡神吃了二十八個小孩子，今天這個小孩姓劉，家開著雜貨鋪，人家三門守著這一個孩子；人家家裡是善人，真稱得起樂善好施，急公好義。都說不應當遭這樣報，偏巧就把他家孩子的名兒搖出來，不能不送去。大眾瞧著可憐，老哥們三個要亭子搭著這小孩，給八蜡神送去。」何蘭慶一聽說：「這還了得！」回頭說：「濟公！你老人家給管管這件事好不好？把妖精捉了，

❶ 會首：有體面的人家。

搭救這一方的黎民，也算你老人家一件大功德。」和尚說：「我不管！」蘭慶說：「聖僧能行，為何不管呢？」和尚說：「倒不是我不管，回頭有比咱們能為大的來管；等人家管，不用咱們再管。不信你瞧著。」

正說著話，只聽對面一聲「無量佛」！何蘭慶抬頭一看，只見對面來了一個老道，頭戴青緞子九梁道巾，身穿藍緞色道袍，青護領相襯，腰繫杏黃絲縧，白襪雲鞋，面似銀盆，眉分八彩，目如朗星，鼻如梁柱，唇似塗丹，一表非俗。手中拿著蠅刷，肋下佩著一口寶劍，綠沙魚皮鞘，黃絨穗頭，黃絨挽手，來者老道非是別人，正是神童子褚道緣。書中交代：前者褚道緣同鴛鴦道長張道陵，由上清宮給老仙翁送信之後，二人由上清宮回來，各歸自己的廟。褚道緣回到鐵牛嶺避修觀，自己一想：「這口氣不出，非得找濟公報仇不可，無奈不是濟顛和尚的對手！」褚道緣忽然心生一計：「我何不到萬松山雲霞觀去，找我師爺爺紫霞真人李涵陵？他那廟裡有一宗鎮觀之寶，名曰『八寶雲光裝仙袋』，這一宗寶貝，勿論什麼妖精，裝上立現原形。要裝上人，即刻雲光一照，照去三魂七魄；就是大路金仙，都能照去白光。」自己想罷，立刻直奔萬松山而來。來到門首一叫門，道童開門一看，說：「師兄來了？」褚道緣說：「祖師爺在廟裡？」道童說：「在廟裡！」褚道緣來到裡面，一見紫霞真人李涵陵，跪倒行禮。李涵陵說：「你來做什麼？」褚道緣說：「沒事，我來瞧瞧祖師爺！」李涵陵說：「你沒吃飯，去吃飯罷。」也沒拿他著意，當初褚道緣在這廟裡當道童。他在這廟裡住了兩天。這天黑夜，他把『八寶雲光裝仙袋』盜出來，跑下山來，各處尋找濟顛。今天走在這戴家堡，見許多人搭著彩亭，裡面坐著一個小孩。褚道緣就問：「什麼事？這個小孩子什麼好處呢？」眾人就說：「道爺你有所不知，我們這裡鬧八蜡神，一天要吃一個小孩。今天已然二十九天了，吃了二十八個小孩子。八蜡神說，要吃一百天就走了，這也是我們村中該遭劫。這個小孩原本是劉善人家的，三門守著這一個，人家家裡是善德人家，遭這樣惡報，真是上天無眼。」褚道緣一聽，心中一想：「這必是妖精，我有『八寶雲光裝仙袋』，我何不把妖精捉了，給這一方除害，也算我一件功德！」想罷說：「眾位，你們不用把小孩送去，我去把八蜡神捉了好不好？今天你們就拿我上供，我去等他。」

劉善人一聽，心中喜悅，本來要送孩子去上供，老哥三個，哭的眼都紅了。聽老道說能捉八蜡神，劉善人連忙過來說：「道爺！你老人家要能把八蜡神除了，要多少銀子，我給多少銀子！」老道說：「我倒不要銀子，所為了然功德。」劉善人說：「更好了！」立刻叫人把亭子抬回去，大眾一同老道來到八蜡廟。劉善人說：「未領教仙長貴姓？在那座洞府參修？」褚道緣說：「我是鐵牛嶺避修觀的山人，姓褚，名道緣，綽號人稱神童子。」劉善人說：「仙長，你老人家真要把八蜡神捉了，我必有重謝。這一方都感念你老人家的好處！仙長你用什麼東西？我這裡好預備。」褚道緣說：「我什麼都不用，就等拿妖。你等有膽量大的，在這配房等候。瞧我用法寶將妖精捉住，把他結果了性命，你等看著。」不關心的人，誰也不敢在這裡捨命瞧捉妖，倘若老道捉不了妖精，就被妖精所害。眾人都走了，就剩下劉家弟兄三個。先叫人給老道預備素齋，吃喝完畢，劉氏弟兄在配房藏著。把窗戶弄了一個窟窿，往外看。褚道緣就在大殿內供桌上一坐。由兜囊將「八寶雲光裝仙袋」掏出來，手中一擊，等來等去，聽外面一陣狂風大作，走石飛沙，直奔八蜡廟而來。就聽從風中一聲喊嚷：「吾神來也！」褚道緣往外一看，風裡裹著一個老道落下來。面似青泥，一雙金睛疊暴，兩道硃砂眉，押耳紅毫，滿部的紅鬍子，頭戴鵝黃道冠，身穿鵝黃色道袍，腰繫絲縧，白襪雲鞋。這老道剛往院中一落，呵了一聲，說：「那裡來的生人氣？好大膽量！什麼人敢來到吾神的大殿？」褚道緣一看，這才用寶貝捉妖。不知後事如何？且看下回分解。

第一百九十九回　試法寶誤裝道童　顯金光道緣認師

話說褚道緣見妖精一來，立刻把「八寶雲光裝仙袋」，往外一摔，口中念念有詞，真是霞光萬道，瑞氣千條，妖精滋溜一溜煙，竟自逃走。褚道緣並未將妖精拿住。把「八寶雲光裝仙袋」撿起來，直等到天色大亮，妖精並未復來。劉氏弟兄在配房看的真切，出來給老道行禮。褚道緣說：「你等可曾看見了？」劉善人說：「仙長！你老人家果然神通廣大，法力無邊，把妖精趕走！可有一節，道爺可別走；你要走了，恐妖精再來，我等村莊可就要受他大害了！」褚道緣說：「我不走，我在這裡住三天就是了。如妖精再來，我必將他拿住。如三天不來，大概也就不來了。那時我再走。」劉善人說：「好！仙長不必在這廟裡住著，我們把你送到北邊三清觀去，那廟裡有一位老道，叫鐵筆真人鄭玄修，你們二位道爺，可以一處盤桓。那廟裡也有人伺候。」褚道緣說：「鄭玄修我認識他，跟我師父沈妙亮相好，我去看看。」劉善人說：「道爺既認識更好了。」這天同著褚道緣來到三清觀一叫門，由裡面道童出來開門。一看認識，說：「道爺從那來？」褚道緣說：「你家祖師爺可在廟裡？」道童說：「我家祖師爺會著客呢。」褚道緣說：「誰在這裡？」道童說：「靈隱寺濟公，帶著兩位班頭，昨天住在這裡。」褚道緣一聽說：「這可活該！我正要找濟顛僧報仇！找不著，他在這裡甚好！」

書中交代：昨天濟公見褚道緣攔住彩亭，和尚就帶領何蘭慶、陶萬春進了酒館，要了酒菜，吃喝完了，給了錢，同二位班頭出來，直奔三清觀。剛來到廟門首，見鄭玄修在門首站著。和尚說：「鄭道爺你好呀！」鄭玄修一瞧是濟公到，甚喜，想起前者濟公戲耍神童子褚道緣之時，在酒樓和尚把鄭玄修的銀子詛了走，在村口瞧銀子的成色。鄭玄修跟和尚打起來，正碰見沈妙亮，和尚顯露了三光，鄭玄修知道和尚是得道的高僧。今天一見，連忙行禮說：「聖僧久違！這是上那去？」和尚說：「我特意來看望你。」鄭玄修說：「無量佛！聖僧請廟裡坐。」和尚說：「可以！擾你個座！」帶著二位班頭進了廟；來到鶴軒一看，倒很清雅。和尚落了座，有道童獻上茶來。鄭玄修跟和尚一談話，本來和尚肚腹淵博，懷抱錦繡，腹隱珠璣，滿腹大才，二人越談越對勁。鄭玄修很佩服和尚，留下和尚吃飯，住在這裡。今天一早起來，喝著茶用過點心，剛要擺飯，聽外面打門。道童開門，一看是褚道緣，道童一提說：「濟公在這裡。」褚道緣說：「這可該當我報仇！」邁步往裡就走。和尚一看說：「了不得，我的仇人來了！」鄭玄修趕緊站起來說：「褚道緣你來了，今天濟公在我這裡，衝著我算完了，我給你們二位講合了。」褚道緣說：「那可不行！勿論誰說，也管不了。他欺負苦了我了，我特為找他報仇。」說著話，立刻伸手把「八寶雲光裝仙袋」掏出來，說：「我今天非得把濟顛裝起來，叫他知道我的利害。」鄭玄修說：「不可！瞧我罷！」和尚說：「得了！褚道爺你饒了我罷！」連何蘭慶、陶萬春都來求老道，褚道緣說：「不行！」立刻把「八寶雲光裝仙袋」一抖，眼瞧把和尚給裝在裡面。

褚道緣撿起裝仙袋，就要往地下摔，打算要把濟公摔死，被鄭玄修一把搶過去，說：「褚道緣你不准，出家人以慈悲為門，善念為本，不許無故害人的性命。你跟濟公又沒有多大的仇，裝了就是了。」說著話，鄭玄修把「八寶雲光裝仙袋」往下一倒，大眾一瞧，裡面裝的並不是和尚，原本是鄭玄修的大徒弟道童兒，已然身上都直了，昏迷過去。鄭玄修說：「褚道緣，你怎麼把我的徒弟裝起來？」褚道緣說：「我也不知道，這是怎麼一段事？我分明是裝的濟顛哪！」正說著話，只見和尚由外面來了，一溜歪斜，腳步蹌踉，說：「好東西，你真要跟我和尚做對？來來來！咱們爺們倒得分個高低上下！」褚道緣一看，氣往上撞，又要抓「八寶雲光裝仙袋」，見和尚早由地下把裝仙袋撿起來。和尚說：「我把你裝上罷。」鄭玄修說：「聖僧瞧我罷！」和尚說：「褚道緣你不用不服，大概你還不知道我是何許人？我叫你看看！」和尚用手一摸腦袋，露出佛光、靈光、金光。褚道緣一看，見和尚身高丈六，頭如麥斗，面如獅蓋，身穿直裰，光著兩隻腿，赤著兩隻腳，乃是一位知覺羅漢。嚇得褚道緣趕緊認罪服輸，跪倒在地，說：「聖僧不要跟我一般見識，弟子有眼如盲，不認識你老人家，求聖僧慈悲罷！」和尚哈哈一笑，說：「你既知道我就得了，你起來，有話屋裡說。」大眾這才來到屋中落座。

和尚說：「我也不要你的寶貝，我還給你，你也是個好人。今天咱們兩個人到八蜡廟去捉妖。今天妖精勾了兵來，咱們看看誰能捉住妖精。」褚道緣說：「甚好！」眾人在三清觀，鄭玄修預備齋飯大眾吃飯到下半天。劉善人請和尚老道直奔八蜡廟去捉妖精，在八蜡廟預備下上等酒席。和尚同褚道緣、劉善人來到八蜡廟，吃完了晚飯，叫劉善人仍在配殿屋中瞧熱鬧。和尚同褚道緣在大殿裡一坐。等到二更多天，忽聽外面一陣狂風大作，真是：

揚把狂風，倒絕樹林，海浪如初縱，江波萬疊侵。江聲昏慘慘，孤樹暗沉沉；萬壑怒嚎天咽氣，
走石飛沙亂傷人。

一陣狂風大作，和尚同褚道緣往外一看，風中裹著昨天來的那青臉紅髮的老道，還同著一個黑臉的老道，直奔大殿而來。和尚說：「褚道緣，你拿我拿？」褚道緣說：「昨天這青臉的妖精，我就沒拿住，今天又來了兩個，我更拿不住了！還是聖僧大施佛法拿罷。」和尚說：「瞧我的。」立刻把僧帽往外一摔，就是霞光萬道，瑞氣千條。那黑臉的老道一溜煙竟自逃走。這青臉的老道打算要跑，被和尚的帽子金光罩住，壓將下來。妖精立刻現了原形。和尚說：「你們大眾出來瞧妖精！」劉善人眾人出來一看，和尚僧帽壓著一個大青狼。褚道緣立刻拉出寶劍，把青狼腦袋砍下來。

這個狼原本有一千五百年的道行，不習正道，常在外面害人。今天這也是遭了天劫。昨天褚道緣用「八寶雲光裝仙袋」，把他驚走。青狼精的道行小，怕「裝仙袋」把他裝上，他約來這個黑臉的老道，原本是一個黑狗熊精，有三千五百多年的道行，倒沒有害過人。青狼打算把他約來，跟褚道緣做對，沒想到今天遇見羅漢爺。和尚有未到先知，那黑狗熊沒害過人，故此和尚有好生之德，不肯傷害。他單把青狼捉住，將他殺死。劉善人在配房，見和尚把妖精捉住，老道將狼殺死，眾人這才敢出來，給和尚道謝。天光亮了，和尚說：「劉善人你回去罷！」褚道緣說：「聖僧，你老人家慈悲慈悲罷！弟子情願跟你出家，認你老人家為師。」和尚說：「你既願意，你先回廟，把廟中事情安置好了，然後到靈隱寺去找我。我見你師尊沈妙亮，我把你要過來就是了。我還要在三清觀住兩天，等候拿邵華風，大概他們必要從這裡走。」褚道緣點頭答應，竟自告辭。劉氏弟兄要送給和尚銀子，和尚不要。濟公仍回到三清觀，同二位班頭，在這廟裡又住了兩天。這天忽然和尚打了一個冷戰，和尚一按靈光，說：「哎呀！可了不得！我得快走！」鄭玄修說：「什麼事？」和尚連話都顧不得說，帶何蘭慶、陶萬春，慌慌忙忙出了三清觀。不知所因何故？且看下回分解。

第二百回　眾妖道靈隱放火　惡高珍信口謠言

話說濟公禪師帶領何蘭慶、陶萬春，慌慌張張出了三清觀，二位班頭也不知和尚有什麼事。書中交代：赤髮靈官邵華風，自前者由五里碑萬成店逃走，帶領五殿真人、七星真人、八卦真人、黑毛蟗高順、鐵貝子高珍，順大路直奔臨安城。只見眾人到了臨安，晚間直奔靈隱寺而來。暗中一探，見廟內靜悄悄，空落落，一無人聲，二無犬吠，眾僧人俱都安歇。邵華風說：「眾位搬柴草給放火，今天把靈隱寺一燒，我總算報了仇了。然後再拿濟顛僧，結果了他的性命，方出我胸中的惡氣。」眾老道點頭，來到靈隱寺廟外九里雲松觀，搬了許多的柴草，堆在大雄寶殿左右。剛要點火，忽然就聽大殿之內，一聲喊嚷：「好雜毛老道，膽子真不小！看你們往那走？待我和尚拿你！」眾老道一聽說話是濟公的聲音，又聽大殿房上四面喊嚷：「好老道！我等在此久候多時，快拿妖道，別叫他們跑了！」眾老道嚇的驚魂千里，撥頭就跑。跑出廟來，邵華風說：「可了不得！原來濟顛在廟裡，你我快走！他既回了廟，你我直奔常州府去，劫牢反獄，搭救咱們的人。把知府一殺，然後到彌勒院，把咱們的手下人會齊了，自立常州王。」眾人嚇得只顧跑，怕濟顛和尚追上。其實廟裡不是濟公，乃是少師父悟禪，房上四面是金毛海馬孫得亮、火眼江豬孫得明、水夜叉韓龍、浪裡鑽韓慶。前者由常州府奉濟公之命，在靈隱寺看廟，這四個人在大殿的四極角，分為四面。虛張聲勢一嚷，老道不知有多少人。眾人把妖道嚇走，次日金毛海馬孫得亮四個人，告辭回陸陽山蓮花塢去了。小悟禪奉濟公之命，在廟裡看廟，這話休提。

單說眾老道夜由靈隱寺跑出來，不顧東西南北，四散奔逃，惟有鐵貝子高珍嚇迷了，要奔常州府，應該往南，高珍他往北，跑出有三十多里路來，累得渾身是汗，遍體生津。自己止住腳步，一辨別方向，明白過來，要奔常州府是往南，這越走越遠了。自己復反又回頭往南，打算還要追趕邵華風眾人，那如何追的上？他一往一來，就是七十多里。自己料想是追不上了。心中一想：「大概邵華風眾人必上彌勒院去。我隨後到彌勒院去，反正也就見著了。」天光亮了，自己找酒館吃點東西。順大路往前走，在大路上飢餐渴飲，曉行夜宿，這天來到常州府地面，相離彌勒院，只有二三十里之遙。高珍低著頭，正往前走。忽聽對面有人說：「上那去？小子！」賊人膽嚇虛了，高珍一哆嗦，抬頭一看，見對面來了一人，身高八尺以外，膀闊三停，頭上紮豆青色六瓣壯士巾，上按六顆明珠，身穿豆青色箭袖袍，腰繫絲鸞帶，翠藍綢子襯衫，薄底靴子，面似青泥，又似冬瓜皮，兩道硃砂眉，一雙金睛疊暴，押耳紅毫，滿部的紅鬍鬚，閃披一件豆青色英雄氅，肋下佩刀。高珍一看，認識此人乃是立地瘟神馬兆熊。原本高珍他素常就怕馬兆熊，知道馬兆熊是個渾人，最不講理，趕緊上前行禮，說：「原來是馬大哥。」馬兆熊說：「你小子那去？」高珍一想：「我要說上常州府，他必盤問我，就許不叫我走。我莫如拿話兔他。」這小子眼珠一轉，隨機應變，就犯上壞來了，隨口說：「我正找你哪！沒想到找沒找著，碰上了！」馬兆熊說：「你找我做什麼？」高珍說：「我給你送信，你的朋友飛天火祖秦元亮被人害了，死的好苦。」馬兆熊一聽，說：「被誰害了？」高珍說：「被雷鳴、陳亮兩個人害的，死的可慘，把眼睛也剜了，開膛摘心。」高珍知道馬兆熊是個渾人，必要找雷鳴、陳亮去拚命。前者破慈雲觀，有雷鳴、陳亮，我給他們攏上對，誰愛殺誰誰殺誰，他一氣必走，我好走我的。

焉想到馬兆熊一聽，更刨根問底說：「你小子說這話，是真的？你瞧見雷鳴、陳亮害的？」高珍說：「我瞧見的。」馬兆熊說：「好雷鳴、陳亮，他把我秦大哥害了，我非得找他！你上那去？」高珍說：「我沒事！」馬兆熊說：「跟我走！」高珍說：「上那去？」馬兆熊說：「你跟我找雷鳴、陳亮，對對這話。要是雷鳴、陳亮沒害秦大哥，你小子給我們攏對，我要你的命。」高珍說：「我不去，我還有事！」馬兆熊把眼一瞪，說：「你小子要不跟我走，我立刻把你腦袋拿下來。走不走？」高珍又不敢惹，連忙說：「走。」馬兆熊就要往北，高珍說：「往北上那去？」馬兆熊說：「找雷鳴、陳亮去。」高珍說：「找雷鳴、陳亮往南去，這兩個人在常州府呢！我帶你找去。」馬兆熊說：「好！」二人一同往南走。高珍一想：「我把他誆到彌勒院去，就好把他拿了。」往前走著，見眼前是一座鎮店，高珍一想：「我要帶他上彌勒院，他倘若不去，我要說總得去。他要跟我動手，我是不行。我何不約他喝酒，把他灌醉了，再往彌勒院拿他。」想罷說：「馬大哥，你我喝點酒，吃點東西再走罷。」馬兆熊點頭。二人見路北有一座酒館，掀簾子進去，找了一張桌坐下，伙計過來擦抹桌案，說：「二位大爺要什麼酒菜？」高珍說：「先來四壺白乾，煎炒烹炸配四個菜來。」伙計說：「是！」少時酒菜擺上，高珍給馬兆熊斟上酒，兩個人喝著酒，馬兆熊說：「你小子說的話，我不憑信！是雷鳴、陳亮把秦元亮害了，你可是親眼得見？因為什麼呢？我們跟雷鳴、陳亮都是盟兄弟，我想著決不能！」高珍說：「我不撒謊，雷鳴、陳亮因為跟秦元亮分財不均。」馬兆熊說：「咱們找著雷鳴、陳亮，要沒有這件事，我把你小子腦袋揪下來。要真有此事，我謝你一百兩銀子！」正說著話，凡事有湊巧，只見由外面進來三人，頭一個身高八尺，膀闊三停，頭戴紫緞色六瓣壯士帽，身穿紫緞色箭袖袍，腰繫絲鸞帶，單襯襖，薄底靴子，閃披一件藍緞色英雄大氅，面似生羊肝，粗眉朗目，三綹黑鬍鬚，飄灑胸前，來者非是別人，正是飛天火祖秦元亮。後面緊跟著一人，紅鬍子，藍靛臉，乃是雷鳴。隨後又來了一位穿翠藍褂，俊品人物，乃是聖手白猿陳亮。鐵貝子高珍一看，嚇的亡魂皆冒。

書中交代：這三個人從那來呢？原本雷鳴、陳亮前者回到鎮江府，到了陳亮家中，那知道陳亮的叔父並不在家，出去催討帳目。老管家陳安見陳亮回來，同著雷鳴，陳安就問：「少大爺這些日子上那去了？」陳亮說：「到臨安逛了一趟，我拜了靈隱寺濟公為師，我要出家。」陳安一聽，說：「少大爺你真是胡鬧！你常不在家，咱們家裡，又不指著做綠林度日。再說你要一出家，陳氏門中斷絕了香煙，孟子曰：『不孝有三，無後為大。』你又無三兄四弟，誰能接續香煙？人生在世上，總要想光宗耀祖，顯達門庭，封妻蔭子，那才是正理。無故你又想出家，這可是胡鬧！」陳亮說：「你豈不知，一子得道，九祖昇天？」老管家說：「那話不對！」百般勸解，連陳亮的妹妹，也抱怨陳亮。陳亮不愛聽，跟雷鳴一商量：「咱們上臨安找濟公去，我在家中煩的了不得。」雷鳴說：「也好。」二人由家中出來，順著大路，奔臨安來。這天走在道路之上，正碰見秦元亮。秦元亮前者回了家，他也是鎮江府丹陽縣的人，感念濟公救命之恩，要到臨安去給濟公道謝。在路上三個人碰見，彼此行禮。陳亮問：「秦大哥那去？」秦元亮說：「我要到臨安找濟公道謝。」陳亮說：「好！你我一同走罷，我二人也去找濟公。」三個人一路同行，今天恰巧走在這鎮店，三個人腹中都餓了。秦元亮說：「雷、陳二位賢弟，你我吃點酒飯再走罷。」三個人邁步進了酒館，焉想到碰見立地瘟神馬兆熊，同高珍在這裡。高珍一見雷鳴、陳亮同秦元亮三個人一齊來了，嚇的站起身來，擰身躥上樓窗逃走。馬兆熊一看，氣往上撞，說：「好小子！給我攏對！」立刻就追，焉想到四個人一追高珍，又闖出一場殺身之禍！不知後事如何？且看下回分解。

第二百一回 馬兆熊怒殺高珍　邵華風常州劫牢

話說雷鳴、陳亮同秦元亮三個人，方一進酒館，見鐵貝子高珍站起來就跑；立地瘟神馬兆熊一聲喊嚷，怪叫如雷，站起來隨後就追。雷鳴、陳亮、秦元亮這三個人，也不知道因為什麼，隨後也追趕出來。酒飯座嚇的一陣大亂，飯館那掌櫃的也不敢攔，只打算雷鳴他們三個人是辦案的番子❶，高珍這兩個人必是賊人；大眾胡思亂想，紛紛議論。雷鳴、陳亮、秦元亮三個人追來，就見高珍在前頭奔命逃走，真是急急如喪家之犬，忙忙似漏網之魚，連頭也不回。就聽馬兆熊隨後追趕，口中喊嚷：「好囚囊的！你給我們攏對，我焉能饒你？今天你上天，趕到你靈霄殿！入地，趕到你水晶宮，焉能放你逃走？」飛天火祖秦元亮後面喊嚷說：「馬賢弟，你因為什麼追趕高珍？」馬兆熊說：「三位跟我來，這小子他搬弄是非，他說雷鳴、陳亮把你殺了，我幾乎受騙。」雷鳴、陳亮一聽，氣往上撞，說：「追他，別放他走了！」陳亮說：「高珍他是慈雲觀的餘黨。」眾人緊緊一追，高珍前頭逃走，這幾個人也不知高珍要往那跑。馬兆熊是死心眼，非要把高珍追上不可，直追出有五六里地，見高珍進了一座山口，眾人也追進山口。高珍直奔北山坡，見山坡上有一座大廟，正當中的山門，兩邊的腳門，前有鐘鼓二樓，後有藏經樓，大概有四五層大殿，見高珍跑進東角門，馬兆熊也追進東角門。高珍要往東配殿裡跑，活該，腳底

❶ 番子：明清時期緝捕追查罪犯的差役。

下一忙，臺階絆了一個觔斗。馬兆熊一個箭步，躥到跟前，手起刀落，扎在高珍的後心。當時高珍氣絕身亡，血流滿地。

此時雷鳴、陳亮、秦元亮也趕到了。秦元亮說：「馬賢弟怎麼樣了？」馬兆熊說：「把囚囊的扎死了。……」話言未了，就見由東配房一聲喊嚷：「阿彌陀佛！」大眾睜眼一看。出來一個大禿頭和尚，身高八尺，膀闊三停，頭大項短，披散著頭髮，打著一道金箍，面如鍋底，粗眉大眼，身穿青僧衣，白襪僧鞋。和尚出來一看，說：「施主這是怎麼了？我這廟裡是佛門善地，為什麼在我廟裡來殺人？」秦元亮說：「你別管！他是個賊，我們把他摔到山澗去，沒你的事！」和尚說：「在我廟內，焉有不管之理？你們幾位貴姓？死的這個是誰呀？」雷鳴、陳亮各通了名姓。秦元亮、馬兆熊也說了名姓，說：「這個賊人叫鐵貝子高珍，他是由慈雲觀漏網之賊。」和尚說：「呵，他是慈雲觀的賊，破慈雲觀有你們幾位麼？」雷鳴、陳亮說：「有咱們。」秦元亮說：「我也在那裡。」正說著話，就見由屋中出來一個人，正是黑毛蠆高順，說：「當家的別叫他們走，破慈雲觀有他們，把我哥哥殺了，好！好！我焉能跟他等善罷干休！」和尚哈哈一笑，說：「不用你，他們幾個是放著天堂有路他不走，地獄無門自找尋。這也是自來找死。」眾人一聽，說：「好禿驢！你要多管閒事，先拿刀砍你！」和尚用手一指，說聲「敕令」，竟把四位英雄定住。

書中交代：這座廟就是彌勒院，原本高珍打算跑到彌勒院來，就不怕了。沒想到自己到了廟裡，絆躺下來，這也是賊人惡貫滿盈，該當遭報。這個和尚就是通天和尚法雷，原本此時赤髮靈官邵華風，五殿真人，八卦真人眾妖道，由靈隱寺逃走，就奔彌勒院來了，這院裡早有迷魂太歲田章帶領眾熏香賊，早都來了。群賊在這廟裡會了齊，都在後住著。今天通天和尚把四個人定住。高順就說：「待我來殺，我給我哥哥報仇！」說著話，剛要轉身進屋中拿刀，忽聽外面一聲喊嚷：「好孽畜！你們又要害人？待我和尚來拿你！」高順一瞧，嚇的亡魂皆冒，說：「可了不得了！濟顛和尚來了！」原本濟公由三清觀出來，帶領何蘭慶、陶萬春，慌慌忙忙就奔彌勒院來。羅漢爺有未到先知，剛來到彌勒院，正趕上高順同法雷要殺這四個人，和尚一嚷，高順同法雷嚇的撥頭就往後跑。濟公哈哈一笑，說：「好法雷！你跑罷！我和尚也不追你，十八天之後，咱們丹陽縣見。」法雷只顧跑，也沒聽見，同高順跑到後面，給眾妖道送信，說：「濟顛和尚來了！」眾群賊一聽，膽裂魂飛，急忙逃走。濟公並不追趕，羅漢爺本是佛心的人，有好生之德，打算要把眾妖道渡脫過來，改惡行善，就不拿他。焉想到群賊執迷不悟，惡習不改。

眾人逃出彌勒院，赤髮靈官邵華風說：「眾位，這濟顛僧真是你我的冤家對頭！你我走到那裡，他跟到那裡。山人我是一不做，二不休，他在這裡，你我今天晚直奔常州府，劫牢反獄，把知府一殺，我自立常州王。眾位助我一臂之力，你我今天分三面去。」大眾說：「任憑祖師爺分派。」邵華風說：「我自帶五殿真人由東面進城。叫七星真人劉元素、八卦真人謝天機，領乾坎艮震坤離巽兌八位真人，由西面進城。派迷魂太歲田章，同單刀太歲周龍、笑面貔貅周虎、黑毛蟗高順一干眾人，由南面進城。大眾到常州府衙門會齊。」群賊各自點頭。找了一座酒館，大眾吃了晚飯，候至天有初鼓以後，眾人分三面直奔常州府而來。來到城根，眾妖道駕趁腳風，抖袍袖上城。眾綠林人等，各掏白練套鎖，用抓頭抓住城頭，揪繩上去。城守營雖有官兵，如何抵擋的了？這一干群賊，三面賊人，由馬道下了城，亂擺兵刃，直奔常州府衙門而來。此時知府顧國章，也早已得了信。書中交代：知府顧國章由前者抄了慈雲觀，派官兵將廟上了封皮。兵馬都監陸忠，自己回了衙門。知府顧國章也回到常州府，立刻升堂，將獄裡的賊人玉面狐狸崔玉、拍花僧豆兒和尚月靜、鐵面佛月空、鬼頭刀鄭天壽五個賊人提上堂來，知府一訊問口供，鬼頭刀鄭天壽五個人俱皆招認。所有慈雲觀有多少人，有多少賊店、黑船，邵華風起意造反，把從頭至尾的事，俱皆招認。五個賊人畫了親供。知府吩咐仍將五個賊人入獄。一面辦文書行知上院衙。現在上院衙已來了回文，著知府所有拿獲的賊人，不分首從，俱皆就地正法，擬斬立決。定於明日出斬。

今天晚間，知府正在書房燈下看書。每日晝夜俱派官兵護獄，本來這個差事是緊要的案，知道漏網的賊人太多，就怕的是有人來劫牢反獄。知府衙門有兩位看家護院的，是親弟兄，一名叫王順，一名叫王泰，這兩個能為甚大，鎗刀劍戟，斧鉞鉤叉，十八般的兵刃，樣樣精通，由顧國章做知縣的時節，這兩個人就在這裡。今天方交二鼓，忽聽外面一陣喧嘩，顧國章正在一楞，就要叫手下人去看什麼事。忽然由外面跑進一個差人，來到書房說：「回稟老爺，了不得了！現在東城門，南城門，西城門，來了無數的賊人，各持刀鎗，砍傷了城守營無數的官兵，大概必是奔府衙門來了。大人早作準備。」知府顧國章一聽，趕急吩咐把官兵調齊，預備激筒要緊，傳王泰、王順兩位護院的保護。正說著話，又有人來報：「回稟大人，現有無數的老道來劫牢反獄。四老爺身受重傷，賊人傷了無數的官兵。」知府一聽就楞了，幸虧激筒兵來的快；方來到衙門，只見房上四面賊人老道都滿了。赤髮靈官邵華風站在房上，一聲喊嚷：「贓官聽真，現有你家祖師爺在此，今天我把你等全皆結果了性命！」顧國章吩咐：「爾等快拿激筒打他。」眾官兵急用激筒，照眾老道就打。眾妖道方要念咒，被髒水打在身上，念咒也不靈了。邵華風說：

「那位先去殺狗官？」旁有黑虎真人陸天霖說：「我去！」立刻擺寶劍跳下來，要奔知府。幸有王順、王泰，擺刀過去擋住。眾老道今天揚揚得意，正在大肆橫行，忽聽由外面一聲喊嚷：「好孽畜，往那裡走？」來者乃是濟公禪師，要拿一干賊人。不知後事如何？且看下回分解。

第二百二回　斬大盜濟禪師護決　為找鏢追雲燕鬥賊

話說赤髮靈官邵華風一干眾人，正要刺殺知府，劫牢反獄；濟公禪師趕到。書中交代：和尚由彌勒院把群賊趕走，和尚並不追趕，把雷鳴、陳亮、秦元亮、馬兆熊四個人的定神法撤了，這四個人給和尚行禮。和尚說：「雷鳴、陳亮你二人回了家，不在家中，又來做什麼？」雷鳴、陳亮說：「我二人要到臨安去找師父，半路碰見秦元亮，他要到臨安去給師父道謝。」和尚說：「秦元亮，你也不用去了，也不必謝。雷鳴、陳亮，你二人回家罷，可要少管閒事，此時你二人印堂發暗，顏色不好，你二人急回家趨吉避凶，要多管閒事，惹出大禍，我和尚此時可沒工夫，不能管你們。千萬戒之！慎之！」雷鳴、陳亮四個人點頭，這才告辭。

和尚帶領何蘭慶、陶萬春，出了彌勒院，直奔常州府而來，走在半路之上，見對面來了幾個騾駝子，有兩個騎馬的，乃是鐵面天王鄭雄，同赤髮瘟神牛蓋，一見和尚，二人翻身下馬，趕緊上前行禮。鄭雄說：「師父一向可好？」和尚說：「你上那去？」鄭雄說：「我叔父在鎮雄關做總鎮，我買了些土產東西，瞧我叔叔去。師父上那去？」和尚說：「我有要緊的事，你去罷。」鄭雄這才告辭。和尚帶著二位班頭，路過翠雲峰，和尚來到山下，有探路嘍兵盤問，和尚說：「你們到山上通稟，叫竇永衡、周堃出來，就提我是靈隱寺濟顛僧，在這等他有話說。」嘍兵進去一報，竇永衡、周堃急速來到山下，給和尚行禮，周堃說：「師父到山上坐坐去。」和尚說：「我有事，我告訴你二人，要是赤髮靈官邵華風眾人要來，你二人可別留他們，可不定來不來。你這裡山口，預備陷坑。」附耳：「如此如此，我和尚要拿他們，將來救你們將功贖罪。」這兩個人點頭。和尚帶著二位班頭告別。來到常州府，天有初鼓以後，早已關了城。和尚說：「陶頭、何頭你二人等開城，進城回衙門，不用管我，我自己去拿邵華風，不用你們。」二位班頭答應，和尚單走。施展佛法，進了城來。到常州府衙門，正趕上眾妖道在這裡要劫牢反獄。和尚一聲喊嚷，眾賊嚇的連魂都沒有了，四散奔逃，和尚並不追趕。就是黑虎真人陸天霖沒跑脫，被獲遭擒。

知府一見濟公，喜出望外，連忙說：「聖僧來了甚好！要不然，今天眾妖道要大肆橫行！」把和尚讓到屋中落座。將陸天霖帶上來一問，陸天霖把邵華風眾人商量來行刺，劫牢反獄的話，都招了。知府吩咐將賊人釘鐐入獄，一面給和尚擺酒。知府說：「聖僧先別走了！」和尚說：「何蘭慶、陶萬春今天住在城外，明天回來，不用他們，我和尚自己去拿邵華風。」知府說：「聖僧明天先別走，我要先把拿住的賊人正了法。要不然，睡多了夢長，明天出斬，恐賊人有餘黨劫法場，求師父給護決。」和尚說：「可以！」知府傳出諭去。次日何蘭慶、陶萬春也回來了。在西門外搭的監斬棚。知府同濟公，帶領一百官兵，押解差使，來到法場。常州府瞧熱鬧的人，擁擠不動。將玉面狐狸崔玉、鬼頭刀鄭天壽、鐵面佛月空、豆兒和尚拍花僧月靜、都天道長黃天化，連黑虎真人陸天霖，一並就地正法，首級號令了，眾人這才回歸知府衙門。次日，和尚由知府衙門告辭，知府送到外面說：「聖僧回來見，多有辛苦。」

和尚一溜歪斜往前行走，來到一個鎮店，見路北裡有一個茶飯館，和尚進去，找了一張桌坐下，要了兩壺酒，兩碟菜。和尚剛喝了一盅酒，只見外面來了一匹馬，馬上騎定一人，頭戴粉綾緞紮巾，身穿粉綾緞色箭袖袍，肋下佩刀，薄底靴子，三十多歲，淡黃的臉膛，粗眉大眼。來到飯館子門首，翻身下馬，把馬拴在門首，來到裡面，找了一張桌坐下。要了酒菜，坐在那裡，面帶憂愁之象，咳聲歎氣，彷彿心中有愁事的樣子。和尚趕過去說：「這位朋友貴姓？」這人說：「在下姓黃名雲。」和尚說：「尊駕莫非是南路鏢頭追雲燕子黃雲麼？」黃雲說：「豈敢豈敢！正是在下。」和尚說：「我跟你打聽幾位朋友。」黃雲說：「那位？」和尚說：「威鎮八方楊明、風裡雲煙雷鳴、聖手白猿陳亮，這三個人尊駕可認識？」黃雲說：「那不是外人，楊明、雷鳴、陳亮都跟我是盟兄弟。大師父未領教怎麼稱呼？」和尚說：「我乃靈隱寺濟顛僧。」黃雲一聽說：「原來是聖僧，弟子久仰久仰，今日得會仙顏，真乃三生有幸。」說著話立刻給濟公行禮。和尚說：「別行禮，你上那去？」黃雲咳了一聲，說：「別提了，我上陸陽山蓮花塢，只因我手下伙計杜彪，給我惹了禍。前者我叫杜彪押著十萬銀子鏢走，本來杜彪素常脾氣就不好，愛說大話，眼空自大，狂放無知，只知有己，不知有人，又沒真能為。路過陸陽山，被陸陽山兩個姓鄧的給把鏢留下。聽說一個叫鄧元吉，一個叫鄧萬川。其實這兩個人也不是賊，是蓮花塢的，那廟裡有四位和尚，保水路的鏢頭，叫花面如來法洪、神拳羅漢法元、鐵面太歲法靜、賽達摩法空，這四個人很有名頭。按說陸陽山還有我幾個朋友，都是至交，有金毛海馬孫得亮弟兄、水夜叉韓龍弟兄，還有萬里飛來陸通，大概我這幾個朋友，許沒在山裡，是在家裡，只要提說是我的鏢，決不能留下。總怨杜彪無知，現在他把鏢丟了，回去跟我說。被我說他幾句，杜彪一口氣也死了，他家裡還不答應我，還要跟我打官司，這事怎麼辦？十萬銀子丟了，客人也不答應我呀！我去要鏢去。」和尚說：「這就是了，我也跟你去！」黃雲說：「聖僧沒事，願意去也好，你我一同走。」和尚說：「走！」黃雲給了酒飯帳，同和尚出了酒飯館，一直奔到陸陽山而來。

凡事該當出事，陸陽山劫鏢那一天，原本是金毛海馬孫得亮、火眼江豬孫得明，同韓龍、韓慶四個人，並沒在陸陽山，奉濟公之命，正同悟禪在靈隱寺看廟。萬里飛來陸通，那一天他巡山，見山下來了幾個騾駝子，有兩位騎馬的，正是鐵面天王鄭雄，同赤髮瘟神牛蓋，上鎮雄關從此路過。陸通瞧見牛蓋，長的雄壯，他歡喜牛蓋；陸通趕過去就問：「咳！小子！你姓什麼呀？」牛蓋說：「我姓牛叫蓋。你小子叫什麼？」陸通說道：「你小子上那去？」牛蓋說：「跟鄭爺上鎮雄關。」陸通說：「我真喜愛你小子。」牛蓋說：「我瞧你小子也不錯！」陸通說：「對！咱們兩人得交交。」牛蓋說：「交交！」鄭雄一看，這兩個人倒不錯，對叫小子也都不挑眼。陸通說：「你小子跟我上山住幾天。」牛蓋說：「不行，有事！」陸通說：「要不然，我送送你！」牛蓋說：「好小子，跟我走！」陸通就送牛蓋去了。

偏趕巧杜彪由山下押著鏢來了，本應當鏢行裡有規矩，每逢路過鏢局子門口，應當遞名帖拜望，走在鏢局子門首，不准喊鏢趟子。杜彪是狂放無知，走到陸陽山，他也沒投帖，連馬也沒下，揚揚得意。鄧元吉、鄧萬川，是蓮花塢的小伙計，這兩個人，素常就愛多管閒事，也是藝高人膽大；這兩個人正在山下閒步，見杜彪押著鏢不下馬遞帖，鄧萬川二人上前，一聲喊嚷：「吲！站住！你是那來的野保鏢的？你不懂鏢行的規矩麼？蹂我們道，連馬都不下？你姓什麼？」杜彪說：「我姓杜叫杜彪，你們姓什麼？」鄧元吉二人各道名姓，說：「你是那來的鏢？」杜彪說：「我是南路鏢頭追雲燕子黃雲的。」那鄧元吉一聽，說：「好！你既是黃雲的伙計，今天把鏢留給我們了；你叫黃雲託好朋友來見我們罷。」杜彪一聽，氣往上撞，說：「你留鏢，你憑什麼？」鄧元吉說：「就憑我這口刀，你贏得了我，叫你鏢車過去。」杜彪氣更大，立刻拉刀過來動手。焉想到被這二人砍了一刀，杜彪跑回去，鏢也丟了。到常山縣見了黃雲，述說此事，黃雲不能不親自前來。偏偏杜彪一口氣死了，他家裡反不答應。黃雲故備了一匹馬，奔陸陽山，在酒館遇見濟公。濟公要同去，二人一同來到陸陽山。黃雲本沒打算來動手，焉想到今天一來，正遇鄧元吉、鄧萬川，又勾出一場凶殺惡戰。不知後事如何？且看下回分解。

第二百三回　陸陽山濟公鬥法洪　施法寶羅漢假裝死

話說追雲燕子黃雲同濟公長老來到陸陽山，抬頭一看，這座山坐北向南，方一進山口，見路西裡山坡下，有五間房，作為回事處。黃雲來到陸陽山，一道「辛苦」；偏趕巧鄧元吉、鄧萬川二人正在山下。鄧元吉一看黃雲，相貌不俗，問：「尊駕找誰？」黃雲很透著和氣，說：「在下我姓黃名雲，乃是南路的鏢頭。前者我手下的伙計杜彪，他押著鏢從貴處經過，本來他是個新上挑板，不懂得鏢行的規矩，聽說言語不周，得罪了本山的二位鄧爺，將我的鏢車留下。我今天一來陪罪，二來我要拜望這山的當家的！」黃雲本不打算來動手，想這蓮花塢有知己的朋友，不要翻臉。焉想到鄧元吉、鄧萬川這兩個人，更不通情理。聽黃雲這兩句話，這兩個人一想：「我要叫黃雲把鏢要了去，我們算栽了。真要把姓黃的壓下去，我二人從此立練出來。」想罷，鄧元吉把眼一瞪，說：「你就是追雲燕子黃雲？來了甚好！你手下的伙計，太不懂情理！我就叫鄧元吉，鏢是我留下的，你就這麼要不行！你得託出好朋友來見我們；要不然，你跪下給我們磕三個頭，認罪服輸，把鏢給你；要不然，你休想要鏢。」

黃雲一聽這話，太不像話了，泥人也有個土性。黃雲一想：「要不是陸陽山有朋友，我也不能來這樣虛心下氣，只就算我栽。」自己越想越氣。這才把面目一沉，說：「姓鄧的，你別反想！並非是我姓黃的怕你們，南北東西，我闖蕩二十餘載，大概也沒人敢留我的鏢。我想這陸陽山，有金毛海馬孫得亮弟兄，韓龍、韓慶、萬里飛來陸通，都跟我知己，我不好意思翻臉；你兩個人太不知事務，可別說我不懂交情！」鄧元吉說：「你還敢怎麼樣嗎？」黃雲說：「怎麼樣，不留你兩個人！」鄧元吉、鄧萬川二人，也是「初生犢兒不怕虎，長出觭角反怕狼」，自己以為自己的能為大了。二人哈哈一笑，說：「姓黃的，你大膽敢說不留我們？來來來！你我今天倒得分個強存弱死，真在假亡。」說著話，躥到外面，二人各把單刀拉出來。黃雲也拉刀趕過去。鄧元吉擺刀照黃雲劈頭就剁，黃雲用刀海底撈月，往上一迎，鄧萬川由後面擺刀照黃雲後心就扎。黃雲身形往旁邊一閃，鄧萬川把刀扎空了；方要變著數，黃雲手急眼快，用刀往外一晃，跟進身一腿，把鄧萬川踢了一溜滾。鄧元吉一見，氣往上撞，擺刀照黃雲脖頸就砍，黃雲用刀往外一迎，鄧元吉方把刀抽回去，黃雲跟進身去，手起刀落，砍在鄧元吉膀臂之上，立刻紅光皆冒，鮮血直流。兩個人往圈外一跳，說：「姓黃的，你是好朋友，你可別跑！」黃雲說：「大太爺今天把你等全皆結果了性命，你把你們那為首的叫出來，我倒要瞧瞧！大太爺焉能走？」鄧元吉、鄧萬川說：「你要跑了，算你是鼠輩！」說罷，往山上就跑，一直來到裡面。

花面如來法洪，正同法元、法空大廳談話。鄧元吉、鄧萬川跑進來說：「當家的，咱們這鏢行吃不了啦！咱們同行人，就不叫咱們吃了！」法洪一聽，說：「什麼事？」書中交代：鄧元吉二人留下黃雲的鏢，法洪等並不知道。連忙問：「為什麼？」鄧元吉說：「皆因那一天有南路鏢頭黃雲的伙計，押著鏢從山下過，他並不下馬，我二人口角相爭。現在今天黃雲來堵著山口罵，把我砍了一刀。他說叫我把為首的叫出去。他點名叫你老人家出去，罵的難以學說了。」法洪一聽一楞，說：「我保長江一帶的水路的鏢，黑白兩道，馬上馬下，沒有不認識我的。我跟黃雲，聞其名未見其面，我與他遠日無冤，近日無仇，他也是保鏢的，無故為何來罵我？這事斷斷不能呀！」鄧萬川說：「現在他就來罵，不信你下山瞧去。」法洪立刻帶領三個師弟，神拳羅漢法元、鐵頭太歲法靜、賽達摩法空。他這山上淨手下人，連鏢局子的伙計，共有一百餘人，廟裡很富足。眾人一同下了山，果見黃雲在那裡叫罵。法洪來到山下，說：「好黃雲！你敢前來送死？我這陸陽山，大概沒人敢來罵我！」黃雲並沒見過法洪，抬頭一看，只見法洪身高八尺，膀闊三停，項短脖粗，腦袋大，披散著頭髮，打著一道金箍，面如鮮血，一臉的白斑，長得凶如瘟神，猛似太歲，粗眉大眼，藍僧衣，肋佩戒刀。第二個禿頭是法元，藍臉紅鬍子，更透著凶惡。法靜黑臉，面似烏金紙，粗眉闊目。法空是面如紫玉。這四個和尚，都是威風凜凜。

黃雲說：「好凶僧，你等太無禮！你的伙計劫我的鏢，你還不講理。今天黃大太爺，跟你一死相拚！」黃雲一擺刀，往前直奔。法洪說：「好小子，你敢來到我跟前這樣猖狂？大概你也不知道洒家的能為，我何必憑血氣之勇拿你，待洒家用法寶取你。」伸手由兜囊掏出「子午三才神火坎離照膽鏡」。這等法寶，原本是他師父給他的。法洪的師父，就在這陸陽山後，有一座鎮塢龍王廟，他師父叫金風和尚，自稱金風羅漢，前知五百年，後知五百年，善曉未來過去之事。給法洪這宗法寶，所為叫他防身，倘遇見能為比他大的，憑血氣之勇勝不了，用這個鏡子一照，裡面有天地人三才真火，能照去人的三魂七魄。今天法洪把「子午三才神火坎離照膽鏡」掏出來，黃雲也不知他的這寶貝利害，法洪口中念念有詞，用鏡光一照，黃雲就彷彿瞧見鏡子裡有太陽光相似，立刻一打冷戰，躺倒在地，人事不知。法洪一想：「我跟他沒什麼冤仇，我把他帶到山上去，羞辱羞辱他，叫他知道我的利害就得了，以免他藐視我這陸陽山。」想罷，吩咐：「爾等給我把他搭上山去。」

手下人答應，剛要上前搭，濟公由石頭後面站起來，一聲喊嚷：「好孽畜！你們真不講理，無故欺負人！留下人家的鏢，還講以強壓弱，真乃可惱！咱們老爺們來試試，誰行誰不行？」法洪一見氣往上撞，說：「你是何人？膽敢替黃雲前來跟我等做對？」濟公說：「你也不認得我老人家是誰？我告訴你說，我乃靈隱寺濟顛是也。」法洪一聽，呵了一聲說：「聞得濟公長老，乃當世的活佛，乃是一位羅漢，道高德重，焉能這個樣子？你硬說是濟顛，大概不對罷！」濟公說：「你要不信，咱們比並比並。」旁邊神拳羅漢法元說：「師兄別放走了他，這個窮和尚，是我的仇人。」花面如來法洪說：「怎麼你會認得他？」法元說：「前者我在臨安城麻面虎孫泰來家裡住著，有個鄭雄大鬧萬珍樓，孫泰來請我助拳，當場被一個大漢，把我追跑。後來晚上我到鄭雄家去行刺，被他把我拿住，挫辱我一頓。今天你要給我報仇。」花面如來法洪說：「原來如是！」立刻用「子午三才神火坎離照膽鏡」一照，濟公故意「哎呀」一聲，翻身栽倒。

法洪哈哈一笑，說：「我聞知濟顛和尚神通廣大，聞名不如見面，見面勝似聞名。據我看來，也無非凡夫俗子，無能之輩！來人，把他二人給我搭到廟內去。」立刻手下人扛著濟公，連黃雲，大眾一同回到山上寶光寺。方到裡面，四個和尚落了座，手下人把濟公、黃雲擱在大廳以前。法洪一看，濟顛已然氣絕。這個時節，萬里飛來陸通回來了，方一進來，瞧見濟公，陸通一聲喊嚷：「這是我師父濟顛和尚，誰給害死了？」花面如來法洪說：「陸賢弟，他怎麼是你師父？」陸通說：「他是我師父，誰給害的？」法洪說：「他自來找死，我用我的寶貝將他治住。」陸通又惹不起法洪，自己滿心不願意，又不敢發作，說：「我師父他死了，我給買棺材裝起來，我把他送回靈隱寺。你們誰害的，誰得給抵償；要不，可不行。」法洪說：「陸賢弟你別胡鬧，我要叫他活就活。」正說著話，外面有人進來稟報說：「當家的，現有慈雲觀赤髮靈官邵華風，同著一位前殿真人長樂天前來稟見。」花面如來法洪一聽，吩咐有請。不曉得赤髮靈官邵華風從何處而來？且看下回分解。

第二百四回　顯神通驚走邵華風　鬥金風金光服僧道

話說陸通見濟公一死，正不答應法洪，忽有人稟報邵華風到了。法洪立刻吩咐有請，親身率眾往外迎接。書中交代：赤髮靈官邵華風由常州府劫牢反獄未成，大眾一跑，眾人直奔藏珍寺。這個廟是八魔的徒弟，追魂侍者鄧連芳的。邵華風眾人來到藏珍塢，鄧連芳不在廟內。邵華風一查點人數，五殿真人，八卦真人，眾綠林人都來了，就不見黑虎真人陸天霖。邵華風說：「眾位弟兄，現在濟顛和尚苦苦跟你我做對，咱們走到那裡，他追到那裡，他欺負你我太甚，我決不能跟他善罷干休，我總得要報仇。眾位在這廟裡等候，我到陸陽山蓮花塢去，請我拜兄花面如來法洪，再請他師父金風和尚。再說我師父馬道玄，也在陸陽山後呂公堂，我把他們請來，連你等一同助我一臂之力，大反常州府，殺官搶印，我自立常州王。然後再拿濟顛和尚，報仇雪恨。那位跟了我去？」旁邊前殿真人長樂天說：「我跟祖師爺去一趟。」邵華風說：「好！眾位在這裡住著，聽我的回信罷！」大眾點頭。

邵華風同長樂天出了藏珍塢，駕起趁腳風，來到陸陽山。往裡一通稟，法洪迎到山門。一見邵華風，法洪連忙行禮，說：「邵大哥你一向可好？」邵華風說：「賢弟了不得了！我乃兩世為人，幾乎你我見不著了！」法洪說：「怎麼？」邵華風說：「此時我上天無路，入地無門，把慈雲觀也沒了。只因我派人採取嬰胎紫河車，在江陰縣破的案，有一個濟顛和尚，把我手下人玉面狐狸崔玉拿去，後來又拿了鬼頭刀鄭天壽，解到常州府，濟顛和尚先使八卦山坎離真人魯修真，誆去我的『子午混元缽』；然後濟顛和尚勾串常州府官兵，把我的慈雲觀查抄入官。我要到靈隱寺去報仇，沒想到濟顛和尚早在靈隱寺。我回常州府，要劫牢反獄，濟顛他又追到常州府。此時鬧得我無地可投。」法洪說：「濟顛和尚方才被我拿住了。」邵華風說：「真的嗎？」法洪說：「可不是，他來無故幫黃雲跟我做對，被我用『子午三才神火坎離照膽鏡』，將他治住，不信你來看。」邵華風說：「既是如是，這可活該，該當我報仇！」說著話，眾人往裡走。陸通正扛著濟公往外走，邵華風一看，伸手拉寶劍就要砍。法洪趕緊攔住說：「兄長不可！我師父說過，不叫我害人。我的寶貝只許治人，不許傷人。你我是出家人，也不可殺害人命！」邵華風說：「你別攔我，我跟他仇深似海，非要他的命不可！」法洪說：「你要打算要他的命也可；我要叫他死，他就得死，非得我念咒他才能活。我衝著兄長，不叫他活就是了。你叫他落個全屍首就完了。」邵華風說：「也罷，既是如是，便宜他。」

法洪說：「兄長，請屋裡坐罷。」眾人來到屋中落座，法洪說：「兄長這是從那來？」邵華風說：「我從藏珍塢。這個濟顛和尚實在把我追趕苦了。」法洪說：「我看濟顛和尚，也沒什麼能為，兄長何必怕他？」邵華風說：「不對，他的能為大了！你不知道！」法洪說：「你說他能為大，現在被我治住！兄長你也不好，我常聽人說：你在慈雲觀發賣熏香蒙汗藥，招集綠林賊人。你我已然出了家，何必如此？你還打算怎麼樣！我是沒工夫，要有工夫，我早就要勸勸你，也不致落到這番光景。」邵華風說：「我告訴你，我要大反常州府，自立常州王。我來約兄弟你幫我共成大事。我還要約你師父金風長老，連我師父馬道玄，一同助我一臂之力。」法洪一聽，說：「兄長你別胡鬧了！我師父焉能幫你去造反？你豈不是白碰釘子？我也不能去！我師父早說過，叫我不准害人；既出了家，跳出三戒外，不在五行中，不修今世修來世，了一身之孽冤。依我勸，你也算了罷，找個深山幽僻之處，正務參修好不好？」邵華風道：「賢弟此言差矣！將來我有九五之分。」正說著話，就聽東跨院一陣大亂。法洪一楞，問：「什麼事？」有手下人回稟說：「廚房裡有一個窮和尚，把預備的酒菜，全給偷了吃了。」邵華風一聽，就一哆嗦，就聽外面有人一聲喊嚷：「好！邵華風你來了！我和尚等待多時！」邵華風一聽，嚇的驚傷六葉連肝肺，嚇壞了三毛七孔心，立刻同長樂天二人，踹後窗戶逃走。

花面如來法洪一看，是濟顛僧來了，法洪口中喊嚷：「怪道！怪道！」濟公說：「一點不錯！我只打算你這『子午三才神火坎離照膽鏡』有多大的奧妙，我到裡頭溜達溜達沒什麼，我這才出來了。」法洪一見，氣往上撞，說：「好顛僧，你別走！」伸手又要掏照膽鏡。濟公用手一指，口念「唵嘛呢叭吽！」法洪一摸兜囊，寶貝沒了，焉想到早被和尚用搬運法搬了去。法洪暗想：「怪道方才用寶貝將他治死，怎麼會活了？」他並不知濟公故意裝死，陸通把濟公扛到後院放下，陸通他去找棺材去，濟公爬起來奔前面來了。先奔到廚房，偷菜偷酒。廚子瞧見一嚷，和尚這才跑到前面來。法洪還打算用「照膽鏡」拿和尚，一摸兜囊沒了，正在一楞，濟公哈哈一笑說：「在我這裡了，我該照你了！」法洪、法元、法靜、法空，嚇的撥頭就跑，跑出了後門。法洪說：「咱們找師父去。」立刻四個人來到鎮塢龍王廟，一拍門，童子把門開開。法洪說：「師弟！師父可在廟內？」童子說：「沒在，上呂公堂找馬老道下棋去了。」法洪四個人立刻又奔呂公堂。來到呂公堂一拍門，道童出來把門開開。法洪說：「金風羅漢在這沒有？」道童說：「跟我家祖師爺下棋哪！」四個人同著道童，來到裡面，一看金風和尚正同馬道玄下棋。一僧一道，坐在那裡，很透著清高。法洪等上前行禮，金風和尚說：「徒弟，你等做什麼來了？」法洪說：「我等被濟顛僧趕出來了，不是他的對手，栽了觔斗。師父你老人家去罷！」金風和尚說：「因為什麼？」法洪就把方才之事，如此如此，學說一遍。金風和尚說：「好！我去看看濟顛是何許人也。」馬道玄說：「你我一同前往。」僧道立刻罷局，同法洪等出了呂公堂，直奔寶光寺而來。

書中交代：濟公見法洪等一跑，濟公先把黃雲救起來，叫黃雲把鏢起了走，不用管我。黃雲謝過濟公，竟自去了。萬里飛來陸通，搭了棺材來，見濟公活了。陸通趕緊行禮說：「師父沒死？」和尚說：「沒死！」陸通說：「師父咱們喝酒罷！」和尚說：「好！」立刻擺上酒菜，陸通陪著喝酒，問濟公說：「法洪他們那去了？」和尚說：「他們勾兵去了，少時就來。」陸通說：「勾誰去了？」濟公說：「他找他師父金風和尚去。」陸通說：「哎呀！那個和尚可利害，我練『金鐘罩』就是跟他練的！」和尚說：「利害也不要緊。」正說著話，只聽外面一聲喊嚷：「阿彌陀佛！」聲音洪亮。又有人喊嚷：「無量佛！」陸通說：「了不得了！」濟公來到外面一看，見來了一僧一道。頭裡站定一個僧人，身高九尺以外，猛威威足夠一丈，身軀高大，形狀魁偉，項短脖粗，腦袋大，胸肩寬，臂膀厚，肚大腰圓，披散著頭髮，打著一道金箍，面似烏金紙，黑中透亮，粗眉大眼，直鼻闊口，身穿一件黃僧袍，腰繫絲縧，白襪僧鞋，背後揹著一口戒刀，手拿蠅刷。後面站定一個老道，也是身高八尺，頭挽牛心髮髻，身穿古銅色道袍，腰繫絲縧，白襪雲鞋，面如三秋古月，髮如三冬雪，鬢似九秋霜，一部銀髯，真是仙風道骨，手拿拂塵，背揹一口寶劍。這兩個人一見濟公，是個瘋癲和尚，襤褸不堪。金風和尚說：「這就是濟顛麼？」法洪說：「就是他！」僧道哈哈一笑，看濟公乃是凡夫俗子，心說：「聞名不如見面，見面勝似聞名！」濟公說：「好法洪，你勾了兵來，這倒不錯！我和尚倒要試試，誰行誰不行。」金風和尚說：「濟顛僧，你可認得洒家？我乃西方十八尊大羅漢降世人間，所為普濟群迷，教化眾生而來。你也敢來到這裡猖狂？」濟公說：「你真把我們羅漢罵苦了，你打算我不知道你是怎麼變的呢？我破個悶你猜罷！你本是：『有頭又有尾，周圍四條腿；見了拿叉人，噗咚跳下水。』這四句你可知道？」金風和尚說：「不知道！待洒家來拿你。」馬道玄說：「諒此無名小輩，待我來拿他，不費吹灰之力。」伸手掏寶貝要拿濟公。不知後事如何？且看下回分解。

第二百五回　收悟緣派捉邵華風　遇蘭弟訴說被害事

話說馬道玄由兜囊掏出一宗寶貝來，名叫曰「振魂牌」，要「噹啷啷」一響，勿論有多少人，能把三魂七魄振去。老道今天一拿出來，法洪眾人，知道這寶貝的利害，趕緊全都躲開。老道把牌一振，只聽「噹啷啷」一響，焉想到濟公把腦袋一晃，並未躺下。和尚說：「你這寶貝不行，再換別的。這寶貝我不怕。」馬道玄一見，氣往上撞，說：「好顛僧，氣死我也！」立刻又掏出一宗寶貝，名曰「避光神火罩」，其形似罩蟋蟀的罩子一般，要罩上人，內有三才真火，能把人燒個皮焦肉爛。今天把罩子一抖，老道口中念念有詞，「刷啦啦」一道金光，照和尚罩下來。濟公哈哈一笑，用手一指，這個罩子奔老道去了。馬道玄口中一念咒，用手一指，又奔了和尚去。和尚用手一指口念六字真言：「唵嘛呢叭𠺗吽！唵敕令赫！」這罩子回來，就把老道罩上。金風和尚一看，氣往上撞，見老道拿寶貝罩人，沒罩了，反把自己罩上。金風和尚立刻把「避光神火罩」拿起來，見老道衣裳都著了。要不是念護身咒，連人都燒了。老道臊的面紅耳赤，金風和尚說：「待我來拿他！」濟公說：「你也是白給！」金風和尚立刻一張嘴，噴出一口黑氣，這是他九千多年的內丹，打算要把濟公噴倒，焉想到還是不行。濟公說：「好東西你會吹氣，你冒泡我也不怕！」金風和尚暗想：「怪道！雖然他是凡夫俗子，倒有點利害。」立刻掏出一根「綑仙繩」，往空中一摔，一道金光奔濟公去了。就聽濟公口中喊嚷：「了不得了！快救人哪！」眼瞧著把濟公綑上。金風和尚哈哈大笑，說：「我只打算濟顛有多大能為，原來就是這樣。」法洪等過來說：「師父你把濟顛拿住了。」金風和尚說：「被我用『綑仙繩』將他綑上，我把他交給你們，不准要他的命，羞辱羞辱他，叫他知道我的利害就得了。」法洪說：「師父別先忙，我想濟顛神通廣大，未必把他綑上的，別是假的罷？」只一句話說破了，再一看綑的並不是和尚，把馬道玄綑上了。

金風和尚一看，大吃一驚，說：「了不得！這叫五行挪移大搬運，大概濟顛的能為不小！」過來趕緊把馬道玄放開。馬道玄說：「你怎麼把我綑上？」金風和尚說：「我也不知道。」正說著話，只見濟公由外面來了。濟公哈哈一笑，說：「你們還有什麼好寶貝沒有了？你們要沒有，我有寶貝。」和尚把草鞋脫下來，照金風和尚砍來。金風和尚方一閃身，濟公用手一指說：「拐彎！」草鞋正打在金風和尚臉上。濟公一伸手，說：「回來！」草鞋立刻回去。濟公說：「我還有法寶。」立刻把僧帽摘下來一摔，「刷啦啦」金光繚繞，瑞氣千條。金風和尚一瞧不好，打算跑不行了，如同泰山一般壓下來。只聽山崩地裂一聲響，金風和尚現了原形，有桌子大的一個大駝龍，「喔喔」直叫。他本來有九千多年的道行。濟公說：「法洪，你瞧這是你師父。」法洪眾人都楞了。濟公說：「大概你們也不知道我的來歷，我叫你們瞧瞧！」和尚用手一摸腦袋，露出金光、佛光、靈光三光，眾人再一看，和尚身高丈六，頭如麥斗，面如獅蓋，身穿直裰，光著兩隻腳，乃是一位知覺羅漢。馬道玄口念：「無量佛！」眾人跪倒磕頭，求聖僧饒命。濟公知道金風和尚有九千多年的道行，並沒害過人。羅漢爺把僧帽收回去，眾人見金風和尚就地一陣風，又變和尚，向濟公磕頭。金風和尚說：「聖僧！你老人家慈悲慈悲罷，收我做個徒弟罷！」濟公說：「不行，我們和尚裡沒有王八當和尚的！」金風和尚說：「成佛做祖的，自古以來，什麼出身的都有，求聖僧慈悲慈悲罷！」濟公一聽，口念：「阿彌陀佛！善哉！善哉！你既願意認我和尚，好好好！」用手一拍金風和尚天靈蓋，濟公禪師信口說道：

實心來拜我，貧僧結善緣；修行蓮花塢，道德數千年。參練歸正道，出家陸陽山；拜在貧僧面，賜名叫悟緣。

賜了名字，金風和尚悟緣，給濟公行禮。濟公說：「悟緣，我派你點事，你同馬道玄兩個人去把邵華風給我拿來；你要不去，我和尚還是不收你做徒弟。馬道玄你也得去幫著，邵華風是你的徒弟，現在他在藏珍塢，聚眾綠林人，要大反常州府。你兩個人去，把他拿來，殺惡人即是善念。」馬道玄同金風和尚說：「謹遵師父之命！」叫法洪等給濟公預備酒，好生伺候。眾人答應。一僧一道，立刻起身，直奔藏珍塢。

書中交代：邵華風同長樂天由寶光寺被濟顛和尚驚走，兩個人由後山逃出，繞道直奔前山。長樂天說：「祖師爺咱們上那去？」邵華風說：「你我到那裡，濟顛追到那裡，山人我跟他是冤家對頭！你我回藏珍塢，我約請萬花山聖教堂八魔祖師爺，非是跟濟顛和尚一死相拚，將他拿住，方出我胸中的惡氣。將他碎屍萬段，然後到靈隱寺，把廟放火一燒。非得先把濟公殺了，然後你我再大反常州府，不把他除了是不行。」說著話往前走，又怕濟顛追趕下來。方一下陸陽山，只見由對面來了主天、主地兩個大旋風，走石飛沙起來，有兩三丈高。長樂天一看，說：「祖師爺，你看這兩個旋風，是神是鬼？是妖是怪？我的法力小，看不出來。」邵華風睜眼一看，說：「也不是妖，也不是怪，是我的朋友來了！這可活該！」

長樂天說：「誰呀？」邵華風說：「你來看。」立刻口中念念有詞，噗噴了一口法氣，立刻旋風往兩旁一閃，閃出兩個人來。頭前這人身高八尺，頭戴紫緞色四稜逍遙巾，身穿紫緞色箭袖袍，周身走金線，踏金邊，上繡金牡丹花，腰繫絲鸞帶，單襯襖，薄底靴子，閃披一件紫緞色團花大氅，面如紫玉，兩道濃眉，一雙金睛疊暴，押耳黑毫，海下一部鋼髯，根根見肉，猶如鋼針，軋似鐵線，手中拿著一把蠅刷。後面跟定一人，頭帶藍緞色四稜逍遙巾，身穿藍緞色箭袖袍，腰繫絲鸞帶，外罩翠藍色逍遙氅，周身繡金蓮花，面如白紙，臉上一點血氣沒有，兩道細眉，一雙三角眼，鷹鼻子，裂腮額。

書中交代：頭裡這人叫追魂侍者鄧連芳，後面這人叫神術士韓祺，這兩個人是萬花山聖教堂八魔的徒弟。鄧連芳是天河釣叟楊明遠的徒弟，韓祺是桂林樵夫王九峰的徒弟。這兩個人奉八魔之命，到東海瀛洲去取「靈芝草」。八魔每人有一根「子母陰魂縧」，最利害無比，連西方大路金仙，都能綑上，把金光綑散了。韓祺把他師父的「子母陰魂縧」偷出來，今天碰見邵華風，鄧連芳一見，連忙行禮。原本邵華風同鄧連芳、花面如來法洪是拜兄弟，邵華風是大爺，法洪行二，鄧連芳行三。今天一見，連忙行禮，說：「大哥一向可好？」邵華風說：「賢弟別提了！我此時鬧的走投無路。」鄧連芳說：「怎麼？」邵華風說：「只因我派人出去盜取嬰胎紫河車，在江陰縣犯了案。有一個濟顛和尚跟我為仇做對，他使出魯修真，誆去我的『乾坤子午混元缽』。他率領常州府的官兵，把我慈雲觀抄了。我到靈隱寺去，打算報仇，他在靈隱寺等著我。回到常州府劫牢反獄，他又追到常州府。我到藏珍塢去找你，你也沒在廟裡。我今來找你二哥來，請他幫我大反常州府，焉想到濟顛又追來了！賢弟你上那去？」鄧連芳說：「我奉我師父之命，到東海瀛洲去取『靈芝草』。」邵華風說：「你先別去了，要等你回來，我就許沒了命了。」

鄧連芳說：「既待如是，你我一同回藏珍塢，我先把濟顛和尚給你拿了，報仇雪恨。」邵華風說：「甚好！」四個人駕起趁腳風，這才奔藏珍塢。來到廟內一看，人多了，大眾給邵華風、鄧連芳行禮。眾人才落座，只見由外面有人進來回稟：「山門外來了一個和尚，堵著門口直罵。」眾人一聽全都楞了。不知來者是誰？且看下回分解。

第二百六回　眾妖道聚會藏珍塢　神術士魔法勝金風

話說赤髮靈官邵華風，同追魂侍者鄧連芳、神術士韓祺，來到藏珍塢，群賊一看，心中喜悅，說：「這可活該！」眾人行禮既畢，邵華風說：「眾位，這就是我拜弟鄧連芳，他乃是萬花山聖教堂八魔祖師爺天魔天河釣叟楊明遠的徒弟；這位韓祺，他乃是人魔桂林樵夫王九峰的徒弟。要拿濟顛僧，易如反掌，不費吹灰之力。」神術士韓祺說：「邵大哥，我告訴你，我得了我師父一根『子母陰魂絲』，就是大路金仙，西方羅漢，都能綑上。這個『子母陰魂絲』，可與眾不同，經過幾個甲子；別人有也不真。」正說著話，有人進來回稟：「外面來了一個和尚，堵著山門大罵，點名叫邵祖師爺出去。」邵華風一聽，說：「定是濟顛來了！」手下人說：「不是，是一個大眉黑臉和尚。」邵華風說：「待我出去看看！」話言未了，旁邊有巡山仙長李文通說：「祖師爺且慢，諒來此無知小輩，何必你老人家前往！有事弟子服其勞，割雞焉用牛刀？待我出去把他拿來，不費吹灰之力。」邵華風說：「你須要小心留神。」那李文通說：「料也無妨。」說罷大搖大擺，來到山門以外。

藏珍塢這座山，是坐北衝南，山口裡廟前頭，是一片空寬平坦之地，可以做戰場，操兵演陣都行，甚為寬闊。李文通出來一看，對面站定一僧一道，正是金風和尚悟緣同馬道玄。李文通一看，說：「原來是金風和尚，你來此何幹？」金風和尚說道：「我奉我師父之命，前來拿你們這伙妖人。」李文通說：

「你師父是誰？」金風和尚說：「你要問，是濟公長老。」李文通咳了一聲說：「你怎麼也來胡鬧，隨了濟顛和尚？依我說，你趁此回去，休要前來多管閒事。我山人以慈悲為門，善念為本，存一份好生之德，不忍傷害你的性命。你要不聽我的良言相勸，可別說我將你拿住，悔之晚矣！」金風和尚哈哈大笑，說：「好孽障！諒爾有多大能為，也敢說此朗朗狂言大話？我和尚將你結果了性命，殺惡人即是善念。」老道一聽，氣往上撞，伸手拉出寶劍，往東南上巽為風一站，用寶劍就地一畫，口中念念有詞，立刻狂風大作，走石飛沙，直奔金風和尚打去。金風和尚悟緣哈哈一笑，伸手由兜囊掏出一宗寶貝，名曰「避風珠」，往空中一摔，立刻風定塵息。李文通一看，大吃一驚。金風和尚把避風珠收回去，又由兜囊掏出一顆珠子，其紅似火。口中念念有詞，照定李文通打來。只聽「呱啦」一聲響，一道火光，竟將李文通燒了個皮焦肉爛。這顆珠子名叫「雷火珠」，金風和尚劈了老道，將寶貝收回去。早有人報進藏珍塢，說：「回稟祖師爺，可了不得了！方才李道爺出去一問和尚，他說叫金風和尚。李道爺一施展法術，狂風大作，走石飛沙；那和尚掏出一宗寶貝摔去，就風定塵息。和尚又拿出一顆珠子，其紅似火，一道光『呱啦』一響，竟把李道爺燒了個皮焦肉爛。」

邵華風一聽，氣得「哇哇呀」怪叫如雷，旁邊有人一聲喊嚷，說：「師父不必動怒，待我去給李大哥報仇，把和尚拿來。」邵華風一看說話這人，是他二徒弟叫妙道真人吳法興。這個老道，跟前者七星觀的那吳法通是師兄弟，在邵華風手下，任意胡為，也會怪術妖邪。立刻拉寶劍來到山門以外，見金風和尚正然破口大罵。吳法興說：「好和尚，真乃大膽！你可知道你家祖師爺的利害？」金風和尚說：「你是何人？」吳法興說：「你要問我，告訴你，你家祖師爺姓吳名法興，人稱妙道真人。今天你既是飛蛾投火，自送其死，放著天堂有路你不走，地獄無門自找尋，休怨我山人將你結果了性命！」說著話，由兜囊掏出一根「綑仙繩」，祭在空中，口中念念有詞，說聲「敕令」，「刷啦啦」一道金光，直奔金風和尚，和尚一張嘴，噗噴出一口黑氣，這是九千多年的內丹，立刻「綑仙繩」墜落於地。和尚隨著一抖手，將他雷火珠打出來，只聽「呱啦」一聲響，將吳法興燒死。這小子一輩子沒做好事，今天遭了惡報。

又有人報進廟去。邵華風一聽徒弟死了，氣得三尸神暴跳，五靈豪氣騰空，說：「好好好！我山人出去，跟他一死相拚。」旁邊神術士韓祺說：「邵大哥不用你去，你瞧瞧我的寶貝。你我一同前往。」大眾隨後來到外面一看，邵華風說：「金風和尚你敢傷我徒弟，我山人焉能跟你善罷干休？」這邊馬道玄一看，說：「邵華風你是我的徒弟，你不可任意胡為。已然出了家，就應該晨昏三叩首，早晚一爐香，侍奉三清教主，決不該結交綠林人，在塵世殺男擄女，聚眾叛反國家。大宋國自定鼎以來，君王有道家家樂，天地無私處處同，皇上家洪福齊天，邪不能侵正，你休要執迷不悟。已然出了家，就應該修福做善，了一身之孽冤，不修今生修來世。你要聽山人良言相勸，自己知非改過，從此跟我歸山修隱。你要不聽，自己強欲抗衡，『天作孽，猶可違；自作孽，不可活！』『獲罪於天，無所禱也！』」邵華風不但不聽，反把眼一瞪，說：「馬道玄，你休要多管閒事，滿口胡說，跟我嚼唇鼓舌。我要不念你我是師徒，今天連你一齊拿住，結果你性命。你趁此快走！」馬道玄口念：「無量佛！善哉！善哉！邵華風真乃無父無君！人生世上，須知道三綱，四大，五常。三綱者，君為臣綱，父為子綱，夫為妻綱。四大者，乃天地親師，受天地覆載之恩，受國家水土之恩，受父母生育養育之恩，受師父傳授教訓之恩。五常乃仁義禮智信，為人子不孝，為臣定然不忠，交友必然不信。師徒情如父子，你就敢叫我的名字，跟我反目？

罷了！罷了！」邵華風說：「你任憑有蘇秦、張儀、陸賈、隨何之口，說得天花亂墜，地生金蓮，海枯石爛，也難渡山人鐵石之心！我跟濟顛和尚，仇深似海；他無故欺負我，鬧的我上天無路，入地無門，我焉能跟他干休善罷？馬道玄你要多說，我先拿你。」金風和尚一聽，氣往上撞，說：「邵華風你過來，洒家跟你分個強存弱死，真在假亡！」

邵華風尚未答言，神術士韓祺，早拿定了主意：「我給他個先下手的為強，後下手的遭殃。」立刻把「子母陰魂絛」一抖，照定金風和尚拋來；口中念念有詞，說聲「敕令。」金風和尚一看，這道「子母陰魂絛」奔他來了，真是霞光萬道，瑞氣千條，如同泰山一般。金風和尚就知道不好，念護身咒也來不及了，慢說金風和尚這點來歷，就是大路金仙也能綑的上，綑上能把白氣化沒了。西方的羅漢，要被這「子母陰魂絛」綑上，能把金光綑去。勿論什麼妖精綑上，就得現原形。這原本是八魔的寶貝，八魔每人有一根，神術士韓祺他偷他師父的。今天悟緣一看，打算要跑，被金光罩住，焉能跑的了？就聽山崩地裂一聲響，金風和尚現了原形。眾老道一看，原來是一個大黿。神術士韓祺說：「你等可曾看見了？慢說是他，就是西方的羅漢也逃不了！」眾老道一看，鼓掌大笑說：「還是你老人家神通廣大，法術無邊！原來濟顛和尚徒弟，就是這個。」神術士韓祺說：「邵大哥，我已然拿住，任憑你發落罷。你願意怎麼辦，或殺或剮或燒？」邵華風說：「他把我徒弟用火燒了，我也把他燒死，方出我胸中之惡氣。大概把他置死，濟顛和尚也就快來了。」韓祺哈哈一笑，說：「濟顛不來便罷；他要來了，叫你等看著我略施小術，就把他拿住。」正說著話，只聽山坡一聲喊嚷：「好鄧連芳、韓祺，膽敢害人！待我來！」大眾睜眼一看，飛也似來了一人，頭帶粉綾緞武生公子巾，繡團花分五彩，身穿粉綾緞色箭袖袍，周身走金線，踏金邊，腰繫鵝黃絲帶，黃襯衫，薄底靴子，閃披一件粉綾緞英雄大氅，上繡三藍富貴花，背揹一口寶劍，手拿蠅刷，面如白玉，眉似春山，目如秋水，準頭端正，唇似塗硃。眾人一看，大吃一驚。不知來者是誰？且看下回分解。

第二百七回　飛天鬼誤入萬花山　石成瑞招贅人魔女

話說神術士韓祺用「子母陰魂絲」將金風和尚拿住，正要結果性命，只見由山坡來了一位武生公子。書中交代：來者這人，乃是人魔桂林樵夫王九峰的門婿，此人姓石名成瑞，外號人稱飛天鬼，原籍鎮江人，也在玉山縣三十六友之內。學會了一身工夫，長拳短打，刀槍棍棒，樣樣精通，併有飛簷走壁之能。天生來的秉性，好遊山玩景，勿論那裡有名山勝境，非身臨切近去看看不可。這天他帶著乾糧去遊山，一看山連山，山套山，不知套出有多遠去。石成瑞自己一想：「倒要找找這座山，那裡是到頭？」腳程又快，直走了十幾天，還是亂山環繞之中，大峰俯視小峰，前嶺高接後嶺。自己帶著吃食也吃完了，還思倒要找找這山有頭沒有？沒吃的在山裡吃果子草根，見有果子就吃果子。又走了數天，自身覺著身體不爽，要染病。石成瑞一想：「可了不得了，只要一病，也回不去了。要死山裡，就作他鄉的怨鬼，異地的孤魂，死屍被虎狼所食！」自己也走不動了，心中難過。見眼前有一道澗溝，溝裡的水澄清，石成瑞爬著喝了兩口水，就覺著喝下去神清氣爽。又往前走，見眼前有許多的果子樹，樹上長的果子其形似蘋果，石成瑞摘了一個吃，清香無比，就覺著身上的病減去了大半。心中暗喜：「怪道！也不知這是什麼所在？」又往前走，只見果子樹多了，樹上結的梨，真有海碗大，蘋果也大。石成瑞心裡說：「這樹是誰家的呢？」

正在觀看之際，只見那邊有一位女子，手拿小花藍採蘋果，長的十分美貌，衣服鮮明。石成瑞隱在樹後，觀看多時，見那女子把樹上的果子摘了大半，摘了就往花藍裡放，花藍老沒裝滿。石成瑞暗想：「怪道！怎麼這花藍能裝這許多的果子呢？」正在發楞之際，那女子一回頭，瞧見石成瑞，女子「呦」了一聲，說：「那裡來的凡人，前來窺探？」石成瑞一楞，並未回言。那女子用手帕一抖，石成瑞就迷糊過去。跟著那女子來到一所院落，到了屋中，女子又用手帕一抖，石成瑞明白過來。睜眼一看，這座屋中金碧輝煌，屋中的擺設都是世間罕有之物，眼前坐定一位如花似玉的女子。石成瑞說：「哎呀！這是那裡？」那女子說：「這是玉府宮闕，凡夫俗子來不到這裡。」書中交代：這就是萬花山下，叫隱魔山。八魔之中，就是人魔桂林樵夫王九峰有家眷，也有妻子；跟前一個女兒，叫銀屏小姐，精通法術。這就是王九峰住家眷的，這女子乃是銀屏小姐，問石成瑞尊姓，石成瑞說：「我叫石成瑞，遊山玩景，來至此地。這是天堂，還是人間？」銀屏小姐說：「這是玉府宮闕，我父親乃是魔師爺。」正說著話，只聽外面有腳步聲音，說：「女兒可在屋裡？」銀屏小姐說：「爹爹來罷！」石成瑞一看，由外面進來一位老者，頭戴鵝黃色四稜逍遙巾，身穿淡黃色逍遙氅，白襪雲鞋，面如冠玉，髮如三冬雪，鬢賽九秋霜，帶著仙風道骨，來者正是桂林樵夫王九峰。來到屋中一看，見石成瑞，王九峰問道：「女兒，這是何人？」銀屏說：「方才女兒到仙果山摘果子，看見他在那裡遊山，我將他帶進來的。」王九峰說：「這就是了。尊駕貴姓？」石成瑞說了名姓。王九峰說：「你跟我到前面談話。」石成瑞就跟著來到前面書房落座。

王九峰說：「你是那裡人氏？因何來至此處？」石成瑞說：「我是鎮江府人氏，皆因好遊山，走迷了來至此地。這是什麼地名？」王九峰說：「這是萬花山，我住的這叫隱魔郵，北邊那座山叫隱魔山，每逢千年，這果子才摘一回。我在這裡看守此山，原先是我徒弟看著，現在我徒弟沒在這裡。這果子人要吃了，凡夫俗子吃一個，能飽一個月，久吃能斷去煙火食。有病的人吃了，能化去百病。」石成瑞說：「不錯，我本來是遊山，沒有吃的，帶的乾糧都吃完了，淨吃松子草根，吃了兩天，吃出病來。方才吃了一個果子，覺著清香，清氣上升，濁氣下降。未領教老丈怎麼稱呼？」王九峰說：「我姓王雙名九峰，人稱桂林樵夫。我這地方，凡夫俗子也輕易到不了。你家中可有什麼人呢？」石成瑞說：「家裡還有老娘，有妻子。」王九峰一聽，點了點頭說：「這也是活該，你既來了，應當跟我女兒有一段俗緣。你也不必走了，我把我女兒給你就是了。」本來王九峰就只一個女兒，愛如掌上之珍珠，鬧的高不成低不就，給凡夫俗子，他又不肯；給真是做大官的人家，又不能跟他家做親，總是個外道天魔；許配神仙，神仙又不要媳婦；未免難找婆家，故此耽誤住了。今天王九峰跟石成瑞一談，見石成瑞一位武士，品貌端方，故此要把女兒給他。石成瑞一想：「莫非是做夢了？那有這樣便宜事呢？」想走也不知道路了，只可隨口應承。果然桂林樵夫王九峰就叫女兒銀屏跟石成瑞拜了天地，洞房花燭，石成瑞就在這裡住著。日子長了，石成瑞自己忽然想起家來，家裡尚有老娘妻子，故土難忘，家裡要沒有親丁，自然也就不惦念了，這個終然是心中難過。想起來回也不能回去，未免就住在那裡發煩，愁眉不展。

銀屏小姐一看，說：「官人你為何發煩？在這裡一呼百諾，想吃什麼吃什麼，諸事無不應心；還有什麼可煩的呢？」石成瑞說：「咳！我在我們那地方悶了，找幾個知心的好友，吃酒談心，或彈或唱，或講文，或論武，心中多麼爽快。這裡除了你，就是我，也沒什麼可說的！」銀屏小姐說：「你要同朋友作樂，那容易！來人，去把邊先生、鄭先生請來。」手下伺候人答應。工夫不大，只見由外面來了兩個人，頭一位是四稜逍遙巾，藍綢子大氅，白襪雲鞋，有三十多歲，淨白面皮，儒儒雅雅。後跟著一位，也是這樣打扮，淡黃的臉膛，有二十多歲。來到裡面，一抱拳說：「郡馬請了！我二人要早過來給郡馬請安，不敢莽撞；怕郡馬好清靜，不敢前來瀆煩清神。今知郡馬好消遣，我二人特來奉陪。」石成瑞一見，說：「請坐，二位貴姓？」頭前這位說：「我姓邊，字學文，這位姓鄭名珍，字隱言，我二人在魔師爺這裡當清書，寫寫來往書札等類。」石成瑞跟這兩人一談，願意下棋，這兩個人就陪著下棋；說彈唱，這兩個人就會彈唱；說練武，這兩個人就陪著打拳；說什麼，這兩個人就會什麼。又混了兩個月，石成瑞又煩了，這兩個人也不來了。銀屏小姐說：「郡馬你別煩，你喜愛什麼只管說！」石成瑞說：「我總想我們那街市上的熱鬧，來往車馬成群，願意聽戲就聽戲。這個地方，出去就是荒山野嶺，多見樹木，少見人煙，回來就是你一個人。」銀屏噗哧一笑，說：「那容易，你早不說，我帶你逛逛大街，這裡也有戲，你跟我聽去。」

立刻夫妻攜手攬腕，來到花園子正北上，有三間樓房，銀屏同石成瑞上了樓，把後窗戶一開。石成瑞一看，這外頭原是一道長街，熱鬧非常，買賣鋪戶都有，來往行人車馬，男女老少，擁擠不動。正西上一座戲臺，正然鑼鼓喧天，新排新彩開了戲。石成瑞一看，心中快樂，自己一想說：「我不知道有這麼熱鬧的街道，要知道我早就逛去了。」銀屏說：「郡馬你看戲罷。」石成瑞說：「這叫什麼地方？」銀屏說：「這叫『海市蜃樓』。」抬頭一看，這齣戲是「四郎探母」，上來楊四郎一道引子❶：「背困幽

❶ 引子：戲劇中腳色出場時所唸的詞句，用來提示劇情或說明所扮演的身分，詞用韻語，通常都很簡短，偶爾

州思老母，常掛心頭。」這齣唱完了，又接著一齣「秋胡戲妻」，唱的是：「秋胡打馬奔家鄉，行人路上馬蹄忙，穩坐雕鞍朝前望。」石成瑞一想，自古來母子夫妻，都有團圓，人家榮耀歸家，我這要回家也不行，心裡一煩不聽了，夫妻回家。次日石成瑞一想：「我何不到海市蜃樓街上打聽打聽，離我家多遠？我又有銀子，偷著回家瞧瞧。」想罷，奔花園子，來到樓房旁邊，躥上界牆一看。石成瑞「呀」了一聲，有一宗岔事驚人。不知後事如何？且看下回分解。

有較長的，稱作「長引子」。

第二百八回　想故鄉夫妻談肺腑　點妙法戲耍同床人

話說石成瑞自己想要到「海市蜃樓」去逛逛，來到這花園子，躥上界牆一看，外面並沒有熱鬧大街，還是荒山野嶺。自己一想：「這可怪了！我再到樓上，開開樓窗瞧瞧。」想罷，復反跳下來，來到樓上，開開樓窗一瞧，還是荒山野嶺，並沒一人。自己楞了半天，無奈又回來，到了自己屋中。銀屏小姐說：「郡馬那去了？」石成瑞說：「我到樓上去，要逛『海市蜃樓』，不想全都沒了。我還想要聽昨天那戲。」銀屏小姐說：「那容易，咱們家裡有戲，你跟我聽去。」石成瑞說：「我不信。」立刻跟著來到花園一瞧，忽然那邊鑼鼓喧天，唱上戲了，石成瑞自己終然還惦念家鄉故土。銀屏小姐百般哄他，石成瑞想吃什麼就有什麼，想怎麼樣就怎麼樣。石成瑞一想：「我要什麼他就有什麼，我倒要把他為難住。」這天石成瑞說：「我想一宗東西吃。」銀屏說：「你想罷，想什麼我給你預備。」石成瑞說：「這裡沒有，非得我們那本地才能有呢。浙江出一宗鰣魚，其味最美，別的地方那裡也沒有！」銀屏小姐道：「那容易，我們花園子月牙河裡就有。」石成瑞說：「你這可是胡說，這種東西別處決沒有。」銀屏說：「不信，你跟我來，我釣上魚來，你瞧是不是？」石成瑞說：「走。」

二人來到花園子，銀屏拿竹竿線繩拴上釣魚鉤，放下去工夫不大，把魚釣上來，石成瑞一看，果然是鰣魚。心中一想：「這可真怪！雖有魚，大概他們這裡沒有紫芽的薑，做鰣魚非得要紫芽薑不可，別的薑做出來不鮮。」想罷說：「娘子，我們那老家做鰣魚，單出一種紫芽薑做作料，其味透鮮。這裡那找紫芽薑去？」銀屏說：「有，這花盆裡種著紫芽薑，專為做鰣魚的。」伸手一刨，果然刨出紫芽薑來。石成瑞心中納悶，叫廚子做得了，果然好吃。石成瑞說：「娘子，聽說山海八珍，有龍肝鳳髓，豹胎熊掌最好吃，我要吃龍肝，行不行？」銀屏說：「行！」立刻拿筆在粉壁牆上，畫了一條龍；石成瑞說：「這是畫的不能吃。」銀屏小姐口中念念有詞，用手一指，這條龍就活了，張牙舞爪就要走。銀屏小姐過去一寶劍，將龍開了膛，取出龍肝來，給石成瑞煮好吃了。百般哄著，石成瑞他老不喜歡。銀屏小姐說：「郡馬，你為何總不喜歡麼？」石成瑞說：「我實對你說罷，我是想念家中尚有老娘，還有原配的妻子，此時是不知音信。聽戲聽『四郎探母』『秋胡戲妻』，人家出外都有回家之日，我就不能回去，心中總不得放心。也不知我老娘妻子是死是活？」銀屏小姐說：「你要回去也行，我送你回去好不好？」石成瑞一聽喜歡了，說：「你要能叫我回去，我到家裡看看，我再來也就放心了。」銀屏說：「既然如是，我送你走。你閉上眼，可別睜眼；聽不見風響，你再睜眼，你就到了家了。」石成瑞說：「就是！」

立刻把眼一閉，耳輪中就聽呼呼風響，好容易聽不見風響了，自己睜眼一看，已然到了自己的村莊，相離家門口不遠。石成瑞心中大快，趕緊往前走，來到門首一叫門，只見他妻子出來，把門開了一看，說：「你回來了，老娘都想壞了！」石成瑞看見自己結髮之妻，心中不由的難過，說：「老娘可好？」他妻子劉氏說：「好。」石成瑞立刻來到裡面，一瞧他老娘在屋裡坐著，倒也沒見老邁。石成瑞趕緊上前行禮，說：「娘親，你老人家好呀？」老太太一看，說：「兒呀！你回來了？」劉氏說：「官人，這二年上那裡去的？為何永不回來？叫家人不放心！」石成瑞說：「咳！別提了，一言難盡。我皆因好遊山玩景，鬧出事來。我在山裡走迷了，吃的也沒有了，卻有了病，四肢無力，步履艱難，我想著要死在山裡，決回不來了。我瞧有許多的果子樹，我摘了一個吃，就彷彿立刻神清氣爽。忽遇見一個女子，我就迷糊了。他把我帶到隱魔山，有一位魔師爺，叫桂林樵夫王九峰，他說他女兒跟我有一段仙緣，叫銀屏小姐，我就招了親。吃穿倒是無不應心，要什麼有什麼，我夫妻倒也和美，他待我也不錯。日子長了，我總想家裡有老娘，你我總是結髮夫妻，焉能忘的了？我就是自己回不來，這倒是我那妻子好處，他用法術，把我送回來的。我一睜睛，已然是離家不遠了。我故此回來了。」他妻子說：「原來是你在外面招了親了，你這還想回去不回去呢？」石成瑞說：「我倒不想回去了，再說我也回不去，不認的道路。」他妻子說：「人家待你這麼好，一日夫妻百日恩，你為何不回去呢？」石成瑞說：「我不回去了。」他妻子說：「當真你不回去了？」石成瑞說：「當真！」他妻子噗哧一笑。石成瑞再一看，也不是他的家裡，還是在銀屏小姐屋裡，他老娘也不見了，他妻子劉氏也不見了。所說的話，都是銀屏小姐。石成瑞也楞了，還是沒出屋子。

銀屏小姐說：「我真要把你送回家去，你回家去你是不來了。」石成瑞說：「你怎麼冤我？」銀屏小姐說：「我因為試試你的心。」石成瑞說：「娘子你也不必試探我，真要回去，到了家就是我想來，也是來不了。我那裡走得回來呢？」銀屏小姐說：「你打算回去，我真送你走。我教給你點法術，我給你這塊手帕，那時你要想回來，你有急難之時，掏出絹帕，雙睛一閉，雙足一跺，就能回來。」銀屏小姐教給石成瑞練駕趁腳風，五行挪移大搬運護身咒，這些法術教會了石成瑞。這天石成瑞要走，銀屏小姐眼淚汪汪說：「郡馬，我要送你走，可別把我忘了！」石成瑞說：「娘子只管萬安，我決不能喪盡天良，你我一日夫妻百日恩，我焉能絕情斷意？只要我能回的來，我那時想你，我那時回來。這回你可別冤我！」銀屏小姐說：「我不冤你，你閉上眼睛罷！」石成瑞果然閉上眼睛，耳輪中只聽風聲響，身子直彷彿忽忽悠悠，駕雲一般，聽著風聲響住了，銀屏小姐說：「你睜眼罷。」石成瑞一睜眼，已然到了浙江地面。銀屏小姐說：「郡馬，此地已離你家不遠了，我可要回去了。我所說的話，要你謹記在心。『絹帕』千萬不可遺失。你我夫妻一場，任憑郡馬的心罷！」說著話，夫妻二人攜手攬腕，銀屏小姐二目垂淚。石成瑞說：「娘子，你跟我家去好不好？」銀屏小姐說：「我不能，我要回去了。」石成瑞也不忍分別，人非草木，誰能無情？至親者莫過父子，至近者莫過夫妻！石成瑞說：「娘子你回去罷！我決不能負心就是了！」銀屏小姐哭的說不出話來，夫妻含淚而別。

石成瑞見銀屏小姐去遠了，自己歎了一口氣，這才撲奔故土家鄉。來到村莊裡一看，見家家關門閉戶，冷冷清清，來到自己門首一看，也關著門。石成瑞一拍門，工夫不大，劉氏出來開門。石成瑞一看就楞了，見劉氏妻子身穿重孝。石成瑞就問：「娘子給誰穿孝？」劉氏說：「給老娘穿孝。」石成瑞一聽娘親已死，心中不由的一慘，落下淚來，母子連心。劉氏見丈夫回來，也是一慘，也哭了。夫妻來到裡面，放聲痛哭。哭了半天，劉氏這才問道：「官人，這一向上那去了？」石成瑞就把遊山招親之故，從頭至尾，細述一遍。問他妻子：「老娘幾時死的？什麼病症？」劉氏說：「老病復發，死了有一個多月。」石成瑞次日到老娘墳墓前，奠了一番，又痛哭了一場。在家中住了一個多月，凡事該著，劉氏也一病身亡。石成瑞無法，置買棺木，辦理白事，將他妻子葬埋了。事完之後，自己心中甚煩，家中也沒了人，自己打算要上玉山縣望看望看眾朋友開開心。

這天來到沙市鎮，自己覺著身體不爽，就找了一座客店住下。焉想到次日更覺病體沉重了。過了四五天，這天自己正在發煩，店裡伙計進來說：「石爺，外面現有濟顛和尚來找你。」石成瑞一想：「我雖沒見過這位濟公，聽我的朋友提說，乃是一位得道的高僧。」趕緊叫伙計出來有請。和尚由外面進來，石成瑞說：「聖僧從那來？」和尚說：「我由陸陽山來，找你給我辦點事。現在藏珍塢金風和尚被神術士韓祺拿住，非你去救不行。」石成瑞說：「我病著呢！」和尚說：「我給你一塊藥吃。」石成瑞吃了藥，立刻病體好了。和尚告訴明白道路，石成瑞這才直奔藏珍塢而來，搭救金風和尚。不知後事如何？且看下回分解。

第二百九回　說韓祺釋放悟緣僧　鬥濟公暗施陰魂絛

話說飛天鬼石成瑞，受濟公之託，趕緊來到藏珍塢，剛到這裡，正趕上神術士韓祺用「子母陰魂絛」，方把金風和尚綑上，正要結果性命。石成瑞趕奔上前，說：「鄧連芳、韓祺，你二人快把金風和尚放了，萬事皆休。」韓祺一看，認識是他師父的門婿，趕緊說：「郡馬，你從那來？」石成瑞說：「你把金風和尚放開，他跟我有交情。」韓祺一想，衝著師父的面子，不肯得罪石成瑞。韓祺說：「郡馬是跟金風和尚認識，我衝著你把他放了，這倒是小事一段，便宜他。」說完，隨即把「子母陰魂絛」收回去。只見駝龍爬了半天，由平地起了一陣怪風，金風和尚竟自逃走了。馬道玄一看不好，也忙駕起趁腳風，竟自走了。群賊一看，鼓掌大笑。

邵華風就問：「韓祺，這個武生公子是誰？」韓祺說：「這是我師父的門婿。」石成瑞說：「韓祺，你在這裡為非做惡，這是何必？要聽我良言相勸，你趁此走罷！」韓祺說：「郡馬，你休要多管閒事，你趁此走。你我受朋友之託，必當己身之事，我要替朋友捉拿濟顛僧，報仇雪恨。」石成瑞說：「我勸你為好，你要不聽，任意胡為，造下彌天大罪。『善惡到頭終有報，只爭來早與來遲。』『獲罪於天，無所禱也。』『天作孽，猶可違；自作孽，不可活。』那濟公禪師，乃是一位得道的高僧，你要跟濟公做對，不但你自己找出禍來，你給魔師爺惹了禍了。」韓祺一聽說：「我告訴你，你休要搖唇鼓舌，我看在師父面上，把金風和尚放了。衝著你，我並不認識你，你別打算我怕你，我是有一份關照，你要自找無趣，可別說我拿『子母陰魂縧』把你綑上。」石成瑞一聽，勃然大怒說：「韓祺，你真不要臉，我先將你拿住。」說著話，伸手拉出寶劍，方要過去。韓祺立刻把「子母陰魂縧」祭起來，口中念念有詞，說的是：「子母陰魂縧一根，陰陽二氣緊繞身；練成左道先天數，羅漢金仙俱被擒。」石成瑞一看「子母陰魂縧」奔他來了，金光繚繞。石成瑞一想：「我真要被他綑上，豈不丟人！」心中一急，想起銀屏小姐給他的那塊絹帕，告訴我說：「遇有急難之時，二目一閉，一抖絹帕，雙足一跺，就能回到隱魔山來。」石成瑞今天真急了，由懷中掏出絹帕一抖，韓祺眼瞧著一片白光大作，再找石成瑞蹤跡不見，「子母陰魂縧」墜落於地。韓祺說：「真有的，罷了罷了，他會走了，真有點能為！走了便宜他，就是我拿住他，也不能要他的命，他是我師父的門婿，我無非是羞辱羞辱他。」大眾說：「咱們回去罷！」邵華風說：「我想金風和尚這一走，必給濟顛去送信，大概濟顛必來。」韓祺哈哈一笑，說：「邵大哥，你把心放開了，你我等候濟顛三天，他如來了，我必把他拿住；他如不來，我同你找他去。我說到那裡，應到那裡。倒叫你等瞧瞧我的法寶拿人。」

正說著話，就聽山坡一聲喊嚷：「無量佛！」大眾睜睛一看，來了一位羽士黃冠，玄門道教，頭戴青緞子九梁道巾，身穿藍緞色道袍，青護領相襯，腰繫杏黃絲縧，白襪雲鞋，面如淡金，細眉圓眼，三綹黑鬍鬚，飄灑胸前，手拿蠅刷，肋佩寶劍。來者老道非別，乃是本觀的觀主浪遊仙長李妙清。他到白雲嶺去找白雲仙長野鶴真人去下棋，今天才回來。邵華風一見說：「李道兄久違少見，我等在這廟裡攪擾了多日，你也沒在家。」李妙清說：「賢弟說那裡話來？我的廟如同你的廟一樣，何必說攪擾二字！」

大眾趕上前彼此行禮。邵華風說：「我告訴你，我的慈雲觀入了官了，此時我鬧的有家難奔，有國難投。」李妙清說：「怎麼？」邵華風說：「只因我派人盜取嬰胎紫河車，在江陰縣犯了案，有一個濟顛和尚，無故跟我作對，我來約你助我一臂之力，大反常州府，自立常州王，捉拿濟顛和尚，報仇雪恨。」李妙清說：「哎呀！不易罷！我聽說濟顛和尚神通廣大，法術無邊，咱們三清教的有頭有臉的老道，都被他給制服了。可有一節，他不找尋好人，為非做惡的人，他才找尋呢。」邵華風說：「什麼叫好人壞人？我約請這二位是萬花山聖教堂八魔祖師爺的門徒，非得把濟顛拿了，也叫他知道知道咱們三清教有能人沒有，也給三清教下轉轉臉。」李妙清說：「眾位不在廟裡，都在外頭，這是為什麼？」邵華風說：「方才有濟顛主使金風和尚同馬道玄前來找我做對。都說金風和尚是一位羅漢，誰知他是一個大駝龍，方才被我韓賢弟用『子母陰魂絲』將他綑上，現了原形。本來打算要殺他，有魔師爺的姑爺來講情，把他放了。」浪遊仙長李妙清說：「就是了，我可聽說濟顛和尚可不好惹，我倒沒見過。」韓祺說：「我那時拿住他，叫你瞧瞧。」

正說著話，就聽正南上一聲喊嚷：「好一群雜毛老道，我和尚來了！瞧瞧你們有什麼刀山油鍋？」大眾一看，是一個窮和尚。羅漢爺早把三光閉住，一溜歪斜，酒醉瘋癲，腳步踉蹌，由山口往前直奔。邵華風說：「韓賢弟，你看濟顛僧來了。要沒有你們二位在這裡，我等瞧瞧就得跑，其利害無比！」韓祺哈哈一笑，說：「我去拿他！」浪遊仙長李妙清一看和尚是肉體凡夫，說：「邵大哥，這就是濟顛呀？」邵華風說：「就是他！」李妙清說：「諒此丐僧，何必你等眾位拿他？我也不是說句大話，不用你們，我略施小術，就可以把他拿住，不費吹灰之力，易如反掌。叫你們眾位瞧瞧我的法力。」邵華風說：「李大哥既能拿他，那更好了！」

浪遊仙長李妙清自己也是藝高人膽大，本來老道也真有點法術，立刻往前直奔，伸手拉出寶劍一點指說：「來者你就是濟顛僧麼？」和尚說：「然也，正是！你來打算怎麼樣？」李妙清說：「我聽說你無故欺負三清教的人，跟我等做對；今天我看你有多大的能為，你可認識山人？」濟公說：「我認識你是雜毛老道，你姓什麼叫什麼？」李妙清說：「山人我姓李，叫李妙清，道號人稱浪遊仙長，我乃是藏珍塢的觀主。山人我前知五百年，後知五百年，善曉過去未來之事；善會呼風喚雨，撒豆成兵；搬山移海，五行變化；有摘星換斗之能，拘鬼遣神之法；仰面知天文，俯察知地理；伴風雲，觀氣色，排兵布陣，鬥引埋伏，樣樣精通。你要知道我的利害，趁此認罪服輸，跪倒給山人磕頭，叫我三聲祖師爺，山人出家人以慈悲為門，善念為本，有一份好生之德，饒爾不死。如若不然，我當時將你拿住，你悔之晚矣！」和尚哈哈一笑，說：「好孽畜！你休要說此朗朗狂言大話！大概你也不知道我和尚老爺有多大的來歷，今天你跪倒給我磕頭，叫我三聲祖師爺祖宗尖，我也不能饒你。」

李妙清一聽，氣往上衝，伸手由兜囊掏出一宗法寶，名曰「打仙磚」，祭起來，口中念念有詞。這磚能大能小，起在半懸空，照和尚頭頂壓下來，如同泰山一般。和尚哈哈一笑，口念六字真言：「唵嘛呢叭嘧吽！唵敕令赫！」立刻「打仙磚」現了一道黃光，墜落於地。和尚說：「這就是你的寶貝呀！這不行！我和尚老爺不怕！你還有好的沒有了？」李妙清一聽，氣往上沖，說：「好顛僧！竟敢破我的法術！待我再來拿你！」一伸手由兜囊掏出「綑仙索」，祭在空中，口中念念有詞，隨風而長，照和尚鎖來。和尚用手一指，口念六字真言，「綑仙索」也墜落於地，李妙清一看就楞了！旁邊神術士韓祺微然一笑，說：

「濟顛僧雖是凡夫俗子，倒有點來歷，你們拿不了他。」就伸手拿出「子母陰魂絲」，趕奔上前，說：「李道兄閃開了。」立刻李妙清一閃身躲開了。韓祺說：「濟顛，這是你自來找死，休怨我來拿你！」說著話，把「子母陰魂絲」一抖，口中念念有詞。不知濟公如何敵擋？且看下回分解。

第二百十回　八卦爐佛法煉韓祺　慶生辰佳人逢匪棍

子母陰魂絲一根，陰陽二氣繞金身；練成左道先天數，羅漢金仙俱被擒。

話說神術士韓祺把「子母陰魂絲」祭起，口中念念有詞說：立刻金光一片，照和尚奔去。就聽濟公口中直嚷：「了不得！快救人哪！」展眼之際，把和尚綑倒在地。眾妖道一見，鼓掌大笑。神術士韓祺說：「眾位，你等可看見了，我只打算濟顛有多大的能為，原來就是這樣，聞名不如見面。邵大哥，我已把他拿住，任憑你等自便罷。」邵華風說：「把他殺了就得了！」這個說：「殺了豈不便宜他？還是把他剮了！」那個說：「把他開膛摘心。」這個說：「把他剝皮！」大眾亂嚷。韓祺說：「眾位的主意不好，要依我，把他搭到裡面去，擱在『香池子』裡一燒，火化金身倒不錯。」眾人說：「倒也好！」韓祺說：「濟顛這是自來找死，休怨我意狠心毒。」和尚說：「你當真要燒我？」韓祺說：「這還是假的？」說著話，吩咐手下人將和尚搭著，來到裡面，就扔在「香池子」裡。韓祺說：「顛僧！」當時說話，和尚口中還答應；立刻搬了許多的柴草，往「香池子」一堆，將和尚壓在底下，點起火來。展眼之際，烈焰騰空，大眾聞著腥臭之氣，燒的難聞。眾老道眼見濟公和尚燒了，一個個歡喜非常。邵華風說：「眾位今天把濟顛和尚一燒死，我從此沒有人可怕了。眾位助我一臂之力，直奔常州府報仇雪恨。你我從此海闊天空，那個敢惹？」

話言未了，就聽外面哈哈一笑：「好孽畜！要燒我和尚，那裡能夠！」大眾眼睛一看，見濟公由外面一溜歪斜往裡走，「子母陰魂絛」，在和尚手中拿著。眾人再一看，神術士韓祺沒有了。眾老道一干群賊，嚇的連魂都沒有了，撥頭就跑。出了藏珍塢廟後門，鄧連芳說：「眾位，咱們直奔萬花山聖教堂去。給八魔師爺送信，給韓祺賢弟報仇。」大眾群賊直奔，並不答言，只顧逃跑，恐怕和尚追上。群賊四散奔逃，真是急急如喪家之犬，忙忙似漏網之魚，恨不能肋生雙翅，飛上天去。和尚走出廟門，偶然打了一個冷戰，羅漢爺一按靈光，早知覺明白，口念：「阿彌陀佛！善哉！善哉！你說不管，我和尚焉有不管之理？真是一事不了，又接一事。」說著話，連忙往前行走。羅漢爺有未到先知之能，算出來此時雷鳴、陳亮有難。

書中交代：怎麼一段事呢？原本陳亮家中有叔叔嬸嬸，有一個妹子，名叫玉梅，他叔父名叫陳廣泰，本是一位忠厚人。陳亮總不在家的時候多，他家裡並不指陳亮做綠林的買賣度日。先前陳廣泰只打算陳亮在綠林，非為好事，尋花買柳。後來才知道陳亮行俠做義，偷富濟貧。雖然這樣，總是在綠林為賊，陳廣泰也勸不改。他家裡又有房產，又有鋪子，在陳家堡總算是財主。陳廣泰整六十歲，家裡做生日，在村口外高搭戲臺看臺唱戲。這天許多親友都來給陳廣泰祝壽，婦女都到了看臺上看戲。自然玉梅姑娘也得陪著張羅，應酬親友，也在看臺上坐著看戲。本來玉梅小姐今年二十二歲，長得花容月貌，稱得起眉舒柳葉，唇綻櫻桃，杏眼含情，香腮帶笑，蓉花面，杏蕊腮；瑤池仙子，月殿嫦娥，不如也。這位姑娘素常養的最嬌，自幼父母雙亡，跟著叔嬸長大成人，也就叫爹娘，陳廣泰愛如掌上明珠一般。天生來的聰明伶俐，知三從，曉四德，明七貞，懂九烈，多讀聖賢書，廣覽烈女文。直到現今，尚未說定婆家，皆因高不成，低不就，做官為宦的人家，又攀配不起；小戶人家，陳廣泰又不肯給。素常姑娘無事，並不出大門，今天陪親友聽戲，在看臺上坐著。臺下男男女女，本村的人來瞧看熱鬧，擁擠不動。偏巧內中有一個泥腿，也在這裡看熱鬧。人家都往戲臺上瞧，這小子目不轉睛，只瞧著看臺上姑娘。

在本地有一個皮員外，他當初本是破落戶出身，姓皮名緒昌，他家中有一個妹子，長得有幾分姿色，時常勾引本處的少年浪蕩公子，常來住宿，名為暗娼；皮緒昌裝作不知道，在外面還充好人。回家來有吃的就吃，有喝的就喝，有錢就使，他也不問那來的。偏巧活該他發財，在本處有一位金公子，上輩做過一任知府，家裡有錢，就把他妹子半買半娶，弄了家去，給了皮緒昌幾千銀子。皮緒昌居然就闊起來了。他也買了房子，也使奴喚婢，他妻子就是大奶奶了。他有一個兒子，叫皮老虎，眾人皆以大爺呼之。後來金公子他正夫人死了，就把他妹妹扶了正；居然當家過日子，俱歸他經手料理。皮緒昌更得了倚靠，他妹子就把娘家供用足了。皮緒昌有了錢，一富遮三醜，眾人就以員外稱呼。他也好交友，眼皮也寬，勿論那等人，他都認識；三教九流，俱跟他有來往；他也走動衙門，書班皂隸，都跟他交朋友，在本地時常倚勢利欺壓人。他兒子皮老虎結交了些本地的泥腿，在外面尋花買柳，搶奪良家婦女，無所不為。有幾個人捧著皮老虎，跟他有交情的，一個姓游，名手，一個姓郝名鬧，一個姓車名丹，一個姓管名世寬，這些人都是無業的游民，在外面淨講究幫嫖湊賭，替買看吃，狐假虎威。每逢皮老虎一出來，總有十個八個打手跟著他，在本地也沒人敢惹他，真有勢利的人家，他也不敢惹尋。

今天皮老虎帶著這些人，也來看戲。這小子就瞧見姑娘陳玉梅，二目不轉睛往臺上瞧。本來這小子長的就不夠尺寸，拱肩梭背，兔頭蛇眼，歪戴著帽子，閃披著大氅，看了半天，說：「眾位！」大眾說：「大爺做什麼？」皮老虎說：「我瞧看臺上這個女子，長的怪好的，我真愛他！你們給我搶他，勿論他是誰家的，不答應，我跟他打官司。」旁邊游手、郝鬧、車丹、管世寬說：「大爺，你看這個姑娘可惹不起，他是開白布鋪陳廣泰的女兒，聽說他有一個哥哥，在鏢行裡會把式。再說今天陳廣泰做生日，親友甚多，如何能搶的了？論勢利也未必惹的了人家。大爺你死了心罷。」皮老虎說：「我怪愛他的！」眾人說：「愛也不行，咱們走罷！」眾人一同皮老虎回了家。焉想到皮老虎自從瞧見陳玉梅姑娘，就彷彿失了魂一般，回到家中，茶思飯想，也不想吃東西，得了單思病。一連三四天，越病越沒精神。皮緒昌一見兒子病了，心中著急，就問游手眾人，道：「你們跟我兒行坐不離，可知他無故為什麼病的？」管世寬說：「老員外要問公子大爺，只因那天陳廣泰唱戲，公子爺瞧見陳廣泰的女兒在看臺上，長得美貌，他誇了半天，回來就病了。」皮緒昌一聽說：「原來這麼一段事，那好辦，我叫人去見見陳廣泰，跟他提提。大概憑我家的財主，也配得過他，他也沒什麼不願意，只要他願意把女兒給我兒，我擇日子就娶，要什麼東西我都給。」管世寬說：「既然如是，我到陳廣泰家去提親，你聽候我的回信。」皮緒昌說：「也好，你去罷！」

管世寬立刻來到陳廣泰的門首，一道「辛苦」。老管家陳福一瞧，認識他。管世寬說：「我要見你們員外有話說。」老管家進去一回稟，說：「管世寬要見員外。」陳廣泰一聽，說：「他來幹什麼？叫他進來！」管世寬來到裡面一行禮，陳廣泰說：「你來此何幹？」管世寬說：「我來給令愛千金提親。」陳廣泰說：「提誰家？」管世寬說：「皮員外的公子，稱得起門當戶對。皮公子又是文武雙全，滿腹經綸。論武，弓刀石馬步箭均好，將來必成大器。」陳廣泰本是口快心直，說：「你滿嘴裡胡說，我家裡根本人家，焉能把女兒給他？我嫌他腥臭之氣，怕沾染了我。」焉想到這句話不要緊，惹出一場大禍。

不知後事如何？且看下回分解。

第二百十一回　皮緒昌助逆子行凶　陳廣泰丹陽縣遇害

話說陳廣泰這一句話，把管世寬挽回去說：「你趁此去罷，休要叫皮緒昌妄想貪心。」管世寬碰了釘子，自己回來，一見皮緒昌，皮緒昌說：「你去提親，怎麼樣了？」管世寬說：「別提了。我去提親，陳廣泰不但不給，反出口不遜，罵的員外那些話，我真不敢直說了，怕你老人家生氣。」這小子添枝添葉，又蠱惑是非。皮緒昌一聽，勃然大怒，說：「好陳廣泰，竟敢這樣無禮！背地裡罵我，我焉能跟他善罷干休？我非得把他女兒弄過來不可。我還得叫他跟我來說，認罪服輸，心甘情願把女兒給我。你等大家可有什麼高明主意？」管世寬說：「老員外要打算跟他賭氣，我倒有主意。員外不是跟村外廟裡的當家的相好麼？那廟裡和尚有能為，你把他請來，跟他商量，逕直去把陳廣泰的女兒搶來，跟大爺一入洞房，生米煮成熟飯，他也沒了法子。要打官司就跟他打官司。」皮緒昌一想，說：「就是，這個主意甚好，你就去把通天和尚法雷請來。」

書中交代：通天和尚法雷，自從彌勒院逃走，這裡這座小廟是他的下院，他就來到這廟裡住著。皮緒昌正要打發人請去，偏巧有家人進來回稟：「現有通天和尚前來稟見。」皮緒昌趕緊吩咐：「有請。」把法雷讓到客廳，彼此行禮。皮緒昌說：「我正要請你去，你來的甚巧。現在我有一件為難事。」法雷說：「皮大哥，你有什麼為難事？只管說！我能替你辦的了，我萬死不辭。」皮緒昌說：「你我兄弟知己，我也不能瞞你。皆因你姪男他那一天瞧見陳廣泰的女兒，長得十分美貌，你姪男得了單思病。我打發人去提親，陳廣泰不但不給，還把我罵的好難聽，我這口氣出不了。我打算要把他女兒搶來，先跟你姪兒成親，然後再跟他打官司。聽說陳廣泰有個姪兒叫陳亮，在鏢行裡可有能為，可不定在家沒在家。我要求賢弟你給搶親，一來替我轉轉臉，二來搭救你姪兒。」通天和尚法雷一聽，說：「要搶人容易，這乃小事一段。我廟裡住著兩位西川路的朋友：一位叫賽雲龍黃慶，一位叫小喪門謝廣；這兩個人都是能為武藝出眾，本領高強，把他二人約來幫著。」皮緒昌說：「好！」趕緊就派人到廟裡：「就提法師父請謝爺、黃爺到我家裡來。」手下人答應去了。

來到村外廟門一叫門，小沙彌出來說：「找誰？」手下人說：「我是皮員外家的，法師父叫來請謝爺、黃爺同我到我們員外家去，有要緊的事。」小沙彌進去回稟。賽雲龍黃慶、小喪門謝廣，二人隨同手下人來到皮緒昌家，往裡一回稟。皮緒昌同法雷迎接出來。抬頭一看，來者兩個人，頭裡這人，身高七尺以外，細腰扎背，頭上帶粉綾緞色軟紮巾，勒著金抹額，身穿粉綾緞色箭袖袍，周身繡三藍花朵，腰繫絲鸞帶，單襯褲，薄底靴子，面似油粉，白中透青，一臉的斑點，兩道細眉，一雙三角眼，鷹鼻子，裂腮額，閃披一件粉綾緞色英雄大氅，上繡三藍牡丹花；這個就是賽雲龍黃慶；後面跟定一人，穿青色袿，紫黑的臉膛，兩道喪門眉，往下搭拉著，一雙弔客眼，黑眼珠溯溯放光，白眼珠一睜，突出眶外，真像活弔死鬼一般；這個就是小喪門謝廣。皮緒昌一見，趕緊上前行禮。法雷說：「二位賢弟，我給你們引見引見，這就是皮員外。」說時往裡讓，彼此行禮，來到屋中落座。

黃慶、謝廣說：「法兄呼喚我二人有什麼事？」法雷說：「特約二位賢弟來幫忙。」黃慶說：「什麼事？」通天和尚就把要搶親之故，細述一遍。謝廣、黃慶說：「這乃小事一段，我二人協力相幫。」法雷說：「皮大哥，你先叫人去給陳廣泰家送一百銀子，兩疋彩緞，硬給他留下，就說今天晚上拿花轎搭人。」皮緒昌就問：「你們誰去？」車丹、管世寬說：「我二人去！」立刻皮緒昌就給拿出一百銀子，兩疋彩緞來，管世寬、車丹二人來到陳廣泰家，叫管家進去一回稟。陳廣泰說：「這兩個東西又做什麼來了？把他叫進來我問問！」管家出來把管世寬二人，帶進書房。陳廣泰說：「管世寬，你來做什麼？」管世寬說：「我來送定禮：一百銀子，彩緞兩疋。我們員外說了，今天晚上，花轎就來搭人。」陳廣泰一聽這話一楞，說：「誰答應你們？你就來送定禮！滿嘴胡說，還不快拿回去！」管世寬說：「不是老員外你親口說的嗎？就要一百銀子，兩疋彩緞，現在如數拿來，你怎麼又不認了？那可不行，今天晚上就娶人，你聽信罷。」說著話，往外就跑了，把兩疋彩緞，一百銀子，硬給放下了。陳廣泰一聽說晚上就要娶人這話，氣得顏色更變，說：「皮緒昌真要造反，光天化日，朗朗乾坤，竟敢這樣無禮。現真是要搶奪民家婦女，我去告他去。」立刻到裡面告訴安人，叫從人外面備馬。老家人陳福跟著陳廣泰備了兩匹坐騎。陳廣泰氣哼哼上馬，直奔丹陽縣衙門。焉想到早有人給皮緒昌去送信，說：「陳廣泰騎馬走了，大概是去上丹陽縣告你去。」皮緒昌一聽說：「法師兄，你同他們二位在家裡等我，我得到丹陽縣先去託好了。」吩咐叫家人給法雷等預備酒，皮緒昌帶了五百銀子，備了兩匹快馬，帶著一個惡奴，抄小道先來到丹陽縣。十二里地，馬又快，此時陳廣泰還沒到。

皮緒昌來到衙門口翻身下馬，一道「辛苦」，衙門的班頭都認識，說：「皮員外來此何幹？」皮緒昌說：「我來找狗先生，煩勞眾位給通稟一聲。」這衙門有一位刑民師爺姓狗，叫狗子賢，跟皮緒昌素有舊識。今天值日班進來一回稟：「現有陳家堡皮緒昌皮員外前來求見。」狗子賢一聽，趕緊吩咐有請。皮緒昌來到裡面，一見狗先生，二人彼此行禮。狗先生說：「皮員外，今天為何這樣閒在？」皮緒昌說：「我今天來託老兄一件事，回頭有一個姓陳的，他是開白布店的叫陳廣泰，他要來告我，就求你把他給押起來，押三天；過三天之後，我到案跟他打官司。我這裡有五百銀子送給你買雙鞋穿；這件事完了，我還有一份人情。」狗子賢說：「那容易，這是手裡邊的事，他來了我把他押三天，不叫他見官。你回去罷，這件事交給我辦了。」皮緒昌立刻告辭。狗子賢出來，一見稿案門值日班說：「方才有我一個朋友來見我，說有一個姓陳的來喊冤，叫我給押三天。送我一百銀子，我也不能獨吞。你我都在一個衙門當差找飯吃，我分給你們眾位五十兩。回頭姓陳的來喊冤，可千萬別叫他擊鼓，就說他攪鬧官署重地，妄告不實，就把他押起來。」稿案門說：「是了，既是先生被朋友所託，就是不給我們錢，說句話我們也得給辦。」狗子賢說：「好好！」

正說著話，外面陳廣泰才來投到，老頭子翻身下馬，口中喊嚷：「冤枉哪！青天大老爺給小人明冤！」立方要打算擊鼓，值日班頭來把陳廣泰揪住說：「你這老頭子無故前來攪鬧官署，來，把他押起來。」立刻把陳廣泰揪到班房。陳廣泰說：「我來告皮緒昌，他強要搶奪我女兒。他託人說媒，我不給他，硬下彩緞銀兩，說今天晚上就要用轎子搶人，故此我來告他。怎麼你們攔我喊冤？」眾官人說：「由不了你，不能放你走，等我們老爺那時過堂，才放你呢！」陳廣泰急的暴跳如雷，什麼也不行，直不放他出來。老家人嚇得跑回家去，一回稟安人，說：「可了不得了！老員外到衙門一喊冤，不想衙門官人把老員外扣住不放，嚇得我也不敢進去，大概是皮緒昌有人情買通了。先把老員外押住，今天晚上來搶姑娘，老安人快想主意罷！」安人、姑娘一聽就哭了。玉梅說：「娘親不必為難，孩兒我也不能落到惡霸手裡。莫若我一死，萬事皆休。」正說著話，外面打門，老管家出來開門一看，「呀」了一聲。不知來者是誰？且看下回分解。

第二百十二回　聞凶信雷陳找惡霸　買大盜陷害二英雄

話說老管家出來開門一看，外面來者非是別人，正是雷鳴、陳亮。書中交代：這兩個人是打那來呢？原本前者濟公在彌勒院，趕走了通天和尚法雷，赤髮靈官邵華風一干群賊，和尚救了雷鳴、陳亮、飛天火祖秦元亮、立地瘟神馬兆熊四個人，告訴秦元亮也不必上靈隱寺去道謝，叫雷鳴、陳亮二人急速回家，和尚帶領何蘭慶、陶萬春走後，秦元亮同馬兆熊二人單走。雷鳴、陳亮這才回家。今天老管家一瞧少主人回來，心中甚為喜悅，說：「大爺回來了，甚好！家裡正在盼想！恨不能你一時回來，現在家裡出了塌天大禍！」雷鳴、陳亮聽這話一楞，說：「什麼事？」管家說：「二位大爺進來再說。」陳亮同雷鳴來到廳房，老管家先給倒過茶來。陳亮說：「有什麼事？你說說！」老管家說：「只因那一天老員外生日做壽，在村外搭臺唱戲，有本村的泥腿皮老虎，瞧見姑娘長的好，皮緒昌叫管世寬來提親。老員外口快心直說不給，說『皮緒昌根底不清』，焉想到管世寬回去，今天管世寬拿著一百銀子，兩疋彩緞，硬來下花紅彩禮，不管答應不答應，說是今天晚上轎子就來搶親。老員外同小人備了兩匹馬，去到丹陽縣告他，不想皮緒昌有人情，衙門的官人不問青紅皂白，把老員外押起來，大概是今天晚上要來搶人。我跑回來跟安人說，安人直哭，姑娘要尋死，大家正在束手無策，你回來甚好。」

陳亮聽這話，氣得三尸神暴跳，五靈豪氣騰空。尚未答言，雷鳴把眼一瞪，說：「好囚囊的！」用手往桌上一拍，茶碗也碎了，嚇的老管家一哆嗦。雷鳴說：「好小輩！竟敢太歲頭上動土，老虎嘴邊拔鬚，找在你我兄弟的頭上！好好好！老三！你我去找他去，把這小子先殺了他的狗頭，你我出出氣。」陳亮說：「陳福，你到裡面告訴安人、姑娘，不必害怕，就提我回來了。我同雷二哥去找他去。」說著話，雷鳴、陳亮，二人由家中出來，一直來到皮緒昌的門首。雷鳴一聲喊嚷：「呔！皮緒昌，你趁此出來，無故我弟兄不在家，你竟敢欺負到我們頭上。你真是吃了熊心，喝了豹膽，太歲頭上動土，老虎嘴邊拔鬚，你錯翻了眼皮！你也不打聽打聽大太爺，我等是何如人也！」陳亮也指著門口破口大罵。此時早有人報進去，皮緒昌剛由丹陽縣回來，正在書房同通天和尚法雷、賽雲龍黃慶、小喪門謝廣在一處談話。外面有手下人進來說：「員外，可了不得了！門口有陳廣泰的姪兒陳亮，同著一個雷鳴，來堵著門口大罵，點名叫你老人家出去。」旁邊管世寬說：「員外這可糟了！這兩個人，可惹不起！聽說殺人不眨眼，這便如何是好？」皮緒昌一聽，嚇得顏色更變。法雷說：「這兩個人自不好惹，員外你別出去，我有主意。管世寬你附耳過來，如此如此，你快出去。」管世寬點頭答應。趕緊來到外面一看，雷鳴、陳亮正在罵不絕聲。

管世寬笑嘻嘻的出來說：「二位大太爺先別罵。」雷鳴、陳亮說：「你快叫姓皮的出來見我們。」管世寬說：「我家員外沒在家，二位大叔先別生氣，聽我把話說明白了。」雷鳴、陳亮說：「你姓什麼？」管世寬說：「我姓管，咱們都是老街坊，論起來都不遠。陳大叔，你老人家別罵，這件事你別聽一面之詞，我們皮員外並沒叫人去提親。方才我們員外也聽見說這件事了，這是有小人蠱惑是非，硬說我們員外要搶親，我們員外還要找這個人來，是誰到你家裡去下花紅彩禮？找著這個人，不用你老人家不答應，我們員外也不能答應。這必是跟陳家、皮家兩家有仇，給咱們兩家攏對，叫咱們兩家打起來他瞧熱鬧。二位大叔先請回去，我們員外此時實沒在家，聽說陳老員外在丹陽縣沒回來，我們員外去託人，把陳老員外請回來，要見見陳老員外細盤問盤問，這是誰做的事。二位大太爺先請回去聽信罷。我們員外回來必過去。」陳亮一聽這片語，說：「二哥，他這裡既不敢承認，你我可先回去，看我叔叔回來不回來再說。」雷鳴、陳亮這才回到家中，陳亮到裡面見了嬸母，把這話一學說。老太太見陳亮回來，心中還暢快些。當日晚間也並沒有轎子來搭人，陳廣泰也沒回來。陳亮同雷鳴在前面安歇。夜間小心防範，也並沒有動作。

次日早晨起來淨面吃茶，陳亮正要打發人去到丹陽縣打聽打聽，忽聽外面打門。陳亮同雷鳴出來開門一看，門口站著丹陽縣的兩位班頭，一位姓劉，一位姓杜，帶著八個伙計，一輛坐車。陳亮一看認識，說：「二位頭兒什麼事？」杜頭劉頭說：「二位在家裡甚好，你們二位的事犯了，跟我們去打官司罷！咱們彼此都有個認識。在家門口給你們二位帶傢伙，算我們不懂交情，給你們二位留面子，你們二位上車罷。」雷鳴、陳亮聽這話一楞，說：「什麼事犯了？」劉頭說：「你們二位的事，還用問我們，紙裡還包的火？你們二位有什麼話，上車罷，到衙門說去罷！」雷鳴、陳亮也不知道什麼事，不能不去。當時叫管家給裡面安人送信。這兩個人上車，一同來到丹陽縣衙門下車。來到班房，劉頭杜頭說：「二位屈尊點罷！」說著話，「嘩啦」一抖鐵鍊，把雷鳴、陳亮鎖上。有伙計看著兩個人。官人進去一回話，把雷鳴、陳亮帶到知縣署內。傳壯皂快三班伺候升堂，知縣吩咐帶差事。原辦出來拉著鐵鍊帶雷鳴、陳亮上堂，威武二字嚇喊堂威，說：「七里鋪打劫卸任官長，刀傷三條人命，搶去衣服首飾銀兩，賊首雷鳴、陳亮告進。」這二人一聽這話，嚇的驚魂千里。

來到公堂一跪，二人報名說：「小的雷鳴，小的陳亮，給老爺磕頭！」知縣在上面一拍驚堂木說：「雷鳴、陳亮，你兩個人在我地面上，西門外七里鋪打劫去任官長，刀傷三條人命，劫衣物首飾銀兩，同手辦事共有幾個人？講！」雷鳴、陳亮跪爬半步，向上叩禮。陳亮說：「回老爺，我住家在陳家堡，世居有年，原係商賈傳家。我二人是拜兄弟，在鏢行生理，新近從外面回來，並沒做過犯法之事。老爺地面有這樣案，明火執仗，路劫傷人，我二人一概不知。求老爺格外施恩。」知縣一聽說：「你兩個人已來到本縣公堂之上，還敢狡展不承認？等本縣三推六問，用刑具拷打，你們皮肉受苦，那時再承招，悔之晚矣！同手做案倒是幾個人？趁此實說！」雷鳴、陳亮說：「小人實在冤屈，求大老爺明鏡高懸。」知縣勃然大怒，說：「你這兩個人分明是慣賊，竟敢在本縣跟前這樣狡展？大概抄手問事，萬不肯應。來，拉下去，給我每人重打四十大板再問。」陳亮說：「老爺暫息雷霆之怒，且慢動刑，小人我有下情上稟。」本縣的官人馬快，素常都認識陳亮，知道陳亮是綠林人，在本地住居好幾輩了，知道陳亮在本地沒案，現在奉老爺簽票，急拘鎖帶雷鳴、陳亮，馬快在旁邊說：「你們二個人實說罷，省得老爺動刑！」陳亮說：「老爺的明鑑，小人我在這丹陽縣陳家堡，住居好幾輩了。家裡我叔叔在本地開白布店，素常老爺臺下的官人也有個耳聞。雷鳴他是龍泉霧的人，我二人自幼結拜，我兩個人現在鏢行保鏢，昨天才回來。今天老爺派官人將我二人傳來，老爺說我二人在七里鋪明火執仗，我二人實在不知。老爺要用嚴刑苦拷，我二人受刑不過，老爺就叫我二人認謀反大逆，我二人也得認。何為憑據？那為考證？老爺這輩為官，要輩輩為官。」知縣一聽說：「你兩個人，還說本縣斷屈了你們！不給你見證，你還要狡展？」

立刻標監牌提差事，少時就聽鐵鍊聲響，帶上一個犯人來。陳亮睜睛一看，機伶伶打一寒戰，就知道這場官司難逃活命。不知見證是誰？且看下回分解。

第二百十三回　記前仇賊人咬雷陳　審口供豪傑受官刑

話說雷鳴、陳亮，見把賊人帶上堂來，陳亮一看，機伶伶打一寒戰，就知道這場官司難逃性命。賊咬一口，入骨三分，陳亮認識這個賊人，叫宋八仙。當初雷鳴、陳亮、楊明，奉濟公禪師之命，給馬家湖去送信，陳亮蹲著出恭，宋八仙冒充聖手白猿陳亮打劫人，被陳亮將他拿住。依著雷鳴、陳亮當時要殺他；威鎮八方楊明，乃是一位誠篤仁厚之人，大有君子之風，不但勸著陳亮沒殺他，還周濟宋八仙五兩銀子，叫他改行做小本經營。焉想到這小子惡習不改，在本地七里鋪明火路劫，殺死家丁，搶劫衣服首飾銀兩。同手路劫有五六個人，別人分了贓都走了，這小子沒走，犯了案被丹陽縣馬快將他拿獲，到衙門一過堂，宋八仙全招了。知縣問他：「同手辦事共有幾個人？」宋八仙說：「有通天和尚法雷、小喪門謝廣、賽雲龍黃慶，還有幾個人，都是西川路上的人，在七里鋪搶劫卸任職官，殺死三個家丁，得贓均分。他等都遠走了，我也不知去向。我分了幾十兩銀子，連嫖帶賭也都花了。」知縣一聽，先把他釘鐐入獄。

宋八仙倒沒打算拉雷鳴、陳亮，皆因雷鳴、陳亮，堵著皮緒昌門首一罵，通天和尚法雷，先叫管世寬出來，用好言安慰，用計把雷鳴、陳亮支走了。法雷說：「皮員外這兩個人可不好惹，素常無故，這兩個人在外面儘講究殺人，這跟他家結了仇，這兩個人更不能善罷干休了。」皮緒昌說：「賢弟，你有什麼高明主意？」法雷說：「不要緊，我有一個絕妙的主意，非得把他兩個人治死，給他個一狠二毒三絕計。『量小非君子，無毒不丈夫。』你要不治他，他絕不能饒你，這個後患可就大了。不用多，你花幾百銀子，就可以要他兩個人的命。」皮緒昌說：「幾百銀子倒現成，怎麼樣呢？」法雷說：「現在丹陽縣獄裡收著一個宋八仙，乃是本地七里鋪明火執仗，殺死三條人命，這案是我們一同做的，他可不知道我在這本地有廟的。到獄裡花錢，買通了，叫宋八仙當堂將雷鳴、陳亮，一口咬定，就把他兩個人拿了去；用刑具一拷，他兩個受刑不過，就得招認。他二人身受國法，一來也除了後患。再說要搶陳廣泰的女兒也行，非這樣辦不可。你見了宋八仙，可別提見著我們三個人。」皮緒昌說：「甚好，我這就到丹陽縣去。」立刻到裡面，帶著五百銀子，叫家人備兩匹馬，帶著一從人，從家中起身。

來到丹陽縣，翻身下馬。眾官人一瞧認識，說：「皮員外來此何幹？」皮緒昌說：「我到獄裡瞧個朋友。」叫家人拉著馬。皮緒昌拿著十封銀子來到獄門，一招呼，管獄的出來問：「找誰？」皮緒昌說：「尊駕姓什麼？」管獄的說：「我姓錢。」皮緒昌說：「我這裡有二百銀子送你買包茶葉喝。我要跟宋八仙說幾句話，行不行？」管獄的聽說有銀子，財能通神，連說：「行行！」立刻把獄門開開，放皮緒昌進去。皮緒昌把二百銀子送給管獄的，錢頭把皮緒昌讓到他住的屋子裡坐著。這才叫宋八仙過來，管獄的躲出去了。宋八仙並不認識皮緒昌，來到屋中，說：「尊駕找我麼？」皮緒昌說：「不錯，你就叫宋八仙嗎？」宋八仙說：「是。」皮緒昌說：「我姓皮，我來託你一件事，你現在官司畫了供沒有？」宋八仙說：「沒有！剛過了一堂，還沒定案。五六股差事，現在就是我一個人破了案。」皮緒昌說：「既然如是，我有兩個仇人，你過堂給牽拉出來，一口咬定，說他為首。我先給你留下二百銀子，給你立摺子，飯館子愛吃什麼要什麼，然後我花一千銀子，給你打點官司。」宋八仙本來是個苦小子，手裡又沒錢，又沒朋友，來到獄裡，也沒人照應。吃一碗官飯也吃不飽。一聽這話，又有銀子，又有吃的，反正官司大概是活不了，樂一時算一時，先不用受罪呀！心中很願意，說：「皮大爺你說罷，叫我拉姓什麼的？」皮緒昌說：「在本地陳家堡，有個雷鳴、陳亮，家裡開白布店，雷鳴在陳亮家住著。」宋八仙一聽，說：「雷鳴、陳亮這兩個人我認得，而且前者我們還有點仇，我被陳亮拿住過。這件事交給我辦了，只要你照應我點。」皮緒昌立刻給宋八仙留下二百現銀子，由獄裡出來。又一見值堂的，託值堂的今天晚上開堂單，先把宋八仙這案開在頭裡，給值堂的五十兩銀子。老爺問案，先問後問，全在值堂的身上。他要開堂單，把誰開在頭裡先問誰。皮緒昌在衙門都見好了。到飯館子給宋八仙送信，立了摺子，送到獄裡去。告訴飯鋪掌櫃的，縣衙門獄裡宋八仙吃多少錢，到我家去取。掌櫃的答應，素常交買賣，知道皮員外是財主錯不了。皮緒昌把事情辦完他回去了。

知縣晚上升堂，看堂單頭一案，就是七里鋪路劫宋八仙，知縣吩咐提宋八仙，原辦把宋八仙帶上堂一跪。知縣說：「宋八仙，你在七里鋪搶劫，殺死三條人命，同手辦事倒是幾個人？」宋八仙說：「小人不敢招老爺生氣，一共六個人，有三個人都回了西川，有兩人為首，倒在這本地陳家堡住家，一個姓陳，叫聖手白猿陳亮，一個叫風裡雲煙雷鳴，當初是他兩個人起的意，我等聽從，搶劫了八百銀子，給我八十兩，他們使七百多兩。這是真情實話，並無半句虛言。」知縣一聽，這才出票，急拘鎖帶雷鳴、陳亮。今天一過堂，雷鳴、陳亮問知縣何為憑據？那為見證？知縣這才把宋八仙提上來當堂對質。宋八仙上堂來在公堂一跪，向上磕頭。知縣說：「宋八仙，你可認識他二人？」宋八仙一看說：「雷大哥、陳大哥，你們兩個人這場官司認了罷！當初你們兩個人起的意，在七里鋪打劫卸任官長，殺死三個家丁，得了八百銀子，你們二位說我是小伙計，不能多給我，我使一成，你們使九成；現在我犯了案打了官司，你們兩個人不管我了，作為不知道，現在我實在受刑不過，但分我要受的了，也不肯把你們二位拉出來。誰叫咱們有交情呢？總算一處吃過，一處花過樂過，雖然犯了案，也不算短！咱們一同畫供罷。」雷鳴、陳亮一聽，氣得顏色更變。知縣在上面把驚堂木一拍說：「雷鳴、陳亮，你兩個人這還不招嗎？再還狡展，等本縣三推六問，那時你等皮肉受苦也得招。」陳亮說：「宋八仙，你這小輩滿嘴胡說！當堂可有神，我姓陳的那時跟你一處路劫？誰認識你？你無故在外面做案，冒充我姓陳的名姓，前者我沒肯殺你，我慈心倒生了禍害！」宋八仙說：「你們哥倆不必狡展了，我已然是把真情實話都招了，你再不招也不行了。」雷鳴氣得三尸神暴跳，五靈豪氣騰空，把眼一瞪，說：「好囚囊的！我二人跟你遠日無冤，近日無仇，你這小子血口噴人。」

知縣見雷鳴、陳亮一發氣，立刻把驚堂木一拍說：「哇！好大膽！雷鳴、陳亮，這是本縣的公堂，也是你等發威的地方麼？大概你等是目無王法，咆哮我的公堂，來，拉下去給我打。」陳亮說：「老爺暫且息怒，小人我有下情上稟。」知縣說：「有什麼下情？講！」陳亮說：「我等跟宋八仙有仇，前者我二人同朋友上馬家湖送信，我走在半路肚子痛，在樹林子出恭，宋八仙持刀由我身後頭過來要砍我，被我瞧見，將他拿住一問他，他冒充我的名姓；我要將他送到當官治罪，他央求我把他放了，不想他記恨前仇，路劫犯案，牽拉我二人。」老爺一聽說：「你滿嘴胡說，拉下去給我打！」立刻把雷鳴、陳亮拉下去，每人打了四十大板。打完了，知縣又問，雷鳴、陳亮口中叫冤。知縣吩咐用夾棍夾起來再問，三根棒為五刑之祖，人心似鐵非是鐵，官法如爐果是爐，立刻將雷鳴、陳亮上了夾棍，剛要使刑。只聽外面一聲喊嚷：「大老爺冤枉！」來者乃是濟公禪師，要搭救雷鳴、陳亮，且看下回分解。

第二百十四回　濟禪師丹陽救雷陳　海潮縣僧道見縣主

話說丹陽縣知縣正要用夾棍夾雷鳴、陳亮，忽聽外面一聲喊嚷：「大老爺冤枉！」來者乃是濟公禪師。書中交代：和尚從那來呢？原本濟公由藏珍塢八卦爐火燒了神術士韓祺；赤髮靈官邵華風一干群賊四散奔逃，和尚並不深為追趕。羅漢爺打了一個冷戰，按靈光一算，早已察覺明白。知道雷鳴、陳亮有難，和尚不能不管。由藏珍塢這才順大路逕奔丹陽縣而來。這天走在海潮縣地面，眼前流水，南北有一道橋，和尚正走到這座鎮店，旁邊過來一人說：「和尚你別走！我們這本地有一件新聞事。」和尚說：「什麼新聞事？」這人說：「我們這地方叫石佛鎮，南村口外路北有一座石佛院，多年坍塌失修，也沒有和尚老道，頭三天石佛顯聖，由廟裡石像自己出來，站在石橋上，過路人就得給錢，不論多少；要不給錢，石佛就不叫過去，嚇的人多了。石像會化緣，你說這事新鮮不新鮮？有和尚老道化緣，或釘釘，或拉鎖，沒聽見說石佛會化緣的。」濟公一聽，用手一按靈光，早已明白。說：「要比如不給錢，由橋上走行不行呢？」這人說：「不行，多少總得給錢，要不然過不去。現在我們村莊內眾會首，大眾給石佛燒香許願，幫助化緣修廟，求石佛別嚇唬人。給佛頦子上掛著一個黃口袋，上寫『募化十方』，在橋上擱著一個大簸籮，過路人走在那裡，就得摔錢。這三天見了錢不少了，不信你瞧瞧去。」

和尚邁步往前走，來到南村口一看，果然南北一道橋，橋上站著一位大石佛。和尚眼見著村口路東有一座酒館，和尚進去要酒要菜，自斟自飲，就聽酒飯座，大家談論這件事。和尚吃完了一算帳，伙計說：「三百六十錢。」和尚說：「給我寫上罷。」伙計說：「不行，櫃上沒帳！」和尚說：「不寫帳，跟我拿去。」伙計說：「上那拿去?」和尚說：「到大橋上石佛跟前，那大簸籮裡拿去。」伙計說：「那可不敢，我們本地有不信服的人，過去抓錢，立時就有靈驗，不是腦袋痛，站不起來；再不然就是一彎腰，腰直不起來。」和尚說：「我拿錢你瞧著。」伙計說：「就是，我就跟你去！」和尚出了酒館，來到大橋上，伸手由簸籮抓了錢，數了三百六十錢，給了酒鋪伙計。大眾見和尚也沒怎麼樣。眾人說：「真怪！別人要一抓錢，立刻就報應，石佛化緣給和尚化，也不顯應了。這倒不錯！」正說著話，只聽北邊一聲「無量佛」，說：「道濟，這乃佛祖的善緣，也是你亂動的麼?」眾人一看，由石佛院廟裡出來一個老道，頭帶青布道冠，身穿藍布道袍，青護領相襯，腰繫杏黃絲縧，白襪雲鞋；面如三秋古月，髮如三冬雪，鬢賽九秋霜，一部銀髯，灑滿胸前；左手提著小花籃，右手拿著蠅刷，身背後揹定乾坤奧妙大葫蘆，來者非別，乃是天台山上清宮東方太悅老仙翁崑崙子。

原本老翁閒暇無事，下了天台山，閒遊三山，悶踏五嶽，前者到臨安去訪濟公沒見著，這天走在這石佛鎮，瞧見這座石佛院，群牆坍塌，殿宇歪斜，多年失修，並無住持。老仙翁口念：「無量佛！善哉！善哉！」自己一想，徒弟夜行鬼小崑崙郭順沒有廟，有心把這座廟修蓋起來給郭順，又可以做上清宮的下院；無奈工程浩大，獨力難成；有心在本處釘釘化緣，見本處居民人等，住戶不多，恐沒有善男信女出頭；這道橋倒是一條大路，來往行人甚多。老仙翁一想，我莫若到廟裡施展法術，叫石佛出去化緣，可以轟動了人。他這才來到廟後面，大殿甚寬闊，在裡面一坐，掐訣念咒，能把石佛用搬運法到橋上截人。老仙翁在大殿裡盤膝打坐，閉目養神；外面如有人過橋，老仙翁在廟裡能知道，打算用一百天工夫，把錢化夠了，再動工。今天剛三天，焉想到濟公禪師來了，在簸籮裡一拿錢，老仙翁在那裡面知道，這才出來一聲「無量佛」，來到近前說：「道濟，這是佛門善緣，也是你妄動的麼？」和尚哈哈一笑，說：「久違少見！」老仙翁趕上打稽首，說：「聖僧從那裡來？」和尚說：「我由常州府，只因赤髮靈官邵華風聚眾叛反，常州府知府求我幫助捉拿賊人。老仙翁，你在那裡功德不小。」老仙翁說：「聖僧既來了，我求聖僧慈悲，幫著我化緣修道。聖僧功德功德罷。」和尚說：「阿彌陀佛！善哉！善哉！這座廟工程浩大，獨力難成。仙翁要叫我和尚化緣，幫你修廟容易；我和尚還要上丹陽縣去，沒有工夫。我同仙翁你到本縣去，叫本地知縣給你約請本處的紳衿富戶，幫你修廟。」老仙翁道：「那如何能行呢？知縣大老爺焉能管這件事？」和尚說：「我說行就行。」旁邊瞧熱鬧人見和尚同老道說話，大眾看著發楞。

和尚說：「眾位借光，本地屬那裡所管？」眾人說：「海潮縣所管。」和尚說：「你們那位勞駕，去把本村的會首找來，先把這簸籮交給會首，以備修廟工用。」有人去立刻把村中會首找了十幾位來，大眾來問：「和尚什麼事？在那廟裡？」和尚說：「我乃靈隱寺濟顛僧是也。這位道爺乃是天台山上清宮東方太悅老仙翁；我二人要修造這石佛院，先把簸籮這錢交給你們眾位，以備動工時花用。」眾人一聽，知道濟公名頭高大，眾人說：「原來是聖僧長老。」趕緊給和尚行禮。和尚把簸籮的錢交與眾會首，這才同老仙翁直奔海潮縣衙門門首。和尚說：「眾位辛苦辛苦！」當差人等說：「大師父什麼事？」和尚說：「煩勞眾位到裡面通稟縣太爺，就提我和尚乃西湖靈隱寺濟顛，前來稟見。」差人到裡面一通稟，知縣正在書房閒坐，差人上前請安，說：「回稟老爺，現有靈隱寺濟顛僧在外面求見。」知縣一聽是濟公來了，喜出望外。

書中交代：這位老爺原本是龍游縣的人，姓張名文魁，前者濟公救過他的命，後來連登科甲，榜下即用知縣，在這海潮縣已到任一年多了。今天聽說濟公來了，趕緊親身往外迎接。來到外面，一見說：「聖僧，你老人家一向可好？久違少見！弟子正在想念你老人家。這位道爺貴姓？」和尚說：「這是東方太悅老仙翁。」張文魁趕緊行禮。舉手往裡讓，一同來到書房落座。有家人獻上茶來，張文魁說：「聖僧，這是從那來？」和尚說：「我由打常州府，只因慈雲觀有賊人嘯聚，常州府太守約我和尚幫著拿賊。」正說著話，有本衙門的三班都頭姓安，叫安天壽，由外面進來。此人最孝母，家中母親病體沉重，請人調治無效；今天聽說濟公來了，知道羅漢爺素日名頭高大，妙藥靈丹，普救眾人。安天壽來到書房給和尚磕頭，說：「求聖僧長老大發慈悲，我母親今年六十五歲，素常就有痰喘咳嗽的病根，現在我母親舊病復發，這次太利害了，臥床不起，有五六天了；求聖僧長老賞給我一點藥給我母親吃，我給聖僧磕頭。」和尚說：「不要緊，我給你一塊藥，拿了給你母親吃了就好了。」和尚掏了一塊藥，給了安天壽，安天壽謝過和尚，竟自去了。和尚說：「老爺，今天我來此非為別故，我來求你一件事。」張文魁說：「只要我行的事，聖僧只管吩咐，我萬死不辭！」和尚說：「在你這地面石佛鎮，有一座石佛院，多年失修，群牆坍塌。這位道爺他要重修這座廟，無奈工程浩大，獨力難成，打算自己化緣，未必準能化的出來。求老爺功德功德，約請本地面的富戶縉紳會首，幫助這位道爺重修石佛院，也算是一件善事。」張文魁說：「聖僧既是吩咐，這件事我必盡力而為。弟子我現在這裡正有一件為難事，求聖僧得給我辦辦。」和尚說：「什麼事？」張文魁這才從頭至尾一說。和尚當時要大施法力，僧道捉妖。不知後事如何？且看下回分解。

第二百十五回　捉妖怪法寶成奇功　辯曲直濟公救徒弟

話說濟公禪師問張文魁：「有什麼事？」張文魁說：「弟子這衙門裡自到任以來，小妹就被妖精纏繞住。從前我並不信服這些攻乎異端，怪力亂神之事，我只說是我小妹瘋鬧。後來越鬧越利害，現在我小妹人也改了樣子，也不正經吃東西，天天晚上一到二更天，妖精就來，居然就在我妹妹屋裡說話，外面聽的真真切切，嚇的眾人也都不敢到後面去。聖僧你老人家可以慈悲慈悲，給我捉妖淨宅，退鬼治病，搭救我小妹再生！」和尚一按靈光，早已察覺明白，說：「好辦，不要緊，今天晚上你把姑娘住的屋子騰出來，叫姑娘挪到別的屋裡去，我同老仙翁到那屋裡去等妖精。」張文魁說：「甚好！聖僧捉妖用什麼不用？」和尚說：「一概不用。」張文魁當時叫家人給內宅送信，叫姑娘挪到老太太屋裡去。家人答應。張文魁吩咐在書房擺酒，家人擦抹桌案，杯盤錯落，把酒菜擺上，張文魁陪著僧道一處開懷暢飲。老仙翁說：「聖僧明天上那去？」和尚說：「我明天得趕緊趨奔丹陽縣，現在我的徒弟雷鳴、陳亮有難，我不去不行。仙翁，你這座廟就求著縣太爺辦，叫老爺多給為難點，分分神。」張文魁說：「仙長只管放心，明天我就派人把紳士會首請來，大家商量，共成善舉。」說著話，喝完畢，天已掌燈。

和尚說：「後面屋子騰出來，我二人就到後面去等。我們把妖精捉住，再叫你等瞧。」張文魁立刻叫家人掌燈光，前頭帶路，共同來到後面小姐屋中。這院中是四合房，姑娘住北上房東裡間。張文魁同僧道來到房中，和尚說：「老爺你出去罷，等我叫你，你們再來。」張文魁這才轉身出去。濟公同老仙翁在屋中盤膝打坐，閉目養神。直候至天交二鼓，聽外面風響。和尚說：「來了！」老仙翁說：「不用聖僧拿他，小小的妖魔，何用你老人家分神？待我將他捉住。」和尚說：「也好！」老仙翁立刻把「乾坤奧妙大葫蘆」在手中一托，就聽外面一聲喊嚷：「吾神來也！」呵了一聲，說：「屋中那裡來的生人氣？好大膽量，竟敢攪擾吾神的臥室？」老仙翁同和尚並不答言，只見由外面這妖精邁步進來，是一個文生公子打扮，頭帶粉綾緞色文生公子巾，雙飄繡帶，上繡八寶雲羅傘蓋花貫金魚，身穿粉綾緞色文生氅，繡三藍花朵，腰繫絲絲，白綾高腰襪子，厚底竹履鞋；面似銀盆，雅如美玉，長得眉清目秀。

老仙翁一看，說：「好一個大膽的妖魔，竟敢攪亂人間！待山人拿你！」立刻把「乾坤奧妙大葫蘆」嘴一拔，放出五彩的光華。這妖精打算要逃命，就地一轉。焉想到這「乾坤奧妙大葫蘆」勿論多大道行的妖精，休想逃走。當時光華一捲，竟將妖精捲在葫蘆之內。老仙翁口中念念有詞，把葫蘆往外一倒，將妖精倒出來。妖精已現露了原形，被老仙翁用咒語治住，不能轉動。原來是一條大黑鰍魚，這條魚有三千多年的道行。只因前者張文魁上任的時節，坐著船過西湖，本來姑娘長的貌美，在船艙裡支著窗戶坐著；黑鰍魚精看見他，變了一位文生公子，前來纏繞姑娘。自己不知正務參修，今天被老仙翁將他拿住。立刻叫人來看，外面早有家人回稟了張文魁。眾人來到後面一看，原來是一條大鰍魚。老仙翁說：「你這孽畜攪鬧人間，實屬可恨！」說著話，手起劍落，竟將黑魚斬為兩段。和尚見老仙翁把鰍魚殺了，和尚口念：「阿彌陀佛！善哉！善哉！」羅漢爺有未到先知，今天老仙翁把這魚一殺，下文書這才有八怪鬧臨安，要給黑魚報仇，這是後話不提。

老仙翁把這魚殺了，張文魁給老仙翁行禮，說：「多蒙仙長大發慈悲，把妖精除了，這一來我小妹也就好了。」張文魁立刻吩咐叫家人擺酒，同和尚老道開懷暢飲。少時天光亮了，和尚說：「我還有要緊事，我要告辭！老仙翁這件事，老爺你多分心罷！改天我和尚再給你道謝！」張文魁說：「聖僧何必這樣客套？你老人家有事，弟子也不強留。你老人家那時有工夫，千萬到我衙來住著！」和尚說：「就是罷！」老仙翁說：「聖僧有事請罷，我改日再給聖僧道謝！」和尚說：「豈敢！」這才告辭。張文魁同老仙翁送到衙門以外，和尚拱手作別。順大路來到丹陽縣，剛一到衙門門首，正趕上知縣要用夾棍夾雷鳴、陳亮。和尚由外面一聲喊嚷：「大老爺冤枉！」知縣抬頭一看，來者乃濟公禪師。老爺趕緊站起來，舉手抱拳說：「聖僧來了！」這位知縣姓鄭名元龍，原來由開化縣調升這丹陽縣。濟公在開化縣鐵佛寺拿過姜天瑞，故此鄭太爺認識濟公，知道和尚乃是道高德重之人。連忙站起身來，舉手抱拳，說：「聖僧久違少見！從那裡來？」和尚說：「老爺先把公事退下去，我和尚跟老爺有話說。」知縣吩咐先把宋八仙、雷鳴、陳亮帶下去，立時退堂，把和尚讓進了花廳落座。

鄭元龍說：「聖僧由那來？」和尚說：「我來此非為別故，我所為救我兩個徒弟。」知縣說：「誰是聖僧的徒弟？」和尚說：「這就是雷鳴、陳亮兩個人，原本是保鏢的，這場官司遭屈含冤。七里鋪路劫明火執仗，殺死三條人命的賊人，我和尚知道，現在這本地居住並沒走。老爺要是不信，我帶人去就把賊人拿來。」知縣說：「聖僧既能辦這件事甚好，弟子是求之不得的。」和尚說：「老爺在本地為官，聲名如何？」鄭元龍說：「我自己也不知道。」和尚說：「老爺倒是公正廉明；惟有你手下人專權，私弊太大。現在有一個開白布店的陳廣泰，前來喊冤告狀，你為何不分皂白給押起來，並不過堂？」知縣說：「沒有這案。並沒見有這麼一個姓陳的來喊冤！」和尚說：「不信，你傳手下人問！」知縣鄭元龍立刻傳外面值日班稿案門把眾人全都叫到一問，說：「現在有一個陳廣泰來喊冤告狀，你們誰給押起來，不回稟我？在誰手裡？趁此實說！不然我要重辦你們！」眾人一聽，老爺已知道有陳廣泰這個人，眾人也瞞不住了，稿案門鄭玉說：「老爺暫息雷霆之怒，倒是有一個陳廣泰來喊冤，只因他在大堂上喧嘩，小人我把他押起來。」鄭元龍一聽，氣往上沖，說：「你滿嘴胡說，實在可惡！大概你等不定做了多少弊端！」立刻傳伺候升堂。

和尚說：「老爺升堂把宋八仙帶上來問問他，雷鳴、陳亮本是好人，宋八仙被人囑託，攀拉好人。雷鳴、陳亮並未做過犯法之事，求老爺給分析才好。」知縣立刻升了堂，吩咐帶陳廣泰。手下人把陳廣泰帶上來，在堂下一跪。知縣一看，就知道陳廣泰是個老成人，做官的人講究聆音察理，鑑貌辨色，見陳廣泰五官端正，帶著純厚，聖人有云：「君子誠於中，形於外。」這話定然不差。知縣問道：「你姓什麼？叫什麼？因何前來鳴冤？」陳廣泰說：「小人姓陳叫陳廣泰，家中開白布店。我有一個姪女，今年十九歲，尚未許配人家。那一天我家中做壽唱戲，有本地一個惡霸，姓皮叫皮緒昌，看見我姪女長得美貌，先託一個姓管的叫管世寬，來給皮緒昌之子提親。我家中原係根本人家，我說不給他。他後來叫管世寬到我家，硬下花紅彩禮，說當天晚上就要用轎子搭人。我一想這簡直是要搶奪良家婦女，我趕緊來到老爺這裡鳴冤。不想被老爺臺下官人將我押下，求老爺給小人明冤！」知縣吩咐把陳廣泰帶下去，提宋八仙。原辦立刻把宋八仙提上來。老爺把驚堂木一拍，說：「宋八仙，你在七里鋪路劫，是有雷鳴、陳亮沒有？」宋八仙說：「有！」知縣吩咐：「拉下去打！」立刻打了四十大板，打的鮮血直流，打完帶上來又問：「宋八仙，你要說實話，倒是有雷鳴、陳亮沒有？」宋八仙說：「有！」老爺又吩咐打，一連打了三次，宋八仙實在支架不住了，說：「老爺不必動怒，我實說！」知縣說：「講！」宋八仙這才從頭至尾，如此如此一招。老爺一聽，勃然大怒。這才立刻出簽票急拘鎖拿皮緒昌。不知後事如何？且看下回分解。

第二百十六回　捉法雷細訊從前事　斬賊人雷陳謝濟公

話說知縣用刑一拷宋八仙，賊人實在支架不住了，這才說：「老爺不要動刑，並沒有雷鳴、陳亮。」知縣說：「既沒有雷鳴、陳亮，你為何要攀拉好人？」宋八仙說：「倒不是我要拉雷鳴、陳亮，原本是皮緒昌他給我二百銀子，他叫我拉雷鳴、陳亮。」老爺一聽，心中就明白了。這必是因為謀算陳廣泰的姪女，先買盜攀贓害雷鳴、陳亮。老爺這才立刻出籤票，急拘鎖帶皮緒昌，值日班領堂諭，帶領手下伙計去，少時把皮緒昌傳到。帶上堂來，皮緒昌給知縣一叩頭，鄭元龍一見，勃然大怒，說：「皮緒昌，你這廝好大膽量！在我地面上，硬下花紅彩禮，謀算良家婦女，買盜攀贓，誣良為盜，你所作所為，還不從實招來？」皮緒昌嚇的戰戰兢兢，此時悔之晚矣。人心似鐵非是鐵，官法如爐真是爐。皮緒昌還打算不招，說：「老爺在上，小人務本度日，並不敢買盜攀贓，謀算良家婦女，求老爺恩典！」知縣氣往上沖，說：「皮緒昌好大膽量，見了本縣還敢狡展！用夾棍把他夾起來！」皮緒昌一想不招，大概是不行。這才說：「老爺不必動怒，小人有招！」當時把已往真情實話全皆招認，當堂畫了供，知縣吩咐將皮緒昌釘鐐入獄。當堂將雷鳴、陳亮、陳廣泰開放回家，安分度日。書吏稿案貪婪受賄，同謀作弊，革去差事，永不准更名復充。

老爺暫且退堂，同濟公來到書房，天色已晚，吩咐擺酒，同和尚開懷暢飲。直喝到天有次鼓以後，和尚偶然打了一個冷戰，羅漢爺一按靈光，心中明白。和尚說：「阿彌陀佛！善哉！善哉！好東西！」知縣說：「聖僧什麼事？」和尚說：「你不知道，咱們這麼喝悶酒沒趣味。」知縣說：「聖僧想開心，叫幾個唱曲的，可以解悶！或者猜拳行令也好。」和尚說：「我想變個戲法看看。」鄭元龍說：「誰會變戲法？叫他們出去找去！」和尚說：「我會變戲法。」鄭元龍說：「聖僧會變戲法？」和尚說：「你瞧我變。」用手往外一指，口念：「唵嘛呢叭𠺗吽！唵敕令赫！」就聽外面「嘮嘮嘩噗咚」由房上掉下一個賊人，落下好幾塊瓦來。家人立刻喊嚷：「有賊！」趕過去將賊人按住綑上，鄭元龍倒大吃一驚。手下人說：「回稟老爺，拿住賊人。」和尚說：「你瞧這戲法變的好不好？」鄭元龍吩咐將賊人帶進來，手下人把賊人搭進來，鄭元龍一看，原本是一個大禿頭和尚，黑臉膛，粗眉大眼，怪肉橫生，披散著髮，打著一道金箍，穿著一身夜行衣，身背後揹著戒刀。

書中交代：拿住這個和尚非是別人，正是通天和尚法雷，只因丹陽縣官人去把皮緒昌拿來，法雷正同賽雲龍黃慶、小喪門謝廣在皮緒昌家裡。見皮緒昌打了官司，法雷一想：「既為朋友，就得為到了，焉能袖手旁觀呢？」法雷說：「謝賢弟、黃賢弟，現在皮員外被官人拿去，這件事你我不能不管。二位賢弟可有什麼高明主意，搭救皮緒昌？」賽雲龍黃慶、小喪門謝廣說：「我二人沒有什麼主意搭救皮大哥，依兄長怎麼辦呢？」法雷說：「我打算今天晚上奔知縣衙門去，一不做，二不休，把知縣一殺，劫牢反獄，將皮緒昌救出來，你我一同遠走高飛。我先去，二位賢弟在此等候，大概知縣衙門也沒有什麼能人，倘若我去了有差錯，二位賢弟再設法救我。」賽雲龍黃慶、小喪門謝廣二人說：「就是罷！」三個人商量好了，在皮緒昌家吃完了晚飯，天有初鼓，通天和尚法雷，這才帶上戒刀，由皮緒昌家中出來，一直趕奔知縣衙門來。

施展飛簷走壁，躥房越脊，進了衙門，各處哨探。見書房內燈光閃爍，法雷來到前房邊一個珍珠倒掛簾，夜叉探海式，往房中一看。見知縣正同著濟公，用手往外一指，就是一楞，就聽濟公說：「要變戲法！」濟公用手往外一指，就彷彿有人把法雷一把推下來。濟公用定神法將他定住，法雷想跑不能動轉，被手下人將法雷綑上，帶進書房。知縣鄭元龍一看，說：「好大膽賊人，竟敢來到本縣的衙署，來此何幹？」濟公說：「老爺你問他，這個賊人跟宋八仙一案，在七里鋪打劫卸任官長，殺死三條命案，有他。」知縣這才問道：「好賊人，你姓什麼？叫什麼？來此何幹？在七里鋪打劫卸任官長，殺死三個家丁，共有幾個人？趁此實說，免得本縣動刑。」法雷一想，嚇的顏色更變，料想不說也是不行。這才說：「老爺不必動怒，我叫通天和尚法雷，在這二郎廟住，來此所為搭救皮緒昌，劫牢反獄行刺。七里鋪行劫卸任官長，我們共有六個人，有賽雲龍黃慶、小喪門謝廣，這兩個人現在皮緒昌家。有宋八仙，還有兩個人，已經遠遁不知去向。這是已往真情實話。」知縣吩咐將法雷釘鐐入獄，派手下馬快班頭，即速到皮緒昌家，捉拿賽雲龍黃慶、小喪門謝廣。

馬快班頭領堂諭出來，挑了二十名快手，帶上傢伙，即到皮緒昌家一打門，有家人把門開開，眾人往裡走，闖進院中，正把謝廣、黃慶堵在書房。眾人喊嚷拿，焉想到賽雲龍黃慶、小喪門謝廣二人各擺兵刃，躥出來擺刀照官人就砍。眾馬快一閃身，兩個賊人擰身上房，竟自逃走。眾馬快無法，回到衙門，一見知縣，說：「我等奉老爺堂諭，到皮家捉拿黃慶、謝廣兩個賊人，竟敢拒捕，上房逃走。」知縣點頭。天色已晚，叫人伺候濟公在書房安歇，鄭元龍歸內宅去。次日起來，行文上憲，將通天和尚法雷就地正法。皮緒昌窩藏江洋大盜，買盜攀贓，一同出斬。把事情辦理完畢。

濟公要告辭。知縣說：「聖僧何妨住幾天。」和尚說：「我還要奔常州府各處訪拿赤髮靈官邵華風，我和尚受人之託，必當忠人之事。你我改日再會。」和尚這才告辭，出了丹陽縣衙門，順大路往前走。

這天和尚正往前走，見大道旁邊擺著一個茶攤，上面有一個大茶壺，有幾個茶碗，還擱著一個爐子，裡面有燒餅麻花。旁邊坐著一位老道，頭帶青布道冠，身穿舊藍布道袍，白襪雲鞋，有五十多歲，長得慈眉善目，花白鬍鬚。這位老道原來姓王，叫王道元，就在北邊有一座小廟；廟裡有兩個徒弟，師徒很寒苦，廟裡又沒香火地，就指著化小緣。在這裡擺這個茶攤，所為賺個一百八十錢，添著吃飯。今天由早晨擺上，並沒開張，老道正坐著發愁。和尚正走這裡，濟公說：「辛苦辛苦！」老道一看，說：「大師父來了？」和尚說：「你擺這茶攤，是做什麼的？」老道說：「賣的！」和尚說：「怎樣你一個出家人，還做買賣呢？」老道說：「咳！沒法子！廟裡寒苦，做個小買賣，一天也許找幾十錢！」和尚說：「道爺貴姓？」老道說：「我姓王叫王道元。未領教大師父在那廟裡？貴上下怎樣稱呼？」和尚說：「我在乾水桶胡同毛房大院黏痰寺，我師父叫不淨，我叫好髒。我有點渴了，正想喝水；我又沒有錢，我白喝你一碗行不行？」

老道是一個好人，又想和尚也是出家人，雖說沒開張，一碗茶不算什麼，說：「大師父，你喝罷！」和尚拿起碗來喝了一碗，說：「這茶倒不錯，我再喝一碗。」又喝了一碗，說：「道爺，我有點餓了，你把你這燒餅麻花賒給我一套吃。」老道一想，大概和尚是餓急了，要不然他也不能跟我張嘴。說道：「大師父，你何必只說賒給你？我可是一天沒賣錢，你我總算遇緣，你吃一套罷，不用給我錢！」和尚說：「敢情好！」拿起來就吃，吃完了一套。和尚說：「道爺！我再吃一套罷！」老道也不好說不叫吃，只得說：「吃罷！」和尚又吃了一套，吃完了，和尚說：「這倒不錯，餓了吃，渴了喝，我就不走了。我今天跟你到廟裡住下行不行？」王道元說：「那有什麼不行呢？我也要收了。」和尚說：「我幫你扛板凳，拿茶碗。」當時一同老道拿著東西，來到北邊，有一座小廟，進到裡面。和尚也不問，把東西放下，素日茶壺擱到那裡，和尚就擱到那裡。老道心裡說：「真怪！」兩個道童兒說：「師父，粥有了！」老道要吃，焉有不讓的道理？說：「和尚，你吃粥罷！」和尚說：「敢情好！」自己拿碗就吃。小道童就有些不願意，也不好說。吃完了，和尚就住在這裡。次日一早起來，王道元說：「和尚，你跟我去領饅頭領錢去。」和尚這才要施佛法，治病化緣，周濟老道。不知後事如何？且看下回分解。

第二百十七回　遇王道濟公施惻隱　治啞吧聖僧結善緣

話說王道元早晨起來，說：「和尚，你跟我去領饅頭領錢去。」和尚說：「上那領去？」老道說：「在這北邊趙家莊，有一位趙好善，每逢初一十五，齋僧布道，一個人給一個大饅頭，給一百錢；你也去領一份，好不好？」和尚說：「好！這位趙善人因為什麼齋僧布道呢？」王道元說：「咳！別提了！趙好善有一個兒子，今年十二歲，先前念書說話，很聰明伶俐；忽然由上半年，也沒災也沒病，就啞吧了。你說這事怪不怪？按說趙好善家最是善人，在這方是首富，真是濟困扶危，有求必應；冬施棉衣，夏施藥水，這樣的善人不應該遭這樣惡報，上天無眼，會叫他的孩子啞吧了。現在趙善人就為是積福作德，齋僧布道，只要他兒子好了。無奈本處名醫都請遍了，就是治不好。」和尚說：「既然如是，我跟你去！」老道是好人，見和尚這寒苦，為是叫和尚領一個饅頭好吃，又得一百錢。他焉知道羅漢爺的來歷？

同和尚由廟中出來，撲奔趙家莊，來到趙宅門首，一看人家早放完了。王道元知道就是來晚了，趕不上，門房也給他師徒留出三份來。他在這本處廟裡多年了，這都認識王道元。今天老道同和尚來到趙宅一打門，門房管家出來一看，說：「道爺，你來晚了！我們給你留下來了！」王道元說：「費心費心！這裡還有一位和尚，求管家大爺，多給拿一份罷。」管家說：「可以！」立刻由裡面拿出四個饅頭，四百錢來，遞給和尚一個饅頭，一百錢。遞給老道三份。和尚說：「我也一個人，他也一個人，怎麼給他三份，給我一份？」管家說：「他廟裡還有兩個徒弟，故此給三份。」和尚說：「我們廟裡連我十個和尚，廟裡還有兩個徒弟，要給我十份罷。」管家說：「那不行，你說廟裡有十個和尚，誰人知道呢？王道爺他的廟離我們這裡近，我們這裡素日都知道他廟裡有兩個徒弟，你的廟在那裡？」和尚說：「我的廟遠點。」管家說：「你一個人淨為來化緣麼？」和尚說：「我倒不是淨為化緣，你們村裡有人請我來治病。我來了，我也沒找著這個人。」管家說：「你還會瞧病麼？」和尚說：「會，內外兩科，大小方脈，都能瞧。專治啞吧。」管家一聽說：「這話當真麼？」和尚說：「當真！」管家說：「你要真能治啞吧，我到裡面回稟我們莊主去。我們公子爺是啞吧，你要能給治好了，我們莊主準得重謝你！」和尚說：「你回稟去罷。」管家立刻轉身進去。

王道元說：「和尚，你當真會治啞吧麼？」和尚說：「沒準！先矇一頓飯吃再說。」王道元一想：「這倒不錯，昨天在我廟裡矇我一頓粥吃，今天又來矇人家。」正在思想之際，管家出來說：「我家莊主有請。」和尚說：「道爺跟我進去。」老道又不好不跟著，一同和尚往裡走進了大門。迎面是影壁，往西拐是四扇屏門，開著兩扇，關著兩扇，貼著四個斗方，上寫「齋莊中正」四字。一進屏門是南倒座房五間，有二道垂戶門，東西各有配房兩間。管家一打南倒座房的簾子，僧道二人來到屋中。是兩明兩暗，迎面一張俏頭案，頭前一張八仙桌，兩邊有太師椅子。屋中擺設，一概都是花梨紫檀楠木雕刻桌椅。牆上掛著名人字畫，條山對聯，工筆寫意花卉翎毛。桌上擺著都是商彝周鼎，秦磚漢玉，上譜的古玩，家中頗有些大勢派。和尚同老道落了座，管家倒過茶來。工夫不大，只聽外面有腳步聲音。管家說：「我家莊主出來了。」說著話，只見簾板一起，由外面進來一位老者，有五十多歲，身穿藍綢子長衫，白襪雲鞋，長得慈眉善目，海下花白鬍鬚，精神百倍。由外面進來一抱拳說：「大師父、道爺請坐。」和尚說：「請坐請坐！尊駕就是趙善人麼？」趙老頭說：「豈敢！豈敢！小老兒姓趙。我方才聽見家人說，大師父會治啞吧，我跟前有一個小犬，今年十二歲，自幼很聰明，忽然由二月間無緣無故就啞吧了。也不知是怎麼一段緣故？大師父若能給治好了，老漢必當重報！」和尚說：「那容易，你把小孩叫來我瞧瞧。」趙員外叫家人去把公子叫來。

管家立刻進去，工夫不大，將小孩帶進來。和尚一看這個小孩，長的眉清目秀。趙員外說：「你過去叫大師父瞧瞧。」和尚把小孩抱過來說：「我瞧你長的倒很好，無原無故你會啞吧了，我和尚越看越有氣！」說著話，照小孩就是一個嘴巴。打的小孩撥頭就往外跑。趙員外一看急了，本來就是這一個兒子，和尚倘若嚇著，更不得了啦！正要不答應和尚，焉想到這小孩跑在院中，一張嘴就哭了。說：「好和尚！我沒招你，沒惹你，你打我！」趙員外一聽，這可真怪！半年多就不曾說話來了，倒被和尚打好了。老員外趕緊上前給和尚行禮，說：「聖僧真乃佛法無邊！未領教寶剎在那裡？上下怎麼稱呼？」和尚說：「員外要問，我乃靈隱寺濟顛是也。」趙員外一聽說：「就是了！原來是濟公長老，小老兒我實在不知。」王道元在旁邊一聽，心中這才明白，說：「原來是聖僧，小道失敬了！」趙員外這才把公子叫進來，叫他快給聖僧磕頭。小孩立刻進來給和尚行禮。趙員外說：「兒呀，我且問你，因為什麼你忽然會啞吧了？」小孩說：「我由那一天到花園玩去，瞧見樓上有一個老頭，兩個姑娘，我都不認識。我說：『你們那來的？』他們也不知怎麼一指我，我就說不出話來了。」趙員外說：「這是怎麼一段情節？」

和尚說：「原本你這花園子樓上住著狐仙，他衝撞狐仙了；現在他雖然好了，還恐怕有反復。我和尚今天晚上，把狐仙請出來，勸他叫他走，省得他在你家裡住著，婆子丫環不定那時衝撞了，也是不好。」趙員外說：「聖僧這樣慈悲更好了。」趕緊先吩咐家人，立刻擦抹桌案，少時擺設杯盤，把酒菜擺上。老員外喜不自勝，立刻拿酒壺給和尚老道斟酒，一同開懷暢飲。

吃完了早飯，趙員外陪著和尚、王道元談話，晚半天又預備上等高擺海味席，和尚說：「老員外，叫你家人預備一份香燭紙馬，回頭在後面花園子擺上桌案，我去請狐仙。」老員外吩咐，叫家人照樣預備，仍然陪著同桌而食。和尚大把抓菜，滿臉抹油。吃完了晚飯，天有初鼓以後，和尚說：「東西預備齊了沒有？」家人說：「早預備齊了。」和尚說：「道爺你也跟來！」王道元點頭答應。趙員外叫家人掌上燈光，一同和尚來到後面花園子，眾人在旁邊一站。和尚一瞧桌案香燭五供，都預備齊了；和尚過去把燭點著，香燒上，和尚口中念道：「我乃非別，靈隱寺濟顛僧是也。」和尚連說了三遍，說：「狐仙不到，等待何時？」大眾眼瞧著樓門一開，出來一位年邁的老者，鬚髮皆白。趙員外一看一楞，準知道這樓上並沒有人住著，果然見樓上出來了人，真是奇怪。就見這老丈衝著和尚一抱拳，說：「聖僧呼喚我有什麼事？」和尚說：「你既是修道的人，就應該找深山僻靜之處，參修暗煉，何必在這塵世上居住？再說本家趙員外，他原本是個善人，你何必跟他等凡夫俗子作對，一般見識？」老頭說：「聖僧有所不知，只因他等這些婆子丫環，常常糟蹋我這地方。弟子並不是在他家攪鬧，無非是借居。」和尚說：「我知道。要依我，你還是歸深山去修隱倒好。」老頭說：「既是聖僧吩咐，弟子必當遵命。」和尚說：「就是罷！」狐仙這才轉身進去。和尚也同眾人回歸前面。

趙員外說：「聖僧這樣慈悲，小老兒我實在感恩不盡。明天我送給聖僧幾千銀子，替我燒燒香罷。」和尚說：「我不要銀子，你把你的地給王道元兩頃做香火地，他廟裡太寒苦，你給他就算給我了。」趙員外說：「聖僧既是吩咐，弟子遵命。」王道元一聽樂了，趕緊謝過和尚，沒想到兩碗粥換出兩頃地來。老道千恩萬謝。次日和尚告辭，趙員外送出大門。王道元告辭回廟。和尚拱手作別，出了趙家莊正往前走，忽見對面來了一陣旋風，和尚機伶伶打一寒戰。來者乃是追魂侍者鄧連芳，正要找濟公報仇。狹路相逢，不知後事如何？且看下回分解。

第二百十八回　邵華風逃歸萬花山　鄧連芳為友找濟公

話說濟公禪師由趙家莊出來，正往前走，只見由對面來了一陣旋風，和尚機伶伶打一寒戰，往對面一看，來者乃是追魂侍者鄧連芳，還同著一個人。鄧連芳一見濟公，鄧連芳說：「好濟顛，我找你如同踏冰取火，軋沙求油，這可活該，找沒找著碰上了！我看你今天往那裡走？」和尚說：「呦！你不叫我走怎麼樣呢？」鄧連芳說：「我將你拿住，給我師弟報仇。」書中交代：鄧連芳打那來呢？只因前者在藏珍寺，和尚施佛法火煉了韓祺，赤髮靈官邵華風群賊逃出了藏珍塢，一個個四散奔逃。赤髮靈官邵華風無地可投，追魂侍者鄧連芳說：「邵大哥，你上那去？」邵華風說：「賢弟，你要問我，我在方才就彷彿坐如癡，立如癡，如同雷轟頂上時；飢不知，飽不知，熱鍋螻蟻似。真是上天無路，入地無門！」鄧連芳說：「邵大哥，你既沒有地方去，跟我回萬花山聖教堂，見見魔師爺，下山捉拿濟顛和尚給韓祺賢弟報仇。」赤髮靈官邵華風歎了一口氣說：「賢弟，你我弟兄知己，你要助我一膀之力，護庇我才好！你看此時我的事情一落敗，眾賓朋一個個各奔他鄉，真是『時來誰不來，時不來誰來？』正是『萬兩黃金容易得，一個知心最難求。』不但此時我報不了仇，再要遇見濟顛和尚，我就得被獲遭擒，九死一生。」鄧連芳說：「兄長不必說了，跟小弟到萬花山聖教堂去罷。要一提韓祺死在濟顛和尚之手，大概魔師爺必給韓祺報仇，何用你拿濟顛？」邵華風無法，這才跟著鄧連芳駕起趁腳風，來到萬花山。

到了山上，止住腳步，睜睛一看，這座聖教堂真似一座仙府，金碧輝煌，鳳閣龍樓。這山上凡夫俗子也到不了，在極高山頂上，野獸成群，俗人等也不能來。鄧連芳同邵華風來到大門，一拍門，工夫不大，由裡面出來一個童子，開開門一看。這童子年有十六歲，髮挽雙髻，長得眉清目秀，面如白玉，身穿藍綢寬領闊袍子，足下白襪無憂履，手拿蠅刷，真是仙風道骨。一見鄧連芳，童子說：「師兄，你上東海瀛洲採靈芝草回來了？真快呀！」鄧連芳說：「我且問你，魔師爺都在聖教堂麼？」小童兒說：「沒有，就是掌教祖師爺，臥雲居士靈霄祖師爺一個人在教堂裡。」鄧連芳說：「好！我要去見祖師爺，有要緊事，邵大哥同進去。」二人說著話，往裡走。邵華風一看，院中栽松種竹，清氣飄然，別有一番雅致。北上房大廳是九間九龍廳，正當中上面有一塊匾，上寫「聖教堂」三個大字。兩旁有對聯，上寫：「遵先天之造化」，「渡後世之愚頑」。大廳裡面一排是四張八仙桌，有八把椅子，由東數第二張八仙桌子，上手裡椅子上坐定一人，大概站起身來有八尺以外的身軀，膀闊三停；頭上是鵝黃緞四楞逍遙巾，繡團花雙飄繡帶，身穿一件鵝黃繡團花的逍遙氅，足下無憂履，身背後揹定一把混元魔火旛，肋下佩著一口喪門劍；再往臉上一看，面似淡金，粗眉環目，押耳黑毫，滿部的黑鬍子，長的凶惡之極。邵華風看罷，不敢進來，在門外站著。

鄧連芳先進來雙膝跪倒，口稱：「掌教祖師爺在上，弟子鄧連芳給祖師爺磕頭。」臥雲居士靈霄一翻二目，說：「鄧連芳，你同韓祺去到東海瀛洲去採靈芝草，可曾採來了？」鄧連芳說：「祖師爺有所不知，弟子同我師弟韓祺奉祖師爺之命下山，走在半路之上，碰見我一個故友，叫赤髮靈官邵華風，乃是三清教的門人，在常州府平水江臥牛磯慈雲觀出家。塵世上出了一個濟顛和尚，興三寶，滅三清，無故蠱惑常州府，調官兵把慈雲觀抄了。濟顛僧追的邵華風上天無路，入地無門。邵華風見了弟子苦苦哀求我，說的可慘，叫弟子助他一膀之力，給他報仇。我同韓祺二人當時答應了，同邵華風一同趕奔藏珍塢。剛到藏珍塢，焉想到濟顛和尚就找了去，我師弟拿『子母陰魂絛』要綑濟顛和尚沒綑成，被濟顛和尚把我師弟韓祺擱在八卦爐裡給燒死了，把『子母陰魂絛』也得了去。現在我同我這朋友邵華風，一同跑回來，也沒得上東海瀛洲去取靈芝草。求祖師爺你老人家下山，捉拿濟顛和尚，給我師弟報仇。」臥雲居士一聽這話，勃然大怒，說：「好鄧連芳，無故多管閒事，給我這萬花山現眼，受濟顛和尚的欺辱！誰敢惹我這聖教堂的人，你給傷損我的威名，真乃可惱！金棍侍者何在？」外面一聲答應，進來八位掌刑的術士，說：「伺候祖師爺。」靈霄說：「把鄧連芳給我拉下去重打四十金棍，罰在後山去採藥一百天。」金棍術士沈瑞，立刻把鄧連芳拉下去，打了四十棍，打完了，鄧連芳竟自奔後山去了。

赤髮靈官邵華風在外面站著，嚇得戰戰兢兢，正在無可如何。靈霄吩咐將邵華風帶進來。手下人立刻將邵華風帶進來。邵華風跪倒磕頭，口稱：「掌教祖師爺在上，弟子邵華風給你老人家磕頭！」靈霄說：「好孽障！你在慈雲觀行凶作惡，無所不為，你打算我不知道呢，現在你還蠱惑別人，幫你造反，我師姪韓祺因為你把命喪了。我也不打你，人來，給我把邵華風吊起來，吊到後山吊四十九天，然後我把你火化了，就算完了。」邵華風一聽這個罪更難受，倒不如被官兵拿了去，雖說剮了，倒死的快點。自己嚇的連動也不敢動，就被人把他綑起來，搭在後山，吊在樹上。鄧連芳瞧著，也不敢救。

過了兩天，這天金棍術士沈瑞到後山巡山，他本是靈霄的徒弟，素日跟鄧連芳兩個人最好。沈瑞見了鄧連芳，沈瑞就問：「鄧大哥，你的棍傷好了麼？」鄧連芳說：「好點了。」沈瑞說：「鄧大哥，你本來也是愛管閒事之過。」鄧連芳說：「賢弟，你這話不對，誰沒有三個好的兩個厚的？你我素日如同親手足兄弟一般，比如我要有人欺負，你管不管？」沈瑞說：「那是自然，你也不能袖手旁觀。」鄧連芳說：「我還要跟你商量一件事！」沈瑞說：「什麼事？你說罷！只要我能行的，我萬死不辭。」鄧連芳說：「我總得找濟顛和尚報仇雪恨，我這口氣出不了。賢弟你得助我一膀之力。」沈瑞說：「那我同你偷著下山找濟顛和尚去。」鄧連芳說：「你就這麼去不行，連韓祺被他燒死，還有『子母陰魂絲』還不是濟顛的對手。你我赤手空拳，那如何能行？你得偷魔師爺的法寶，隨身帶著。」沈瑞說：「怎麼偷呢？」鄧連芳說：「賢弟，你總得設法幫我辦這件事，只要把濟顛和尚除了，我決忘不了賢弟你的好處！」沈瑞說：「我想起來，六合童子悚海祖師爺有一顆『六合珠』，在花廳擱著，我當面瞧見，沒在六合童子悚海祖師爺身上帶著。那六合珠要用也不用念咒，打出去山崩地裂，如雷一般有一道白光，勿論什麼妖精，打上就得現原形，最利害無比。我去把他偷來，你我下山要拿濟顛和尚，易如反掌，不費吹灰之力。」鄧連芳說：「甚好！賢弟你去罷！」

沈瑞立刻到花廳去，工夫不大，就把六合珠拿來。鄧連芳一看，甚為喜悅。二人當時駕起趁腳風，偷著下了山，先到常州府一打聽，有人說：「濟公上丹陽縣去了。」二人要奔丹陽縣去尋找濟公，偏巧走在半路正碰到了。一見真是仇人見面，分外眼紅，說：「好顛僧，你往那裡走？」和尚說：「我上常州府。」鄧連芳說：「你先等等走罷，我正要找你，這可活該碰上了！」和尚說：「碰上又該怎麼樣？」鄧連芳說：「怎麼樣？我把你拿住，照樣把你燒死，給我師弟韓祺報仇！」和尚說：「好！你當真要跟我和尚分個高低上下？咱們前面蟠桃嶺上去，那裡清靜！」鄧連芳說：「好！你還跑的了？」當時一同往前走。方來到蟠桃嶺，只聽對面一聲喊嚷，怪叫如雷說：「阿彌陀佛，好顛僧，你往那裡走？」濟公大吃一驚。不知來者是誰？且看下回分解。

第二百十九回　蟠桃嶺綠袍僧鬥法　脫身計鄧連芳吃驚

話說濟公禪師同追魂侍者鄧連芳、金棍術士沈瑞方來到蟠桃嶺，只聽對面一聲喊嚷：「好顛僧，往那裡走？洒家我正要找你，如同鑽冰取火，軋沙求油！」鄧連芳抬頭一看，見來者這個和尚，形同鬼怪，身高一丈，膀闊三停，頭上披散著髮髻，打著一道金箍，面如銅綠，兩道金眉毛，一雙金睛疊暴，突出眶外，押耳紅毫，滿部的紅鬍子，身穿綠袍，手拿蠅刷，背揹戒刀，長得凶如瘟神，形同鬼怪。鄧連芳一瞧就一楞，說：「和尚，你來此何幹？」這和尚說：「我要捉拿濟顛和尚，報仇雪恥。」鄧連芳說：「和尚不用你拿他，我二人會替你拿他！」和尚說：「你二人未必拿的了他罷！」鄧連芳說：「你不認識我，大概你也不知道我的來歷。」和尚哈哈一笑，說：「洒家前知五百年，後知五百年，善曉過去未來，我怎麼就不認識你？雖未見過，你的來歷瞞不了我，你原本是萬花山聖教堂八魔的門人，你叫鄧連芳。你不認識洒家，你回去見了你師父，就提蟠桃嶺有一個綠袍和尚，大概他等就告訴你了。你兩個人既要拿濟顛，有什麼能為？」鄧連芳說：「我這裡有法寶。」綠袍和尚說：「好！你既有法寶，先讓你拿他；你如拿不了，洒家我再拿他。」鄧連芳一聽這和尚口氣不小，不知道那和尚是誰。

沈瑞說：「濟顛，你可認得我？」濟公說：「我怎麼不認得你，你是魔崽子。」沈瑞一聽，勃然大怒，說：「好顛僧，你敢出口不遜，待我來結果你的性命！」濟公說：「你要結果我和尚，你怎麼配？」

沈瑞立刻將六合珠掏出來，照定濟公打去。只見一道白光撲奔和尚，就聽和尚喊嚷：「可了不得了！救人哪！」話言未了，就聽這「六合珠」山崩地裂一聲響，見濟公翻身栽倒在地，人事不知。沈瑞哈哈一笑說：「鄧大哥，你可是瞧見了，我打算怎麼個濟顛和尚，原來平平無奇，被六合珠將他鎮住。你我將他抗回山去，將他用火燒死，給韓賢弟報仇。」鄭連芳說：「綠袍和尚，你也回去罷，我二人將濟顛拿回山去，也算給你報了仇了！」綠袍和尚說：「也罷，便宜他，你二人把他扛了走罷。」鄧連芳這才扛起濟顛和尚，同沈瑞二人，駕起趁腳風，來到萬花山聖教堂。

來到大廳，正趕上臥雲居士靈霄，同天河釣叟楊明遠、桂林樵夫王九峰、六合童子悚海，在一處談話。鄧連芳同沈瑞二人來到客廳，六合童子悚海說：「你二人那裡去來？」鄧連芳說：「實不瞞眾位祖師爺，我二人下山去把濟顛和尚拿來了，給我韓賢弟報仇。」六合童子悚海說：「你這兩個孽畜，真實在現眼，叫濟顛和尚這樣耍笑！你們真給萬花山丟人！」鄧連芳說：「怎麼現眼？」六合童子說：「你看看扛的是濟顛和尚麼？」一句話說破了，鄧連芳、沈瑞再一看，扛的原本是一塊石頭，這兩個人氣得兩眼都直了。六合童子悚海說：「你兩個人要當真找濟顛和尚報仇，暫且別忙，你等也拿不了他，我等商量著設法。把我的六合珠拿來罷，不准你們胡鬧。」沈瑞無法，把六合珠交還六合童子悚海。眾人正在說話之際，忽然外面有人進來回稟，說：「魔師爺，現在大門外來了一個窮和尚，堵著門口大罵，說：叫魔師爺趁早把邵華風送出去，萬事皆休；如要不然，殺進聖教堂，殺個雞犬不留。」眾魔師一聽，氣得哇呀呀怪叫如雷，說：「好濟顛！真乃大膽，竟敢找到我這聖教堂來！這樣無禮，待我等親身前去拿他！」說著話，眾魔師立刻往外趕奔。

書中交代：怎麼一段事呢？只因追魂侍者鄧連芳扛起石頭一走，羅漢爺施展換數，早隱在樹後。綠袍和尚見鄧連芳把濟顛扛了走，綠袍和尚哈哈大笑，自言自語說：「我打算濟顛和尚項長三頭，肩生六臂，怎麼樣的利害；原來聞名不如見面，見面勝似聞名，不是出奇之人！今天便宜他，我要拿這濟顛，也不費吹灰之力。」說著話，自己轉身剛要走。濟公由樹後頭轉過來，哈哈一笑，說：「孽畜，你也要拿我！你怎麼配？」綠袍和尚一看，呵了一聲，說：「好顛僧！」濟公說：「好孽畜！」綠袍和尚一張嘴，照定濟公就是一口綠氣。濟公用手一指，口念：「唵嘛呢叭咪吽！」這口綠氣四散了。綠袍和尚一看，氣往上沖，說：「顛僧，你敢破我的法氣？待洒家用法寶取你。」說著話，伸手由兜囊掏出一顆珠子，其形有鴨蛋大小，名叫「如意珠」。這顆珠子最利害無比，打出來，勿論什麼妖精，就得現原形；要是凡夫俗子，能把三魂七魄打去。立刻照定濟公打來。濟公一伸手，口念六字真言，把這顆如意珠接在手內。綠袍和尚一看，大吃一驚。濟公把僧帽摘下來，說：「好孽畜！你也不知道我和尚是誰！我叫你瞧瞧！」立刻用手一摸腦袋，現露出佛光、靈光、金光三光，綠袍和尚一看，嚇的亡魂皆冒。濟公說：「好孽畜，你沒有寶貝了，待我和尚來拿你！」綠袍和尚嚇的一陣怪風，竟自逃走。書中交代：他這一走，要奔逃五雲山五雲洞，邀請五雲老祖，晃動聚妖旛，怒擺群妖五雲陣，跟濟公做對，這是後話，暫且不必細表。

濟公也並不追趕綠袍和尚。羅漢爺這才直奔常州府來，到常州府衙門，差人進去回稟知府顧國章。顧國章趕緊吩咐有請。和尚進來，知府降階相迎，舉手抱拳說：「聖僧久違，弟子正在渴想，要派人去尋訪請聖僧，不想聖僧今天來了。」和尚說：「老爺一向可好？」知府說：「託福！」和尚同知府進了書房落座，有家人獻上茶來。知府說：「我這裡也不知邵華風現在那裡窩藏？正在盼想聖僧，只因上憲前者來文書催捉邵華風，我就急了！那知道賊人的下落？手下的快班都是凡夫俗子，也拿不了他。我現在要出告示張貼四門，只要有人能拿邵華風，必有重賞。」和尚說：「什麼告示？你拿來我瞧瞧！」知府立刻把告示底子拿出來，給濟公一看。上面寫的是：

四品頂戴，前任紹興府正堂，調補常州府正堂顧，為除奸逐祟，以救民生事：照得光天之下，難容魑魅公行；化日之中，豈容魍魎弄術？是以律有明條，師巫猶將禁止，矧顯為民害者耶？近者本府不得不能正己化民，竟有慈雲觀妖道邵華風，興妖作祟，以害民生；具虎狼之姿，恃妖人之術；心如毒蝎，遇之者家敗身亡；膽若豺狼，逢之者難逃生命。若不早為驅除，勢必盡遭毒害。為此示仰闔郡軍民人等，一體知悉，或有斬邪之術，或有除妖之法，或自己不能轉引他人，或此地無有求之別郡；果然除去民害，本府不惜重賞，務期合力奉行，慎勿瞻前顧後！特示。右仰知悉。

下面寫著年月日。實貼某處。和尚看罷，哈哈一笑說：「老爺這張告示，就是貼上，也未必準有人出首。」知府說：「我想也是，不如還是求聖僧給占算占算邵華風在那裡？求聖僧慈悲，將妖道拿獲才好。」和尚說：「我倒知道邵華風現在萬花山聖教堂，我和尚不去，是我虎頭蛇尾；我和尚要去，必要惹出一場魔難，這也是天數當然。」正說著話，只見手下差人帶著小悟禪進來了。

悟禪原本奉濟公之命，同金毛海馬孫得亮弟兄，韓龍、韓慶，在靈隱寺看廟，防妖道上靈隱寺暗害眾僧。果然妖道等去了，悟禪等把妖道群賊趕走，金毛海馬孫得亮眾人告辭，回歸陸陽山。悟禪在廟裡多日，不見濟公回來，也不知常州府慈雲觀的事完了沒有？悟禪把廟中託付師弟悟真，他要來瞧濟公，一晃腦袋來到常州府門首，一問當差人等，差人這才帶悟禪進來。知府說：「少師父來了！」悟禪進來先給濟公行禮，見過知府。濟公說：「悟禪，你來做什麼？」悟禪說：「我不放心，來瞧師父，不知慈雲觀的事完了沒有？」知府說：「別提了，現在邵華風還沒拿著。聖僧說在萬花山聖教堂，不好去拿，正在為難。」悟禪說：「那算什麼？不用師父，我去萬花山拿他。」濟公說：「你別去，你要一去，就惹出大禍。」悟禪不聽，站起來就走。濟公一把手沒揪住；悟禪一晃腦袋，竟自直奔聖教堂，焉想到惹出一場大禍。不知後事如何？且看下回分解。

第二百二十回　悟禪大鬧萬花山　八魔捉拿飛龍僧

話說小悟禪要上萬花山去拿邵華風，濟公知道他一去必惹出一場大禍，一把手沒揪住，小悟禪一晃腦袋，出了常州府，來到萬花山下，腳著實地，堵住山前，破口大罵，說：「趁早把邵華風送出來，萬事皆休！如不送出來，和尚老爺殺上山去，把你們這些個外道天魔全皆結果了性命，大概你們這些魔崽子，也不是四造所生！」正說著話，巡山侍者過來說：「窮和尚！你無故在這裡罵誰呢？」悟禪說：「你趁早去告訴八魔，把邵華風送出來，萬事皆休。如要不然，我和尚殺上山去，全皆刀刀斬盡，劍劍誅絕。」巡山侍者說：「和尚，你是那的？這樣大膽，敢來到這萬花山這樣無禮？」悟禪說：「好小子，你大概也不知道和尚老爺的來歷！玉皇大帝是我拜兄；二郎楊戩是跟我住在一處；金吒、木吒、哪吒，見我都要行禮。你告訴八魔，叫他們出來。我和尚也不跟你們這些無名小輩較量。」

巡山侍者一聽和尚這話大了，這才跑上山去，來到聖教堂。八魔臥雲居士靈霄，正同天河釣叟楊明遠、桂林樵夫王九峰、六合童子悚海在一處講論，要找濟公報仇。巡山侍者進來，說：「回稟眾位魔師爺，山下來了一個窮和尚，堵著山下破口大罵，叫眾位魔師爺快將邵華風送出來，萬事皆休；如若不然，殺上山來，殺個雞犬不留。」四位魔師一聽，氣得哇呀呀怪叫如雷，說：「好濟顛僧，這樣大膽，竟敢這樣無禮，找到我的門上來！真欺我太甚！」正說著話，仙雲居士朱長元、白雲居士聘嘯、搬倒乾坤黨蕻、登翻宇宙洪濤四位魔師也來了，問：「什麼事？」巡山侍者沈瑞等又一述說，八魔立刻各拉「喪門劍」，各揹「混元魔火旛」，跳出聖教堂，駕起風，下了萬花山，到山下一看，並沒有窮和尚。眾魔師口中喊嚷：「好顛僧，那裡去了？」找了半天，蹤跡皆無。

書中交代：小悟禪並不是不知道八魔的利害，雖知道八魔的名氣，聞其人未見其面，可不準知道怎麼個利害法。悟禪也是初出的犢兒不怕虎，長出觭角反怕狼。慢說是他，連濟公長老都惹不起八魔。小悟禪罵了半天，見巡山侍者進去回稟，悟禪一想：「我何不暗中偷看，看八魔是何許人。也別等他們下來見了我；倘若我要不行，不是他等的對手就晚了。」想罷，搖身一變，變了一個烏兒飛上山去，在暗中偷看他。見八魔一個個長的神頭鬼臉，凶惡無比；惟有六合童子髮挽雙髻，是一個小孩的打扮。眾魔師都是四楞逍遙巾，身穿逍遙氅，各亮「喪門劍」。悟禪一想：「萬萬敵不過他們，不如且到廟中看看。」既到廟中，見邵華風在東廊下吊著，悟禪由上面下來說：「好妖道。邵華風，前者和尚老爺，幾乎死在你的『乾坤子午混元缽』之內，我只打算今生不能報仇，敢情你也有今日之事。」說著話過去一張嘴，把邵華風的鼻子咬下來。邵華風吊著又不能動，鮮血直流，老道痛的怪叫。悟禪把繩子解開，攢著邵華風兩條腿腕一掄，掄來掄去，邵華風昏迷過去。甩的四外地下淨是血。小悟禪正在耍的高興之際，八魔回來了。

原本八魔下了山找窮和尚沒有。臥雲居士說：「怪呀！那裡去了？」巡山侍者說：「方才就在這裡罵來著。」臥雲居士靈霄立刻袖占一卦，說：「好孽畜，真乃大膽，他上山了。你我兄弟趕緊快上山。」眾人立刻駕起風上了山，八魔分為四面：天河釣叟楊明遠、桂林樵夫王九峰，二人由東面進去；仙雲居士朱長元、白雲居士聘嘯，由南面進去；搬倒乾坤黨蕻、登翻宇宙洪濤，由北面進去；臥雲居士靈霄、六合童子，二人由西面進去。見悟禪正要處置邵華風，八魔說：「好孽畜，真乃大膽！」小悟禪一瞧一楞，說：「好一群魔崽子，今天和尚老爺跟你們分個弱死強存，真在假亡。」這句話尚未說完，六合童子悚海由兜囊掏出六合珠，一抖手照定悟禪打去。一道白光，只聽山崩地裂一聲響，當時悟禪把邵華風也摔了，六合珠一震，悟禪現了原形，十二條腿，兩個翅膀，一個大飛龍，不能動轉。六合童子悚海說：「眾位兄弟，此事該當如何？」掌教魔師靈霄說：「這孽畜實在可惱，他乃是濟顛的惡徒！濟顛把你我的徒姪韓祺，用卦爐燒死；你我也不用留他，也把他照樣的燒死，就算給韓祺報仇了。」眾人說：「也好！」八魔各拉「混元魔火旛」方要晃旛，只聽外面一聲「無量佛」，說：「眾位魔師且慢，山人來了。」眾魔師一看，由外面來了一位羽士黃冠，玄門道教，頭帶鵝黃色蓮花道冠，身穿淡黃色道袍，腰繫絲縧，白襪雲鞋，面如三秋古月，髮如三冬雪，鬢賽九秋霜，海下一部銀髯，布滿了前胸，身背後揹著分光劍，來者老道，正是廣法真人沈妙亮。

眾魔師一看認識，說：「沈道友，你來此何幹？」沈妙亮說：「我先來給眾位送信，我師父紫霞真人同靈空長老前來查山。」八魔就怕萬松山雲霞觀紫霞真人李涵陵，九松山松泉寺靈空長老長眉羅漢這兩個人。八魔一聽這句話，說：「我等趕緊去迎接。」立刻把「混元魔火旛」捲起來，也顧不得燒悟禪了。先把「聖教堂」這塊匾翻過來，每逢這僧道要來查山，他們不敢掛「聖教堂」的三個字，翻過後面是「野人窩」三字。八魔立刻出去迎接紫霞真人、靈空長老。

書中交代：並不是紫霞真人、靈空長老真來查山，還沒到查山的年頭。原本沈妙亮奉濟公長老之託，前來搭救悟禪。原本小悟禪由常州府跑出來，濟公一把沒揪住，羅漢爺追出衙門，早不見了悟禪。羅漢爺一算，有未到先知，說：「可了不得了！這孩子不聽話，這一去要把五千年的道行糟塌了！」濟公正在著急，只聽背後一聲「無量佛」，和尚回頭一看是沈妙亮，濟公說：「沈道爺！你來了好！活該悟禪還許有命！」沈妙亮說：「聖僧久違少見！在此做甚？」和尚說：「我正在為難之際，只因常州府慈雲觀有一個赤髮靈官邵華風，他為非做惡，陷害黎民，招聚賊黨，興妖害人，拒捕官兵。現在知府派人各處拿他，邵華風現在萬花山。方才我徒弟悟禪不聽話，他上萬花山去。他這一去，就要惹出一場殺身之禍，我和尚也救不了他。非你救不了，求你辛苦一場，慈悲慈悲罷！」沈妙亮說：「我也惹不起八魔，我焉能救的了令徒呢？」濟顛說：「你快去，我和尚改日再謝。」沈妙亮這才駕起風，直奔萬花山，他走的慢，方才來到聖教堂，正趕上要燒悟禪。沈妙亮一使詐語，是濟公教給他的主意。就說：「紫霞、靈空僧道查山。」果把八魔矇住，往外就跑。沈妙亮急忙過去拍了悟禪天靈蓋一掌，口中念歸魂咒，悟禪站起來。沈妙亮說：「你這孩子好大膽量！你師父叫我來救你，連我都得快走，你快逃命罷！」悟禪說：「感謝道長救命之恩！」沈妙亮立刻駕起趁腳風先逃走。

悟禪扛起邵華風方要走，一想不甘心，我把聖教堂給燒了再走。悟禪立刻放起火來，烈焰騰空。悟禪扛起邵華風，這才一晃腦袋逃去。來到常州府，有差人看見，先把邵華風接過去。悟禪來到裡面一見濟公，悟禪說：「師父，我把邵華風拿來。」濟公說：「你怎麼回來的？」悟禪說：「好險！好險！沈妙亮念歸魂咒把我救了，要不然，我就被他們燒死。這些外道天魔真可恨！我決不能跟他們善罷干休。」濟公咳了一聲說：「好孩子！你這個亂惹大了！我不叫你去，你偏要去！你這不是自找其禍？這一來八魔就跟我為了仇，你快走罷！你不用管了！」悟禪說：「我不走，我上那去？」濟公說：「你回九松山松泉寺罷。」悟禪說：「我雖被他們拿住，我倒沒死。我也沒饒他，我把聖教堂放火燒燬了。」濟公一聽說：「好孩子，你這膽子真不小，這一燒聖教堂，更給我惹出一場大禍！」悟禪說：「什麼大禍？」濟公這才如此如此一說，把悟禪嚇的目瞪口呆。不知濟公說出何等言辭？且看下回分解。

第二百二十一回　沈妙亮智救悟禪　常州府出斬妖道

話說濟公禪師聽悟禪說燒了聖教堂，羅漢爺有未到先知，就說：「悟禪，你給我惹出一場魔火之災！這也是劫數當然！悟禪，你快走罷！你要再不聽我的話，你不算是我徒弟！」悟禪聽這話無法，不敢違背師父，這才告辭，竟自回九松山松泉寺去了。知府顧國章這才傳伺候升堂，壯快皂三班嚇喊堂威，顧國章升了官座坐堂，吩咐將邵華風帶上堂來。即刻將邵華風帶上公堂。此時邵華風自己心中難受，後悔晚矣。知府把驚堂木一拍，說：「邵華風，你在我本地面招聚賊眾，使人拍花，陷害黎民，拒捕官兵，率眾劫牢反獄，所作所為，還不從實招來，免得皮肉受苦！」邵華風事到如今，自己一想：「不招也是不行。莫若從實招認，省受嚴刑。」這才說：「大人不必動怒，我有招，只求大人開恩，我只求速死。」知府叫招房先生給邵華風寫了親供，當堂畫押。顧國章吩咐將邵華風釘鐐入獄，這才退堂，在書房陪著濟公吃酒。

次日一早給上司行文，晚間上憲札飭下來，將邵華風就地淩遲處死。知府說：「聖僧暫且別走，明天在西門外斬邵華風，求聖僧給護決，恐賊人有餘黨搶劫法場。」和尚說：「就是罷！」次日，知府調本地面城守營官兵二百名，護押差事，請濟公一同押解邵華風，趕奔西門外法場。來到西門以外，在北面搭著監斬棚，擺著公案桌，知府同濟公在棚裡一坐，瞧熱鬧人擁擠不動。剛要剮邵華風，只見正南上來了兩個人，和尚一看說：「了不得了！我的仇人來了！」知府大吃一驚，只說有人來劫法場呢，抬頭一看，見來者兩個人，頭裡走的這人，頭帶綠綾緞四楞巾，身穿綠綾緞逍遙氅，周身繡團花朵朵，足下白襪雲履鞋，面如三秋古月，髮如三冬雪，鬚賽九秋霜，海下一部銀髯。後面跟定一人，穿藍長褂，也是這樣的服色。來者非是別人，頭裡是天河釣叟楊明遠，後面是桂林樵夫王九峰。書中交代：那天小悟禪把聖教堂放著火，他也跑了，沈妙亮也跑了。八魔下山並沒見著紫霞真人、靈空長老；臥雲居士靈霄袖占一卦，說：「了不得了！眾位弟兄趕緊回山！」眾人到了山上一看，烈焰騰空，靈霄趕緊用寶劍望空一指，立刻一陣暴雨，把火澆滅了。靈霄說：「好一個濟顛僧！竟敢使惡徒燒燬我這聖教堂！我必要報仇雪恨！」當時拘派六丁六甲，照舊把聖教堂照樣修好。今天靈霄下山找濟顛和尚，天河釣叟楊明遠、桂林樵夫王九峰說：「掌教大哥，不用你親身前去；有事弟子服其勞，割雞焉用牛刀？待我二人前去。」靈霄說：「你二人要去也好。」天河釣叟、桂林樵夫，這才由萬花山駕雲下了山，方來到常州府，正趕上濟公在法場護決。

濟公一見，連忙上前說：「二位來了！」楊明遠一看，說：「好顛僧，我來找你！」和尚說：「二位有什麼事？把邵華風殺了，你我到知府衙門去說。」楊明遠說：「也可！」這才立時先把邵華風剮完了。濟公同楊明遠二人連知府等，一同回歸常州府衙門，把楊明遠讓進花廳，濟公叫知府派手下人先給擺一桌酒席。濟公同楊明遠、王九峰落座吃酒。酒過三巡，和尚說：「二位來找我，打算怎麼樣呢？」王九峰說：「只因我徒弟被你燒死，你又使你徒弟燒我們的聖教堂，我來找你報仇。咱們也不用這裡說，你跟我二人上萬花山去，有什麼話再說。你要不跟我們去，可別說我等把你拿了走。」和尚說：「你二位先不用忙，我和尚今天也不用跟你們上萬花山，我現在還有點事，等我把手裡的事辦完了，咱們本月十五在金山寺見罷。」楊明遠一聽說：「就是！量你也跑不了。既然如是，十五在金山寺見，我二人這就告辭。」濟公把二人送出衙門，二人駕起祥雲，竟自去了。和尚回到衙門，知府顧國章說：「聖僧定規十五金山寺見怎麼樣？」和尚咳了一聲，說：「你也不用問，非你可知！是福不是禍，是禍躲不過。我和尚還要回靈隱寺見見老方丈，請請安，你我再會罷。」知府說：「聖僧要走，我這裡謝謝，給聖僧帶點盤費。」和尚說：「我不要盤費。」說著話，和尚立刻告辭。知府送出衙門，拱手作別。

和尚剛走後，外面有夜行鬼小崑崙郭順來到常州府找濟顛。書中交代：郭順由天台山上清宮下山，朝金山、鍾山、焦山，路過常州府，找鋪戶化齋，聽本地有人紛紛傳言，在西門外出斬邵華風，濟公監斬，要不是靈隱寺濟公禪師，誰能拿的了邵華風？小崑崙一聽：「濟公現在常州府，我何不去望看望看濟公？」想罷，郭順這才來到常州府門首，一聲「無量佛」，說：「煩勞眾位班頭，到裡面回稟一聲，山人我姓郭名順，我乃天台山上清宮的，前來拜訪濟公。」當差人等一聽，說：「道爺，你來晚了！濟公今天剛走，已回了靈隱寺。」郭順說：「這就是了，我就告辭！」這才自己趕奔鎮江府金山寺。這天來到金山寺，山下一看，見廟前山下一道買賣街，熱鬧非常。江內來往漁船不少，燒香進山人等，男男女女，擁擠不動。小崑崙郭順方來到廟門以外，只聽廟內人聲鼎沸，一陣喧嘩，郭順一聽一楞。

書中交代：怎麼一段事呢？金山寺這座廟，原本是一座大叢林，廟內有三百站堂僧，老方丈叫元徹長老，跟靈隱寺元空長老是師兄弟，廟裡香火甚旺，常有貴官長者夫人小姐來燒香。進山那一天，忽然來了一位和尚，身高一丈，膀闊三停，面如刀鐵，粗眉環眼，長的凶惡無比。也不知從那裡來的，邁步往廟裡就走。門頭僧趕緊攔阻，說：「和尚，你是那裡的？」這黑臉和尚說：「好孽障，你敢攔我！只因你們這廟中僧人不守清規，無故生貨利之心，洒家特意前來管教你等，我乃萬年永壽是也。你們這些東西該打。」用手一指說：「給我打！」門頭僧嚇的撥頭就往裡跑，立刻身不由己，兩個人自己每人打了自己十個嘴巴，跑進去了。這和尚一直趕奔大殿，用手一指，大殿門就開了。這僧人進去，就在佛爺頭裡供桌上一坐。門頭僧先回稟監寺道：「現在外面來了一個和尚，黑臉膛，往廟裡走；我們一攔，他說他是萬年永壽是也，說咱們廟裡眾僧不法該打；用手一指，我們不由的自己就打了自己十個嘴巴。他到大殿供桌上坐著了。」

監寺僧人一聽，來到外面一看，果然在大殿供桌上坐著一個和尚，黑臉膛，一雙金睛疊暴。監寺的說：「好大膽的僧人，竟敢無故來攪鬧佛門善地！你是何人？」這黑臉和尚說：「我乃萬年永壽是也，皆因你等無故生貨利之心，陷害我的子子孫孫，我等來報仇！你這惡僧該打！」立刻用手一指，說：「給我打！」監寺的不由的自己伸手打自己的嘴巴，嚇的監寺的撥頭往後就跑，回稟老方丈元徹長老。元徹長老一聽，說：「阿彌陀佛！善哉善哉！好孽障大膽，待我去看看。」老方丈來到前面一看，說：「你這僧人為何無故前來攪鬧佛門善地？」這黑臉和尚說：「你這和尚生貨利之心，不守清規，不安本分，遭塌生靈，我特意前來將你逐出廟去。」用手一指說：「打！」老方丈不由己，自己打了自己二十個嘴巴。老方丈臊的面紅耳赤，歸到後面，也不知道這黑臉膛和尚，是怎麼一段情節？天天要打老方丈三遍。今天已然第七天，正然又打老方丈，小崑崙郭順一看，說：「無量佛！上面僧人你為何施展法術打他？你也是和尚，彼此『僧贊僧，佛法興，道中道，玄中玄，紅花白藕青蓮葉，三教歸一是一家』，你打他你也不好看。依我說，看在山人的面上，饒了他罷，不必跟他做對。」黑臉和尚說：「你是那來的老道？膽敢多管閒事！你要多嘴，我照樣打你！」郭順一聽，氣往上撞，當時要跟和尚翻臉。不知後事如何？且看下回分解。

第二百二十二回　金山寺永壽施妙法　小崑崙賭氣找濟公

話說小崑崙郭順聽和尚說話不通情理，自己有心要翻臉，後又一想：「是非只因多開口，煩惱皆因強出頭！我何必跟他為仇做對？」想罷，這才說：「和尚！你不必跟我動怒，山人我解勸你為好；再說這廟中方丈乃是凡夫俗子，你何必欺負他？你要找和尚，總找那找得的和尚；又怕你不敢找！」黑臉和尚說：「那個我不敢找？你只管說！」郭順一想：「現在濟公大概回了廟，我叫他去找濟公，濟公必把他治了；叫他碰個釘子，省得他大肆橫行。」想罷，說：「和尚，你敢到西湖靈隱寺去找濟顛麼？」黑臉和尚哈哈一笑說：「你既說叫我找濟顛和尚，那容易！」說著，立刻一點首說：「來！」只見由外面又進來一個黑臉和尚，也不知道是那來的，這樣快。這和尚進來一聲喊嚷說：「我乃千載長修是也。」說著話，來到大殿以前，說：「師父差我何事？」萬年永壽說：「徒弟，我派你到西湖靈隱寺把濟顛給我拿來。」這千載長修和尚一聲答應，說：「遵法旨！」立刻滋溜一晃腦袋沒了。少時來到靈隱寺門首，邁步就往裡走。兩個門頭僧說：「找誰？」黑臉和尚說：「我乃千載長修是也。」門頭僧還要攔阻，黑臉和尚用手一指說：「打！」門頭僧身不由己，自己就打嘴巴，往裡就跑。千載長修也是來到大雄寶殿，往供桌上一坐。門頭僧嚇得到裡面去回稟廣亮，廣亮一聽膽子小，不敢出來。趕緊回稟老和尚元空長老。廣亮先跪倒行禮說：「回稟老方丈，外面來了一個黑臉和尚，口稱叫千載長修，把門頭僧打了，他上了大殿的供桌。」老方丈乃是九世比邱，說：「好孽畜大膽！無故前來攪鬧佛門善地！你去叫道濟的徒弟悟真去拿他。」廣亮立刻找孫道全，把這件事一說，孫道全說：「我去！」這才立刻來到前面大雄寶殿一看，果然是一個黑面和尚在供桌上坐著，頭上有一股黑氣。孫道全一看，趕奔上前，舉寶劍照定和尚脖頸就是一劍。和尚正閉著眼，沒留神這劍真砍上了，砍的這黑和尚一伸脖子，一道白印。孫道全說：「好孽畜！無故前來攪鬧佛門淨地，還不退去？」黑臉和尚張嘴照定孫道全噴出一口黑氣。孫道全趕緊念護身咒，撥頭往外就跑，說：「好利害！」話言未了，只聽山門裡一聲喊嚷：「無量佛！」孫道全一看，來者乃是神童子褚道緣，說：「好孽畜大膽！待山人來拿你！」伸手由兜囊掏出「八寶裝仙雲光袋」，照定妖僧一打，手中掐訣，口中念念有詞，立刻把這黑臉和尚裝到裡面。褚道緣說：「倒出他來瞧瞧，是什麼東西？」往外一倒，眾人一看，現了原形，是一個大駝龍。褚道緣一看，說：「你真把和尚糟塌苦了。」

書中交代：他師父原本也是一個大師，因為什麼到金山寺去鬧呢？這內中有一段原故。原本這金山寺山下，當初沒有這道買賣街。金山寺方丈想廟裡有三百站堂僧，無所事事，素日淨吃閒飯，日用太大，老方丈拿出銀錢來修蓋房子，賃給人開買賣，所為有燒香進廟人等，也可以作樂。又造了四十隻漁船，賃給打魚的，一天要一兩銀子，在他這山下賣魚，得給他廟裡拿魚稅，每月多進錢若干。這個萬年永壽奉龍王之令，在這裡把守江口，有這些打魚的，終日傷了他的子子孫孫不少；故此他一惱，才來到金山寺跟和尚做對。焉想到郭順用話一激他，他這才派他徒弟來到靈隱寺攪鬧，不想被褚道緣用裝仙袋將他拿住，倒出來已然現了原形。褚道緣不忍傷害他，這才說：「孽畜！你無故前來攪鬧，理應將你結果了性命；山人有一份好生之德，饒你這條性命，還不快去！」這駝龍慢慢爬出了山門，好容易駕起風來，竟自去了。

他剛走，濟公由外面腳步踉蹌回來了。書中交代：濟公怎麼倒後來呢？這內中有一段隱情。原來濟公由常州府出來，和尚順大路飢餐渴飲，曉行夜宿，這天走到金家莊，猛然抬頭一看，有一股妖氣直衝霄漢。和尚一按靈光，口念：「南無阿彌陀佛，善哉善哉！你說不管，我和尚焉有不管之理？」羅漢爺本是佛心的人，既知道就要管。和尚有未到先知之能，這裡住著金好善，家中大財主，最好做善事，無故把兒丟了，老員外各處貼告白條，如有人給送信，必有重謝。今天羅漢爺正走在這裡，總算行善的人家，該當逢凶化吉，遇難呈祥。和尚來到金好善門首一打門，管家出來，和尚說：「辛苦辛苦！」管家說：「和尚，你來此何幹？」和尚說：「煩勞管家，你到裡面就提我和尚乃西湖靈隱寺濟顛僧，前來拜訪。」管家咳了一聲，說：「和尚，你趁早去罷，你要頭半個月來，我家員外必有一番的應酬；我家員外最好齋僧布道，人稱叫金好善，你必是慕著名來的。這幾天你來的不湊巧，我們員外愁的連飯都不吃了，你想你這不是白碰釘子？」和尚說：「有什麼愁事呢？」管家說：「和尚你要問，我告訴你，這件事真新鮮。我們員外跟前就是一位公子，今年十八歲，原來是個文秀才；在我們這西邊莊子有花園子，在那裡念書，無緣無故，把我家公子丟了不知去向。我們員外各處貼告白條，直到如今音信皆無，各處都找遍了。我們員外愁的了不得，這樣的善家，按說不應當出這樣逆事，你想我們員外那裡還有別的心思！」和尚說：「這個事不要緊，我就為這樣事來的，你回稟你家員外，就提我和尚知道你家公子的下落，準保把你家公子給找回來。」管家一聽說：「這話當真麼？」和尚說：「真的！」管家半信半疑，這才趕奔裡面。

老員外正在書房坐著發愁，管家進來說：「回稟老員外，外面來了一個窮和尚，他說他是西湖靈隱寺濟顛，特意前來拜訪老員外，他說他知道公子爺的下落。」老員外正在無計可施，一聽這話，求之不得，趕緊往外就跑。來到外面一看，見和尚襤褸不堪，窮髒之極，這才說：「和尚，請裡面坐。」濟公一看這位老員外，長得慈眉善目，頭帶逍遙員外巾，身穿寶藍緞員外氅，白襪雲鞋，面如三秋古月，花白鬍鬚，精神百倍。和尚這才往裡走，來到南倒座廳房一看，屋中很款式，所有擺設不俗，一概都是花梨紫檀楠木雕刻桌椅，名人字畫，條山對聯，工筆寫意，花卉翎毛。金好善說：「和尚請坐，未曾領教和尚貴寶剎在那裡？上下怎麼稱呼？」和尚說：「我乃西湖靈隱寺，上一字『道』，下一字『濟』，訛言傳說濟顛僧就是我。」金好善一聽，知道濟公名頭高大，連忙施禮，說：「原來是濟公活佛長老來了！這可是真巧，求聖僧大發慈悲救我罷。我跟前就是一個小犬，今年十八歲，尚未成家，考取了一個文生，素日就知道念書，並無別的外務。在我這北邊我有一座莊子，那裡有花園子最清淨，他在那裡攻書，有幾個書童伺候。忽然那一日把我兒丟了，我派人到處找遍了，並無下落。素日他並沒有歪斜之道，現會沒了，我各處貼告白條，直到如今音信皆無。求聖僧慈悲慈悲，給占算占算，倒是怎麼一段情節？」和尚說：「你不用著急，我今天三更至五更，我準把你兒找回來，叫你父子團圓。你先擺酒，咱們吃飯。」金好善一聽，心中甚為喜悅，趕緊吩咐擺酒，家人擦抹桌案，把酒擺上。老員外陪著和尚吃飯。和尚吃著飯，偶然一打冷戰，和尚說：「好東西，少時我就找你去！」金好善說：「聖僧上那找去？」和尚說：「你不用管，我必給你把兒子找回來！」吃喝完畢，和尚這才告辭，要去搭救金公子。不知後事如何？且看下回分解。

第二百二十三回　金公子心迷美妖婦　濟長老慈心救好人

話說濟公禪師由金好善家中出來，一直往北，走了有五六里之遙，來到一座石洞門首。和尚說：「開門來！」叫了兩聲，裡面並無人說話。書中交代：這石洞內原本住著一個精靈。原本金公子在莊上念書用功，他本是一個書獃子，就知道念書，別無所好。每天念完了書，就在花園子看看花，散散悶，活動活動。這天金公子在花園子遊玩，見天上星斗滿天，皓月當空。自己出了莊子，就在莊子左右閒步，也不敢往遠處去。這天忽然心裡一迷，往北走出來有一里多地，自己止住腳步，正在發楞，忽然由對面來了一個四十多歲的僕婦，來至切近說：「金公子，我家主人叫我來請你來了！」金公子一看，並不認識這僕婦，連忙問道：「你家主人是誰呀？」僕婦說：「你跟我去，一見就知道了。不是外人是故友，都到齊了，淨等候金公子你了。」金公子一想，也不知道是誰，跟著這僕婦就走。

往前走了不遠，只見一座廣亮大門，門內有幾個家人，就問僕婦說：「金公子來了麼？」僕婦說：「來了！」立刻帶領金公子往裡就走。金公子一看這所房子甚為齊整，頗有大戶人家的樣子，金公子心中甚為納悶。僕婦帶著來到上房一打簾子，金公子一看，這屋中靠北牆有一張俏頭案，擺設著各樣玩物。前頭一張八仙桌，兩邊有椅子，上首椅子上坐著一位千嬌百媚的女子，長得夠十成人才，頭上烏雲巧挽盤龍髻，耳墜竹葉梅的鉗子，帶著赤金的首飾，鬢邊斜戴一朵桃紅海棠花，真稱得起眉舒柳葉，唇綻櫻桃，杏眼含情，香腮帶笑，梨花面，杏蕊腮，瑤池仙子，月殿嫦娥不如也！身上穿著銀紅色的女汗衫，周身走金線，踏金邊，上繡三藍的花朵，品藍縐綢的中衣，青緞子鑲褲腳，織金的淡青縐綢的汗巾，上繡三藍的五蝠捧壽，足下真是窄小金蓮，二寸有餘，不到三寸，大紅緞子花鞋，上繡金線鬥翅蜂，月白裹腳綠絆腿帶，真是頭上腳下無一不好。兩旁一邊站著四個丫環。

金公子一看一楞，僕婦說：「這就是我家主人。」這女子說：「金公子請坐！奴家乃玉皇大帝的女兒，我乃九天仙女，奉玉皇大帝之命，跟你有一段姻緣之分，我故此把你請來。」金公子一聽這話，他本是個書獃子，心中渺渺茫茫，如醉如癡一般，說：「姑娘！你跟我有金玉良緣，我得回去稟知父母。」姑娘說：「公子不必稟知父母，你就在我這裡住著罷。」立刻吩咐僕婦擺酒，陪著金公子二人開懷暢飲，酒到十分，二人彼此俱有愛慕之心。金公子本是一個書生，家中並未娶過親事，見姑娘十分美貌，人非草木，誰能無情，不由春心已動。女子斜瞇杏眼，慢閃秋波，見金公子果然長的面如傅粉，臉似桃花，目如朗星，眉似漆刷，鼻梁高聳，唇若丹霞，雙眉抱攏，玉面銀牙，正是俏麗的英雄，令人可愛。姑娘一伸手揪住公子，二人眉目傳情，彼此攜手攬腕，進到裡面屋中。僕婦丫環早把臥具放開，二人上床，寬衣解帶，共入羅幃，成其百年之好，從此夫妻二人千恩萬愛。金公子如醉如癡，樂而忘返。終日夫妻二人食則同桌，寢則同榻，時刻行坐不離。

過了幾天，金公子忽想起家來了，自己一想：「大約相離我家不遠，我何不到家瞧瞧我父母，再回來呢？」想罷，自己由屋中出來，打算要回家。看看各門戶全都關著出不來，金公子就問手下從人說：「我怎麼出不去呢？我打算了回家瞧瞧再來！」手下人說：「你要回家，得告訴我家主人，把你送回去，你自己不能回去。」金公子這天就說：「娘子，你叫我家去瞧瞧行不行？」女子說：「行，過兩天，我送你家去，你先別忙。」金公子被這女子迷住，也不能回家。今天外面和尚來了，濟公叫石洞門叫了兩聲，裡面沒人答話。和尚用手一指，石門就開了。和尚一直來到裡面說：「借光借光，金公子在這裡沒有？他父親叫我找他來了。」金公子正同這女子在一處吃酒，忽聽外面有人說話，聲音不熟。當時夫妻二人出來一看，原來是一個窮和尚。女子一瞧說：「好僧人！你來此何幹？」和尚說：「好孽畜！你無故興妖作怪，迷住人家的公子，盜取真陽，不知正務參修，拆散人家的父子。你快把金公子交給我領回去，我和尚有一份好生之德，饒你不死！如若不然，我和尚定要結果你的性命！」這女子一聽，氣往上沖，說：「好一個窮和尚，你敢前來拆散我的金玉良緣？」說著話，一張嘴就是一口黑氣，照定和尚噴來，打算要用三千多年的內丹，將和尚噴倒。焉想到和尚用手一指，這股氣就散了。

女子一看，勃然大怒，說：「好和尚！膽敢破仙姑的法氣？待我用法寶取你！」立刻由兜囊掏出一把小寶劍，也不過一寸多長，能大能小，祭起來要斬和尚。和尚用手一指，這寶劍一道黃光墜落於地。女子一看真急了，當時由屋中拉出一口寶劍，奔過來照定和尚劈頭就剁，要跟和尚一死相拚。和尚說：「好孽畜！大概你也不知道我和尚是誰？」伸手摘下僧帽，照他打去。金光繚繞，瑞氣千條，當時將他罩住，現了原形，乃是個大黃鼠狼。他原本有三千五百年的道行，就在金公子那花園子裡住著，常見金公子在花前月下閒步，他早有愛慕之心，這天把金公子引到這洞裡來把公子迷住；今天被濟公將他拿住，現了原形。和尚說：「金公子你看看！這就是你的令正夫人！」金公子豁然大悟，咳了一聲，從前恩愛，至此成空，昔日風流，而今安在？凡人生在世，至親者莫如父子，至近者莫過夫妻。細思想芙蓉白面，盡是帶肉骷髏；美豔紅妝，即是殺人利刃；瓦硯玉筆，難寫慾海情田；苦口良言，難解深思遐想；歡娛時不顧身軀，醒悟時才知父母。金公子此時方才恍然明白過來。

那黃鼠狼嗷嗷直叫，人有人言，獸有獸語，求聖僧長老饒命。和尚說：「我和尚有一份好生之德，饒了你，你改不改？」黃鼠狼說：「這一來打去了我五百年道行，我從此再不敢了。」和尚說：「你既是改了，自己找深山去修鍊，我和尚饒了你！」這才把僧帽拿起來，黃鼠狼駕起風逃命去了。他這一走，要趕奔五雲山找五雲老祖，下文書晃動「聚妖旛」，擺群妖「五雲陣」，要報今日之仇。這是後話不表。濟公把他放下，這些丫環也都是小妖變的，和尚說：「我也不肯傷害你等，既能變化人身，都有幾百年的道行，不容易！你等從此正務參修，後來好可以成正果，不可跟他學這樣胡鬧。」和尚把群妖趕散，這才帶領金公子出了山洞，回歸金家莊，來到家中。

金好善一見，說：「聖僧真救了我一家人的命了！」父子見了面，金好善說：「兒呀！你上那去了？」金公子就把從頭至尾的話一說。金員外一聽說：「聖僧真乃活佛！要不是你老人家來救他，我兒必被妖精害了；我夫婦一心疼兒子，大略也活不成。總算你老人家救了我一家人的性命。」和尚說：「不要緊，小事一段，總算你家裡有德行，你叫你兒好好的用功讀書，將來必可以上進，顯名揚姓。」金好善說：「兒呀！你快到後面見見你娘親去罷！」金公子這才趕奔後面去，母子相見。金好善這裡吩咐擺酒，家人點頭，立刻擺上酒菜，金員外陪著和尚吃酒。吃完了，和尚就在廳房安歇。次日和尚起來，老員外又給和尚擺酒，正吃著飯，偶然和尚打了一個冷戰，和尚一按靈光，早已知曉。和尚說：「我要告辭，我有要緊的事！」老員外要送和尚銀子，和尚不要，立刻出了金家莊，和尚施展驗法，趕奔靈隱寺而來。不知後事如何？且看下回分解。

第二百二十四回　歸靈隱師徒會面　四英雄無故遭屈

話說濟公禪師方來到靈隱寺，這裡方把千載長修放走。褚道緣正同孫道全師兄弟見面談話，各敘離別。只見濟公由外面進來，二人一見說：「師父來了！」趕緊上前行禮。和尚說：「你兩個人起來。」褚道緣說：「師父要早來一步，正趕上一個駝龍，在這裡攪鬧，已被我用『雲光袋』將他拿住，我不忍傷害他，又將他放了。」和尚說：「我知道！」孫道全說：「師父從那裡回來？」和尚說：「我由常州府回來，我還有要緊的事，你兩個人在廟裡住著罷。我來所為見見老和尚，我還得走。」褚道緣說：「師父有什麼要緊的事？這樣忙！」和尚咳了一聲，說：「別提了，只因你小師兄悟禪到萬花山去拿邵華風，把聖教堂放火給燒了，惹下八魔跟我作對；我跟八魔定下約會，本月十五日在金山寺見。八魔必擺魔火金光陣，我和尚這一場魔火之災，不能不去。我要見老和尚還有要緊事，你兩個人給我在廟裡看廟，千萬不可遠離。」孫道全、褚道緣二人點頭答應。和尚這才來到後面，一見老方丈，口稱：「師父在上，弟子道濟參見師父！」老方丈元空長老一看，口念：「南無阿彌陀佛！善哉！善哉！道濟你回來了？甚好！你我師徒一場，我有一件事要託付你。」和尚點頭說：「我知道，我就為這件事來的，你老人家只管放心。我現在可還得走，我跟八魔定下約會，十五在金山寺見，我這場魔難，是脫不過的，完了事，是日我必到，決誤不了事！」老方丈說：「甚好，現在這裡還有一件因果，你也得辦！」濟公點頭說：

「我知道。我走了！我要到臨安城去，順便訪幾個朋友。」說著，濟公轉身往外趕奔；又囑咐孫道全二人好生看廟，不可遠去，褚道緣說：「師父不須再三囑咐。」

濟公這才出了靈隱寺下山，進了錢塘關，正往前走；只見許多官人，押解著四輛囚車，往前走。裡面四個犯人，正是風裡雲煙雷鳴、聖手白猿陳亮、飛天火祖秦元亮、立地瘟神馬兆熊，都帶著三大件手鐲腳鐐。和尚一看見，機伶伶打一寒戰，伸手一按靈光，早已察覺明白。口念：「南無阿彌陀佛！善哉！善哉！」和尚看見，趕緊隱在一旁，這四個人並沒看見濟公。書中交代：這四個人因為什麼遭這樣官司呢？這內中有一段緣故。正是：「天有不測風雲之象，人有旦夕禍福之事！」只因當朝右班丞相羅本，有一個兒子名叫羅聲遠，在雲南昭通府做知府；他有兩個愛妾，一個叫無雙女杜彩秋，一個叫賽楊妃李麗娘。兩個人都是生得千嬌百媚，萬種風流，羅聲遠愛如掌上明珠一般。他本是酒色之徒，在昭通府自到任以來，刮盡地皮。做了六年知府，俸滿手中錢也正足了，告了終養。他父親在當朝做丞相，一人之下，萬萬人之上，也是個貪官。家裡也不指他在外面做官，羅聲遠打算要回家納福，帶領手下從人僕婦丫環侍妾等，吩咐收拾駝轎騾駝子車輛，帶著保鏢人飽載而歸，攜眷起程。道路上飢餐渴飲，曉行夜宿，這天來到鎮江府金沙嶺打了公館，住在店內。

晚上天有三更時候，羅聲遠正同兩個愛妾剛吃完了酒要安歇，忽由房上跳下幾個賊人，各持鋼刀，一聲喊嚷說：「我乃飛天火祖秦元亮、立地瘟神馬兆熊、風裡雲煙雷鳴、聖手白猿陳亮是也。我等在外面行俠做義，殺貪官，斬惡霸，剪惡安良，偷不義之財，濟貧寒之家，只因你在昭通府刮盡地皮，銀錢也不是好來的，我等特來搶你。」說著話，把賽楊妃李麗娘、無雙女杜彩秋兩個愛妾搶出來，揹著就走。

家丁一攔，把家丁保鏢人砍傷，搶去金銀衣服首飾珍珠細軟不少。羅聲遠把兩個心上的愛妾一丟，如同摘去了心肝，急得如瘋似癡，遣家人就在鎮江府，呈報了劫財搶人，叫知府趕緊給辦這案。羅聲遠叫家人在這裡守候，他騎上快馬就奔了京都，來到相府，一見他父親羅本，羅聲遠放聲痛哭。羅本就問：「兒呀！是什麼事，就這樣悲痛？」羅聲遠就把兩個愛妾被賊人夜內搶去，賊人自道名姓的話，說了一遍。「爹爹要不叫鎮江府把兩個愛妾找回來，我也活不著了。」羅丞相一聽，氣得顏色更變，說：「這還了得！好賊人真乃大膽！竟敢欺負到我的頭上？」連忙辦文書，札飭鎮江府趕緊給拿賊人，找侍妾。

鎮江府接著這套文書，自己一想：「這案要辦不著，大概紗帽保不住！焉能惹得起羅丞相！」知府真急了，張貼告示，如有人知道秦元亮等四個賊人的下落，送信者賞銀二百兩；如有人拿住送到當官，賞銀五百兩。飛天火祖秦元亮、立地瘟神馬兆熊二人，自從前者由彌勒院回了家，永沒出來，自己看破了綠林道，打算在家裡安閒度歲月。秦元亮有一個內弟姓苗名配，原先家裡很有錢，由他父母一死，他在外面吃喝嫖賭，無所不為，把一份家業財產全花完了。後來找秦元亮借三十兩二十兩，秦元亮念其至親，一借就給，給一回，勸一回，說他一回。後來他自己就不肯張口多要了，十兩八兩，秦元亮還給。後來再要，就是三兩二兩，直抽到三兩吊錢，拿了去就輸了，自己實沒臉常來了。雷鳴、陳亮自從完了官司，這天就去找秦元亮、馬兆熊，弟兄四個人在一處盤桓。偏巧苗配又來找他姐丈要借銀錢，馬兆熊前者，就替秦元亮給過他好幾十兩銀子。他說：「拿錢去做買賣，永不再來。」今天見苗配又來了，馬兆熊本是個直心人，說：「苗配，你真不要臉！我頭一次給你十五兩，第二次又是十兩，第三次又是十五兩，第四次又是五兩；你說：自今以後改邪歸正，現在你又來借錢了；就是你姐丈也不能盡著你輸去，今天我非得管教管教你。」秦元亮也要打他。雷鳴、陳亮在旁邊勸著，說好說歹的，又給他兩吊錢，叫他走了。焉想到這小子生起壞心，恩將仇報。自己一想：「現在鎮江府貼賞格告示，拿秦元亮、馬兆熊、雷鳴、陳亮四人，如有人給送信，賞銀二百兩；我何不去送信得二百銀子呢？」這小子那管什麼傷天害理，只要錢到手就得，立刻來到鎮江府門首說：「辛苦！那位該班？」值日班劉來說：「什麼事？」苗配說：「我來送信，秦元亮、馬兆熊、雷鳴、陳亮，我知道這四個人的下落。」值日班說：「這話當真？」苗配說：「這還能假？」值日班叫人先看著苗配，劉來進去回話。

當真知府這件事愁的了不得。劉來說：「稟大人，外面來了一個送信人，知道秦元亮等四個人下落。」老爺一聽說：「好！」立刻升堂，吩咐將送信人帶上來。苗配來到公堂一跪。老爺說：「你姓什麼？」苗配說：「小人姓苗，叫苗配，我知道秦元亮、馬兆熊、雷鳴、陳亮這四個人，在金沙嶺做的案。我跟秦元亮是親戚，我可跟他們素日並無冤仇，皆因老爺貼告示，小人我恐怕他們犯了案，說我知情不舉，縱賊脫逃之罪。小人故此前來送信。」知府說：「好！只要這話是真，現在那裡？我派人將他四個人拿來，我必賞你二百銀子。」苗配說：「老爺要派人拿去，須多調官兵；這四個人現在秦家莊路北大門，恐怕人少拿不了。」這小子把四個人告發了，秦元亮眾人要知道他賣的，豈能饒他？苗配一想：「莫如一狠二毒三絕計，叫他們打了官司，我得二百銀子包個美人，吃喝玩樂。」故此說：「叫老爺多派人！」知府說：「怎麼還得多派人呢？」苗配說：「這四個人能為大了，人少決拿不了，拿漏了再拿可就難了。」知府一聽說：「好！」吩咐暫把苗配押起來。立刻調城守營二百官兵，本衙門一百名快手，大班頭陳永、李泰帶領三百人，當時來到秦元亮門首，把宅子就圍了，上前一打門，家人出來一看說：「找誰？」陳頭說：「找秦爺、馬爺、雷爺、陳爺四位面見，有話說。」家人進去回稟，這四個人尚在睡裡夢裡，居心無愧，立刻一齊出來。秦元亮說：「眾班頭什麼事？」陳永說：「你們四位的事犯了。」四個人一愣，說：「什麼事犯了？」陳永說：「你們自己做的事還用問？」「嘩啷」一抖鐵鍊，就把四個人鎖上。不知四個人這場官司性命如何？且看下回分解。

第二百二十五回　辨曲直忠良施惻隱　派鏢丁私訪被害情

話說鎮江府的班頭將秦元亮、馬兆熊、雷鳴、陳亮四個人鎖上，這四個人也不敢拒捕，只可跟著一同來到鎮江府衙門，先把四個人押在班房。原辦進去一回話，知府立刻升堂，壯皂快三班喝喊堂威，知府吩咐將賊人帶上來，官人押著四個人往裡走。說：「金沙嶺店中明火執仗，搶奪財物，殺死家丁，搶去卸任官長的侍妾，秦元亮、馬兆熊、雷鳴、陳亮四個人告進。」這四個人一聽這話，嚇的顏色更變。四個人在堂下一跪，知府一拍驚堂木說：「你四個人姓什麼？叫什麼？」秦元亮等各自回話報名。知府說：「秦元亮，你等在金沙嶺店中搶去羅大老爺的侍妾，殺死家丁，搶去金銀財物，同伙辦事共有幾個人？趁此實說，免得本府三推六問；那時你等皮肉受苦，也得招認。」秦元亮四人跪上半步，向上叩頭說：「老爺在上，小人等原係安善良民，守分度日，素日以保鏢為業。老爺說金沙嶺明火執仗殺人，這些事小人等一概不知，我等從來並未做過犯法之事。求老爺筆下超生，小人等實在冤屈。」知府一聽說：「你們這些人，必是久慣做賊，在本府公堂之上，尚敢狡展。大概抄手問事，萬不肯應，來，給我拉下去打！」秦元亮說：「老爺暫息雷霆之怒，小人等有下情告稟！說小人等明火執仗，何為憑據？老爺要用嚴刑苦拷，叫我等認謀反大逆，我等受刑不過，也得招認。求老爺明鏡高懸。」知府說：「你等在店中搶劫，羅老爺報告，說你等自道的名姓，此時你等還敢狡展。」陳亮說：「老爺的明見，小人等要真在金沙嶺做案，我等焉能還自道名姓？老爺想情，這必是賊人跟我等有仇，冒充我等的名姓。小人在鎮江府住居多年，老爺不信，問臺下官人，我等要在本地有案，老爺臺下官人早就把我們辦了！」

知府一想：「這件事，莫若先行文書報與羅相，聽羅相的回文，再作道理。」想罷，這才吩咐把四個人先釘鐐入獄。一面賞了苗配二百銀子發放。即派師爺辦了一套文書，咨送到京。說明現在辦著了四個人，尚未取供，請示相爺的回諭。羅相一想：「管他是與不是，叫知府派人押進京來，就地正法，可以振作振作；以後省得再有賊人欺負我兒子。」想罷，立刻給知府一套文書，叫鎮江府將四個賊人押到京來，交刑部按律治罪。知府接著文書，立刻派人傳兩個解差，十個快手，打造四輛大籠囚車，將秦元亮、馬兆熊、雷鳴、陳亮解到京來，有一套咨文，一並交到刑部。方才來到臨安城，正遇見濟公，濟公旁邊一閃，看了半天，和尚這才過去。雷鳴、陳亮一看見濟公，陳亮說：「師父！你老人家來，得想法子救我們！」和尚說：「你等遭這樣大禍，我和尚暫時也沒工夫，你等幾個人不用害怕，到了刑部再說，吉人自有天相！」和尚說罷，竟自去了。眾解差押解四個人來到刑部，把文書差事交到。值日班把差事留下，將文書遞上去。刑部正堂陸大人一看，立刻升堂，官人把雷鳴、陳亮帶上去。陸大人一問，這四個人仍然實話實說。陸大人一看這文書，與四個人的口供不符。這位陸大人本是一位清官，自為官以來，兩袖清風，愛民如子。一問雷鳴、陳亮四個人：「在金沙嶺搶羅老爺的侍妾財物，殺死家丁，同伙辦事共有幾個人？」陳亮說：「回稟大人！小人等在鎮江府住居有年，原係安分守己，並未做犯法之事。金沙嶺的事，小人等一概不知。求大人這輩為官，輩輩為官。大人想情，我等要去搶劫，焉能自道名姓，留下禍根？這必是賊人跟我等有仇，他等做案陷害我等，求大人筆下超生！」

陸大人一想，這其中定有緣故。立刻吩咐先把四個人入了獄，隨後坐轎去拜羅丞相請見。羅聲遠把陸大人請進來，坐下一談話。陸大人說：「現在鎮江府解了四個賊來，我一訊供，看這幾個人大概不實；少大人當初在金沙嶺被搶的那一天，可曾記得賊人的模樣？」羅聲遠說：「我也記不甚清，有一個穿青皂褂黑臉的，有一個穿白帶素白臉的，有一個黃臉的，餘者我就渺茫了。」陸大人一聽說：「這就不對了！這四個人沒有黑臉的。秦元亮是紅臉，馬兆熊是青臉，雷鳴是藍臉紅鬍子，陳亮是白臉，大概這四個人必屈枉。」羅聲遠說：「誰管他屈枉不屈枉？他等情屈命不屈，大人把他們正了法，振作振作，以驚賊人之膽；要不然，大員子弟在外省做官，有錢就不用回來了！」陸大人一聽話有點不通情理，也沒肯深往下說，自己告辭。回來坐在書房，思想此事，真要用嚴刑苦拷，叫這四個人招了，就是四條人命，做官者關乎德行陰騭；放是不能無故的放了。官事辦不下去，越思越想，沉吟了半晌。忽然想起了主意，立刻吩咐家人去把二位看家護院的請來。家人點頭，去不多時，把二位護院的師父帶到書房。

這二位護院的，原本是江北賀蘭山的人，在九傑八雄之內很有能為，在陸大人家多年。一位姓華名元志，綽號燕子風飛腿，一位叫樂九州神行武定芳。兩個人來到書房行禮，說：「大人呼喚我二人有什麼事？」陸大人說：「二位教師，素日本部院待你等如何？」華元志說：「大人待我等什厚，大人有甚麼事，只管吩咐，我二人萬死不辭！」陸大人說：「既然如是，我這裡現在收了四股差事，在金沙嶺搶去羅公子的侍妾金銀，賊人秦元亮、馬兆熊、雷鳴、陳亮，現在這四個人據我看，實是冤屈。羅相要把這幾個人糊裡糊塗的殺了，本部院我不能做這虧心事，放又不能；此時也不能再給鎮江府行文書，叫他辦這案，已然他算把這案的人交來。我這衙門專管刑事，手下人也沒有久慣辦案之人；我派你二人到鎮江府去覓訪此案，如能把真盜犯訪著，我給你二人辦一套公文，不拘那州府縣可以會合本地面文武官員，幫你等捉拿賊人。如能把賊人辦來，頭一則救這四個人的命，再說本部堂也有名，也是一件德行事。給你二人一百銀子盤費，就煩你二人辛苦一場。」華元志、武定芳說：「大人既是吩咐，我二人遵命，明天就起身。」陸大人立刻給辦了一角文書，用了關防。

次日，二位英雄領了一百銀子，換上衣服，各帶兵刃。華元志是穿藍翠褂壯士打扮；武定芳穿白素緞；二人衣服鮮明，各帶夜行衣包。在陸大人跟前告辭，出了京都，順大路趕奔鎮江府，道路上尋蹤探跡，饑餐渴飲，曉行夜宿。這天已到鎮江府地面，偏巧錯過了鎮店，天已黑了，上不靠村，下不靠店。二人往前走，進了一座山口，見遠遠的一片松林，似有住戶人家，來至切近一看，原來是一座古廟，這座廟還不小。二人一想：「庵觀寺院，過路的茶園，找不著鎮店，可以廟中借宿一宵，討點齋飯；臨走多給香資，亦未為不可。」武定芳說：「大哥！你我就在這廟裡借宿罷。」華元志說：「也好！」二人這才上前叫門，工夫不大，只見由裡面出來一個人，有三十多歲，兩道粗眉毛，一雙圓眼睛，鷹鼻子，尖下巴，兩腮無肉，身穿白布褲褂，白襪青鞋，彷彿像火工道人❶的樣子。華元志趕緊舉手抱拳，說：「辛苦辛苦！」這人說：「二人找誰？」華元志說：「我二人原本是遠方來的，今天越過了鎮店，行到此處，也不知這廟內是和尚是老道，望乞尊駕給回稟一聲，我二人要在此借宿一宵；廟中有齋飯，我二人叨擾一頓，明天香資多付。」這人說：「原來二位是遠方來的要借宿，這件事我可不敢自主，我得到裡面回稟我家方丈去。」華元志說：「好！」這人轉身進去，工夫不大，由裡面出來說：「二位請罷！」

❶ 火工道人：寺廟、道觀中管理香油燈燭的人。

華元志、武定芳二人這才往裡趕奔。焉想到今天一進這座廟，身入龍潭虎穴中。不知後事如何？且看下回分解。

第二百二十六回　因訪案夜入藏珍寺　識奸計冒險捉群賊

話說華元志、武定芳二人跟著進了廟，這人帶著由大殿往西一拐，來到西跨院，這院中是四合房，北上房三間，南房三間，東西配房各三間，把二位英雄讓到北上房。這屋中是一明兩暗，屋中倒很乾淨，二人來到屋中，這人給點上燈，倒過茶來。華元志說：「尊駕貴姓？」這人說：「我姓孫叫孫九如，未領教二位貴姓？」華元志說：「我姓華，這廟中幾位當家的？」孫九如說：「就是一位老方丈，有點老病根，可不能出來見你二位。」華元志說：「不敢勞動老方丈，你這廟中要有吃的，給我倆拿一點來，明天多給香資。」孫九如說：「施主說那裡話來？此乃是十方門地，十方來，十方去，十方錢糧應酬十方事。我給二位收拾去。」說著話，遂轉身出去。工夫大了，好容易才拿油盤來了，端進四樣素菜來，一壺酒，一盤炸麵筋，一盤炒豆腐，一盤炒白菜，一盤拌豆腐絲，杯筷匙，小菜杯碟，都給拿來。說：「二位施主被屈點罷，這廟中可沒有什麼好吃的！有饅頭有粥，二位隨便用罷。」說完了話，轉身出去。

武定芳拿起筷子方要吃，華元志說：「賢弟，你先等等吃。」武定芳說：「怎麼？」華元志說：「我看這個孫九如，方才說話，眼珠兒滴溜溜亂轉，恐其中有詐。再說這座廟，又不靠村莊，又不靠大道，每逢庵觀寺院，乃是藏賊的窩巢；出門在外，不得不留神。我看他說話伶牙俐齒，二眸子亂轉；聖人有云：『胸中正，則眸子瞭焉，胸中不正，則眸子眊焉！』我看其中有緣故，先等等吃罷。」說完了話，工夫不大，孫九如由外面進來，說：「二位酒夠不夠？」華元志把酒斟出來一看，酒發渾，在酒杯子裡直轉。華元志更生了疑心，說：「孫九如，你喝一盅！」孫九如一聽，連連搖頭說：「我不會喝。」華元志見孫九如轉身就要往外走，華元志過去一伸手，將孫九如揪住，一個黃鸝拿嗉，一捏嘴把這盅酒灌下去，立刻就見孫九如蹬蹬腿，裂裂嘴，翻身栽倒，人事不知。華元志說：「賢弟！你看如何？」武定芳說：「總還是兄長細心，今天要是我，就上了當了。兄長既把這廝拿住，打算怎麼樣？」華元志說：「你我先裡面去聽聽風再說。」武定芳說：「既然這廝施展毒計，陷害你我，大概這廟中必有賊人窩藏。你我還等什麼？咱們到各處探探去。」華元志一聽說：「也好！」二人這才把孫九如綑好，口堵上，往底下一擱，二人把燈吹滅出來，將門倒帶，立刻躥房越脊，探來探去。

探到東跨院一看，北上房屋中燈光閃爍。二人一看有後窗戶，來到後窗戶，將窗紙濕了一個小窟窿，往屋中一看。靠北面衝南坐著兩個大禿頭和尚，可看不見臉膛。在東邊坐定一人，頭上帶青紫色六瓣壯士帽，身穿青布衫，黑臉膛，凶眉惡眼。靠西邊坐定一人，穿藍翠褂，白臉膛，細眉圓眼。在南面坐定一人面衝北，頭上紫壯士帽，紫箭袖，面如紫玉，兩道喪門眉，一雙弔客眼，雙睛暴露於外。華元志二人在暗中瞧看，見這五個賊人在一處吃酒。就聽東邊坐著這個黑臉的說：「今天來者這兩個人，大概是『翅子窰』的『鷹爪孫』。」就聽西邊那白臉的說：「別管他是不是，把他等拿住，『亮字』把『瓢』給『摘』了，總算他情屈命不屈！」就聽和尚說：「怎麼孫九如去這半天還不來呢？莫非有什麼變故不成？高二弟你去瞧瞧去。」這黑臉的站起來，一聲答應，往外就走。華元志一拉武定芳，二人在後面躥房越脊跟隨，華元志說：「先把這個賊人拿住，問問底裡根由。」二人見賊人來到東跨院，華元志由上面躥下來，過去一腿，就把賊人踢倒。賊人方要嚷，華元志一掐賊人的脖子，拉出刀來一擎，說：「你要嚷！我當時結果你的性命！你說了真情實話，饒你不死。這廟中是怎麼一段情節？」賊人嚇的魂不附體，說：「大太爺你別殺我，我實說！」華元志說：「你說罷！」賊人這才從頭至尾一述說。

書中交代：這座廟叫藏珍寺，老和尚名叫法長，這兩個和尚，一個叫月明，一個叫月朗，是老和尚的門徒。前者由白魚寺漏網。只因為搶花花太歲王勝仙的侍妾，把廟也入了官了；這兩個人就逃到他師父這裡來，提說把一座白魚寺抛了，老和尚勸了這兩個人半天，後來老和尚上三更崗去，把這座廟就給徒弟。臨走還諄諄囑咐，叫兩個人務本分。這兩個人本是酒色之徒，焉能改的了？在廟中又修出夾壁牆地窨子，打算弄將兩個婦女來終日作樂。這天外面來了幾個綠林的朋友，正是黑毛蟇高順、紅毛犼魏英、白臉狼賈虎、恨地無環李猛、低頭看塔陳清、賽雲龍黃慶、小喪門謝廣，這些人由藏珍塢逃走，跟邵華風分了手，各奔他鄉，誰也顧不了誰。這幾個人投在藏珍寺來，一見月明、月朗，本係舊日的朋友。月明說：「眾位從那來？」眾人說：「別提了！我等在慈雲觀住著，打算幫赤髮靈官邵華風共成大事，不想被官兵把廟也抄了，被濟顛和尚追的我等上天無路，入地無門。知道二位當家的在這裡，我等來到這裡，暫為借住幾天，再想主意。」月明說：「那有何妨？眾位只管住著，有吃有喝的。」眾人在廟裡住了幾天，這天大眾談起話來，黑毛蟇高順說：「常州府官兵抄慈雲觀，濟顛和尚幫著都不惱，惟有雷鳴、陳亮、秦元亮、馬兆熊這四個人可恨；他們也是綠林人，反幫助官兵跟綠林中做對。我哥哥高珍，死在他四人之手，我早晚總得報仇。」那邊白臉狼賈虎說：「高二哥，你要打算報仇，害雷鳴、陳亮這四個人容易。我倒有個主意，咱們也別在廟裡白吃當家的。我出去『採採盤子』，要有了好買賣，我給你們眾位送信，咱們做下案，留下雷鳴、陳亮他們四個人的姓名，叫官人把他們辦了。你我又得了財，又報了仇，好不好？」眾人說：「好！還是賈賢弟這個主意高明！」白臉狼賈虎立刻由廟中出來，到四外訪查。

這天聽說雲南昭通府羅聲遠卸任，帶著兩個美妾，一個叫無雙女杜彩秋，一個賽楊妃李麗娘，駝轎車輛，金銀細軟不少，有四鏢丁護送回家，住在金沙嶺萬成店打了公館。賈虎打聽明白，回到藏珍寺一學說❶。兩個和尚本是酒色之徒，一聽說有兩個美人，不但有銀錢，還有這樣的美妾，和尚說：「眾位一同去！」群賊晚間各帶兵刃，換上夜行衣，撲奔金沙嶺萬成店而來。各施展飛簷走壁之能，進去一探，探到東跨院，見羅聲遠正同兩個美人在北上房喝酒，果然長得千嬌百媚，萬種風流。李猛、陳清先下去，進上房就把美人搶出來。高順砍了羅聲遠一刀，說：「我乃風裡雲煙雷鳴。」李猛說：「我乃聖手白猿陳亮。」黃慶說：「我乃飛天火祖秦元亮。」謝廣說：「我乃立地瘟神馬兆熊。只因你是贓官，刮盡地皮，我等行俠做義，特來搶你。」鏢丁出來一攔，砍死兩個鏢丁，搶了金銀珠寶不少，群賊揹著兩個美人，飽載而歸。回到廟裡，見兩個婦人十分美貌，群賊都是酒色之徒，大家爭論，這個也要耍，那個也要耍。月明、月朗說：「你們眾位都不能耍，在我廟裡犯事，我擔沉重，我二人每人一個。」硬強霸下。眾賊人又不敢翻臉，和尚都會法術。銀錢細軟，和尚揀好的留多一半，眾人分少一半，眾人心中俱皆不悅。因此分贓不勻，李猛、陳清、賈虎、魏英四個人皆氣走了。高順、黃慶、謝廣三個人無地可投，在這廟裡住著。也沒聽說雷鳴、陳亮等四個人死了沒有，就聽說打了官司。今天華元志、武定芳一來，群賊疑惑不是官人，就是玉山縣雷鳴、陳亮的朋友，故此叫孫九如拿蒙汗藥酒，打算要害這兩個人。不想

❶ 學說：音ㄒㄩㄝˊ ˙ㄕㄨㄛ。照樣述說他人的話。

被華元志看出來，先把孫九如拿住；這又把高順拿住，高順說了真情實話。二位英雄要想拿賊，不想惹出一場大禍，且看下回分解。

第二百二十七回　月明月朗施妖法　濟公班頭捉凶賊

話說黑毛蟗高順被二位英雄拿住，不能不說實話了。這才說：「二位大太爺饒命，要問這座廟，叫藏珍寺；兩個和尚，叫月明、月朗。我叫黑毛蟗高順，這裡還有一個賽雲龍黃慶，一個小喪門謝廣，我等是由慈雲觀逃在這廟裡來的。」華元志說：「大概金沙嶺殺死鏢丁，搶劫財物，搶羅聲遠兩個侍妾杜彩秋、李麗娘，必是你們做的，冒充雷鳴、陳亮？你說實話，饒不死！」高順說：「不錯！是我們連和尚一共九個人去的，現在走了四個。因為和尚把兩個侍妾霸下，現在夾壁牆擱著，金銀他要多一半，故此分贓不勻，氣走了四個人，一個叫恨地無環李猛，一個叫低頭看塔陳清，還有紅毛狐魏英，白臉狼賈虎。這是已往真情實話。二位大太爺要是綠林人，饒我這條命，我日後必有一份人心。」華元志聽明白，這才把高順綑上，嘴堵上，擱在北上房屋裡。將門帶上，說：「武賢弟，隨我到東院去捉拿那四個人。」武定芳點頭答應。

這二人也是藝高人膽大，立刻各拉兵刃來到東跨院，堵著北上房一聲喊嚷，說：「好賊人！你等趁此出來，你家大太爺乃是堂堂英雄，你等施展這樣詭計，焉能瞞的了你家二位大太爺？今天你等休想逃走！」屋中兩個和尚月明、月朗同黃慶、謝廣正在吃酒，四個賊人一聽，當時往外趕奔。抬頭一看，見院中站定兩個人，一位穿藍翠褂，一位穿白帶素，俊品人物，各擎著鋼刀，威風凜凜。月明、月朗一看，說：「好小輩，大膽！也敢來到洒家這廟中這樣發威？你也不打聽打聽，洒家有多大能為！你兩個人姓什麼？叫什麼？」華元志說：「賊人！你要問大太爺，姓華名叫華元志，人稱叫燕子風飛腿華元志。」武定芳也道了名姓。二人方要往前趕奔。月明、月朗立刻一念咒，用手一指，說聲「敕令」，當時用定神法將華元志、武定芳二人定住，不能轉動。月明說：「這兩個人豈不是飛蛾投火，自來送死？人來！把他兩個人綑上。」賽雲龍、黃慶說：「當家的何必綑他們，我過去手起刀落，把他二人殺了就完了！」月明，月朗說：「也好！」賽雲龍黃慶立刻伸手拉刀，方要往前趕奔。忽聽四外人聲吶喊，說：「拿！」四個賊人大吃一驚。

書中交代：怎麼一段事呢？凡事要得人不知，除非己莫為。只因濟公看見雷鳴、陳亮、秦元亮、馬兆熊四個人囚車，押解趕奔刑部。和尚一想，這件事焉能袖手旁觀呢？自己一想，要辦這件事，非得如此這般，這等這樣。想罷，和尚往前走，忽見一人要跳河尋死，見此人有三十多歲，淡黃的臉膛，穿著月白褲褂，白襪青鞋，像買賣人的打扮。剛要跳河，和尚過去一伸手，將這人揪住。和尚說：「朋友！你為什麼要跳河？你跟我說說！」這人咳了一聲，說：「大師父，你管不了！我告訴你罷：我原本姓楊，名文彬，在錢塘關外開小器作，字號巧藝齋，在莫丞相府應了點活，我在府裡做活。莫丞相有一位公子名叫莫文魁，最好養蟋蟀，他有一條蟋蟀原本是蟲王，當初花五百銀子買的，偏巧我一多手，把蟋蟀罐子碰倒了，把他那蟋蟀也跑了。莫公子打了我四十軍棍，叫我賠一千銀子，不賠不行。大師父你想，我賣個家產盡絕，也沒有一千銀子。我莫若一死，也就算完了。」和尚說：「這事不要緊，你別死，你回小器作鋪子等我，聽我的信，我管保把你救了。你想好不好？」楊文彬說：「和尚，這話當真？」和尚說：「不假。」楊文彬說：「大師父，貴上下？在那廟裡？」和尚說：「我乃西湖靈隱寺濟顛僧是也。」楊文彬一聽說：「原來是聖僧！」趕緊跪倒叩頭，知道濟公名頭高大，乃當世活佛。說：「聖僧長老，你救我罷！我家有老母妻子，但有一線之路，我也不能尋死！」和尚說：「你回頭回鋪子聽信罷。」楊文彬這才自己告辭。

和尚往前走，來到大街，花一百錢，買了三個蟋蟀，裝在僧帽裡，往頭上一戴，直奔路北一座酒館。邁步進去，找了一張桌，要了酒菜，自斟自飲。這雅座裡，正是莫公子在這裡吃飯，外面有十幾位蟋蟀把式，挑著蟋蟀罐子，打算吃完了飯，要上秦相府，跟二公子秦怚去鬥蟋蟀。和尚喝著酒，蟋蟀在帽子裡面一叫，旁邊眾把式說：「和尚，你還帶著蟋蟀嗎？」和尚說：「是呀！你們上那去？」眾人說：「我們吃完了飯，跟莫公子上秦相府去鬥蟋蟀去。」和尚說：「你們有多少蟋蟀？」眾人說：「有四十八條！」和尚說：「你們那蟋蟀是鬥蟋蟀，我說那不算為奇，我這蟋蟀能鬥雞。」大眾說：「真的嗎？」和尚說：「我有三個蟲王，一個叫金頭大王，一個叫銀頭大王，一個叫鎮山五彩大將軍。」眾人一吵嚷，莫公子由裡面出來。眾把式說：「公子，你看這位和尚有三個蟋蟀蟲王，說能鬥雞。」莫公子說：「大師父這話當真？你鬥鬥我們瞧瞧，行不行？」和尚說：「行。」立刻把飯鋪雞籠裡小花雞拿出一隻來，和尚用手一指，把帽子摘下來，莫公子一看，果然這三條蟋蟀，都有一分重，一個個真是出號❶的大蟲。和尚把蟋蟀擱在地下，那個小雞子本是餓急了的，瞧見蟋蟀過去就要吃。那蟋蟀一蹦，跳在雞腦袋上，咬的小雞子直叫直跑。

❶ 出號：特大的。

和尚把蟋蟀拿起來，說：「別把我的寶貝傷了！」莫公子一看，說：「和尚，你賣給我罷。要多少銀子，我給多少銀子！」和尚說：「不賣！我這好容易由南省找來的，本地沒有，我不能賣這三個蟋蟀，還不定贏多少銀子呢！」莫公子說：「你賣給我兩個，再不然，賣給我一個。」和尚說：「一個也不賣。」莫公子說：「大師父你在那廟裡？」和尚說：「我乃西湖靈隱寺濟公。」莫公子一聽說：「這更不是外人了，你是秦相的替僧，聖僧總得賣給我！」和尚還不賣，莫公子又託出人來見和尚，一定要買。和尚說：「莫公子要買，我跟你商量，錢塘關外巧藝齋小器作，有個楊文彬，他給你逃去了一個蟋蟀，我作為賠你一個，他跟我有點牽連。這三個都給你，你再給我一千銀子，少了可不賣。」莫公子說：「那行！楊文彬我也不找他了，我就給聖僧一千銀子。」當時給了和尚一千銀子的銀票。和尚拿著出了酒館，來到錢塘關巧藝齋，見了楊文彬，和尚說：「你的事已完了，莫公子也不能再找你。我給你五百銀子，你好好的度日。」楊文彬千恩萬謝，給和尚叩頭。

和尚告辭，出了巧藝齋，正碰見柴元祿、杜振英、雷四遠、馬安傑四位班頭。一見和尚，四個人上前行禮。和尚說：「四位頭兒那去？」柴頭說：「別提了！現在這位老爺到任未久，地面上連出了好幾件盜案，昨天偷到京營殿帥府去，把夫人的鳳冠霞帔偷去，還有一匣子家藏的珍珠細軟。今天京營殿帥下來令，給六天限要這案；要辦不著這案，連我們老爺的紗帽都戴不住。我們心裡別提多惡了。」和尚說：「不要緊！我這裡有五百銀子，煩你到刑部去託託人情，現在那位雷鳴、陳亮爺，還有一位馬兆熊、一位秦元亮，四個人打了官司；你給託託裡外多照應，別叫他們受屈。我在這醉露居等著你們回來，我帶你們去辦案，管保伸手可得。」柴元祿說：「行。」叫雷頭、馬頭陪著和尚喝酒，他同杜頭趕奔刑部，一見門班皂班牢頭禁卒花錢一託，有人帶著二位班頭，去見雷鳴、陳亮、秦元亮、馬兆熊。柴頭說：「我奉濟公之命，拿五百銀子來上下裡外都託了。你們四位只管放心，也不能受私刑，上鞭床，要吃有吃的，都有人照應，官司必有出頭之日。」雷鳴、陳亮說：「勞二位駕，改日再謝！先給濟公代問好！」柴、杜二人說：「是！」這才告辭出了刑部，來到醉靄居，一見濟公，柴頭說：「都託好了！也見了他們四位，師父你替我們辛苦辛苦罷！」和尚這才要帶領四位班頭，前去拿賊。不知後事如何？且看下回分解。

第二百二十八回 勾欄院耍笑捉賊寇 太守衙二賊供實情

話說柴元祿、杜振英來到醉露居一見濟公，和尚說：「二位辛苦！」柴元祿說：「聖僧放心罷！刑部裡全都託置好了。」和尚說：「甚好，二位坐下喝酒罷。」柴元祿、杜振英坐下，喝了幾盅酒，說：「聖僧，咱們那去辦案去？」和尚說：「先喝酒別忙！少時我自有道理。」柴、杜、雷、馬四位班頭，是心急似箭，恨不能一時把賊人拿住好交差。和尚也不著急，左一壺，右一壺，盃盃淨，盞盞乾，四位班頭又問說：「聖僧，你老人家慈悲慈悲罷！」和尚說：「有什麼事，先喝完了酒再辦！」四個人乾著急無法，喝來喝去直喝到掌燈以後，和尚這才說：「咱們走罷！」四位班頭給了酒飯帳。柴頭說：「聖僧，方才到刑部去託人情，裡外共用了二百兩；給雷爺、陳爺他們四位留下一百兩；還剩下二百兩，交給你老人家罷。」和尚說：「我不要，給你們四位分罷，可以隨便置點衣裳。」四位班頭不肯要，和尚一定要給。四個人這才謝過了濟公，大眾一同出了酒館。

和尚說：「四位班頭跟我走。」柴頭說：「上那去？」和尚說：「你們別管，我和尚自有地方去，管保到那裡伸手可得。」四位班頭知道濟公有未到先知之能，隨後跟著和尚，來到一條胡同，乃是勾欄院門首，見裡面掛著大門燈。和尚說：「四位，這是那裡？」柴頭說：「師父這不是明知故問嗎？這是御勾欄院。」怎麼叫御勾欄院呢？原本宋朝年間，勾欄院的妓女，都是大官宦人家犯了罪抄了家，把姑娘小姐打在勾欄院，奉旨為娼，故此叫御勾欄院，如同御前當差一般。和尚來到勾欄院門首，故意問柴元祿等四位班頭這是那裡。柴頭說：「這是勾欄院！」和尚說：「四位頭裡走，我和尚今天開開眼。」柴頭說：「上這裡做什麼？」和尚說：「你不用問。」四位班頭一聽有些明白，這才往裡走。和尚看大門上有副對聯，上寫道：

初鼓更消，推杯換盞多美樂；雞鳴三唱，人離財散落場空。

這副對聯原本是一位闊大爺花錢花落了品寫的。橫批是「金情銀意」四字。和尚隨著四位班頭進了大門，見迎面是影壁，白石灰抹的棋盤心，上面有人題著四句詩，寫的是：

下界神仙上界無，賤人須用貴人扶；蘭房夜夜迎新客，斗轉星移換丈夫。

影壁頭裡有一架荷花魚缸，栽著荷葉蓮花。四位班頭同和尚一進來，門房眾伙計一看認識，說：「眾位頭兒，今天怎麼這樣閒在？有什麼事麼？」柴頭說：「沒事，到裡頭坐坐。」說著話，往裡走。這院中是四合房，北上房五間，南倒座五間，東西配房各三間，剛到院中，見老板由上屋裡出來。和尚一看這位老板有三十多歲，打扮的俊俏。正是：

雲鬢半偏飛鳳翅，耳環雙墜寶珠排；脂粉半施由自美，風流仍帶少年才。

老板一看說：「呦！眾位頭兒從那來？請上房坐罷！」當時打起簾子，一同來到屋中，和尚睜眼一看，正當中掛著半截身的一幅美人圖，上面有人題著四句詩，寫的是：

百般體態百般嬌，不畫全身畫半腰；可恨丹青無妙筆，動人情處未曾描。

下面寫著「惜花主人題」。屋中極其乾淨，都是花梨紫檀楠木雕刻桌椅。眾人落了座，有老婆子倒過茶來。老板說：「眾位頭兒，今天怎麼這樣閒在？」柴頭說：「沒事，到這裡攪個座。」老板說：「眾位頭兒說那裡話來，請都請不到的。這位大師父你是一位出家人，怎麼也到我們這地方來？」和尚說：「出家按一口鍋，也跟在家差不多。」老板說：「大師父在那廟裡？」和尚說：「我在取馬菜胡同黃連寺，我叫『苦合』。」柴頭等眾人嘻嘻直笑。

正說著話，外面門房喊嚷：「二位大爺來了！」老板一聲答應，往外趕奔。說：「二位大爺來了，到西院裡坐罷。」眾班頭往外一看，只見前頭進來這人，頭帶粉綾緞六瓣壯士巾，上按六顆明珠，迎門一朵素絨珠，禿禿亂晃，身穿粉綾緞色箭袖袍，周身繡三藍牡丹花，走金線，踏金邊，腰繫五彩絲鸞帶，單襯襖，薄底靴子，外罩一件粉綾緞英雄大氅，周身繡團花，面如白紙，兩道劍眉，一雙三角眼，裂腮額，吊腳口。後面跟定一人，穿藍翠褂，壯士打扮，面如淡金，粗眉圓眼。二人衣服鮮明。就聽這二人說：「方才我在酒館叫人來接，怎麼會竟敢不去？」老板說：「二位大爺別生氣！方才轎子來接，正趕上沒在家，船上有一位金公子叫了去，要在家焉有不去之理？二位大爺也不是外人，多包涵罷！」這兩個人剛要往後院走，和尚說：「四位班頭別叫這兩個賊人走！」四位班頭趕緊往外趕奔。

書中交代：這兩個賊人非是別人，頭前這個穿白的，乃是白臉狼賈虎，後面跟定乃是紅毛犼魏英。

這兩個賊人自打藏珍寺因分贓不勻賭氣，二人直奔京都來了。住在錢塘關天竺街萬隆店內，晚上由店中出來竊盜，在這臨安城做了有十幾案，昨日到京營殿帥府去偷了一份鳳冠霞帔，一匣子珍珠細軟。終日在外面尋花買柳，在這家勾欄院認識一個妓女，名叫翠香，天天在這裡做樂。今天方來到這裡，不想濟公在這裡等候。四位班頭聽和尚說：「別放這兩個人走！」四位班頭立刻由上房出來，各拉鐵尺。柴元祿一聲喊嚷：「朋友你的事犯了！」賈虎、魏英兩個賊人一聽，大吃一驚，打算要走。和尚在上房門首用手一指，把兩個賊人定住。四位班頭抖鐵鍊，把兩個賊人鎖上。唬的勾欄院老板戰戰兢兢，說：「眾位頭兒什麼事？」柴元祿說：「你們少管閒事，我們也不能連累你們。」老板說：「四位頭兒多費心罷，我們可並不知道這位賈爺、魏爺是做什麼的。」柴頭說：「你們不用害怕，我們帶著走了。」和尚說：「走罷！」這才拉著兩個賊人，一同趕奔錢塘關衙門。

柴頭先到裡面去回稟老爺。這位知縣姓楊名文祿，柴頭說：「回稟老爺，現在有靈隱寺濟公幫著拿住了兩個賊人，請老爺升堂訊供。」知縣一聽，趕緊吩咐有請濟公，傳伺候升堂。當時傳壯皂快三班，喝喊堂威，知縣楊大老爺升了堂。和尚上了公堂，知縣舉手抱拳，說：「久仰聖僧大名，今幸得會，真乃三生有幸！」和尚說：「老爺辦公，少時再談。」知縣叫人給和尚搬了一個座，在旁邊落座。這才吩咐將賊人帶上來，柴元祿、杜振英將賊人帶到公堂一跪。知縣說：「你兩個人姓什麼？叫什麼？」賈虎、魏英各通了名姓。知縣說：「你兩個人趁此實說，在我這地面做了多少案？昨天在京營殿帥府竊盜，共有幾個人？從實招來，以免皮肉受苦！」賈虎說：「回稟老爺，我二人原是西川人，來到京都閒遊，並未做過犯法之事。也不知今天老爺的公差，因為什麼將我二人鎖來？求老爺格外開恩！」知縣一聽，勃然大怒，說：「大概抄手問事，萬不肯應，來到本縣公堂，還敢不招，人來，拉下去給我打！」立刻把兩個賊人拉下去，每人打了四十大板，打的鮮血直流。打完了，知縣一拍驚堂木，說：「你兩個人招不招？如不招，本縣我活活把你打死！」兩個賊人還打算忍刑不招，每人又打了四十。賊人料想不招不行，這才從頭至尾，說了真情實話。不知說出何等言詞？且看下回分解。

第二百二十九回　請聖僧捕賊藏珍寺　完巨案暗救四門生

話說白臉狼賈虎、紅毛犼魏英二人受刑不過，這才說：「老爺不須用刑，小人招。我二人原本是西川路的人，來到這臨安，住在天竺街萬隆店，在本地做了十三案，偷了些銀錢首飾衣服已然都花完了。昨天在京營殿帥府得了一份鳳冠霞帔，一匣子金珠細軟。現在勾欄院，我二人認識兩個妓女，一個叫碧桃，這東西在碧桃手裡存著，他等不知我的東西是偷來的。這是已往真情實話。」知府一聽，立刻吩咐柴元祿等，帶領賊人去起贓。和尚在旁邊說：「老爺先別忙，這兩個賊人在本地竊盜倒事小；在鎮江府金沙嶺搶羅丞相的公子羅聲遠的侍妾杜彩秋、李麗娘，砍死鏢丁，搶去金銀，明火執仗，有他兩個人冒充雷鳴、陳亮、秦元亮、馬兆熊，這四個人被屈含冤，現在刑部；這件事我和尚被人所託，老爺問他二人，好圓這案。」知縣一聽說：「賈虎、魏英，在金沙嶺明火執仗搶羅聲遠的侍妾，殺傷人命，你等共有多少人？」賈虎、魏英一聽，嚇的顏色更變，說：「這件事小人實在不知。」老爺吩咐：「給我打！」立刻又打了每人四十大板。兩個賊人這叫惡貫滿盈，還不肯招。知縣吩咐看夾棍伺候，三根棒為五刑之祖，人心似鐵非是鐵，官法如爐果是爐，當時把兩個賊人夾起來。

用了八成刑。賈虎、魏英受不了，這才說：「老爺鬆刑，我二人有招！」知縣說：「趁此實說！」

賈虎說：「原本我等先在鎮江府藏珍寺廟裡，兩個和尚叫月明、月朗，也是綠林人。那一天只因為有一個黑毛蕫高順，他跟雷鳴、陳亮、秦元亮、馬兆熊有仇，我們到金沙嶺去搶羅聲遠的兩個侍妾，我們一共九個人，還有西川路的賽雲龍黃慶、小喪門謝廣、恨地無環李猛、低頭看塔陳清，連和尚一共九個人，砍死鏢丁，留了雷鳴他們四個人的名姓。這兩個侍妾，和尚每人留下一個，我們分贓不勻，我二人出來的。李猛、陳清單走了，黃慶、謝廣、高順還在廟裡。」知縣聽罷，說：「聖僧，這件事怎麼辦？」和尚說：「老爺給一套文書，我和尚帶柴、杜、雷、馬四位班頭，會同鎮江府本地方官兵，前去到藏珍寺捉拿這伙惡賊。老爺這裡起了贓，暫把這兩個賊人入獄，等候把眾賊拿來一同定案。」知縣說：「聖僧肯為這樣分心甚好。」吩咐柴元祿等，帶賊人去起了贓來，將賈虎，魏英釘鐐入獄。四位班頭點頭答應。知縣退堂，請和尚書房擺酒，談心敘話。少時柴元祿等進來回話，將贓起來，交與知縣。和尚喝完了酒，就書房安歇。

次日一早，知縣早把文書辦好，和尚帶著四位班頭告辭，出了錢塘關，順大路趕奔鎮江府。這天來到鎮江府一掛號，調本地面城守營二百官兵，各執兵刃來到藏珍寺，把廟就圍了。柴元祿、杜振英、雷四遠、馬安傑各擎鐵尺先進去。方找到東跨院，見賽雲龍黃慶正要拉刀殺華元志、武定芳，四位班頭一聲喊嚷：「好賊人！那裡走？」官兵在外面吶喊，賽雲龍黃慶、小喪門謝廣，就要拉刀拒捕。月朗、月明，哈哈一笑，說：「二位賢弟閃開，不用你們，勿論他等來多少人，洒家略施小術，就把他等拿住！你等這些小輩，豈不是飛蛾投火，自來送死？放著天堂有路你不走，地獄無門自找尋，待洒家今天全把你等結果了性命！」柴元祿眾人各擺鐵尺，方要往前趕奔。月明口中念念有詞，用手一指，說聲「敕令」，竟把四位班頭用定神法定住。月明伸手拉戒刀，就要動手，只聽角門一聲喊嚷：「好孽畜！真乃大膽！

光天化日，朗朗乾坤，竟敢在這裡害人！待我和尚來拿你！」月明、月朗等眾人一看，由角門進來一個窮僧，短頭髮有二寸多長，一臉的油泥，破僧衣短袖缺領，腰繫絨絛，疙裡疙瘩，襤褸不堪，骯髒之甚。月明、月朗那裡瞧得起，自以為藝高人膽大，當時一聲喊嚷：「那裡來的窮僧，膽敢前來多管閒事？」濟公哈哈一笑說：「大概你也不知道我老人家是誰！」月明立刻口中念念有詞，用手一指，說聲「敕令」，打算要把濟公用定神法定住。焉想到濟公用手一指，反把他兩個定住。賽雲龍黃慶、小喪門謝廣一看，打算要跑，濟公用手一指，也把兩個賊人定住。

和尚先過去把四位班頭，連華元志、武定芳的定神法撤了。四位班頭這才過去抖鐵鍊，把四個賊人鎖套脖頸。華元志、武定芳說：「多虧大師父前來搭救，不然我二人喪在賊人之手！未領教大師父貴寶剎在那裡？上下怎麼稱呼？」和尚說：「我乃西湖靈隱寺濟顛僧是也。」華元志、武定芳聽說：「原來是聖僧長老，我二人久仰久仰！」和尚說：「二位來此何幹？」華元志說：「我二人奉刑部正堂陸大人之諭，前來探訪金沙嶺這案，不想今天在此遇害。方才我二人已拿住一個孫九如、一個黑毛蕈高順，現在西跨院綑著。」和尚說：「好！眾位頭兒去把那兩個賊人扛過來，一并解了走。把這廟中搜搜，羅聲遠的那兩個侍妾杜彩秋、李麗娘，現在廟中夾壁牆藏著，一併找出來帶回臨安。」眾官兵也都進來，大眾一搜，把兩位婦人搜出來，抄出賊人的金珠細軟不少，一概都抄寫清單。藏珍寺交本地面官人看守，入官另招住持。

等候天光亮了，和尚帶領眾班頭押解六個賊人，先到鎮江府打造木籠囚車，兩位侍妾雇了駝轎，押著直奔京都，道路上饑餐渴飲，曉行夜宿。這天方來到臨安城，見對面來了十幾匹坐騎，騎馬的正是莫公子，帶領手下從人。一見濟公，莫公子趕緊翻身下馬，趕過來說：「聖僧那去？」和尚說：「上錢塘縣。」莫公子說：「聖僧還有好蟋蟀沒有？再賣給我幾個！前者那三個，一個金頭大王，一個銀頭大王，一個鎮山五彩大將軍，果然是真好。我到秦相府去，那鎮山五彩大將軍，贏了二公子秦怛三千銀子。焉想到我回家一掀罐子跑出來，我一找，聽著在前廳叫，我叫人把前廳拆了，也沒找著；又聽在書房裡叫，我又拆書房；一連拆了二十多間房，也沒找著。聖僧再有好的，賣給我幾個！」和尚說：「等我再得著好的，我給你送了去。」莫公子說：「就是！」這才告辭上馬。

和尚押解差事來到錢塘縣，往裡一回稟。知縣吩咐有請濟公，和尚來到書房，知縣說：「聖僧多有辛苦了！」和尚說：「現在拿了六個賊來，老爺吩咐先派人把羅公子的兩位侍妾送了去。」知縣點頭，先派人把兩位婦人送去。隨後升堂，壯皂快三班喝喊堂威，將月明、月朗、黃慶、謝廣、高順、孫九如六個賊人，一並帶上堂來。知縣把驚堂木一拍說：「你等姓什麼？叫什麼？」六個賊人各自報名。知縣說：「你等在金沙嶺冒充雷鳴、陳亮、秦元亮、馬兆熊，搶羅老爺的侍妾，明火執仗，殺死鏢丁，共有多少人？」六個賊人料想不招是不行，已然贓證均實。月明這才說：「老爺要問，我等原本是一共九個人，不算孫九如，有我們五個人，還有四個人叫李猛、陳清、賈虎、魏英，賈、魏在獄裡收著。就短李猛、陳清，不知去向。」知縣一聽，心中明白，當叫眾人畫了供，隨即辦了文書，派手下人連原辦同華元志、武定芳，將這六個賊人連賈虎、魏英一並解送刑部。知縣退了堂，請濟公來到書房擺上酒，款待聖僧。自斟自飲，大把抓菜，滿臉抹油。知縣說：「這件事若非是聖僧，這案實不好辦。」和尚說：「這也是賊人惡貫滿盈。」知縣說：「聖僧沒事，可以多在我衙門住幾天。」和尚說：「我還有事，等了閒暇無事我必來。」說著話，和尚打了一個冷戰，當時一按靈光。和尚說：「我趕緊得走！」慌慌張張立刻告辭。不知和尚所因何故？且看下回分解。

第二百三十回 元空僧功滿歸蓮徑 印鐵牛行賄入靈隱

話說濟公禪師在錢塘縣衙門喝著酒，忽然想起事來，立刻告辭。知縣說：「聖僧忙什麼？」和尚說：「我還有事！你我改日再談。」說著話，和尚站起來往外走。知縣親身送出來，和尚拱手作別。一直出了錢塘關，來到靈隱寺，方到廟中，由外面雷鳴、陳亮、秦元亮、馬兆熊四個人進來。書中交代：錢塘縣派官人將白臉狼賈虎、紅毛犼魏英、賽雲龍黃慶、小喪門謝廣、黑毛蟗高順、孫如九、月明、月朗這八個賊人，解到刑部，把文書投上去。華元志、武定芳二人，一見刑部正堂陸大人，把藏珍寺的事，從頭至尾一述說。陸大人方才明白，立刻會同左堂右堂升堂，吩咐將賊人帶上來。手下人將眾賊帶上大堂，群賊跪倒，各自報名叩頭。陸大人一拍驚堂木，說：「你等在鎮江府金沙嶺搶劫羅聲遠的愛妾，殺死鏢丁，搶去財物，共有多少人？因何冒充雷鳴、陳亮他等四人？從實說來，免得皮肉受苦！」眾賊已然在錢塘縣畫了供，料想不招也是不行，這才從頭至尾一說。陸大人看來有錢塘縣送來的供底，與眾賊的口供相符，這才吩咐將眾賊釘鐐入獄，不分首從，均擬斬立決。案後訪拿李猛、陳清。

隨後標監牌提雷鳴、陳亮、秦元亮、馬兆熊上堂，四個人給大人叩頭。陸大人說：「雷鳴、陳亮你等四個人，這場官司被屈含冤，要不是遇見本部堂，你等性命休矣！現在我已把原案真贓實犯的賊人拿住，將你四個人當堂釋放，你等趕緊回家，安分度日，不准在途中逗遛。如再闖出禍來，本部堂必定重重的辦你！」雷鳴、陳亮等立刻給陸大人叩頭說：「謝謝大人恩典，我等銘感於五中！但願大人公侯萬代，祿位高升！」大人吩咐將雷鳴、陳亮、秦元亮、馬兆熊四人鐵鍊撤去，四個人具了安分結，立刻下堂。華元志、武定芳趕過來，跟四個人一談話。把藏珍寺拿賊的情由，對四個人一說。雷鳴、陳亮等說：「多謝二位兄臺辛苦。你我兄弟後會有期。我等還要到靈隱寺謝謝濟公，我等就要回家了。」華元志說：「四位請罷！」四個人這才告辭出了衙門，直奔靈隱寺而來。到了廟門首，一問門頭僧：「濟公可在廟裡？」門頭僧說：「剛巧回來了，四位進去罷。」雷鳴、陳亮、秦元亮、馬兆熊，四個人來到裡面，一見濟公，和尚說：「你四個人事情完了？」雷鳴等立刻給和尚行禮，說：「要不是聖僧幫著拿賊，我等性命休矣！我等特意前來給師父道謝。」和尚說：「你四個人不用謝，趕緊回家罷。在家中安分度日，總是少管閒事為妙。」雷鳴、陳亮等，這才告辭，竟自去了。

濟公來到後面遠害堂，一見元空長老，老方丈一看，說：「南無阿彌陀佛！善哉！善哉！道濟你回來，我這裡正在盼想你，恨不能你一時快來，你要送我走一遍！」濟公說：「師父不用囑咐，弟子理應該送你老人家！」老方丈當時叫手下人把新僧衣僧帽僧襪僧鞋拿出來，自己沐浴淨身，把衣服換好。少時雙睛一閉著，老方丈圓寂了。手下人給外面眾僧送信，立刻眾僧俱來到後面，見老和尚已死，眾人放聲痛哭。濟公跳著腳哭，口中喊嚷說：「老和尚你可死了！」旁邊知客德輝說：「道濟你怎麼說老方丈可死了呢！你莫非說你願意老和尚死！」說著話，用手一推濟公。當時濟公翻身栽倒，氣絕身亡。眾人說：「可了不得了！又死了一個，犯重喪！」德輝說：「我就一推他，也沒用力，他就躺下了。」見德輝也嚇癡了，趕緊叫眾人呼喚：「道濟！」好容易有一個多時辰，見濟公才還醒過來。德輝說：「道濟你好了？」濟公說：「不要緊，我好了！」這才叫人拿大皮缸來，把老和尚抬到裡面，搭到後面花園去。眾僧人大家披袈裟，打法器，給老和尚念大悲咒、往生咒。眾人超度完了，這才把老和尚遺留下的東西都給濟公，應該濟公承受。

過了兩天，眾人一商量，廟裡得請老方丈。監寺的廣亮他拿主意，有海棠寺的當家老方丈名叫宗印，在家姓鄭，乳名鐵牛，他暗中給了廣亮五千銀子，所為得這個方丈。廣亮跟廟中眾僧一商量，要請海棠寺的宗印，大主意總算他拿，眾人也不能駁，派人去請。擇了日期，宗印進廟，眾僧全都披袈裟打法器，迎接老和尚，惟有濟公也不披袈裟，也不迎接。旁邊就有人說：「道濟，你為何不接老和尚？」濟公說：「帽兒帶正不可歪，撿起麻繩綑破鞋；大鬼二鬼門前站，招惹鐵牛進廟來。」眾人說：「你別胡說！叫老和尚聽見，怪下罪來！」說著話，把老和尚接到大雄寶殿，鄭鐵牛帶著兩個徒弟，一個姪兒叫鄭虎，眾僧參拜老方丈，濟公在旁邊說：「眾位，今天現有老和尚給我遺留下的東西，我也不要，老和尚有一百單八個珍珠的念珠。」濟公又說：「我破個悶，誰猜著給誰。念書的叫做燈謎。」大眾知道濟公瘋瘋癲癲，有東西說給誰就給誰，眾人都說：「你說罷！」鄭鐵牛自己不好意思親身過來，叫兩個徒弟來聽著，聽明白我給你們猜。小和尚來聽著，濟公說：「一物生來太不堪，四蹄八瓣牿犅圓；尾巴好似一條線，走動須用麻繩拴。」眾人聽罷都要猜，小和尚去告訴鄭鐵牛。鄭鐵牛問小和尚，小和尚照樣一學說。鄭鐵牛一想，四蹄八瓣牿犅圓，必是個牛，小和尚過來方要說，濟公說：「你們猜不著，這是個牛。」他自己喧了。濟公說：「我再說一個：一個瓢兒，裡外都是毛兒！」眾僧人一聽，都說：「這是什麼物件呢？」兩個小和尚去到方丈那裡去問方丈宗印。宗印說：「這可不好猜，你要說是活物件，他說是死物件。無憑無據不猜好。你二人去聽聽還說些什麼？」兩個小僧，又到西院之中，聽濟公說：「這是個牛耳朵。我說一個新鮮的，你大眾猜罷。」眾喧說：「濟顛，你要說個新鮮的！你先別猜了，候我們猜不著，你再說是什麼。方才這個我方要說牛耳朵，你先說出來了。」濟公說：「這一回我先不告訴你等，先容你等慢慢猜。」眾僧說：「你說罷！」濟公說：「子女相逢可並肩，立心旁邊艮無山；鳳到禾下飛去鳥，干字出頭一撇在旁邊。」說：「我這是四個字，你們想罷！」

宗印兩個小徒弟法聰、法明二人記住了，到了他師父近前一學說。宗印他也讀過書，自己由先那兩個，他就知道是濟公耍笑他，知道我叫鐵牛，他才說「牛」合「牛耳朵」。今一聽這四句，他想：「子女相逢可並肩，必是一個『好』字。第二句立心旁邊艮無山，……」他自己用筆寫了半天，哦了一聲，說：「是了，立心一旁艮字，是個恨。」那三句鳳到禾下飛去鳥，湊成是一個「禿」字；末句干字出頭一撇在旁邊，明是一個「牛」字。湊成四字是「好恨禿牛」。宗印心中有氣，無法可治，叫兩個小和尚去見濟公，說是「好恨禿牛」，合他要謝禮。兩個小和尚到了西院一說，大眾僧人都笑了。濟公說：「也罷！我把珍珠手串給你二人拿去。我還說一個好的，你等再猜。」兩個小和尚過去接過珍珠手串，果然光彩可愛。大眾都說：「濟公是個瘋子，可惜這樣寶物，說送人就送人。」濟公哈哈只笑，說：「出家人講究一塵不染，四大皆空，你等說那是寶物，要我看那是無用之物，只可惹禍招災，不能長生不老。古人常說有幾句，『一不積財，二不結怨，睡也安然，走也方便。』」眾僧一聽都笑了，說：「你也該說了！我等也猜贏一個好的！」濟公說：「好好！」不知聖僧又說出何等話語？且看下回分解。

第二百三十一回 說燈謎戲耍宗印 聖羅漢驚離靈隱

話說濟公禪師把手串給了鄭鐵牛的徒弟。濟公說：「我再說一個好猜的，你們猜罷。」大眾說：「你說罷！」濟公說：「蟲入鳳窩飛去鳥，七人頭上長青草；大雨下在橫山上，半個朋友不見了。這也是四個字，你們誰猜著，我把老和尚這件僧袍給誰！」眾人一想：「『蟲入鳳窩飛去鳥』，這個是『風』字；『七人頭上長青草』，乃是個『花』字；『大雨下在橫山上』，是個『雪』字；『半個朋友不見了』，是個『月』字。」有好幾個人都猜著，惟有廣亮嘴快說出來：「這是『風』『花』『雪』『月』四個字。」濟公說：「對了！」果然就把僧袍給了廣亮。濟公又說：「東門以外失火，內裡燒死二人，留下一兒一女，燒到酉時三更。這四句話也猜四個字。」旁邊有人猜著，這是「爛肉好酒」四個字。濟公又給了一床被褥。濟公又說：「三人同日去觀花，百友原來是一家，禾火二人同相坐，夕陽西下兩枝瓜。」旁邊又有人猜著，這是「春夏秋冬」四字。濟公把老和尚所有留下的這些東西，俱皆分散了，他自己一件也沒留。

過了兩天，鄭鐵牛聽說濟公在臨安城認識紳士富戶，貴官長者不少。宗印他本是個勢利和尚，跟廣亮商量，要叫濟公給請請人，廟裡辦善會。廣亮說：「行！」準知道濟公在臨安城認識大財主不少，這一辦善會，就許剩幾萬銀子，連忙找濟公。廣亮說：「師弟！我跟你商量商量，老和尚進廟來，理應該驚動驚動人。我打算廟裡要辦一回善會，所有你認識人，可都是大財主；要辦善會，你給把帖撒到了，都請請行不行？」濟公說：「行倒行！可有一節，我認識的人，可都是紳士富戶；既辦善會，得預備上等高擺海味席，要八兩銀子一桌的蒸翅席，來一個人擺一桌。善會香資可不定多少，也許一個主就捨幾萬兩；你知道當初化大碑樓的時節，一個人就施捨一萬兩。這要辦善會，所有來的人，不論出香資多少，帶來跟人每人開一吊錢賞錢，坐轎來每人帶轎夫，也是一個人一吊。要依我這樣辦，我就給請；不然我不管，別叫人家瞧不起。」廣亮一想，反正賠不了，說：「就是，全依著你辦！你要多少帖子呢？」濟公說：「我要一百帖子罷！」廣亮一聽甚為喜悅，擇於本月初十日子。

他先拿出宗印給他那五千銀子來作本錢，拿二千銀子置辦酒席，二千銀子預備賞錢零用，一千銀子，搭棚辦事，買東西零用，一概都安排停妥。焉想到濟公要了一百份帖子，封的時節，也沒叫人瞧，裡面寫的是：「本月初十日，因老和尚宗印進廟開賀設壇，是日恭請台駕光臨，早降拈香。住持僧宗印、廣亮、道濟同拜。席設靈隱寺廟內，每位善會，不准多帶，只封二十四文錢。如多帶，有重罰。」濟公把帖子撒出去。這天靈隱寺車馬轎擁門，臨安城大財主周半城、蘇北山、趙文會等全來了。也有帶兩班轎夫的，都是六個跟人，八個跟人，至少的四個。每人全都開了賞錢。把善會封套交在帳房，打開一看，全都是二十四文錢。來一位擺一桌席，坐了二百餘桌；晚上施主都走淨了。帳房一算帳，共收了二十餘吊錢，連廣亮認識的人均在其內。這一來把五千銀子也賠出去。宗印、廣亮把濟公恨瘋了。次日廣亮叫濟公說：「你這簡直是存心害我們，這廟裡不能要你，你趁早走！從此再不准你進靈隱寺！」濟公說：「走就走，那很不算什麼！」

正說著話，由外面楊猛、陳孝來了。那一天善會沒趕上，這兩個人在外面保鏢沒在家，今天才回來。

聽家裡說：「靈隱寺辦善會，來了帖子。」這兩個人趕緊來了，要來寫點香資。一見濟公，楊猛說：「師父那一天辦善會，我二人沒在家，今天我二人特意前來。師父要用銀子，我二人有！」和尚說：「他們已然要往外趕我，不叫我在廟裡，你二人不必施捨了。」正說著話，鐵面天王鄭雄也來了。鄭雄只因昨天來出善會，也是封了二十四文錢；帶了八個轎夫，八個跟人，回去一問十六個人，每人得一吊賞錢。鄭雄一個人吃了一桌上等高擺海味席。自己覺著心裡過意不去，不知廟中這是怎麼一段緣故？帶著五百銀子來見濟公，要打聽打聽。來到廟中，見濟公正同楊猛、陳孝說話。鄭雄先把五百銀子叫家人拿過來說：「師父！我昨天來出善會，封了二十四文錢，廟裡倒給了底下人十幾吊，我想沒有這道理！今天我帶來五百銀子，作為香資，師父要用，我再叫人去取。」濟公說：「你不用施捨了，他們不叫我在廟裡，我這就要走了！這廟我算除名不算？」廣亮瞧見有銀子，又不好答話。鄭雄一聽濟公這話，說：「既是他們不叫聖僧在這廟裡，師父上我的家廟去，那座三教寺也沒人看著，我送給師父！」和尚說：「甚好！」立領褚道緣、孫道全，同鄭雄一同直奔三教寺，楊猛、陳孝告辭回家。

濟公走後，這天靈隱寺門口來了兩個人，都是壯士打扮，一位穿白愛素，一位穿藍掛翠，衣服鮮明。來到廟門口說：「濟顛僧可在廟裡？」門頭僧說：「二位找濟公有什麼事？貴姓尊名？那裡人氏？」二人說：「我等乃是夔州府人，以保鏢為業，久仰聖僧之名，特意來拜訪，我姓王，他姓李。」門頭僧說：「二位在此少待，我到裡邊看看，濟公不定在不在。」說完，立刻到裡邊一回監寺廣亮。廣亮自打算是來的施主，告訴看門的和尚，別說濟顛已然趕出去，就說濟公出門辦事去了，三五日必回來。他自己迎出來，見那山門外站立二人，衣帽鮮明，都有三十以外年紀，壯士裝束，五官不俗。他一見連忙打問訊說：「二位施主請廟內吃茶！濟公今日有事，未在廟中，大概早晚必回來。二位貴姓？」那穿藍壯士說：「我姓王，他是我義弟，姓李。」廣亮說：「二位施主請！」二人跟著進廟，到了客廳，知客僧接見獻茶。二人要拜老方丈，知客帶二人到後院禪堂之內，一見方丈，鐵牛宗印讓座。

二人問：「方丈，濟公是老和尚徒弟？」宗印心想：「這二人衣帽不俗，必是給濟顛送禮來的。莫若我說合濟顛是師徒，這二人該孝敬我些銀錢。」想罷，說：「不錯！那是我的徒弟！」二人點了點頭，再問：「濟公那裡去了？」宗印說：「他那裡有準，不定在那裡住著，也許今日回來，二位有話留下；再不然，今日在我這裡屈住一夜。」那姓王的說：「也好！」見老方丈手中拿著那掛珍珠念珠，是一百單八顆珍珠。二人正看，只見從外面進來一人，年約二十已外，頭戴藍綢子四楞巾，身穿藍綢大氅，面皮微黑，短眉毛，三角眼；這人乃是宗印娘家姪兒鄭虎，為人奸詐，貪淫好色，倚仗他叔父當和尚賺的錢，他任性胡為。他一進來，看這二人，問：「是那裡來的？」那二人提說：「找濟公！」鄭虎大不悅，方要發話，廣亮拉他到外面把話都合他說了，他復又進來合那二人要交談，讓至外邊客房擺飯。鄭虎陪著說話，有些狂傲無知，也喝醉了酒，小人膽壯，滿嘴胡言亂語。吃完了飯，留二人安歇。次日，監寺的方起來，聽裡邊一片聲喧，到裡面一看，嚇的亡魂皆冒，出了塌天大禍一宗。要知後事如何？且看下回分解。

第二百三十二回　二賊人錯殺鄭虎　濟長老治井化緣

話說廣亮來到後面一看，見鄭虎被人殺死，那兩個施主蹤跡不見。再一看在桌上有一張字柬，上面寫著八句，上寫道：

因為閒氣到靈隱，要找濟顛把命拚；濟顛今朝若在廟，我等將他刀碎身；殺死鄭虎仇未報，盜去手串志未伸；若問英雄名合姓，逍遙自在我二人。

書中交代：來者這兩個賊人，原是西川路的賊人，一個叫逍遙居士王棟，一個叫自在散仙李檪。這兩個人跟小喪門謝廣、賽雲龍黃慶，都是拜兄弟，來此所為給朋友報仇。鄭虎這小子也是一輩子沒做好事，報應循環，情屈命不屈。宗印要不說跟濟顛是師徒，王棟、李檪還許不殺他，這也是活該。廣亮等一看，趕緊回稟了宗印，宗印一聽，放聲大哭，說：「這必是濟顛主使出來殺我姪兒，非告他不可。」立刻叫廣亮奔錢塘縣報官。廣亮來到錢塘縣一喊冤，值日班問：「什麼事？」廣亮說：「我是西湖靈隱寺監寺的，名叫廣亮，昨天廟內老方丈的娘家姪兒鄭虎被殺，賊人逃走，盜去珍珠手串，留下八句詩，這乃是濟顛和尚主使出來，求老爺給明冤！」值日班到裡面一回稟，老爺立刻升堂，吩咐將告狀和尚帶上來。廣亮來到堂上一跪，老爺說：「你叫什麼名字？在那廟裡？」廣亮說：「我在靈隱寺，名叫廣亮，昨天來了兩個施主，口稱找濟顛。今把濟顛趕出廟門，除名不算。他現在三教寺住著。這兩個人，一個姓王，一個姓李，在我們廟裡住下。夜間把老方丈的姪兒鄭虎殺死，盜去珍珠手串，留下字柬，這必是濟顛因為趕出他去，他記恨在心，他使人前來殺人。」

知縣把字柬要過來一看，說：「這明明寫的是跟濟顛有仇來報仇，誰叫你們把他讓在廟裡住下？濟顛乃得道高僧，你反要誣賴好人！你趁此回去把鄭虎成殮起來，候本縣給你捉拿凶手。」廣亮說：「求老爺恩典，這是濟顛使出來的人，求老爺拿他治罪。」知縣一拍驚堂木，說：「你滿嘴胡說！趁此下去！我不瞧你是一個出家人，我就重辦你！」官人立刻把廣亮趕下公堂。廣亮無法，自己回去。知縣派人去請濟公，手下人到三教寺一見濟公，說：「我們老爺請聖僧到衙門去有話說。」濟公跟著來到縣衙門，知縣降階相迎，說：「聖僧久違！」和尚說：「彼此！」讓著來到書房落座。家人獻上茶來。和尚說：「老爺約我和尚什麼事？」知縣說：「只因靈隱寺宗印和尚姪兒鄭虎，被兩個賊人所殺，廣亮來到衙門喊告，他誣賴聖僧主使。本縣我將他轟下堂去。這個賊人必是飛賊。求聖僧慈悲慈悲，幫我手下差役給辦辦這案。」和尚說：「這件事他既賴我，我不能管，再說我自己還有要緊事。」知縣說：「聖僧衝著我慈悲慈悲。」和尚一定不管，知縣也無法，留和尚吃了晚飯，濟公告辭，回了三教寺。

次日，有靜慈寺的眾僧前來邀請濟公。這座靜慈寺在靈隱寺的西南，在天竺山上。這座廟在山頭上，到山下有二十里地，也是大叢林。山下有一眼井，井泉不進水，山上澆花吃水，都得小和尚下山揹水，費事的了不得。廟裡也有百多名站堂僧，聽說濟公出了靈隱寺，知道濟公名頭高大，乃得道高僧。靜慈寺老方丈青山跟監寺的德輝一商量，要請濟公當長頭，僧裡當長頭，是有掛單的和尚，都歸長頭管。派了廟中數人，到三教寺請濟公。濟公推辭不去。後來監寺的德輝親身來到三教寺見了濟公，德輝說：「我奉老方丈之命，前來請濟師兄跟我上山當長頭，千萬不可推辭。」再三說，濟公這才答應了。把三教寺廟中之事，派悟真、悟元二人照應。

濟公到了靜慈寺見過方丈，就在廟中管理長頭。所有掛單，住在這裡，都先見過長頭。這座廟勢派很大，本廟站堂僧有四十六位，就是吃水不便，這座廟就是吃水太難。眾小和尚天天下山揹水，累的苦不可言。濟公見大雄寶殿後有枯井一口，訊問本廟僧人，都說：「先年有水，乾了有二十餘年。」濟公說：「今日晚子時，我自己祝泉求水，咱們這廟中要該轉運，自有清泉。」眾僧都說：「濟公要祝泉，真要出水，咱們免受無限跋涉之苦。」濟公派人預備香案，候至三更之時，濟公親手拈香，心中禱告，叩下頭去。自己請九江八河主，五湖四海神，就聽井內水聲響，少時水長至井口，濟公自回禪堂之內。

次日早晨，老方丈知道濟公治井出水，心中甚為感念。闔廟眾僧都知道長頭僧道濟有道德來歷，老方丈這日請濟公吃齋，提說這座廟年久失修，工程浩大，要化緣甚不容易。濟公說：「好！老和尚請放寬心！我自有化緣之法。」方丈說：「咱們這是公事，可無戲言。」濟公說：「不要多說，一個月之內，定然見我化緣之妙。」自這日濟公在方丈屋中說了化緣，所有眾僧俱皆知道濟公要修廟。也不見濟公出廟，每日吃酒醉的昏天黑地。他還說：「但得醉中趣，勿向醒人傳。」眾人猜不透化緣之法。

光陰似箭，不知不覺，到了二十七天。差三天一個月，也沒見濟公出廟。到了次日早飯後，忽然有京營殿帥張士達，帶著五百兵，連臨安府縣全都到廟中來，叫知客僧方丈說：「今日太后聖駕來廟降香，趕緊都收拾乾淨，伺候迎接聖駕。」嚇的眾僧都戰戰兢兢，連忙收拾各處大殿房屋，有兵丁人等幫同辦理。方收拾好了，外面鳳駕已到，帶著秦相、莫相太監宮女人等，前呼後擁，來到靜慈寺。老方丈率領眾僧跪接鳳駕，來到大雄寶殿。太后拈完了香，來到禪堂落座。問：「這廟中有多少僧人？」老方丈說：「這廟中有四十多名站堂僧，連掛單來的和尚，共有百餘人。」太后吩咐將眾僧的花名冊拿來我看。老方丈趕緊這才把花名冊拿來，遞與秦相。秦相遞與太后，太后翻開看，看來看去，直看到臨完，見上面寫著長頭道濟，太后點點頭說：「原來在這裡！」立刻傳旨，叫老方丈把道濟給我叫來。老方丈眾人一聽，也不知什麼事，知道濟顛瘋瘋癲癲，恐怕衝撞了鳳駕，那如何擔得起？太后傳旨又不敢抗旨，趕緊這才派監寺的德輝去尋找濟顛。

書中交代：太后因何來到靜慈寺降香呢？這內中有一段隱情。原本太后前者病體沉重，多少名醫開了藥方子，調經無效。這天太后正在睡夢之際，見外面站定一個窮和尚，短頭髮有二寸多長，一臉的油泥，破僧衣短袖缺領，腰繫絨縧，疙裡疙瘩，光著兩隻腳，穿著兩隻草鞋，衝著太后齜著牙直笑。太后說：「你這窮僧來此何幹？」和尚說：「西湖有座天竺山，長頭和尚叫濟顛；我今來此非別故，特與太后結善緣。」太后說：「你跟哀家結什麼善緣呢？」和尚說：「我這裡有妙藥靈丹，太后吃了，管保立刻病體痊癒。」太后把藥接過來吃了，覺著清香異常，當時醒了，原是一夢。還覺著口中香氣猶在，身上如失泰山，心中暗想奇怪，方一閉眼，又只見和尚仍在眼前站著。太后問道：「和尚你又來做什麼？」和尚說：「我來化緣，重修靜慈寺，請太后到天竺山前去降香。」太后說：「我病好了，我必要去降香還願。」如是者三次。太后次日清晨，果然病體痊癒。這才傳旨，叫京營殿帥打道到天竺山靜慈寺拈香。今日一看花名冊，果有長頭道濟。太后傳旨要見濟顛。不知濟公禪師見了太后該當如何？且看下回分解。

第二百三十三回 欽賜字詔旨加封 會群魔初到金山

話說太后傳旨，要召見長頭道濟。監寺的德輝趕緊各處尋找濟公，找到廟後，只見濟公在廟後正同幾個孩童在一處玩耍。這廟後面住著幾家住戶，有幾個小孩都愛跟濟公說笑。德輝來至切近說：「濟師弟，太后來拈香來了。」濟公說：「太后拈香來了，與我何干？」德輝說：「太后傳你去哪！」濟公說：「叫我去做什麼？」德輝說：「我不知道。」濟公說：「既然如是，我去瞧瞧。」德輝說：「你別這個樣子去呀！先到廟裡洗洗臉，換上衣服，帶上僧帽再去，恭恭敬敬的；倘若衝撞了太后，那如何擔得起？」濟公說：「不要緊，我就這樣去，我也不洗臉，我恐怕風大把臉吹了。」德輝說他不聽，這才帶領濟公來到前面，先見了秦相。

濟公本是秦相的替僧，素日秦相知道濟公有些瘋瘋癲癲。秦相先到太后駕前行禮，說：「啟稟太后，長頭道濟有些瘋瘋癲癲，衣服襤褸不堪，恐衝撞了鳳駕。」太后說：「不要緊，我不怪他！只管叫他前來見我。」秦相下來說：「聖僧恭敬些，千萬不可怠懈！」濟公哈哈一笑，跟著來到太后駕前。太后一看，果然跟夢中見的和尚一般。濟公一打問訊，太后說：「你是長頭道濟？」和尚說：「西湖有座天竺山，長頭和尚叫濟顛；我今來此非別故，特與太后結善緣。」太后一聽，乃夢中數語，連連點頭，說：「是是！我來與你結善緣！我且問你，哀家來世比這世如何？」濟公一聽，口中連說：「不知道，不知道！」說著話，濟公銜著太后，拿起一個大頂來，破褲子三片中衣，把下身全露出來。眾人一見，全嚇的驚魂千里；當著太后這樣撒野，這還了得？武侍衛就要打。太后一見，說：「你等不用打，哀家我明白了！下世我必要轉女為男。」立刻把金棍武士喝退。這才問道：「長頭道濟，你在這廟裡出家多少年了？」濟公說：「我新來，日子不多，我看此廟日久失修，工程浩大，求太后娘娘慈悲慈悲，重修此廟。」太后立刻傳旨：「秦相、莫相，派你二人監工，把我的俸餉胭脂粉帑銀，發來十萬兩，重修靜慈寺。」秦相、莫相說：「遵旨！」濟公謝過太后。太后吩咐打道回宮。回到宮內，把此事奏明皇上。皇上知道濟公乃得道高僧，敕封為「護國散禪師」，欽派上書房寫十六塊斗方，皇上賜字：

瘋癲勸善，以酒渡人；普渡群迷，教化眾生。

連帑銀一并發到靜慈寺，擇日興工。五層大殿，「羅漢堂」、「客堂」、「禪堂」、「鐘鼓樓」、「藏經樓」、一并滿拆滿蓋。直到如今，古蹟猶存。每年四月間，天竺山靜慈寺的廟會，熱鬧非常。廟中老方丈甚感念濟公的好處，眾僧要給濟公開賀辦善會，濟公說：「不用，我還要上金山寺有約會。」

這天濟公下了山，來到三教寺，褚道緣、孫道全二人給師父行禮。濟公說：「你二人好好的看廟，我要上金山寺去會八魔。」褚道緣說：「師父去不得！」濟公說：「不去不行，我總得去，這是你小師兄給我惹的禍！我不去，八魔也不能善罷干休。這也是天數當然。」悟真、悟元攔不了，濟公去了三教寺，直奔金山寺而來。

書中交代：金山寺萬年永壽，由前者在金山寺攪鬧，他本是鎮守瓜州一帶長江的大元帥，奉東海龍王敖廣所派。只因金山寺老方丈設立打魚船要魚稅，傷了他子子孫孫不少。他本是一個大駝龍，有萬年的道行，來到金山寺天天打老方丈。這天他正要打老方丈，忽然一陣怪風，由外面進來八個人，面分青紅黃黑白紫綠藍，來者正是臥雲居士靈霄、六合童子悚海、天河釣叟楊明遠、桂林樵夫王九峰、仙雲居士朱長元、白雲居士聘嘯、搬倒乾坤黨葚、登翻宇宙洪濤，八魔各帶「混元魔火旛」、「喪門劍」、「子母陰魂絲」前來等濟顛。方一進金山寺，見大殿上坐著一個黑臉和尚，八魔說：「你是什麼人，敢在這裡攪鬧？」和尚說：「我乃萬年永壽是也。」八魔就要晃「魔火旛」，六合童子悚海掏出六合珠一抖手，只聽山崩地裂一聲響，當時萬年永壽滾下供桌，現了原形，是一個大駝龍。八魔也沒肯傷他，他自己爬出廟外，滾下江去。八魔進了大殿，把眾神像全都扔出來，這八個人在上面一坐，廟裡和尚更不敢惹了，也不知是那裡來的這八個野人。

這天八魔掐指一算，知道濟公來了。立刻眾人下了供桌，來到廟外，見濟公駕著一隻小舟船來到金山寺。和尚給了船家一塊銀子，下了船，濟公也不能閉三光，雖然佛光、金光、靈光三光露著，八魔也不放在心上。八魔說：「濟顛，你來此甚好！我等在這裡久候多時。」和尚說：「八位，找我打算怎麼樣？」八魔說：「只因你施展妖術，八卦爐燒死我們徒弟韓祺，戲耍鄧連芳，還算小事；你決不該主使你徒弟悟禪大鬧萬花山，火燒聖教堂，你實在欺我太甚！我等特來找你給韓祺報仇。」和尚說：「好！咱們進廟去再說。」八魔說：「走！」一同來到金山寺。和尚說：「你等要跟我比較，先別忙，這廟裡的方丈也不是外人，我先去見見老方丈。」八魔說：「你見去罷！我等不攔你！」正說這話，只聽後面一聲：「無量佛！」眾人回頭一看，來了兩位老道，頭裡這位老道，面如三秋古月，鬚髮皆白，背後揹定乾坤奧妙大葫蘆，來者正是天台山上清宮東方太悅老仙翁，後面跟定乃是神童子褚道緣。

書中交代：濟公由三教寺出來，褚道緣不放心，隨後駕起趁腳風追趕下來。走到石佛鎮，正碰見東方太悅老仙翁。老仙翁由前者跟濟公分手，本處知縣邀請紳董富戶，共成善舉，重修石佛院。工程浩大，好容易修齊了。老仙翁見褚道緣忙忙張張，趕緊問道：「褚道緣你上那去？」褚道緣連忙給老仙翁行禮，說：「我追我師父濟公上金山寺，只因我小師兄悟禪惹的禍，前者火燒了聖教堂，現在八魔在金山寺要擺『魔火金光陣』煉我師父，我要追了去給解和。」老仙翁一聽，說：「既然如是，你我一同去給解和。」褚道緣說：「甚好！」立刻老仙翁帶上「乾坤奧妙大葫蘆」，同褚道緣駕起趁腳風，往下追趕來了。追到瓜州雇了一隻船，趕到金山寺，方下了船，只見濟公正同八魔講話。

老仙翁口念「無量佛」，說：「眾位魔師請了。」八魔一看，認識老仙翁跟著紫霞真人李涵陵查過山。八魔抬頭一看，說：「道友，你來此何幹？」老仙翁說：「我聽說你等跟濟公為仇，我特來給你等講和。眾位不可，濟公他這點來歷也不容易，十世的比邱，才能轉羅漢。眾位要擺『魔火金光陣』傷他，看在我的面上，眾位不必。」臥雲居士靈霄說：「道友，你別管！我等原與濟顛遠日無冤，近日無仇，只因他火燒我徒弟韓祺，戲耍鄧連芳，這都算小節；決不該主使他徒弟火燒了我們聖教堂，大鬧萬花山，我等非得結果他的性命不可。」老仙翁說：「眾位依我說，冤家宜解不宜結。」八魔說：「道友！你趁此快走，不要跟我等在此嚼唇鼓舌！再要多說，可別說我等翻臉無情！」老仙翁一聽，勃然大怒，說：「你們這幾個人休要不知事務！」六合童子悚海說：「你這老道管事，這叫一頭沉莫死，他應當燒死我等門徒？應當火燒聖教堂？應當欺負我們？你要不叫我擺『魔火陣』也行，叫濟顛給我們跪倒叩頭，認罪服輸，我等就饒恕他！」濟公說：「你滿嘴胡說，你給我叩頭也不能饒你。」老仙翁說：「你等這些孽障，有多大能為，也敢這樣無禮！待山人拿法寶取你，全把你們裝起來，叫你等知道我的利害！」說著，老仙翁伸手拉「乾坤奧妙大葫蘆」。老仙翁這葫蘆有天地人三昧真火，經過四個甲子，勿論什麼妖魔鬼怪，魑魅魍魎，山精海怪，裝到裡面，一時三刻化為膿血。今天老仙翁把葫蘆蓋一拔，掌中一托，口中念念有詞，要捉拿八魔。不知後事如何？且看下回分解。

第二百三十四回　因講和仙翁鬥八魔　六合童子炸碎葫蘆

話說老仙翁把「乾坤奧妙大葫蘆」打開，口中念念有詞，說聲：「吾奉太上老君急急如律令敕！」「刷啦啦」由葫蘆裡出來五彩光華，撲奔六合童子悚海。只見六合童子悚海，被光華捲來捲去，被老仙翁捲進葫蘆之內，老仙翁立刻先把葫蘆蓋一蓋。臥雲居士靈霄等一見說：「好老道！你敢傷我等弟兄？」眾人各拉「混元魔火旛」，跟老仙翁拚命。老仙翁實指望要把八魔全皆拿住，焉想到六合童子悚海，成心要傷損老仙翁的寶貝。六合童子悚海他能大能小，要小他能變似蒼蠅，要大能有幾丈大。他到了葫蘆之內，一施展法術，往大了一長，就聽葫蘆內「咕嚕嚕」一響，「叭叉」一聲，把葫蘆炸了三四瓣。老仙翁嚇的亡魂皆冒，揀起半片瓢，撥頭就跑，嚇的褚道緣跟著就跑。幸喜八魔沒追趕，老仙翁離了金山寺，心痛自己的寶貝，不由的放聲痛哭。褚道緣又看著老仙翁可慘，又怕濟公被八魔所害，不由的也哭起來了。

正哭著，只聽對面一聲：「無量佛！善哉！善哉！道友何必如此？」褚道緣抬頭一看，見對面來了兩位老道，前面一位，面如紫玉，濃眉大眼，花白鬍鬚，頭上紫緞色道巾，身穿紫緞色道袍，腰繫杏黃絲縧，白襪雲鞋，背揹寶劍，手拿蠅刷。後面跟定這位老道，頭帶青緞色九梁道巾，身穿藍緞色道袍，腰繫黃絲縧，白襪雲鞋，面如三秋古月，髮如三冬雪，鬢賽九秋霜，一部銀髯散滿了前胸，手拿蠅刷，真是仙風飄灑，好似太白李金星降世。頭前這位乃是白雲仙長徐長靜，後頭跟著野鶴真人呂洞明。這兩位老道，原本是由焦山來，要逛逛金山寺，走在這裡，正遇見老仙翁手拿著破瓢，同褚道緣在就地而坐，放聲大哭。徐長靜、呂洞明二人趕奔上前，說：「仙翁何至如此？」老仙翁咳了一聲，說：「二位道友有所不知，只因濟公長老的徒弟火燒萬花山，惹下眾外道天魔，在金山寺要擺『魔火金光陣』，火煉濟顛。我與濟公素有舊識，再說濟公乃是一位得道高僧，我去給解勸，八魔跟我翻了臉，我用『乾坤奧妙大葫蘆』要裝八魔，不想六合童子悚海把我的葫蘆炸了。」徐長靜一聽說：「可惜！可惜！這葫蘆乃蓬萊子給你留下的寶貝，不想今天被八魔給毀壞了。著實可惱！」老仙翁說：「二位道友既來了，可以幫我去報仇，捉拿八魔行不行？」徐長靜一聽，連連搖頭說：「你我三人焉是八魔的對手？你在這裡哭也是枉然，寶貝已然是傷了。你二人何不去請人捉拿八魔？」仙翁說：「請誰去？」徐長靜說：「我指你二人兩條明路，一位去到萬松山雲霞觀，去找紫霞真人李涵陵借『斬魔劍』。一位去到九松山松泉寺，找長眉羅漢靈空長老借『降魔杵』。非這兩種寶貝，拿不了八魔。頭一則也可以搭救濟公長老，聽說濟公乃是一位正人，普渡群迷，到處濟困扶危，遭這樣大難，你我也不能不救，再說也可以報葫蘆之仇。」老仙翁一聽，如夢方醒，說：「多蒙二位指教，我是當局者迷，把這二人忘了！」老仙翁又說：「褚道緣，你趕緊駕趁腳風，急不如快，找你師爺爺紫霞真人借『斬魔劍』。你上萬松山，我上九松山，去找靈空長老，誰拿來的快，誰捉拿八魔。你也救救你師父。」褚道緣立刻點頭，眾人分手。暫且不表。

單說濟公見六合童子悚海傷了老仙翁的葫蘆。濟公說：「你等也不用跟老道做對，冤各有頭，債各有主，咱們進廟去，我可先到廟裡，到後面見見老和尚說兩句話，回頭你我再分高低上下。」八魔說：

「你見去罷，反正你還跑的了嗎？」濟公這才來到廟裡，到了禪堂，一見老方丈元徹長老。元徹與元空長老是師兄弟，乃是濟公的師叔。濟公見了老方丈一行禮，元徹說：「道濟你來了甚好，現在我這廟中鬧的不得了局，前者萬年永壽在這裡鬧，現在這八個人，你可知道是怎麼一段情節？」濟公說：「老方丈不知道，這八個人乃是外道天魔，不懂的敬佛，只因我徒弟火燒了聖教堂，這八個人是來找我報仇，要擺『魔火金光陣』火煉我。你老人家也管不了，我來請一個能人幫著我。」老方丈說：「那裡有能人？」濟公說：「這廟裡住著一個大能人。」老方丈說：「沒有，沒有！」濟公說：「有！須得我親身前去請他。我不去是不行，這個人能為來歷大了。」說著話，濟公來到後院。這廟中掛單僧站堂僧好幾百名，濟公一看，有一位黑臉膛的和尚在那裡坐著，低頭不語。濟公說：「你在這裡，我找你找不著你！」眾僧說：「道濟，你找他做什麼？他是個啞巴，又聾，人家說話他也聽不見，他來到這廟裡掛單二三年了，他不會說話。」濟公說：「他不是啞巴。」大眾說：「他在這廟裡二三年，永沒說過話，你那有我們知道？他實在是啞巴，又是聾子。」濟公過去照定這和尚天靈蓋一連就是三巴掌，說：「我來找你來了！」這和尚一抬頭，說：「道濟，你無故惹下這一場魔難，找我做什麼？」大眾一聽說：「這可怪！現在他會說了話了，二年多來在這廟裡也沒說過話，今天怪不怪？」內中有人說：「也許濟師父打他三下，把啞巴治好了！」都知道濟公會治病，大眾紛紛議論。

書中交代：這個和尚名叫普妙，原本是西方伏虎羅漢降世，奉佛祖派他普渡眾僧，普妙到處裝啞巴，都知道他是傻和尚，也沒人知道他的來歷，他也不好管閒事。每逢大叢林他去掛單，見真有正務參修的和尚，他在暗中渡脫，也不宣明。今天濟公苦苦的擠他，伏虎羅漢這才說出話來，說：「道濟你惹下一場魔難，來找我做什麼？」濟公說：「我來找你幫著我辦這件事，你要不幫著我，是不行！」伏虎羅漢普妙說：「既然如是，我同你去就是了。誰叫你我都是西方大雷音寺一處來的，奉我佛如來的敕旨，降世人間，普渡群迷。你既來找我，我焉能袖手旁觀？」說著話，這才同濟公一同來到前面。

八魔都在大殿坐著，見濟公同著一個黑臉膛和尚，臥雲居士靈霄說：「濟顛你還有事沒有？」濟公說：「沒事了！你等打算怎麼樣呢？」臥雲居士靈霄說：「濟顛你也能掐會算，你的劫數到了，你還在睡裡夢裡！」和尚說：「我不懂什麼叫『劫數』！今天你我倒要分個強存弱死，真在假亡！各施所能，我看你等這些孽障有什麼能為？」說著話，六合童子悚海由兜囊掏出「六合珠」，抖手打來。濟公哈哈一笑，說：「這也算法寶！」一伸手把「六合珠」接了去。臥雲居士靈霄一看，氣往上撞，伸手拿出「衝天矢」，照定濟公射去。這弓箭是符咒修煉的寶貝，勿論什麼精靈，一射能現原形，要是人能射去三魂七魄，最利害無比。照定濟公一射，被伏虎羅漢接去。八魔一看，立刻各按方位，各拉「混元魔火旛」，口中念念有詞，說聲「急！」道聲「快！」四面魔火高有千丈，由外面看直彷彿下霧一樣。知覺羅漢道濟，伏虎羅漢普妙，趕緊在當中打坐，頭上放出三丈高的金光、佛光、靈光。濟顛同普妙二人口念真言，有金光護體，不敢閉眼。要一閉眼，八魔的法術有幻境，人要閉上眼，想什麼就瞧見什麼，好喝酒就有酒，想怎麼樣就能夠怎麼樣；人要一入幻境，就得被魔火燒死。總算濟公同伏虎羅漢道德深遠，不能上他們的當。但只見金光被魔火煉來煉去，六個時辰，把金光矮下來三尺，一晝夜去六尺；要有五天的工夫，能把羅漢的金光煉沒了，死後過不去伽藍山，書也要剪斷。一連就是三天，濟公同普妙的金光剩了一丈多。忽然外面一聲「無量佛」，八魔一看，唬的亡魂皆冒。不知來者是誰？且看下回分解。

第二百三十五回　群魔怒擺金光陣　道緣偷盜斬魔劍

話說八魔擺下「魔火金光陣」，把兩位羅漢煉在當中。忽聽外面一聲「無量佛」，來者乃是神童子褚道緣，懷中抱定「斬魔劍」。八魔一看，嚇得驚魂千里。書中交代：褚道緣由江口跟老仙翁分手，老仙翁上九松山松泉寺去找長眉羅漢借「降魔杵」，褚道緣直奔萬松山雲霞觀，在道路上急似箭頭，恨不能肋生雙翅，駕著趁腳風一天趕到萬松山。這座山極高，每逢下過雨後，由山縫裡冒出白煙就是雲。這座山原是一座寶山，當初褚道緣在這廟裡當道童，人也聰明，李涵陵也甚喜愛他。今天褚道緣來到廟門首，自己一想：「我先別進去，我已然拜了濟公，我要明說要『斬魔劍』，許我師爺爺不肯給我，我到裡面必須見機而作。」自己想罷，到了角門拍了兩下，只聽裡面說：「來了！」嘩啰把門開放。褚道緣一看，認識是紫霞真人李涵陵的徒弟道童清風。這廟中有兩個童子，一名清風，一名明月，合褚道緣都算是同門師兄弟。今日一見褚道緣連忙施禮，說：「師兄你從那裡來？我聽說你歸了三寶佛門，是有這麼一件事嗎？」褚道緣把拜濟公之故一說，二人往裡走了。

褚道緣問：「師爺他老人家在那院中呢？」清風說：「未在廟中，走了有十數日，去朝北海去了，留我二人看廟。師兄到此有什麼事呢？」褚道緣說：「到屋中我慢慢告訴你！」到了東院北上房，明月接見；行禮已畢，三人落座。清風叫明月倒茶去。褚道緣本是心中有事著急，說：「師弟！我今來是為我師父濟公。他老人家本是西方羅漢，因為多管閒事，在常州地方有一座慈雲觀，有一個老道叫赤髮靈官邵華風，招軍買馬，聚草屯糧，陷害黎民百姓，濟公幫著常州府兵破慈雲觀，邵華風逃在萬花山聖教堂。我有個小師兄叫悟禪，到萬花山聖教堂去拿邵華風，惹了八魔，悟禪放火燒了聖教堂，跟八魔結下了寃仇。八魔現在金山寺擺『魔火金光陣』，把濟公煉到陣內，要一過四五天，把羅漢的金光煉散了，濟公就得沒命。他老人家本是一位正務參修的人，可惜要喪在八魔之手。我同老仙翁給解勸，老仙翁跟八魔翻了臉，把老仙翁的『乾坤奧妙大葫蘆』給炸了。現在老仙翁去上九松山松泉寺找靈空長老求『降魔寶杵』，我來找師爺爺借『斬魔劍』，非得這兩種寶貝，拿不了八魔。既是真人沒在家，二位師弟慈悲慈悲，把『斬魔劍』借給我使一使，我去救了濟公長老，我趕緊就給送回來，我也不能要祖師爺的寶貝。」清風、明月一聽，說：「這件事我們兩個人可沒有這麼大膽子！祖師爺知道，我們擔不了。前者皆因你偷了『八寶雲光裝仙袋』去，祖師爺打了我二人一頓，說我二人不留神。這件事我們更不敢了！」褚道緣說：「二位師弟行點好罷，濟公原來是一位羅漢，要沒有這『斬魔劍』，就得死在八魔之手，出家人也講究積福做德。我去救了濟公，急速就送回來，決不能叫二位師弟受責。再說就即便祖師爺知道，這是一件好事，祖師爺也不能怪。」清風、明月說：「師兄你說什麼，我二人也不敢做主意。」

褚道緣說：「你二人知道『斬魔劍』在那裡放著不知道？」清風說：「知道可知道，我二人不敢告訴你！」褚道緣說：「當初我在這廟裡當道童，我可知道這口劍在五層殿的懸龕裡供著，此時我可不知道挪了地方沒有？」清風、明月說：「你既知道地方，你自己找去，我二人也不敢管你。祖師爺要問，我二人就說不知道。我二人也不擔這沉重，總不是由我二人嘴裡告訴你的。」褚道緣說：「既然如是，二位師弟既不管，我自己找去。二位師弟不攔我，我就感念二位師弟的好處！」清風說：「你是我們大師兄，我二人也不敢攔你呀！你要瞪眼，我二人也不敢惹你！」褚道緣說：「我也不敢跟二位師弟瞪眼，我去找去。」立刻來到後面。到五層殿懸龕上一找並沒有。褚道緣一想：「怪呀，怎麼會沒有呢？」愣了半天，自己一想，反正在這廟裡，我慢慢找，不能找不著。想罷，自己各處尋找，直找了一夜，至次日早飯時，找到最後殿懸龕上一看，正是「斬魔劍」，上面有一塊象牙牌子，寫的明白，褚道緣一看，有黃緞套綠沙魚皮鞘，真金什件黃絨穗頭，黃絨挽手。褚道緣當初在這廟裡當過道童，見過這口劍，果然不錯。褚道緣一見，心中甚為喜悅，先拜了八拜，口中祝告已畢。這才伸手將此劍請下來，到了跨院，說：「二位師弟，多幫點忙罷，我三兩天就送回來！要是祖師爺不回來更好了。」清風、明月說：「我二人全不管，任憑你酌量辦！你在這廟裡各處翻尋，我二人也攔不了！但願祖師爺不回來，你趕回來。」褚道緣說：「就是！」說罷，即告辭出了雲霞觀，駕起趁腳風，心急似箭，恨不能肋生雙翅，一步趕到金山寺。

好容易趕到了江口，遠遠一看，只見金山寺裡面魔火高有千丈，廟門關著，那燒香逛廟的人也來不了，看著金山寺如同下霧一般，也不知廟裡有什麼事。褚道緣來到廟前用手一指，廟門開了，褚道緣直看不見裡面的金光，褚道緣一聲喊嚷，說：「好孽障！大膽！山人來也！」正南方正是天河釣叟楊明遠、桂林樵夫王九峰，二人回頭一看，嚇的驚魂千里。知道褚道緣是紫霞真人李涵陵的徒孫，手中抱定一口寶劍像「斬魔劍」，楊明遠說：「你我遠日無冤，近日無仇，你何必因為濟顛跟我等做對？」褚道緣說：「你知道濟顛是我什麼人？」楊明遠說：「你是老道，他是和尚，他是你什麼人？」褚道緣說：「他是我師父，你等既跟我師父為仇，你我就是冤家對頭。」楊明遠、王九峰一聽說：「濟顛既是你師父，我等衝著你，不煉他就是了！我們萬花山聖教堂，衝你算白燒了！我們回萬花山，叫他回他的靈隱寺，從此兩罷干戈，你看怎麼樣？」褚道緣這個時節要答應了，倒是一件好事。褚道緣當時恨不能把八魔剮了，方出胸中之氣，立刻說：「不行！我今天非殺你們不可！」說著話，伸手拉寶劍。

書中交代：這口劍有什麼好處呢？原來這口劍要一出鞘，有一片白光，專能將魔火趕散，最利害無比，名曰「斬魔劍」。當初八魔乃是六合童子悚海為尊，只因他在外面無所不為，常常害人，紫霞真人李涵陵查山，用這口劍斬過他，把八魔制服的。故此八魔就怕李涵陵，同長眉羅漢這一僧一道，餘者別無懼怕之人。焉想到今天褚道緣盜來這口劍，並非是真斬魔劍，真的他如何拿的了來？紫霞真人恐怕有精靈到廟中去盜斬魔劍，故此預備這口劍。今天褚道緣自以為是真的，伸手一拉劍，並無白光。褚道緣就一愣，八魔早看出來不是「斬魔劍」。楊明遠一想，先下手為強，伸手拉「喪門劍」一晃，天火、地火、人火三昧真火，撲奔褚道緣。褚道緣想跑如何跑的了？被火燒的連人帶劍，燒的皮焦肉爛。濟公此時也顧不了救他，口念：「阿彌陀佛！善哉！善哉！」王九峰說：「楊大哥！你這個亂可惹大了！他是紫霞真人的徒孫，你把他燒死，倘如紫霞真人要來了給他報仇，該當如何？」楊明遠說：「已就燒死了，就是李涵陵來，你我也可以跟他一死相拚！莫非永遠老怕他，何時是個了局？」正說著話，只聽外面一聲喊嚷：「道緣呀！你死的好苦！」不知來者是誰？且看下回分解。

第二百三十六回　神童子身逢魔火劫　請佛仙杵劍鎮群魔

話說楊明遠方把褚道緣燒死，只聽外面有人放聲大哭，說：「道緣，沒想到你死的好苦！罷了！罷了！老夫白去了一回，也未能將寶貝請來，結了！完了！連濟公、伏虎羅漢都完了！這就是你我修道人的下場！」楊明遠一看，來者是東方太悅老仙翁，那半片破瓢拿著，沒捨得摔。

書中交代：老仙翁跟褚道緣分手，實指望找長眉羅漢借「降魔寶杵」，可以救濟公報葫蘆之仇。焉想來到九松山正碰見悟禪，悟禪連忙行禮，說：「仙翁從那來？」老仙翁說：「悟禪，可了不得了！皆因你火燒了萬花山，現在八魔在金山寺擺『魔火金光陣』煉你師父，我去怎麼勸，八魔怎麼不答應，我打算拿『乾坤奧妙大葫蘆』，要把八魔裝起來，焉想到六合童子悚海神通廣大，他把我的葫蘆炸碎了。我正同褚道緣放聲痛哭，幸遇白雲仙長徐長靜、野鶴真人呂洞明，二人指我一條明路，叫褚道緣找他師爺爺李涵陵借『斬魔劍』，我來找長眉羅漢借『降魔杵』，去救濟公。要不然，八魔把你師父煉死，也必來找你。不用說八魔都來，就來一個一晃魔火旛，你就得現原形。你這五千年的道行也算完了，你也活不了。」悟禪一聽，咳了一聲，說：「事已至此，也無法，我去瞧瞧我師父去。」老仙翁說：「你這孩子胡說！你如何去得？你是禍頭，八魔正找你找不著，你去豈不是自投羅網？你跟我見見長眉羅漢，你給你這個師父磕頭，連我求他，雙關著，可以求他救你那個師父。」悟禪說：「我這個師父沒在廟裡，要在家，我還不同你進去？」

老仙翁說：「那去了？」悟禪說：「走了幾十天了，被紫霞真人約了去朝北海，留下我跟通臂猿猴看廟。」老仙翁一聽這話，楞了半天，說：「我到廟裡等一天，倘如你師父回來，也未可定。如不回來，那可就沒法了！」悟禪說：「也好！」同老仙翁來到松泉寺廟裡，讓到東跨院北上房屋中，悟禪給老仙翁烹過茶來。

正說著話，只見由外面進來一個大白猴，渾身白毛，兩隻紅眼，手提一個小籃，摘了一籃果子，見了老仙翁爬在地下，給老仙翁磕了一個頭。悟禪說：「這就是通臂猿猴，每逢摘了好果子，就給老方丈送來。」老仙翁點了點頭，說：「無量佛！善哉！善哉！畜類也知道修道，怪不得人家說：『叩戶蒼猿時獻果，守門老鶴夜聽經！』這話一點不錯！」老仙翁在廟中住了一天，心似油烹。次日長眉羅漢也沒回來。悟禪說：「仙翁你不用等了，我求你到金山寺去瞧瞧，要是我師父濟公死了，求你給我一口缸，把他成殮起來。我聽你回信。我在這廟裡大概八魔不敢來找我，我這個師父回來，我跪著給他老人家叩頭，求他給我那師父報仇，到萬花山去拿，八魔也跑不了。你老人家瞧瞧去，我不放心。」老仙翁無奈，垂頭喪氣，出了松泉寺，駕趁腳風，方來到金山寺，只見一片火光，把褚道緣燒的皮焦肉爛骨頭酥。老仙翁放聲大哭，說：「道緣，你死的好苦！」楊明遠聽老仙翁又哭又說，楊明遠說：「你這老道前者饒你不死，你就該遠遁他鄉，今天還敢來說說道道；你再不走，我等當時結果你的性命！」老仙翁一聽說：「好好！我正不願意活著，我等要死，死在一處倒好！你來用『魔火旛』把我燒了罷，我倒甘心！」楊明遠說：「燒你也不難！」老仙翁說：「來！」立刻把眼一閉，淨等一死，把心橫了。

楊明遠、王九峰，方要離方位晃魔火旛，忽聽正東上一聲：「阿彌陀佛！」來了一僧一道，頭前走的那道人口唱山歌，唱的是：

貪利營謀滿世間，不如破衲道人閒；籠雞有食湯鍋近，野鶴無糧天地寬；富貴百年難保守，輪迴六道任循環；而今看破虛幻裡，學作深山不老仙。

唱罷，後邊那個和尚口中說：

為人不必逞英雄，萬事無非一理通；虎豹常愁逢獅豸，蛟龍又怕遇蜈蚣；小人行險終須險，君子固窮未必窮；萬斛樓船沉海底，皆因使盡一番風。

二人各歌一詞，老仙翁一看，那道人身高八尺，頭戴蓮花道冠，身披鵝黃緞子道袍，腰繫絲絛，足下高底雲鞋，背後斜插一口寶劍，綠沙魚皮鞘，黃絨穗頭，黃絨挽手，面如銀盆，眉分八彩，目如朗星，準頭端正，一部銀髯，根根飄灑胸前，手中拿著一把蠅刷。後跟那僧人，身高九尺，頭戴青僧帽，身穿黃緞僧袍，足下白襪雲鞋，赤紅臉，長眉朗目，懷抱降魔寶杵，像貌驚人。

書中交代：來者這二位非是別人，乃是靈空長老合紫霞真人。這二位本是活神仙，只因二人朝北海，這日正觀玩北海名山勝境，忽然間見一股煞氣由西往東，直沖霄漢斗牛之間。靈空長老看罷，說：「善哉！善哉！道兄你看！」紫霞真人口念：「無量佛！善哉！善哉！原來降龍、伏虎二位羅漢有難！好孽畜，膽敢這樣興妖作怪！你我這件事不能不管，如不管，恐怕我佛如來見怪！」靈空長老說：「我早就有心把這幾個外道天魔除了，你又不肯；他等在萬花山修道，我也不肯無故殺害生靈。現今既是他等興妖作怪，你我趕緊回去。」紫霞真人說：「你我快走！」僧道二人借遁光往回走，尚未到金山，紫霞真人打了一個冷戰，口念：「無量佛！善哉！善哉！道緣這孽障遭此劫數，可惜可惜！」靈空長老說：「你我還得快去，若慢一點，稍遲一刻，東方太悅老仙翁有性命之憂！」僧道急來到金山寺，正趕上楊明遠、王九峰，正要用魔火旛傷害老仙翁。紫霞真人一聲喊嚷：「好孽畜！真乃大膽！」老仙翁睜眼一看，說：「真人、羅漢，快來！」八魔見紫霞真人同靈空長老一來，眾人就是一楞。紫霞真人伸手拉出「斬魔劍」一指，一片金光，竟將魔火閉住。靈空長老又用「降魔寶杵」一指，一片白光，那魔火已化為飛灰四散。濟公同普妙這才出來道謝。

八魔焉敢跟僧道鬥法，嚇得八個人跪倒在地。臥雲居士靈霄說：「真人，羅漢，休要動怒！並非我等無故跟濟顛做對，只因他火燒了我徒弟韓祺，戲耍鄧連芳，他又主使徒弟悟禪，火燒了聖教堂，故此我等找他報仇雪恨。」紫霞真人說：「好孽障！你還以為著有理，你徒弟韓祺同鄧連芳上東海瀛洲採『靈芝草』，就不該多管閒事。赤髮靈官邵華風，既是修道的人，就不應該相與綠林賊人，發賣熏香蒙汗藥，使人盜取嬰胎紫河車，擺『陰魂陣』，傷了多少性命！殺害生靈，塗毒百姓，官兵拿他，他拒捕官兵，情同叛逆；你徒弟幫著他助紂為惡，即是自己為惡，死之不屈。你等在萬花山隱藏邵華風，悟禪去要，你就該把邵華風給他，你們不但不給，還要施展魔火要他的命，他也有五千年的道行，也不容易。再說他在松泉寺靈空長老廟裡，你等也該有些關照。你等要害他，他焉能不恨你，燒你的聖教堂？這是你等自找。現在兩位羅漢，乃西方大雷音寺奉我佛如來敕旨，降世渡人，你等膽大用魔火煉他二人，真乃膽大妄為！是你等自作孽，不可活！」靈空長老說：「你等跟我走罷！咱們回松泉寺說去。」八魔不敢不跟著。三位羅漢，兩位老道，這才帶領八魔，直奔松泉寺而來。不知後事如何？且看下回分解。

第二百三十七回　收八魔符咒封洞口　辦善會福善集金山

話說長眉羅漢，同紫霞真人、東方太悅老仙翁、濟公長老、伏虎羅漢，帶領八魔，來到九松山松泉寺。這山上有一座「子午風雷藏魔洞」，長眉羅漢用「降魔寶杵」，口中念念有詞，用法術將八魔置到「子午風雷藏魔洞」內，立刻將洞門一關，用咒語封鎖。靈空長老說：「這八個魔怪，把你們收起來，免生禍端。這洞內到子時有風雷可以鎮住八魔。恐其有人來救他們出去，又生是非，洞門口得派人看守。」正說著話，小悟禪來了，給眾人行禮。靈空長老說：「悟禪，你速去把靈猿化給我找來，叫他來看守此洞。」悟禪答應，去不多時，同梅花真人靈猿化來了。靈猿化給眾人行完了禮，說：「羅漢呼喚我有何吩咐？」靈空長老說：「命你看守此洞，將『斬魔劍』、『降魔杵』掛在洞門，八魔那時出來，你用斬魔劍斬他。」靈猿化點頭答應在這裡看守八魔，自己修道。

靈空這才把眾人讓到廟中落座。濟公說：「多蒙羅漢、真人搭救，我得把悟禪帶了去，我要辦善會，重修金山寺；要不然，因為我，八魔拆毀金山寺，我這孽造大了！」伏虎羅漢也告辭，往他方前去渡人。濟公先帶領悟禪告了辭，來到金山寺，寫了帖子遣悟禪去請人。所有是濟公的徒弟到過的地方，幽州府、龍游縣、海潮縣、餘杭縣、石杭縣、常州府、鎮江府、丹陽縣、開化縣、臨安城、錢塘縣、仁和縣等處，所有濟公認識的都請，上至秦相官宦人家，紳董富戶，舉監生員，下至庶民，悟禪都給送了帖子。在金山寺八月初一日早降拈香，臨安城都吵嚷動了。

花花太歲王勝仙一想：「濟公敕封護國散禪師，乃得道高僧，在金山寺辦善會，連我哥哥秦丞相都請，怎麼會不請我呢？」這天有風月公子馬明拜王勝仙，二人談起這件事來。王勝仙說：「現在濟顛在金山寺辦善會，請秦丞相，怎麼不請我呢？」馬明說：「也沒請我。」王勝仙說：「他不請咱們，咱們倒要去，帶一千銀子香資，到金山寺去一趟。」馬明說：「也好！」立刻雇了一隻大船，帶著二十個家人，船上寫著一桿大旗，上寫金山寺進香，施助白銀一千兩，由臨安城起身，趕奔鎮江府金山寺。這天正往前走，見前面一隻船上寫著海潮縣正堂的旗子，支著船窗，裡面坐著兩個丫環，一位小姐。這位小姐長的真是千嬌百媚，萬種風流，梨花面，杏蕊腮，瑤池仙子，月殿嫦娥不如也，可稱絕世美人。王勝仙、馬明二人一看，眼就直了。這兩個人本都是臨安城的惡霸，素常淨講究搶人；王勝仙自前番白狗鬧洞房，把鼻子咬了去，這小子又派人請名醫調治好了，落了疤子，仍然惡習不改，一見美色就動了心，貪淫好色的人全不顧。

王勝仙的船在後面跟著，來到鎮江口了，相離金山寺還有四十里地，人家靠了船，王勝仙也吩咐靠船，兩隻船靠著。王勝仙臨近一看，這位小姐果然真正美貌。這小子目不轉睛一看，這位小姐果然真正美貌極了。王勝仙真是色膽大如天，當時吩咐管船的，把跳板搭在那隻船上。風月公子馬明說：「你做什麼？」王勝仙說：「我到那隻船上去會會這個美人，我自打生人以來，沒見過這樣絕色的美人，我今天非去找他不可。」風月公子馬明說：「那如何使得？你準知道人家是誰家的姑娘？你硬要去，豈不惹出亂子來？」王勝仙說：「不要緊！我哥哥乃當朝宰相，我乃大理寺正卿，誰敢惹我？也別管他是誰家的姑娘，我今天非得弄到手，方趁我的心！」說著，王勝仙叫管船的，把跳板搭上，他大搖大擺就上了那隻船。

書中交代：這船上小姐，乃是海潮縣正堂張文魁的妹妹，名叫金娘，只因濟公請善會，張文魁施助香資五百兩，姑娘帶著婆子丫環，有三班都頭獨角蛟安天壽，這位班頭水旱兩路武藝精通，人也老成，帶著十數個班頭，保著姑娘金山寺進香。由海潮縣要的官船，走在這江口，姑娘叫安天壽買點鮮果，帶到金山寺好上供，故此把船靠住。安天壽下船去買東西，偏巧這個時節，王勝仙上這邊船上來，大搖大擺，就要進船艙。這裡有十幾位散役，見王勝仙頭帶四楞巾，繡團花，身穿大紅寬領闊袖袍，足下粉底官靴，手拿一把摺扇，長的梭肩拱背，黃尖尖的臉膛，真是兔頭蛇眼，龜背駝腰，一直就要進艙門。當差人一看，連忙阻住，說：「你是做什麼的？」王勝仙說：「我看這女子長得美貌，老爺到裡面逛逛。」當差人說：「你是什麼東西，滿嘴放屁！這是我家小姐，你敢這樣無禮，你也不打聽打聽！」王勝仙說：「也別管他是什麼官的小姐，今天你家大人要找他作樂，那個敢不答應？」

正說著話，偏巧安天壽買東西回來了，見眾差役正同王勝仙吵嚷。安天壽說：「什麼事？」眾人說：「這廝他硬要進船艙，我們問他做什麼，他說見小姐長得美貌，他要進去逛逛。安都頭，你看世界上，那有這樣不通情理的人？我們告訴他說是小姐，他說不論是誰家的小姐，他也要進去作樂。」安天壽一聽，把肺都氣炸了。立刻把兩隻怪眼一瞪，說：「你還不滾開，如要不然，我結果你的性命！」王勝仙一看安天壽身高八尺，紫臉，在腦門子上有一個大肉瘤子，滿部的鋼髯，根根見肉，頭戴纓翎帽，身穿青布靠衫，腰紮皮挺帶，薄底鷹腦窄腰快靴，是個班頭的打扮。王勝仙自以為是當朝宰相的兄弟，有勢利，誰人敢惹，說：「那個敢攔我？我把你們發了！」焉想到安天壽也不管他是誰，先講動手。當時舉手照定王勝仙臉上就是一個嘴巴，底下一腿踢在王勝仙肚子上。王勝仙「唉呀」一聲，往後一仰，翻身掉在大江之內。大江裡的水真有幾百丈深，王勝仙手下家人一看說：「你們膽子真不小，我家大人乃是當朝秦相的兄弟，花花太歲王勝仙，你敢給踢在江裡？」安天壽說：「王勝仙又該怎麼樣？踢在江裡餵王八！反正先叫他死了，拚出一身剮，敢把皇帝打！」

正說著話，只見對面銅鑼響亮，來了一隻大船，船上有大轎，旗子上寫著鎮江府正堂，來者正是本地面知府趙翰章趙大老爺。只因濟公在金山寺辦善會，趙大老爺親身帶領壯皂快三班，來到金山寺給照料照料。方由金山寺告辭，濟公親身送出廟外，在知府耳邊說了幾句話，知府點頭答應。船到江口方要下船，王勝仙手下家人一看，是鎮江府，立刻喊了冤。知府吩咐帶過來問：「什麼事？」家人等說：「我家大人花花太歲王勝仙，乃當朝秦相的兄弟，被他們踢下江去。」正說著話，只見王勝仙彷彿由江裡有人給托上岸來，眾家人一看也楞了。王勝仙喝了兩口水也不要緊，少時還醒過來。眾人俱皆納悶，不知道這是怎麼一段緣故。

書中交代：原本濟公辦善會，早吩咐萬年永壽，所有燒香來的船，不準在江裡傷一個人。如要傷了人，濟公說：「我告訴龍王定要斬你，託你給照應。」萬年永壽答應，吩咐手下子子孫孫，蝦兵蟹將，各處巡查。今天見王勝仙掉在江裡，故此小王八用腦袋把王勝仙一拱托上來。王勝仙還醒過來，一看鎮江府來了。王勝仙說：「知府，你來了好！我要找你。」知府先問：「安天壽，這是因為什麼？」安天壽說：「下役在海潮縣當差，我家小姐上金山寺降香，在這裡靠船買果供，這個男子他硬要進船艙，說我家小姐長得美貌，他要作樂，攔他他不聽，一定要進去。」知府說：「你是什麼人？」王勝仙說：「我是秦丞相的兄弟，我乃大理寺正卿王勝仙。」知府說：「你滿嘴胡說！王大人焉能做這事？分明是你冒充官長。來人，給我打！」立刻官人將王勝仙按倒，打了四十大板，皮開肉綻，鮮血直流。不知後事如何？且看下回分解。

第二百三十八回　花太歲貪歡受惡報　獨角蛟夜探葵花莊

話說知府趙翰章說王勝仙冒充官長，打了他四十大板。知府說：「我應該重辦你，便宜你，放你走！那時再不安分，遇見本府，我定然治罪於你。」說完了，吩咐叫安天壽同小姐開船走。知府也坐著轎走了。王勝仙痛的齜牙咧嘴，真想不到今天受這樣苦，只氣得眼淚汪汪，說：「好一個鎮江府，我不要他的命，不算報仇！」自己也不能上金山寺去了，吩咐開船往回走。離此四十里之遙，就是葵花莊，乃是秦丞相的老家。秦丞相家裡有一個兒子，名叫秦魁，人稱藍面天王，也是無所不為，時常搶奪良家少婦長女。王勝仙一想，我先找找姪兒去商量商量，設法報仇雪恨。

不言講王勝仙，單說安天壽同姑娘到金山寺去降香。金山寺出善會的人多了。本來濟公在外面治的病救人多了，都欠濟公的人情，濟公從來沒要過謝禮，這一辦善會，重修金山寺，又是一件善事，眾人沒有不願意為的。至少的香資一百兩五十兩，算頂少了。所有跟濟公至近的人，沒有不到的。大眾還不走，問濟公：「所收的香資夠用不夠？如其不夠，我等大家再給湊。」濟公說：「眾位不必費心了，富足有餘。」安天壽同小姐交了五百兩香資，燒完了香，吃了素齋，這才告辭。坐船往回走，方走到葵花莊的江岸，忽然起了一陣怪風，刮的對面不見人，幾乎把船翻了。這陣風過去，再一看丫環婆子被殺，小姐掉在江邊。安天壽一見著急：「要說有截江賊，怎麼連人影兒沒看見呢，這件事怎麼辦？回去見了老爺，怎麼對得起？」

有一位老管家，也是在張宅多年的人，叫張福。張福說：「安都頭不要著急，先在附近訪查訪查。如訪著便罷；如訪查不著，你我回金山寺去找濟公，求他老人家給我找小姐。反正找不著小姐，你我不能回去。」

安天壽無法，靠了船棄舟登岸，順著江岸往前走了不遠，見有一隻小打魚船。安天壽說：「借光，管船的！這眼前的村莊叫什麼地名兒？」這打魚的說：「這是葵花莊。」安天壽說：「這莊子裡住著，都是做什麼的人家？」打魚的說：「你是外鄉人罷，你不知道，這是當朝秦丞相的大少爺秦魁在這裡住。」安天壽一聽，心中一動，說：「這位秦魁，素日為人是好人是歹人？」打魚的說：「咳！別提了！別提了！你是外鄉人不知道，我跟你說說：這位秦魁在我們本地，倚仗著勢利欺人，常搶奪良家少婦長女，我們這方沒人敢惹。」安天壽道：「我何不進村莊探探去？這件事來得奇怪，令人難測！」說罷，安天壽進村莊探訪。見路北有一座大門，門口八字影壁，有上馬石，有四棵龍爪槐，拴著幌繩，有十幾匹騾馬。安天壽一看，大約這必是秦相府，這必是宅院，房子不少。路南裡有一座小鋪，掛著酒幌子，上寫「聞香下馬」，「知味停車」。安天壽邁步進去，也沒有多少酒座。安天壽找了一張桌坐下，伙計過來說：「大爺要幾壺酒？」安天壽說：「來兩壺酒，來兩碟菜罷！」伙計擦抹桌案，把酒菜擺上，天已黑了，屋中掌上燈了。安天壽心裡好似萬把鋼刀扎心，酒也喝不下去。

正在煩的了不得，忽見由外面進來兩個人，都是紫花布的褲褂，都有三十多歲，長得凶眉惡目，一臉的橫肉。兩個人晃晃悠悠說話，舌頭都短了，大概是喝醉了的樣子。這個說：「二哥！咱們莊主不是說，每人賞二兩銀子嗎？怎麼又不賞呢？」那個說：「莊主說話，沒準，說過去就忘了！也許明天賞，今天只顧喝喜酒了。」旁邊酒鋪掌櫃的說：「你們莊主有什麼喜事？」這個說：「今天我們莊主的叔叔王勝仙王大人來了，提說上金山寺去燒香，因為一個美人，被鎮江府知府打了四十大板，他來找我們莊主，派人去把這個美人得來，今天總算是喜事。」那人說：「老二！你別說了，這事也是在外頭說的？」這個說：「不要緊，咱們這方誰敢壞咱們莊主的事？」焉想到旁邊安天壽聽的明白，自己一想：「他們用什麼妖術邪法，把我家小姐搶來的？我去到他家探探去，再作道理！」

想罷，給了酒錢，由酒鋪出來，繞到西北角上。回頭四顧無人，擰身跳上牆去。見裡面黑洞洞，一無人聲，二無犬吠。安天壽躥房越脊，如履平地相彷。探來探去，來到前廳，這院中是大四合房，北上房五間，南房五間，東西配房各三間，北上房屋中燈光閃爍。安天壽在暗中一探，見裡面正面上坐定一人，黃臉膛，頭帶四楞巾，身穿寬領闊袖大紅袍白護領，正是王勝仙。上手一位浪蕩公子打扮，乃是風月公子馬明。還有一個藍臉的，兩道硃砂眉，一雙金睛疊暴，突出眶外，頭帶四楞逍遙巾，雙飄秀帶，身穿寬領闊袖大紅袍，這就是藍面天王秦魁。下手裡坐著一個老道，頭帶青緞子九梁道巾，穿藍緞色道袍，青護領相襯，白襪雲鞋，面似薑黃，濃眉大眼，花白鬍鬚。眾人正在一處吃酒。安天壽看夠多時，就聽老道說：「王大人，你今天依我說，先別跟他入洞房，叫婆子慢慢勸解他，總是他自己依從答應才好。再說這一件事，雖然辦的嚴密，可有一節，據我想他等必要去找濟顛。都瞞得了，可瞞不了濟顛，大概人家也不能善罷干休。可是我也不怕濟顛，他也未必準是山人的對手。可就怕這件事吵嚷出去，可就不好辦了！他那船上可有一個能人，如要到這裡哨探倒好，我將他拿住，可以斬草除根。」王勝仙說：「濟顛來也不要緊，他要講交情，他是我哥哥的替僧，他就不應當管我的事，幫著人家！他如不講交情，道爺你只要將他拿住，就把他殺了，有什麼禍，都有我呢！惟可恨鎮江府趙翰章，他竟敢打我四十大板子，這個仇非得報不可。」安天壽在暗中聽的明白，自己一想：「我先救我家小姐要緊，倘若我家小姐有點差錯，我拿什麼臉去見我家老爺？」

想罷，自己躥房越脊，各院尋找，找到東跨院，這院中是北房三間，南房三間，東西配房各三間，北上房東裡間燈影兒朔朔，人影兒搖搖。安天壽躥下來，把窗紙濕了一個小窟窿，往裡一看，屋中順後牆一張床，地下有椅桌條凳，床上坐著正是金娘小姐。地下有四個僕婦，都在三十多歲，一個個伶牙俐齒。這個說：「姑娘你就別哭了，你別想不開，你已然來了，反正你也走不了！這也不是地獄，你這算到了天堂了。你要好好的從了我們大人，享不盡的榮華，受不盡的富貴，一呼百諾。你要不依從，把我們大人招惱了，用皮鞭子抽你，也不能一時打死，你到那時答應，那時不打你，但是你後悔可就晚了！」這個說完了，那個老婆子就說：「姑娘你別哭，我告訴你，男大當婚，女大當嫁，早晚姑娘你也得出聘，還不定給什麼人家，就許受了罪。這個我們大人乃是當朝秦丞相的兄弟，大人本人是大理寺正卿，你跟了我們大人就是夫人。婦人女子一輩子也無非就是吃喝穿戴，這個主兒，找都找不著，你還哭？要依我說，你洗洗臉，搽點粉，換換衣裳，把大人哄樂了，你要一奉十。」這個說一套，那個說一套，都是伶牙俐齒。安天壽在外面聽著，把肺都氣炸了。有心進去殺這四個僕婦，又怕嚇著小姐，莫若叫出來殺，想罷，說：「老姐姐們出來，莊主叫我來問，勸的怎麼樣子？」僕婦一聽說：「誰呀？」安天壽說：「我！」說著話，由裡面出來兩個僕婦，被安天壽一刀一個殺了。裡面兩個僕婦，聽外面「咕咚咕咚」，趕緊問：「王姐姐你摔躺了？」安天壽說：「你們來瞧瞧！」這兩個人出來，也被安天壽殺了。安天壽進到屋中要救小姐，抬頭一看，小姐蹤跡不見，把安天壽嚇的亡魂皆冒。不知後事如何？且看下回分解。

第二百三十九回　因救千金被賊獲　為嚇賊人裝鬼神

話說安天壽把四個賊婆殺死，到屋中要救小姐，焉想到蹤跡不見，安天壽一看就楞了。自己正在發楞之際，忽聽外面有人喊嚷拿賊。書中交代：王勝仙自從鎮江府打了他四十板子，他來找秦魁，同風月公子馬明，帶領家人來到門首，往裡面一回稟。秦魁一聽叔叔來了，趕緊往外迎接。來到外面，給王勝仙行禮。王勝仙給風月公子馬明一引見，大眾往裡直奔。來到大廳，王勝仙一看，這裡坐著一個老道。王勝仙就問：「賢姪，這位道爺是誰？」秦魁說：「這是我師父混天老祖，教給我練『金鐘罩』、『鐵布衫』。」這個老道會妖術，就在這裡住著，他會配各樣的耍藥，金槍不倒，美女自脫衣等藥。秦魁雖愛練，可也是酒色之徒，故此拿老道敬如上賓。立刻給王勝仙一引見，說：「這是我師父，他老人家善會呼風喚雨，撒豆成兵，搬山挪海，五行變化，前知五百年，後知五百年，能掐會算，善曉過去未來之事。」王勝仙說：「這就是了！」秦魁說：「叔叔今天從那來？」王勝仙說：「別提了！我原本要上金山寺去出善會，走在江口，碰見一個美貌的女子，船上插著海潮縣正堂的旗子，我要上他船上去，不想被他手下一個能人，將我踢下江去，幸虧我命長，也不知怎麼會上來了。鎮江府知府趙翰章趕上這件事，我跟他一道名姓，他倒反打了我四十板子，我這口氣不出，美人也沒得到手。這個美人我真愛的了不得，我來找你，給我想個主意。」

旁邊混天老祖哈哈一笑，說：「這乃小事一段，大人打算要這個美人容易，我去施展法術，將他帶來，不費吹灰之力。」王勝仙一聽，喜出望外，說：「祖師爺要真能把這女子給我得來，我必有重謝！」老道說：「既然如是，大人等著，我去去就來。」老道出了葵花莊，在江口一等，工夫不大，見海潮縣這隻船來了，老道口中，念念有詞，立刻一陣狂風大作，老道上船將婆子丫環殺死，在小姐天靈蓋上打了一迷魂掌，小姐糊裡糊塗。老道施展法術，風裹著把小姐帶回來，交與婆子。叫婆子給燒了一道符灌下去，等小姐明白過來，慢慢勸解。老道來到大廳說：「王大人，我山人已將美人給你得來。」王勝仙千恩萬謝，在大廳擺酒，大家開懷暢飲。依著老道，今天先不叫王勝仙跟小姐入洞房。王勝仙喝醉了，一定要入洞房，如其那女子不依從，今天叫人把他綑上，也別管他答應不答應。老道說：「既是王大人今天要入洞房，如果他不從，我給你一粒藥給他吃了，管保叫他自相情願。」王勝仙樂的了不得，趕緊叫家人先去問問婆子勸的怎麼樣，答應沒答應。家人來到這院中方要說話，見地下四個婆子被殺，家人連忙跑到大廳，說：「可了不得了！那院裡四個婆子都死在院裡，被人殺了！有一個人進了屋子。」秦魁一聽說：「趕緊叫二位護院的拿賊，別放賊走了。」他這家中兩個護院的原是西川路的兩個賊，一個叫雞鳴鬼全德亮，一個叫造月蓬程智遠，家人給一送信，二人各拉兵刃，吩咐鳴鑼聚眾，一直來到東跨院。

安天壽在屋中找小姐沒有了，找了半天，方轉身出來。全德亮一聲喊嚷：「好賊！你往那裡走？」安天壽一看，見全德亮頭戴翠藍色六瓣壯士巾，上按六顆明珠，身穿藍箭袖袍，腰繫絲鸞帶，單襯襖，薄底靴子，面似薑黃，兩道短眉毛，一雙三角眼，鷹鼻子，兩腮無肉，手擎一條花槍。後面跟定一人，頭上紫緞色壯士帽，身穿紫箭袖單襯襖，薄底靴子，手擎一把鋼刀，紫臉膛，一臉的花斑，凶眉惡眼，怪肉橫生。安天壽見小姐沒了真急了，當時一順手中刀說：「好賊人！你等施展什麼妖術邪法，把我家小姐搶來？今天安大太爺把爾等刀刀斬盡，劍劍誅絕。」全德亮趕上前，抖花槍照定安天壽哽嗓咽喉就扎。安天壽用刀往外一撥，賊人往回一撤槍，反槍照定前胸刺來，這條槍三花九擺，金雞亂點頭。安天壽刀法純熟，門路精通，急架相還，程智遠擺刀過來協力相幫。手下惡奴各掌燈球火把，齊聲喊嚷。安天壽一看人多勢眾，打算要走。秦魁同老道趕到。老道見全德亮、程智遠兩個人拿不了安天壽，老道說：「二位閃開，好小輩！放著天堂有路你不走，地獄無門自找尋！待山人來拿你！」全德亮二人往旁邊一閃，老道口中念念有詞，說聲「敕令！」用手一指，將安天壽定住。程智遠擺刀要殺，老道說：「別殺，綑上他帶到前面，細細的審問審問。」他這才立刻將安天壽綑上，搭著來到大廳。

王勝仙、秦魁、馬明，同老道在上面坐定。老道說：「你姓什麼？叫什麼？來此何幹？趁此實說！」安天壽把眼一瞪說：「你家大太爺行不更名，住不改姓，我姓安名叫安天壽，綽號人稱獨角蛟，我乃是海潮縣三班都頭。只因你等為非做惡，施展妖術邪法，搶我家小姐。我奉我們老爺堂諭，前來尋找我家小姐。大太爺既被你拿住，殺剮你給我快行。」秦魁說：「祖師爺何必還細問他，把他殺了就完了。」正說著話，忽聽後宅「噹噹噹」鋲響一陣，秦魁一聽一楞，每逢宅內有緊要事才打鋲。正在一楞，婆子來到前面大廳，慌慌張張說：「莊主可了不得了！後宅鬧大鬼，把大姨奶奶二姨奶奶全嚇死了，你快去瞧瞧罷！」秦魁一聽說：「這事奇怪！你我同去瞧瞧去！」全德亮，程智遠說：「這必是綠林人裝神弄鬼。」秦魁立刻叫兩個家人在大廳看守安天壽，秦魁同王勝仙、風月公子馬明、老道混天老祖，帶領雞鳴鬼全德亮，造月蓬程智遠，大眾一同直奔內宅。秦魁自己到屋中一看，眾姨奶奶全都死過去了，人事不知。秦魁叫了幾個大膽的婆子，把大姨奶奶、二姨奶奶攙扶起來，慢慢的呼喚，好容易才還醒過來。

老道交給秦魁幾丸定神藥，拿陰陽水化開，給眾位姨奶奶喝下去，定了定神。秦魁說：「眾位姨奶奶是怎麼一段事？全都給嚇死過去？」大姨奶奶說：「我等在燈下跟婆子丫環說著話，等候公子爺過來安歇。忽然間由外面進來一個大鬼，身高有一丈，五色臉大腦袋，衝著我們一晃，嚇的我們全糊塗了，也不知這鬼那裡去了？」秦魁一聽，氣得哇呀呀怪叫如雷，說：「好鬼！膽敢攪鬧我的家宅不安！爾等趕緊給我尋找，找著把他碎屍萬段！」眾家人點上燈籠，各處尋找，前前後後院中都找遍了，並無蹤跡。這才來到後面，說：「莊主爺！我等都找遍了，並沒有！」雞鳴鬼全德亮、造月蓬程智遠兩個人本是綠林人，什麼事瞞不了他們，這兩個人在綠林中什麼事都做過，蹲到水坑裡就裝龍，抹一臉鍋煙子，就裝竈王，那行人知道那行事。程智遠說：「莊主爺！你老人家不知道，這決不是鬼，必是安天壽的餘黨。」秦魁說：「我也明白，光天化日，朗朗乾坤，那裡來的鬼？這乃是無名的小輩裝神弄鬼，要是好朋友就不該跑。好鬼狗狼養的，嚇壞我的愛妾！」秦魁站在院中破口大罵，焉想到英雄俠義，就是不聽人罵，忽然房上答了話，一聲喊嚷，聲音洪亮，說：「好囚囊的！你先別罵，大太爺本不是鬼，只因你等為非做惡，無故搶擄良家的婦女，大太爺乃俠義英雄，專殺土豪惡霸，贓官佞黨，搭救義夫節婦，孝子賢孫。今天特意前來結果爾等的性命。」雞鳴鬼全德亮、造月蓬程智遠說：「你下來！」當時由房上跳下二位驚天動地的大英雄。不知來者是誰？且看下回分解。

第二百四十回　雷陳奉命救善良　濟公功滿歸靜慈

話說藍面天王秦魁破口一罵，由房上答了話，跳下兩個人來。一位頭戴紫壯帽，身穿紫箭袖，腰繫絲鸞帶，單襯襖，薄底靴子，面如藍靛，髮似硃砂，押耳紅毫；一位穿藍翠褂，壯士打扮，白臉膛，俊品人物；各擎鋼刀。來者非別，正是風裡雲煙雷鳴、聖手白猿陳亮。這二位自從前者由京都完了官司，同馬兆熊、秦元亮各自回家。雷鳴、陳亮在家中閉門度日，不肯出來，看破了綠林道。前者接著濟公的請帖，濟公在金山寺辦善會，這兩個人不能不來。二人備了二百兩香資，來到金山寺給濟公幫著應酬施主。濟公把雷鳴、陳亮叫在一旁，說：「你二人給我辦點事。」雷鳴、陳亮說：「師父有什麼吩咐？」濟公說：「你二人不用在廟裡幫我張羅，你二人趕緊到葵花莊去。現在秦相的兒子秦魁，把海潮縣知縣的妹妹張金娘搶了去，有一個三班都頭安天壽去救他們小姐，你二人去幫著，把小姐救出龍潭虎穴。只要把人救出來，可千萬別招惹秦魁他等。他那裡有個老道，你二人可不是他的對手，千萬不可跟他交手。倘如你二人闖出禍來，我這裡甚忙，可救不了你們！」

雷鳴、陳亮點頭，二人出了金山寺，坐船到了葵花莊來上岸，天已黑了。二人上了岸，施展飛簷走壁，到秦魁家中一瞧探，見大廳裡眾人喝酒談話，雷鳴、陳亮都聽明白了。二人各處一尋找小姐，找到東跨院北上房，屋中婆子正勸解姑娘。雷鳴、陳亮在房坡爬著，往下瞧見安天壽，正使調虎離山計，往外叫婆子，把四個婆子都殺了。雷鳴、陳亮有心進去救小姐，又一想男女授受不親，人家是未出閨閣的女兒，二人正在心中猶疑，見安天壽進了屋中，呵了一聲，說：「小姐那裡去了？」雷鳴、陳亮一想：「這是什麼人？走在我們頭裡。」二人趕緊就追，直追出莊子也沒趕上。就聽莊內人聲吶喊，二人復又回來。見安天壽跟全德亮、程智遠動了手，殺在一處。少時見安天壽被老道拿住，依著雷鳴就要下去。陳亮說：「二哥別莽撞！師父告訴不叫你我下去動手，不是老道的對手。你我別碰釘子。」陳亮把雷鳴攔住，見眾人把安天壽搭在大廳去，雷鳴說：「你我要不救他，他準得死在惡霸之手。咱們使調虎離山計救他。」這才把隔面具掏出來戴上，雷鳴到宅內滿屋裡一蹿，把眾姨奶奶俱都嚇死。二人在房上看著，見婆子給前面送信，少時秦魁同老道等，都到後面來。雷鳴、陳亮趕緊到前面來要救安天壽。及至來到前面一看，見兩個家人已被人殺死，安天壽蹤跡不見，雷鳴一看就楞了。

陳亮說：「罷了！真是『夜眠清晨起，路上又有早行人！』」二人楞了半天，又到後面一探聽，秦魁一罵，雷鳴惱了，當時答了話，跳在院內。陳亮也說不上不下來了，二人方一下來，雞鳴鬼全德亮趕過來照定雷鳴就是一槍。雷鳴擺刀急架相還。程智遠擺刀照定陳亮劈頭就剁。陳亮用手中刀海底撈月，往上就迎。賊人撒刀分心就刺。陳亮閃身用刀往下就蓋。動手走了五六個照面，雷鳴、陳亮本來能為武藝出眾，本領高強，刀法純熟，全德亮、程智遠二人不是雷鳴、陳亮的對手，二人盡有招架之功，並無還手之力。老道混天老祖口念「無量佛」，說：「好小輩，放著天堂有路你不走，地獄無門自找尋，真是飛蛾投火，自來送死！待山人結果你的性命！」說著話，用手一指，一聲「敕令」，用定神法將雷鳴、陳亮定住。秦魁吩咐綑綁，立刻將雷鳴、陳亮搭到大廳。秦魁一看兩個人俱被殺，安天壽蹤跡不見，氣得顏色更變。這才問道：「你兩個人姓什麼？叫什麼？因何來到我這家中攪鬧？」雷鳴，陳亮說：「大太爺行不更名，住不改姓，我叫雷鳴，人稱風裡雲煙，他叫聖手白猿陳亮，我二人由金山寺，奉我師父濟公長老之命前來，只因你等搶奪燒香的良家小姐，派我二人特來救人。」秦魁一聽，自己一想：「濟公是我父親的替僧，這件事要聲張出去，澈底根究，我搶奪良家婦女，被我父親知道，決不能饒我。要不把這兩個人送到當官去，這家中六條命案也不好辦。」秦魁說：「你兩個人既是濟公叫你們來的，我跟濟顛遠日無冤，近日無仇，我這婆子家人是你們誰殺的？」雷鳴說：「你要問誰殺的人，我二人不知道。」秦魁說：「大概這麼問你，你二人也不實說；來人，把他兩個人吊起來給我打。」

手下家人答應，正要打雷鳴、陳亮，忽聽後宅一陣大亂，眾人喊嚷：「可了不得！宅內著了火了！」秦魁眾人一聽，嚇的驚魂千里。眾人連忙往後跑，幸喜家人多，把火撲滅，氣得秦魁哇呀呀怪叫如雷。再到前面一看，雷鳴、陳亮蹤跡不見，天也快亮了。秦魁說：「爾等跟我追放火的人。」眾人一同追出院子，撲奔村頭，方一出村，只見由對面濟公帶著鎮江府的二十個班頭來了。風月公子馬明伶俐，見事不好，帶著自己的從人竟自逃走。老道一看見濟顛眼就紅了。書中交代：這個老道本是慈雲觀漏網的賊人，乃是右殿真人李樂山。前者由藏珍塢逃走，各奔他鄉，他來到秦魁這裡，自稱混天老祖，在這裡避難。按說就應該改過自新，他還是惡習不改，也是該當遭報。原本濟公昨天在金山寺應酬眾施主，不能分身，收了有七八萬銀子。今天一早帶領本地面二十名班頭，特為來拿老道，老道打算要跑，那如何能行？被濟公用手一指，口念「唵嘛呢叭咪吽！」老道已然不能轉動。濟公派官人把他綑上。秦魁一見不好，先逃進家中，閉門不出。王勝仙連急帶嚇，逃走到家中，臥病不起。只見有無數怨鬼在床前要命。

病了有一個多月，自己就嗚呼死矣。臨安城人人啐罵，都說是該死。這也是他一生不做好事之報，在陽世殺男擄女，欺壓良善，今朝一死，這也是惡報臨頭。

單表濟公拿獲妖道，見秦魁逃走，也未追趕。只見從正南來了幾個人，內中有安天壽同著雷鳴、陳亮。書中交代：安天壽是從那裡來？被何人救去？只因安天壽被人捉住，綁在大廳之上，秦魁帶著群寇妖道，要殺他。雷鳴、陳亮使調虎離山計，後面裝鬼。秦魁等奔後面去，只見從房上跳下來一位英雄，身穿夜行衣靠，面如白玉，粉臉如銀，長眉闊目，準頭端正，唇似塗硃，看年歲二十以外，俊品人物，手執鋼刀。先把安天壽繩扣解開，說：「朋友，跟我來，我特意來救你！」說罷，一飛身躥上房去。安天壽說：「恩公慢走！我還要救我家小姐要緊！」那人說：「你不必狐疑，我已然把小姐救上船去。咱們二人先到外邊，你等候於我，我再去看葵花莊內是何人使調虎離山計。」二人到了外邊，那人說：「安都頭，你在此等我。」說罷，翻身進了莊院，正見雷、陳二人被捉。他到西院之中，放了一把火，烈焰騰空。那邊眾人急忙來救火，趁此那人把雷鳴、陳亮救出來。

到了外邊，一見安天壽，會合一處。安天壽說：「兄臺救我性命，未領教貴姓高名？仙鄉何處？」雷、陳也過去問那人名姓。那人說：「我姓彭名恆，乃江北黑狼山彭家集的人。江湖上人稱八臂勝飛行太保九傑彭恆。只因我尋訪我師父葉德芳，走在此地，聽人說葵花莊險惡無常，無人敢惹，欺壓善良，無所不為。我想結果惡人性命，攪亂他家宅不安，不想到那裡，正遇安頭兒在那裡救姑娘，我一見動了一點惻隱之心，我先把小姐救出來，我也不顧避嫌疑，把小姐背至外面，一問方知是張小姐，我送至船上。二次來到秦宅，原要殺他滿門家眷，不想我到那裡看見安都頭被捉，雷、陳二位使調虎離山計，我便把你救出來。復又到裡邊一看，見雷、陳二位被捉，我放火把他們調開，我便把你二人救出來。這是已往之事。」說罷，四人共到船上。此時張小姐要尋死，丫環奶娘解勸好了。安天壽四人到船，各說各人之事。

天色已亮，聽見正北人聲一片，雷鳴、陳亮四人同下船，到莊外一看。只見濟公捉了妖道，秦魁逃走。濟公告訴雷、陳到金山寺幫我辦事。安天壽謝了濟公等，彭恆告辭，自己去了。濟公同官人到鎮江府衙署，見知府把妖道按律擬罪，解交常州府完案，把妖道就地正法。濟公到金山寺，先派人把徒兒全都叫來。先給孫道全落髮，就在金山寺充當知客僧，悟禪仍回九松山松泉寺廟中。濟公擇日開工，重修金山寺。不到半年，工程告竣，塑像一新。諸事完畢，雷、陳二人回家。

濟公自回臨安城，到天竺山靜慈寺廟中。眾僧接見，方丈德輝說：「濟公你來此甚好。老僧我正盼之際，現在咱們下院報花寺，年久失修。重修那廟，工程甚大，非汝不能募化。此乃是一件好事，功德無量。」濟公點頭答應。在報花寺募化十方，京都在朝文武官紳富戶，都來給濟公書寫緣簿。未到半載之久，化了有數萬兩白銀，從此興工起造，把那廟塑像一新。開光之日，來了三山五嶽之善男信女，不計其數，諸事完畢。

話說濟公仍是走遊天下，到處捨藥，救濟貧人。一日走至錢塘門外，見西岸來了一人，年約三旬以外，青衣小帽，五官清秀，長吁短歎，自言自語，口呼：「蒼天，吾命休矣！」濟公一見，早知其人來歷，佛心一動，說道：「此人乃大孝之人，今身臨絕地，吾若不救，恐他性命不保！」這段節目後，還有二探娘舅，度蓮花羅漢，趙斌葬母，接靈回鄉，頭探小西天，群雄聚會，大鬧落鳳池，黑狼山九傑八雄出世，八魔炸開「子午風雷洞」，二次煉濟公，五雲祖下山怒擺「群妖五雲陣」，五鬼盜銀瓶，十鬼鬥揚州，九僧八道擒韓電，八鬼鬥臨安諸多節目，未能全完。此書因工本浩大，不能全刻，以待再續，不日再版，以為同好者得窺全豹，有始有終，合成全部。

第二百四十一回　顯神通智救張煜　鬥蟋蟀妙法驚人

詩曰：小窗無計避炎氛，入手新編廣異聞；笑對癡人曾說夢，忻攜樽酒共論文；揮毫墨灑千峰雨，噓氣空騰五岳雲；色即是空空是色，槐南消息與平分。

話說續部濟公傳，未能續完，皆因工本浩大，獨力難成，故本局不惜重價，購求全部，以窺全豹。此書正人心，化風俗，循環果報。書中之題名曰：「天理昭彰，陰陽果報。」這八字內，有勸世要言。前部書中，說濟公出臨安門，見對面來了一人，年約三旬，長吁短歎。話說那人，姓張名煜，乃錢塘縣人，在家事母最孝。他妻子劉氏，一家三口度日。張煜在錢塘關天竺街開設小器作木匠鋪。手藝精通，為人誠實，時常在各官宅內作生活，收拾各種硬木桌椅等物。只因在羅丞相二公子宅內作工，常常來往。那日羅勳公子，在客廳派家人收拾蟋蟀，俗名謂之「蛐蟲」，性好鬥。羅公子有一「蛐蟲王」，名叫「王金剛」，每出圈去鬥，必贏些銀子，愛如至寶。張煜過去一看，那蟲由盆中跳出，即時遍找，蹤跡不見。嚇得張煜汗流浹背，眾家人即稟公子。羅勳立刻把張煜綑上，痛打二百皮鞭，氣尚不息，吊在馬棚之內。幸張煜素日為人和順，這宅中家人，替他求限三天，找不得那蟲王，叫他賠銀一千兩，作為罷論，才把張煜放了。張煜回家，拜了母親，又不敢將此事告訴母親妻子。自己思想：「無法湊辦這一千兩銀子，倘若羅公子惱了，也是被他打死了。」要尋短見，又想老母妻子，無人照看。愁腸萬種，由家中到了他小器作鋪內。有伙友劉連見他愁眉不展，連忙問道：「張兄，你不在羅府作工，因為何故愁悶？」張煜亦不肯吐露實情，說道：「羅府中生活亦完了，今日特來找你，咱們二人吃酒商議一事，我把這個買賣，給你作了，我一文錢也不要，只要你每日給我送母親的日用。候我回來，你我再算。我要同人出外，辦些楠木。」劉伙計也很願意，二人吃了一回悶酒。

張煜自己出了鋪子，想想：「老母有人照著看顧，我今作不孝之人。莫若我跳入西湖一死，也就完了；若要不死，三天限滿，我又無銀子，羅公子焉能饒我的？他勢力壓人，又惹不起。」自己來到西湖邊，說道：「蒼天呀！蒼天！我亦顧不得生身母親！我今投西湖一死，作為水中亡魂，河內怨鬼。」自言自語之間，忽見後面來了一僧人，光頭短髮，僧衣不整，酒醉瘋癲。來到切近，張煜一看，認得是濟公長老活佛，夢化過皇太后，臨安城軍民人等，皆知是一位高僧。張煜連忙行禮，說道：「濟公，你老人家從那裡來？」聖僧鼓掌大笑，說：「你跟我來，我救你今日之急。」張煜方要叩頭，細說從前的原故，濟公擺手說：「我都知道。你跟我來，你腰中帶著那三百多錢給我。」張煜把錢給了濟公，跟在後面，走到中天竺街，見那邊有賣蛐蛐的，買了三個，放在僧帽內，帶著張煜，往東走來。到一座大酒飯館門首，抬頭看上面字號，是「望江樓」。酒帘飄飄，旁寫的「應時小賣，內有雅座」。濟公告訴張煜如此如此，說罷，轉身進了酒館，一直往後，到了後院雅座之外，見有十幾個家人，是羅相府的，在那裡站立。一見濟公同張煜來，彼此都認識，說：「聖僧來此何幹？」濟公說：「我要見你家公子。」家人進去回話。

羅勳素日也知道濟公，連忙請進來，見禮已畢，問：「聖僧來此何事？」濟公說：「為張煜而來。他給你放跑了一個蟲王，我找著了，替他送來。你把他饒了罷！」羅公子說：「濟公說情，只要有好蟋蟀給我找著，我可不與他作對了！」濟公從袖中掏出一個蛐蛐，腦項甚大，皮色又好。公子一見，甚喜，說道：「這個可是好，但不知能鬥否？」濟公說：「我的這蛐蛐能鬥公雞！」羅勳哈哈大笑，說道：「聖僧，別說笑話，那有蛐蛐能鬥公雞之理？如要能鬥雞，我輸給你一千兩銀子！」濟公說：「如不能咬敗了雞，我給你一千兩銀子。我這蛐蛐，名叫『金頭大大王』，還有兩個也是好的，一個叫『銀頭二大王』，一個叫『鎮山五彩大將軍』。」羅勳聽了，心中半疑半信。叫家人到外邊，買了一隻大公雞來，放在地下。濟公把蛐蛐一指，也放在地下。那雞最愛吃這些東西，一嘴啄去，並未啄得著。那蛐蛐一跳，即跳在公雞頭上，一口咬住雞冠之上，咬的那雞咯咯的只管叫。羅勳大喜，連忙親自把蛐蛐取下來，賞玩了多時。說道：「聖僧，我也不叫張煜賠我的蛐蛐了。你老人家這三個蛐蛐皆賣給我罷。」濟公說：「我就賣給你，給我兩個的銀子。那一個算我替張煜賠你。你就給我二千銀子，替我送到靜慈寺，給那些窮和尚換換衣服。」羅勳滿口應允，立派家人往靜慈寺送銀子去。濟公把三個蛐蛐皆給了羅公子，即叫張煜來，當面說明了，張煜千恩萬謝去了。濟公也自回廟不表。

單說那羅公子得了三個蟲王，那日在秦宅同眾惡少年賭賽，贏了幾百兩銀子，回到家中，把這三個蟲王放在內書房桌上，派人照看他。偶一失神，那三個蟲皆跳出，落在地下，遍找無蹤，急的他抓耳撓腮。忽聽見在牆壁之中，叫人撤牆；把牆拆完，遍尋無有。又聽見在那北上房臺階之內；立派人起了石頭，自謂可以找著。左折右折，蹤跡全無。眾家人正忙了三天，把羅相府的西院撤了有八十餘間，並無下落。這才叫人去到廟中找濟公。誰知濟公自那日回廟，見了眾僧，方丈德輝說道：「有人替你送來二千兩銀子。」濟公一笑說：「留著廟中辦公事罷。」過了一日，濟公下山，進了錢塘門，往正前走，自己信口作歌：

人生百歲古來少，先出少年後出老；中間光景不多時，又有閒愁與煩惱。月過中秋月不明，花過三春花不好；花落花開能幾時，不如且把金樽倒。世上財多用不盡，朝內官多做不了；官大財多能幾時，惹的自己白頭早！

濟公正唱山歌，只見從對面來了一人，身高九尺以外，膊闊腰圓，頭帶青壯巾，身披青大氅，足登快靴，面似烏金紙，黑中透亮，環眉虎目，半部鋼髯。一見濟公，連忙叩頭說：「師父你老人家從那裡來？弟子正自愁悶！」聖僧一看，原來是趙斌，綽號探囊取物，乃是濟公的徒弟。問道：「趙斌，你因何故，這等的模樣？」趙斌歎了一聲，說道：「一言難盡！只因老母病復發，醫藥不效，半載之久，我在家中侍奉，銀錢衣物，當賣一空。昨日我母親已死，我窮困至此，連棺材葬殮，全不能辦。打算找幾個朋友，又未見著，此事該當如何？」濟公說：「你往家中等我，我去給你抬一口棺材來。」趙斌亦知道濟公神通，連忙答應，自己回家，等候濟公。約有兩個時辰，聽見外邊說：「到了，抬進去罷。」趙斌到外邊一看，是二十四個人抬著，後面跟著聖僧。看那壽材是沙木的十三元，外邊漆的光亮。書中交代：濟公是從那裡找了這口棺材呢？只因趙斌去後，聖僧到了秦合坊的東邊小胡同內，路北大門裡邊，房舍整齊，亦似官宅內的樣式。聖僧站立門首，正往裡看，只見從裡院出來一位管家，一見濟公，慌忙施禮，說：

「聖僧長老，你來此何幹？」濟公說：「我來找你家主人，快叫他出來見我。」那家人說：「我家主人今日不能會客，只因我家主母，病體甚重，看看要死，已派人去抬棺材了。」濟公說：「我正為你主母之病而來，彈打無命鳥，藥治有緣人。」那家人聽了，連忙說：「好好！我去叫主人出來說罷！」轉身入內走到禪院，說：「主人！外邊來了濟公長老，要給我主母治病。」這本宅主人，乃秦相府管家，名叫秦安。只因結髮之妻韓氏，老病復發，看看垂危，已請過無數的名醫，皆未能治好，今日派人到三官廟內抬壽材去了。這壽材是早已買的，漆過十數次，在三官廟內。秦安正在室中，見韓氏已經嗚呼哀哉，正自悲傷，只見家人連陞進來，說濟公來給主母治病。秦安知道聖僧的神通，迎接出來。讓進內宅書房，行禮已畢，說道：「你老人家來遲了，吾的妻室已死，如何是好？」濟公說：「我要早來，又不顯我的能為。我把你妻子治活了，你謝我什麼？」秦安道：「你老人家吩咐，我總聽命；只要人活，要什麼我都給你。」濟公說：「你給我那口棺材罷，我立刻把死人治活了。」秦安應允，請濟公到上房內，只見韓氏躺在床上，眾人正要掛引魂旛，燒引魂車。聖僧把眾人止住，用手一指，口念真言，施行佛法，大展神通，把死人治活。正是：「閻王造定三更死，誰人留得到天明？」要知後事如何？且看下回分解。

第二百四十二回　濟公施法助孝子　趙斌葬母會群雄

父母恩情重，國家法度嚴；聖賢千萬卷，百善孝為先。施恩不望報，受害莫結冤；且做癡呆漢，頭上有青天。

話說濟公長老用手一指韓氏，口念「唵嘛呢叭咪吽！」六字真言，那韓氏忽然呻吟，說：「來人！快給我取茶來吃，我渴死了！」秦安一見，忙向聖僧叩頭，說：「多謝羅漢活命之恩！」濟公說：「不必謝，你把那口棺材送給我罷！」秦安說：「亦好！」正說之間，聽見外面香尺響，外邊家人來回話，說：「抬棺材來了。」濟公說：「我就走了，叫他們跟我抬去。」秦安送出大門，叫家人跟著抬棺材的送濟公去，回頭這裡領錢。眾人答應，隨著濟公到了青竹巷四條胡同路北趙斌門首，叫人抬進去。趙斌連忙叩頭，求眾人幫助入殮已畢；只聽外邊有人說道：「你們快把棺材抬回去，咱們主母喝了一碗茶，說了兩句話，仍然死了！秦爺派我追來說：『濟公騙了咱們的棺材去了。』」眾家人說：「那是白說的，這裡已然成殮完了，誰敢再把死人倒出來呢？」濟公說：「你們回去對秦安說，我化了他這口棺材了，叫他再買罷。」眾人無奈，只得回去了。

趙斌千恩萬謝，說：「師父成就我，我想要送靈柩回故地，又沒有錢，我的朋友親戚，都在原籍江西，此地吾並未有深交之人，我老母一死，連一個弔祭之人皆無。」濟公說：「那有何難！少時自有人來弔喪。」趙斌說：「有錢難買靈前弔，我先去買的紙錁❶來燒了。」濟公說：「你別走，有人來祭靈。」趙斌一看，只見從外面來了一人，青衣小帽，年約半百，相貌魁梧，是買賣人打扮，並不認識，手拿紙錁進門就哭。到了靈前，行完了禮，扶棺大哭，說：「老太太呀！痛死我也！」趙斌陪祭。書中交代：來者那人姓張名文瑞，在這胡同口外開雜糧店，今日吃完了早飯，正在門首站立，忽然打了一個寒噤，說道：「這巷內死了人啦！我去弔孝！」買了份錁，來至趙斌家中，進門就哭，悲從心來。正在哭著，從外面又進來了兩個人，是做小本經營的。到了門首，放下擔兒，買了些紙錢，來院內祭了靈就哭，趙斌也不認識是那裡來的。不多時，又來了十數個，士農工商俱有各送錁，都是上祭，一片哭聲。濟公把驗法一撤，那張文瑞等止住哭聲，一想說：「我與這孝家，並不認識，素無來往，今日無故來此弔祭，是何原故？心中一迷就哭了，這般痛苦，真乃奇怪。」想罷自己去了。那些人一一明白過來，眾皆去了。

只見從外進來一人，頭帶寶藍色紮巾，迎門茨菇葉高擊，身穿粉色戰袍，腰束皮帶，藍色中衣，足登薄底靴，外罩藍緞英雄大氅；面似美玉，眉分八彩，目如朗星，四字口，三山得配，五岳停勻，海下三綹黑鬍鬚，飄灑在胸前。先給濟公叩頭，施禮畢，方與趙斌講話。來者那人，是威鎮八方夜游神楊明，自從前者拜別濟公回家，他在玉山縣振遠鏢局內，自己照料，亦不管閒事，惟時常有朋友來訪。這日楊明回家，到了鳳凰嶺如意村，直至老母房中請安，他妻滿氏，女兒英姐，兒子芸郎，一家五口，使喚有家人楊安、楊順，楊安之妻朱氏，楊順之妻何氏，皆過來見了主人。老太太問楊明道：「兒呀，你這鏢

❶紙錁：紙摺的冥錢。錁，音ㄎㄜˋ。

行生理如何呢？」楊明說：「托母親之福澤，生意甚好。」老母說：「你做這行買賣，皆你師父之力。你師父已死，尚有師母，師弟趙斌呢？你當時常照看他母子才是。」楊明說：「孩兒久有此心，只因這二年，公事私事太忙，未能到臨安看望。昨日我族弟楊順來家，他說聽人傳言，我師母師弟等在臨安受困，我亦想著要去看看，順便把師母師弟接來。我就帶師弟趙斌保鏢去，亦是一條好路。」老母說：「吾兒應當如是。不知你幾時起身？」楊明說：「兒定於後日初六日起身。」說罷，家人楊安之妻朱氏擺上飯來。楊明同母親吃完了飯，又把家中之事，都吩咐了。

這日起身，由九江府坐船到杭州，在錢塘門外上岸進城，逢人便問。來至青竹巷四條胡同路北，路中聽見有人悲哭，好似趙斌的聲音，又看見濟公在那院內說話，楊明進去一問，方知是師母去世了。哭拜一回，方與趙斌商議，要接靈回江西辦喪事。趙斌說：「我正愁無錢，兄長來此甚好。」楊明說：「濟公師父，我聽人說，不在靈隱寺廟住了。」濟公說：「我在靜慈寺廟中；西湖三教寺，我徒弟悟真在那裡，我亦不長在廟中。你二人回江西甚好，我還要訪一個故友。」濟公說罷就去了。楊明、趙斌，把這裡諸事辦好，雇了一隻船，把靈柩抬到船上，順風相送。非止一日，那一天到了玉山縣，把靈柩抬到如意村楊明的東院內停好。先派人到三十六友之中的朋友處送信，定日開弔，高搭蓆棚，請高僧高道念經。

那日來的是：黑虎海怪鐵面夜叉馬靜、探海鬼馬誠、飛天火祖秦元亮、立地瘟神馬兆熊、千里腿楊順、登萍渡水陶芳、踏雪無痕柳瑞、順水推舟陶仁、摘星步斗戴奎、矮月蜂鮑雷、追雲蕪子姚殿光、雷天化、孫明、孫亮、韓龍、韓慶、雷鳴、陳亮、石成瑞、郭順、黃雲、陸通等，皆是金蘭之友。眾人商議，念七七四十九日的經，然後破土安葬。先把趙斌家的老塋地栽種了樹木，眾人戴孝，連楊明的親友，也來弔祭。卻忙了幾天，把經念完，擇日安葬之後，趙斌看墳守廬，柳瑞時常陪伴。

楊明把眾人留在家中說：「自你我兄弟結拜，也算是小聚會；今日我治酒，大家宴樂三天，再分手各自歸家。」馬靜、黃雲等，亦甚願意。這日早飯方完，只見家人慌慌張張進來回話說道：「主人可不好了！外邊來了玉山縣知縣葉大老爺，同著城守營兵馬都監陸老爺，帶著好幾百官兵，來至此處，把咱們宅院圍了。」楊明一聽，說道：「無妨！我到外面看看！」自己到了門首，只見無數官兵，各執刀鎗器械，說：「別放跑了楊明。」知縣坐轎亦到門首，轎子放下。楊明說：「別要嚷！我並未做犯法之事。」過去跪在轎前說：「小民楊明，迎接父臺大老爺！」知縣葉開甲一看楊明，認識是開振遠鏢局的東家，由湖北給老爺接過家眷。再者楊明在這玉山縣一帶等處，村童野叟，盡皆知名。那城守營都監陸金標，素與楊明相善。今日一見楊明，不念故舊之好，先叫兵丁把楊明圍住。知縣說：「先鎖了他！」早有衙役何永春，抖鐵鍊把楊明鎖上。知縣下轎，陸老爺下馬，帶著手下親隨數十名，拉楊明到院內，吩咐：「外面把門官兵，不准放走一人。倘有家人等往外走，急速綑綁了，回我知道。」楊明一聽，心中思想：「我又未做什麼犯法之事，何必這等利害？」總是自己不虧心，毫無懼色，跟著眾人，到裡邊客廳之內。秦元亮等早已看見，回頭向眾人說：「這事蹊蹺，無故把楊大哥鎖上了，你等不可粗魯，有話慢慢說。」馬靜、黃雲亦是這樣說，怕那陸通、馬兆熊等惹出事來。別人還好，惟有萬里飛來陸通，一見楊明鎖上了，他可就急啦！性直口快，大叫一聲：「氣死我也！我楊大哥犯了什麼王法？你這些害民賊，真正強盜你們拿不住，反把好百姓鎖了當賊，我不管什麼狗官，一棍打死就完了。」說罷，抄起那一百二十觔❷

❷ 觔：通「斤」。

重的鐵棍，過去要打。嚇的眾人往後倒退。黃雲說：「賢弟不可無禮，快把鐵棍放下。」陸通說：「我怎麼無禮？他無故鎖好人，我還饒他呢？」楊明說：「陸通不可！凡事自有公論。」

那知縣葉開甲一看這些人，面分青紅黃白紫綠藍，凶眉惡眼的人多，全不像安善之人。回頭叫快手劉永、張明：「先代我把這些人拿下，不准放走一人。」楊明說：「回稟老爺，我犯了國法，我一人承當。那些人都是我的朋友，亦有鏢行同事人，我給師母開弔，他等前來弔祭，何必牽連好人？」知縣說：「那裡有好人？本縣為官，上不欺君，下不虐民，自到任二年之久，我一秉大公辦事；你明明開鏢局為業，暗中影射匪人，窩藏大盜，你等所做之事，本縣全皆知曉，你還敢說他等是好人呢？劉永、張明，快把那些匪人鎖上！」旁有數十名官兵頭役，抖開鐵鍊，把秦元亮、馬兆熊、雷鳴、陳亮等，俱皆鎖上。陸通被楊明說著，亦不敢嚷鬧。知縣與陸金標坐在大庭之上，兩旁官兵衙役伺候。知縣說：「帶楊明上來跪下。」葉大老爺說：「楊明你可知罪？」楊明說：「小人是安善良民，守分百姓，開設鏢局，安分求財，素日並不敢滋事。今日老爺來此，把小民捉住，如拿強盜的一般，我亦不知所因何故，求老爺明示，我那一件事做錯？小人好領罪！」那知縣微微一笑說：「你家中窩藏這些形跡可疑之人；你所做之事，還不實說？你殺傷人命，搶去女子，還把本縣印信盜來，你還敢強辯呀？」楊明聽了知縣這些話，自己不解其中原故，說道：「老爺，我殺人搶人盜印，有何為憑？」知縣說：「有憑據，你不必慌忙，我給你一個對證。」正是：「福來未必先知道，禍到臨頭自不知。」要知後事如何？且看下回分解。

第二百四十三回　鄧素秋落鳳池避難　周公子勾欄院逢妓

放下琵琶便舉觴，曉風殘月九秋霜；歌聲好似并州剪，要斷人間未斷腸。

話說知縣葉開甲審問楊明殺人盜印搶人之事，楊明原是忠正之人，平日做事又謹慎，不知這禍從何而起，說：「求老爺明示，我殺人盜印，有何憑證？」知縣說：「有憑據！」先派人搜察楊明的箱櫃。楊明說：「大老爺要搜我印信，如搜得出來，小的認罪。如搜不出來，該當何如？」知縣聽了大怒，說道：「好狗才，本縣要訪察不真，亦不能把你鎖拿。」叫親隨家人，并那些官兵人役，即往各房箱櫃內細細搜找。及搜到內宅老太太房中，楊明跟著，只見從木箱之內，搜出一個包袱來，外面透出血跡，打開一看，裡面是一個人頭。楊明一見，嚇得戰戰兢兢，汗流浹背，說道：「此事真奇怪了，我這木箱之內，那裡有這件東西？」知縣看見是人頭，心中更有主見。又派人把院內的栽花缸，俱是移開，叫按著放花缸之處，挖下去尋，及挖在第三個地方，由土內拉出一個紅綢包兒，打開一看，裡面是玉山縣的印綬。楊明一見，呀吓一聲，魂驚千里，這叫「閉門家中坐，禍從天上來」。連那三十六友之內的朋友，都驚得呆呆發楞。

書中交代：楊明這件事，皆因自己威名素著，結下了寃仇，那仇人使這移花接木之巧計。只因玉山縣東門外，有一個勾欄院，開院的叫賈正，他妻鄭氏，那鴇兒很積下些銀錢，為親生的女兒素梅死了，那鴇兒愁腸萬結，因沒有本錢了，同他老頭兒賈正商議了買一個女人。賈正託人各處訪找，要色技俱佳者才買呢。這一天有東門外開萬順寓的尤伙計，名叫尤奎，在店中當小二，為人最機靈，亦時常同店中客人往這行院來的，知道花鴇兒夫婦兩個要買好女人，他特來尋賈正。到了院中，見了賈正說：「賈大哥！你要買好女人，我給你辦這件事。我們店內，住著一位被參的官長，姓鄧名叫文元，他來到店內就病了，昨日死了。就是一個女兒，名叫鄧素秋。這官長一死，欠下我們店飯帳不少，又沒錢殮屍葬埋。昨日那姑娘，託我母親代他找個人家，就是做妾，他亦願意！我想你我這樣交情，特來與你說知。你要買了，定是一股好財呢。那身價還不貴，只要二百兩銀子。你要買，到那裡先看看，然後再議，千萬別露是勾欄的風聲。」鄭氏同賈正二人甚喜，說：「我要買妥，必要謝你的。」那尤奎說：「咱們先走到那裡看去。」

　　三人到了店東小院之內，北房兩間，屋裡躺著死屍。尤奎同二人進房來說：「鄧姑娘，我同人看你來。」只見從房內走出一個女子來，年約十六七歲，身材合中，頭上青絲髮，黑中透亮，梳的髻兒如油滑，臉似桃花賽粉白，白中透潤，眉清目秀，鼻直口小，杏眼含情，桃腮紅潤，牙排碎玉，唇若丹砂。身穿舊藍襖，乾乾淨淨；腰繫青綢裙，齊齊整整；微露金蓮，又瘦又小，尖尖的約二寸有餘。真乃是瑤池仙子臨凡世，月宮嫦娥降天臺。賈正夫妻看罷，滿心歡喜說：「姑娘，我夫婦無兒無女，要買個女兒，好度晚年。你要願意，我就給你銀子葬父。」那素秋本是知書明理之人，見鄭氏說的很好，自己也願意。大家說得明白：「買棺材葬父之後，跟著你二位老人家走了。」鄭氏夫妻同尤奎給了二百銀子。那尤奎倒賺了一半，鄧素秋只得一百兩銀子。素秋先還了店飯錢，又買了棺材，做了孝衣，雇人把他父親埋葬後，賈正夫妻二人方把素秋接到院中。素秋一見是勾欄院，自己就要尋短見，放聲大哭。鄭氏說：「女兒，你不必傷心痛哭，我夫妻在這勾欄院，也不是長久之道，不能叫你與那些妓女一般。我給你找一個財主人家，一夫一妻，同偕到老，你也好，我們也好。」苦苦的勸，把素秋勸好了。叫他另居一所院內，北房三間，每日賈正夫妻同他吃飯，彈絃子唱曲兒，哄的素秋感恩不盡，並教他彈絲絃、唱岔曲。

過了有半載之久，這行院中就傳了出去，賈夫妻買了一個女兒，比仙女還姣。那些人給送了一個外號，叫廣寒仙子鄧素秋。

那一日素秋獨在房中，悶坐無聊，自己思想老母早喪，父親又亡，孤苦零丁，身已入在勾欄院之內，舉目無親。自己悲傷之際，信口吟詩一首：

銀紅衫子半蒙塵，一盞孤燈伴此身；好似梨花經雨後，可憐零落不成春！

鄧素秋當此孤燈寂寞，愁腸萬種。天有二鼓之時，半含眼睛，沉沉睡去。次日精神減少，懶言懶語。天有交午之候，只見花鴇兒笑嘻嘻的進來說道：「女兒，今有周公子來訪，要你見，我不能擋住了。他是此處的大鄉紳，他父親做過吏部尚書，現今告老在家；他兄長周鼎，是兵部司官；這個公子是秀才，今年才二十歲，人品又好，就是脾氣大些。咱們開行院的，又不敢得罪他。女兒，若周公子進來，千萬別得罪他。」素秋聽花鴇兒這一席話，便說道：「媽媽，叫我見他是要作什麼呢？」花鴇兒說：「兒呀，你還問我麼？我想要給你找個人家，你終身有靠，比在院中，勝似百倍呢。要是周公子看上你，買你做妾，我也得些錢養老；你到他家，使奴喚婢，自由自在了。」素秋說：「亦好，我就見他。」

花鴇兒鄭氏聽了很樂。到了外面，不多時，同著一位美少年公子進來。頭戴繡花文生巾，身披百花連子袍，面似桃花，白中透潤，潤中透白，目似朗星，兩眉斜飛入鬢，準頭端正，齒白唇紅，步履風流，若似乎胸藏二酉，學富五車。後跟一青衣童子，亦甚俊雅。走到房中，周公子抬頭一看，見正面牆上掛著一軸畫，是半截美人。上有人題詩一首，寫的是：

百般體態萬般姣，不畫全身畫半腰；可恨丹青無妙筆，動人情處未曾描。

兩旁各有對聯一條，上寫的是：

名教中有樂地，風月外無多談。

公子看罷，方才落座。鄭氏送茶過來，叫女兒出來，見過公子。只聽東房內答應，是姣聲燕語，由房中掀簾出來。周魁一看，鄧素秋生的果然美貌。有詞一首贊云：

淡淡梨花面，輕輕楊柳腰；朱唇一點美多姣，果然青春年少。

身穿縞素，一張清水臉面，生的自來潔白，細彎彎兩道蛾眉，水淩淩一雙杏眼，直丁丁鼻如懸膽，小寧寧口似櫻桃，輕搖玉體，慢款金蓮，來至周公子面前，深深萬福。問了姓名，在下邊坐下，那鄭氏就溜出去了。素秋見周公子五官清秀，舉止安詳，開口問道：「公子青春幾何？」周魁說：「吾今二十一歲了。你今年多大年紀？來這院內多少日子？可曾見過人否？」素秋說：「我並未見過人。」就把自己從前之事，說了一遍。二人情投意合，素秋說：「公子既肯憐香惜玉，奴家情願終身相侍。」周公子說：「我家中不能自主，有父親在堂，我娶有妻室，只因去歲死了，要給我續絃，我云非目睹之人，我是不要的。你既有意，我自有安排。叫鴇兒來擺酒，我今日先與你海誓山盟。」鴇兒立刻擺上一桌乾鮮果品雞魚鴨肉等菜，又煖了一壺黃酒，周魁與素秋對飲談心，情投意合，只恨相見之晚。周公子說：「我今雖不能娶你到家中，候我父親百日之後，我定要接你家中去的。我今暫把這西園樓房租過來，給你住了，叫鴇兒雇人伺候，我也時常來往，從此亦不准你再見外人。」素秋說：「我很願意。」又把鄭氏叫過來，對鄭氏說：「我告訴你知道，這素秋我要買他做一個妾，我今不便接到家中，俟我父親百日之後，我即帶素秋回家，現今暫在你這西院樓上居住。所有使費，我先給你三百兩銀子，他屋中應用物件，日用錢鈔，我自給他安置。」

花鴇兒一聽，滿心歡喜，心內說：「只要你不接他出院去，我就好辦。」聽公子說完，他才笑嘻嘻的說：「公子吩咐怎麼好，就怎麼辦。我這院中之事，也不瞞住公子，是都知道的，我那素梅女兒活著之時，還有些闊老爺來盤桓；自從他死之後，雖說前院中有桂紅、蓮青、碧桃、巧雲那四人，也籠不住人，只可混飯吃。我自買來這個素秋女兒，我也不叫他在院中迎賓接客，只要有人娶他，照看我夫妻有飯吃，也就全好了。公子既是這樣吩咐，我就從命。今日是良辰吉日，公子別要走，我今預備一個合歡酒席，請公子多吃幾杯酒呢。」說罷轉身出去，到了外邊，又添了幾樣菜來。周公子派書童青雲，把家人周坤叫到院中來。周公子派他到自己錢鋪之中，取了五百銀子，當時給了花鴇兒三百兩，留下二百兩，給素秋屋中零用。二人吃著酒，周公子看素秋，果然花容月貌，心中甚喜。酒醉性狂，提筆作詩一首，寫的是：

紅苞翠蔓冠時芳，天下風流屬此香；一月飽看三十日，花應笑我太輕狂。

寫罷鼓掌大笑。素秋亦和詩一首，是：

玉砌雕闌花一枝，相逢恰是未開時；姣姿未慣風和雨，囑咐東風好護持。

吟罷，二人又吃了幾杯，天色已晚，正是三杯花作合，酒是色媒人。周公子與素秋共入羅帳。誰想道：「好花偏遇三更雨，明月忽來萬里雲。」要知後事如何？且看下回分解。

第二百四十四回　孽海情牽如幻夢　迷花亂酒受災殃

話說公子周魁與素秋在勾欄院中初會，銷金帳暖，一夜無話。次日天明起來，梳洗已畢，家人周坤從外面進來說：「公子快回家罷，昨日老太爺問下來了，我說公子到朋友家中吃酒作詩，天晚未能回來，怕今日老太爺又要找你呢！」周公子聽了，說：「知道，你去外邊備馬來，我這就走了。」家人到外邊備馬等候。周公子吃了幾杯茶，說：「我回去，明天必來。」素秋說：「今日晚間不來嗎？」公子說：「我也未定。」說罷走了。素秋送至院外，二人分別。

周魁到家中，先去見他父親，說昨日住在朋友家中。周大人說：「兒呀，你此時正當用功，結交幾個同類朋友，也是好的。在一處談談，多長見識。總要與正人來往，勿好遊戲，荒廢了正業。」周魁答應道：「是！」說完，就吩咐：「你往書房用功去罷。」周公子自己到了書房坐下，獃獃的發楞，那有心腸看書寫字，心只記念素秋。這一日在書房中走來走去，坐立不安，到晚間他父親又同他一處吃飯，他更不能分身走了。天晚安歇。次日早起，他對家人說知：「如老太爺問我，說我訪友去了。」說罷，他帶書童青雲，到了東門外落鳳池勾欄院門外。早有花鴇兒鄭氏看見，說：「公子爺來了。昨日晚間我素秋姑娘白等了一夜，叫我在門外看望你。」周魁一笑，說：「我知道了！」進了院門，來到西院中北房內。素秋正自梳洗已畢。這房中花鴇兒又派來一個使女，小名叫櫻桃，十四歲，很機靈，伺候茶水。

周公子與素秋見了，二人蜜語甜言，兩情相洽，又宴樂了一天，這日住在院內。自此之後，時常來往。周公子揮金如土，給鴇兒等賞衣服，製首飾，把素秋打扮滿頭珠翠。光陰似箭，不知不覺過了一年之久。那玉山縣城內外，無人不知落鳳池有一個名妓廣寒仙子鄧素秋，雖未見過的，都知道是周尚書的公子大包家，也無人敢惹他。

這日也該有事，周公子正同鄧素秋在那西院之中吃酒，聽見外邊一片聲喧，只因今晚掌燈之時，來了兩個人，到這勾欄院，要尋花折柳。頭一個年約二十八九歲，頭戴粉色武生巾，雙垂飄帶，身穿白緞箭袖袍，腰繫絲鸞帶，套玉環，配玉珮，外罩粉色團花氅，繡的百蝠鬧蝶，藍綢中衣，足登青緞快靴，面如傅粉，白中透紅，眉清目秀，唇如塗脂，牙排碎玉，正是英雄美少年。後跟那人，年在二十以外，頭戴藍緞六瓣壯士巾，迎門茨菇葉，上嵌六顆明珠，高威威一朵藍絨球，禿禿亂晃，藍綢箭袖袍，藍大氅，青緞快靴，黃白臉面，細眉大眼，鼻直口闊。那二人到了院中，微帶醉態，花鴇兒連忙說：「請至上房裡坐！」那二人到了北上房一看，靠北牆一張條桌，東西各有磁瓶一個，當中擺著一個果盤，裡面放著應時果品。案前八仙桌兒，兩邊各有椅子。牆外掛著一軸挑山，上畫的是「呂洞賓醉臥岳陽樓」，上面題詩一首：

朝游北海暮蒼梧，袖裡乾坤膽氣粗；三醉岳陽人不識，浪游飛過洞庭湖。

兩旁的對子是：

得意客來情不厭，知心人到話相投。

二人看罷落座。鴇兒送過茶來，問：「二位老爺貴姓？」那穿白的武生說：「我姓吳，他姓李，把那上好的妓女，叫出來見我。」鴇兒立刻把桂紅、碧桃、巧雲、蓮青叫過來，只見簾櫳動處，一個個花枝招展，嬝嬝娜娜，香風撲面，一陣蘭麝薰人。站在那二人面前，說：「二位老爺來了，你二位喜歡那房裡喝酒，我們姊妹奉陪。」

那一穿白的武生問道：「那一個是廣寒仙子鄧素秋？」花鴇兒說：「廣寒仙子素秋是周公子的人，在西院裡住著，並不見客，亦不陪酒。」那壯士帶著醉態說：「胡說！那有周公子的人，在這院中度日之理。快把他給我叫來，要銀錢爺爺有的；如不叫來時，我是連人帶物都要打的。」花鴇兒說：「二位老爺說話太操急了！我這裡要有好姑娘，還怕見老爺嗎？這素秋實是不能叫來的。二位老爺，四人不好，請到別院中看看，就知道了。我們這算玉山縣頭一家勾欄院，要到別處更看不上眼了。」那二人聽了鄭氏之言，把臉一變，說：「我好好的與你說，你是支吾？」拿起茶碗來照定花鴇兒鄭氏就打去，眾妓女紛紛倒退。花鴇兒先往外跑，那壯士二人就把屋中物件，連摔帶砸。花鴇兒一聽真急了，跑到西院素秋的房中，說：「公子爺來救命，今日來了兩個人，定要素秋陪酒。我說是公子的人，他開口便罵，把外院上房的物件全摔了，還要往這裡來打公子呢？」周魁一聽，即叫青雲：「你去把我家中鏢丁叫來，先給我打這二人，然後送衙門治罪。」那書童答應，到了外邊，正遇見鏢丁陳泰、秦斌，同著鏢局中四五個人，是振遠鏢局楊明的小伙計，方從酒鋪內吃酒出來。青雲說：「陳師父你們快來，我們公子爺與人打架，叫我來找你們呢！」陳泰一聽，就帶眾人到了落鳳池行院之內，見上房臺階上立二人，連嚷帶罵。這院中賈正也被他打了，躲在屋內，把脖兒一縮，連氣也不敢出。

這秦斌、陳泰同著五六個人說：「什麼人在這裡吵鬧？」花鴇兒同周公子自西院中出來，說：「陳泰，打這兩個忘八的狗才！」那穿白的壯士，躥在院中，就同兩個鏢丁打在一處，那五六個人與那穿藍的也打上了。這院中使喚的人，也幫助動手，只打的落花流水，把二人打的鼻青臉腫，遍體傷痕。那二人一縱身上了屋，說：「好打！好打！你們這些東西，是那裡來的？可有名姓？」那陳泰、秦斌說：「我們是周大人那裡護院的鏢丁。你二人是那裡來的賊徒？」那振遠鏢局幾個伙計說：「我等是振遠鏢局的伙計。」那二人哈哈冷笑說：「罷了！你等倚仗人多勢大，我吳桂自有報仇之日。」說罷走了。周公子把鏢丁叫進來，每人賞了幾兩銀子，說道：「明天你們還來，怕兩個賊人邀人來報仇。」陳泰等答應去了。次日又邀請振遠鏢局的七八個人，一連六七天，亦不見動作，也就不防備了。

周公子自與素秋相交，二人情投意合，如同夫婦一般，亦時常家中走走。見了他父親，就說是在外邊讀書呢，家人都知道公子迷亂勾欄院中的素秋，也無人敢說。周公子在落鳳池有一年之久，花費了銀子足有三四千兩。這日正同素秋在一處吃酒，時逢月半，皓月當空，把樓窗支開，擺了一桌酒菜。二人淺斟慢飲，談心說話。飲至數巡，素秋彈著絲絃，唱了一曲寄生草是：

初相會可意郎，也是奴三幸。你本是丹桂客，誤入章臺。喜的奴竟夜兒無眠，真心兒敬愛你，須要體會奴的懷，莫當做路柳閒花兒看待！

唱罷，周公子滿斟了一杯，說：「先飲這一杯酒，我罰你唱這個曲兒的。我那一樣待你是野花閒柳呢？家中要由我做主，我早把你接至家中，作為百年夫妻！」素秋微笑，秋波斜視，說：「你特地多心了，我早知道，就是一件，你竟在我這裡貪戀，也不讀書用功，豈不把一生之事業也耽誤了？依我之見，你把書籍拿些來，在這裡早晚可用功，你我也不寂寞。將來可望金榜題名了。」周公子心中深以為然，說道：「也好！」正在說話之時，天有三鼓了。只聽房上有人說話，說：「到了，就是這裡！」噗咚一聲，跳下兩個人來。跟從著十五六個，都是馬尾巾，青緞子軟靠，前插單刀，說：「呦！素秋不要害怕，我們刀揀有仇的殺呢！」進了房中，伸手就把周公子抓住，一刀把人頭剁下來。揹起素秋，發了一聲喊，連素秋同周公子的人頭，一并搶去了。要知後事如何？且看下回分解。

第二百四十五回　搶素秋大鬧落鳳池　盜縣印栽贜如意村

話說那伙強盜從屋上跳下來，在勾欄院西院樓上，殺了周魁，搶去素秋，把公子頭帶去。那前院花鴇兒等方要睡，聽見西院喊嚷，賈正夫妻照上燈，到西院樓上一看，只見周公子渾身血跡，素秋不見了。忽見床底下搖動，掀開一看，是使女櫻桃兒，戰戰兢兢，說不出話。定了半晌神，才說出話來。說道：「吓！嚇死我也！我正伺候公子吃酒，從外邊房上跳下來有十數個人，手執單刀，先殺周公子，把素秋姑娘背起來就走了，嚇的我鑽入床下躲去。」鄭氏一聽，魂驚千里。把周公子的書童青雲從外邊叫起來，叫他跟著賈正報官相驗。天明二人到了縣衙之內喊冤。那知縣葉開甲天明用印，印已沒有了，遍尋無跡，不知被什麼賊人盜去。正自愁悶，要升堂派人辦案，忽聽有人喊冤。家人回話，立刻升堂，把賈正與書童帶上來。問道：「為何事喊冤？」賈正不敢隱瞞，把上項之事，一一的實說。書童說：「我家公子在他家，昨晚還好好的，卻不知因何事被人殺死？求老爺作主！」那知縣正問時，周尚書亦知道兒子被殺，遣家人周坤呈告。

知縣先帶刑具仵作衙役人等，先到東門外落鳳池驗屍，到了院中，早已擺設公位坐下，把花鴇兒叫過來問道：「你是賈正之妻鄭氏嗎？」鄭氏答言：「是。」又問：「素秋是你親生女兒嗎？」鄭氏說：「是小婦人親生的，給周公子作妾，在我這西院中住著。」知縣問：「你這西院中是什麼人常來往呢？」

鄭氏說：「除周公子之外，並無人來往。也不知這伙人是那裡來的？」縣官說：「你這婦人不是好人，既無人來往，難道就無故的把周公子殺了，把你女兒搶去？其中定有緣故，你不說實話，給我掌嘴。」打了二十個嘴巴，鄭氏說：「老爺別打，我說呢！那一日來兩個醉漢，在我院中吵鬧，定要見素秋，口中還罵周公子。周公子惱了，叫幾個鏢丁，把那二人打了一頓，也不知道那人是何處的？後也沒有什麼事。不料昨日夜內三更時分，把周公子殺了，把我女兒搶了去。」知縣即刻驗了道路，又驗了周公子屍，是皮吞肉捲一刀之傷。滿身檢驗，並無二處傷痕。仵作驗完了，這才回衙，派張成、劉永二人，帶快手懸一百兩銀賞格，訪拿殺人的凶手，尋找素秋的下落。

二差領命，各處訪拿，並無下落。知縣印綬，又沒有蹤跡。心中愁悶，不知不覺，過了數天。這日知縣到城隍廟燒香，回衙晚飲之後，自己心中思想，要對天祝告，求神聖指一條明路。吩咐家人擺香案，自己沐浴淨身，焚香叩首，說：「信士弟子葉開甲，身授玉山縣正堂，只因失去印信，周公子被殺，搶去素秋，皆是那一夜之事。想賊人去之不遠，求神聖指醒迷津，早完巨案。弟子焚香，叩謝天地！」祝罷方起身，只見北房上邊一片火光，說：「吾神來也！吾神自東海赴會，方歸正路，過這裡信香阻路，吾即按落雲頭至此。」知縣抬頭一看，只見房上一片紅光過處，白霧漫漫，當中顯出一位羽士，是黃冠玄門道教，頭戴青緞九梁巾，身穿黃緞道袍，青護領，杏黃絲絲，背插寶劍，綠沙魚皮鞘，黃絨穗頭，黃絨挽手，手擎一把蠅刷。面如三秋古月，眉長目朗，鼻直口闊，海下三綹髫鬚。知縣看罷，連忙叩頭，說：「仙長慈悲，弟子因失去印信，東門外殺死周公子，搶去素秋之案，並無下落，求仙長指示！」只聽那道人說：「聽吾神道來！」說的是：「玉山縣內有一人，綽號人稱夜游神；一怒殺死周公子，搶去素秋女釵裙。移開花缸有金印，人頭就在木箱存；若問山人名合姓，口口先生號洞賓。」說罷一片白光，形影不見了。

知縣記了這八句話，次日升堂，傳齊三班人役，向下邊問道：「本縣所管之地，可有叫夜游神的綽號之人？」旁邊有快役張成說：「有！本縣城西街，開設振遠鏢局，他的綽號叫威鎮八方夜游神楊明。」知縣聽了，說：「我知道！前者給本縣接過家眷，我看他很老實，他現今在那裡？」那張成說：「他今在如意村他家內給他師母念經呢。」知縣立刻退堂，吩咐三班人役在此伺候，即打發家人前去，請兵馬都監陸金標，調五百兵帶來；又叫外邊點齊三班人役。不多時陸都監來到，相見禮畢。知縣就把失印殺人搶人兩案，求神仙指路的話，說了一遍。陸都監說：「兄臺此事須要謹慎，我知楊明開設鏢局多年，素日奉公守法，並不滋事。」知縣說：「神仙指路，萬不能假，你我走到那裡，見機而作就是了。」走到裡面，又把秦元亮等三十餘名，全皆鎖上。由木箱之內，搜出周公子的人頭一個。花缸底下，挖出金印。嚇的楊明面如土色，不知此物從何來的。知縣道：「這人頭印信，是從你家中搜出來的，你快把大鬧落鳳池，殺死周公子，搶去素秋放在那裡，快招來，免得受刑！」楊明說：「求父臺大老爺格外施恩。我素日奉公守分，並未作犯法之事，這定是別處賊人做了此案，移禍於我。我在家中，給我師母開弔念經，這些朋友，皆是鏢行之中務本分之人，求老爺把他等放了，治罪於我罷了。」知縣一聽，冷笑說：「好楊明，本縣從你家中搜出人頭印信，你還這樣強詞巧辯，帶回衙中再問。」知縣同陸都監帶兵役人等，押著楊明等眾人，回至玉山縣衙中，先派人把周公子的頭送去。這玉山縣城內城外，哄動了一時，都說楊明殺人盜印之事。周尚書遣家人復遞稟呈，求知縣給公子報仇。

知縣升堂，帶上楊明來，跪在堂下。知縣說：「楊明，你把素秋搶去，放在那裡？快快實說！你與周公子因何故結仇？只要說實話，我可法外施仁救你。你要不說，贓據現在，你想想看，焉能饒你？」楊明說：「小人實係冤枉，我從來並未到過落鳳池勾欄院，而且與周公子並不識面，叫我怎麼招供殺人盜印？老爺與小人無冤無仇，我盜印何用？」知縣道：「胡說！好言問你，萬不肯招！取夾棍伺候！」把楊明夾起來再問。可憐楊明受這樣刑法，忍死不招，並無口供。又把黃雲、秦元亮、馬靜等帶上堂來一一的訊問，他等眾口一詞，都是來弔祭的，並不知殺人盜印之事。那知縣問了一堂，把眾人都釘了手銬腳鐐，鎖押入獄。楊明到了獄中，早有這衙門書差人等，送茶送飯送點心，託人情來看楊明，探問這官事根由。楊明素日為人好義，都知道這事冤屈，又無處下手給楊明辦理。

至次日早，有踏雪無痕柳瑞字春華，他與趙斌送飯，在墳地談了一日。天晚回如意村，到楊明家中，只聽得裡面哭聲隱隱，家人楊安說：「柳大爺，你快逃命罷！我們大爺同各位大爺全被玉山縣知縣鎖去了。」柳瑞問道：「因何故鎖去？」楊安把知縣搜出人頭印信之事，說了一回。又把落鳳池殺死周公子搶去素秋之案，從頭至尾，述說一回。柳瑞即到裡邊勸了老太太與嫂嫂，叫家人楊安好好照看門戶，「我自有救眾人之法。」說罷，自己轉身出了大門，直奔玉山縣而來。進了縣城，先到振遠鏢局中，問眾伙計：「楊大爺官事如何？」王伙計說：「楊大爺受了一夾棍，眾人都被打下來了，全收了獄啦。我們託了一人給楊大爺打聽這官事，從何而起？有戶書劉芳元先生，探聽得是衙門裡內司，有一位張二爺說的，只因東門外落鳳池周公子被殺，搶去素秋，那一夜縣衙中把印信沒了，不知被何人盜去。老爺也真急了，那夜晚間，老爺燒香禱告，求神指示，有二更之時，呂祖仙由東海赴宴而回，說了八句話，叫我們老爺搜人頭，找金印，次日就帶兵役拿了楊大爺。」

柳瑞聽了此言，就先到獄門之外，問：「裡邊有人嗎？」獄卒問：「什麼事情？」柳瑞說：「我來瞧看楊大爺的。」獄卒說：「在這裡等等罷，我到裡面去說一聲。你姓什麼？」柳瑞說了個來歷，那獄卒即到獄內，把楊大爺請出來，柳瑞一見道：「兄長受驚了！」楊明說：「我也是命該如此，遭這橫禍飛災。」柳瑞是精明之人，對楊明說：「楊大哥定有仇人，這是移花接木栽贓之案，我去訪個水落石出，把素秋找著，由他口中取供，把真賊捉住，好解兄長之厄。我這一去，多者五日，少者三日，定有下落。」楊明說：「好呀！賢弟你去罷，我候你好音！」柳瑞出了縣衙，自己到了振遠鏢局之中，改換了一個武裝公子的打扮，身穿了銀紅色的衣衫，帶了單刀一口，即刻起身，走到十字街，只見路北圍著一圈的人，裡三層，外三層。柳瑞分開眾人，要到裡邊，看個明白。不知後事如何？且看下回分解。

第二百四十六回 柳春華尋跡訪賊人 狠毒蟲醉後洩機關

話說柳瑞到了十字街，分開眾人，見一個道士在那裡相面。那道人頭戴九梁道巾，身披藍緞子道袍，腰繫杏黃絲帶，足下白襪雲鞋，面如古月，眉清目秀，海下三綹髫鬚，背插寶劍，在那裡給眾人相面，眾人皆言真靈。只見有兩個壯士裝束，約有二十以外的年紀，皆是穿藍翠褂，說道：「我二人請你相面呢！」那道人睜眼一看，說：「你二人好大膽！還敢在這裡叫山人相面？你們所做之事，可瞞著別人，卻瞞不得我的！我當著眾人一說，你二人還站得住嗎？山人是要留點口德的。」那二壯士沖沖大怒：「我們二人有什麼不可說之事？你只要說對了，我二人拜你為師！」那道人說：「你們在這東門外，『余果瑤兒』『亮青字』，『渾天月』，『攢潰孫山』的『飄兒肘』，『余果兒』急付『流兒』，『拉活了』。」那兩個壯士一聽，顏色改變。那道人又說：「你等『赤字瑤兒』所做之事，我也知道。把這場官事送給別人打了。」

柳瑞在旁聽老道人所說的，知是江湖黑話，就是說的在落鳳池殺人搶人之事。細看那兩個壯士，眼光暴露，已明白八九分了。心中說：「我捉住他二人，細問根由。這道人好能為，定是俠義之流。」方要抽刀捉那二人，只見那兩人聽了道人之言，微微一笑，說：「仙長再會！吾二人告辭了！」那二人就往前走了。柳瑞暗跟在後，要想到無人之處動手。或者跟到他巢穴之內，尋找素秋的下落。看有多少賊人，是那路的強盜？自己跟那兩人，出了西門之外，只見那二人步履如飛，陸地騰挪之法甚快，柳瑞跟了有二十多里之遙，進了山口。再看那二人蹤影不見了。柳瑞一看，是雙岔路口。柳瑞就往西北，又走了有三里之遙；只見面前一座村莊，樹木森森，在深山曠野之間，四外平川之路，周圍約有二十餘里。到了村頭一看，村東頭路北是一座酒樓，坐北向南，五間酒樓。樓前是天棚，東西北三面皆是荷花池，栽種著荷花。池邊栽種柳樹，枝葉茂盛。那酒樓字號是「酒泉居」，掛著酒帘飄飄。往西是一條大街，南北有數十家鋪戶，是一座集鎮，街上人煙不多。柳瑞跟那二人至山口，不見了那二人，心中煩悶，就進了這座酒樓。

到裡邊上樓一看，四面樓窗支開，外面擺著時樣鮮花，北邊排五個座兒，南邊也是五個座兒，東西有兩個座兒。有三五個吃酒之人。柳瑞坐在東北頭一個桌上，那小二笑嘻嘻過來一看，見柳瑞頭戴銀紅色武生公子巾，迎面嵌的美玉明珠，雙垂銀紅緞子箭袖袍，周身繡的是穗子花，瓜瓞綿綿，五彩絲鸞帶，大紅緞子中衣，青緞快靴，外罩銀紅色團花大氅，面如美玉，眉清目秀，齒白唇紅，五官俊秀，一位英雄美少年，頗似一位大家的公子模樣。跑堂的問道：「公子大爺來了，喝什麼酒？」柳瑞說：「給我擺上幾樣果子，做兩味魚，取一壺陳紹興酒來。」酒保兒答應，轉身下去。先擺上小菜，送上酒來。柳瑞自己淺斟慢飲，正思想楊大爺這官事，非把素秋找來，不能洗出清白。或者訪出正兇賊人，這兩件事皆不容易。正在思想之際，忽聽樓梯響處，從下邊上來兩個人：頭一個身長八尺以外，頭戴紫緞色繡花壯士巾，紫緞團花箭袍，腰束絲帶，月白綢子襯衫，外罩寶藍緞英雄大氅，肋佩單刀，大紅綢中衣，薄底快靴，面似薑黃，粗眉大眼，押耳黑毫毛，直有二寸餘長，海下半部鋼髯。後跟一人，是壯士裝束，穿白愛素，白淨面皮，俊俏人物。二人方一上樓，先往各座兒上看看，又瞧了柳瑞。柳瑞低了頭，故作未見，看那二人眼光神色，知道是綠林英雄。心想要是俠義豪傑，我定要交這兩個朋友；要不是正人，我設法捉住二人，再追問落鳳池之案。自己留神察看那二人動作。

只見那二人坐在前面靠樓窗兒當中那桌兒上，酒保連忙過去說：「二位爺少見呢！有幾日不來了！喝什麼酒？」那黃臉的說：「先拿陳紹興酒五觔，菜不必吩咐，只管擺上來。今日暢飲一醉，以解愁悶。」那酒保兒下去取酒菜，那黃臉的在東邊坐，吃了幾杯酒，那穿白的壯士說：「金大哥，我決不與這些人在一處。黑虎山我是不回去了。」那黃臉的說：「王賢弟，我今日勸你出來，我有兩句話勸你，怕你與他等打起來。他們都不是正直人，又倚仗人多，那件事也不必爭論了！我與你喝完了酒，還是回去看他們自亂，咱們瞧個熱鬧。」說罷，連飲了數杯，吃的頗有醉意。柳瑞靜聽那二人說些什麼話，先說的有聽得有聽不真的；後來帶了酒意，越說聲音越大。柳瑞聽了，心中明白了八九。只聽那黃臉的說：「我告訴賢弟呢，我早晚也不在這黑虎山了。我去到小西天，把他們的行為都說出。」那白臉說：「千萬你別往小西天去，要往那裡去，你人單勢孤，更不易行了。」那黃臉說：「我金讓在江湖闖蕩多年，朋友也結交不少，就是吳桂、李通這兩個忘八的狗才，人面獸心。他二人那日由玉山縣回來，被勾欄院人家打了一個鼻青臉腫。我與雙尾蠍柳誠給他等出的主意，報仇栽禍於人，把素秋搶來，他二人就應該讓給我；不但不讓，還與我為仇。就是王洞兄弟，你也不容易！幫他們做這事，把命都付之流水，如今又出了大胳膀啦。他一人要獨占，咱們誰也不要！」那穿白的說：「金大哥少說罷，這是什麼地方，提防順口之言！」柳瑞聽了這一席話，心中說：「不好，我一人要捉這二人，甚不容易。他等就是落鳳池殺人搶人之賊，莫若我跟他二人，到了他等的窩巢，看其路徑，我再調兵捉拿他等，亦把素秋找來，那殺周公子栽贓種禍之人，可一網打盡。」自己想到多時，只見那黃臉也不說啦。就吃了飯，給了飯錢，那二人下樓去了。

柳瑞叫走堂的過來，也給了酒飯錢。就問酒保道：「那二位吃酒的壯士，是那裡的？我看看也似面熟，不敢冒認。」那酒保說：「大爺，那黃臉的叫狠毒蟲金讓，那白臉的叫逍遙鬼王洞。他們是黑虎山玄壇觀廟中保鏢的鏢客，他們有好幾十位呢！」柳瑞說：「他等保那路鏢，你可知道嗎？」酒保說：「我不知道。不過他們來這裡吃酒，聽他說的，也沒見有什麼客商往他等那裡寫鏢。」柳瑞說：「這黑虎山玄壇觀在那裡？你可知道？」酒保說：「出了這柳家營，一直往西，過白石山黑松嶺，往北一拐，就是黑虎山玄壇觀。」柳瑞聽得明白，下了酒樓，一直往西。出了村外，只見山峰疊翠，瑞草生輝，滿山坡樹木成林，野鳥聲喧，猿鶴相親，蝴蝶亂舞，樵夫伐木，荷擔而歌，牧童騎牛，短笛信口而吹。只聽一個牧童唱歌而來，唱的是：

營名營利苦奔忙，營得鬢髮皆成霜；長城萬里今猶在，不見當年秦始皇！

柳瑞聽罷，長歎一聲，說：「人生似夢，這話不假，被名利兩途牽繫，何時是了？」自己登山走了有數里之遙，過了黑松嶺，只見山下南邊一帶大山，內旁有小山，如抄手式相環。山下有一片密松林，靠松林之中，是一座大廟，方圓足有三四里之遙，此時一輪紅日，看看西沉。柳瑞信步下山，到了廟前，天色已晚。只見山門關鎖，東西兩個角門亦關。山門上一塊泥金匾，寫的「玄壇觀」。柳瑞看罷，繞至東邊無人之處，把衣服掖好，躥上房去，往各處偷聽。

到了一所院落，是北房三間，前邊廊簷下，掛著罩紗燈，東西各有配房三間。北房屋中有兩個家人的模樣，在房中打掃桌椅條凳。柳瑞在東房後披，偷看多時，並不見有人來。只見那打掃屋中之人，轉身到西院中去了。柳瑞又躥至後院中，各處探聽，那各院中屋內，有點著燈的，也有說話的。只見東一個小院，是北房三間，裡面燈光隱隱，聽有婦女說話的聲音。方要過去看看，只見從後邊院內出來兩個人，一個是穿白的，武生公子裝束；一個是藍色壯士巾，箭袖袍，藍緞大氅。二人往前走說著話，那穿白的武生說：「我二人當初邀請眾位報仇，把人搶來，就應該給你我才是，怎麼逍遙鬼王洞也要爭這美人？賽純陽呂良也要爭這美人？他等各懷忿怒之心，就是廟中主人不在，這少主人就目中無人了。還有迷魂太歲田章，他本是慈雲觀漏網之人，也在這裡作威。大家要齊心把他剁了，也就沒了事啦！」二人說著話，到了前邊院中北上房，那二人進房落座，叫人預備酒來。柳瑞聽了那二人所說之話有因，想要跳下房來捉拿二人，細問情由。不知後事如何？且看下回分解。

第二百四十七回　入虎穴英雄遇險　戰群賊豪傑被捉

話說柳瑞夜探黑虎山玄壇觀中，見兩個賊人說話，其中有因。想要下去捉這兩個人，又未敢造次，恐怕眾寡不敵。要把這裡事情探的明白，回去再調兵來捉拿，為是自己就在後窗戶外偷聽多時。書中交代：這裡廟主是綠林賊人出身，姓祁名性海，綽號人稱眠花道士。他有一師弟，叫臥柳真人賈文成，都是江洋大盜。後因案情重大，他二人拜了蓮花道長戴朝宗為師，又學了些妖術邪法。他二人在這玄壇觀招集西川路採花淫賊等人，在這裡坐地分贓。後來祁性海又結交小西天三傑的大寨主霹靂鬼狄元紹，在那裡重整小西天，再立熏香會。在會之人，有三傑、五鬼、十二雄、八位道長為首，共集僧道俗各色人等五百二十位，分住各處，陷害忠良，他等成群結隊。這玄壇觀兩個老道人，都上小西天去了，把這廟中之事，交給了迷魂太歲田章、賽純陽呂良、逍遙鬼王洞、迷魂鬼吳龍、洩大鬼吳虎、藍面鬼焦英、俏面郎君吳桂、風流浪子李通、採花郎毛如虎、粉蝴蝶卞文龍、狠毒蟲金讓、雙尾蝎柳誠、白面野貓賈虎、紅毛兔子魏英、花裡魔王劉玉、色中惡鬼劉宏、憐花太歲魏珍、愛柳金剛魏政、護花金剛李化、托塔天王吳玉、恨地無環李猛、低頭看塔陳清等五六十名江洋大盜，在這廟中賣熏香蒙汗藥，收集那殺人凶犯，滾馬強盜，坐地分贓，無惡不作。

那吳桂、李通二人，因為玉山縣吃酒醉了，在東門外落鳳池要找廣寒仙子素秋，在那裡一鬧，被周公子叫家丁打得他二人鼻青臉腫。二人上屋逃走，次日派人探聽，方知道有振遠鏢局之人。吳桂回至黑虎山玄壇觀中，有狠毒蟲金讓，問：「二位老弟因何如此？」那李、吳二人把上項事，說了一回。金讓說：「這件事可不能善罷干休。」到了聚義廳之上，先與迷魂太歲田章說知。眾賊之中，有賽純陽呂良說：「咱們在這裡嘯聚，我就說過，離玉山縣近，諸事皆要小心，怕是楊明等三十六友之中的人物與咱們作對。今日你二人又惹出是非，得罪了鏢行之人，這件事依我說，要給你二人報仇，非把楊明等治了，這事不好辦。」狠毒蟲金讓說：「定一個移花接木栽禍於人之計，咱們大眾，先到勾欄院中，殺了周公子，把人頭帶著送在如意村楊明家中，栽上贓。行這件事，我有熏香，我自己去。還得一人，把素秋搶來。」俏面郎君吳桂說：「我所為的是素秋，搶人是我的事。還得有一人到玉山縣衙中去，把印盜來，也給楊明送去，埋在院中花缸之下。盜印栽贓，這件事可不容易！」風流浪子李通說：「我去盜印。」雙尾蝎柳誠說：「我去栽贓。」賽純陽呂良說：「你算計雖好，卻不周到。殺人搶人栽贓，那知縣如何知道往楊明家中去找呢？這件事非我不可！你們把印盜去，我裝假神仙，給知縣送信，教他去捉楊明。這事三五日不可行，須慢慢的辦理。」內中有紅毛兔子魏英說：「咱們明日就去，先看好了路徑，你我住在西門曹廣陞店內，都要改裝，換去本來模樣。」眾賊定好了計策。田章說：「要害楊明，先下毒手，若被他知覺，你我想在此久居，恐怕他等不容我的。盟弟桃花浪子韓秀、白蓮秀士惲飛，都死在楊明等之手，我早有此心，給我朋友報仇，未敢粗率。今你等先去，我在這裡看廟，如成功便罷，倘有差錯，我去『小西天』邀人，再報此仇。」群賊說定，各自安歇。

次日早飯已畢，先是金讓、柳誠、吳桂、李通等去了，定在廣陞店相見。賈虎、魏英、呂良、王洞帶著三十多名賊人，三三兩兩都到了店中，住了三日。這日晚間群賊到了半夜，各換夜行衣，背插單刀，到了東門外落鳳池勾欄院之中，來到西院樓上，聽見裡面屋中，正在唱彈吃酒。狠毒蟲金讓一捏嘴，胡哨一聲響，那些賊人皆跳下來，走進屋中，金讓等跟隨在後。吳桂一見周公子，怒氣沖沖，伸手抓過來一刀，把周公子殺了，將人頭交給了金讓。風流浪子李通把素秋揹起來就走。那魏英等把屋中金珠首飾搶擄一空。走至半路，吳桂說：「李賢弟，我替你揹著。」把素秋接過來，揹起就走。眾賊到了廣陞店內，李通把知縣印盜來，交給柳誠，他也回店。眾賊算還店帳，大眾回黑虎山玄壇觀廟內。吳桂把素秋放下，眾賊一看，皆有愛慕之心。素秋已嚇的昏迷不省，人事不知。田章即派了四個僕婦，送素秋至迎輝軒，好好服侍勸解。又吩咐擺酒，與眾賊賀功，大擺筵宴。吳桂、李通向眾賊道謝，說：「今日我大仇已報，專候賽純陽呂兄回來辦理。」眾人吃了一夜酒。

　　這日呂良回來，見田章諸人說：「我把事都安置好了。淨聽楊明到來，該當如何。素秋現在那裡？快把他給我叫來，這個人應該是我的！」吳桂說：「呂道兄，素秋論理是我的。我為他在落鳳池勾欄院之內被人毆打，你們各位俱是助拳的。依我之見，把素秋給我兄弟。」李通、呂良說：「你休要胡說，我告訴你，大家使盡千辛萬苦，把仇給你二人報了，還要美人嗎？這件事叫田兄評個曲直。」迷魂太歲田章說：「我看此事，且不必給你們評理，咱們吃完了酒，我自有道理。」狠毒蟲金讓說：「素秋咱們誰也不要，把他送上小西天去，給大寨主狄元紹。」田章說：「你等全不量事，素秋自到此地，連飯都沒吃，你等先去把素秋勸好了，然後再議。」內中有逍遙鬼王洞說：「我去看看。」到了迎輝軒，見四個老媽正勸素秋，素秋悲愁不止，這些僕婦老媽勸解不住。內中有一個老媽姓趙，外號叫趙利嘴，說道：

「姑娘，你竟哭也無益。你也走不了，要不從這些寨主，你也活不成。周公子已經死了，這也算你害了人家！你若從了我們這裡寨主，一呼百諾，有何不快樂？」素秋一聽，自己不語。一連三天，並未用飯。

這日正勸之際，王洞由外邊進來，素秋一看，是一位穿白的壯士打扮，年約三旬，五官俊俏，風流人才，說道：「廣寒仙子，你在勾欄院中，雖說不迎賓接客，也得隨人所欲。你要在這裡，一夫一妻，有何不好？共做天長地久夫妻。」素秋聽了，口中不言，心中說：「周公子為我而死，我必要設法把這凶手捉住，給周公子報仇。我再把那搶人名姓訪著，也設法把他捉住。」自己想罷，說道：「尊駕貴姓？」逍遙鬼王洞自己通了姓名。素秋說：「要我依你也可，你必須依我一件，我與周公子夫婦之情，二載之久，我必要給他穿孝。一個月之後，然後再議與寨主成婚。」王洞喜甚，叫僕婦人等：「先給姑娘取點心來，好好伺候，不得怠慢。」說罷，自己回到前院，見迷魂太歲田章等，正在商量之際。王洞說：「我把素秋勸好了，他說要穿一個月的孝，然後再陪我等吃酒成婚。」

田章說：「列位賢弟，那個去到玉山縣探訪，楊明這案定了沒有？」內中有探花郎毛如虎，粉蝴蝶卞文龍說：「我二人去探訪。」二人起身去了。那日到了玉山縣，正看相面的，被柳瑞暗跟下來。今日眾賊正為著素秋，大家爭論。吳桂、李通二人說：「這素秋別人不能要，我二人要了。」田章說：「那可不得行，我給爾等出一個主意，叫素秋自己認著，他指那一個，就是那一個，總不准爭論。」眾賊說：「也好。」那吳桂、李通二人聽了，甚不願意。那二人到了東院之中，互相抱怨。金讓、柳誠二人也來解勸。柳瑞正在房上偷聽，自己想要探訪明白，回玉山縣調官兵，好來抄捉這伙賊人。忽聽西房上說：「合字有奸細。」房中金讓、柳誠、吳桂、李通四人聽見，拉刀跳出來說：「奸細那裡走？」柳瑞一看不好，也拉刀跳在院中，說：「呀！賊人休要逞強，吾特來捉你這伙狐群狗黨！」四人擺刀向前，把柳瑞圍上。房上跳下來五花鬼焦雄，手使金背刀，腰中帶著鏢囊，吩咐手下人點起燈籠火把，說：「眾位別放走這個賊人。他姓柳名瑞字春華，綽號人稱踏雪無痕，是鳳凰嶺三十六友中的人。」柳瑞一聽，仔細一看，是他族兄雙尾蝎柳誠，原係綠林中的人，久在外採花偷盜，行為不端。與柳瑞雖然是同族，柳瑞最恨他，今日見了他在這裡，與眾賊一處，說出柳瑞的來歷。柳瑞破口大罵道：「你等這伙賊人，倚多為勝，柳大爺合你等一死方休。」吳桂、李通兩口刀上下翻飛，金讓、柳誠，焦雄三人相幫，只殺的柳瑞渾身是汗，遍體得津，口中氣喘，刀法忙亂。被焦雄一刀，把柳瑞刀隔住，飛起一腿，踢了一個觔斗，五個賊人掄刀就剁。不知柳瑞性命如何？且看下回分解。

第二百四十八回　柳春華絕處逢生　鄧素秋智哄群賊

話說柳瑞被五個賊人踢倒在地，焦雄喝令手下之人，綁至大廳之上，迷魂太歲田章等眾賊，問明了來歷。內中有白面野貓賈虎、紅毛兔子魏英說：「他既是楊明一黨之人，也不必問了，把他結果了性命，以免後患。再派人到玉山縣獄中，把楊明一殺，從此我等安如泰山。」焦雄說：「且慢，我想他來者必不是一個人，必有同伴。再不然，必有奸細勾引，要問個明白再殺。」田章說：「有理！」問：「柳瑞何人勾引你來的？你們同伴共有幾個人？說了實話，我饒你不死。」

柳瑞聽了，定神一看，見大廳上坐著群賊，有五六十名。為首的上面坐定，那人身高九尺以外，頭戴淡黃色六瓣壯士帽，上繡八寶，身披淡黃箭袖袍，滿衣繡的五蝠捧壽，外罩黃緞團花大氅，大紅綢的中衣，足登快靴，面中藍靛，藍中透青，硃砂眉毛，金睛突暴，押耳紅毫毛，有二寸餘長，海下滿部紅髫鬚，奇形惡像，怪肉橫生。東邊一排有二十四位，西邊三十餘位，有認識有不認識的。那些賊人聽田章一問，大家一齊說：「柳瑞，你要說實話，還可罷了！如不說實話，我就把亂刀分屍！」柳瑞哈哈大笑，說：「賊人！我柳大爺是從此地路過，要找些盤費，我沒有勾引，也沒有同伴。你等所說之話，我全不知道！」田章說：「你是楊明的義弟，他在玉山縣打官司，全是我等所為，你必是前來探訪的！」柳瑞說：「我可是楊明義弟，無奈我二人有二年之久未曾見面，他遇什麼事，我一概不知。那柳誠他還是我族弟，他在這裡，我還不知道，他見了我就翻了臉了，何況朋友？你們要殺就殺我，要剁就剁我，我死而無怨。」賈虎說道：「不必問了，我殺他。」一掄刀跳出座位，照定柳瑞就是一刀。只聽「噗哧」一聲響，那賈虎手上釘了一枝袖箭，大家一亂，往外一看，不見有人。

五花鬼焦雄說：「有奸細！這是什麼人，用暗箭傷人？」房上答言道：「焦雄，你休要逞強！我二太爺來了！同你分個雌雄！」說完跳下房來。眾人一看，見來者這人身材魁偉，相貌驚人，青色壯士帽，青色小靠襖，青中衣，面如鋼鐵，黑中透亮，環眉大眼，手執金背刀，照定焦雄就剁。焦雄一看，認識來人名打虎將二太歲吳剛，是本山獵戶，住在此中東北狼山塔，今日是跟柳瑞下來的。聽見這些賊人說話，合柳瑞動手，正要下去幫助，忽見柳瑞被捉，賈虎來殺柳瑞，吳剛就一袖箭，釘在賈虎手上，跳下來合賈虎動手，兩人殺在一處。那風流浪子李通，吩咐手下人鳴鑼集眾，大家動手捉拿奸細。那些賊人各擺兵刃向前，眾賊四面圍上，吳剛並無還兵之力，被焦雄一鏢，正打在吳剛咽喉之上，被眾賊亂刀所殺。叫手下人把死屍抬下去。

正是眾賊忿怒，要殺柳瑞。只見從後邊院內出來一個僕婦，說：「眾位寨主！廣寒仙子素秋要見迷魂太歲。」田章說：「好呀！叫他過來！」正說未了，只見兩個丫環引路，素秋出來。柳瑞躺在地上，雖然被綁，心中明白，聽說素秋前來，睜眼一看，忽聞一陣香風撲面，眾賊各站起，笑臉相迎。但見素秋身高五尺以外，頭上光梳油頭，輕施脂粉，淡掃蛾眉，身穿西湖色女襖，周身鑲織金邊，上繡百蝠鬧蝶，銀紅色中衣，腰繫銀紅色汗巾，上繡金蝴蝶，足下金蓮三寸，穿銀紅緞花鞋，上繡松鼠偷葡萄，鞋幫挑梁四季花，面如梨花，白中透潤，蛾眉皓齒，杏臉桃腮，瑤池仙子臨凡世，月宮姮娥降九霄。田章等一見，個個都眉開眼笑。

這日素秋正在後院愁悶，想替周公子報仇，聽僕婦說前院捉住奸細，自己一想：「莫非玉山縣來了探案之人？我要救了此人，回去調了官兵，拿了群賊，好給周公子報仇。」想罷，自己換好衣服，叫丫環引路，來到前院大廳之上，先參拜了田章，回頭看見了那柳瑞，問寨主道：「此是何人被捉？」田章說：「他是玉山縣楊明餘黨，來偷探我這玄壇觀，正要殺他，你出來了，怕嚇著美人呢。」素秋說：「多謝寨主爺，奴家膽小，最怕殺人！先把他押起來，我還有話說呢。」田章、焦雄說：「好！」吩咐先把柳瑞押下去，「我等明日再殺他，也不為晚。」賊人把柳瑞押在後院鎖了門。眾人齊到前院，素秋說：「眾位寨主在此，你們要依我一件事，我可順從。我來至此處，亦不知那一位把我搶來的？」那俏面郎君說：「美人，我吳桂為你費盡心機，才把美人搶來的。」風流浪子李通說：「我請眾位兄弟，把你救出勾欄院。」魏英、賈虎說：「殺人栽贓是我。」呂良、王洞說：「出主意，定計策，裝神仙是我。」眾賊說：「我等大家都有幫助之功。」素秋說：「眾位寨主，我知周家有傳家之寶，名為珍珠多寶釧，那位取來，我就跟那位成婚。」眾賊一聽，大家商議都要去。田章說：「明日眾位前往，順便到玉山縣獄內，把楊明殺了，斬草除根，以免後患。」那些賊人一齊答言有理，送素秋到後面安歇，大眾各自安歇。

次日早飯後，眾賊各自起身，到玉山縣去了。天晚田章見廟中無人，把素秋叫出來，大擺筵宴。素秋說：「大寨主，今日何故盛筵相待？」那田章哈哈大笑說：「美人，你不要推卻，我今日告知你，那些人都是我手下之人，我把他等遣去，今日良宵，你我成為百年之好，我管你受享不盡的榮華，受不了的富貴！」那素秋秋波斜視，微微含笑，說：「寨主爺，尊姓大名？奴家問明，亦可稱呼。」田章說明自己來歷。二人對坐，素秋有意把賊灌醉，要救後面被捉的柳瑞，好給周公子報仇雪恨。自己留心親手執壺，說：「田寨主，我來先敬三杯安筵酒，然後再和你飲個雙杯。」那田章一見，連忙陪笑，說：「不敢當！美人請坐！」素秋輕搖玉體，慢閃秋波，微微含笑，說：「寨主要不喝酒，我是一點酒也不用的了。你要喝了，咱二人要慢慢淺飲，我還有心腹話，與寨主談談。」那田章一聽，哈哈大笑，說：「美人說得有理，我當遵命。」接過酒杯來一連飲了五六杯。素秋坐下，說：「田寨主，我來至此地，多承庇護，奴情願終身相侍。恐眾位來定要爭論，寨主難以治服眾人，將如之何？」田章哈哈大笑，說：「美人，你只管放心，都在我一人做主，那一個敢爭論？」說罷，又飲了數杯酒。

素秋又斟了兩杯，親手抓了一把瓜子，遞給田章，把田章樂的心花俱開。他把吳桂、李通定計大鬧勾欄院，殺人栽贓之事，從頭又述說了一番。那素秋全記在心中，有心要把田章灌醉，在酒席之前，使出多少殷勤，百般獻媚。哄的田章大樂，拿起酒杯，又飲了十幾杯，自己醉眼朦朧，說：「美人吃兩杯，你我安歇罷。」那些手下之人，全在那裡伺候。素秋說：「你等都下去吃飯罷，叫你再來，不叫你不必前來。」那些人答應下去。素秋斟一大杯酒過去，說：「田寨主，我親手斟的，我給你送在口中，你要賞臉。」田章說：「好呀！」一飲而盡，素秋又給他抹抹鬍子。田章借燈光看看素秋，粉面生香，秋波如水，油頭粉面，嬌聲豔語，越看越愛，不由自己吃的酩酊大醉。拿起酒杯，說：「美人，我的嘴，」說了，一仰身，倒在後面椅子上。素秋一見，心中甚喜。見有一口寶劍，掛在那邊牆上，伸手摘下來，說：「寨主醒醒！寨主醒醒！」連叫兩聲，並不答言。自己過去，把田章衣服解開，拿起寶劍，照定田章肚臍之內，往裡就扎。用力一按，噗哧一聲，田章跳起來，哇呀呀一聲怪叫，用手一拍，把寶劍又拍進半截了。那素秋嚇的戰戰兢兢，渾身發抖，汗流浹背。見田章把怪眼一睜，說：「好賤人！你敢刺我？」這句話未完，那血流滿身，他自己一伸手，把寶劍往外一拔，連腸子都帶出來了，躺在地下亂滾，少時已死了。

素秋躲在那椅子後，哆嗦了一刻之久，方才過來，拿起寶劍，即往後院中去救柳瑞。到了後院，見北扇門封鎖，又沒有鎖匙，怎得開了？自己搬了一塊石，向那鎖上斫了幾下，振的自己手腕生痛，渾身香汗直流。柳瑞在屋內一天也沒有吃飯，求生無路，求死不得，忽聽鎖響，自己一閉眼，心中已知是賊人來殺他，又聽是婦女嬌喘之聲，即問：「是什麼人？」素秋說：「我也是遇難之人，名素秋，知道尊駕被捉，我用計把眾人支走，灌醉了田章，我把他刺殺了，來救壯士，求你送我至玉山縣衙門前，我好去喊冤，給我周郎報仇雪恨。」柳瑞一聽說：「你就是廣寒仙子鄧素秋，特來找你，給我兄長楊明辨白冤屈之事，我姓柳名瑞字春華，你要救了我，感你大恩，必有重報。」素秋說：「我斫不開這個鎖，如何是好？」柳瑞說：「賊人要來，你我俱死。不要耽遲，快快的斫鎖。」素秋用盡了平生之力，又斫了兩下，還是未開。忽聽前廳中喊聲大振，說：「不好了，有刺客了！把大寨主刺死了！好大膽，快的搜找！」嚇的素秋面如土色，要想活命，恐怕難逃。要知後事如何？且看下回分解。

第二百四十九回　逃虎穴群賊阻路　遇真人訴說前因

話說素秋正在斫鎖，忽聽前院一片喧嘩，連忙用盡平生之力，把門斫開，用寶劍把繩割斷；柳瑞立起身來，謝了素秋。只見院中火把照耀如同白晝，有五六個小賊，因見田章刺死，各執兵刃，點著火把，到各處尋找刺客。柳瑞一見來至院中，接過素秋那口寶劍，跳在院中說：「咧！賊人休走，我來合你分個上下！」那幾個人一見柳瑞，各擺刀向前，要捉柳瑞。柳瑞掄寶劍合那五六個人殺在一處，有七八照面；連砍倒三個，刺死兩個，那一個逃走。柳瑞追至前院，找著自己的刀，聽見西院鑼聲一片，連忙到後院上房之內，攙扶素秋，往前逃走。恐怕賊黨聚眾來鬥，自己又感素秋相救之恩，把他帶回玉山縣，三頭對案，可把楊大哥救出來，再設法捉這群賊人。攙了素秋，走有一箭之遙。素秋弓鞋腳小，難以行走，思想無法，揹起素秋，逃出了玄壇觀。慌不擇路，見後邊廟內喊聲大振，鑼聲響喨，柳瑞恐怕賊人追上，急往前走。只見對面黑暗暗一片，正是那群賊由玉山縣回來。

只因那五花鬼焦雄、赤髮鬼焦虎、金睛鬼焦龍、逍遙鬼王洞、探花郎毛如虎、粉蝶蝴卞文龍等數十位，到了玉山縣，在東門外酒樓約會。天晚到了周宅，往各處一看。金讓方躥上房，被一鏢打下來。房上呼哨一聲響，四面喊聲起。原來是周宅護院之人，邀下來三十餘名保鏢之人，在這裡幫助看家。今日見由東北房上上來一條黑影，知是賊人，一鏢把賊打下去。一聲呼哨，眾人各執兵刀在房上吶喊。吳桂、李通大恐，正要向前，忽見那邊巡夜官兵來到，眾賊即忙逃走。保鏢之人同官兵一追，賊人亦未敢往縣獄中去，各施陸地飛騰之法，奔走回山。

方走到黑虎山，只見對面一人，方要問是誰，那人就往西南岔路而去，還揹著一人。李通說：「不好，方才這個人是奸細。」正說間，只見玄壇觀由廟內出來數十個小賊，說：「不好了，把大寨主迷魂太歲田章刺死了，盜去素秋，放走柳瑞，快追快追！」那眾賊聽了，立刻轉身追柳瑞說：「叻！奸細！你別走！我來合你分個上下！」柳瑞在前一聽，嚇的驚魂千里。自己又有素秋礙手，不能把他掉下，一則要揹素秋至玉山縣救義兄楊明等，三頭對案，好辨白楊明之寃；二則感念素秋救命之恩，自己恨不能肋生兩翅，飛上天去。聽見後面眾賊罵不絕口，柳瑞隱忍往前逃走。又跑了約有十里之遙，只見路北有一座古廟，推門而入。閉上門往裡一看，正北大殿，東西配殿，後面還有一層院落。這院中西房燈光閃閃。柳瑞推門進去，只見迎面一張八仙桌兒，兩旁各有椅子，在北邊椅子上，端坐一位老道。——頭戴舊道巾，身披淡黃道袍，髮如三冬雪，鬢似九秋霜，蒼頭皓首，白面銀髯，背後插口寶劍。一見柳瑞揹一女子，二人都是二十內外年紀，老道仔細一看，這二人形跡可疑，連忙問：「什麼人？黑夜之間，到我這裡佛門善地，男女私逃，躲在我這廟中，我焉能容？你趁早去罷！」柳瑞說：「仙長救命，我不是拐騙女子私逃，這其中另有緣故。我叫柳瑞，只因我義兄楊明，給師母開弔念經，我等前來弔祭。不想那天忽然知縣帶了官兵人等，前來說我義兄在玉山縣東門外開水鍋落鳳池搶去這女子素秋，殺死周公子，盜去知縣的印綬。由我義兄家找出周公子的頭與印，把我義兄三十餘名，拿至縣衙之中，拷問收獄。我暗訪此事，是黑虎山玄壇觀的賊人所為，方知道當日有慈雲觀漏網之人，在小西天熏香會。這裡是田章等所作之案，陷害我義兄楊明。我被賊所捉，蒙這位姑娘救我之命，我帶他至玉山縣鳴冤，好救我義兄等。二人方一出廟，正遇群賊擋住，我往西岔路逃來至此，伏求老仙師救我！」

那道人一聽，哈哈大笑，說：「好呀，原來是你！我亦不是外人，我姓楊名林，道號玄清，當年在江湖中，人稱飛天獨鶴，因看破紅塵，自己出家。你師父鐵棍無敵滿德公是我結拜兄弟，我記著在鎮江見過你一次。」柳瑞一聽，如夢方醒，說：「不錯，我想起來，原來是楊伯父。」復見了禮。方落座，只聽那外面一片喧嘩，說：「別追啦！問問在廟中無有？」連拍門幾下，說：「這廟中是僧是道？快出來開門！」嚇的楊林一楞，柳瑞、素秋齊向老道跪下。楊林說：「我去把他等哄走就是。」起身到了外門，開門一看，有三十多名綠林之人，各持單刀，說：「老道！快把柳瑞、素秋放出來，我等饒你不死。」楊林說：「眾位，並沒有人到我這裡投宿，往別處找去罷！」那焦雄把眼一睜，用力一指說：「你要再說沒有先把你殺了！」柳誠說：「殺他。」一掄刀走前來，照定楊林就剁。楊林一閃身躲開刀，抬起左腿一踢，正踢在左腕子上，刀也甩了半邊了。焦龍、焦虎等各掄刀砍來。楊林一看，人多勢眾，恐單絲不線，孤掌難鳴，即忙口念真言咒語，說聲：「急敕令！」一陣怪風迷人，那些賊人各不能睜眼，連忙逃走。

楊林並不追趕，方要回來，只見風定塵稀，那伙賊人吶喊又回來了。還同了兩個道人：一個青道巾，青道袍，白襪雲鞋，杏黃絲縧，面如生鐵，黑中透亮，粗眉大眼，連鬢落腮短鬍鬚。另一個是九梁道巾，藍綢道袍，面如白玉，長眉朗目，長髯飄擺，相貌清奇，背後帶一把寶劍，群賊在後。楊林看罷，問：「來者何人？」那黑面道人答道：「吾乃半截山蓮花觀蓮花真人大弟子惜花羽士陶玄靜。」那白面道人說：「我乃護花真人柳玄清，你這妖道，膽敢使妖術邪法，把我手下之人敗走！」楊林說：「你們這些狗黨，全是小西天熏香會之賊，我早要殺你們這伙妖道！」言罷，口中念念有詞，一陣狂風，直撲妖道而去。陶玄靜用寶劍一指，說聲：「敕令！」風忽止住，伸手掏出「打仙磚」來，念動真言，祭在半空中，照定楊林打來。楊林用劍一指，那磚飛回去，照定陶玄靜打來。陶玄靜伸手接住，一回手拉出「五彩化魂旛」來。那旛長有三尺六寸，是杏黃緞子的旛，面上有五根五色飄帶，按青黃赤白黑五行之位；旛面上有硃砂篆字聖符。此寶最利害，人遇此旛，驚魂喪膽；妖邪遇此旛，立現原形；鬼遇此旛，立刻化為烏有。今日他一晃那「五彩化魂旛」，說聲：「敕令！」楊林叫聲：「不好！」忽頭暈眼黑，跌倒在地。陶玄靜把旛收起來，趕過去一劍，把楊林殺死。問：「眾人因何來此與妖道爭鬥？」五花鬼焦雄說了吳桂、李通前番所做之事。兩個惡道吩咐眾人：「把廟圍了，我山人到裡搜查，看著果在那裡！」眾賊吶喊一聲，把廟四面圍住。兩個惡道吩咐：「快搜柳瑞、素秋在那裡？」

書中交代：柳瑞見楊林出去，自己恐怕眾寡不敵，說：「素秋姑娘，你是我救命恩人，我黑夜揹走，還不要緊；倘若白日，你我都是少年之人，被旁人看之不雅，你又走不動。」素秋說：「雖然身落勾欄院中，我並沒有作過下賤不堪之事，只從周公子一人，我與他海誓山盟，作長久夫妻。周公子因我之故而死，我非給他報仇不可。只要報仇之後，我也削髮為尼，了卻此生之孽。我也是官家之女，誤入煙花。今日逃難，你為的是朋友之義，我為的是夫妻之情。柳大爺多多從權，有人要問，只說你我是兄妹。」柳瑞聽了，只可如此，揹起素秋起身，由西邊牆上越過去。只聽那東邊說：「把這老道剁了，進院中去搜人，把柳瑞捉住，一並殺死。把廟給他燒了，斬草除根。」柳瑞慌慌忙忙逃走，回頭見後面，那廟中一片火光，把廟已然燒著，烈焰飛騰。柳瑞心中甚慘，想那老道人俠義之人，一旦死於此地，我要能回玉山縣，定然給他報仇雪恨，萬不留這一伙賊人。

自己揹著素秋，走至南山口外，自己一看，天已東方發曉，天光大亮。只見往東有一條大路，走了有五六里之遙，忽見前面有一座村鎮。把素秋放下，叫他跟定慢慢的走。不多時，進了這座村鎮，見是東西大街，兩旁鋪戶茂盛，人煙稠密。路北有一座客店，字號是連陞客棧，安寓客商。柳瑞帶素秋進了店，小伙計一看，是一位少年武生公子，同著一位美貌女子。二人步行入店。連忙問道：「二位從那裡來的？」柳瑞說：「我等要往玉山縣去，有乾淨房給我們安歇。」店小二引二人至北上房之內，西邊一間落座，先要洗面水洗了臉。柳瑞說：「真是兩世為人！我這幾日也未得一刻安心。今日你又不能走路，我雇車又沒有銀兩，咱們吃些飯，定定神再想主意。」素秋說：「也好，我此時得出賊人之窠穴，大概這仇有可報之日了。」柳瑞、素秋吃完了飯，叫小二雇一輛車，拉到玉山縣，小二出去，問有車夫沒有，車子都不去。柳瑞一想：「沒有車子，素秋怎能行走？也沒有銀子給飯店錢，叫素秋在店中等候，我去到玉山縣先調官兵，然後來接他到縣衙之中，好三頭對案，把此事辨明。」柳瑞正想之際，忽一聲響亮，如天崩地裂，即往外一看，不禁長歎一聲。要知後事如何？且看下回分解。

第二百五十回 回玉山調兵剿賊 住范村巧逢巨寇

話說那柳瑞要把素秋暫寄在連陞店中，自己回玉山縣送信調兵。只聽著哄嚨嚨霹靂之聲，雲騰西北，霧起東南，下起雨來了。柳瑞心中甚是著急，又沒有車子，無奈叫素秋：「你在店中等候，我自回玉山縣，再來接你。」素秋點頭答言：「也好。」那雨下的越大了，約兩個時辰之久，方才住了，浮雲未散。柳瑞對店小二說：「你多多小心留神伺候我那姑娘，待我明日回來，定有重賞。」店小二答應下去。柳瑞出了這座范村，一直往東。此時一輪紅日，看看西沉，依然雨過天晴。正往前走，抬頭一看，正是晚煙垂照，山色生輝，雨洗山林，一色清新。看玩之際，忽聽說：「呔！對面小輩柳瑞，你往那裡去？我等在此久候多時了！」柳瑞一看，有兩位壯士的裝束：一個穿白愛素，一個穿藍掛翠，都有二十七八的年紀；手執單刀，阻止去路。柳瑞看罷，拉出刀來一指，說：「吳桂、李通，你兩個採花淫賊，昨日是你等倚多為勝，今日你兩個見了我還不逃，竟敢阻吾去路？我來與你二人分個上下！」那吳桂哈哈大笑，說：「我等昨夜殺了楊林，找你蹤跡不見，今我分四路找你，你還能逃走嗎？」掄刀就剁柳瑞，柳瑞一閃身，飛刀相迎。吳桂、李通把刀拉回去一變式，分心扎來，柳瑞擋開刀，急架相還。那風流浪子李通看出破綻，跳過來幫助吳桂動手。

柳瑞料敵二人不過，忽見正北山岔內出來了五六個人，正是五花鬼焦雄，帶了手下人尋訪素秋，捉拿柳瑞。今見吳桂二人合柳瑞動手，各掄刀來助。那柳瑞一見，心中說：「不好！」連忙跳出圈外逃走，群賊在後追來。柳瑞走的渾身是汗，遍體生津，慌不擇路。回頭一看，七八個賊人追來，自己想今日怕逃走不得了！幸喜天黑了，躥進樹林之內，隱在南邊荒草之內。候賊人趕過去，自己由小路逃脫。至玉山縣，連夜到了鏢局之內，問了眾人，楊大爺這兩日並未過堂。自己候至天明，先到獄中，見過楊明，把自己偷探黑虎山之事說了一番。素秋也有了，案也訪明白了。楊明叫把刑房魏先生請來商議一個主意。魏廷芳帶了柳瑞至科房，給他寫了一張訴呈，柳瑞投遞進去。知縣葉大老爺立刻升堂，把柳瑞帶至公堂之上。柳瑞跪下說：「給老爺磕頭！」知縣說：「你叫柳瑞嗎？你把訪賊巢遇素秋的原故說來。」柳瑞就把私訪柳家營，誤入黑虎山玄壇觀之中，被捉；素秋刺死田章，救了自己性命逃走，遇群賊相趕，三仙觀避難，楊林被殺；逃至范村客店，素秋不能行走，自己回來調兵，路遇眾賊相追，細說一回。又求老爺派兵前去捉賊，并接鄧素秋。葉知縣一聽，立刻請兵馬團練使李雲鵬，帶五十名官兵，派快手張成、李冰二人，帶快班頭役二十名，跟柳瑞至黑虎山玄壇觀，前去捉賊。

柳瑞引路，官兵快役人等跟隨在後，出了北門，到了柳家營，一直往西，到了黑虎山玄壇觀廟外，先叫那官兵分四面，各執勾桿鐵尺，張成、李冰一腳踢開了門，吶了一聲喊，說道：「拿賊！別放走了賊人！」進廟一搜，一個人也不見了。各處一找，俱不見蹤跡。原來焦雄等回來，知道柳瑞逃回玉山縣，必調官兵前來，立刻回廟，叫陶玄靜帶眾人回歸小西天，請人上玉山縣，到獄中殺楊明等。焦雄自己上范村，暗暗探聽消息，今日官兵一到，找不見賊人。大眾同議到范村，把素秋帶走，好救楊明等眾人，完結前案。柳瑞等到范村連陞客店，叫開店門，小二一看有五六十名官兵，同著柳瑞前來，就嚇了一跳，說：「柳爺，這是做什麼呀？」柳瑞說：「不必害怕，我那姑娘今日吃了些什麼？」小二說：「就要了一碗湯，一碟蒸食，吃完早睡了。」柳瑞走到窗櫺外，叫了兩聲，沒人答言。推門而入，不見有人，心中大吃一驚。連忙問：「店小二，那姑娘不見了，這件事如何是好？我把人寄在你店中，今沒有了，可真奇怪！」店小二說：「也沒人敢往那房中去，實不知道那裡去了？」柳瑞說：「你們這店中可有生人住嗎？」小二說：「東小院今日住了一個壯士，說是鏢行裡的，日間問我上房住的女客，是作什麼的？我說昨日同一位柳老爺住在這裡，那柳爺上玉山縣去了。他哼一聲，往下也沒有問了。」柳瑞說：「你引我到那東小院去看看。」小二同柳瑞到了東小院北上房，連叫了幾聲，房中無人答應，推門一看，房內無人。小二說：「這可是鬧鬼了，白日間住在這裡，吃了一頓飯，他偷跑了，這可不好了！」那柳瑞一想：「可真不好，定是素秋被人拐去了。這如何是好？再想找著，望空捕影，比登天還難。」向李爺商議，莫若住在這裡，候明日再行設法尋找。柳瑞是精明之人，今日見店小二嚇的戰戰兢兢，明知店中不敢把素秋隱藏，也不往下深追，自己獃獃的怔忡，就叫店小二給官兵頭役預備酒飯，李雲鵬在上房，同柳瑞二人吃酒，細論此事。要捉這伙強人，非往小西天不可，又沒人認識路徑。柳瑞說：「我明日自己走一走，把賊人的巢穴，探聽明白，然後再說罷。」二人酒飯已畢，大家安歇。明日天明，好去探訪這事。

柳瑞翻來覆去，總睡不著。自己正在思想多時，方一朦朧睡去，外邊來了熏香會的小頭目五花鬼焦雄，他在這范村臨近之地，各處探訪。知道來了官兵七十多名，內中還有柳瑞，住在連陞棧內。焦雄在對過酒樓之上，要了一桌酒菜果子，自己獨飲。直吃了有二更多時，給了酒錢下樓，到了沒人之處，把隨常衣服脫下，換上夜行衣包好，背插單刀，躥上屋去。到了連陞店之屋上，聽了一聽，各屋內俱皆睡著，並無燈光照耀。飛身到了上房，東窗櫺外一聽，屋內燈猶未熄，柳瑞還同李雲鵬在那裡說話。焦雄一想：「一不做二不休，我來先結果了柳瑞同那官長，我到了小西天，也沒人往那裡去辦案了。」想罷，跳下房來，掏出熏香盒子來，用火摺子點著，把窗櫺紙濕破，把盒子嘴兒送進窗紙裡面去。候有半刻之久，大約二人已被熏過去了。把熏香盒子悶滅，放在兜囊之中，伸手拉刀，到了門首，把門撬開，正要進去。後邊「吧」的一石子，正落在焦雄後腦海之上。焦雄心裡說：「怪哉！什麼人？」回頭往各房上一看，並不見有人。自己心中驚疑不定，正扭項要進房去，「吧」的又一石子打來。焦雄急閃，未及躲開，正打在琵琶骨上。焦雄方要罵，只見由西房上跳下來一人，身穿夜行衣，手執單刀，面如白玉，眉清目秀，那郎君是俊俏人物，年約二十以外，掄刀照定焦雄就剁。焦雄急閃開，擺刀急架相迎。二人鬥了有七八個照面，那少年之人，翻手一刀，把焦雄的刀削了一塊下來，嚇的焦雄一怔忡。那人伸手掏出一支鏢來，直照焦雄打去。焦雄一閃身，方才躲開，又是一鏢，正打焦雄左肩頭之上。焦雄飛身躥上房去逃走，上房內李雲鵬、柳瑞二人也就躥出房來，各執單刀，說：「賊人那裡走？好大膽！」

書中交代：這二人受了熏香不醒，那東院之中，快手張成，腹痛水泄，出來出恭，見院中有二人動手，不見柳、李二位。連忙進上房去看看，見二人不醒。房中有一股異香之氣，叫二人不醒，知道必是中了賊人的暗算。連忙取了一碗水，把二人灌醒過來一問，柳、李二人一概不知。聽見院中有人說：「賊人，你要來打鏢，你還沒學會呢！我合你分個上下！」柳、李二人站起來，定了一刻神，伸手拉刀，躥出房來，到了外邊，說：「好賊人那裡走？」焦雄已然中鏢，躥上房逃走。那少年之人一隱身，再找蹤跡不見。那柳瑞追下焦雄，有五六里之遙，見賊人止住步腳，說：「後面追我之人，你也太不留情面了！我合你也無冤無仇，你拿鏢打我，又來趕我，你留下名姓來。」柳瑞一聽大笑，說：「我把你這瞎眼的賊人！我就是柳瑞，你別走啦！你把素秋藏匿在那裡？又來行刺我，你快說實話！」那焦雄緩了性子，並不回答，飛身便走，恐怕後面官兵趕到，慌慌張張奔走逃命。柳瑞一想：「我自己在玉山縣具呈報官，請兵報案，連一個正賊也沒有拿著。素秋也不知下落，我如何能回去？今日要把這五花鬼焦雄捉住，好徹底根究明白，方可結案。」自己思想之際，追了二十餘里，非山即樹，道路不平，崎嶇難行。天已東方發曉，見前面黑暗暗的有一座村莊，再看望焦雄，並無形影，自己無法，進了前邊那所村莊，東西街冷冷清清，並不見有一人。正要轉身，忽聽路北大門一開，走出一位穿白的武生公子，年約二十以外，五官秀美，一見柳瑞，連忙拱手說：「尊兄找什麼人？貴姓大名？仙鄉那裡？」柳瑞通了名姓，那人滿臉堆下笑來，說：「你來此何幹？」柳瑞把上項之事，述說一遍。那人聽了，哈哈大笑，道：「原來是振遠鏢局楊明大兄的朋友，不是外人了。你要捉焦雄，跟我來自有道理。」不知這人是誰？且看下回分解。

第二百五十一回　周大成反計賺柳瑞　美豪傑仗義救春華

話說柳瑞正找不著焦雄，忽見那路北門內，出來一位少年武生公子，問柳瑞的來歷。說明了，那人哈哈一陣大笑，說：「原來柳爺你來捉焦雄。我告訴你罷，昨夜我正在院中，各處查看，忽由房上跳下一人，慌慌忙忙，我一腳把他踢倒綑上，一問是小西天熏香會之人，名焦雄，我正要送往玉山縣，遇見閣下。」柳瑞問：「尊駕貴姓大名？」那人說：「吾名周大成。」執手讓那柳爺進去，方一進二道垂花門，裡邊是北房三間，東西配房各三間，往東房一指，說：「柳爺請看。」柳瑞見焦雄四馬攢蹄在那裡綑定，心中甚喜，說：「周兄，今日我可以到玉山縣前去完案了。」周大成說：「先到北上房。」有兩個小童掀簾子進去，只見北牆上掛著一軸條山，畫的棵松樹枝岔，很透玲瓏；樹梢獨落著一隻蒼鷹；往下看，下邊有兩個松鼠兒。旁邊題的是：

自古英雄獨立，從來鼠輩同飧；飄飄獨立在松間，欲下先曾偷眼。

兩旁掛著一副對聯，寫的是：

冷觀時事須行樂，閱盡人情可閉門。

一案上擺設魚缸盆景果盤，盤內放著木瓜。八仙桌兩旁有太師椅子。柳瑞在東邊落座，周大成叫人獻茶，吩咐擺酒，二人對坐吃酒，談說閒話，酒過三杯，柳瑞就哼了一聲，說：「不好！我頭暈眼黑，莫非有什麼緣故？」只見周大成把臉一沉，說：「躺下！焦表兄，我這個反奸計真行，把柳瑞捉著了！」焦雄哈哈大笑，由東房過來，到這邊一看，柳瑞早已昏迷過去。

原來焦雄合周大成是表兄弟，也是小西天在熏香會之人，綽號人稱玉面狼周大成。今一早焦雄到這裡，細述上項之事。他就派人在村外探訪，有無人追來。焦雄要走，周大成說：「不必，我把你綑上，用個反奸計，可把追你那柳瑞捉住，人不知鬼不覺。」焦雄依言，二人定好計。柳瑞今日先喝那酒裡是蒙汗藥，栽倒下。焦雄進來，合周大成商議綑好，要問他來了多少人？素秋在那裡？審問明白，再作道理。焦雄說：「先吃酒，少時再問。」二人把柳瑞綑上，送在東配房之內。二人吃酒已畢，叫家人把那繩子拿上來，把柳瑞帶上來，我要結果他的性命。家人到東配房中，不見了柳瑞，繩子放在地下，遍找無蹤。說：「不知道這人被何人放了？」周大成說：「不好，叫家人把大門封鎖，把女眷送往親戚之家，我同表兄往小西天去了。柳瑞一走，定然回去勾人來剿我等。」家人答言，各自分頭去辦。他同焦雄二人，帶十數名從人，出後門逃走，直奔小西天去了。

書中交代：柳瑞自受藥酒，昏迷不省人事，忽然心中一明白，抬頭一看，眼前站定一人，青衣小帽，家人模樣，看著好生面善，一時想不起來。那人把柳瑞單刀也拿來，交給柳瑞，一指外面，低言說：「跟我來。」二人溜出大門，到村北樹林之中蹲下。那人說：「柳大爺，你不認識我？今日幸喜兩個賊未害柳爺；倘要有不測，我先往玉山縣振遠鏢局前去送信。我叫劉遷，在玉山縣住。我孤身一人，常在鏢局幫忙，楊大爺時常給我錢。我那年病，多虧你老人家賞我一錠銀子，我才養好了病。今年我在這周家幫廚，今日遇見柳爺被捉，我拚命救出來。我也不能在他這裡，我們同回玉山縣。」柳瑞說：「你回玉山縣給鏢局送信，我去採訪鄧素秋，非訪著不回去。」劉遷答言去了。

柳瑞正要走，只見那焦雄、周大成二人同十數名小賊往西走，暗暗跟至江岸。只聽焦雄一聲呼哨響，由江岸邊蘆葦之中，出來一隻小船，眾人上船去了。柳瑞心中一楞，細看這是由西北往東南直通潯陽江，北邊是高峰峻嶺，往南也有山，西邊是江，往東一條大路，直通廣信府。正看之際，北邊樹林之中，忽見出來一人，此時一輪紅日已然沉西，正是進退兩難之際。只見北邊來了一人，年約三十以外，是隨常打扮。一見柳瑞，說：「柳大爺從那裡來？這一向可好哇？」柳瑞一見，說：「李七，你不是在玉山縣飯館之中，為何來至此處？」李七說：「那座飯館倒了主啦，你老爺家不知道？我散了來，就在這個廟中，伺候一位病老道，給他燒香做飯買東西。方才我看你老人家在這江岸之上來回走，我想起來，常在我們飯館見過。今日是從那裡來？要過江天也晚了，這裡又非江口，也沒有渡船。」柳瑞說：「我要上小西天去。」李七說：「什麼？你老人家要往小西天去，前邊是大江，那邊高峰峻嶺，可不容易呀！那小西天我聽人說，裡邊山王寨主無數，利害非常，千萬莫去。那裡並不是遊玩之地。」柳瑞聽了，半晌未語，說：「李七，你們那廟內可有方便房屋，我要住在這裡可行嗎？」李七說：「我們這廟內房卻有，就是廟主病著，他不叫招人。柳大爺這都是自己人，就在這裡也無妨，不必見他，我私自給預備點心酒飯，吃完安歇。明日你老人家回玉山縣，我還有相求之事。他這廟中也沒什麼好處，病老道脾氣又大，又愛罵人，我實在也受夠了。煩瑣柳大爺在鏢行給我找一個去處，打雜做飯我全行，不論成桌各樣菜蔬全做的了。」柳瑞答言說：「可行！我給你找個事。」

李七前頭引路，柳瑞跟隨進了樹林，只見那路北是一座古廟，山門上寫著「清幽觀」。由東角門進去，正面大殿，東西各有配殿。由東配殿北邊往東，是一個屏門。東院是北房三間，院中栽松種竹，清風飄然。讓柳瑞進北房院中。正面懸掛一位神像，頭前供案八仙桌，有古銅香爐一個。柳瑞坐下，李七到外烹了一碗茶來，說：「我燒完了香，再去做飯。」柳瑞說：「你去罷。」李七先燒完各處香，又點了一炷香，來至這屋，插在古銅爐內，說：「柳爺喝茶，我去做飯，好喝酒。」說罷出去。柳瑞自己心中正想小西天這件事，該當如何辦法？自己覺心中一慌，哼了一聲，說：「不好！這香是熏香。」方要站起，一暈翻身倒在地。李七由外邊進來，說：「好哇！柳瑞你今日也中了我的計了，休想逃生，也是你自找死路去。我到西院請廟主來，是殺是剮，聽候吩咐。」

書中交代：這廟與小西天寨主是一流人物，這裡叫「臨江外寨」，寨主花花太歲李化。今日見柳瑞在那江東來回繞道，東瞧西看，是要過江的樣色。李七說：「寨主！這個人名柳瑞，是振遠鏢局之人。我在玉山縣開飯鋪之時，他同著鏢行常在那裡吃飯。這是探道要進小西天，我去把他誆進來捉住。」定好了計策，他出去讓他進來。那茶裡倒沒有別的緣故，後來點著那一炷香，是熏煙，把這柳瑞熏過去綁上。到西院一見李化說明了，李化說：「這個人先勿殺他，前者黑虎山逃回來之人，都說被柳瑞所害，我派你到小西天去給送個信，問眾位把這柳瑞如何處治？」李七答言出來，到江岸一捏嘴，呼哨一聲，由江葦之中出來一隻小船兒。李七上船，那水手都是精通水性之人，過江不論什麼時候都行。把李七送到竹城，叫開了門，進了竹城，到臨江寨。天色微明，通報進去。臨江寨寨主花塢天王甄文化傳話進去，不多時傳報下來，說：「把被捉之人，押送大寨，聽候發落。」李七坐船回去，到江岸下船，天時已晌午。到了觀中回明李化，說：「大寨主吩咐，叫把這柳瑞押進大寨去。」李化說：「你等到東院，先把他抬過去。」手下人答言，到東院一看，北屋中柳瑞蹤影皆無，並不知被何人救去。一同到西院回明李化。李化各處一找，也是沒有，急的心中焦灼。

書中單表柳瑞受了熏香之後，正昏而不醒。忽覺一陣清風，抬頭一看，只見一人，早把他繩扣解開，攙起柳瑞，蹓了幾步，把刀給柳瑞帶上。二人出了廟，到無人之處，柳瑞一看，那位英雄身材魁偉，相貌清奇，年約二十以外，眉清目朗。柳瑞先叩謝活命之恩，然後問：「尊兄貴姓大名？」那人說：「你作何生理？白天我見你追下一伙人，及至追上，你又站住，又怕人看見，你躲躲藏藏，我疑你是辦案快手，看你行動又不像；直跟你到這裡。我見有人合你說半晌，你跟他進廟。我要看看你是何等之人？即行找來，你就被捉下，我到西院去一看，是一個為首之賊，正合那餘黨講論定計，要把你送往小西天。我也聽人說過那小西天是一伙採花之人，在那裡設立熏香會。說這小西天在白沙江套之西，連雲山島之內。」柳瑞聽了，立刻把上項之事，都說明白。又道：「如今要找尋素秋，拿熏香會之人，今朝誤中奸計，多蒙兄臺救命之恩。請問如何稱呼？」那少年英雄聽柳瑞之言，說：「原來是三十六友俠義英雄，不是外人。那鎮八方夜游神楊明大哥，我雖然未會過面，卻也時常有朋友提說此事。我乃江北之人。」柳瑞說：「請問大名？」那人哈哈一笑，說出姓名。要知此人是誰？且看下回分解。

第二百五十二回　白龍山雙俠被獲　金鳳寨群寇心驚

話說那人對柳瑞講論多時，自己才吐出實言，說：「我是江北臨淮人，先在黑虎山，我師兄弟八人，我行三，姓譚名宗旺，綽號人稱俏郎君鐵拐譚宗旺，方才我聽柳兄說三仙觀楊林老英雄被殺。」柳瑞說：「不錯！」譚爺說：「我非殺小西天這伙賊人不可！那楊林是我的師叔，我把我等兄弟聚齊，非殺熏香會為首之人不可！」說罷與柳瑞拱手而別。柳瑞無法，自己又不會水，先回玉山縣，到鏢局之內，在那裡邀幾位英雄，再設法進去捉拿賊人。正往前走，只見對面來了一人，身軀高大，穿青掛皂，面黑如鐵，頷下鋼髯，只聽那人說：「柳賢弟，趙斌在此。」原來趙斌在墳地送飯，聽家人說：「楊爺等在玉山縣遭了這場官司。」老趙在墳地大哭一場，脫去孝服，換去素服，先到如意村，見過楊老太太與楊大奶奶，說：「家中放心，我去看看楊大哥去。」到了縣衙之內，見過楊明大哥，說：「兄長放心，我去小西天找那伙賊人，全把他等殺死，一個不留。」楊明說：「賢弟千萬不可，你好好回去守孝罷。」趙斌回頭，自己出了衙門，到外邊吃了晚飯，一人出城一看。那裡正是九截山，只見對面來了一人，正是柳瑞，二人見面，訴說前情。說：「熏香會之人，全歸了小西天。就是有長江之險，山川之阻，不能進去。」趙斌說：「我同你探明了一條道路，然後回去調兵前來，好輕車熟路。」柳瑞點首答應。

二人往北走了有七八里之遙，天光已亮，只見前面山連山，山套山，不知套出多遠。二人信步走去，忽見松林之內，一聲呼哨響，說：「吖！爾等休走！不種桑來不栽麻，全憑利刃作生涯，若要不信從此過，一刀一個盡皆殺。」趙、柳二人一看，十幾個嘍兵，各執單刀一把，阻住去路。柳瑞說：「眾位『合字』辛苦了！我等皆是同道之人。」那些嘍兵一聽，立刻止住了。說：「二位『合字』『春』個『萬』罷！」那趙爺二人通名姓，那嘍兵派人回稟寨主。不多時由山寨上走下來一條大漢，臉有花瘢點，一部鋼髯，手執鐵棍。到了臨近一看，柳、趙二位，問了名姓，那寨主連忙拱手，讓二位上寨一敘。柳瑞同趙斌二人說：「我等有事，不能奉陪。容後必到山寨拜訪。」那寨主說：「二位不必推讓，我還有話與二位細說。」二人無奈，跟著眾人進了北邊山口。到了那山寨門外，兩旁有數十嘍兵站立。到了分贓廳之上，那寨主吩咐看茶。柳瑞問：「寨主尊姓大名？」那寨主說：「我這座名白龍山金鳳寨，大寨主姓呂，下山有事，半載未歸。二寨主就是我，名叫大刀將竇強。今日聽手下之人回話，說來了二位同道之人；我下山接二位上來，以盡地主之情。你二位是從那裡來的？」柳瑞說：「我等自臨江寨北邊，順山路誤走至此。幸遇寨主，真乃三生有幸。」竇強說：「聽人說你等玉山縣三十六友，多是俠義英雄，我也久慕大名。」說罷三人吃酒，高談闊論，甚相投契，並無半點拘束。柳瑞也就實說，把尋找素秋，楊明大哥被人陷害在獄，要捉熏香會之人。那寨主聽了氣的怒髮衝冠，說：「我這個人最恨奸險之人害人，要合誰不對，自管找他，暗箭傷人，我不信服。」趙斌聽的高興，也盡量喝了幾杯。不知不覺，天色已晚，三人皆醉，留二人住在西院之中。趙斌向柳瑞說：「這竇寨主果然義氣，待你我甚厚。」柳瑞說：「這也是前生之法緣。」二人說罷，合衣而臥。

外邊寨主也要歇息，只見嘍兵來報，呂良寨主回山。竇強迎接進來，說：「大哥有半載未歸，往那裡去了？」呂良是個老道，說：「我在小西天入了熏香會流派。我等在玄壇觀，不料同伴之人吳桂惹下是非，請我等大殺勾欄院，搶素秋。又盜了知縣的印，全給楊明栽了贓。誰想有一朋友柳瑞，他來探訪，把田章刺死，把素秋盜去，又調來官兵。我也是不敢回小西天，我自己回山，還怕有人找我來。我在小河口住了幾天，今日才回山來。這裡沒有人來？」竇強說：「今日來了柳瑞、趙斌，在我這吃了幾杯睡了。我方要睡，兄長回來了。」呂良說：「不好！那柳、趙在那裡睡哪？」竇強說：「在西院之中。」呂良說：「這就是拿我來的，我先下手，以免後患。你還在夢中呢！」二寨主說：「我不知道，早晚就把他二人捉住了。」呂良到西院之中，北房東裡間，有呼吸之聲，先把熏香入進窗戶去，聽了半晌，知道二人熏過去了。撬門而入，到了裡面一看，柳瑞、趙斌昏迷不醒。方要擺刀來刺，只聽院中叫道：「大寨主快來！」外邊有人來報，說道：「逍遙鬼王洞前來拜訪，還同著憐花仙子梅長壽，揹著一個婦人。」呂良說：「先來幾個人，把屋中這幾個奸賊綁上，我到外邊看看。」賽純陽呂良到了外邊，先叫人執著燈籠，迎接下去。不多時梅長壽、王洞二人，揹著素秋來到。見過呂良、竇強落座。那呂良甚喜，問：「是從那裡把這美人得來？」王洞說：「是梅兄由范天和店之內，把素秋盜出來。我也是後趕上，用香熏過去，揹到老龍潭，只有一家店，還不住堂客。我們說：『行個方便，把素秋送在後宅住一夜。』店家說：『你們快走！我知道你們不是好人。』我把素秋帶來。」呂良說：「我謝謝二位這番美意，把美人給送在後寨中。」梅長壽說：「你別謝我，費盡心機，算給你送來了，我也不敢惹你，咱們再會，我走啦！」自己回小西天去了。

王洞一楞，說：「大哥，這事可不好！他這一走，準歸小西天。要一說此事，豈不叫眾綠林說你我二人沒有一會之人義氣？」呂良說：「管那些事？你我在這裡得樂！有何不可？」二人擺酒。竇強說：「我去殺了那趙斌、柳瑞，再來吃酒。」王洞一問，方知就裡，說：「兄長，你去罷！」竇強也拉了一口單刀去了。呂良、王洞二人吃酒，說：「咱們這裡要沒人來攪，倒是清淨之處。就怕楊明的餘黨，他等要來，可不好惹。那時如有不便，帶著嘍兵同往小西天，在那裡也就不怕了。」過了半天，未見二寨主回來。王洞說：「二兄長去殺人，這半晌還不回來？」派嘍兵胡忠：「你去看看，請二寨主來，我等還要談談！」胡忠去了半晌，回來說：「不好！二寨主也不見了！看著那兩個人的嘍兵，也沒有了。房中黑暗暗，也沒有了火光。」呂良、王洞只顧吃酒，也沒聽到心裡，說：「不要嘮叨，去罷。」

書中交代明白：那二寨主本是渾人，拉刀到西院之中，一看院中並無一人，也沒有燈光，自己罵道：「這些王八蛋的全走了，也沒留一個看看的，都送死去了！我到房中殺了這兩個人，回頭再合你等算帳。」立刻進了上房一看，那屋中黑暗暗的並無燈光。聽見屋中有呼吸之聲，到東裡間伸手往床上一摸，並無一人。竇強心中一動，方要轉身走，由背後一刀，正剁在脖項之上，「哇呀」一聲，人頭落地。故此那胡忠來看，也是沒人，回了王洞、呂良，二人只顧說話，也沒有聽的明白。正吃到醺醺欲醉之際，忽聽外邊一聲怪叫，說：「好一個人面獸心的賊人，欺我二人太甚！」擺刀躥進一人。王洞、呂良一看，那人身高九尺，臂闊腰圓，面如刀鐵，黑中透亮，環眉大眼，三山得配，五岳停勻，海下微長鋼髯，正是探囊取物趙斌。後邊跟著踏雪無痕柳瑞。二人因睡著了，受了熏香，被嘍兵綁上，還不知人事。忽然心中一明白，睜眼一看，只見有一人用刀把繩挑開說：「二位受了熏香啦！他要殺你們，我特來救二位，刀在那裡。」二人一聽，心中明白，方才細看那人，是一位少年英雄，身穿夜行衣靠，五官清秀。二人站起來要謝，那位轉眼就不見了。

柳瑞、趙斌各拿起刀來，望外一看，西邊有四個死屍，是嘍兵的模樣。二人上房，往各處採聽，只見那東南有一所院落，北房燈光照耀，如同白晝，裡邊有人說話。二人身臨切近，隔窗往裡一看，是六七個嘍兵頭目，在那裡喝酒哪。一個說：「咱們大寨主歸了小西天熏香會，連你我也要去到那裡耍耍。」那個說：「方才走了一個，叫憐花仙子梅長壽，揹來了那個女子是誰？」內中一個嘍兵說：「那個女子是玉山縣落鳳池廣寒仙子鄧素秋。」柳瑞聽的高興，正要細聽根由，忽見來了一人，柳瑞連忙躲開了。只見那人進了房去，說：「不好了，西院中咱們伙伴也被殺了！二寨主也被殺了！那姓柳的與姓趙的，也不知被何人救了去啦！咱們先報與二位寨主知道。」只聽那個伙計又說：「別胡說啦！你先喝三杯，罰你逃席；再喝三杯，咱們給他個一醉解千愁。」柳瑞、趙斌二人聽了，到了分贓聚義廳一看，那逍遙鬼王洞、賽純陽呂良二人正自吃酒之際，趙斌擺刀進去，說：「呔！好兩個無知的匹夫！你等要害爺爺！」呂良、王洞二人一閃身，把燈吹滅了。趙斌、柳瑞見燈吹滅了，已嚇得往後倒退。只聽後窗戶一響，那王洞、呂良躥出去，說：「孩兒們鳴鑼聚眾，先捉這兩個奸賊。」正說之際，忽聽那正南一陣大亂。要知後事如何？且看下回分解。

第二百五十三回　柳春華尋蹤找素秋　譚宗旺誤進桃花塢

話說呂良、王洞二人跳出窗外正吩咐手下之人，鳴鑼聚眾。忽聽正南一片聲喧，只見火光沖天，傳鑼救火，又聽見西邊人嚷，火光大作。東北兩邊同時火起。兩個賊人到後院之中，揹起素秋，由小路逃走。柳瑞、趙斌二人亦不知這火是從何而起？二人連忙逃走，只嚇的心驚膽裂。方躥出火場，站在山坡之上，只見烈焰飛騰，那些嘍兵一半死於山澗，有逃走者也不多。趙斌、柳瑞二人，也不知是何人放火？也不知救他二人是那裡人氏？姓甚名誰？二人也不知素秋是死在火場之內，還是被他人救去？趙斌同柳瑞二人，楞夠多時，想要到小西天去探，要捉一個賊人，亦好到玉山縣結案，為大哥辨白此冤。二人商議好了，順路往小西天去。及至到了江岸，只見水花滾滾，波浪滔天，並無有渡船。又不知道江路遠近，又不知小西天是在江內江外。二人正自思想之際，忽見從對面來了一群騎馬之人，二人隱藏在樹後一看，前頭有一匹白馬，上騎定一人，年約二十內外，頭戴粉色武生巾，上繡八寶雙垂走穗，身穿粉綾色箭袖袍，周身繡冰片梅花朵，五彩絲鸞帶，藍襯衣，薄底快靴，面如美玉，白中透潤，兩道劍眉，斜飛入鬢，二目神光滿足。後跟著有一位黑面老道，穿青道袍，背插寶劍。還有一個紫臉道人，生的雄眉闊目，面帶殺氣，並非良善之輩。柳瑞躲在樹後，見那眾人過江去了。二人自回玉山縣，請能人進小西天，前去窺探不表。

單說方才這兩個老道，惜花羽士陶玄靜、護花真人柳玄清，他二人自從與群賊燒了三仙觀之後，他二人叫眾賊人葬埋了迷魂太歲田章，一同回歸小西天大寨之中。陶玄靜二人上了劉家集去訪花臺劍客劉香妙。到後，就訪問劉香妙。那劉香妙的胞兄讓二道人到書房之內坐下，說：「舍弟昨日被朋友邀出去了，至今並未歸來。二位道爺是從那裡來的？」玄靜說：「我是玄壇觀來，找劉香妙給他提親，是我至友狄員外胞妹，生的德容言貌俱好，堪與二弟為配。吾二人作冰人，不知兄意如何？」那劉香妙之兄說：「我因吾弟閒游，恐其放蕩，也想給他成家婚娶，無奈擇不著可配之人。今日二位道兄說來也好。我派人把吾弟找來，二位多等幾日。」陶玄靜答了。這天忽然間劉香妙回來，到了家中，一見二道，心中甚喜，說：「二位兄臺久違少見，失迎！」陶玄靜說：「我二人來給賢弟說媒，有我們至友狄元紹他的胞妹，人稱無雙女賽楊妃狄小霞，為人才貌雙全，堪與賢弟為配。可是招贅前去，過了一年半載，也須帶回你家。」劉香妙也願意。

這日帶著家人，同二道往小西天走，至老龍潭三江口，二道一捏嘴，由江葦之中出來一隻船，上有兩個水手，一個舵工，把船靠了東岸。眾人上了船，直穿江葦而過。白茫茫一片水，波浪滔天。直到老龍灣，見一溜綠竹，映於江葦，南北約有數里之遙。船到綠竹臨近，只有一條進船之路。直往西約走了有半里餘，前邊有一道竹城，門裡邊有人看見，一問，二道人答言：「開竹城！」水寨裡面吩咐掀去「刀輪」，攪起「攔江網」，開放「竹城水寨」，船進去。只見南北兩個水寨，有五六百隻船，直往西有十里路，到臨江關下船。聽見砲聲隆隆，南北各有一座圍城寨，寨門大開，從裡出來了有五六百名嘍兵，各執長槍短刀。北邊有一位寨主，身高九尺以外，紫紮巾，箭袖袍，繡團花大紅綢子中衣，青緞快靴，面似藍龍，髮似硃砂，紅眉金眼，巨口獠牙，一部紅鬚，飄灑胸前，有一尺餘長；此人姓周名殿卿，綽號人稱水龍神。南邊站定一位寨主，面似瓜皮，青中透藍，兩道黃眉毛，一對金睛，壓耳黃毫毛，一部黃鬚，杏黃色箭袖袍，繡三藍牡丹花，五彩絲鸞帶，大紅中衣，青緞快靴，閃披鵝黃英雄大氅；此人靜江太歲周俊卿，把守臨江寨。知道今日二道接了貴客，擺隊迎接，各通名姓。花臺劍客一看，方知小西天勢力甚大。

進了關，走過五平寨，寨主是個老道，花月仙師呂元華迎接進去。到了中和寨，寨主狠毒蟲金讓、雙飛龍寨柳誠、獨虎寨粉金剛、玉羅漢則天大聖法通，前山四十八寨，各寨主齊來迎接。方到九龍寨，只見從裡邊一排排，一隊隊，嘍兵分列左右。由北往南，二里多遠，當中霹靂鬼狄元紹，身高一丈向外，頭戴鬧龍紫金冠，身穿紫緞滾龍袍，腰束杏黃金龍帶，外罩鵝黃錦花袍，面似淡金，黃中透亮，環眉虎目，壓耳黑毛，一部鋼髯。在上首一人，是墨綠紮巾，墨綠箭袖，黃絲縧帶，大紅紬中衣，青緞快靴，外披大紅緞繡團花英雄大氅，面皮藍中透青，紅眉金眼，紅鬍鬚，正是九頭鳥龐天產。右首一位，紫紅臉，是閃電神馬煥龍。後跟著是六位道長，眠花道士祁性海、臥柳真人賈文成、花月真人劉長樂、風流道長吳長生、採花真人王妙善、浪遊仙長李妙清。後跟有兩個陀頭，一位金面羅漢法長，一位如意金剛法玉，餘者是陸地飛行潘德利、水中夜叉劉得永、雙刀將李凱、百勝將劉明、白面野貓賈虎、紅毛兔子魏英、托塔天王吳玉、低頭看塔陳清、花裡魔王劉玉、色中惡鬼劉宏、貪花客吳壽、愛花仙梅清等，一百二十八位小寨主。各自見禮已畢，香妙進寨，敘寒溫吃酒。頭天歇息一夜，次日就算良辰吉日，合寨懸燈結綵，連嘍兵都是上等酒席。先叫人給他妹妹無雙女賽楊妃狄小霞送信，派人預備洞房花燭。

婆子丫環給狄小霞一送信，被姑娘大罵道：「不必伺候！」嚇的丫環等去了，不知姑娘改了脾氣。焉想道狄小霞自己早就招贅了一個心上情人，無人知道，除卻本房中婆兒丫環，別人不知道。這個人並非小西天之人，乃是俏郎君鐵拐譚宗旺。自從救了柳瑞，他一想進小西天給師叔楊林報仇。那日換了水師衣靠，帶著紅毛摺鐵刀，破了竹城，進了內寨，各處尋找，並未找著大寨。來到一所花園，只見那花園之中，奇花異草生香，樓臺亭閣掩映。方到了一處，只見有數十種桃花正開；在桃花中有一所院落，北房五間，代眺望閣，東西各有配房三間，一帶花牆，當中甬道，有個八角月光門，上懸一牌匾，寫的「桃花仙塢」四字。門兒外有一個牌樓，上寫「花界」兩字。東邊栽各種奇花，西邊有一個牌樓，上寫「柳塢」兩字。往西通著一處「玩花樓」。看罷進了北邊院落，只見北上房邊下，掛著紗燈四個，屋中燈燭輝煌。啟簾進內一看，北邊牆上掛著一軸條山，畫的是「湘子圖」。兩旁有對聯一副，寫的是：

美酒吃得微醉後，名花看待半開時。

靠北牆花梨條案上，有盆景一對，上有果盤一個，東邊有食盒兩個，西邊四個細磁鬧龍瓶，上貼籤字，寫的是：「桂釀醉仙酒」。前頭八仙桌兒一張，兩邊擺椅子桌子，文房四寶。有一個茶盤，是赤金打造的，上邊雕刻團龍四季花，裡邊放著一把羊脂玉茶壺，有一對玉茶杯。譚爺看罷坐下，斟了一碗茶喝，是真正龍井泡的，正可口，喝到口內，有一股清香之味。一連喝了兩碗，只覺腹中陣陣腸鳴，透著腹內。一抬頭見北案上有四瓶酒，拿過一瓶來喝了一口，其味甜中透香。到多寶櫥拿了一隻玉杯，打開食盒一看，是各樣乾鮮果子。

譚宗旺拿了幾個，自斟自飲。蠟臺點了寸許，把一瓶酒全皆吃完，只覺昏昏沉沉，站起來頭暈眼花。心中說：「不好，我平日吃三觔酒也不至醉，今日這可不好！我身入龍潭虎穴中，也沒找著狄元紹，這要被捉，豈不把往日英名付於流水？」焉知道他喝的那醉仙酒，至多不可過三兩；他是氣壯之人，就喝了一瓶，有三觔之多，焉有不醉之理？站起往東裡間一掀簾子，只聞一陣蘭麝薰人，順前沿是床，上掛銀紅色縐帳幔；上有花籃一個，裡面放茉莉，各種仙花，時放奇香。床上有紅呢坐褥，靠北邊是條案桌椅，婦人女子所用之物。自己也無心細看，自己身上不由自主，躺在床上，昏昏沉沉睡去，如醉如癡，也不管這是什麼所在。幸虧前面大寨之中，群賊不往這院中來察。譚宗旺正睡之際，從外面進來了兩個丫環，都有十六七歲。秋香、桂子到房中一看，見八仙桌上有酒瓶酒杯，他兩人大吃一驚！說：「秋香姐姐，你來看看，這可是怪事！咱們小姐這院中，什麼人敢來攪鬧？」秋香說：「妹妹收拾開就完了，不管怎麼，全是咱們這院中之人。」二人收拾完了，聽見外面說：「小姐來了！」正是來了一位殺人不轉眼的惡魔女狄小霞，今日怕譚宗旺性命難保。要知後事如何？且看下回分解。

第二百五十四回　郎才女貌情投意合　憐香惜玉海誓山盟

話說譚宗旺睡在桃花塢床上，這個所在，乃是大寨主的胞妹，無雙女賽楊妃狄小霞的閨房。他練的一身好工夫，手仗毒龍劍，能削銅鐵、剁純鋼、水斬蛟龍、陸斷犀象，殺人不帶血。今年二十歲，也知曉世理。今日到她嫂嫂院中，與那些側室夫人在一處吃酒談天。那壓寨夫人都是花船之上名妓，都是色藝俱佳之人。把狄小霞灌的半醉，又玩耍了半晌，到九姨奶奶那房中。桌上放著一本春冊，畫的都是細粗人物。她看了半晌，姨奶奶進來說：「好呀！別瞧了！瞧上癮怎麼好？」狄小霞臉一紅，說：「別胡說啦！我瞧可上不了癮！怕你正想著那個呢！」九姨娘說：「我想怕什麼？」二人鬥了會嘴，狄小霞想要走，叫秋香、桂子前頭先收拾伺候，自己帶著從人，分花拂柳，慢慢的直奔桃花仙塢而來。走在道上，見皓月當空，鏡光似水，自己想：「兄長不做好事，奴家今年已二十歲，也不給擇婿，思想起來，好不悶殺人也。」走到自己房中，僕婦人等說：「小姐床上，躺著一個少年美男子睡覺。」那狄小霞聽了一怔，說：「何人膽大，躺在我的床上？待我看來！」自己到了東裡間之內，把帳幔挑起來，見譚宗旺正酒醉睡熟。身穿夜行衣服，面如白玉，眉分八彩，二目俊雅，準頭豐隆，真乃俊俏第一人物。背後有單刀一把，小包袱一個，年紀亦無非二十以外。看罷未語，叫丫環不要聲張，去烹茶來，他就坐下。他在椅上定睛看了譚宗旺幾眼，本來生的俊俏，又喝了點醉，白中透紅，紅中透白，暗想：「自己要一喊有奸細，前面我兄長知道，此人命沒有了，可惜了這樣粉金剛美男子，白白死了；再找這樣人品，恐怕到天邊也找不著。奴家與他必是前生結下良緣。」

正自思想，丫環給送過茶來。喝了一杯茶，說：「丫環！把那人那口刀摘下去，把包袱解下來，把靴子給他脫下去，把我被褥收拾好了，叫他先睡；我看著他，你們去各自睡去罷。」僕婦丫環依言，把譚宗旺衣服全皆脫去，放在被臥之中，譚宗旺連一點都不知道。眾人退出去，那狄小霞把長衣脫去，坐在床上，眼看著譚宗旺，越看越愛，遂與譚宗旺共枕而眠，其中細情，不言可知矣。事後，譚宗旺方問狄小霞來歷，狄小霞全皆說了。問譚宗旺可有妻室無有？家中有何人？來此何故？譚爺說：「妻室無有，家有老母，替朋友報仇，來到此處，要捉幾個熏香會的賊人，拿著寶刀破了竹城，誤來此處，因偷酒吃醉，睡在這裡。多蒙妹妹憐愛未殺，又得成為夫婦；我無妻室，你無丈夫，咱們兩個海誓山盟，永為夫婦。我既沾染了姑娘，你我也無話可說。」狄小霞斜看了一眼，微微一笑，把譚宗旺一抱，說：「我也是這樣心。你今年多少年紀？」譚宗旺說：「我二十二歲了。」狄小霞說：「長奴家兩歲，我與郎君已然共枕同床，千萬可別嫌我賊人之女。我兄長立熏香會之時，也非自己主意，全是外人所為。今日之事，乃你我前生之緣。奴家一見郎君，就有憐愛之心，故此不避恥辱，解衣相救。」天明，狄小霞口占一絕句云：

玉砌金鑲花一枝，相逢恰是未開時。嬌姿未慣風和雨，囑咐郎君好護持。

二人起來，秋香、桂子伺候梳洗打扮，僕婦丫環，全都叩頭，稱他為新姑老爺。譚宗旺換了一身粉綾色武生衣襟，更顯的少年英俊。狄小霞今日薰香沐浴，濃妝豔抹，光梳油頭，換了一身銀紅女襖，周身織金邊兒銀紅緞百摺宮裙，雪青緞中衣，南紅緞子宮鞋，鞋尖繡挑粱四季花，白綾襪，襯綠腿帶，一紅一白，真是天作之合。喝了早茶，告訴眾僕婦丫環，派一個僕婦在桃花塢門首坐看，如有人來，先稟一聲。叫丫環備酒，由東裡間登梯，上了暖閣之上，把窗戶支開，望外一看，真正萬卉群芳，各樣奇花異草。靠前窗戶放下一個八仙桌，二人對坐。秋香、桂子伺候，先擺八碟小菜，無非鹹魚醬肉鴨子糟蝦雞子等類。煖了一壺酒，又擺上幾樣鮮果。二人猜拳行令，歡呼暢飲。正吃得高興，燕爾新婚，彼此愛慕，二人用完早飯，坐在暖閣上談心。譚宗旺說：「娘子，你我這也不是長法，既成夫婦，總要想個長遠之道才是！在這裡住並不是久居之地。」那狄小霞說：「咱二人過了一個月之後，奴家收拾細軟物件，帶著丫環僕婦，告辭我兄長，上廬山進香，我有心願把你暗暗藏在小轎之內，隨眾混出小西天。奴跟你回故土，拜見婆母。」譚宗旺深喜。

說的高興，二人講閒話，譚宗旺抬頭一看，只見北牆上掛著一口寶劍，一個鏢囊，問：「此是何人所用之物？」狄小霞說：「那個是奴家習練玩的，還是八九歲之間，跟我父兄所練，打十二支毒藥鏢，百不空發，只要打上，那中鏢之人，非死不可。那鏢尖之上有個窟窿，毒藥灌進裡面去，打上人，子午不見面，六個時辰就死。我練過氣功，十八般兵刃，全拿得起來。就是一樣，我就不愛刀錘鉞斧，就是愛槍。槍法招數也多，又是百兵之首，無奈是帶著不便。我父親把自己心愛的一口毒龍劍已給了我。我會七星劍，少時你我到院中，比較拳腳解悶，這院中也沒人來。」譚宗旺說：「使得。」二人各脫去長大衣服，到院中叫丫環來，把東配房之內刀槍棍棒，全皆拿出來，放在院中，又搬出一張八仙桌兒，兩個椅子來。那譚宗旺坐在椅子上，看狄小霞練拳腳。那女子正在院中，走了一路羅漢拳。譚宗旺看那手眼身法步，十分整齊。又見他扎了一路花槍，門路精通。又耍了一路雙刀，果然耍的好，譚宗旺看的眼花撩亂。那兩口刀並無半點破綻，耍完，氣不湧出，面不改色。又舞了幾路劍。叫譚宗旺去練。譚爺跳下去，練了一路拳，扎了一路大桿子，耍了一路大槍，那槍法奇妙，出手合式，只耍的天昏地暗，上下翻飛。練耍完了，又走了一路單刀。狄小霞看了說：「好！你會打暗器不會？」狄小霞把鏢袋拿出來，教給譚爺打鏢，一連學了有半月之久，把鏢學會，就是打不準。

這天是狄元紹之妻咸氏生日，丫環婆子一早過來請狄小霞。此時譚宗旺正在屋中合狄小霞說話，聽見院中婆子丫環，說：「請小姐過後寨去，給我們主母陪客。」狄小霞說：「我這就去，你們先回去罷。」那些人去了。小霞道：「譚爺我要去，你可別往那外邊去，這裡我留下桂子伺候你；我帶了秋香去。」譚爺答言說：「你去罷！」叫人伺候坐轎到東邊內寨，叫杏花春院，乃是狄元紹結髮之妻咸氏所居。今日前邊大擺筵宴，是嘍兵全有賞號❶。這邊是二寨主龐天產夫人毛氏，馬煥龍的夫人常氏，連各姨奶奶，都是花枝招展，濃妝淡抹，那元紹有一位九姨奶奶，名叫春蘭，乃是九江名妓，色藝俱佳，被寨主用五千兩白銀買來，最得寵幸。與狄小霞二人最好，每日都在一處耍玩。他二人同歲，性情相投，自那日醉後至今才見，春蘭這以為狄小霞貪喝酒。今日一見，狄小霞臉上也胖了，比頭半月有天淵之別。二人一見，敘寒溫落了座，見過了大嫂嫂，說：「我今身體不爽，我要回去吃早飯，不必等了。」咸氏說：「妹妹別走，我還有話說呢！」那春蘭說：「你惦著什麼呢？連坐也坐不住了，我知道你的病是害相思呢！」

❶ 賞號：賞金。

狄小霞臉一紅，打了春蘭一下，心中實是惦著譚宗旺，坐在這裡，只覺心忙意亂，故此她要回去，合譚宗旺一處吃飯。春蘭說：「你先別走，今日吃完早酒，我可要到你院中走走。我說去了幾次，總未能去，今日可要去了。」狄小霞一聽這話，心中一動，莫非外面有什麼風聲，知道我那裡有人？他說這話有因。他也未回答。大家早飯已畢，狄小霞亦不敢走，怕春蘭跟了去，多有不便之處。二人說閒話，那些眾位姨奶奶，都合狄小霞玩笑。說說笑笑，狄小霞總惦著譚宗旺。那春蘭正要同他走，晚筵已開，狄小霞、春蘭坐在一個桌上吃酒。吃了兩杯，狄小霞說：「我不吃了，你們吃罷！」春蘭說：「你別說了，逃席今日可不行！再過兩天，你女婿來了，再不合我們吃酒！」狄小霞說：「胡說！我喝不下去，你又與我玩笑。」春蘭說：「你不知道呀？我說說與你聽！」那春蘭說了幾句話，狄小霞魂驚千里。要知後事如何？且看下回分解。

第二百五十五回　花臺客入贅小西天　俏郎君氣走桃花塢

話說春蘭與狄小霞同席吃酒，無意之中，說了一句話。狄小霞說：「你別合我鬧了！我心中不耐煩！」那春蘭說：「我給你報個喜，你立刻就好了！」狄小霞說：「有何喜可報？你說說！」春蘭說：「你兄長那日在我那屋中吃酒，提起姑娘的婚姻之事，他說道如今好了，有惜花羽士陶玄靜，合護花真人柳玄清，給你為媒，招贅一位劉公子，是玉山縣劉家集的財主，人品好，武藝好，我一聽甚喜。想妹妹在這山上，生長二十歲，要給個官宦人家，沒有可對的。這熏香會五百二十人之中，並無可配之人，高不成，低不就。那日寨主一說，我就只說好話，派人去請劉公子，過三五日也須就來。妹妹，這是你一輩子的大事，這喜可報不可報！我方才要往你院中去，我就是報這個喜事。」狄小霞一聽，愁上添愁，煩惱更深，立刻顏色改變，半晌不語。自己合譚宗旺二人，愛好作親，如膠似漆，一時一刻離開都不行！今日在這裡一天，心中三翻五轉；一聽這個消息，就如站萬丈高樓失腳，似揚子江中斷纜崩舟；類似劍刺冰心，刀剜鐵膽，心中好不自在，站起來告辭要走。春蘭說：「不必走，今日先別害羞，我來合你喝個盡醉方休。」大家也不要狄小霞走，你敬一杯，他敬一杯，直吃到天有三鼓。狄小霞沉沉欲醉，說道：「可不能飲了！你們自己吃罷！」春蘭說：「你也不必回去了，住在這裡，我告訴你話！」狄小霞是有心事，恨不能就走才好，只惦念著譚宗旺，又被春蘭留住不能走，自己又急又煩，不知不覺，酩酊大醉。天已四鼓，實不能回去了，就住在東院春蘭房中。

次日天有正午，方強打精神起來要走，狄元紹從前寨來了，春蘭接入，元紹說：「今日你等告訴妹妹，收拾房中乾淨，派幾個人幫助。」春蘭說：「妹妹在西屋中，昨日來我這裡就要走，我沒叫他走；你進來之時，我讓你在東屋中。今日有什麼事，派人給妹妹收拾房中？昨日我們伺候壽酒，寨主爺也不進來。」狄元紹說：「我昨日住在前院，是陶玄靜、柳玄清二人為媒，給妹招贅一人，是玉山縣劉家集的人，姓劉名香妙，綽號花臺劍客，手使一口飛龍劍，乃當今第一英雄。今年二十一歲，與妹妹年歲相當。昨日到來，我一看生的人品又好，才貌雙全，談講武學功夫，無一不好。今日良辰，我這山寨之中，亦不講那俗禮，前寨宴樂一天，送入後寨完姻，你等勸勸妹妹，不可撒嬌使性的。」說完了話，站起身來說：「我到前寨去了！」春蘭送出了，到西院中一看，狄小霞也都全聽見了，見春蘭進來說：「我可不能在這裡吃早飯，我要回我院中去，千萬別派人去給我收拾房屋，我今日把院門一關，閒人誰也不准進去！」春蘭說：「別人不叫進去，新姑爺要到了，你好好放進去！」狄小霞說：「別胡說了！」站起來走了，到了桃花塢之中。

譚宗旺自從狄小霞走後，自己有了丫環伺候吃酒，至天晚不見回來，心中若有所失。自己回想：「我是入了情魔了。自來到此地，半月之多，龍潭虎穴，變作安樂窩。真是酒不醉人人自醉，色不迷人人自迷。自江北黑狼山九位弟兄失散之後，人各一方，我在這小西天，亦非長遠之道。我合狄氏二人商議，還是回家故土為上。」直至三鼓之半，尚未安歇。自己合衣而臥，總惦念狄小霞。睡至次日起來，問秋香說：「你家姑娘還未回來？」秋香說：「我也著急，姑娘從沒有住在別院之中。」正說之際，僕婦來說：「姑娘昨日害酒，住在春姨娘院中，少時就來。」天有午正之時，只見狄小霞回來，面帶憂愁之態，芳容消瘦。一見譚宗旺，心中一慘，撲在譚宗旺懷中，二目流淚，半天也未說出話來。譚宗旺說：「你是因為什麼？快說！不必煩惱，我自有主意！」那狄小霞總不說話，鬧的譚宗旺亦未吃早飯，說：「你到底所因何事？只管說，你我從長計較！」狄小霞就把方才所聽兄長所說之話，都一五一十說了，嗚嗚咽咽的哭個不了。譚宗旺說：「你先別哭，我問問你心中是有何主意？你我二人，本非正大之事，無奈事由兩相湊合，也不盡怨一人。今日你兄長所作，給你另找人家，你要願意從我呢，咱們想計策出此小西天，到我家去做長久夫妻。你要從你兄長呢，今日我自走就完了。」狄小霞說：「忠臣不事二主，烈女不嫁二夫，你出此言，奴家死在你跟前，以明我心。」

正說之際，外面來了後寨僕婦丫環，前來伺候叩喜，侍奉新房。天已日落之時，狄小霞說：「你等回去，不必在這裡伺候，我這心中煩惱。」叫秋香、桂子二人擺酒，我二人先快飲三杯。二人吃酒，正議論回頭逃走。譚宗旺先收拾停當，把自己物件全皆帶好，佩上單刀，狄小霞叫丫環收拾自己物件。正在未完，聽見院中人聲喧嘩，乃是大寨主狄元紹、龐天彥、馬煥龍、陶玄靜、柳玄清、五花鬼焦雄等二十餘位，送花臺劍客劉香妙來入洞房。四個僕婦，四個丫環引路。狄小霞叫譚宗旺先上暖閣之上，我自有道理，那譚宗旺依言去了。狄小霞往裡間屋中要躲，不由己抬頭一看，只見兩對紅紗燈引路，當中正是新郎，年約二十以外，頭戴銀紅色武生公子巾，上面走金線掐金邊，雙錘銀紅色燈籠走穗，身穿銀紅色窄領小袖箭袖袍，一掌寬的五彩絲鸞帶，月白緞子襯衫，藍中衣，青緞靴子，外罩西湖色英雄大氅，面如美玉，白潤生光，兩道英雄眉，斜飛入鬢，一對虎目生光，準頭端正，唇似塗脂，牙排碎玉，一位英雄美少年。狄小霞看罷，心中就有愛慕之心，又不忍棄了譚宗旺，自己心不自主。早有四個僕婦進來，說：「姑娘大喜了！大寨主爺派我們來伺候。」狄元紹站在院中，早有使女引劉香妙到房中。狄小霞低頭不語，粉面通紅，見劉香妙坐在東邊椅上，使女擺上合歡酒，狄小霞坐在對面，偷看劉香妙多時，自己亦無主意，有兩不捨之心。劉香妙雖然生的俊俏，心中最毒狠，亦是一位貪花愛色之徒，今一見狄小霞粉面生春，嬌容可愛，心中疑是狄小霞怕羞，自己擎杯說：「娘子，你我今日乃合歡酒，為何不飲？夫婦之道，乃人之大倫也！莫非嫌劉某貌醜？」狄小霞聽了，憐情愛貌，微睜杏眼，瞧了一眼，微微一笑。那小霞乃是水性楊花之人，今日見劉香妙這樣，她就把愛譚宗旺之心，付之於九霄雲外去了。口中雖然不語，那面上帶春風，二目傳情，神情透俏。

譚宗旺躲在暖閣之中，見劉香妙進來，眾寨主退出去。半晌聽不見下面動作，推暖香閣的後窗戶，望外一看，那後院無人，跳下去站在窗外，偷聽多時，把紙濕破了，望裡一看。見狄小霞與那人對坐，眉目送情，不由無明火高有千丈，套起一塊石頭來，往裡一摔，只聽得「噗咚」一聲，燈光已滅，碗盞盡碎。劉香妙問：「什麼人？」譚宗旺說：「是我！你先出來，三太爺特來取你首級，別走！」那劉香妙並未帶著劍，一抬腿把桌子推翻，劈下兩個桌腿，跳在院中。狄小霞忙喚使女把燈點上，自己收拾好了，把寶劍佩上，坐在屋中，坐山看虎鬥。自己為難之際，見譚宗旺合劉香妙動手，他兩不忍傷，又怕進來殺她。那秋香、桂子說：「姑娘，這可怎麼好？」狄小霞說：「我又不會分身法，兩個人也就完了。」那別院中來伺候的，不知情節，一齊全嚇跑了。

譚宗旺與劉香妙跳在院中，殺在一處，譚宗旺那口刀，乃是紅毛摺鐵刀，削銅剁鐵如泥，鋒芒無比。

劉香妙兩個桌腿，當雙劍使開，二人各施所能。譚宗旺只累的氣喘吁吁。今日劉香妙要有寶劍隨身，早把譚宗旺戰敗。一邊動手，問：「你是那裡來的奸細？敢來攪鬧洞房？趕早通名，我劉香妙與你何仇何恨？快快說來！」那譚宗旺一語不發，總想殺了劉香妙，再合狄小霞計論。無奈贏不了人家，自己乾著急。見劉香妙門路精通，自己暗地吃驚。二人戰了有個時辰，只見前邊燈光照耀，狄元紹正自同八位真人、二位法師、三傑、五鬼、十二雄，大眾聚飲談論。都說小西天得了這位英雄，真乃擎天之玉柱，架海紫金梁。狄元紹說：「我等在這裡久居，把人馬演好，再圖大事。」正說之際，忽見有幾名僕婦來報，說：「不好了！新姑爺與刺客遇上了！」狄元紹一問情由，心中詫異，吩咐人來：「看我的八卦乾坤掌。」帶領群雄，叫手下人點上了燈籠，一齊鳴鑼吶喊，到了桃花塢以外，各執兵刃，要捉刺客。譚宗旺一時慌張，要想逃走，急切不能脫身，比登天還難。要知後事如何？且看下回分解。

第二百五十六回　戰群賊豪傑逃性命　玉山縣淫賊殺烈女

話說那譚宗旺正與劉香妙二人爭鬥，只累的渾身是汗，遍體生津；他有心要走，有劉香妙擋住他，也不容易走。只見從外邊燈光照耀，來了一伙賊人；為首之人，面似淡金，雄眉惡眼，一部鋼髯，手中抱著一個八卦太極圖，上按了一隻人手樣式，乃是八卦乾坤掌。只見狄元紹說：「眾位別放走了奸細，捉住問個水落石出。」譚宗旺一看，知道賊勢甚大，忙跳出圈外來，躥上房去。那狄元紹乃坐地分贓賊首，一看譚宗旺少年俊美，五官清秀，他妹妹狄小霞在房，一語不發，他就明白八九，其中定有緣故。又想這裡外人進不來，前山有大江之險，五寨之阻，四十八寨搜察甚緊，後山四十八寨，無路可進奸細。那俏面郎君吳桂一看，也知道不是好事，他要賣狄寨主的好，說：「這個人別放走了！這是楊明的餘黨，暗用離間之計。」大家四下傳鑼追趕，一轉眼譚宗旺不見了。大寨主說：「這個人那裡去？」前邊有糧草處寨主小銀龍于蘭，參拜眾寨主說：「不見有人過來，也許隱在裡邊，也許墜澗亡身，都不定！」狄元紹派吳桂、李通、毛如虎、卞文龍四人，各帶五十名小隊，往各處搜尋。察了半夜，也無下落。

狄元紹把劉香妙讓至前面大廳勸慰，陶玄靜說：「一定是振遠鏢局楊明的一黨。」狄元紹送劉香妙書房安歇。自到後寨，叫春蘭至他妹房中，一則作伴，二來探問細情。春蘭到了桃花塢，見狄小霞正自按劍而坐，見眾人追走了譚宗旺，心中不自安。又未見劉香妙回來，兩美俱失，又心疼，又不敢睡。怕是睡著了，被人所殺。自己正在萬種憂愁，忽見春蘭嫂嫂來了，連忙迎接說：「嫂嫂請坐！這般時候，還未睡覺？」春蘭說：「你兄長說，方才什麼一段緣故？」狄小霞說：「我也不知道，是從那裡來一個奸細，嚇了我一跳，我拉了寶劍，也沒好意思出去。」春蘭說：「我聽你兄長說，方才那個刺客好人品，好相貌，年紀還不大，可惜了，小性命要墜了山澗亡身，才可惜哪！」說完瞧著她。小霞臉一紅，眼圈一紅，沉吟不語。狄小霞想總是我的命運不好，只落的好事多磨，惡念臨頭。自己正自胡思亂想，春蘭說：「咱們睡覺罷！」二人安歇。次日狄小霞懶言懶語。春蘭回去。

那邊劉香妙氣惱了一夜，越思越恨，總想其中有情節。一黑早帶上飛龍劍，起身出大寨。那看門守寨之人，都知道是新姑爺，也不敢攔阻。過了獨虎寨，只到山下叫船，都有人送過江去。自己到了玉山縣西門外，住在大成店內，晚間吃完了飯之後，至半夜換上衣服，飛身上房，到了玉山縣衙內，各處東瞧西望，並不見動作。只見小院北樓三間，前簷窗內有燈光隱隱；到樓窗外一看，只見前簷窗內是一張床，床上坐定一個美人女子，年約十七八歲，在燈下看書。一個丫環旁邊伺候。那女子生的秋水為神，白玉為骨，粉面桃腮，美麗無比，頭梳盤龍髻，上帶幾枝珠翠釵環，臉似出水桃花，蛾眉皓齒，杏臉桃腮，身穿孝服，更顯俊美。諺云：「男要俏，一身皂，女要俏，一身孝！」此女乃是葉縣主的外甥女兒，父母俱喪，跟在這裡，名叫李玉梅，讀書識字。今日晚正自看書，使女丹桂伺候。

外邊劉香妙看夠多時，心中愛慕，一時心猿難定，意馬難拴，推門而入。見了小姐一拱手說：「美人！我今日正找仇人，不想遇見美女子在樓上，孤燈獨坐；我一見小姐芳容，我的三魂七魄，被你勾來，使我心中難捨！你要從我片刻之歡，我自有薄意相酬。」小姐一看，嚇的顏色改變，說：「休要胡說！

快給我走！我這房中一喊叫，家人把你捉住，你有性命之憂，那時悔之晚矣！這乃縣衙之內！」劉香妙聽了，微微一笑說：「姑娘不要怕羞，我劉香妙與你正是郎才女貌，兩相遇合。」一伸手要拉小姐手腕，嚇的使女鑽入床底下去，小姐臉一沉，拿起茶碗，照定賊人就是一茶碗。劉香妙說：「好賤輩！真乃找死！」小姐一嚷：「有賊來了！救人哪！」劉香妙拉出劍來，照定小姐一劍殺死。劉香妙自己還不肯走，用手沾血在牆上，寫了兩行：

豪傑到處鬼神驚，獨行千里任縱橫；不意巧逢多姣女，生成玉顏貌傾城。英雄有意求雲雨，佳人無心太薄情；殺人本是劉香妙，花臺劍客是別名。

寫完了，天有三鼓之半，要到獄內殺楊明。方到獄牆之外，只見南邊房上，有兩條黑影，方要追下，巡夜人從正西來，巡丁夜役有四五十名，梆鑼之聲不絕。劉香妙自己回店去了，至次日縣衙葉老爺方起，聽人報有刺客把外甥女李小姐殺死。知縣親自看叫家人暫用棺木成殮起來。立刻升堂，叫快手張成、李永二人，同眾快手給三天限，懸一百兩銀子的賞，急速拿劉香妙前來。二位班頭乃玉山縣有名快手，辦過多少江洋大盜，很有聲名。今日奉堂諭下來辦案，方一出大堂，只見柳瑞、趙斌二人來瞧楊明等，二位班頭說：「柳大爺幾時回來的，可把素秋找著下落？我們同李團練老爺回來，還甚惦念呢！」柳瑞說：「逢了兩次險處，全被人救去，素秋也沒有訪著。昨日同我趙兄才來，夜晚我二人住在鏢局之內，聽見外邊一片聲喧，我二人到了外邊看看，也沒什麼動靜。聽說昨日衙內鬧刺客，是真的嗎？」李、張二人說：「可不是嗎？昨日夜內把縣衙內老爺親戚李小姐，因姦不遂殺了，留下名姓，叫劉香妙。那丫環說有二十多歲一位賊人。二位久在鏢行之中，可知道這劉香妙是那路賊人，指我二人一條明路。老爺給了我二人三天限，要這殺人凶犯，我等往那裡捉去？」柳瑞說：「我二人雖然在鏢行之中，這幾年新出手的不少，這個人名字，聽著就生的很，實在不知道。二位請罷。」

兩個班頭到了縣衙外，路南春芳樓上吃酒，議論此事，到了樓上，只見走堂的郝二說：「二位頭兒少見，那有幾日未會！」張成、李永說：「我二人公事太忙，今日衙門中有這樣逆案。」郝二說：「我一早就聽見說了，這個賊人還留下名姓，膽子也太大了！聽說叫劉香妙。」二位頭兒說：「不錯！先給我們拿兩壺酒來，要四樣菜。」郝二去不多時，全皆擺上了。二人淺斟低飲，議論往那裡找這個賊去？不知住處，不知道怎麼個像貌，要往那裡找去呢？二人喝著酒，不住長吁短歎，說：「這個賊人，與咱二人為了對頭，你殺了人走了，就算無頭案，偏又留下名姓，我等往那裡去辦？」李永說：「這個賊人不是英雄，要是英雄，也不做這個不明不暗之事！」郝二說：「我聽人傳言，有一伙熏香會的賊人，成群結黨，盡作這事。那振遠鏢局楊大爺，誰不知道是個好人？到如今遇這樣不白之冤。多分捉住熏香會上之賊，這案也就明了。夜裡在縣衙採花未成，這個賊人，他母親必定叫人姦過，準是一個兔子！」張成，李永說：「我二人只要對了他的『盤』，要拿他易如反掌。」

二人正說，只見東邊桌上有一位武生公子，穿一身銀紅衣服，西湖色團花大氅，肋下佩劍，五官俊美，年約二十以外，站起來走到二位班頭桌前，一拱手說：「二位請了！你二人是玉山縣衙門中辦案之人？」二位答應說：「不錯！臺駕何人？」那武生說：「你二人不認識花臺劍客劉香妙，就是殺人凶犯，我可認識。」張、李二人說：「尊駕你認識麼？求公子大爺，指一條明路。」那武生微微冷笑說：「劉香妙遠在千里，近在目前，我就是花臺劍客劉香妙。」張、李二人一楞，站起來拉鐵尺就要動手。那武生說：「你們有多少人辦案，全皆叫來，我自有道理。」張成說：「朋友你成全我二人，打這場官司，我堂上堂下有個照應。」劉香妙說：「我倒願意，只有我這個伙計他不願意。」李永說：「你還有伙計？叫我二人見見！」那位劉香妙拉出飛龍劍，說：「你等見見就是他！」張、李二人方要向前，被賊人一腳，踢了一溜滾，寶劍削了張成鐵尺，用劍一指，說：「我在西門外大成店，今日等你一天，如要不到，晚晌三更取你知縣首級。我不殺你二人，恐汙吾劍。」一轉身，見走堂郝二蹲在桌兒底下，順手一劍，人頭落地，說：「你這小輩太愛說話！」跳下樓，竟自去了。張、李二人嚇的魂不附體，見賊走了，他二人跑下樓去，到衙門聚集了有七八十名快手，各執長鎗短刀。柳瑞、趙斌由獄中方才回來，正要回鏢局，聽劉香妙大鬧酒樓，刀斬郝二走堂，踢了二個班頭，現在大成店，柳、趙二人也跟隨眾快手到西門外，要捉劉香妙。且看下回分解。

第二百五十七回　劉香妙火焚如意村　鎮八方奉諭訪淫賊

話說張成、李永帶快手六七十名，到了玉山縣西門外大成店門首，說：「店家，你們店中住著一位姓劉的嗎？」店中小二說：「不錯，在上房屋中，正說你們該來了呢！」張成、李永二人說：「叫他出來，我們來捉他來了！」小二說：「他方才回來，說是南昌府的差官，在這裡調官兵等候辦案，怎麼說他是賊呀？真正可怪！」他站在院中，說：「劉爺快來！有玉山縣張頭、李頭二人來找呢！」聽的上房之中，答應一聲，出來說：「二位不失信，來了嗎？」拉劍在手。那些快手一看，是一位武生公子，生的俊美無比，眉清目秀。大家說：「拿！」往上一攻，劉香妙揮劍削兵刃，順手殺了有七八人，說：「爾等那個還敢上來？」跳在當中，如虎入羊群，趕的那些快手，東西混跑。那柳瑞一看，認識他是那日在小西天江岸所遇，同老道騎馬之人，心中說：「他也是熏香會匪，我把他捉住，可追問殺周公子搶素秋之案。」與趙斌二人，一齊躥過去，柳瑞刀往下就剁。劉香妙問：「什麼人？通名！」柳、趙二人通了名姓，說：「我正要捉你們這一般賊人，都是熏香會之人！」刀往下就剁，劉香妙用劍一揮，柳瑞單刀上半截墜地。柳瑞吃了一驚，趙斌掄刀就剁，二人殺三五個照面，外邊兵馬團練使李雲鵬帶兵趕到，劉香妙上房逃走。柳、趙二人隨後一追，房上一瓦打下來，二人亦未敢追，只得回來。幫張、李二班頭把受傷之人抬回驗傷，把死的稟官驗明棺殮起來，候案掩埋，約柳瑞、趙斌夜晚護庇老爺，怕賊人再來。

葉縣主見柳、趙二人幫助捉賊，方才二班稟明若非他二人，還要多傷幾條人命哪。心中想：「楊明這人，想是好人，若非好人，必不能有這樣良友。又有四街紳商來保，此事其中定有緣故。」這一夜倒沒有什麼動作，至次日柳、趙二人，正從內衙出來，到獄門來看楊明，說昨日之事。只見老管家楊安由外面進來，說：「楊大爺！咱們家昨日出了大禍了！」楊明問道：「有什麼事？」楊安說：「昨夜初鼓未安歇，老奴聽見房上有人說：『我乃花臺劍客劉香妙是也！特來殺楊明的家眷！』裡邊主母先把老太太救到北院楊瑞家，復又來合賊人動手。我把公子小姐救到西鄰李老翁家。聽見咱們院中，一片聲喧。家丁各拿兵刃捉賊。賊人把主母刀削了，主母逃走北院中。劉香妙把房點著，燒了二十餘間。幸虧眾鄉鄰把火救滅，還有西十四間未燒。殺死三個更夫，把老太太嚇病了。」楊明聽了，氣的五內皆崩，自己悲慘，說：「我要能出去，與此賊不共戴天之仇，非殺此賊不干休！」叫楊安到刑房找魏文先生，寫一章稟呈，報官相驗。楊安去了。有紳商馮占元出名，二百餘家鋪戶，保楊明出獄，帶罪捉賊。

葉開甲一看聯名保狀，又有楊安報呈劉香妙殺傷人命，放火燒房；心中知道楊明被人陷害。標監牌把楊明提出，到大堂之上。知縣說：「楊明，今我看四街紳士分上，暫放你出去捉賊，有柳瑞、趙斌幫你去。」楊明說：「老爺恩施格外，我必把這伙殺人栽贓盜印之賊人捉住，以明此冤。」知縣吩咐撤去刑具，楊明叩首謝恩。帶柳、趙二人出來，謝了馮占元，到鏢局之中，叫他族弟千里腿楊順，跟著要往小西天去找這伙賊人。又想到家中看看老母，楊順說：「兄長要往小西天，不可去的，一則長江之險，二則各寨賊黨之多，我聽人言，為首之人霹靂鬼狄元紹，手仗『八卦乾坤掌』，專打『金鐘罩』，善破『鐵布衫』。裡邊還有會妖術邪法之人。」楊明說：「我此仇焉有不報之理？」楊順說：「先捉劉香妙，再找俏面郎君吳桂、風流浪子李通，報仇不晚。」楊明說：「劉香妙也是小西天之賊人；不往小西天，往那裡找他？」楊順說：「咱們這裡有個做飯的廚子李三，他昨天與我說，花臺劍客劉香妙是他的街坊，合他還認識呢。他說他不是熏香會之人。」楊明說：「你把李三叫來我問問。」

楊順出去不多時，把李三帶進櫃房。李三見楊明施禮，說：「大爺出來了！我聽二爺說，昨日在如意村放火之人是劉香妙，我在這裡八九年，要是別人，我可不熟。我是城西南劉家集的人，我們那村中劉姓多，外姓少，都是安分之家。這劉香妙他父親劉鴻年早死了，他兄長劉香泉，是安本分種田之人。家中有五六百畝稻田，娶妻姚氏，生有一子。這劉香妙今年約二十一、二歲，他這一身武藝，是一個老道教的，由七八歲就練。他兄長很疼他，十四歲中的本縣武生員，就是給他娶了一個弟媳婦，他嫌陋，生生打死了。人家從此也沒人再說媳婦，沒人敢給了。他在外浪蕩閒游，終日不在家。劉香泉也管不了。他無論花多少錢，他兄長也不心痛。他在劉家集住，不知因何與大爺結仇，殺人燒房，這是我知道的事。」楊明一聽，說：「好呀！我知道了！你去罷！」

李三出去後，楊明、楊順、柳瑞、趙斌四人，一同先到如意村家中，看看楊母老太太。楊母一見楊明回來，心中甚喜，問明白根由。楊明勸老母不必著急掛念孩兒，我這一出來，捉賊就容易了。又囑咐好好侍奉老太太。說完四人出了如意村，一直奔劉家集，各帶隨身兵刃。天有未時，已到劉家集，乃是一座鄉鎮。路東有一座德勝店，四人先進店，到上房淨面吃茶，問：「伙計，劉香妙在那裡住？」伙計說：「我們不知道，我是新來的。我們掌櫃的他許知道。」楊明說：「請你掌櫃的過來！我有話說！」伙計答應去了。不多時那掌櫃的一進來，說：「原來是玉山縣振遠鏢局楊大爺，我在前邊沒看見，失迎！」

楊明一看，原來是故人劉萬成，當日在振遠鏢局對門開錢店，買賣收了，自己回家開了一座客店。一見楊明敘寒溫，分外親熱。就問：「楊爺你們四位，至此何事？」楊明把自己所遇之事，述說了一番，問：「劉香妙在那裡住？」劉萬成說：「他不在這裡，他在上劉家集住。離此正北三里路，我與他兄長至厚。劉香妙閒時常在我這裡來吃酒閒坐，我也應酬他。無奈他性情太大，瞪目就殺人。楊大爺找他有什麼事罷？我領教領教！」楊明說：「劉兄原來你不知道，我這是閉門家裡坐，禍從天上落。因我在家中給老師母開弔，有小西天的賊人，在玉山縣東門外落鳳池勾欄院中，殺死周公子，搶去素秋，把知縣印盜去，栽贓在我家中。有賊人假扮神仙，在衙門內說殺人盜印之事，全然是我。我一聽此事就明白，是人家陷害我。知縣由我家中把人頭合印全起出了，我有口難分皂白。到玉山縣衙門中，過了兩堂，把我入獄。今有義弟柳瑞，私訪黑虎山玄壇觀，把此事訪明白，回縣請兵捉拿賊人。焉想著一到縣衙，縣主派官兵頭役，還有兵馬團練使李雲鵬老爺，跟隨一到玄壇觀，再找賊人，一個沒有。柳瑞同趙斌又訪了幾日，也是全無下落！劉香妙他與我何冤何仇，大鬧縣衙，殺傷人命，絕不該火燒如意村，殺死我那更夫。所做之事，實在可恨。我今帶人前來捉他。」劉萬成說：「昨日劉香妙往我這裡來，喝了幾杯酒走了，我也未與他深談。他家住在上劉家集西頭路北，他兄長劉香泉務農，為人又忠厚，又精明。離此有三里之遙。」楊明喝了兩碗茶，待等先找劉香妙。

正說，只見外邊張成、李永騎馬，帶上四十快手，聽說楊明在那裡辦案，他二人也跟尋來，打算著兩合湊，可以成功。他這些伙計，都是久辦案之人，來到店，主人同楊爺拴上馬，說了幾句話，立刻帶著手下之人，一同到劉家集。也不過二三里之遙就到。一直往北走了有三里，到村前，由西口進街。路北有一座大門，門首有「劉寓」兩個字，他等止住步，一打門，由裡邊出來了一個老人，年約半百，問：「你問何人？」楊明說：「劉香妙在這裡住，我特來找他，把他請出來，我有話說。」家人一看那些頭役快手，各執兵刃，嚇的一語未發，跑進去回稟主人。劉香泉一聽親自出來，到外面說：「你們眾位家中坐，有什麼事到此？」楊明說：「你是何人？」劉香泉自己通了名姓。楊明一看，此人五官慈善，並不帶行凶作惡之態，說：「劉香妙是你什麼人？」那人說：「是我胞弟。」張成、李永說：「你兄弟是殺人拒捕盜犯，可在家中？」劉香泉心中一動說：「原來我兄弟做這樣事？可不好！我要說了實話，可了不得！」想罷，說：「我兄弟未在家中，不知他往那裡去了？候他回來，我必給老爺們送信。」楊明等說：「我們進去搜找去！」說著，一擁而入。嚇的劉香泉戰戰兢兢。且看下回分解。

第二百五十八回　楊明初會劉香妙　義士驚走吳道興

話說楊明等到裡邊各處搜到，並無劉香妙下落。依著張成、李永二人，要帶劉香泉。楊明說：「不必！咱們找著劉香妙再說，亦不為晚。」回頭就對劉香泉說：「你兄弟回來之時，你要給我們送信，沒你的事；你要隱藏不獻，我等察出來，連你都走不了。」說完，楊明等回劉家集，暗派兩個快手，在這裡等候他，在附近探訪。如劉香妙回來，急速劉家集店中送信。兩個快手，一名高彥，一名賈雄，二人答應，楊明等去了。劉香泉到上房之中，向妻姚氏說：「方才的這些官役人等，都是縣中派來的；這二弟惹下此禍不小，我何能救他？昨日我見他回家，怒氣沖沖，不知所因何故？我問他招親之故，他半吞半吐，亦未說明，叫我好不放心！我今亦無主意救他。」姚氏說：「你還救他？依我之見，候他回來，用酒把他灌醉，送到當官，免你我之禍！」劉香泉說：「你也胡說起來！我父母留下我兄弟二人，吾母臨終之時，曾囑我多痛愛吾弟。我故此諸事寬容，遵我母遺訓，再者二弟年幼，我諸事還要多庇護他才是，我要把他捉住送官，豈不被親鄰唾罵我？就替他死了，亦不敢做不仁不義之事。」那姚氏說：「你真是個糊塗人！他作下彌天之罪案，你是他兄長，還有家教不嚴之罪哪！你我是為夫婦！」

正然辯論，天色已晚，掌上燈光。劉香妙由外邊進來說：「兄長你用過飯了？」劉香泉說：「賢弟！你惹下大禍，今日來了官役人等，捉你來了。」劉香妙說：「兄長跟我到書房之內坐下。」劉香妙說：

「兄長你可別著急，依我之見，你把我送到縣衙之中，免你牽連之禍。」劉香泉說：「二弟你說那裡話來？我把你送至當官，免我之禍，我心中何忍？你逃命遠走高飛，我給你拿一百兩銀子，好作路費。」說罷，劉香泉站起身，到了上房，向姚氏要一百銀子。姚氏說：「你還給他銀子？我遣家人劉禧，已然給官人送信，少時就來。你先與他喝酒，去絆住他，等人來。」劉香泉說：「你胡說，快給我取銀子來！」姚氏坐在那裡不動。劉香泉自己由箱中取出一百銀子，到了外邊書房之內，把銀子交給劉香妙說：「賢弟急速逃命去罷！」劉香妙說：「長兄少待，我去去就來。」他轉身出去，不多時，拿了一個婦人的人頭，說：「兄長，我走甚不放心，把惡婦了結，以免後患。」他兄長一聽，嚇了一驚，說：「賢弟太狠心了！你把她殺死，尚有三歲孩兒，交給何人照管？」劉香妙說：「這小兒已被我殺了，不留孽種。」他兄長放聲大哭。

外邊房上，有鎮八方楊明，聽得劉香妙說：「那孩兒已被我殺了，不留孽種。」他兄長放聲大哭。外邊房上之人跳下房來，說：「劉香妙無父無君，亂臣賊子，往那裡逃走？」劉香妙在屋內一聽，把燈吹滅，先拿人頭打出來，楊明躲開。見劉香妙站在院中，儀表非俗。身穿銀紅色衣服，五官俊美，手中仗著飛龍劍。楊明看罷，說：「劉香妙，楊某與你何冤何仇，你火燒如意村，殺死我家丁，大鬧玉山縣，採花殺人，拒捕官人，勾串熏香會匪，殺傷多命，今天特來拿你。」劉香妙並不還言，擺劍劈頭就剁，楊明急架相還。探囊取物趙斌，從房上跳下來，掄刀幫助楊明動手。柳瑞、楊順亦過來幫助。劉香妙先把趙斌劍削為兩段，一轉身飛步躥上房去。說：「楊明，我要失陪了！後會有期！」楊明再找，蹤跡不見。帶著官兵人等，立刻回至劉家集店內。劉萬成說：「你眾位回來了，可把劉香妙捉住？」楊明說：

「我四個都要拿住這個賊人，他手中的那口寶劍，能削斬銅鐵，剁純鋼。」劉萬成說：「他這一走，望空捕影了！」叫小伙計擺上酒來，陪著楊明四人吃酒。直至三鼓，各自安歇。

次日早晨剛才起來，只見從外面進來一人，說：「劉掌櫃的家中六口人，全被劉香妙殺了。」劉萬成聽罷放聲大哭。只見劉香妙從外面進來，說：「劉萬成窩藏官人，勾串楊明，壞我大事，我已將你母親妻子全皆殺死。」楊明等從上房出來，說：「劉香妙，我把你該死囚徒！你由昨日殺傷八條人命，你還敢這樣耀武揚威？我等今日非捉拿你不可！」掄刀就剁。劉香妙並無半點懼色，擺劍急架相還，二人各施所能。劉香妙總想著要把楊明刀給削斷，楊明早已留神，看著那劍總閃躲開。柳瑞在旁邊抱著刀，看劉香妙一失神，就是一刀。楊順過去幫助楊明，趙斌由李冰手中拿過一把刀來，說：「賊人今日你再把我刀給削了，算是英雄。」四人圍上。劉香妙並無半點破綻。那些快手在四面圍著，說：「別放走劉香妙！拿呀！」劉香妙微微一笑，說：「你等四個人休想逃生，我今日暫不殺你，三日後取你首級。」說罷，躥出圈外，一轉身上房。楊明方隨後一追，就是一毒藥鏢。楊明閃開，再上房一看，蹤影全無。

四人告訴張、李二人，帶頭役尋蹤，三日後玉山縣衙門見就是了。張成、李冰二人答應。楊明帶著楊順、柳瑞、趙斌三人一直往東，方到村頭，只見劉香妙，方要走回，見四人追來，也住了，說：「你四人是不願意活著了！我來結果你等性命！」楊明一見，眼就紅了，說：「小輩！你休要逞強！我今日自有捉你之法！」柳瑞說：「趙兄動手，我在暗中幫助；他一露空，我是一刀，他要躲不開，我就一刀。」劉香妙一看，心中說：「不好！這廝他真是利害，盡在暗裡傷人！如若工夫久，我定受他等所害！」想罷，說：「你們這伙人，全皆該死！我要失陪了！你等追我必死。」柳瑞說：「你走不脫，我四人跟上你了！你一個沒有替換，我四人！你要睡覺，我也許把你綑上，你要是出恭，一腳踢你一個觔斗，反正你活不了。」劉香妙一聽，嚇的顏色改變，心中一動，這個姓柳的，他還真利害，自己飛身逃走。只見前邊一片樹林，劉香妙穿林而過。楊明恐怕他隱藏樹後，多有不便，又怕受他暗害。各處留神一看，並皆沒有。四人方放心往下尋蹤追趕。

前邊有一座鄉鎮，人煙稠密；四人進了鎮店，路北有一座酒飯鋪。天已有午初之時，楊明四人進飯館之中，要了酒，四個人吃著飯。說：「這個賊人甚不易捉。」楊明說：「與此賊平日並無來往，他因害我，燒燬我房，恐嚇我老母，殺死我家丁，我捉住他，再往小西天找那伙賊人算帳。」四人吃完飯，給了錢，出了飯鋪之時，只見那邊有一個人站立，看了楊明等四人幾眼。楊明等一看，說：「那人不是好人！」方要追，只見那人一轉身就跑，四人隨後就追。追出村去，一直往南。追出有五六十里之遙，那人蹤跡不見。天已晚了，一輪紅日，看看西沉。前面全是高峰峻嶺，四面是山，亦不見有村莊，也無人行路。正自懷疑之際，聽的西邊有鐘鼓之聲，順聲音找去，往西走了有一里之遙，只見路北松林之中，旗杆直沖霄漢之間；路北有一座古廟，臨近觀看，上寫「清幽觀」三字。東西兩邊，各有角門。楊明看罷，上前扣門。只聽裡邊有人口中說：「山門雖設竟長關，且看游人自往還！無量壽佛！」把門開一看，楊明等四位都是儀表非俗，壯士裝束。惟有楊明是軍官模樣。看罷說：「四位從何處來？扣門有何事？」楊明說：「我等是玉山縣鏢局中人，從此路過，要在廟中借宿，明日早行。」那老道人說：「我不敢主事，我到裡邊去見過廟主，再作商議。」楊明答應，說：「求道爺美言。」

那老道人轉身進去，不多時出來說：「四位請到西邊花院之內，我家觀主是兩個病人，已然病久了，亦不能下地應酬施主。這廟中向時永不留閒人住，只因前年有一位投宿，住在這裡，我們廟主想出家人吃十方，必須與十方人方便才是。那人住了一夜，把我們廟中物件偷去不少。自從那一次，再有人投宿，永不留人。方才我一說你四位是保鏢的，我們觀主心中最敬重保鏢之人，故此留四位住宿。他是病著，要是好著，早過來與你四位談談。你四位貴姓？」楊明用手指定那趙斌、柳瑞、楊順，連自己都說明。那老道人說：「原來玉山縣振遠鏢局楊大爺，我雖然不認識，我倒聽人說過，我姓劉有個外號叫劉老實，是西山莊人，我孤身一人，今年六十三歲，在這廟中伺候觀主，今已四年。我給四位烹茶。」老道人去了少時，送過茶來，把燈點上。說：「我給四位取飯去。」楊明看這所院落，是北房三間，東西各有配房。這屋中北牆上，掛著一軸條山，畫的「虎溪三友圖」，兩邊有對聯一副，寫的是：「靜裡乾坤大，閒中日月長。」條案上有幾卷道德經。前頭八仙桌一張，兩旁椅子，屋內圍屏床帳俱全。自己正看之間，忽然心中一動，正是：「冤家包結，路逢險處須迴避！恩義廣施，人生何地不相逢？」要知後事如何？且看下回分解。

第二百五十九回　清幽觀智捉劉香妙　野龍灣水淹鎮八方

話說楊明四人，在清幽觀西小院之內正自吃茶，楊明忽然想起一事，心中說：「我等追賊至此，蹤影未見；這山中古廟，乃賊人出沒之所，怕是劉香妙要在這裡，恐被他暗算！」自己正是思想。柳瑞說：「兄長，我想這劉香妙已回了小西天了。那日我同趙兄在江岸，見劉香妙同兩個道人坐著船過江；今日他惹出這樣大禍，他還是在外邊飄蕩！那小西天聽說裡邊賊黨甚多，也有當日慈雲觀漏網之賊，有玄壇觀逃回之人，他等為首之人，是霹靂鬼狄元紹，內中有三傑、五鬼、十二雄，五百二十名著名之賊匪，勢派甚大。要捉他等，非多請幾位有本領的英雄，要人少，還不行哪！」楊明說：「我要邀請人，各鏢行之中也有一二百位。」正說之際，只見那老道人托著一個茶盤，有六樣菜擺在桌上，有一壺酒，四個杯子，四雙箸子。說：「我們這山野之地，無有什麼好菜，幾位吃幾杯酒罷。少時我給送過飯來。」說完，轉身出去。楊明說：「我等先來斟酒喝罷！」聽見後窗戶外有人說：「別喝！喝不得的。」趙斌問：「誰呀？這可是玩笑！我們走了半日，今日才吃兩杯酒，無故又有新聞，說別喝！你是什麼人？」外邊說：「你要不信，請喝！我不管。」趙斌聽了，跳在院中。往房上一躥，站在房上往後一看，連一個人影皆無，復下來到屋中。楊明說：「賢弟，你先別喝酒，我想深山幽谷，恐有意外之變。」柳瑞說：「兄長言之有理，我去到東院探訪虛實，兄長等別動。」

說罷，自己出了上房，到東院上房，即各處觀看。只見大殿東邊，有一所院落，是三合房。柳瑞到東配房一看：只見西房中有幾個人正做菜哪，有六個人，內中有那個劉老實在外間吃飯。有一個人，年有二十以外，穿一身青服色，面似薑黃，酒糟鼻子，團臉，兩道短眉毛，一雙三角眼，喝的半醉之態，走道晃晃悠悠，說：「劉老兄！你方才叫我扒坑埋人，那楊明四個人躺下了沒有？」劉老道說：「你這醉漢，全皆不懂，這是亂嚷的嗎？祖師爺吩咐，叫小心留神，不可大意，怕的這四個人扎手！你去罷，先睡去！等我吃完飯，再到西邊看看，你要再嚷，我明日告訴祖師爺，把你給趕出去！」那醉漢說：「結咧！我走啦！你也別拿這話嚇我！」說著，自己一溜歪斜，往北上房去了。柳瑞往北一縱身，只見北院之中，亦是坐北向南的三合房。那北房燈影搖搖，飛身到那北房的後邊，把窗紙濕破了望裡一看，只見條案前頭八仙桌兒一張，兩邊各有椅子。東邊椅子上，有一位老道，頭戴青緞九梁道冠，身穿藍緞道袍，腰繫杏黃絲絛，白襪雲鞋，背後佩著一口寶劍，面似銀盆，眉分八彩，目如朗星，海下三綹鬍鬚，飄灑胸前，此人正是本觀之觀主吳道興，綽號人稱玉界飛仙。此人武藝超群，乃是花臺劍客劉香妙的師兄。西邊椅子上坐定正是劉香妙，二人對坐飲酒，正談心說話之際，柳瑞在暗中偷聽。

書中交代：劉香妙自己逃走，就往這裡來了。這座山名鹿角山，此廟清幽觀，觀主玉界飛仙吳道興，與劉香妙同師練武，武藝比劉香妙還強，在這裡出家。廟中使用七八個人，常有綠林之人往這裡住，亦有小西天熏香會之人來往。今日劉香妙逃到這裡，給師兄行禮已畢，備述前情，說：「後邊還有楊明等四人追我哪！」吳道興說：「你我在這裡，他萬找不到此。告訴外邊眾人，如有人來投宿，先問明白名姓，然後再回我知道。」故此楊明四人來到之時，劉道看夠多時，問了來歷，才到裡邊回稟吳道興知道。

劉香妙說：「來者有白面三綹髫鬚，是一個軍官模樣，一個武生公子的裝束，兩個壯士打扮，一黑一白嗎？」劉道說：「不錯了！」劉香妙拉飛龍劍在手，說：「這四個小輩，是與我作對頭了，我去捉他！」吳道興說：「不必，你先坐下！」叫劉道過來：「你到外邊伺候茶飯之時，酒裡菜裡，給放下蒙汗藥，候他們躺下，回我知道。叫他等到後院挖一個坑把四個人一埋，也就完了。」劉道答應，告知眾人。此刻劉香妙正同吳道興二人吃酒談心，提起狄元紹為人，最好結交武藝出眾人物，「他使那一柄八卦乾坤掌，專打『金鐘罩』，善破『鐵布衫』，最利害。我到那裡招親，一入洞房之中，外邊來了刺客，與我大殺一陣。我想此事定有情節，追了半夜，亦未捉住。他等說是楊明的餘黨，我先到玉山，後燒如意村，我偷著出了小西天，亦不能再回去了。」柳瑞在外邊聽的這事，心中說：「我楊大哥真冤，這也不定是什麼人所作哪！」

正在思想設法，要捉劉香妙，忽然從後邊來了一人，把柳瑞往肋下一夾，那隻手一堵快嘴，夾著往後就走。到了後邊院中，把柳瑞一放，說：「朋友！你好大膽量！屋中那兩個人要一回頭，你命就沒有了！你只顧聽話之際，倘被賊人看見，多有不便！」柳瑞一看，那人頭戴皂緞色軟紮巾，青緞軟靠青中衣，薄底窄腰快靴，面似美玉，眉分八彩，目如朗星，看年紀約有二十七八歲，說話和氣。柳瑞問道：「尊駕貴姓高名？來至此何幹？」那人說：「我乃江北淮安府人氏，姓華名元志，綽號人稱甚子風，占江北黑狼山。因為我一個朋友被貪官陷害，我一怒下山，劫牢反獄，大鬧淮安府，殺傷四十六條人命，官兵搜剿黑狼山，我等恐怕落一個罵名千載的反叛，故此我兄弟八人，殺出重圍，自己放火燒了山寨。我等兄弟自亂軍裡逃出，各分南北，已然失散了。我聽人傳言，說我那幾個拜弟，入在小西天熏香會之內，我甚不放心。今日白天在那酒飯館之中，看見你四位在那裡談話，我聽夠多時，跟你等來至此處；我由廟後邊進去，在暗中偷聽多時。劉香妙與吳道興二人定計，酒菜裡下藥，我在後窗戶外告訴你們別喝，你出來我跟至此處。不知你四位與這劉香妙因何為仇，我要領教領教！」柳瑞把前番之事，從頭至尾述說明白。二人一同到西院之中，上房之內，與楊明等引見明白。

華元志說：「兄長，你等被他等暗害，今日咱們亦想個主意，你等躺在地下，我藏在門後邊，如要有人來暗中動手，捉住一個，再捉一個罷。」楊明說：「很好！」四個人把燈吹滅了，躺在地下，一個個都留神觀看。華元志蹲在那裡，有門擋住，留神往外觀。不多時，只見那劉道由外邊慢慢走來，偷著往裡一看，說：「都著了我的道兒了！我去回稟觀主知道！」劉道又走到東後院之中，來見吳道興說：「奉祖師爺諭，已然把那四人綑住，請你老人家發落！」劉香妙一聽，哈哈一陣冷笑，說：「楊明，你原來是個有名無實之人，我這裡藥酒你全皆不識。兄長，我去把他綑上，用解藥把他等解過來再殺，也教他們曉我的利害！」提劍往外走。吳道興說：「賢弟，你須要小心謹慎才是！」劉香妙答應，一直往前到西院，見上房燈光已滅。他心中說：「這是吃下藥酒去，一時間難受，鬧的把燈也滅了。我去到裡邊，先殺這四個人，然後再埋。」來到門外，望裡一看，只看楊明等四人，同臥於就地。劉香妙一見，怒從心上起，惡向膽邊生，提劍進屋中，一指楊明說：「楊明，你也有今日！」正說著，後邊有人一腿，把劉香妙踢倒，柳瑞、趙斌、楊順、楊明四個站起一齊動手，把劉香妙捉住。要知後事如何？且看下回分解。

第二百六十回　劉家渡四雄逢水寇　三傑村群賊殺雙雄

話說華元志一腿踢倒劉香妙，叫趙斌四人綑上。趙斌把劍給摘下來，說：「小輩！這口寶劍屬我管了！我在這裡看著，你四位去把這廟中道人捉住，一並解到玉山縣去，完結此案。」華元志同三人到院中一找，老道蹤影皆無，往各處一找，連廟中使喚之人全皆不見。華元志說：「好奇怪！全跑了！真可怪！」又復至老道房中細看，還是沒人。只聽東裡間之內，地下櫃蓋直響，進裡間一掀蓋兒，那裡有一小道童嚇的渾身發抖，楊明說：「你不必害怕，你這廟中共害過多少人？說了實話，我等絕不害你！」那道童說：「我們這廟中永遠不害人，有果木園，香火地。我師父名吳道興，愛練武，有些會武藝之人，在這裡來往著。那劉香妙乃是我師叔，不長往這裡來，只因他來說惹禍啦，後面有仇人來追。你四位來，出主意是我師父與劉香妙，我所說都是實言。我師父也嚇跑了，廟中眾人也都跑了。我年幼無地可投，故此隱藏在此，求眾位爺開恩饒我！」楊明說：「好，你們這廟中有好酒好菜給我取來，回頭有賞！」道童帶著眾人，取了酒菜吃。柳瑞等自己做菜，同華元志五人，在西院中吃酒。柳瑞說：「我在江邊遇賊人，多虧了譚宗旺救我，提說是八雄內的人物，華仁兄認識麼？」華元志道：「那是我三弟，我兄弟八人，我正找他等。柳兄可知道他往那裡去了嗎？」柳瑞說：「知道，他往小西天找惜花羽士陶玄靜、護花真人柳玄清去了，要給楊林報仇雪恨。」華元志問明白楊林被害之由，說：「那是我師叔，我找我三弟殺幾個妖道，我才心平。」楊明說：「我把劉香妙呈送至當官，把我的朋友由獄內救出來之時，我定攻取小西天，捉拿一伙匪賊。」說著話，吃完酒飯，不多時天色大亮，華元志告辭去了。

楊明叫楊順，趙斌二人，倒換背著劉香妙回玉山縣，告訴道童說：「你不必害怕，這些事不會牽連你，好好看守此廟！」說完，四人出了清幽觀，直往北走。約有三十里之遙，忽見一道大河阻路，寬有三四丈，水花滾滾，波浪滔天，正往各處找渡，不見有船，只見從那邊來了一個漁人。楊明問那漁人，說：「那裡有渡船？」那漁人說：「東邊有二里路遠，有一個渡船，你們快去罷。」楊明等問：「此處叫何地名？」那漁人說：「此地名野龍灣，東邊是劉家渡。」楊明謝了漁人，四人帶劉香妙往前行走。往東走了二里之遙，只見靠南岸有一隻小船，船上站立一人，年約二十以外，頭挽牛心髮纂，身上穿著一個單背心，青中衣，足下靸鞋，面皮紫黑，黃眉金睛。楊明看此人像貌凶惡，心中又想：「有我等四個人無妨。」說：「艄公請了！你渡我五人過河！」那人答應，笑嘻嘻的說：「好哇！你眾位上船罷！」那楊明等五個上船，那船家用篙一點，船至河心，說：「你眾位給船錢！」楊明掏了有五六十文錢，說：「船家，給你！」那艄公說：「這是都是給我的？」楊明說：「少，我再添上幾文。」那艄公微微一笑，說：「你原來不知我這裡規矩，每人過河要十兩銀子；你四人與眾不同，你等要過此河，非四百兩白銀不行！」楊明並不動氣，說：「朋友！你不認識我呀！我告訴你，我在玉山縣開振遠鏢局，我叫楊明，你多多照應罷！」那艄公說：「哦！原來你是保鏢達官！我告訴你：『不怕王法不怕天，終日酒醉在河邊；就是天子從此過，也須留下買路錢。』」趙斌聽罷，說：「放你娘狗屁！爺爺殺你！」一掄劍，那艄公說：「別忙！我去也！」跳下水去，由水內又露出兩個人，各穿水師衣靠，說：「你下河來，咱們見個高低。」趙斌說：「我不會水，我要會水，不用你叫，我早就下水了！」

那舵公鑽入水內去了，把小船一翻，把四人全皆翻下水去。有人先把劉香妙托住，有一人把船正過來，把劉香妙解開；又有一人，把楊順、趙斌二人扔上船來，又把寶劍找上來，再找楊明、柳瑞二人並無下落。三人上船來說：「劉大兄多多受驚！」早把楊順、趙斌二人綑上了，二人亦緩醒過來，只見把劉香妙放開，船上連那舵公共是三人，那兩個穿水衣靠，都有二十餘歲，一個青臉，一個黑紫臉。趙斌二人看罷，又不見楊明、柳瑞，不知他二人死活下落。趙斌見那船直往東走，聽劉香妙說：「三位兄臺，恕我眼拙，我請教請教尊姓大名！救我的性命，把我仇人還給捉住，我的寶劍又得回來，深感深感！」那舵公一指那兩個說：「他二人是我的伙計，名喚劉風、劉煥，久在水面上搶劫。我姓李名成，綽號人稱翻江太歲，就在這東邊三傑村住。我還有兩個兄長，長兄振八江黑太歲李滾，次兄鎮江龍李茂，我行三，只因今日一早，有劉兄你的師兄玉界飛仙吳道興，與我兄弟三人最相好，知己之交，來說遇仇人把你捉住，故此我兄弟邀請小旋風飛行太保孫伯雄、獨角太歲孫伯龍，與令師兄五人，帶從人陸路等候。我邀請劉氏兄弟三人，在水路等候。今日正狹路相逢。」劉香妙說：「好哇！不想我絕處逢生！」

正說著，船靠北岸。劉風、劉煥二人，扛起趙斌、楊順往北。李成、劉香妙說：「好了！咱們到家處治這兩個小輩就是了！」二人跟著一直跟走五里之遙，只見前邊黑暗暗一片樹林，林中間是一所院落，路北大門。劉香妙跟李成進了大門之內，二道門是屏門四扇，裡邊是北房，明三暗五，東西各有配房三間，院中都方磚漫地。劉香妙等把楊順、趙斌二人，綁在抱柱之上，四人到屋中落座。李成到內宅取出一個衣包來，叫劉香妙沐浴更衣。劉風、劉煥也換了衣服，四人吃茶。問劉香妙小西天之事，劉香妙說自己入贅之事，正說之間，外邊家人來報，說：「大莊主等回來了！」劉香妙往外迎接，只見他師兄吳道興，同著一位身高九尺，虎臂熊腰，面似黑漆，雄眉大眼，壓耳毫毛，海下一部鋼髯，身穿青箭袖袍，青英雄氅；還有一位是頭戴墨綠紮巾，播金抹額，二龍鬥寶，迎門一朵紅絨球，身穿墨綠箭袖袍，周身繡金蓮花，腰繫紫色絲鸞帶，外罩大紅英雄氅，周身繡金富貴花，面似藍靛，硃砂眉，金睛，壓耳紅毫，海下一部紅鬍鬚。後跟著一個紫臉的，是飛行太保孫伯雄，一個白臉俊品人物，是獨角太歲孫伯龍。吳道興一見那劉香妙，說：「賢弟！多多受驚了！我給你見見！」一指那黑臉的說：「李滾兄，你二人彼此照應！」那藍臉的李茂，也都給劉香妙引見了。又道謝了說：「捉住這兩個仇人，那兩個順水漂流，也就是河中怨鬼，無人收管。」

眾人淨面吃茶之際，天上紅日已然西沉。房中掌上燈光，李滾叫家人快宰豬羊，預備上好酒菜待客。少時擺上酒，是吳道興、劉香妙二人的首座，東邊是孫伯雄兄弟，西邊是李氏三傑，下邊劉風、劉煥。群賊落座，飲酒之間，李滾說：「這個賊人如何發落？」劉香妙說：「這兩個賊人，是我的仇家，焉能饒他！把他二人開膛摘心，我等今日相會吃個人心酒！把他等人心摘下來，送至廚房之內，叫廚子清烹，拿上來你我嚐嚐！」李滾聽了，鼓掌大笑說：「好！來人，去把李虎叫來，把兩個奸細給我開膛。」家人答應，不多時從外邊來了。那家人李虎有三十多歲，青布包頭，青布小夾襖，青中衣，白襪青靸鞋，紫色臉堂，黃眉毛，三角眼，繫著一條白布裙，手擎一把牛耳尖刀，來在趙斌的近前，把衣服扭開，說：「黑漢！今日臨終之期，你先別怕。」趙斌說：「好狗才！你老爺生而何歡，死而何懼，我怕的是什麼？」只見劉香妙從裡邊出來，說：「等等，我問問他！」說：「趙斌你等四人，今日死在水中兩個，死在這裡兩個。你要願意活，我問你一件事，只要你說了，我就放你。」趙斌說：「什麼事？你說罷！」劉香妙說：「上月十七日，是什麼人夜探小西天大寨去了？」趙斌說：「你不要胡說，我們這裡沒有往小西天去的人，你殺便殺，何必多言？」劉香妙說：「李虎動手！」那李虎把短刀一擎，照定趙斌前胸，只聽噗咚一聲，紅光一現，鮮血直流。不知性命如何？且看下回分解。

第二百六十一回　二義士絕處逢生　隱賢莊巧逢俠客

話說家人李虎，手執尖刀，正往趙斌胸前一扎；由北房上一鏢，正打在李虎的脖頸之上，紅光迸濺，死屍躺在就地。屋中人只貪吃酒，並不知道外邊之事。家人看見說：「不好！有奸細把李虎打死了！」劉風說：「我來看看！」往外走到院中一看，李虎中了一鏢甚重。再望房上一看，並不見有人。罵道：「是那裡來的奸細，可惡！真要是英雄，跳下來動手！無知小輩。」罵完，方一轉身，背後一鏢正打在幽門之內。劉風說：「好！正中了我的後眼！」自己拔下來，方要罵，只聽內宅一亂，說：「不好了！眾姨奶奶正自吃酒，由外邊進來一個大鬼，青臉紅髮，一瞧他又驚又怕，把眾人都嚇死了。那鬼進了屋中去吃人，莊主快去看。」李滾說：「眾位同我到後邊看看，是那裡來的奸細？這裝神裝鬼之道，瞞不過你我，咱們看看！」說罷自己拿了一口單刀，往後走。到了裡院之中，只見上房燈光一亮，李滾說：「是什麼東西？快快出來！我可不怕！」屋中並無人答言。

李滾到屋內一看，只見那些婦人東倒西歪，連話也說不出來了。叫使女人等喚醒一問，那婦人說：「我們正自吃酒之際，聽見外邊吱的一聲，一掀簾子進來了一個紫黑臉的無常大鬼，好利害！把我等全皆嚇死了！」李滾說：「無妨，我把鬼給打跑了，不知下落；你等不必害怕，我到前邊去去就來。」說完，又到前邊院中一看，只見眾人正自飲酒。李滾說：「我這裡在水旱綠林之中，連一位也沒有得罪過，今日這鬼是那裡來？我想定是英雄，該當下來才是！」正說著，聽得南房上有人吆了一聲，說：「小輩！你等休要逞強！我來也！你那敢出來？」「吧」的一聲，一石子正把屋中燈給打滅了。群賊一陣大亂，各拉兵刃跳出來，望南房一看，只見一人趴在後房坡房脊上，露著腦袋，正望下看。劉香妙說：「你下來，我看你有多大本領？」連問數聲，不見動作。飛身上去一寶劍，把那人剁破，原來是個皮人。一回身一看，只見北房上東邊下來一人，把趙斌解開，救上房去，正要再救楊順，劉香妙說：「背後有奸細，快拿！」眾賊一回身，只見那人並不逃走，站在那臺階之上，頭戴皂緞軟紮巾，青綢小靠襖，周身密攏寸扣，白中衣，薄底快靴，面似薑黃，雄眉闊目，五官威儀，手執鋼刀一把，說：「吆！你等休要逞強！那個過來與太歲爺比並比並！我乃為救被難之人。」劉風躥過去一刀，被那人把刀格開，一腳踢了一溜滾。房上說：「兄長且慢，我來也！」從上跳下一人。年約十八九歲，頭戴銀紅色武生公子巾，銀紅色箭袖袍，有三寸寬，鵝黃絲鸞帶，藍中衣，青緞快靴，面似銀盆，濃眉大眼，準頭端正，三山得配，五嶽停勻，儀表非俗，手執明晃晃一口寶劍，寒光閃閃，冷氣侵人。

來者這二位，是從那裡來呢？只因在野龍灣楊明、柳瑞二人落水，被水直沖往東漂流，在忽漂忽沉之際，對面來了一隻船，說：「嗐！水裡淹死人了！會水的水手，你們下去把這二人撈上來。」那水手下河去不多時，把楊明、柳瑞二人救上船去，一摸胸膛，微微有呼吸，把二人水倒碙出來，緩緩有生氣。那船主說：「咱們回去罷，今日捕魚，本是消遣，不想今日救了兩個人，這亦是前生之緣，非同小可。看這二人，也非俗人，回村中到家再問。」船轉回向東，順風下水，不多時來至靠船之處，叫家人把二人抬至家中。楊明緩過來一看，身在床上，地下坐著一位，約有七十以外年紀，頭戴淡黃色押尾巾，身上寶藍袍，淡黃色英雄氅，面似晚霞，長壽眉，一雙虎目，神光足滿，海下一部銀髯，飄於胸前。楊明、柳瑞二人看罷，心中一回想：「曾記得我等被水賊翻過船去，一時糊塗不知，因何來至此處？」說道：「老丈尊姓大名？我二人來至這是那裡？」那老人答道：「吾由劉家渡正東把你二人救至船上，帶至我家。此處隱賢村，老漢姓菊名天華。你二位是因何落水？那裡人氏？」楊明說：「我是玉山縣人氏，開振遠鏢局為生，那位是我義弟柳瑞。我只因被人陷害，在我家栽贓窩盜，說我是勾欄院殺周公子，搶鄧素秋之人；有我的朋友，訪明此案，全是小西天群賊所為，正派人去捉賊人。只因有一個著名之賊人劉香妙大鬧縣衙，採花未成殺人，拒捕官人，火燒如意村，把我母親嚇病，殺了我三個家丁，我也無法可辦。有四街紳士保我出來辦事，我帶著族弟楊順，義弟柳瑞、趙斌，我四人由劉家集跟到清幽觀，有一位華元志，幫助捉了劉香妙，那廟中道人名吳道興，是劉香妙師兄，亦跑了。我四人捉劉香妙，走至野龍灣要過河，被三個水寇把我等翻下水去，不知我那個義弟，是死在賊人之手，是死在水中？劉香妙亦被他等救去。要非恩公，吾二人早為泉下之人。」

那老人一聽這一片話，再看楊明為人忠厚，說話誠實，菊天華說：「你二位先換了衣服。」又給拿過薑湯來，二人喝了，又換了衣服，把他自己衣服，有人給晾起來。在外間屋擺上酒，天有日落之時。那老丈說：「我可不是這裡人氏，我移至此地有二載之久；我亦久仰楊大爺威名素著，我是湖南衡州府人氏，自幼練武，有個綽號，人稱寶刀手鎮南方，好管路見不平之事。我為人性情太烈，故此隱在山水之間，治了幾百畝稻田，有兩處山產，我有一子一女。今日你我遇緣。我想這劉家渡口，平日並無水中之賊，今日這三人，莫非是外來的？那三個人怎生的模樣？」楊明說：「那梢公是個紫臉，那水中二人，未看明白，是如何的模樣。」菊天華一想，說：「這裡西邊不遠，有個三傑村，有李氏三傑，為首名振八江黑太歲李滾，他有兩個兄弟，李茂、李成，那李氏他三人可是綠林洗手之人，莫非有賊人勾串他等作這案也未可定！」楊明聽罷，說：「老恩公！派人指我二人一條路徑，我二人去探探如何？」老丈說：「不必，我派我兩個孩兒就行了。」叫家人去把少爺同滿爺請來。

家人去不多時，來了二人。一位武生模樣，名菊文龍，綽號人稱小劍客蓋天俠，家傳一口寶劍，能削銅剁鐵，吹毛可斷，劍名「龍泉」，練過軟硬的工夫；一力渾元氣，鷹爪功，大刀法，達摩老祖易筋經、點穴法、紅砂掌、鐵砂掌。那黃臉名滿金龍，乃是老義士的外甥，在這裡長大成人，父母皆無，就是孤身一人，好飲酒，人送綽號醉金黃面太歲。二人來到這裡，給老丈行禮。那老丈說：「見過楊爺、柳爺。」四人彼此各施一禮。老丈說：「你二人到三傑村去探訪，有個趙斌、楊順二人，被賊人捉去否？若沒有，不可露痕跡，急速回來。若在那裡，設法救回來，也不准殺人，要快去快來！」菊文龍是個孝子，二人遵命，各帶兵刃。滿金龍換了夜行衣靠，小劍客未換，就是本來的面目。二人出了隱賢村，只見寒浸浸微有月色光輝，走到三傑村之內，由東往西，路北邊第三座大門，是李滾住宅。二人飛身上房，望各處觀看，只見北上房屋中，燈光照耀，裡邊一個圓桌面，擺著酒菜，上面坐著花臺劍客劉香妙、玉界飛仙吳道興，東邊是獨角太歲孫伯龍、孫伯雄、劉風、劉煥，李氏三傑；東邊柱上綁著是趙斌，西邊柱上綁著是楊順，正要開膛之際，被滿爺打了一鏢，把他打死。劉風出來，滿金龍不肯饒他，怕他殺二人，一鏢打在屁股眼裡，小劍客怕惹是非，叫滿爺裝鬼，使調虎離山之計，好把人救走。無奈又驚了賊人，候滿金龍回來，小俠在南房一罵，放下皮人樣身，二人見群賊全出了。滿爺先救了趙斌，正要救楊順，劉香妙早看見了，眾賊一擺刀，要捉二位俠義。要知後事如何？且看下回分解。

第二百六十二回 小劍客夜探三傑村 賽妲己囊沙捉俠義

話說滿金龍救趙斌上房，方要解楊順，群賊回首，看那房上有人，再一看滿金龍，劉風拉刀躥上去，照定滿金龍頭頂上剁來。滿金龍一閃身躲開，掄刀相還，走了五六個照面，把劉風刀給格飛，嚇的賊人驚魂去千里，並不敢進屋，飛身上房，逃走去了。小劍客說：「兄長！你護庇那位所捉的朋友，我來也。」跳在當中，手執寶劍。那劉煥一看菊文龍，是一個白面書生，年紀又不大，欺他年幼，一掄刀上下翻飛，被小俠飛起腿，踢了一溜滾兒。孫伯龍跳過來一刀，被小俠龍泉劍一揮，把刀揮為兩段。孫伯龍方要逃走，小俠用手一點，正在氣穴眼上，孫伯龍翻身栽倒在地，不能動轉。孫伯雄過來說：「好小輩！你把我兄長給治住了！我來與你分個上下。」一刀照定小俠剁來，小俠一閃身，把他點住。李氏三傑出來，各揮一般兵刃，說：「小輩你是何人？」小俠應聲：「吾乃小劍客蓋天俠菊文龍是也。」裡邊玉界飛仙吳道興拉寶劍躥出來，與小俠走了有十數個照面，兩口劍恰似兩道電光，各施所能。那吳道興亦是一口寶劍，兩人走了十數個照面，兩劍相碰，只聽是龍吟虎嘯之聲，火光亂迸。吳道興乃是一位老手，平生未遇見敵手，今見小俠這樣英勇，自己恐難取勝，躥出圈外逃走。

劉香妙尚未出來，只見那李滾跳過來，李茂、李成跟在背後，三人戰小劍客，正是不分勝敗。小俠施展點穴之法，把他等全皆點住，把那家人嚇的東西逃走。趙斌跳下來，把楊順解開，復過來給那二位行禮，說：「二位恩公！尊姓大名？因何至此救我二人？」小俠說了自己來歷，趙斌方知道楊明兄未死。把賊人五名全皆綑上，提在上房東裡間之內。那楊順、趙斌二人說：「這五個人全不是正賊，要是點穴之法，給他解了。」到外邊與趙斌議論：「劉香妙他算正賊，我想這幾個賊人，定知劉香妙下落。咱們把他等帶走為是。」小俠立刻說：「我出去找著他這裡的家人，叫他等給套上一輛車，好把五個賊人拉走，不必驚動他的家眷。」趙斌說：「我去找去。」站起來往外走，到前院之中一找，並無一個家人，又到別處找亦沒有。小俠與楊順說：「如今鏢行亦不好開，到處都有新出來的，那成群結黨之人搶劫，這李氏兄弟已然是洗手之人，他等還是無法無天。」正說著，只見由西跨院出來兩個丫環，手執紗燈，當中有一女子，年紀二十左右，生得千嬌百媚，萬種風流，頭上青絲髮束盤龍髻，有一塊銀紅色絹帕包著頭，耳墜金環，身穿雙桃紅女襖，繫著一條雪青汗巾，上面扎拉著金線鬥枝蜂，寶藍紬子中衣，下邊這一對金蓮，又瘦又小，尖生生有二寸有餘，穿著紅緞子弓鞋，上扎滿幫花，白綾襪，面如美玉，白生生，白中透紅，紅中透白，細彎彎兩道蛾眉，水凌凌一雙杏眼，直丁丁鼻如懸膽，小寧寧口似櫻桃，粉面香腮，俏麗無比，手執一口單刀，站在院中。

來者乃李氏三傑的胞妹，名叫李彩秋，今年十九歲，父母雙亡，跟著那兄嫂度日，練的一身好工夫，拳腳精通。曾受一個道姑傳給一個「囊沙迷魂袋」，最利害無比，無論你有多大本領，遇見此袋必敗被捉。這日李彩秋吃完晚飯，練了會仔拳，坐在房中看書。忽然想起自己終身事，心中一煩，想：「父母早喪，兄長也不做正事，我一個女流之輩，又該倚靠何人？早晚把我也無非嫁一個綠林之中人物，我一生可就完了！『自古紅顏多薄命』，我這一身要遇一個安善良民守分百姓，吾夢穩神安，吾願足矣！」正自思想，忽聽前邊一亂，問使女蘭香：「那前院中什麼人這樣喧鬧？」蘭香說：「呦！原來姑娘你不知道呀？咱們這裡住著兩個姓孫的，與我莊主是拜兄弟，還有兩個姓劉的，今日早晨我聽東院大奶奶那邊說，又來了一個道人，叫玉界飛仙吳道興，他來咱們這裡來，邀人去救他師弟花臺劍客劉香妙，方才我給姑娘要茶葉去，聽說把劉香妙救了來，還捉住兩個人，不知所因何事要殺呢！」李彩秋說：「這也就太生事了！我到前頭一看便知。」正說話間，由外邊進來了一個老媽，說：「姑娘可了不得啦！咱們莊主全叫人家捉住了！」李彩秋說：「我到前院看看。」

帶了兩個使女，手執一把單刀，方到前院之中，一見上房燈光照耀，坐定三個人，一個武生公子，兩個壯士。正說話間，李彩秋說：「呔！那裡來的無知小輩，快通名來，好來領刀！你等把我兄長都安放在那裡？」說罷，擺單刀往上躥，楊順由那邊拉一柄單刀，說：「是什麼人？一個女流之輩，快快退去，我等不跟你一般見識。」李彩秋一回手，掏出「囊沙迷魂袋」，照定楊順面門打去。那楊順方一轉身，覺著一股異香，翻身栽倒在地。滿金龍一看，心中說，這丫頭好利害！一擺刀躥下來就剁，那女子又出一「囊沙迷魂袋」，滿金龍倒於就地，不能動轉。小俠一看，暗說：「不好！我堂堂男子，烈烈丈夫，豈肯與他女流之輩一般見識？也罷，我勸他兩句，叫他去罷！」正要過去，只見趙斌從外院中找家人回來，連一個也沒找著，正自往回走。看見女子把滿金龍也摔倒，趙斌「呔」了一聲，一擺手中刀躥過來，已被那女子用「囊沙迷魂袋」打倒。小俠客站起來，說：「你女子好生無禮，用什麼邪術傷我同伴？你說實話！」李彩秋一看這位公子，繡花武生巾，銀紅色箭袖袍，鵝黃絲鸞帶，藍中衣，薄底快靴，面似桃花，眉清目秀，鼻如玉柱，齒白唇紅，手執寶劍，生得俊品人物，儀表非俗。那李彩秋一看，說：「你公子年未弱冠，是那裡來的？快通上名來，我饒你不死！」小俠說：「休要胡說，我乃菊文龍是也。你急速快把我三個朋友給放開，萬事皆休；如若不然，我叫你當時就死！」那女子聽了，擺刀就是一刀，小俠一閃身，並未還手，一連三刀，皆未還手；小俠想他乃女流之輩，我殺了他也不算英雄；再者自己亦不能無故傷人。見他連剁三刀，自己心中說：「我叫他知我利害就是了！」一揮劍說：「你過來，二人分個上下！」那女子一抖「囊沙迷魂袋」，把小俠給摔倒，叫使女把他給綑上，抬在我那院中發落。

那使女把小俠抬到西院房中，李彩秋說：「你們把我捉住那三人全皆給我綑好，抬至那院，放在西房廊簷下！」使女答應去了。李彩秋在燈光之下，見那小劍客生的果然俊美無比，真乃「粉金剛」、「俏丈夫」，又拿起他那寶劍一看，果然是無價之寶，看罷，自沉吟多時。自己想：「父母亡去，終身無依無靠，我兄長久後亦不過把我嫁個綠林之中人物，都是些粗俗之人，我把此人解過來，問問他家中都是什麼人。」這個人相貌不俗，人品又好，越看越愛，用解藥解過來，放在床上，綑著四肢。小俠忽一看，只見那女子坐在身旁，房中有一陣蘭麝之味薰人，那女子獃獃瞧著。

小俠醒過來，說：「這是那裡？快快說來！」那女子微微一笑，說：「公子你姓什麼？是那裡人？家中都有什麼人？今年青春幾何？家內有妻室否？你說明白，我放你走！」小俠說：「我是隱賢村的，姓菊名文龍，家中父母俱有，我今年十九歲，奉我父母之命，來此救人。不想遇你這女子，用什麼妖術把我捉住？快說實話！」李彩秋說：「我是這莊主李滾的胞妹，名喚彩秋，今年十九歲，尚未許人家。我看公子青春年紀，要一刀殺死，甚是可惜！我問你家中可有妻否？」菊文龍說：「定下親事，尚未過門，你問這何幹？」李彩秋說：「我今與你商議一件事情，不知你意見如何？奴家父母早喪，無人與奴家作主，我並非無廉恥之人，我見你年歲相當，與你堪配為夫婦，如不嫌我貌醜，咱們可作長久夫妻，今日就算吉期。」小俠一聽，說：「你這女子，趁此住口。我乃俠義英雄，並非採花之賊人，休要胡言亂語。快快把我殺了，我也不作那無情無禮之事！」李彩秋說：「你這人原來不知世務之人，我又不是婦人，又不是有夫之女，又不是你我找便宜，這是奴家與你商議，咱們愛好作親，你要願意哪，嫁你由你，或往你家，或在我家均可。你要不願意，恐怕你性命難保！」小俠客說：「賊女不必多講，我今惟有死而已。」李彩秋說：「你要死容易！」氣往上衝，說：「我來殺你！」把刀一擺，照定小俠就剁。正是：「閻王造定三更死，誰敢留人到天明？」要知後事如何？且看下回分解。

第二百六十三回　小劍客誤入翠雲樓　衆英雄齊集李家寨

話說九聖仙姑賽妲己李彩秋擺刀要殺這菊文龍，菊文龍閉目等死。只覺脖項之上，輕輕用刀拍了一下，說：「冤家！你倒能不要命，我可捨不得你呀！你有什麼不願意的？你說，是奴家那樣配不上你，你是金童，我是玉女，你這年紀，我這歲數，有何不可？咱二人郎才女貌！」小俠說：「是你那白說，自古至今，夫婦之道，男女遵父母之命，沒有二人對說之理。你這臉也太厚了！這雖不是私奔，與桑間濮上何異？」李彩秋聽了，微微一笑，說：「呦！難得！說你還是道學先生呢！我父已喪，我兄長不是好人，我一個閨中弱女，也不能管兄長之事，我自主婚姻之事，也是無法；你要不從我，連你的朋友都不能活，連你一死，豈不教你父母受無子孤單之苦？你要依從奴家，雖是未稟父母，私自定親，不死侍奉父母，是孝子；救朋友，是大義；超然落個孝義兩全之人。」小俠心中一轉，本不想活，今聽這一句話，自己心中一動，莫若我詐許他，已全生命，得便我就走。自己想罷，說：「姑娘這句良言，我已悔悟過來！人非草木，誰能無情？我一時懵懂。」那李彩秋一聽，說：「好哇！奴家看郎君你是一個聰明人，我把你解開，你可別跑。」小劍客說：「我的朋友都未放，我寶劍在你手中，就是小姐放我走，我也不走。」李彩秋親手解開繩兒，說：「呦！這繩扣真緊，這狠丫頭，連一點可憐之心都沒有！」解開把小俠攙扶起來，叫使女進來擺酒：「給新公子爺叩頭，奴家有賞！」兩個使女都叩頭，臊的小劍客面紅。

少時把桌椅兒放好，擺上八樣果子，又擺上幾樣雞魚鴨肉等類，燙了一壺紹酒，兩隻酒杯，兩雙象筯，那小俠在東邊床沿坐著。李氏慢慢用手一推，說：「我的爺，你往裡去，奴家與你並肩而坐，今日吃個成雙杯。」說著，坐在小俠膝前斟了一杯酒，遞給小俠，自己斟了一杯，二人先飲了三杯。那菊文龍想著要走，二目留神，寶劍在地下八仙桌兒放著，又捨不了這口寶劍，二目不住往那邊看。李氏彩秋，微微一笑，說：「你發怔，心中想什麼呢？兩隻眼直瞧著那寶劍，你想要盜劍逃走？你如何能走的了。」兩句話說的小俠低下頭不語。李彩秋一拉小俠的手，說：「你別想走！咱們同在一處吃酒，少時安眠睡覺！你的朋友，一個也不能死，明日就叫他等作媒人，奴家與你歸家，拜見公婆。」小俠客一聽，心中說：「他心思還不少呢！我如何敢作此事？我父家教甚嚴，這便如何是好？」皺著眉想主意，總想要逃走。那李彩秋是真憐愛菊文龍，見他低頭不語，連忙問道：「你又怎麼啦，快快說！喝酒呀！你愁的什麼？可告訴我說罷！今日之事，你還有暢快之處，奴家給你斟三杯，咱們猜拳行個酒令，喝的就高興啦！」菊文龍亦無可奈何，走又一時不便，就在這裡想，要想把女子灌醉，他好走哇。想罷，說：「咱兩人猜拳。」李彩秋一伸手「三元」，小劍客說：「兩好！」二人正喝的高興之際，天有二鼓之半，只聽窗外一聲說：「十全福壽！」彩秋拉出刀去，菊文龍一聽，唬的驚魂千里，遠聽著是他父親聲音。

書中交代：外邊來者這位，正是老義士菊天華，只因陪著楊明、柳瑞吃酒敘話，等候多時，不見外甥兒子回來，心中不安，恐有意外之變。自己告便出來，帶刀直到三傑村李家寨之中，各處留神細看，並不見什麼動作。看見前面大廳之內，燈光未滅，聽見東裡間之內，有「哼唷」之聲，到房中一看，細著五個賊人，方才叫喚家人來解他等，只喊的聲啞舌乾，亦無一人答應。正是「哼嗐」之際，忽然老義士進來，一問，方知是李氏三傑，與孫伯龍兄弟二人，老義士把口給他等塞上，又到各院偷聽。來到這院中，方才聽屋中有男女二人，吃酒行令，猜拳，到窗前一看，是一女子，生的妖媚迷人，與自己兒子在一處吃酒。老義士故意驚動他，說：「十全福壽！」李彩秋出來一看沒人，房中燈光忽滅，連忙到屋中一看，那心上之人，蹤影不見，不知菊文龍那裡去了？連忙到各處一找，只見那北邊有一條黑影，李彩秋尋蹤找去。菊文龍聽見外邊是他父親聲音，又見李彩秋出去，自己又驚又怕，連忙抓劍在手，啟後窗戶出去。一直往北，跳出牆外。

恐怕有人追來，又一回頭，只見那邊李彩秋追來，慌忙往前緊走。約有二里之遙，見有一所院落甚大，裡邊樓閣房屋無數，跳進牆去。原來是一座花院，北邊是三間樓，上邊是燈光隱隱，連忙躥上樓去，一看上有一牌匾，寫著三個字，是「翠雲樓」。房中燈光照耀，並無一人。進外間一看，只見正面條案上，擺著幾樣盆景果盤魚肉，前頭八仙桌兩旁，各有椅子一把，牆上掛一軸條山，畫的「杏林春宴圖」，畫的真好，兩邊有對聯一副，上面寫的是：

有書真富貴，無事小神仙。

東裡間是順前簷床，床上圍屏床帳臥被全有，地下箱櫃俱全。方要坐下，只聽外間屋內有人說話：「咱們快收拾乾淨，姑娘來了。」小劍客一聽，嚇了一跳，自己鑽入床下躲避。由外邊進來兩個使女，又聽樓梯響，一個僕婦攙進一個女子。小俠偷睛細看，那女子頭上戴滿珠翠，臉似出水桃花，微搽脂粉香，蛾眉杏眼，唇紅齒白，一身淡青色裙衫襯襖，足下藍緞弓鞋，尖生生有二寸七八，生的嬌媚無比，坐在地下椅兒上。說：「呦！我自前院到此上樓，還覺著累哪！」正遇使女由下邊烹茶上來，只見由那邊來了一位姑娘，手中擎一口利刃，使女小紅說：「你那裡進來的呀？」李彩秋聞聽，說：「我方才越牆而過，追下一個男子來，我見一影一晃，上了北邊這座樓。」小紅說：「不會！那是我們小姐的繡樓，外人如何敢進去呢？」李彩秋說：「我到樓上見見你家小姐，我是三傑村李家寨的李彩秋，你告訴你家小姐罷。」那使女聽了，答應上樓去，見那女子一說。這位小姐一皺眉，說：「與我快回他，我要睡了，不能迎接。」使女站在樓上，照著這話一說，李彩秋亦不敢自己上來。

書中交代：此地名許家莊，這院中主人，名叫許天壽，是一位武舉人，父母雙亡，練的一身好工夫；娶妻何氏。有一個胞妹，是練就長拳短打，一口單刀，會打練子錘，毒藥袖箭，還有幾樣能為，名叫許翠雲。今日是由前院吃飯回來，一聽李彩秋之名就有氣。他兄妹常說這李氏三傑，為人不端，無奈與這一方街鄰，倒沒有大不好之處，要是欺壓鄉里，許天壽早把他除治了。李彩秋在樓下聽了那使女之言，半疑半信，自己又到各處尋找之際，忽見對面來了一人，正是此處主人許天壽，生的白四方臉，環眉虎眼，儀表不俗，年有三旬，一見李彩秋，說：「你這女子，手執單刀，夜到我家中何事？」李彩秋臉一紅，說：「我追一個奸細來，眼瞧著上北邊樓，要去找，令妹不容，併非有別意，恐奸細損傷府上家丁，我們得罪鄰右。」許天壽為人性直，一聽這番說：「多謝！來，你跟我到翠雲樓上，諒此時妹妹未睡。」二人來到樓門外，說：「妹妹，這李家姑娘說，追下奸細，眼看進這樓上來，恐有不測，吾一聽亦不放心。」裡邊翠雲小姐聽見兄長的聲音，說：「兄長請進來，我方才從我嫂嫂那屋中回，並未見什麼，何妨叫使女等點上燈，到西屋中照照。」許天壽、李彩秋進來到外間，李彩秋說：「小姐別怪！我怕見那奸細傷人，多有不測，因我與他交手，好大武藝，我方用『囊沙迷魂袋』捉他，他往這裡跑來，我緊緊追趕。」使女等在西裡間都照到了，並沒一人。李彩秋進了東裡間，說：「拿個蠟燈來照看這床底下。」小劍客嚇的魂飛魄散。要知後事如何？且看下回分解。

第二百六十四回　巧姻緣俠士訂烈女　救三雄絕處復逢生

話說李彩秋不捨小俠，叫丫環掌燈，望床底下照照。許翠雲臉一沉，說：「我屋早已照到，不必你分心，請罷！」李彩秋無話可答，自己到了外邊，羞怯怯的去了。許天壽方要下樓，聽見後東裡間有人說話：「許兄！別走！」一掀床圍，出來一人，把許翠雲嚇了一怔，見一位武生公子，手執寶劍到外間。許天壽一看，認識是隱賢村的小劍客菊文龍，不由己氣往上衝，說：「你是何等人，敢夜入我妹妹繡房之內？」菊文龍說：「我也是被事所繞，一言難盡。兄臺寬容，我把話說完，如情禮不通，請兄臺處治，我絕不敢還手！」許天壽平日最敬重小俠，為人正大，並無一點錯處，行事說話，都按規矩。今聽這話，連忙請小俠到前邊書房之內坐下。小劍客菊文龍，把奉父命親身到三傑村捉賊之事說了一番，又道：「後來那李彩秋捉住提親不允，打算灌醉她，我自己救了朋友走。不想我父親來，嚇的我逃至那樓，並無一人，要有人，或令妹小姐在樓上，我天膽也不敢。我正在那屋中躲避，忽然小姐來了，我也無地可藏，暫躲在床下。今見兄臺，前來請罪。」正說之際，丫環走到，說：「主人可不好！我家小姐把我等支下樓去上吊，被李氏奶奶救下來，還是哭著要死。快去勸勸去罷。」許天壽說：「你等去到裡院，叫你主母去勸勸。」小劍客心中不安，急的滿面通紅。

那許天壽說：「賢弟你不必著急，此事陰錯陽差，假如傳在外人耳目，甚不好聽，我妹妹也不能再找人家。今日之事，你留下定禮作聘。」小劍客說：「兄臺見愛，可容我稟明父母，必遣媒人過來。我今日先到那三傑村中，看看我的朋友。」許天壽說：「我同你去。」二人各帶兵刃，出了書房之內，往三傑村而來。書中交代：老義士菊天華驚走小俠，亦不能與這女子動手，到各處正找滿金龍等。前邊早有家人把孫伯龍，孫伯雄，李滾三人放開，各人找了一宗兵刃，到各院尋找。找到他妹妹院中，見北房燈光已滅，並無動靜。只見西房隔扇虛掩，推門一看，此時滿金龍三人全醒過來了，說：「真晦氣！喪氣！叫一個女子『囊沙袋』捉住，真真愧死恨死。」趙斌說：「那女子把菊文龍帶往那裡去了？」正說著，只見李滾五人，手執鬼頭刀，一把推開門，說：「你四人好大膽，呦！這裡是三個，那個會點穴的，許是跑了？殺他三人！」方要動手，由外邊來了兩個人，正是楊明、柳瑞。

二人吃完飯，一問家人，老莊主原來往三傑村去了。楊明一想：「我等的事，人家父子甥舅全去了！」一拉刀，就同柳瑞問家人，這三傑村的去路。都問明白了，二人飛身往西，約有四五里之遙，遠遠望見三傑村，就在眼前。二人至臨近，躥入院中，到各處正探聽。不見菊家父子，心中詫異。忽見那院中有五個人，各執單刀一把。楊明跳下來說：「吆！賊人休要逞強！我楊明來也。」孫伯龍一轉身，掄刀就剁。孫伯龍擺刀也攏上來相助。楊明施展開刀法，力敵二人。柳瑞也過來幫助，李成敵住柳瑞，那李滾、李茂二人，觀看多時，連忙說：「我到裡邊去，先殺這三個人。」方一轉身，一看屋中地下三人，繩扣已開，那小俠同著一個白臉方面男子，在那裡站定。李滾一晃，嚇了一跳，方要逃走，小俠一擺劍就躥過去，說：「賊人別走！吾來捉你！」許天壽亦擺刀向前，與李茂動手。楊明一人敵孫伯龍兄弟二人。小俠把李滾刀給削了，用手一點，把李滾點在就地。李茂被許天壽把刀碰開，復一腿踢倒在地綑上。楊明踢倒孫伯龍，許天壽沒容他起來，就綑上了。孫伯雄、李成皆受小劍客點穴法，老義士已趕到。小俠說：「爺爺休說生氣，孩兒我有下情！」把上項之事，從頭至尾又述說了一番。眾人說：「快走，那女子要回來，我等可受不了。」許天壽請老義士同楊明等到他家中。眾人把五個賊人扛起來，由前門出去，並無一人攔阻。

書中交代：那李彩秋由翠雲樓出來，正往回走，忽見東北有一條人影兒，他疑是小俠，追下去故未能回來。那「囊沙袋」利害，無人敢擋。楊明等到了許家，把五個賊人放在廊簷之下，有家人看守。到書房之中，許天壽叫家人獻茶來，然後叫楊明到東屋之中，把上項事說了，求楊爺為媒。楊明應允，復又請老義士菊天華，議論了一番。老英雄一想前情，亦無可如何，應允擇日下定禮。許天壽認了親家翁，小俠客拜了內兄，大家擺酒。直吃到東方發曉，天色大亮，叫家人套上一輛車，楊明等四人，齊對菊家父子行禮：「救命之恩，容日再報。還有相求之處呢。」菊文龍說：「不必謝，盡在不言中！」楊明復謝了許天壽眾人，謙讓多時各自分手。

楊明等押解車輛，直到玉山縣衙門。張成、李永二頭役，昨日回來的，問楊明：「可捉到劉香妙嗎？」楊明說明前情，把五個賊人拉下來，叫許家的家人趕車回去。臨行楊明賞了車夫等四兩銀子，把五名賊人，暫寄班房之中。那張成往裡一回話，葉開甲老爺，立刻升堂，說：「把楊明帶上去。」問明來歷，帶李滾上來。老爺一看，就知不是好人，五官凶惡，即問道：「你叫李滾，在我這東門外落鳳池，殺死周公子，搶去廣寒仙子鄧素秋，在吾這裡盜印，假扮神仙，到楊明家中栽贓，你說實話，免的三推六問。」那李滾說：「我三傑村的人，平日安分度日，只因交了兩個朋友，叫劉風、劉煥，他二人是作綠林之人，這一天來了一個老道叫吳道興，約我同劉家兄弟助拳打架，我也不知細情，跟他去了，救了一個劉香妙，捉住兩個仇人。正要審問，不料楊明勾人來了，把我等拿住。老爺所問的事，我一概不知。」問那四人，亦是這樣口供，上了夾棍，亦是如此。老爺退堂，楊明等下來，住在鏢局內，吃著晚飯。說道：「趙、柳二位老弟歇息。我同楊順到縣衙內，暗暗保護知縣，與這幾個差事。」柳瑞、趙斌說：「我等亦去，焉有兄長勞苦，我等偷安？」楊明說：「明日你二人去，咱們分開，都歇的不乏來。」二人點頭。

楊明、楊順換上衣服，各帶利刃，方出鏢局，天交二更，二人上房如履平地。到縣衙之內，正往各處觀望，忽見一條黑影。知縣正在書房，想這幾個賊口供狡猾，心中甚是不安。忽聽後窗「吧」的一聲說：「贓官，這五個人乃是安善良民，守分百姓，你要百般淩虐，吾明日取你首級！」葉縣主大吃一驚，說：「你是什麼人？」楊明此時趕到，連外邊巡丁衙役手都來了。楊明說：「縣太爺請放寬心，我楊明、楊順來也。」往後房一找，影蹤皆無。亂了有兩個時辰，不見動靜。葉知縣叫楊明問：「這是來的賊人？」楊明說：「定是劉香妙這個賊人，須要善為防守才是。我明日派兩個人，在老爺這裡守夜。我叫楊順去請濟公，此時活佛羅漢，在天竺山靜慈寺，西湖有一座三教寺，是他老人家自己之廟。」葉知縣亦耳聞有一位濟公，點頭答應。那楊明二人，回至鏢局之中，叫楊順帶上盤川起身，寫了一封詳細書信，囑咐在路上千萬別耽延，越快越好。楊順答應，到獄內與眾兄弟告辭。雷鳴、陳亮、陸通等同說：「只要濟公一來，就好辦了。你快去罷！」

楊順起身走了幾日，這一日錯過棧道，天色已晚，正要尋個住處，忽見前邊燈光閃耀，原來是一座山莊。西頭路北，有一個黑漆大門，上掛著一個大燈籠，大門尚未關。楊順說：「這山野之家，亦這樣講究?」站在門口問:「裡邊有人麼?」無人答應。楊順說:「門房之中人睡了罷?我去看看!」方要進大門,只見從裡邊出來一位老管家,年有六十以外,穿青衣服,白淨面皮,一部銀髯,來到這裡,正要關大門,忽見一人站在那裡。楊順說:「老人家,我是遠方來的,錯過棧道,要在這裡借宿一夜,明日早行。」那老人聽了,仔細一看,說:「你是廣信府玉山縣的人哪!你叫楊順,來,跟我來!」楊順一進這院中,正是:「平空撒下天羅網,從今勾出是非來。」要知後事如何?且看下回分解。

第二百六十五回　請濟公楊順遇怪　施妙法妖術驚人

話說千里腿楊順正要投宿，只見那老管家瞧了他幾眼，問楊順：「你是玉山縣的人，在如意村住家。你父母都不在了，你跟你族兄楊明度日。你這是從家中來，我正自盼想你哪！」楊順說：「老管家，你怎麼知道我的詳細？」那老人說：「我自你幼小之時，常抱你玩耍，這裡是你至親，我先回稟一聲去。」楊順一想：「我這裡沒有親戚，我父母在時，亦沒有提過。這件事奇異的很。」正自狐疑，只見老管家來說：「叫你急速進來，來到這裡，你還作客？我家員外一聽你來，歡喜的手舞足蹈，快跟進去！」楊順道：「不要認錯了人哪！」跟著往裡走，心中甚是不安。方一進二門，只見那正北房是五間，前廊掛著四隻紗燈，院中有兩個風燈；東西配房中，已是燈光照耀。

那老人引到上房，啟簾而入。楊順見東邊椅子上，坐定一位員外，年有六十以外，頭戴四楞逍遙巾，身披寶藍色大氅，面如三秋古月，海下一部銀髯，一見楊順進來，說：「楊順，你認的我嗎？」楊順看著發怔說：「我可不敢冒認，你老人家是那個？指示明白，也好稱呼！」老丈說：「我是你舅父吳杰，你是我外甥楊順。」楊順一聽，吃了一驚，說：「不錯，我父母在日常提你老人家，說你老人家連家眷都在九江口遇風，死在大江之中，我母親還招魂遙祭，怎麼今日在這裡呢？」吳杰說：「我在廣西貿易，有我同姓之人，死在九江湖口，我聽人傳說，連我的朋友都有說我的。我遷移在這裡，已有八九年，僻鄉之地，也不好通信，我正要派人到你家中探問你的下落。前二年有一位江西玉山縣人說你在楊明鏢局之中。」楊順聽了，方過來叩頭說：「老人家別怪我！」那員外叫楊順坐在西邊椅上，問：「從那來？是有什麼事？」楊順把請濟公之事，從頭說明。家人獻過茶來，那員外說：「我夫婦無子，就是一個女兒，我要給你為妻，早年與你父母都說過，但是沒下定禮，似乎不妥，今你來了好辦，在我這裡多住幾日，我帶你到後邊，見過你舅母。」楊順遂來到後邊，是北房，東西各有配房；到上房之中，一看屋中甚是潔淨。牆上掛著一軸「八仙醉酒圖」，兩邊有對聯一副，寫的是：

夜飲客吞杯底月，春遊人醉水中天。

條案上珠璣輝煌，前頭八仙桌兒上，有文房四寶，兩旁椅子，叫楊順坐下。員外說：「安人，我外甥楊順來了！」只見從屋中出來了一位老太太，慈眉善目。楊順叩頭問安，使女送過茶來。員外吩咐擺酒，使女把桌兒移在當中，蓋上圓桌面，整理杯盤。只見從外邊有兩個使女，攙扶著一位姑娘，年有十七八歲，光梳油頭，戴滿頭珠翠，淡搽脂粉，輕掃蛾眉，水凌凌杏眼含情，香腮帶俏，穿一身銀紅色衣服，足下金蓮二寸有餘，尖生生站立不定，嬌媚無比，香風撲面。來到屋中一看楊順說：「奴家方聽使女來報，說表兄來了。」照定楊順深深萬福。楊順答禮相還，坐在那老太太肩下，拿起酒來吃了幾杯。那吳員外問楊順家中之事，楊順說：「我父母早喪，我孤身一人，在我族兄楊明鏢局之中。我久好武，並未安家。」員外說：「你這表妹今年十八歲，讀書識字；我早有心給你為妻，親上加親，有何不可？」楊順低頭不語。那女子並不躲避，談笑自若，頻頻以目視楊順，大有相親相愛之意。推杯換盞，直吃到月上花梢方罷，天已三鼓之半，把楊順送在西配房安歇。楊順到西房中一看，明窗淨几，一明兩暗；南裡間靠前簷是床，床上有臥具，兩使女給放開。地下八仙桌，上有蠟燈，自己酒已過量，心中知曉，要那兩個使女出去，自己安眠。兩個使女都生的俊美無比，瞧著楊順直怔。楊順說：「你們快去，不要鬧了。」那大年紀使女有十六七歲，說：「我主人怕你醉了鬧酒，沒人伺候；我叫憐香，我是伺候我們姑娘的，今派來伺候大爺。早晚我姑娘過門，我陪嫁到你家，也算個二房姨奶奶。」說著話，搭訕著站在楊順肩下，伸手拉楊順手說：「我給你寬衣解帶。」楊順一想，這丫頭真太不知恥了，說道：「你快去，叫員外知道，大大不好。我不用人伺候。」憐香一轉身，同那個使女出去了。

楊順方要睡，只見簾兒一啟，他表妹吳玉卿姑娘由外邊進來，換了一身寶藍色的衣服，並未帶使女，進來坐在椅上。楊順說：「賢妹尚未安睡？」那女子說：「我見你多吃幾杯酒，恐你大醉受傷，這是奴家父親配的千杯不醉丸，給你送一粒，吃下去好安眠。」說罷遞過來，一粒似櫻桃大，異香撲鼻。楊順用茶送下去，自覺神清氣爽，精神百倍。無奈就是慾火燒心，不由自主。那玉卿姑娘見楊順臉面發紅，獃獃發怔，說：「你何必煩悶？我今特地勸你，反正你我是夫妻，又不是私約私奔。」楊順此時情不自主，伸手一拉他表妹。那女子二目一轉，微微一笑，似乎願意，又不好出口說，隨同楊順解衣而眠。二人相親相愛，直至天明方睡。睡至紅日沉斜方醒，睜眼一看，不見他表妹，遺下一條雪青色汗巾。自己起來，回想方才夜內之事，自己都不在情理之中。要叫舅舅知道，多有不便。我平素見著女子，都未嘗動心，怎麼昨日做出這樣事來？若叫外人知道，豈不把一世英名汙了？正自思想，又要走，天已日暮，明日再走罷。只見從外邊進來昨日那大丫環憐香，一進門笑嘻嘻的說：「奴當你是個鐵羅漢，原來不是，昨夜樂之不盡，我五更天要不把姑娘叫醒走了，睡至此時，叫人都在房中，你該怎麼樣呢？」楊順說：「別嚷，原來你把姑娘叫走，我謝謝你罷！我今日耽誤一天路程。」憐香說：「你要走，耽誤了我家姑娘一世終身呢！你先別走，要擇定吉期拜了花燭再走罷！」楊順說：「那可不行。」憐香伺候，淨面吃茶已畢，吳員外請楊順到上房說：「你行路辛苦，睡了一天，我也沒驚動你。」吃茶擺酒，那老夫妻同他表妹、楊順四人一桌，在燈光之下，楊順見玉卿姑娘，杏臉生香，粉面更俏，嫋嫋娉娉，真有傾國傾城之貌。正吃酒，從外邊管家送進一封信來，老員外站起來說：「義弟來請，我坐車去看，今日不能回來，你們吃飯不必等我。」吳杰去了。那安人犯了頭痛之症，已往東裡間躺著去了。

玉卿瞧著楊順一笑，拿起棗兒照楊順臉打去，楊順接住。又站起來坐在楊順旁邊，用那尖尖金蓮直踢楊順，拿起酒來，自己喝了半杯，剩下酒給楊順送在口中。又揀了一塊藕，給楊順吃著，重新叫憐香：「把我那『桃花迷仙酒』取來。」憐香去了多時，取了一瓶，先給楊順斟了一杯，自己斟了一杯，叫憐香退去，不必伺候，楊順喝了幾杯酒，覺著心猿難定，意馬難拴。那玉卿姑娘吃了一口酒，站起來送在楊順口中，趁勢坐在楊順懷中。低言說：「咱二人快吃飯，吃完好去睡了。」那楊順已入迷途，這時間連飯都吃不下去，便把這女子抱進西裡間，放在床上，一同睡了。須臾，二人起來，復慢慢的飲酒。玉卿雲鬢半偏，烏絲不整，那嬌媚之態迷人。直吃至三更已後，不見員外回來，叫使女收拾了，二人攜手，又到西房同床而睡。兩人一夜說不盡蜜語甜言。天明玉卿去，楊順方要睡。自己一想：「我兄長遭了那樣含冤之事，叫我請濟公，我在這裡作的都是什麼事？」想罷，起來穿好衣服，到院中一看，冷冷清清，不像昨日那樣。信步到外邊一看，大門由外邊封鎖，各門房沒人。楊順看是一所空宅，他躥出牆去一看，東邊是一山莊，這門封鎖著，裡邊是一所空房。正自狐疑，只見從東邊來了一樵夫，直看楊順。楊順說：「兄臺，這所院落是誰家的？裡邊沒人住嗎？」那樵夫搖頭說：「你別問啦，我看你一臉晦氣，你快逃命罷！」楊順連忙施禮，要問細情。那樵夫哈哈一笑，不慌不忙，從頭至尾，述了一番。楊順嚇的半晌不言。要知後事如何？且看下回分解。

第二百六十六回　問細情楊順逃生　買美妾羅贊遭報

話說那楊順跳出空宅，問樵夫道：「這一個宅院是怎麼情由？」那樵夫道：「你是外鄉人，昨日你遇見什麼了？」楊順把以上之事，草草說了一番。那樵夫說：「你好大造化，這所花園，是我們此地鄉宦吳員外家，只因為去歲這裡鬧鬼，把他家一位大少爺，才十八歲，叫鬼給迷死了。裡邊從沒人敢住。我要打柴回來晚了，都繞道走，時常見裡邊有燈光。你快逃命！」楊順聽了，嚇的顏色改變。謝了樵夫往前走。心中說：「我活見鬼，定非吉兆！怎麼他變化我舅舅呢？」心中胡思亂想，打算早住店，晚起身，走至日色將要落之時，前邊一座山莊，一問此地沒店，非要走六十里，到金龍鎮才有店。楊順看那村民，年有半百，方飼完牛，就是路北三間土房，周圍籬笆牆。楊順說：「老丈貴姓？」那老人說：「我們這裡是馬家莊，我姓馬名善。」楊順說：「老人家！我昨日遇見鬼了，你行個方便，我借住宿一夜，明日早行，我定然重謝。」又把自己來歷，述說一番。馬老兒說：「看你倒像個安分之人。我們家中沒有閒房，我那三間房，一明兩暗，東間我夫妻住，西裡間拴牛。」楊順說：「我在西裡間，避難一宵，明日早走，老丈行個好罷！」苦苦哀求。

那馬老兒說：「你跟我來！」領至家中，把牛拴上。給楊順拿出稻米飯小菜。楊順吃了，千恩萬謝的說：「今日直怕了一天。」馬老兒問他所遇之事，楊順半吐半咽的正說著，只聽外邊車響，有人問話，說：「方才有一個少年壯士，穿白衣服過去嗎？」馬老兒出去一看，是一輛二套車，車上坐著一位大姑娘，有一位員外，正站在門首問哪。馬老兒說：「你問那壯士姓什麼？是那裡人氏？」員外說：「是我外甥楊順，我們是姑表結親，我把我女兒給了他，他偷跑了。」馬老兒說：「在這裡，方才來投宿，說昨天遇見鬼了，可姓楊？我問問是不是他。」轉身到屋中，見楊順蹲在桌兒底下，直擺手說：「鬼來了！就說我沒在這裡！」馬老兒說：「你出來！我活了半百年歲，沒聽人說過滿街上說鬼的！你是嚇糊塗了！」楊順出來求馬老兒，就說沒在這裡。只見他舅舅帶那玉卿姑娘進來，說：「我女兒已然給了你，交給你，我不管，我走啦！」楊順說：「且慢，我與你等什麼冤仇，你要害我？」那員外氣昂昂去了，那女子說：「好狠人哪！你在我們家住了兩夜，你作的什麼事？你想走就走，說謊話，還說我們是鬼！你與我睡覺之時，也不說我是鬼；你敢壞我的名節，你還造作謠言？我今跟著你，你往那裡，奴家跟在那裡。」楊順被這女子一席話，說的好不著急，說：「我去請人，帶著你一個女子，多有不便。我知道你是鬼，雞一叫你們就沒了。今日追我至此，我也不理你。」那馬老兒說：「姓楊的，這是什麼事？你帶走罷！」楊順無奈，另找鋪住。

那鋪中人，齊望楊順這邊一看，心中一動，說：「這個美人是從那裡進來的？」楊順吃完給了錢，二人出了飯店，直望前行，方至日暮之時，來到一座小集鎮，是桃花嶺，住在樂家店內西院中。那店原是一座大客店，近來因山水漲發，車皆繞道，這半年很沒有買賣，大伙計全都走了，剩下老幼無能之人。今日店中忙，前院是黃梅縣知縣占了公館，有兩個伙計伺候，東院公館這邊是楊順，沒人來照應。二人坐在屋內，有一個時辰之久，方見進來一位半百以外年紀之人，是店中掌櫃的，姓樂名忠，為人精明奸猾。他一看楊順帶著一個十八九歲姑娘，就知道定不是好事，他說：「你們男女二人，住在一個屋中，我們這店關係不小！」楊順說：「他是我妹妹，有何關係？我們兄妹出門，尋訪親戚，你別多管閒事，拿酒飯來我等先吃。」要了幾樣菜，楊順喝著酒說：「你這人跟我走這一天路，我想著奇怪，再者我舅舅死了多年。」那玉卿說：「你這時候怕起來了！怕也晚了！那日在我家書房之中，你要不留我，也不至有今日。吃著酒，你就高興起來了，抱奴家至西屋中，任你作樂。今日又說我是鬼是妖，我告訴你，奴家真是鬼是妖，你也無法治我。」楊順說：「我到臨安把濟公請來，就知你是妖是怪，你也瞞不了人。」

正說話之際，聽見外邊車聲響，一片人聲喧，楊順同那女子站西邊角門一看，原來是京中羅相爺姪少爺羅贊，升任黃梅縣知縣。他本是大員子弟，也不懂什麼叫作官，他無非到外面來逛逛，也沒帶著家眷。今日起身太晚，住在這裡，是個破棧房。到這裡下車，一眼看見楊順與玉卿，那羅贊在京中養著打手鏢丁，看見年輕美貌女子他就搶。今一見玉卿同楊順在那裡站定，他不由己多瞧了幾眼。楊順、玉卿二人一看那羅贊，是便服文生公子裝束，面皮微白，白中透潤，長眉大眼。楊順看罷，同玉卿回至屋中，二人坐下飲酒。楊順說：「你看這個知縣如何，我把你送給他，好不好？」那玉卿姑娘道：「你大口氣！你把我送給他不行，我是不願意呀！」正說著話，只見樂掌櫃的在院中說：「楊爺，你二人可給我惹下禍啦！」楊順吃了一驚。要知後事如何？且看下回分解。

第二百六十七回　黃梅縣羅贊告退　九龍島楊順迷情

話說楊順正在屋中與那女子玉卿談話，由外邊店中掌櫃進來，說：「楊順爺，你給我惹的這禍可不小！方才那老爺下車之時，看見你二人站在西院門內，他與我要定了歌妓。我說沒有，他叫家人綑上打我，這個我那裡給他找去？」楊順說：「那容易，我把我這個人賣給他罷，他給我多少銀子？」掌櫃說：「這話是真是假？」楊順說：「千真萬真，我這表妹跟我也是受罪，莫若叫他做兩天官太太，好不好？」那樂掌櫃聽了，到外邊合羅宅家人一說，那些家人說：「我們老爺正想著買一個美妾，要多少銀子？是方才在西院門站著的那個女子嗎？」店中人說：「是！」一回羅贊，喜的歡天喜地，說：「我給五百兩銀子，去問他去罷。」樂掌櫃到西院一看，說：「就五百兩銀子。」楊順說：「兩吊錢就賣，五百兩銀我也不要。給樂掌櫃一百兩，剩下給我表妹自己帶著零用，作為陪嫁之資。」那玉卿姑娘微微一笑，說：「銀子我們家中堆積成山，你這狠心之人，既賣我，你拿銀子去罷。」樂掌櫃到外邊把家人叫來，送過銀子，楊順立給人家一紙賣字，把玉卿帶至外邊。

羅贊一看，真是千嬌百媚，萬種風流，真是賽瑤池仙子，月裡嫦娥降世。那羅贊說：「美人，我方才一睹芳容，我就愛之不盡。今日得到我手來，你我二人吃酒談心。」玉卿一語不發，酒也不吃。那羅贊勉強吃了飯，叫家人收拾去安歇。他把床帳安好，自己到外邊方便。回來把門關上，一掀床帳，只見那玉卿女子，人頭在一處，腿在一處，身子在一處，鮮血淋漓，嚇的羅贊聲音都岔了。說：「快來人！」這時家人尚未睡，聽見主人叫，都來推門不開，一腳把門踹開。進房中一看，只見主人躺在地上，快快攙扶起來，到外間屋中一叫店家。樂掌櫃的在西院中，方才楊順給了他一百兩銀子，回到櫃房之中方坐下。只聽得上房中有人叫他，連忙過來，說：「什麼事？」那家人說：「你把賣人的給叫來，他這個人被刺客殺了，卸了頭腿身子。」樂掌櫃說：「賣人的走了，他管不著啦！」羅贊說：「先叫人買口棺材埋了罷。」樂掌櫃連忙到西院中，楊順方要睡覺，只見店中掌櫃的過來說：「你快走罷！那邊買你的那個人，被人殺了！頭腿身子分了八塊。」楊順說：「我不敢走，天亮再走，你去罷。」楊順心中甚是詫異，偷著向上房一看，院中抬進一口棺材，把那女子死屍，鮮血淋漓的都放在裡面。他看明白了，回到西院屋中，一看，那玉卿女子，正坐在屋中。

楊順說：「打鬼！快出去！」那女子說：「我不是鬼，我變了一個戲法，叫他知道就完了。」楊順說：「我不信，你會變戲法，變一個我瞧瞧！」那女子說：「那有何難哉？你想要什麼物件，我一變就來。」楊順說：「你變個仙桃美酒，咱二人喝酒，好不好？」玉卿說：「容易的，我就變。」在牆上畫了一個門，說聲：「急急令敕！」用手帕一拂，取出一盤桃來，又取出一盤仙果，又取出一盤果藕與梨，又取出一壺酒來，杯箸俱全。給楊順斟上，二人對喝。楊順一喝，迷迷忽忽的：「這酒我在那裡喝過呀！」暗暗呆想。玉卿女子微微一笑，杏眼含情說：「冤家！你還記得那日與奴家共飲桃花仙酒？你那一時間狂蕩，把奴家抱在西屋。你這時間要說我是鬼，奴家有口難分。」此時楊順復入醉夢之鄉，瞧看玉卿女子，千嬌百媚，那一種風流嬌豔，這時把害怕付之於九霄雲外去了。楊順說：「美人，慢說你不是鬼；

就是鬼，我也不怕。」吃的高興，二人並肩而坐。引得楊順意馬難拴，不知如何是好。二人說說笑笑，不知不覺的，聽見外面打更，已敲五更。羅贊吩咐套車出店，已然走了。這裡楊順更放心迷花亂酒，被情色所迷，睡至次日正午方醒。叫店家，那樂掌櫃過來一看，說：「打鬼！打鬼！」楊順說：「鬼在那裡？」掌櫃說：「你看這不是鬼嗎？」楊順說：「昨日是他變了一個戲法兒：耍笑老羅，騙他五百兩銀子。你給我們快預備好酒好菜，咱們吃完飯再走。」立刻樂掌櫃的出去，送進酒菜來。二人吃了，天已日暮，一連住三日。

楊順說：「我受兄長託，叫我去請濟公，我在這裡花天酒地，好無道理。」又說：「娘子！咱二人明日到臨安，我把信投了，請了濟公，你我回家，擇日拜堂，好叫眾親友都知道，你我也名正言順，我說這話，好不好？」那玉卿女子說：「好！」次日起身走至午初之時，前邊有一座城池，不知是何府何縣？二人進了北門，正往南走，只見對面來了兩個官人，頭戴青布纓翎帽，青布靠身長衫，窄腰快靴。二人正走，一看楊順同一個美貌的女子，正在二十餘歲，兩個班頭說：「二位別走啦！你們事犯了！」一抖鎖子，把楊順鎖上了。那玉卿姑娘瞧了二人一眼。楊順說：「我犯什麼事？你只管說來！」那班頭說：「你拐帶人口，你還不說實話呢？」那楊順一聽說：「我拐人口，你們衙門在那裡？我見你們老爺去！」隨同著衙役，來到黃梅縣衙門，那班頭往裡一回話。這官方到任兩天，正是羅贊，正在堂上辦事。聽說拐帶女子一案，方吩咐帶到公堂。羅縣主一看，正是他半路之上買的那女子，已然看見他是死了，今日一見，嚇的渾身立抖，體熱汗流。說：「你這女鬼，好大膽量，敢在我這公堂上來鬧？」那玉卿女子說：「我不是鬼，你是一肚子鬼胎，你還想要我，是我不跟你！人各有主，那楊順是我本夫，你用五百兩銀子，拆散我夫妻，你要美貌佳人有，只要你肯求我就行，你不求我，反倚官仗勢，還說他拐帶，你這糊塗官不稱職。給我先打五個嘴巴。」那知縣是真聽話，自己伸手打了五個嘴巴。眾官人說：「這妖女子要反，捉他。」那女子照定眾人一指，眾人把知縣拉下來，一頓拳打腳踢，連踢帶踹，打的羅贊看看要死。家人出來說：「你們好大膽，竟有這麼樣式？」眾頭役明白過來，齊嚇的跪下。

那羅贊把家人叫過來，給上司去了一個稟帖，辭官養傷。把眾役打了一頓，他卸任回家。走至半路店中，正要安息，由外邊進來一個青衣女子，生的十分嬌媚，說：「羅公子，我來替我姊姊陪禮。那日在公堂之上，我姊姊略施小術，把你打了，我來給你送藥。」給了羅贊一粒紅丸藥，他吃下去，覺著渾身長力，復本還原，精神百倍。一問那女子，名叫碧桃五娘子，與羅贊共入衾帳，從此跟入都去。直到八怪鬧臨安，金殿鬥法再表。那玉卿女子，由黃梅縣大堂之上，用法術制了羅贊，同楊順下堂，把鎖鍊摘去，說：「你快閉眼！」一陣怪風，刮到一個所在，都是高峰峻嶺，路北有一片宅院，甚是整齊。裡邊是樓臺亭閣，樹木森森，萬卉芬芳。方到大門一看，只見門兒大開，從裡邊出來幾個女童兒，說：「仙姑回來了！奴婢等接待來遲！」那兩個大丫環說：「楊姑老爺，你還認識我麼？」楊順說：「你這個丫頭，怎麼往那裡來？」那玉卿女子說：「憐香，你把我屋中收拾乾淨。惜玉，你去烹茶。」

拉著楊順到了大門以內，只見那二道垂花門內，是北大廳五間，東西配房各三間，院中各種奇花異草。進了北大廳，是穿堂而過，東西屋中，幽雅沉靜。那女子引路，到後是正北五間樓房，東西雁翅樓，都有天橋相通。往後是花園，東西皆有院落。二人進了北房，正面擺式，金璧輝煌，甚是可觀。迎面牆上掛一軸「麻姑圖」，畫的神情體態最好，真有神筆之妙。兩旁有對聯一副，寫的是：

萬物靜觀皆自得，四時佳興與人同。

條案旁各樣多寶格，古玩架，前頭八仙桌一張，兩邊椅子上各有披墊。二人坐下，惜玉送過茶來，憐香擺上點心。楊順一看，心中奇異說：「娘子，你我已然夫婦之道，我至今更糊塗了。你倒是怎麼段原故？那憐香使女，是你我初會之時，在你家中之使女，怎麼今日又跑到這裡來呢？」那玉卿說：「你要問，我也不瞞你，你聽我道來。」說出此事驚天地，道破機關泣鬼神。且看下回分解。

第二百六十八回 小禪師江島降妖 二羅漢施法捉怪

話說楊順問那玉卿女子來歷，那女子微微一笑，說：「奴來與你，是月下老人之意，非人力所能。你要問，你我初會，是我的點化，連那兩個老人家，全是我點化。我非妖非鬼，乃是上帝之女。我名九聖仙姑，因我犯天條，謫落人間。此處乃是奴家修道之所，名為九龍島，前後有長江之險。我自己會呼風喚雨，搬山移海，拘神遣將，五行變化。今你與我有夫婦之分，我教給你練長生不老之方，咱們永為夫婦。」楊順說：「此地離臨安有多遠路程？」那九聖仙姑說：「你不必問，在此住，別事全不管。」楊順說：「我兄長被屈之案未完，我在這裡享安閒福，居心對不過我的兄長！你先送我把事辦完再來，如何？」那女子一聲回答說：「你今有福不會享，在這裡更比在你家中還自在！吃喝耍笑，一呼百諾。你就在鏢局之中，亦不過奔波勞碌。咱們今日吃過團圓酒罷。」叫憐香快快擺酒。那使女整理杯盤，二人開懷暢飲。又叫惜玉叫了幾個十五六歲的女孩來，手拿琵琶絃子，彈唱歌舞，笙簫笛管吹起來，幽揚之音，甚有趣味。楊順樂而忘憂，被聲色所迷。至晚要入羅幃之時，那九聖仙姑先給他一粒丹藥，吃下去精神百倍。那女娘嬌聲燕語，把楊順迷住，一連有數天。

這日楊順到院中閒步，那女子尚然未醒。楊順步入後園之中，見些奇花生香，異草掩映。正看之際，不知不覺，到了花園角門，把門一開，望北但見山清水秀，樹木成行，猿鶴相親，獐鹿作對。正看之際，只見從茂林深處，出來一個姑娘，年約二十，身穿縞素，絲髮梳盤龍髻，身穿淡青色女衫，周身織金邊兒，素青裙兒，足下三寸金蓮，穿一雙青緞弓鞋，臉似桃花，長眉俊眼，生的十分俊俏，由樹林之中，冉冉而來。楊順想：「這山中是一塊洞天福地，真有這樣絕色的佳人！」不住直看。那女子止步，瞧了楊順一眼，微微一笑，說：「你瞧我比你那假表妹還好嗎？你真乃色中餓鬼。」楊順說：「那位姑娘，你先別說他，你是從那裡來？到我這花園一敘，不知姑娘尊意如何？」那女子說：「楊順，我不是你表妹九聖仙姑那流人物，你死在眼前，你還不知道哪！我是採藥從此路過。告訴你一條明路，你一秉虔心求濟公救你，那九聖仙姑非鬼非妖，亦不是神仙，乃是龍江灣八怪之中人物，我雖然有幾千年道行，究竟我惹不起他，我也救不了你。你若迷迷不醒，死在臨頭，悔之晚矣！」說完，那女子揚長去了。

書中交代：此乃白狐仙，原先犯過法，迷亂周公子，被濟公扛韋馱捉妖，把他捉住放了。從此知非改過，修行成了仙道。今日採藥，從此路過，忽見楊順一臉邪氣，二目發直，故此說了這幾句話走了。他知道九聖仙姑利害不敢惹，竟自去了。楊順聽了此言，心中恍然醒悟，說：「原來這女子乃是一個怪物，我要死在他手中，也是我自惹其禍。」回想從前恩愛，至此成空，昔日風流，而今安在？自己關上門兒，向空叩頭求濟公救命，跪在那裡正苦苦哀告，猛聽得背後憐香說：「你做的好事！我給你告訴仙姑，你性命難保！」楊順說：「憐香姊姊，千萬別告訴，我沒說什麼，你別無事生非！」那憐香說：「我都聽見了，你任打任罰？要任打，我告訴我家仙姑。」楊順說：「要任罰呢？」那憐香臉一紅，說：「任罰，你我同到那牡丹亭上。」說著，那憐香一拉楊順，到了牡丹亭上。正要入港，前邊一片聲喧，惜玉跑來，說：「姊姊快去罷，仙姑叫你，多時不見你，惱了要打你哪！」憐香一推楊順坐起來。惜玉瞧了他二人兩眼，直笑不止，說：「你二人這裡定約會很好。」那憐香說：「你放屁啦，說也是眼饞心壞，等著得便，叫楊姑爺把你收了，做個小姨奶奶，就不胡說啦。」惜玉哼了一聲，往回走說：「收我晚啦！我也沒叫人家押著！你打算我沒看見哪？」兩個丫環，到前邊院中。楊順亦跟過來。

那九聖仙姑正然濃妝豔抹，薰香打扮。一見楊順同兩個使女進來，說：「你往那裡去？」楊順說：「我叫憐香帶我逛花園去了。」這一句話，全遮蓋過去。那九聖仙姑說道：「我這裡呼喚他不應，領你去逛還可，要不然，我得重責四十板。」楊順一想：「我奉我兄長之命請濟公，今被怪物所迷，走又走不了，在這裡我迷於酒色，心不由主，這日限一多，我也就死於此地。」正自出神，這屋中放出一股異香。只見那仙姑，貼身穿著一件紅衫，其紅似火，異香撲鼻。楊順亦不留心，那知道那件赤綬仙衣乃瑤池之物，他盜取下來。二人吃酒取樂，又過五六日，楊順形體日瘦。那日又往後花園中，跪下禱告濟公長老救命。只見角門自開，外邊站立一個和尚，頭上短髮有二寸餘長，一臉油泥，一臉酒糟刺，睜著一雙眼，身穿破僧衣，短袖缺領，腰繫絲絲，拖著一雙草鞋，腰掖破僧帽，有裡的沒面，有面的沒裡，上邊油泥，有一個大錢厚。楊順一看，如渴得漿，如熱得涼，如旱苗得雨，如嬰兒得乳，說：「濟公禪師，你老人家可來了！我想你老人家如嬰兒望父母，你老人家救命罷！」那和尚哈哈大笑說：「楊順你先別磕頭，吾非是濟公，乃濟公大弟子悟禪是也。」

書中交代：悟禪自從火燒聖教堂，惹下八魔，金山寺擺「魔火金光陣」，後來靈空長老，紫霞真人把那八魔一齊捉住，押在「子午風雷藏魔洞」，用符印封鎖，把「降魔杵」、「斬魂劍」掛在洞口之上，還派梅花真人靈猿化護守洞門，看著杵劍，每到子午之時，洞中一陣雷鳴。悟禪在九松山松泉寺靈空長老那裡。這日聽見長老合紫霞真人談說，有九龍潭八怪鬧臨安，給八魔出氣，悟禪甚是關心。這日告假，要到京都三教寺看師父去。正走在這裡，只見前邊這所宅院，妖氣隱藏，忽發忽滅，又見楊順那裡叩頭，口口求濟公救命，連連叩首，口中禱告。悟禪說：「好呀，我問你何事？」下來說明自己來歷，又問楊順，把上項之事說了一番。

悟禪說：「我今日要看吾師，我也不必捉他。我把你救走了，先帶你找吾師去。」楊順說：「很好，我同少師父逃命。」正說之間，聽的那邊說：「好楊順，你真面是背非，我倒還沒有害你之心，你今勾串那妖僧前來，壞我大事！我先捉住那妖僧，再合你說話。」手拉一口寶劍，蛾眉直豎，杏眼圓睜，擺劍只剁悟禪。那悟禪微微一笑，用手一指，拉出一把戒刀，急架相還。二人戰在一處。那仙姑說：「好孽畜！我今日把你結果！」遂用劍往地下一劃，說：「急敕令！」一陣怪風，顯出兩個天王模樣，手執大刀，往下就剁。悟禪說：「善哉！你這法術，瞞不了我，我自有道理。」口中念念有詞，用手一指，那兩個天神，蹤影不見。九聖仙姑把臉一沉，說：「好妖僧！你敢破我法術？你無非是飛龍山的一個小孽，我叫你知我利害。」口中念動真言，用劍一指，就地起一怪風。風過去，只見顯出些狼熊虎豹，毒蛇怪蟒，張牙舞爪，齊奔悟禪而來。悟禪吹一口法氣，那毒蛇怪蟒全無。那妖怪伸手掏出一個磁瓶兒來，他把口兒一拔，裡邊放出一股陰陽氣來，把悟禪罩住。且看下回分解。

第二百六十九回　濟公救楊順逃生　縣主斬賊人正法

話說那九聖仙姑掏出一個瓶來，名為「混元陰陽二氣瓶」，裡邊按先天之數，練就陰陽二氣，最利害無比。那妖女把瓶兒托在掌中，口中念動真言咒語，說聲「敕令」，由內邊出來兩股黑白之氣，沖定悟禪去了。悟禪要想借遁光逃走，方要轉身，只見那陰陽二氣罩住走不了，被那二氣一繞，往回一捲，越捲越小，把那楊順嚇的顏色改變，眼看著把那小禪師用陰陽氣捲入瓶中，把瓶兒一蓋，用手一指楊順，楊順跑過來跪下，說：「姑娘不必怪我，我是想要回家，一時懵懂，求那和尚帶我走，不想被仙姑看見。」那九聖仙姑把楊順拉起來，說：「我與你總算有緣。來，跟我來。」把瓶兒交給憐香拿著。楊順也就隨口說：「我看看那和尚在那裡？」由憐香手中一接，憐香就遞給他，楊順手把瓶蓋打開，由裡一股青氣，飛入天空去了。玉卿女子一回頭說：「你這個無用之人，怎麼把妖僧放走？」憐香躲在一旁。楊順聽說那悟禪走了，心中甚是喜悅，說：「娘子！把瓶兒交給你罷，我實不知道，一揭蓋兒就會跑了。」那仙姑並未答言，把那瓶兒拿過來，方同楊順要往回走。只聽後邊有人說話，回頭一看，正是那個窮和尚，又同來一個，與他長的一般不二。瞧了瞧，是個凡夫俗子。

書中交代：悟禪逃出那瓶兒，正往前面走，忽見迎面濟公來了。濟公自幫助起靈回江西之後，他老人家在靜慈寺照料照料，仍回三教寺廟中，擇日悟真落髮，那臨安紳士，把三教寺給濟公收拾一新，全皆蓋好。濟公這日正然吃酒，忽然心中一動，想要回原籍訪娘舅。正然要走，把廟中之事，全交給悟真，一人出了山門之外，忽見一股妖氣，直透九霄。連忙按天靈一算，說：「好孽畜！你敢在那裡迷人！吾去了！」他來到山坡，正遇悟禪，跪倒叩頭，說方才之事。那濟公說：「我知道，你跟我來！」自己把頭一拍，避住三光，到了妖怪花園之中。正往前走，那妖怪回頭一看，說：「妖僧，你又勾了人來了！憐香，把楊順帶到前邊去，我來捉這兩個孽僧。」拉寶劍來剁濟公，濟公一施展法術，圍著妖怪一繞，那妖怪一看，東西南北，四方皆有濟公長老，拿寶劍剁那邊，那邊就是沒人。九聖仙姑大怒，說：「好妖僧別走。」伸手掏出一塊「混元如意五彩化光石」，托在掌中，念動真言咒語，祭在空中，隨風而長，隨風而化，越化越大，展眼之際，足有數丈高，一座白石山，照定濟公砸下來。濟公微微一笑，說：「孽畜！你有多大能為？敢來江邊賣水，聖人門前賣字？」用手一指，那座白石山五彩金華也沒有了，落在濟公袖口之中，濟公哈哈大笑。那妖怪見破了他的法寶，又急又氣，蛾眉直豎，杏眼圓睜，伸手掏出拴妖鎖，祭起來一片白光，照定濟公下來。濟公用手一指，那拴妖鎖落地，不能動轉。妖怪伸手掏出「混元陰陽二氣瓶」，托在掌中，口念真言咒語，只見裡邊出來兩股陰陽氣，直透九霄，往下一翻，把濟公一捲，眼看著捲入瓶中。此瓶乃瑤池玉府之寶，妖怪偷盜下來。方要轉身，見北邊還有一個妖僧，往前一追，說：「你等一個都走不了！」悟禪眼看師父被那妖女裝入瓶內，心中半信半疑，見那妖女，直奔自己而來。悟禪正要走，只見濟公從前院回來，說：「悟禪不要害怕，我來也。」

濟公適才借遁光至裡院，見著楊順說：「你今夜與妖歇睡之時，他貼身有一件紫綬仙衣，是紅的，你把他偷的到手，往外就跑，我在外邊等你。」楊順點頭答應。濟公到後邊一看，那妖怪正趕悟禪，說：

「妖怪！你回來！我和尚與你見個高低。」說罷，妖女哼了一聲，說：「怪哉！」把陰陽二氣瓶兒蓋一揭，倒出來一看，是濟公那頂僧帽。濟公說：「帽子回來。」那僧帽立刻回來，托在掌中，照定那妖怪一扔，起在半懸空中，金光繚繞，瑞氣千條，照定妖怪罩下來。那妖女一抖身，有萬道金光，把濟公僧帽撞回來。濟公收了僧帽，借遁光帶悟禪至後山去了。那九聖仙姑亦並不追趕，自回前院中，揚揚得意。叫憐香、惜玉：「去收拾酒來，我二人吃酒。」兩個使女伺候擺酒來，楊順也不敢問方才之事。自己心中著急：「我奉我兄長之命，來找濟公，到玉山縣去，好救他眾人不白之冤。把殺周公子的凶手捉住，把素秋找著，好完結那無頭之案，洗清我兄長之冤。我今被困在此，不知何年何月，才能回歸故土？」心中煩悶，飲酒已不樂，帶著一臉的愁煩。那九聖仙姑說：「楊順，你有什麼心事，只管跟我說來無妨，我自有道理。」楊順說：「沒事，我自到此，豐衣足食，又蒙仙姑憐愛，我那裡也不想去。」那女妖心中甚喜，說：「原當如此！我給你配一料長生不老丹，吃了能延年益壽，長生不老，轉老還少，身輕體健。」楊順說：「好極了，我要有了妙藥，從此可以長生。」二人暢飲，吃罷安歇。

那楊順惦念這一件「紫綬仙衣」，候著女妖睡著之際，自己心中如刀絞，又想家，又怕妖精醒了。慢慢的起來，把自己衣服穿好，把那件衣服一拿，往外就跑。到後院，一開門，絆了一個觔斗。女妖早醒，一找不見了「紫綬仙衣」，心中甚是不安。追出楊順，來到後院之中，說：「好楊順，你往那裡走？害得我好苦！我待你天高地厚的人情，你反害起我來？」楊順正然絆倒，聽見妖女追來，嚇的驚魂千里，戰戰兢兢，爬起來說：「濟公快救命！」往後園中一看，並不見有濟公。後邊妖女說：「快把我的仙衣給我，我可沒有害你之心。這是你自找死，我把你吃了就完了。」楊順一聽，「哎呀」了一聲，說：「我今番死矣！」正在驚慌之際，忽見濟公站在面前，把楊順放過去，擋住女妖去路，說：「女妖！你今休想逃生。」妖女心中不服，正自要掏「陰陽二氣瓶」，忽然聽見半空中，霹靂一聲，金光四射，一「如意雷火珠」，正打在女妖頭頂之上。女妖被雷火一霹，金光一繞，寶珠一震，覺著頭昏眼黑，心中無主，一慌就地一滾，把頭上釵環墜落於地下，立現原形。

楊順正要看，只見一片金光四射，由半空中落下一個和尚來，身高一丈，頭戴青僧帽，身披古銅色僧袍，白襪雲鞋，面如古月，慈眉善目，頸項帶一百零八個念珠兒，說：「知覺久違了！」濟公一看，認識是北海蒼梧山清林院的法廣禪師，乃是佛心羅漢降世，所謂傳經立教，昌大佛門而來。今日是由四川峨嵋山回頭，正走在九龍島，只見邪氣沖天，有一女妖，正同濟公鬥法，伸手掏出「如意雷火珠」照定女妖打來，打在女妖頭上，立現原形。乃是一個婦人的腦袋，魚的身子，約有一丈餘長，得天地不正之氣所生，名為「媳婦魚」，又名「江怪」，行船人如遇見他，非受害不可。其性最淫，修鍊了有七千餘年，神通廣大，法術無邊，他迷住楊順，迷死為止。他乃八怪之中第六怪。奉九聖山聖水池老魔九龍僧韓雷符印拘來，派他八怪鬧臨安，迷亂濟公長老，給八魔雪恨。他未到臨安，見楊順身上有仙骨，他動了淫念，他這才點化宅院與楊順的舅舅舅母，用酒灌醉楊順。楊順乃是俠義性情，並不迷花亂酒，今日吃的大醉，他先派使女勾引，見楊順毫無情意，他給楊順送來一粒「千杯不醉丸」，楊順不知，吃了迷了本性，遂與妖物成了苟且之事。那「桃花迷仙酒」，亦不是好酒，乃妖怪迷人之物。因此楊順迷到如今，明白之時少。今日一見二位羅漢把這女妖捉住，連忙叩頭，把那件「紫綬仙衣」，給濟公，叩頭謝了二位聖僧。那法廣和尚，先把妖怪「陰陽二氣瓶」取過來，收在囊中，用拴妖鎖把他拴上，叫悟禪拉著。楊順跪在面前求聖僧大發慈悲，「跟我到玉山縣，救我兄長楊明。」濟公一笑說：「我知道，你聽我吩咐！」且看下回分解。

第二百七十回　玉山縣群寇劫法場　花柳莊單人探賊巢

話說濟公先叫法廣禪師把妖帶至北海，押在蒼梧山以下，叫悟禪送去，又發了一個「掌心雷」，把那妖宅群妖鎮散。教楊順先回去，說：「現在臨安城中有八怪，找我滋事，我是不能分身；我的事辦完，隨後就到。他等吉人天相，自然無妨。我定在下月初九方到。」楊順說：「我迷失道路怎麼走？」濟公帶他出山。方到九江口地，說：「你去罷！前途並無阻擋。」楊順謝了濟公，歸心似箭，恨不能肋生雙翅，方遂心懷。曉行夜住，非止一日，到了玉山縣鏢局之中，一問伙計，說：「楊大爺同趙、柳二位，出去請能人探小西天裡邊賊巢，非水旱精通之人不能去；這裡鬧了幾夜刺客，自從被楊大爺打了一鏢，永不再鬧了。今日還有差事，殺李氏三傑與孫伯龍二人，全都是小西天熏香會之人，都有路劫明搶之案。又有搶劉香妙之案，故此定了斬立決，就地正法，人頭號令。」楊順吃了幾碗茶，說：「我到西門外瞧熱鬧。」自己換了一身新鮮衣服，到西門外酒館之中，都認識楊順，說：「楊二爺看熱鬧來了！今日正好瞧！咱們鋪子前邊，就是監斬棚。」楊順說：「好哇！來幾樣菜，我先吃著。」

自斟自飲，正自吃酒之間，忽見外邊趕散閒人，說：「老爺來了！」只聽銅鑼開道，全副執事引路，知縣葉開甲坐轎，兵馬團練使李雲鵬騎馬，帶著那四十名護決之兵前來，聲音一片。方到監斬棚，下轎下馬升坐。不多時，聽見有一面破鑼之聲。第一個正是頭犯黑太歲振八江李滾，綑綁二臂，插著招字，是「大盜李滾一名，梟首示眾」。第二個便是劫江太歲李茂，第三個是李成，連孫伯雄、孫伯龍，共是五人。前頭李滾很揚揚得意，並無半點懼意，破口大罵。楊明正到，監斬官報名吩咐斬。方要一推，只見從南邊樓上跳下來幾個人，頭一個武生公子裝束，手執寶劍，正是花臺劍客劉香妙在頭前開路。

書中交代：這劉香妙自從那日由三傑村中逃走，與吳道興分手，他逃至玉山縣正西花柳莊，那莊中住著兩位小西天的寨主，一位叫貪花浪子花中秀，一位叫如意郎君柳士宏，這二人都是本領高強，藝業精通，會打毒藥鏢。花中秀有一個胞妹叫花似玉，柳士宏有一個胞妹子叫柳如仙，都是武藝超群，人才出眾。劉香妙逃到這裡來，正遇見小西天的小寨主花裡魔王劉玉、色中惡鬼劉宏，這兩個人去探玉山縣楊明等眾人定案未定，故此回頭住在這裡。一見劉香妙說：「劉寨主，你那日不辭而別，我們大寨主，正往各處派人找你回去，今日在此遇見，好極了！你跟我回小西天罷！」劉香妙說：「我這一到這裡，真是兩世為人。」就把那上項之事，說了一番。劉玉說：「無妨，我去到隱賢村，把他等全殺了，什麼老義士、小劍客全不論。」劉宏說：「去刺殺知縣葉開甲，由獄中救他等五人回來。」那劉宏到縣中未得下手，有楊明等眾人保護。劉玉到隱賢村，被書僮何芳給捉了，一回稟主人小劍客菊文龍，說：「不必殺他，恐汙了吾的刀，那還了得嗎？你們眾家人，各人澆他一泡尿，饒他狗命，把刀也留下來。」大眾用尿一澆他，劉玉成了「騷旦」了！連滾帶爬，自己逃命去了。

回至花柳莊不敢實說，只把自己被擒之事，大概說了一番。劉香妙要劫牢，救李氏三傑。劉玉說：「人太少，要再有五六位可行了！」這日又派家人探訪，回來說：「那五人明日在玉山縣之西門外就地正法。」劉香妙說：「明日我去到玉山縣，一口寶劍劫法場。」花中秀說：「我二人隨兄長前往。」柳士宏說：「我三人足行了。」那花裡魔王劉玉、色中惡鬼劉宏二人說：「三位要去，我二人也不能落後！」劉香妙說：「跟我去，可別怕死，非拚出死命不可！」五人計議好了，次日天明五鼓之時，那五人各帶兵刃起身。正走在半路，忽見對面來了一人，身高九尺，青壯帽，青箭袖袍，青中衣，薄底快靴，腰繫青絲鸞帶，外罩青英雄氅，面似烏金紙，一臉的白癜點，環眉大眼，鼻直口方，押耳黑毫毛，一部連鬢落腮鬍鬚，肋下配一口單刀，正是五花鬼焦雄從那邊來。一見這五人連忙行禮，說：「你等那裡去？我奉大寨主之命，正尋找劉寨主你回小西天去！」劉香妙說：「今有我的至友在玉山縣遇案，今日處決，我等去劫法場，焦兄你幫個忙！」焦雄聽了，問：「是什麼人在玉山縣遇案？」劉香妙說：「是李滾兄弟三人，與孫伯龍兄弟二人。」焦雄說：「我與那李滾乃金蘭契友，與我知己之交。你五位都肯捨命救知己，這也無妨，我同走走。」

六個賊人，膽比天大，也不管什麼國法王章，他等到西門外，正吃早飯之時。一看這殺場，路南是鴻昇園酒樓，門首寫著「包辦酒席」，「應時小賣」，「午用菜酌」，「家常便飯」。六人進飯館上樓，靠北邊樓窗，一溜四個座位，六人在西座坐下。那些走堂之人，見這幾位人品出眾，衣服鮮明，連忙過來說：「眾位爺臺才來，要什麼酒？什麼菜？」焦雄說：「先擺上一桌高等酒席，抬一罈『女貞陳紹』來，越快越好！」跑堂的連忙擺上。在這裡吃酒，正自高興。只見下邊人一陣大亂，來了監斬官等，只見官兵人役等，一齊說：「來了！」見李滾繩綁二臂，在法場之上，說：「我叫黑太歲李滾，因為救朋友，被仇人所拿，我可沒口供。今日狗官出斬我，我今生今世不能報仇，來生我定殺你。」一邊說，一邊罵到了法場之上。那劉香妙等跳下樓來，一擺劍，殺散官兵人役等，劉香妙把眾人繩綁挑開，劉玉、劉宏二人，揹起孫家兄弟，焦雄、花中秀、柳士宏，揹起李氏三傑，方要走，那李團練便把兵叫回來，吩咐：「拿人！」官兵往上一圍，劉香妙連殺數人。李雲鵬趕上來，掄刀剁劉香妙。劉香妙用寶劍一揮。那口刀就折為兩段，順手一劍劈去，李雲鵬躲開，他又一劍掃去，把李雲鵬頭上髮纂頭巾削落。李老爺驚魂千里，往回跑。楊順由路北酒館中出來，說：「好賊！你等真目無國法王章，我來結果於你！」掄刀就剁。劉香妙擺劍要削他的刀，那楊順偏避躲閃，只有遮架之功，並無還手之力。劉香妙並不趕盡殺絕，見楊順無能，只得罷休，往前就跑，保著那五人好逃走。楊順緊跟在後，跟出去約有五六里之遙。

劉香妙說：「楊順，你是敗兵之將，還敢來追我？合你決一雌雄！」擺劍跳過來就剁。楊順往回就走，說：「劉香妙我也不是你的對手，你也不必欺我，我老跟著你，非到了你等窩巢之地，不能算完。」劉香妙站住，叫花中秀等先走，他就來追楊順，追了有二里之遙，楊順獨往回跑。劉香妙算計此時花中秀、柳士宏到了家啦，他回頭就走，陸地飛騰之法又快，把楊順給落下了，群賊回歸花柳莊。楊順隨後追至，在花柳莊東村頭，見路北有一座小茶館，那茶館就是一個半百以外的老人，還有一個小孩，有十四五歲。楊順進了茶館，要了一壺茶，喝了兩碗，問：「掌櫃貴姓？此莊叫何名？」那老人說：「姓郝名奎，我們這裡是花柳莊，老客貴處那裡的？尊姓大名？」楊順說：「我是玉山縣振遠鏢局。掌櫃的，我叫楊順，我家兄楊明。」那郝奎一聽，說：「原來是楊二爺。提起來，你們這玉山縣之內，是有名英雄。楊大爺我也知道，遠近朋友不少。今日楊二爺是從那裡來？」楊順說：「我訪個朋友。」正說之間，只見從南面有四個人抬著雞鴨魚肉類，那掌櫃的說：「四位管家裡邊坐，喝碗再走！」那四個人說：「我們不坐了，咱們改日再會。今日我們忙，莊上來了我們主人朋友，趕著做菜，我們方從南花園之內來，取來雞鴨魚。」說著話去了。楊順問：「郝掌櫃，這四人是那裡來的？」郝奎不慌不忙，說出幾句話來。有分教，正是：「踏破鐵鞋無覓處，得來全不費功夫。」要知後事如何？且看下回分解。

第二百七十一回　楊順探賊遭毒手　三雄柳林戰群賊

話說楊順在小茶館之內，問：「郝掌櫃的，那四人是那裡的人？」郝奎說：「我們這莊中是花姓人多，柳姓人亦不少，方才那四人，是那邊西村有一位花中秀莊主，同一位柳士宏在一個院中住，都說他二位是保鏢的達官；常有外路人往這裡來，也說不清是作什麼的，都疑他是綠林之中人物，可在我們這一方沒有案。昨日有一位很闊的武生公子在他家住著，亦不知道是作什麼的。」楊順聽了，心中明白八九，心中說：「莫非這裡是小西天的窩巢？我要捉住一個小西天的賊人，也好洗清我大哥不明之冤。」想罷，在這裡要了一壺酒，隨便吃了點飯，給了錢，天就不早了。掌燈之時，郝掌櫃說：「楊二爺別走啦，在咱們這裡住下，明日走，這都不是外人哪！」楊順說：「我非走不行，有緊急之事。」自己出來往北，由村背後往西走了不遠，見有一所宅院甚大。心中想：「莫非這是花家？」躥上房往各處探聽，只見一層層院落，前邊院中一片燈火之光，照如白晝。他到那邊一看，是北房五間，東西各有配房三間。北房之中，燈火照耀，一個圓桌面，上邊端坐著十一個人，東邊是劫法場救來的李氏三傑五個人，西邊上首是劉香妙、焦雄、劉玉、劉宏、花中秀、柳士宏等，高擺酒筵，正然開懷暢飲，談說方才之事。楊順一聽，知曉這賊人勢大，自己獨樹不成林，未敢下去動手。想要聽明白了，回玉山縣調兵邀人，再來捉這伙賊人，追問素秋下落。

聽了方才要走，只見有一個家人嚷道說：「有奸細！」屋中那些賊人一齊出來，往各處一看，楊順方轉身要往東逃走，花中秀早已看見，說：「吩！小輩！敢來探我的柳家莊？你是『合字』？是『鷹爪』？」楊順並不答言，也不敢下去動手，往外就走。花中秀躥上房，追下來，相隔有七八步遠，掏出一個毒藥鏢來，照定楊順背後打去。楊順躲避不及，正中在琵琶骨上，覺著一陣麻木，心說：「不好！這是毒藥暗器！我恐怕難逃性命！」他知道毒藥鏢的利害，這要中了鏢在致命之處，登時就死，要不在致命之處，你中鏢一跑非死不行。越跑藥性散的越快，有三四個時辰，糊裡糊塗的就死了；要不跑，多活兩個時辰。此時楊順先前還覺麻木，後來好似刀剜肉，其疼痛不止，好容易捨命躥出牆外，往前直跑。聽見後邊那群賊追下來了，心中說：「我臨死落不了一個整屍身，完了！」後邊孫伯龍追的很緊，此時五個賊人，都上了好藥，夾棍傷已好，一邊追著，還說：「奸細！你今日休想走，斬草除根，以免後患！縱虎歸山，長出牙爪，定要傷人！」楊順正跑出有二里之遙，前邊一片沙崗，甚是雄偉，高有一丈，捨命躥上坡去，渾身一軟，倒於就地。往東一滾，竟自去了。

孫伯龍借月光看的更真，他哈哈一笑，說：「列位寨主，那奸細滾向那沙崗東邊去了。咱們把他捉住，細問情節。」花中秀說：「捉住他，他也活不了。我那鏢是我師父親授，打上人，六個時辰就死，休想活。無非咱們捉住他，問問是何人，從那裡來？」眾賊趕上沙崗，往下一看，並不見楊順。東邊有一座大柳林，正望東看，只見從柳林中出來一人，說：「吩！不種桑來不種麻，全憑劫路作生涯，無有銀錢來買命，一刀一個盡切瓜。」孫伯龍說：「『合字』，這裡不是作生涯之地，咱們都是一家人！」那人聽了，說：「哦！是了！原來是『合字』，我輸眼啦！『合字』『春』個『萬』罷。」孫伯龍通了名姓，往後一指，說：「那後邊全是『合字』，方才有一個人中鏢，由山崗之上滾下來，你可看見了嗎？」那人說：「那是我兄長，被你這伙狗頭打了，好哇！我正是找你等報仇！」躥過去掄刀就剁。孫伯龍急架相還，二人戰在一處，飛行太保孫伯雄正要過來幫助，由東邊樹林之內，出來二人：頭一位戴藍紫巾，迎門一朵絨桃，身穿寶藍色箭袖袍，腰繫英雄帶，藍中衣，薄底快靴，外罩寶藍色英雄氅，面如美玉，眉分八彩，目如朗星，三綹髫鬚，飄灑胸前，肋下佩刀；來者這位，正是鎮八方楊明。後跟那位穿青掛皂，面如黑鐵，環眉虎目，半部鋼髯，是探囊取物趙斌，前頭動手的那位是柳瑞。柳瑞等三人，是到常山縣邀請英雄，去破小西天，捉拿那熏香會之人，到各處尋訪廣寒仙子鄧素秋的下落。這日回到玉山縣鏢局之中，聽說楊順請濟公回來了，說濟公隨後就到，楊順去西門外看殺人的未回來。三人喝酒吃晚飯，方聽見人說：「劉香妙搶了法場，救了五個賊人，楊順追下去，並未回來。」楊明一聽，甚不放心。吃完飯，同柳瑞、趙斌三人各帶兵刃，往各處尋找。正走在此地，只見楊順由山崗之上滾下來，說：「吾命休矣！」趙斌扶他進了樹林南邊，前情楊順都說明白。柳瑞說：「咱們捉賊去。」由樹林出來，他才說話，把孫伯龍擋住。二人動手，孫伯龍來，趙斌出去，二人殺在一處，真自難解難分。楊明出來一看，劉香妙站在西邊，他氣往上沖，不由怒從心上起，惡向膽邊生，用刀一指，說：「呔！劉香妙狗輩，我來結果你的性命！」跳出去向那當場一站，那劉香妙微微一笑，說：「好！我想要找你，不想你來送死！」擺劍相迎，二人戰在一處。楊明知道那劉香妙是口寶劍，偏避躲閃，永不肯與他兵刃相碰。那邊有李氏三傑等，各抱著兵刃觀看。楊明與劉香妙二人殺的棋逢對手，正自難解難分。花中秀說：「列位來，咱們大家一擁齊上，合他等決一雌雄！」眾賊方要過去，那劉香妙說：「別過來，我一人足矣，要倚多為勝贏了他，亦不算英雄豪傑。」正說之際，只聽那邊有人說：「劉香妙你還算是英雄！我們這裡亦不能倚多為勝，我來與你分個上下！」說著，跳出樹林，正是小劍客蓋天俠菊文龍，今日是探親回頭，好走黑路，正走在這裡，見楊順哼咳不止，過來一問，方知中了毒藥暗器，小劍客說：「這個藥我有，在家中並未隨身帶著，你先坐在此等候，我助楊大爺一臂之力。」躥過去，正聽劉香妙不教群賊過來，菊文龍說：「好！今日我來合你等分個上下！那位過來？」那李氏三傑一看，說：「這個利害，可不好惹！」花中秀微微一笑說：「三位兄臺在大江之中，名揚四野，怎麼今日這樣膽小？我這裡有毒鏢一袋，今日先叫他知我利害。」伸手掏出一支鏢來，照定那小劍客面門打去。他這鏢見血非死不可，要打在致命之處，當時殞命，要打在別處，六個時辰亦死。今日一鏢打出來，小劍客伸手接住，說：「再打來，你是送鏢！英雄打鏢，你還沒有學會哪。等著消閒之時，我教給你。你叫什麼名字？用這毒藥鏢打我！」花中秀說：「我就是這花柳莊的人民，我名貪花浪子小蝴蝶花中秀。你要不服，可通個名姓來。」菊文龍說：「我無名之人，你過來，咱們分個強存弱死，真在假亡。」花中秀復又一鏢，又被人來接住了，跳出來掄刀就剁，小劍客用劍往上一迎，只聽「噹啷」一聲，花中秀刀削為兩段。嚇的驚魂千里，一轉方才要跑，小劍客說：「你先別跑啦，我叫你歇歇罷！」一趕步用二指一戳，立刻花中秀翻身倒於就地。那邊花裡魔王劉玉，色中惡鬼劉宏兄弟二人，見花中秀倒下，二人說：「咱二人過去，你拿刀劈頭就剁，我用刀攔腰就剁，教他顧前不能顧後，顧上不能顧下，不怕千軍共萬馬，就怕二將巧商量！」二人跳出，雙戰小劍客，且看下回分解。

第二百七十二回　小劍客點穴驚賊膽　陶玄靜妖術捉英雄

話說花裡魔王劉玉與劉宏二人商議，要過去雙戰小劍客，兩人各擺兵刃過去，掄刀就剁。小劍客一看二人過來，早已明白，把寶劍分門路；見劉玉刀來，一抽身托劍向上一迎，只聽「嗆啷」之聲，把刀削為兩段。劉宏由後心刀扎來，小劍客往前一縱身，用手先施點穴法，點了劉玉，復回身一劍，照定劉宏剁來。劉宏往後邊一閃，用刀一架，卻被小劍客把刀削為兩段，用手點住。柳士宏看見，氣往上撞，說：「好小輩！我兩個朋友又給治住了！我來合你分個上下！」跳過來用刀殺在一處。小劍客見此賊刀法精通，打算用劍削他的刀，無奈削不了。只見他躥縱跳越，很透靈便。一回手，一鏢照菊文龍打來，被菊文龍接住，照他打去。柳士宏一閃身，方躲過去，小劍客二指一點，那柳士宏登時栽倒。李氏三傑一看，知道小劍客利害，要過去，又恐怕被捉；不過去，見同伴之人全倒下了。那李滾一想，人活百歲，免不了一死，我今性命不要了。說：「李茂、李成，你我三人過去，與這小輩拚一死戰。」李茂、李成答應，三人一齊過去。菊文龍一看，說：「好哇！你等乃我手下敗兵之將，還敢前來送死？這是你等自送其死！」施展點穴法，把他三人全皆治住了。小劍客把七個綑上，用腳一踢，那七個賊人，雖然是活動，就如被繩綑好，連動轉不能。

小劍客正要過去捉那劉香妙，只聽西邊一聲：「無量壽佛！什麼人這樣大膽，敢來胡為，傷我朋友？」

小劍客望西一看，兩對燈籠火把引路，當中有兩個道人：一個頭戴青布道冠，腰繫杏黃絲縧，足登白襪雲鞋，面似鍋底，黑哇哇，黑中透亮，兩道抹字眉，一雙三角眼，壓耳毫毛，海下一部鋼髯，有三寸餘長，猶如鋼針一般，鐵線相似，背後插一口寶劍，還有三尺餘長「五彩化魂旛」。後跟一個頭戴紫色蓮花道冠，身披紫色八卦仙衣，月白紬子中衣，白襪雲鞋，面如茄皮，紫中透黑，雄眉怪目，一部鋼髯。前頭那個是惜花羽士陶玄靜，後跟是護花真人柳玄清，他二人乃是半壁山玄空觀蓮花道長戴朝宗的門徒，學會了妖術邪法，任意胡為，在小西天與霹靂鬼狄元紹立熏香會。他師兄弟八位，今日奉三位寨主所託，派他二人下小西天，找花臺劍客劉香妙回寨。

正走在花柳莊，天色已晚，到花中秀家來，剛至門首，只見燈光一片，眾家人過來行禮；說：「二位祖師爺是從那裡來？」陶玄靜說：「我等從小西天大寨而來，你家莊主可在家中？」家人說：「我家主人，今日同焦寨主、劉寨主，由玉山縣把李氏三傑同孫家兄弟救來，劫的法場。今晚來了一個奸細，探我們這莊中來，被眾位追出去，留下焦爺在大廳之上看家，怕裡邊還有餘黨。」柳玄清一聽，說：「我姪兒柳士宏也追下去了？」柳家的家人說：「也追下去了！」兩個老道說：「你們去探聽探聽，在何處動手，快回來稟我知道。」家人柳福去了，不多時，回來說：「二位祖師可了不得啦！我們花莊主，被人家捉住，還在那裡動手！劉玉、劉宏，也躺下來！」陶玄靜、柳玄清二人說：「爾等點燈籠頭前引路，我二人去看個水落石出。」眾人答應去了，他這才立刻往前，方到柳林一看，花中秀等七個人被捉。老道陶玄靜微微一笑，拉出寶劍來，用劍一指，說：「孽畜！你叫什麼名字，通報上來！」小劍客說：「妖道！你是一個出家人，禮應奉經念佛，修真養性，謹守廟宇之地。這些賊人，目無王法，藐視刑章，搶劫法場，拒捕官兵，我因路見不平，如今特地捉他，你何必多管閒事？」陶玄靜聽了，心中一動，說：「此人品貌不俗，武藝又好，我把他捉住，細問來歷，收他作個徒弟。」想罷，說：「呔！小輩！我乃惜花羽士陶玄靜是也，你休想逃生。」用劍一指，口中說念定身咒，把小劍客菊文龍給定住。又到前邊用手中劍一指，把楊明、柳瑞、趙斌三人定住。叫孫伯龍二人放開花中秀等七人。

劉香妙過來行禮，說：「陶兄，你是從那裡來？」陶玄靜說：「賢弟，我同柳玄清師弟，奉小西天狄寨主之命，特來請你回山。狄寨主應該自己下山請你，奈山中事無人照料，特託我二人，非請回賢弟不行。」劉香妙說：「我今晚把楊明捉住，定然跟兄長回山。」又見過柳玄清，吩咐家人：「先把這四人綑上，抬回莊中，我等到柳林之內，尋找那個中鏢之人，剪草除根。」眾家人先把小劍客等兵刃，揀起來綑好，抬著進了花柳莊。陶玄靜等到東邊林之內，各處一找，楊順蹤跡皆無。劉香妙說：「怪哉！那人走不了！」花中秀說：「他走了也活不了，我那鏢若要沖上，見血十二個時辰準死。咱們回去到莊中再議罷。」群賊跟著妖道往回走，心中歡喜。到了莊門，焦雄迎接出來，說：「二位真人，多有受累了！」陶玄靜說：「我等來的甚巧，這也是天緣湊合。把楊明捉住給我師姪報仇雪恨。」焦雄說：「令師姪莫非是桃花浪子韓秀、白臉秀士惲飛嗎？」柳玄清說：「不錯，當年韓秀、惲飛二人死在常山縣馬家湖，皆是楊明一黨之人所為。」說著話，到裡邊坐下。花中秀吩咐重新整備筵席，大家痛飲三杯。

正自燈下暢談，約有三更之時，聽見後邊一亂，說：「不好！後邊因何這等大亂？」只見使女出來回話，說：「眾位寨主，可不好了！後邊大奶奶正同二姨奶奶等在屋中說話，由外邊摔進一對人頭來，把大奶奶也唬糊塗了，二姨奶奶也唬死了！」花中秀說：「你等回去，我這就到內宅去，莫非裡面又有奸細麼？」

同柳士宏二人到內宅一看，那兩個人頭，乃是一男一女，男的是家人花得福，女的是花中秀的三姨奶奶。花中秀一看，明知是姦情，叫家人到外邊抬兩口棺材，把人頭連西院死屍一並埋了，不必聲張。正自各處尋找之際，只見西院火光一片，花中秀連忙往西院中跑，此時前邊陶玄靜、柳玄清說：「無妨，我等去看看去。」二妖道帶群賊往前到西院之中，柳玄清見火光大作，把西院馬圈草棚，全皆著了，火光通紅。連忙叫家人取過一碗水來，口中念念有詞，用寶劍畫了一道符，把那碗水，衝定火上一潑，一片水花，由半空中落下來，把火撲滅了。花中秀一看稱奇，說：「真妙！這一片水，足顯祖師爺神通！哎呀！不好！咱們快回去！這放火之人，是調虎離山之計，怕已把楊明等救走。」眾賊猛然醒悟，說：「不錯！咱們回東院之中去觀看！」說罷，眾賊同妖道往回走。只見東院之中，有一人正解楊明等繩扣。

書中交代：來者是誰？只因楊順在柳林南邊，正自鏢傷疼痛之時，忽見由南往北，來了騎馬之人；看那人是穿翠藍掛，壯士裝束，年約二十以外，來至臨近，跳下馬來，一問楊順，因何至此，楊順並未隱瞞，把實話細說一番。那人說：「楊二兄上馬，我把你送至我家，給你治鏢傷去，把你治好，我再來探花柳莊來。」一見柳林西邊正自動手，把楊順扶在馬上，往前走有六里之遙，到了一所莊院，叫門裡邊家人，出來開門接馬。把楊順攙下馬來，帶至裡院之中，北上房之內，東屋床上，叫楊順躺下，請出一位老丈來，給楊順治傷；那老人家見楊順昏迷不醒，來至臨近，先起下鏢來，給他敷上藥，叫他歇歇。楊順說：「恩公貴姓高名？」那少年說：「我姓賈名士顯，人送綽號鎮江龍，我久在長江為商作客。我父親在南昌當過水軍總教習，會打各種暗器，會治毒藥傷。我去看看楊大爺，此時可把賊人捉住未有？」收拾停妥，帶刀出了賈家村，一直奔花柳莊而來，施妙計要救楊明。且看下回分解。

第二百七十三回　賈士顯火燒花柳莊　柳玄清劍斬鎮江龍

話說賈士顯往花柳莊，來至方才動手之處，不見有人。進村往各處一看，到花宅上房，躥至裡邊，只見上面大廳之上，群賊陪兩個妖道正自吃酒，楊明等四個人，綑在西廊下。鎮江龍眉頭一皺，計上心頭，想要用調虎離山之計，把群賊斬殺，救楊明等四人。想罷往後走到了西正房，見房中燈光閃耀，如同白晝一般，有一個少年男子，是家人模樣，正與一個年輕少婦，共坐密語。那少婦年約二十餘，濃妝豔抹，兩個人先還打鬧，後來在燈光之下，二人寬衣解帶，就要共睡。聽那婦人說：「你明日趁早打一個正經主意，我非走不行。花中秀拐我來至他家中，沒兩月之久，他永不往我這院中來，我一人受這孤單之苦。莫若你帶我一走，我合你一夫一妻，倒也不錯。」賈士顯一聽，知道是姦夫淫婦，不留他也罷，掀簾進屋中一看，掄刀殺死二人，手提人頭，到東院之中往裡邊一摔，婦人僕婦亂嚷，他上房到前邊去，指望群賊往後去，好救楊明等四人。見花中秀自己往後去了，群賊未動。他又到西院中把草把給點著了，火光大作，他奔前來，只見兩個妖道，帶領眾人，全往西院中去了。賈士顯一看眾家人全走了，一晃身，只見有一條影，往前邊去了。

書中交代：那條黑影，乃是九聖仙姑賽妲己李彩秋。自從他兄長被捉之後，他三個嫂嫂都躲在親戚家中，他遍處尋找菊文龍，在家住了幾日，派人探訪他兄長下落，方知道在玉山縣衙中捉住，自己女流之輩，也無可安處。想著：「我與那菊文龍，二人總成為夫婦，又是郎才女貌，我可以尋找他去。」這日他起身，一路上女扮男裝，打聽各處，尋訪小俠。今日是他聽見那花柳莊中，有一片聲喧，他戴了隔面具，掛上紅鬍鬚，到裡邊一看，那西廊下四人之中有小劍客，全皆被綑綁，他伸手盜了寶劍，提起小俠往外去了。賈士顯下來，方要解楊明，只聽背後念一聲「無量壽佛！」說：「好孽畜！你敢來此處用調虎離山計放火救人？你叫什麼名字？」鎮江龍賈士顯自通了名姓，道：「妖道！你叫什麼東西？」柳玄清說：「無量佛！我乃護花真人是也。你走！」口中念念有詞，用劍一指，一聲「敕令」，說：「定住！」那賈士顯打了一個冷戰，要想動轉，已不能行動。老道趕過來，手起一劍，把鎮江龍賈士顯殺死，派家人抬至後院掩埋已畢，來至大廳之上落座。

花中秀、柳士宏三人說：「今日捉住四人，又丟了一個，方才那鏢傷之人，亦無下落，此地不可久待了！叫家人先告訴主母與姑娘，收拾細軟物件，套上車，把宅院封鎖，交給花雄看守。你們到惜花山溫香嶺杏林莊，我岳父樂天芳那裡躲避。我同二位祖師爺與眾寨主，送花臺劍客劉香妙到小西天，押著那楊明、柳瑞、趙斌三人到小西天九傑連環寨去，見大寨主狄元紹，與眾位寨主商議公事，候我把事辦完，定然去到杏林莊走走。」叫家人快去備馬伺候。那些家人忙個不了，先送家眷去了，然後眾賊等把楊明等三人，放在車上。此時三人亦明白過來，知道被獲，見群賊耀武揚威，各騎征駒，由此地起身往西。楊明早知道是解往小西天，不見了小劍客菊文龍，不知道是遇救，是逢害？自己心一慘，思起家有七十八歲老母無人侍奉，妻單子幼，自己一世英雄，付於流水。又想結交的那一班賓朋，俱在玉山縣獄內，也不能出來給我等報仇，想到這裡，英雄不由己長歎一聲！柳瑞見楊明歎氣，心中知道兄長心事，用話一岔，說：「此事誰也不怨，只怨小弟！我已然刺死田章，把素秋得在手中，就把他帶到縣衙，洗白兄弟之冤，雖死無恨。及到如今，我雖然知道是吳桂、李通二人所為，但凡事自有分定，若死在群賊之手，也是命該如此。」趙斌說：「你二人休要論短說長，我說吉人自有天相，自有定數。你我罵賊一個落花流水，先快樂快樂嘴！」老趙就罵起來了，那賊人並不答言。

至天有午初之時，已到老龍灣，那劉玉一捏嘴，一聲呼哨響，由江葦之中出來一隻船。船上有一個水手頭，叫混水泥鰍劉峰，說：「呦！祖師爺來了！伙計們再來兩隻小船，先派人往大寨送信。」這裡群賊上船，把楊明三人抬上船去，撤跳板，蕩槳搖櫓，船得順風，少時到了竹城裡寨門。裡邊有翻浪鬼王廉帶著二十四號水隊兵船，鳴鑼擊鼓，分兩旁排班迎接，把水內埋伏全皆撤了，寨門大開。楊明暗中一看，這裡面賊人，勢派不小；只見那王廉頭戴分水魚皮帽，日月蓮子箍，油紬子水師衣靠，香黑魚皮褲，一張黑紫臉，迎面天庭上，長出一塊肉跡，有鴨卵大小，短眉圓眼，壓耳黑毫毛，海下連鬢落腮鬍子，懷中抱一對鵝眉鋼刺，向眾人問好。裡邊南北有兩座水寨，由中往西，直到江岸，有臨江關老寨主淨江太歲周殿明率隊迎接。那周殿明是紅鬍子，藍靛臉，帶著十二位小頭目，五百嘍兵，過了臨江寨，是四平寨，都有頭目迎接。一連過了五寨，往北是一道大街，各樣鋪戶，諸色人等全有。過了這道大街是山，兩旁抄手式山環，正北是大寨，頭道寨門兩邊站立有二百餘嘍兵，排著隊，只見從裡一排排，一隊隊，都是壯士打扮。也有武生員的樣式，有一百二十位小寨主。當中是霹靂鬼狄元紹，頭戴鵝黃色將巾，全抹額，二龍鬥寶，迎門一朵紅絨桃，寶藍紬子箭袖袍，英雄帶，大紅綢子中衣，青緞快靴，外罩杏黃緞繡花大氅，面如薑黃，黃中透亮，兩道硃砂眉，一雙大眼，壓耳紅毫毛，海下一部紅鬍鬚，飄灑胸前。那九頭鳥龐天產、閃電神馬煥龍同眾位真人接出來。一見劉香妙，各敘寒溫。花中秀等參拜大寨主，一同到裡邊，派藍面鬼焦英，看守楊明等三個人。

群賊到了分贓聚義廳，大擺酒筵，讓劉香妙首座。狄元紹斟了一杯酒，給劉香妙，然後問道：「妹丈是從那裡來？在外間這些日，都作的什麼事故？」花臺劍客把那上項之事，述說一番，大鬧玉山縣，火燒如意村，連被捉遇救，多虧這李氏三傑，救我之命，逃到花柳莊，劫法場，這才來到此處，從頭細敘一番。狄元紹說：「今日你我開懷暢飲，明日再審明楊明大眾。」正自談說，聽見臨江寨一片聲喧，鑼聲震耳，先派人去探。書中交代：外邊鑼聲響，今日有探山之人，只因賈士顯死在花柳莊，天明，老莊主賈應奎不見兒子回來，把楊順鏢傷治好。他次子賈士英由北莊回來說：「聽人傳言，兄長死在花柳莊。」到家派人去探，少時家人回來說：「大莊主死了！我託人把死屍抬回來。」賈士英放聲痛哭，先把兄長裝殮起，叫家人過來說：「我到小西天去給兄長報仇，我要不回來，你等給我三個兄弟送信去，叫他等請人給我報仇。」稟明他父親。楊順聽見賈士顯死在花柳莊，就知道大哥柳瑞、趙斌等沒了命啦！自己要想回到玉山縣，請人請兵，攻打小西天，只見賈士英走了，自己也告辭去了。那賈士英到江岸，天已日暮，換了水師衣服，一直的浮水往西。到了竹城以外，往下一看，裡邊有攔江網，由北邊用鋼隔絨繩，摘下攔江網來，由北邊鑽進去了。一直的往西，只見南北兩個水師營，都是燈光照耀，一直到西岸之上，有水寨，岸上南北有兩座堡城。賈士英飛身躥進南邊，到堡城之內，只見四面是營房相似，當中中軍帳，有一根刁斗❶。來至中軍帳後邊一看，只見裡面坐定有兩個頭目，一位年約半百，一位有二十以外，壯士打扮。賈士英大鬧臨江寨，且看下回分解。

---

❶ 刁斗：古時行軍的用具。銅製，有柄，夜間可以打更，白天可當鍋子煮飯。一說一種小鈴。

第二百七十四回　賈士英初探臨江寨　狄元紹下令斬三傑

話說賈士英到臨江寨營中，在大廳後面偷看那二位頭目，那西首坐定的黑臉髭髯，五十以外年歲，那人是鎮海蚪龍周殿奎。東首坐定那人，是粉面郎君賈龍。二人正說：「今日劉香妙回來，咱們大寨主歡喜了。還捉住楊明、柳瑞、趙斌三人，要待發落。我想楊明外邊威名素著，他的朋友多的是，怕有人來小西天給他報仇。」周殿奎說：「賈寨主，你不必多疑，我想這裡有大江竹城，水寨山寨，他等不來便罷，要有人來，休想逃生。」正說之際，聽後邊刁斗之上，一陣鼓聲如雷，四面喊聲不斷，齊說：「捉奸細呀！」即行跳出，正遇賈士英打來，賈龍、周殿奎急架相還，兩人各施所能。那些兵丁向前來說：「好奸細！那裡走！」賈龍在旁邊見二人動手，他暗掏出鏢來，照定賈士英打去。賈士英未及留神，正中肩膀之上。兵丁往前一圍，各擺兵刃，齊來動手。他見人多勢大，也不敢交鋒。自己往圈外殺出去，直奔江岸。那些兵丁頭目追至江岸，只見江中有淨江太歲周殿明的兵船，在江中有二十隻。說：「走了奸細！水鬼等下水巡查！」賈士英跳下水去。那些水兵，亦都下水去了，遍找不見。那奸細連竹城也扎上，派人直搜查了一夜，並無蹤跡。山上大寨得信，又派人探明白，鬧到五更，大家才安歇。

次日至午正之時，全都起來。劉香妙與狄小霞初次合歡，成為夫婦，那女子自從譚宗旺走後，自己茶思飯想，無精無神。想兩個得意之人，全都沒了，自己獨守香閨，深為寂寞。今日劉香妙一來，兩情相洽，把一天愁悶都化到九霄雲外了。次日起來，那劉香妙至前廳，與狄元紹會面吃酒。早飯已畢，吩咐嘍兵：「把楊明那三人綁來，我要細細審問審問。」那嘍兵答應，立刻把楊明等三人推至大廳前，兩旁站二百名親兵隊，上面坐定三位大寨主，東邊首坐劉香妙，下首是花月真人劉長樂、風流道長吳長生等八位老道。西邊五位巡山大都督，五花鬼焦雄、藍面鬼焦英、風流鬼黃芳、迷花太歲魏赦、俏面郎君等眾人。楊明一見群賊，無名火往上撞，說：「吩！為首之賊，我楊明和你等遠日無冤，近日無仇，你等大鬧勾欄，殺人搶素秋，不該給我栽贓，隱人頭，今日把你大爺等捉至此地，要殺便殺，你是英雄，吾是豪傑，你等要給一個快當，我可不罵你！」那狄元紹一聽，說：「好！我也真道你是一位英雄！你要歸降我小西天，我升你為四寨主，你的朋友，我定要重用。如果不然，我要給迷魂太歲田章報仇。」楊明、柳瑞、趙斌一齊說：「吩！賊人住口！我三人堂堂正正奇男子，烈烈轟轟大丈夫，焉肯與你採花淫賊為伍？」狄元紹、馬煥龍氣的拍案大嚷，說：「來呀！把這三人押往斷魂嶺，梟首示眾！」那些手下之人，過來二十名，派小頭目文定國監斬。推三人出了大寨往西，到西寨外，路北是三間官廳，前頭在月臺上，放著一張八仙桌兒。那監斬之人說：「吩！爾等先閃開，我要問問楊明，他是怎麼口供，如歸降免死。」楊明說：「要殺便殺，何必多問？」那監斬之人微微一笑，用刀一指那二十名嘍兵說：「爾等趁此回報與狄元紹知道，我把這三人放了，你們都是我的伙計，我也不殺你們！」那些人聽了，轉身就飛奔大寨說：「報報報！眾位大王，大事不好了！今有小頭目文定國反了，放了楊明三人，把我等趕回來了。」狄元紹聽了，勃然大怒，先傳令知會前山五關，四十八寨主小頭目，領隊攔截。又知會後山九十六寨，各處搜拿。

巡山大都督五花鬼焦雄，帶十二位小寨主，五百親兵隊，往斷魂嶺尋蹤查拿。焦雄方要到斷魂嶺，只見把守麒麟寨寨主派人來報，說：「文定國帶領著三個奸細，由峽山峪闖過去，把守汛地之頭目葉士元殺死，搶去三口刀，殺死六名兵丁，砍傷兩名兵丁，往立峰山北逃去。」焦雄聽了，說：「後山無路可出山，那西北尚有三寨阻路，吩咐手下之人，往西北搜去。」方到立峰山，只見前面糧餉處的寨主于蘭來迎接焦雄說：「回稟巡山大都督知道，適才我正在山頭之上，各處察看；忽見有四條黑影，直奔金光寨，由樹林穿過去；我道是本寨之人。方才傳牌下來說，反了一個文定國，帶著三個奸細往後山逃來，傳諭派各處搜拿。我回寨齊隊，派各頭目搜察，渺無蹤跡。你老人家先在這裡紮住，少時再作道理。我後邊除去金光、奉聖、武功三寨，都是高峰峻嶺，無路上山，亦不能出去。他們走到水盡山窮之處，定然回來。在這裡以全隊之兵，捉逃走的奸細，有何不可？」焦雄聽小銀龍于蘭之言，吩咐把隊紮住，點上燈籠火把，此時天已黃昏之時。

書中交代：那文定國帶楊、趙、柳三人往後山逃去。楊明細看那人，年約二十以外，五官清秀，品貌端方，不想熏香會內，亦有這樣好人，心中深為感念。走著路，問：「恩公尊姓大名？救我三人，這是往那裡去？」那文定國通了名姓，說：「我也不是久慣為賊之人，我在這裡隱姓埋名，今日我捨命救你三位到一個所在，先歇息歇息，這後山無路可出。到我朋友那裡，我自有道理。再慢慢說我的來歷。」正說之際，前面峽山峪有把守口子之人，是小頭目葉士元，乃麒麟寨之頭目，魯天化手下之人，帶十個人盤察來往之人。一攔這四位；四位說：「你閃開，讓我們過去，免受殺戮之苦。」那葉士元不由分說，叫人綑拿，一擺刀照定楊明剁來。楊明往旁一閃身，使了一個「勾桂連環腿」，把他絆倒，被文定國殺死。

趙斌「哇呀呀」一喊，跳入那十人當中，楊明拾起棄士元那口刀，也就躥進。趙斌、柳瑞，各奪了一把刀，殺死幾個賊兵。四人聽見前山金鼓大作，喊殺連天，不敢久停，連忙到前邊，出了峪口，走了有七八里之遙，天已黑了。

方過立峰山，正北有一所院落，乃是小西天製造軍械所、銀餉處。這有一位寨主，乃是文定國至友，姓吳名玉，綽號人稱托塔天王，為人膂力最大。他當初未歸小西天之時，在九江住家，孤身一人，好遊蕩，常在大江之中作那劫船殺人之事。身上有十幾條命案，專好尋花問柳。那日在花船上吃醉酒，把吳都統制的少爺打死，他逃走在張家集，無有路費，在街上賣藝。遇見這文定國是本處人，本姓張名仕傑，為人慷慨好義，好結納四方的英雄，父母早喪，他一人家中豪富，常濟貧窮。那日見這賣藝之人，年約三旬，一張紫臉，生得虎背熊腰，在當場看他練了幾路拳，耍了有五六吊錢。張仕傑約那吳玉去酒館喝酒，二人到酒館，吳玉並未敢說實話。他說：「我乃九江人，要往廣信府投親，走至此地，盤費短少，要找幾吊錢盤費用。」張仕傑說：「你不必如此，我自有道理。」吃完酒給了錢，說：「住在那家店內？我給你送二十兩銀子去，你明日好走！」吳玉說：「我在天和店住，那裡離此不遠。」張仕傑走了，到家中取了二十兩銀子，到天和店一看，有十數名官人在那裡，把吳玉鎖上，帶上手銬腳鍊，原來是辦案之人，後跟下來，都埋伏好了。見他由酒館出來，人家後邊就跟上他了。在店門內，下的絆腿繩，把他捉住，上了鎖。張仕傑到時一看，問：「所因何故？」吳玉說：「我酒後打死吳統制之子，他等來捉，張兄不必管，我給他償命。」張仕傑眉頭一皺，要拒捕官人，救這朋友，且看下回分解。

第二百七十五回　因救友逃難馬家堡　暫避難攜友入賊巢

話說銀面太歲張仕傑，看見吳玉被官人捉獲，他問明前情，心中說：「我與吳玉初逢乍見，彼此投心，今日他遇這樣大難，我要不管，他這人定死不能生。」想罷，說：「那位是原辦？」只見過來一人，說：「我是原辦！尊駕貴姓？」張仕傑說明了自己來歷，問：「那人尊姓？」那原辦說：「我是九江太守衙門觀察總領，我叫宋得彪。只因這個吳玉，他在我們該管地面之上，花船上打死吳統制公子吳祥，棄凶逃走。還有彭澤縣來文要他，說在大江之中，劫去李方伯家眷的船，刀傷九條命案。我們太守派我帶十二名快手尋蹤探跡來捉他。昨日我們跟上他，沒得下手；今日見尊駕幫他場兒，請他吃酒，我知道你是好人。當時我們伙計要動手，我說使不得，看你是個好義之人。」張仕傑說：「宋頭兒，我與他說兩句話，周濟他幾兩銀子行不行？」宋頭兒說：「行了！」帶張仕傑到吳玉面前，吳玉放聲大哭，說：「我這場官事冤哪，被仇人所咬，張賢弟救我！」張仕傑掏出二十兩銀子來，交給吳玉說：「朋友！我今日也救不了你！這裡有幾兩銀子，你帶著用罷！」說罷走了。到家一想，這吳玉他被屈含冤，我要救他，這個禍可不小。自己飲了幾杯悶酒，把家人叫過來，說：「我明日出外訪友，把家中之事，全交給你啦。」正自收拾，拉刀要救吳玉去，聽的外邊一片聲喧，他上房一看，外邊有十幾個人，宋得彪帶著，說：「別放走了張仕傑。」

書中交代：那宋得彪見張仕傑去後，他心中說：「這個是吳玉同黨之人罷！不然，何以這樣關心？」把店家叫過來，問明張仕傑的住處，他心想：「我去辦他，即便不是，他與吳玉送了銀子，就是與賊勾串，他亦須花費三百兩五百兩，方能放他。」想罷，把手下之人叫齊，天有二鼓之時，一同到張宅，一推大門未開，裡邊有拴鎖。張仕傑由房上落下來，說：「呔！好賊人！敢在我這裡來搶？」擺刀跳下來，一陣亂剁，跑了七個，殺死六個。就便到店中，把看守之人一刀殺死，把吳玉的枷鎖退下，給他找了一口刀，到家中帶上銀兩，二人走了有一百餘里外。一探聽風聲甚緊，到處畫影圖形，捉拿張仕傑。張仕傑改名文定國，二人逃至獨龍山馬家堡，內中有兩個江洋大盜，是吳玉至友，在這裡坐地分贓。一位是獨角天王馬金龍，一位是雙頭太歲馬金虎，二人到這裡住了幾日。聽見外邊風聲甚緊，吳玉要走，馬金龍說：「待我寫一信，送你二人至小西天九傑連環寨那裡，有我族兄閃電神馬煥龍，你二人投了去，自然重用。」

二人得了信，那日到了小西天，投進去。裡邊馬煥龍把二人請進去一盤問，文定國也未說明，那馬煥龍就把他二人先帶著，見過狄元紹、龐天產，補了大寨之中小頭目。過了兩個月之久，吳玉升補軍械所管餉大寨主。那張仕傑一看這些人，龍蛇混雜，良莠不齊，全講究熏香、蒙汗藥、採花作樂，心中大不願意，暗勸吳玉說：「咱哥倆走罷。」吳玉說：「你我往那裡去哪？等著機會再說罷。」今日張仕傑見楊明英雄氣概，耳中亦聽人說過，威鎮八方楊明乃忠厚長者，今日他捨命救了，不敢往前山走，知道前山五關四十八寨之阻，又有水寨竹城之險。因此來至後山，找托塔天王吳玉，要尋路一同逃走。方到這寨門之外，只見吳玉正望南瞧，一見文定國同著三人來到，問：「賢弟，乃是何人？」張仕傑說：「兄長先到寨內，再給引見。」四人一同進了軍械所之銀餉處，到了北上房，屋中燈光照耀，院中各有「鐵戮燈」，「氣死風」，東西配房，都掛紗燈。楊明一看，這北房中牆上，掛著一幅「英雄鬥志」，兩邊有對聯一幅，上寫的是：

言多語失皆因酒，義斷情絕卻為錢。

靠北牆條案頭前八仙桌，兩旁各有椅子，看罷落座。那張仕傑說：「吳兄，這三位是玉山縣三十六友之內，那位是楊明、趙斌、柳瑞，這三人是由花柳莊被妖道陶玄靜所捉，我今日奉令監斬，把這三位給放了。我要帶著這三位逃走小西天，求兄長後山指路。」正說著，只聽外邊有人傳報進來，說：「有大寨主令，後山口寨察拿叛賊文定國，還有三個奸細是楊明等。如捉住定重賞。」吳玉到外邊派人把守大寨門。他心中一想：「我這後山西北，並無出山之路。要被別寨人看見，連我的命也沒了。此時莫若先用好話，安置好了他四人，我用計把他四人捉住，送進大寨之中，以免我受其牽連。」想罷，轉身回來，到了上房，說：「張賢弟，你我出去奔那裡呢？」張仕傑說：「海角天涯，到處是家，有何不可？兄長請放寬心！」那楊明說：「我等被捉，已是該死之人，今蒙救護，感德莫銘。我要得有一口氣在，二位恩公，不必憂慮，自有安置二位之所。」吳玉吩咐擺酒，你我先吃飽了，少時再說。手下之人擺上酒肴，四人開懷暢飲。飲至半酣之時，吳玉自去燙酒來，又喝三兩杯。楊明說：「不好！這酒裡有藥！」柳瑞說：「頭眩眼昏，不好！」翻身栽倒。那張仕傑尚未喝，自己竟想著怎麼走哪？今見楊明三人倒於地下，勃然大怒說：「好吳玉！我是你至友，救命之恩不報，反施此毒計，恩不將恩報，反來害我，似你這樣無義之賊，今日休想逃走！」拉刀跳出，去到院中，說：「你來！」吳玉拉刀跳在院中，說：「張仕傑，你自己找死，在這裡豐衣足食，你還不知受享清福，叛反寨主，救楊明三人，你就該萬死。今日你敢這樣放肆！」叫手下親隨人等去到前寨送信，叫人來幫我捉這反叛。

那小賊答應，往外就跑，方跑到寨門外，由後邊來了一人，手起一刀，殺死那人。復由房上進寨，一鏢把吳玉打倒，跳下來一刀殺死。向張仕傑一拱手，說：「來呀！咱二人先把那三位用涼水灌過來。」即取水灌過來。三人一看，那人身高九尺，穿青掛紫，威威的臉堂，雄眉闊目，連鬢落腮鬍子，年約四旬。方要問姓名，只聽院中一亂，說：「可不好！那張仕傑把咱們主人殺死。眾人抄傢伙，先去報給大寨主知道。」房中張仕傑看那人好眼熟，說：「朋友，你貴姓？」那人說：「咱們先踹後窗戶逃走，到我那裡再說。」四人答應，深感此人好處。一同出了後窗戶，飛身上房，躥縱很快。那人在前頭引路，少時到了一座大寨，坐北向南，四面皆有燈光。上邊寫著「略敵樓」，那人帶四人進去，告訴看寨門的說：「先關好寨門，不准放人出入。如有什麼事，稟我知道。」看寨門的二十人答應，把寨門關好了。那人帶四人到裡邊，是正北的大廳房五間，東西各有配房，南房是過廳，到北上房一看，房中幽雅沉靜，北牆上排著一軸「明月松間照，清泉石上流」。兩邊有對聯一幅：

無情歲月增中減，有味詩書苦後甜。

條案上放著一卷書，壁上掛寶劍一口，桌上有文房四寶，東裡間幃屏床帳俱全，槅扇外有几凳，四人落座，張仕傑說：「我雖是小西天的人，這裡地勢，我未曾到過的不少；我看這位兄臺是慷慨好義之人，這裡是那裡？兄長貴姓？」那人說：「我也是在這裡逃災避禍。這綠林中也有奇男子，大丈夫不遇時，不得已暫時寄綠林，作為棲身之道。楊大爺負屈含冤，這件事我早已聽說，我心中不服；為有這伙採花之賊，我看見他們就有氣。」張仕傑說：「兄長尊姓大名？我名張仕傑，那是柳瑞、楊明、趙斌。」那人正要說，只聽外面來報說：「師父不好，外邊有巡山大都督把寨圍了，要搜拿奸細！」眾人一楞，且聽下回分解。

第二百七十六回　張仕傑避難金光寨　俏郎君智斬柳玄清

話說楊明四人到金光寨內上房落座，獻上茶來。問那紫臉英雄貴姓高名，那人說：「楊兄，我與閣下雖未見過，我久已慕名。我乃湖州府人氏，姓張名凱字振遠，綽號人稱鐵臂熊。自幼兒跟滿爺名叫德公，學練拳腳刀槍棍棒，後又跟母親練了二年。我性如烈火，只因在家中好管路見不平之事。我們本處有一武舉，名叫戴德彪，結交官長，進出衙門，無人敢惹他。常常搶擄少婦長女，欺壓良善，最利害無比。我有一孀母，帶著族弟度日，家中豪富，常受惡霸欺辱。我一時性起，殺死戴姓全家二十一口。我棄凶逃走，流落江湖，偷富濟貧。我聽傳說，小西天群賊設立熏香會，我來這裡，暗看他等舉動，本想著要滅他。無奈這一伙賊人多勢大，又有八名妖道，我孤力難成，故在這裡隱住賊中，暗訪他等所為。等候官兵剿他之時，我作內應。這裡名金光寨，有二百嘍兵看守，金庫銀庫，山上富足有餘，這裡有金礦銀礦。我這二百人，都是選的年富力強，收為徒弟，跟我練刀槍雜技。這二百人都是我的心腹之人，我說『反』，他等跟我『反』，我說『走』，他等跟我『走』。今日我到軍械所銀餉處去採聽前寨事情，正見托塔天王吳玉要害你幾位。我拔刀相助，殺死吳玉，救你眾人前來。我聽人言，有前寨那些採花之賊人，與楊兄作對，我久有此心，給楊兄送信，請官兵親身前來，捉這伙賊。不知為何被他等擒住？」楊明把捉劉香妙之事與花柳莊之事，從頭至尾，敘說了一番。張仕傑說：「恩兄！今日救我，要想反出五關四十八寨，可不容易！」張凱說：「先叫人擺酒。」

正說之際，只見外邊有人來報說：「稟師父得知！今有巡山大都督五花鬼焦雄，帶隊奉令搜察各寨，已把寨門圍了。」張凱說：「無妨！」回頭叫楊明等四人，躲在裡間屋內去。楊明說：「裡間藏不了，我四人上房，爬在房上，聽候消息。他這要搜，定是各房內全搜到的。」叫人把酒菜撤去，自己看著楊明等四人上房去，他方出去到大寨門。只見五花鬼焦雄帶著五百兵，刀槍密密如林。張凱看罷，說：「焦寨主來此何幹？」焦雄說：「張寨主，只因尋找劉香妙，在玉山劫牢反獄，救了李氏三傑等，逃至花柳莊，楊明等追到，當時惜花羽士陶玄靜捉住他等三人，一同解至小西天，來到這裡。今大寨主吩咐文定國押往斷魂嶺梟首號令；不想文定國反了，把三人給救走後山。方才有糧餉軍械處各處探聽來報，說銀餉處大寨主托塔天王吳玉被殺。我到那裡訊問明白，說姓楊的四人被救。我來至此察看，怕他隱藏寨內，我來各處搜尋。」張凱聽了，說：「請搜！」焦雄帶兵各處搜尋，並無影跡，心中甚急，說：「張寨主，我知曉這後山西北這方，無路可通外邊，他等那裡去了？莫非他等會上天入地不成嗎？來呀！跟我到奉聖、武功二寨，前去察看察看，再作道理。」焦雄去了，張凱回來，說：「四位請下來。」張仕傑、楊明、柳瑞、趙斌四人，在房上看夠多時，聽張凱叫，他四人方下來，到了上房之中，五人落座。楊明說：「今日之事，我看這事不好，雖然張兄救我等，不能出去，也是受困。」張凱說：「不要緊，你等先在我這裡住著，候著有順便之機會再走。要有官兵來剿，尤為更好。咱們裡應外合殺出去，也倒不錯。我這二百親兵隊，全是我的徒弟，都肯捨命殺賊。」楊明說：「從今至後，還要留神小心才是。怕有前寨之人，來此察訪，多有不便。倘要機關漏洩，你我數人，寡不敵眾。我楊明今日是九死一生。」張凱說：

「我這後寨無人來，要有人來察看，必由寨門而入，我早已知道。」吩咐重新整理杯盤，五人談心敘話，議論要反出那座小西天水寨去。

忽聽外邊有人一笑，說：「你等心機不小，要想反出去，只怕不行！今日我聽多時，你等休想逃走一個！」張仕傑出去一看沒人，上房各處一找，亦是沒人。往前一望，並無人影。此時張凱亦出去望，各處探訪，並無蹤跡。正自憂疑，怕是前寨之人，多有不便。張仕傑說：「怪道這是鬼來顯魂，咱們聽候天命，已然到這龍潭虎穴之中，也無法了。」二人進房中坐下，各把兵刃放在手下，說：「要是前寨之人，少時定有一場凶殺惡戰，也是我一死相鬥。」楊明說：「寨主為我三人，惹出這樣大禍來，我等心中實在不忍。」張凱說：「既是自己人，不要客套，我等所作之事，沒有絕人之事，今日天定不能絕你我之生路。」柳瑞說：「這裡萬不是久居之所，總要設法逃出去才好。我想前山萬不能走，後山有路，尋路逃生。」張凱說：「這西北無路可通外邊，只有正西一條路，通瞿塘山，也有五寨阻路。東北有一條小路，由這裡過不去，非繞前山獨虎關往北，須走九頭鳥龐天產的金鳳坡大寨。除此之外，正南上有一條路，離這裡不遠，又有三寨擋路，這裡也過不去。即欲過去，那三寨也利害無比。由我這裡往南，步步是寨，有路難行。你我暫在我這裡忍幾天，也好再做道理。」楊明說：「只要別漏洩機關，連累了張兄。」張凱說：「無妨事，今日五花鬼焦雄沒有察著下落，從此沒人來察了。」

正說之際，只聽外邊一片聲喧。張凱派人去探，不多時回來稟報，說：「寨主師父留神，小心小心！方才是寨主爺察看回山交令去，大寨主惱了，說：『本山之內亂，往後去無路可逃，會察不著？此事蹊蹺！』現派了惜花羽士陶玄靜、護花真人柳玄清、同狠毒蟲金讓、雙尾蝎柳誠、白面野貓賈虎、紅毛兔子魏英、花裡魔王劉玉、色中惡鬼劉宏、貪花客小蜜蜂魏赦、愛花仙小蝴蝶梅清這十位，同焦雄察後寨；派花月真人劉長樂、風流道長吳長生，帶俏面郎君吳桂等八家寨主察前山五關四十八寨，三寨主閃電神馬煥龍，帶八位寨主，五百嘍兵察內寨。花臺劍客劉香妙與抹花真人王妙善、浪遊仙長李妙清、金面羅漢法長、則天大聖法通為三路總察。傳知各寨，先派兵圍了寨，進寨連箱櫃都要搜察。如有人此時交出，免本人之罪。如要從那寨搜出去，先把寨主剮了，然後連兵丁全殺。如要寨主隱藏，嘍兵來報，賞銀五百兩，立升頭目。」張凱聽了，說：「楊兄不要害怕，我這西後院之中，有兵器庫，你四位可去單躲在那裡。我自有主意。」楊明等立刻吩咐，叫人送他四人到兵器庫，開鎖四人進去，到裡面一蹲，聽外邊消息。

只聽外邊一陣喧嘩，原來陶玄靜等同焦雄來到。這先派人把寨圍了，然後進寨，到了裡邊，張凱接出來說：「二位真人，來此何幹？」陶玄靜說：「奉令搜查奸細，我想他逃不了，方才由押虎寨、立峰山、糧餉寨、軍械寨、奉聖寨、武功寨，各處都察到了，沒有下落。」張凱說：「請搜罷！」二位真人，往各屋中全皆找到，並無下落。直到各處全找遍，沒有。天已三鼓之半，焦雄說：「真怪呀！這四人會地行術走了，真可怪的很！咱們回歸大寨，交令去罷！」眾人走後，把寨門上好了，立刻請楊明、柳瑞、趙斌、張仕傑四人出來，到上房說：「好了，這從此安如泰山。他們察兩回沒有，也就死了心，不來察了。」楊明說：「還是小心！外邊暗中恐有偷聽之人！」這句話未完，只聽南方一聲：「無量壽佛！山人早已聽明了！你等一個也走不了！」把五人嚇得渾身是汗，且看下回分解。

第二百七十七回　護花道夜探金光寨　譚宗旺救友訴前情

話說楊明在小西天後寨之中，幸遇張凱，在金光寨避難。五人夜內正議逃走之法不易，只聽南房上一聲：「無量壽佛，善哉！善哉！好個鐵臂熊張凱，你自到小西天之內，眾人恩禮相待，派你在後山管金銀庫，受大寨主重任之託，理應實心任事才是。今日起此反心，窩藏楊明等，你休想逃生！我山人乃護花真人柳玄清是也。」書中交代：這道人同巡山大都督五花鬼焦雄察完各寨，往回走至半路，柳玄清說：「你等先回九傑連環寨，我想這件事辦錯了。咱們莫若不必聲張，暗訪消息，到處察著。這人多勢大，未動先早有聲息。今日我回去，再暗察那幾個奸細，方才據小銀龍于蘭說這四人準在後山之中。不知隱於什麼所在？我去看看。」說完了，自己駕趁腳風，由立峰山、草料廠、糧餉寨、軍械寨、後護寨、奉聖寨、武功寨、文元寨、定遠寨，各處探聽，並無一人知道。又到金光寨，正到南房上，聽見裡面屋內說話，定睛一看，只見那楊明、柳瑞、趙斌、張仕傑，正同張凱五人議論說話。老道房上一答話，張仕傑出去，到外面說：「那位真人請下來，我有話說！」柳玄清說：「文定國你有什麼話說？請講！」張仕傑說：「我乃銀面太歲張仕傑，改名隱姓在這裡，你要是知道我是一個豪傑，咱二人留個交情，後會有期，我自有報答之期。」護花真人柳玄清聽見哈哈大笑說：「張仕傑，你來在我這裡小西天，大寨主待你天高地厚之恩，收你作為心腹之人，你反復無常，殺了托塔天王吳玉，今見我還敢巧言辯論，我焉能容你？」說罷，跳下來一聲：「無量壽佛！善哉！善哉！」拉寶劍口中念念有詞，說：「敕令」，指定張仕傑，用定身之法，定住張仕傑，不能動轉。張凱說：「好妖道！敢來我這裡放肆無禮！我來結果你的性命！」掄刀就剁。老道柳玄清，用手一指，張凱栽倒。

楊明、柳瑞、趙斌三人，一齊出去，到外邊說：「妖道！我三人被你所害，由花柳莊捉來，今日與你焉能干休？」三人掄刀過去動手。柳玄清哈哈冷笑，用定身法把三人定住，說：「我也不必回稟大寨主，我先結果你三人性命就是了。」方要掄劍，由北上房「吧」的一石子兒，正打在老道鼻梁之上。柳玄清一跺腳，飛身上房，往西外一看，並不見有人。心中一動，說：「怪哉！怪哉！怎麼會有暗器來傷我呢？」方要下房，只見東房後坡，趴定一人，他躥過去用劍一指，一個「敕令」，說：「好大膽孽畜！你今日休想逃生。」掄劍往下一剁，只聽「噗哧」一聲響，那人倒了，低頭一細看，原來是個全身皮人。方要回頭，後邊一股冷風，刀到在脖子之上，老道人頭早已落下來。書中交代：後邊有一位壯士，把老道死屍摔在此地，跳下來，說：「五位受驚，起來罷！」那人說：「我等起不來了，都受了老道的妖術，非等三刻之久，方能緩過來。」不多時，張仕傑爬起來說：「好利害呀！」那四人起來，柳瑞一看，不是外人，乃是俏郎君鐵拐譚宗旺。說：「譚兄，我給你引見眾位。」把楊明等引見已畢。張凱派人把老道死屍，摔於後邊掩埋。然後譚爺到裡間屋中落座。

柳瑞就問譚宗旺：「是從那裡來的？」譚宗旺說：「我一生沒有作過這樣對不起之事，那日你我分手之後，我誤入小西天桃花塢，吃了『桃花醉仙酒』，醉在那房裡床上。及至醒來，早有人把我衣服脫去，合一女娘同被而眠。我大吃一驚，嚇的連忙一問，乃是無雙女賽楊妃狄小霞，是狄元紹的胞妹，與我結成夫婦，我也無話可說，有半月之久。這日是狄元紹給他胞妹擇了一個女婿，是花臺劍客劉香妙，夜到桃花塢與狄小霞完姻。我與那女子定好了殺劉香妙，我二人逃走，焉想到那淫女乃水性楊花之人，見劉香妙生得美貌，他把與我所說之話，全都忘了。我一時性起，由外邊大罵，女子並不出來。那劉香妙與我動手，早有人給前邊送信。狄元紹帶著群賊來合我較量，我一人單絲不線，孤掌難鳴，我逃走至後山，往外尋路；不想這西北一帶，並無路出山，賊人在後追我甚急，我慌不擇路，在立峰山闊溝一旁草內隱身。至三更之後，聽不見什麼動作，我由草內出來，往山上走，正是朗朗月色。到半山之上，只見有一座小寨，上懸號乃是『大軍屯糧所內寨』。正要繞寨逃走，上山尋路，只見由寨內跳下一人，說：『這寨何人偷看？山上亦無路可走，你是那裡來的奸細？』我一聽此話，知道進退不易。把刀一亮，說：『來人休問，你過來咱二人比並三百合！』那人說：『我聽你口音甚熟，莫非故人到？』我臨近一看，他說：『原來是三哥！走，跟我來！』我見那人年約二十以外，衣帽鮮明，跟他進寨。到上房一看，我才認得他，是我拜弟朱桓之胞弟，名叫朱榮，綽號玉麒麟。我問他因何在此？只因他在臨淮多管閒事，殺傷惡霸一家二十九口人命，逃難江湖之上，後來投在小西天，隱身避難。今已二載，現升授糧餉處寨主。問我來此何幹？我述說前情，他才留我在那裡暫住。候有機會，送我出山，他也要走。我說：『別走，住在這裡，探賊人之事。外邊有鳳凰嶺三十六友，要剿小西天，咱二人作為內應。』今日聽前山傳報，把楊兄三人捉住，又被文定國救走，往這邊來了，我聽說搜寨捉人，我隱藏在山洞之中，即至察過去，我出來要各處探聽。方到山前，見一道人，飛奔各寨偷聽，我在暗中跟到這裡。方才我用調虎離山之計，把他殺了，救你五人之命。」

張凱說：「我見那糧餉寨寨主，少年英俊，一表非俗，我心中甚愛慕，久有結交他之心。我想要勸他歸入正路，今日你譚兄一說，我心中才明白。今日把柳玄清一殺，這個亂兒不小。前山尚有七個老道，怕是他等前來，那時你我又不通妖術，恐怕受他人之所算，那時可就壞了！」楊明說：「今天三更之時，你我各攏兵刃，出其不意，殺出去如何？」張凱說：「怕不行！前山那五關難過，人多勢眾，又有長江之阻。」正說之際，忽然外邊南房一晃，似一條人影，嚇的六人不敢多談，齊留神往外一看。原來是巡山大都督五花鬼焦雄，到前山交令，說：「後山並不見有人，各寨皆查察到了。今有護花真人柳玄清自己又暗察下去了。」不多時，那各路巡察之寨主頭目，全已回來，說：「各處全察到，並無楊明、趙斌、柳瑞等下落。」焦雄又說：「糧餉處寨主托塔天王吳玉被殺。」狄元紹派人把吳玉手下之人，叫來一問。那手下之人名魏順，說：「我寨主與那文定國本是至友，那文定國名叫張仕傑，今日天黑之時，到我寨中，還帶著三個人。我寨主用蒙汗藥，把三個人給治過去，要拿張仕傑，解來大寨報功。那張仕傑未飲酒，又有武藝，正與我寨主交手。我們寨中無令，誰也不敢私至大廳去。我是伺候我寨主之人，見我寨主戰不了張仕傑，我暗去調我們伙伴來助。即至我回來之時，再找那四人，蹤跡不見。我寨主已然被殺了，我等才給焦寨主送信。」那元紹聽了半晌，沉吟不語。惜花羽士陶玄靜說：「我去看看那後寨，我柳師弟私自察去，此時還不見回來，真乃怪哉！」站起身來，駕趁腳風到後山，往各處一看，並無柳玄清下落。正到金光寨，躥上南房之上，聽見北房之內，正說的高興，說：「殺了柳玄清，前寨尚有七個妖道。」這個陶玄靜一聽，無名火高有千丈，說：「好孽畜！你等一個也跑不了，休想逃生！我來殺你等叛賊！」六人一聽老道說話，嚇得驚魂千里。且看下回分解。

第二百七十八回　懇縣主調兵剿巨寇　悟長老助陣捉群賊

話說楊明等正與譚宗旺說話，忽聽有人上房答話，抬頭一看，只見月光如畫，南房之上，有一道人，頭戴紫色九梁道巾，紫色道袍，懷抱寶劍，面如紫玉，雄眉闊目，相貌堂堂。口中念：「無量佛！善哉！善哉！我師弟柳玄清被你等所殺，今日你等也活不了，一個休想逃生，我來結果你等性命！」用寶劍一指，方要跳下房去，忽有一人由後面一腳，正踢在老道腰上，說：「你滾下去罷！別不要臉啦！」隨後跟著跳下來。陶玄靜方要翻身起來，那人由後面一刀，老道人頭落地。那人哈哈大笑，說：「呔！小輩！你等妖術不靈，今日死在大太爺之手！」譚宗旺一看，喜出意外。那人非別，正是玉麒麟朱榮。只因焦雄等窣過去，他往後一看，不見譚宗旺下落，往各處正在尋找，只見一個老道，駕趁腳風，往各處探聽，並不見有人跟隨。朱榮暗跟到金光寨之內，偷看譚宗旺與張凱五人暢談。老道方要念咒，只見那道人一拉寶劍，朱榮一抬腿踢下去，一刀把他殺了，過來向那六人一拱手，譚宗旺給眾人引見了。朱榮叫人把老道埋了，說：「張寨主，我那小寨五十名更夫，五十名護勇，全被我度化過來，或把匪類責革，剔除淨盡。這一百人，皆是我的心腹之人。」張凱說：「我這二百人，全是我的徒弟。從今各自留心，定日再會。」待譚爺去了，楊明等各自安歇睡了。

次日天明，狄元紹升九傑連環寨，議事點名。說：「丟了兩個人，遍找不著，惜花羽士陶玄靜、護花真人柳玄清，二人那裡去了？」有說他二人追下奸細去的，有說他二人歸隱深山。眾人都知道老道神通廣大，法術無邊，再也想不到他死了。狄元紹正自議論，搜捉奸細，把各寨都按名搜查。各處都有把守之人，諒想無處逃脫。正說要派人，只見守竹城之頭目，派人來報，說：「江東岸有官兵安營，現有水師戰船無數，都在南邊靠岸紮住。咱們東岸的船隻，都被趕進竹城，請寨主早作準備才好！」狄元紹一楞，說：「怪哉！怪哉！無故官兵來此何幹？」

書中交代：官兵的來歷。只因花臺劍客劉香妙，搶劫法場，劍傷兵馬團練使李雲鵬，知縣會同武營，走了一個六百里的摺子。那南昌府巡按大人立派總兵鄭元龍帶三千兵，四員戰將，內有水師兩營，連夜兵發老龍灣，沿江多發探報，探明了小西天有一伙賊人，聚會山中，收藏匪人，發賣熏香蒙汗藥，鄭大人到此安營，要帶水師搜山去，搜查各處奸細。早有人報進大寨之中，說：「有官兵來打小西天。」狄元紹立刻派人先把守各處，兵來將擋，水來土掩。花月真人劉長樂、風流道長吳長生帶八家寨主，是陸地飛行潘德利、水中夜叉劉得永、雙刀將李凱、百勝將劉明、白面野貓賈虎、紅毛兔子魏英、狠毒蟲金讓、雙尾蝎柳誠，五百砍刀手，掌號調隊，出了山寨，到江岸上船。出了竹城之外，有王廉派人助陣，調了五路嘍兵，並五百水鬼，分為左右。各處之兵，到東岸上岸列隊。那賊人響了三聲大砲，吶喊聲喧，那位鄭大人派了五大隊，列隊迎賊，自己帶隊，對陣對圓。看那賊人有一對白旗，分為左右，上寫「代天治民」，「聚眾招賢」。當中一面大旗，是「飛虎火雁」，當中畫著一隻猛虎，後邊亦寫的「三軍司命」。旗下兩個老道，都是鵝黃色八卦道服，杏黃絲絛，上鑲著金八卦，背插寶劍，一位面白長髯，一位黃白臉膛。左右有各頭目，都是六瓣壯帽，英雄大氅，五官不一。那五百賊兵，皆是青布包頭，青布短襖，青布中衣，面貌雄壯，都在二十以外。

花月真人劉長樂，看對面官兵，分為左右三隊，後邊尚有接應埋伏。兩桿翠藍色門旂，分為左右，當中大纛旂上寫「鄭」字，後邊八桿認標旂。那總兵鄭元龍，頭戴三岔亮銀盔，上邊珍纓高結，身披鎖子連環甲，內襯素龍袍，護心寶鏡，光明閃照，九股楞的絆甲絲，肋下佩三尺龍泉劍，左邊袋內龍角弓，右邊壺盛狼牙箭，胯下銀河獸，得勝勾掛著素纓梅花戰桿，懷抱令箭，面如白玉，三綹長髯，飄灑胸前。左邊四員偏將，各跨征駒。右邊四員大將，各執兵刃。隊伍齊整嚴肅。那劉長樂看罷，走出陣來，說：「呀！小輩，無故發兵來此小西天何幹？快些說來！」那總兵是行伍出身，一催征駒到陣前，說：「道人，你等皆是出家人，理應跪唪皇經，奉公守法。你不但不奉公守法，還這樣大肆橫行，勾串山賊，搶劫法場，殺傷官長；今又結黨成群，抗拒官兵，目無國法，藐視刑章。來人！給我先捉這妖道！」花月真人一聽，無名火上沖，用劍一指，口中念念有詞，說聲「敕令」，一陣狂風大作，走石飛沙，官兵不能動轉。老道用定身法，定住官兵，吩咐群賊各攏兵刃，向前殺那些官兵人等。那群賊勇氣百倍，各執兵刃向前。只見狂風頓息，官兵一掌號，戰鼓齊鳴，喊聲震地。齊聲喊：「殺呀！別放走賊人！」花月真人劉長樂說：「怪哉！何人大膽，敢破吾法術？」又掐指念咒，一聲「敕令」，用寶劍一指，仍然狂風大作，官兵又不能動了。群賊向前喊殺，忽然風息，官兵又吶喊一片。老道念：「無量壽佛！善哉！善哉！那裡鼠輩，破我的法術？」

只見由南邊林中，出來一位和尚，身高一丈，面似烏金紙，環眉大眼，頭戴僧帽，身穿淡黃色僧袍，白襪雲鞋，手擎戒刀說：「南無阿彌陀佛！善哉！你這妖道，好生大膽！光天化日，朗朗乾坤，你等不守清規，助賊人行惡！我今自西海化龍山回頭，正從此地經過，見你等任意胡為，我老僧破你妖法。你聽良言，趕早速離此地，免受天劫。如果不然，我先結果你等性命。」花月真人聽了，一陣冷笑說：「你是何人，敢說此大話？」那和尚說：「吾乃陸陽山蓮花島鎮島龍王廟中悟緣是也，我師父乃西湖靈隱寺濟公長老。吾修道八千九百年，你要聽吾之言，吾不傷你。如果不然，吾結果你等性命！」花月真人哈哈大笑，說：「好孽畜！你是一個精靈，頭上黑氣透白光，無非多修煉幾年，我焉能怕你？」伸手掏出「綑妖繩」，說：「我來把你捉住！再捉官兵不遲！」那道人把繩兒托在掌中，說聲「敕令」，一抖手摔在空中，隨風而化，有萬道霞光，直沖霄漢之間。那悟緣一看，仰面一噴，一口黑氣，把「綑妖繩」接去。劉長樂一見，氣沖牛斗，伸手掏出一塊「彩光化石」，照定和尚打來。悟緣說：「米粒之珠，你也放光！」用手一指，那石子落地。劉長樂說：「妖僧，你敢來破我寶貝！」方要掏法寶，只見悟緣說：「你這道人，也不知我的來歷。」口中念念有詞說：「小輩！你休走！」用戒刀一指，只見狂風大作，天昏地暗，日色無光。少時之際，碗大冰雹，直往下落。那花月真人嚇得顏色改變，方要逃走，忽見雲開霧散，冰雹盡消。只見那身後，來了採花真人王妙善、浪遊仙長李妙清。二人在江岸西邊，正觀望江中之景，忽然看見一股黑氣，直沖碧空。王妙善一晃身，二人駕趁腳風，來到東岸。用劍一指，破了冰雹之陣。來到兩軍陣前，看見悟緣，他哈哈一笑說：「和尚你也來了？我山人看夠多時，量你有什麼能為，我叫你立刻現形！」說罷，回手拉出「八卦陰風旗」，要捉悟緣。且看下回分解。

第二百七十九回　陰風旗敗走悟緣　葉真人仙術破賊

話說那王妙善他乃蓮花道長大弟子，有一宗法寶，名為「八卦陰風旗」，得天地至陰之氣，最利害無比。無論什麼妖精，被此旗一晃，立現原形。人若遇此旗，氣化清風肉化泥。今日來至陣前，他看悟緣頭上，有黑氣白光護庇，看不出是什麼妖精來，準知道絕不是人。他把旗子懷中一抱，說：「妖僧！好大膽！吾乃半壁山玄空觀蓮花道長大仙師之門人，善會呼風喚雨，降妖捉怪。敢來這裡送死？我來合你比並雌雄！」口中念念有詞，說聲：「敕令」，只見把那「八卦陰風旗」一擺，說：「你還不現原形，等待何時？」那旗一展，天昏地暗，鬼神皆驚。黑風一股，悟緣立腳不穩，被風吹出有四五十里之遙。心中一迷，立現原形。爬在山坡之上。那王妙善趕奔前來，拉出寶劍說：「我非結果你不可！」方舉劍要剁，只見從那邊來了一位羽士，黃冠玄門之人，年過七旬以外，鬚髮皆白，說：「王妙善，你意欲何為？休走，我結果你！」王妙善一看，吃了一驚，不敢動，駕趁腳風逃走。那老道人並不追趕，過來一拍，悟緣立刻靈機一動，起來給老道叩頭，說：「多蒙真人救護我的性命！若非真人，吾死於那道人之手！未領教仙師，那座名山？何處洞府？尊姓大名？」那道人說：「我參修在小崑崙山藏珍觀，吾乃葉朝元是也。方才追你之人，乃是我的師姪王妙善。他師徒造孽深重，我勸解不過來。我這裡有『定風珠』一顆，送給你拿去破他那旗子。他那旗子，名為『八卦陰風旗』，得天地至陰之氣，最利害無比。有此珠護身，可保無事，回去保護官兵。汝師濟公，不久必來。」說完，把珠子送給悟緣，自己去了。

悟緣見那仙師去了，自己來到軍營之內。鄭總兵早已收兵，妖道也收隊回小西天去了。次日，鄭總兵請悟緣法師一同列隊。那邊花月真人劉長樂、吳長生、王妙善、李妙清四道人，帶八位寨主，五百嘍兵，齊出隊迎敵。喊聲震地，金鼓喧天。到東江岸，王妙善出隊，亮劍作法，口中念念有詞，一陣風忽起忽住，再念咒不靈，暗說奇怪。只見悟緣拉戒刀出來說：「妖道！你休要逞能！」王妙善一聽，氣往上撞，拉「八卦陰風旗」，站在陣前，念了咒一指，那風到悟緣前面，忽然風息；再念咒，還是不靈。王妙善吃了一驚：「不知道這僧得了什麼法寶？把我旗子治住，會不靈了。」自己正無可處，被悟緣掏出「雷火珠」來，照定他打去，只聽「霹靂」一聲，似震雷聲，連火帶雷。那王妙善借土遁逃生去了。悟緣方要向前，用法術治住群賊，只見山坡之上，來了一個老道，口唱山歌而來：

妙妙妙！玄玄玄！絲毫錯處不成丹！悟大道，參玄機，隱洞府，藏深山，禮星拜斗苦修煉，待得密訣授真傳，方成長生不老仙。無量壽佛！善哉！善哉！好個妖僧，休要傷吾門人，山人來也！

悟緣抬頭一看，只見那道人，頭戴蓮花冠，身披八卦仙衣，背插寶劍，手拿蠅刷，面如紫玉，長眉朗目，髮似雪，鬢似霜，神清滿足，來至陣前，說：「妖僧！你是何人？敢傷吾門人，好生大膽！」悟緣說：「吆！對面道人，我看你年已老耄，理應深藏洞府，隱遁深山，好好修煉才是。今日這伙賊人，成群結黨，拒敵官兵，你還敢這樣無知，幫助他等為惡！」蓮花道長戴朝宗哈哈大笑，說：「孽畜！休要逞強，我山人捉你！」方要掏法寶，悟緣一「雷火珠」打去，打得老道三昧火上升，拉出「轉天斬妖劍」，照定悟緣，口中念念有詞，說聲「敕令」，把劍祭在空中。那劍乃上方之寶，永不空發，一道白光，直向悟緣而來。說聲急，悟緣方才要逃，那裡逃走的了，「噗哧」一聲，人頭落地，一股氣直撲西湖三教寺之中，給濟公託夢，求師父報仇。

此鄭大人看的真切，方揮隊進兵捉老道；只見老道把劍一指，一陣狂風，走石飛沙，群賊吶喊追下來，沖開大隊，只殺得天昏地暗，征塵滾滾，官兵敗走玉山縣。總兵鄭元龍，查點人馬，殺死五百餘人，陣亡了兩員副將，那鄭總兵連夜派人去求救。南昌府玉山縣知縣知道官兵敗，叫楊順問道：「此事鬧的甚大，你前番去請靈隱寺濟公禪師，到如今也絕無信息，濟公也未到來。」楊順問：「此事鬧的怎樣？」知縣說明，楊順說：「求老爺放出雷鳴、陳亮，他二人乃是濟公得意門人，要去，定把濟公請來。」葉縣主立刻提出雷、陳二人，給了五十兩銀子盤費。二人叩謝，到外面一問楊順，方知道楊明、柳瑞、趙斌三人在花柳莊上被小西天之妖道，同劉香妙給捉去。雷鳴、陳亮二人，深恨這熏香會之賊，二人立刻起身，向大路直奔臨安而來，曉行夜宿，饑餐渴飲。

這日正往前走，錯過棧道，見前邊路北有一座古廟，來至臨近一看，上寫「古剎靜安寺」，東邊角門虛掩。二人到門外叩門，只見從裡面出來一位羽士，年過古稀七十以外，慈眉善目，身穿月白布大道袍，白襪青鞋，出門外一看二人，問明來歷。那道人說：「我看二位壯士，相貌堂堂，一表非俗。我們廟主不在家，我在這裡看廟，使喚有三四個人，廟主不教容留閒人。我今私自作個主意，請二位到裡邊一敘。」雷、陳二人拱手說：「請！」三人同進山門往北走，由大殿前往西偏之中，北上房三間，讓二人進去，裡邊坐下。陳亮看屋中甚幽雅沉靜，問道：「道爺貴姓？」道人說：「我姓劉，乃本處人，無兒無女，無親故，自己在這廟中當一個火工道。這廟中和尚，有五六朋友，他也常遊山玩水，一去把廟交給我。都知道我誠實，我姓劉，外號叫老實劉，就是好喝兩杯酒，別無過處。我去給二位拿茶去。」他一轉身出去，把洗臉水茶都拿來，又送上四碟素菜，一壺酒，他陪著那雷、陳二人吃酒，說些閒話。問雷、陳二人上臨安，做什麼去？雷、陳說：「我二人去請濟公長老來，幫我等破小西天，給我楊大哥報仇。」劉道說：「我知道你二位是兩個英雄豪傑。」說罷，送上飯來，吃了飯。雷、陳二人道謝安歇，說：「我二人也乏了。」劉道正要告辭，聽見外邊說：「劉道兄快來，廟主回來了，還同著朋友呢！」劉道慌忙出去。到外邊一看，原來是法長和尚。

這廟是三里崗平道院的下院，並無僧人看守，都交給劉道管理。今日金面羅漢法長是從小西天來，還同著劉香妙。只因蓮花道長戴朝宗，劍斬悟緣，殺敗官兵，到小西天，眾人接到大寨之中。狄元紹說：「老仙師！今日大開殺戒，殺了那和尚，倘若濟顛前來，那時可不好！」蓮花道長說：「有我山人，諒也無妨事。」旁有金面羅漢法長說：「無妨，我與濟顛仇深似海，竟等他來，給我徒弟報仇雪恨。我大弟子月明等皆受濟顛所害，我正要報仇，我去到臨安，把他捉來。那位跟我去來？」只見那花臺劍客劉香妙說：「我去同你刺殺濟顛。我知道楊明等那三十六友之中，濟公門人不少。」蓮花道長說：「你二位去，可要小心謹慎才好！」那法長說：「我去永保成功，你等只管放心。」狄元紹給二人擺酒送行。二人出了小西天，各跨征駒，在路上曉行夜宿，饑餐渴飲，這日正走，法長說：「今日住在我那下院古佛寺中倒好。」二人天晚方到廟門外，下馬叩門，出來一個長面大漢，叫劉道快來：「廟主回來了！」法長問：「廟中有何事故？」那人說：「有兩位是玉山縣鏢局之中，往臨安去請濟公的，姓陳、姓雷，住在這裡了，劉道陪著吃飯呢。」法長一聽，氣往上沖，要去到廟內殺雷、陳，且看下回分解。

第二百八十回　雷陳奉命請濟公　張菊助捉劉香妙

話說法長和尚，同劉香妙來到古佛寺山門外，正問那伙計，只見劉道從裡面出來，說：「老和尚回來了，我這裡有禮了！同著這位公子大爺，貴姓高名？」劉香妙通了名姓來歷。法長問：「西院之中，住著什麼人？」劉道說：「尚未睡呢！」法長說：「好！我正要把那玉山縣三十六友殺盡，方稱我心懷。」同著香妙，把馬交給劉道，二人到西院之中一看，並不見雷、陳二人下落。

原來是陳亮聽見那邊有人叫老道，偷聽半晌，方知道是小西天之賊人，連忙告訴雷鳴，二人上房往東逃走。電轉星飛，正往前走，聽見後面那和尚追下來了。劉香妙往西追，和尚往東追了不遠，看見雷、陳說：「呔！兩個小輩別走！我和尚有話問你！」雷鳴料想跑不了，說：「好禿頭！來呀！咱二人分個強存弱死！二太爺偏不跑！」掄刀照定和尚剁來。法長說：「我徒弟月空和尚，被你兩小輩所擒，今日狹路相逢，我焉能容你？捉住你兩個，我回廟細問情節。」口中念念有詞，說聲「敕令」，用手一指，雷鳴翻身栽倒在地。陳亮方轉身逃走，和尚說：「小輩休走！我叫你知道利害！」方一追陳亮，只見那樹上落下一宗物件，正是楊樹葉兒。和尚也不留心，落下那樹葉兒，貼在脖子之上。法長用手一摸甚黏，聞了聞，臭氣直沖，慌忙用手巾揩乾淨了，再找陳亮沒了。抬頭望樹上一看，由上面「嘩啦啦」溺了一泡尿，正澆法長臉上。法長口中念念有詞，正念著，忽然一把白灰，當面撒在法長口臉之上。從樹上跳下一人，一腳把和尚踢倒絪上。

陳亮早從北邊繞回去，攙起雷鳴，走不了，非過三刻才緩過來呢。獨自一人正在著急，怕法長回來，他扛起來往東走，只見有一人正綑和尚法長。陳亮放下雷鳴，過來一看，見那人年約二十以外，穿一身寶藍色衣服，面皮白淨，五官清秀。陳亮問：「尊兄貴姓大名？多蒙救護，我這裡道謝了！」那人說：「陳兄，都不是外人！我乃江北黑狼山九傑八雄之內，我名武定芳。今日從南昌來，在路上聽人傳言，說我兄弟八人都有歸入小西天之內。我心中甚不放心。今日我跟下那和尚，正要捉住他，訪問蹤跡。聽他等說話，我知道你二人是鳳凰嶺的人。來，你我先把和尚結果，摔於山澗之中。」陳亮說：「我聽楊順、柳瑞二人曾與我說過，有一位譚宗旺，入小西天刺賊，至今並無下落。還有一位華元志幫助捉拿劉香妙，後來也探小西天去，至今並無回音。我兄楊明、柳瑞、趙斌，三人在花柳莊，竟被妖道捉去，送往小西天。楊順逃回請兵，知縣因搶法場之事，早稟明上憲，南昌巡按大人，派了一位總兵鄭大人，來破小西天，剿捉群賊。不想打了敗仗，殺傷五百多名官兵。還有一位長老悟緣，在陣前被妖道所斬。我二人是往西湖靈隱寺訪請濟公長老，求老人家來助捉妖道。」武定芳聽了，說：「我大哥三弟，九成死於小西天。我先把這妖僧殺了去。」掄刀一剁，人頭落地。陳亮把死屍摔於山澗之下。

此時雷鳴也站起來，過來與武定芳見禮已畢。三人說：「咱們去捉劉香妙。把他捉住，細問小西天之事。」三人一同往西方，來到廟中，只見劉香妙飛也似趕回來，一見三人，問：「什麼人？快說！」三人說：「我等是找淫賊劉香妙的，你問我作什麼？」劉香妙吃了一驚，心中說：「這三人武藝定然超群，若不然，法長不能敗！我先看看他有多大能為？」拉寶劍過來，向武定芳就剁。武爺擺刀相迎。雷、陳二人拉兵刃向前動手。二人不知劉香妙利害，走了幾個照面，雷鳴刀被削為兩段。雷二爺說：「小心著，可不好！真利害無比呀！我的刀被他削了！」陳亮一失神，被劉香妙一腿，踢了一溜觔斗。武定芳刀也被削，三人往北，慌不擇路。劉香妙說：「你三人一個休想逃走！我捉你等，問和尚的下落！」

追著往北，三人竟走了有五六里之遙。前面一個山口，陳亮等進了山口不遠，只見正北一帶高山，並無上山出山之路。往東西也有山，相離甚遠。陳亮說：「不好！咱們走到這裡，是一個死山口，並無出路！這便如何是好？」武定芳說：「前邊有座古廟，你我三人進廟躲避。」三人急忙跳過院牆一看，路北一座大廟，周圍是牆，有東西配房。西配房之下有椅子，上邊端坐一位和尚，閉目養神，年已古稀，身穿破衲袍。陳亮忙說：「和尚救命！後邊有人追我！」那和尚說：「老僧耳聾，眼花多病，這廟中別無房，這山是牛角山，只有進來一個山口，並無出去的道路可通，你三人快走，別給老僧招事！」三人說：「我們躲在大殿裡去罷。」

三人進了殿，把門關上。只見院中有人說：「怪道那三人莫非上了天啦？我追至此廟不見，待我進廟去找，看個水落石出。」到院中，只見那和尚在那裡，他用劍一指，說：「僧人！你快快說：方才有三個人，是藏在那裡？」和尚睜眼一看說：「善哉！善哉！老僧年已衰邁，耳聾腿遲，尊駕持劍而來，所因何故？」劉香妙大聲說：「我問你那三個藏在那裡？」和尚說：「施主得放手時且放手，我與你講個善緣，不可趕盡殺絕，負上天好生之德！」劉香妙聽了說：「和尚，你要找死，我一劍把你殺了！你與我講什麼善緣？我告訴你，老爺劍下殺人多了，今日我適追三個仇人，你敢藏在廟中，還要與我胡言亂語，真乃可惱！」老和尚說：「施主別生氣，那三人是不該死之人，今來藏在我這廟中；要是該死之人，老僧也不管。你不要怪老僧，我告訴你，你要捉不著，你可就走不了啦！」劉香妙說：「放屁！快說！」那和尚並不生氣，說：「好！我給你一個準信，你去捉罷！他三人都在正面大殿之內。」陳亮聽了，嚇得渾身是汗，遍體生津，說聲：「不好！此時我三人要遭毒手了！」那劉香妙哈哈大笑，方要轉步，聽見房上有人答話說：「劉香妙，你今日又來這裡施威，我要往小西天找你，給我朋友報仇，不想今日在此遇見！這也是你飛蛾投火，自來送死！」跳在院中。劉香妙抬頭一看，只見那人年約二十以外，是一位武生公子模樣，俊品人物，手執寶劍。

來者非別，乃是小劍客蓋天俠菊文龍。自那日在花柳莊，被妖道陶玄靜捉住，放在西廊之下，有人往後院送信。那花中秀有一個胞妹，名花似玉，這裡住著兩個姑娘，一位九聖仙姑李彩秋，一位柳士宏之妹柳如仙。李彩秋自從三傑村出事，逃在這裡，他與這花似玉，柳如仙是乾姊妹。今日聽前頭一亂，他知道他三位兄長遇救啦。他暗中一看，內中有小劍客，他見賊人救火去，盜了寶劍，挾起菊文龍來往外走。逃出有十數里之遙，路北一座古廟，此時小劍客緩醒過來，睜眼一看，認識是李彩秋，把他放在臺階之上，把繩扣解開，說：「情郎你薄情，奴家父母早喪，我兄弟結交匪人，我與你也是前緣！今日若非我呀，你早作泉下之人。這是你的寶劍，給你罷！」小劍客千恩萬謝，說：「姑娘，我亦奉父命定下親事，把你安置何處？你兩次救我，我本不是無心之人。」李彩秋說：「我作你次妻，有何不可？」菊文龍說：「這裡一座尼僧廟，你我進廟見了廟主，我把你暫寄在此處，候我回來，稟明我父親，再來接你，行不行？」李彩秋說：「好！」二人方要叫門，聽見裡邊一片聲喧，二人上牆一看，只見那邊西院之中有二人動手。

書中交代：動手之人，一個在家壯士模樣，一個老道，手執寶劍，這二人正是小西天著名之賊。那穿白壯士，乃逍遙鬼王洞，那道人是自在仙賽純陽呂良。他二人自山寨盜了素秋，逃這廟中，有一老尼，年已八旬，名叫妙修，乃是綠林女賊出身，自己悔過出家，唪經念佛，吃齋行善。今見這二人扛一女子前來，說：「阿彌陀佛！善哉！善哉！你二人這是什麼事？快說來！」呂良說：「老師父請了！我帶來這女子，與我有金玉良緣之分，今來此地借兩間房住，我如數多給房錢。你老人家已知道我的事，故此來投奔。」王洞聽了，一語不發，心中暗算：「我把此女得來他成親，也倒不錯。我一惱全把殺了。」那老尼問素秋：「是怎麼回事？從那裡來的？」素秋哭的淚如雨下，說：「我是遇難之人，流落煙花，立志死節。不想遇見周魁公子，給我贖身，家有嚴親，不能自主，暫在勾欄院棲身。他等殺死周公子，把奴家搶來。今日你二人一刀，把我殺死，我死於九泉之下，好去見周公子之面。」呂良說：「你好糊塗，周公子好，已然是死了，你又應該如何呢？依我說，你我吃喝樂由你，且我有的是金子。」素秋說：「你既不殺我，須從我一件，我給周公子穿孝二十一天，脫去孝服，再議成親。」王洞說：「你我成親，年歲亦相當，有何不可？」呂良說：「兄弟，你怎麼與我爭起來了？我與素秋成親，再找給一個好的，管保你心滿意。」王洞說：「道兄年紀半百，又是出家之人，我與素秋成親之後，我給你找一個好的就完了。」呂良說：「賢弟好辦，咱慢慢議論。把素秋交給老尼看守，別叫尋了短見，依你給周公子穿二十一天孝服。」呂良心中有害王洞之心，王洞暗有害呂良之心，這二人出來偷盜銀錢貨物，給素秋無數衣服。

這日呂良說：「素秋，我教給你幾句話，你若聽了，跟我享不盡之福；你要跟了王洞去，他得一望二，有新棄舊，心性不良，脾氣又大，瞪眼殺人。明日我二人若要問你，願意合誰成親，你就說願意合道爺，他也不能爭論了。」素秋心中恨這伙賊入骨，口中不語心中說：「我須如此這般，這等這樣。」想罷，說：「仙長年歲雖然大點，脾氣又好，語言和氣，奴家有福得遇真人，只要守過二十一天之服，我心也盡到了，我不會忘恩負義。」呂良說：「好！」從此什麼吃的、喝的、用的，老道真盡孝心，他母親都沒有享過福，他都沒有這般孝順過。那王洞也是聽素秋的口氣，要一奉十，百般殷勤，投其所好。

書中交代：那素秋暗藏尖刀一把，給老尼叩頭為師，情願削髮為尼，方稱胸中之志。暗地裡對王洞說：「我看那呂良，老不要臉，他還想與我成親，結為夫婦。奴家瞧見他，心中就不樂，你要設法把他治了，我才好與你作天長地久之夫妻。」王洞心中深喜，信以為然，暗有害呂良之心。這日已到二十一日，正是素秋除服之日，老尼給治了一桌菜，是一桌海味雞鴨席，把酒擺上。王洞去煖酒，暗暗下了蒙汗藥，來到席前，給呂良斟上。他也斟上，給素秋斟上，說：「喝！」呂良一看，那酒透渾，身在床上，不好動身。他一伏跳下去，拉出寶劍動手，說：「王洞，你喪盡天良，暗用毒計來害我。」王洞說：「呔！小輩，你敢說此大話？」二人出去，在院中動手。二人爭風，殺在一處。

小劍客同李彩秋二人進來說：「別動手！」王洞一看李彩秋，生的俊美，他方要問：「你是何人？快通名來！」素秋在屋中一看，進來一男一女，男的是菊文龍，一照面，把妖道劍削為兩段。妖道方要逃走，被小劍客一腳，踹了一個觔斗，就勢綑上。那女子用「囊沙迷魂袋」照定王洞一摔，王洞倒下被綁。小劍客同那女子，到屋中一見素秋一問，那素秋述說前情。菊文龍聽了深喜，說：「可好！那女子！你不要害怕！我名菊文龍，連這兩個賊人，同你送到玉山縣去，然後我稟明我父親，接李氏回來，探小西天去，訪楊兄生死下落。」彩秋答應。那素秋把藥酒倒下，換了好酒，二人酬勞道謝。小劍客說：「你雖然煙花柳巷之人，尚有這樣貞潔，我心中佩服你，把這案完了，應該如何呢？」素秋說：「我給周公子報了仇，我一定出家，了卻終身之願。」小劍客向李彩秋說：「我感你救命之恩，我要稟明父親，他要不應允該如何呢？」李彩秋說：「我在這裡帶髮修行，候你自主之時。」菊文龍說：「好！你當真有那樣，我必不負良心！我要負心於你，叫我死於亂刀之下！」那李彩秋說：「不要胡亂發誓，你我各憑心地，奴家此時，又無至親，又無骨肉，孤苦零丁一個人。」素秋聽到此，不由的兩眼垂淚，說：「咱二人是流淚眼觀流淚眼，斷腸人遇斷腸人！奴家也是啞子漫咀黃連味，難將苦況對人言！」

三人說話之間，老尼妙修進來，一看，不見王洞、呂良，只見一美少年，又同一女子，與素秋談話。他一問方才之事，始知就裡。直到天明，雇了一輛車，連素秋與王洞、呂良，一同帶送到玉山縣，叫振遠鏢局之人，出首到衙門。他回隱賢村中，不見了父親與表兄，到後一問，妹妹菊靜仙說：「爹不放心，去找你去了。」小劍客叫老家人菊遠年照看家物，自己到處尋訪父親去了。

是夜月明如晝，自己正走之際，忽見一人，飛也似趕由前邊往北去了，猛看好像劉香妙。尾隨後邊，正走到這座廟前，往裡一看是隱珍寺。來到上房，正值劉香妙與老僧發威，菊文龍拉劍跳下去，說：「我『踏破鐵鞋無覓處，得來全不費工夫』！我正想找你，給朋友楊明、柳瑞、趙斌報仇，不想你正在這裡。」擺劍就劈。劉香妙一看，吃了一驚，一想：「在花柳莊上已捉住他，不知被何人救去？今日狹路相逢，我要留神，恐遭毒手，這廝善會點穴之法！」想罷，說：「菊文龍，今日劉二太爺不能與你干休善罷！咱二人分個強存弱死！」擺劍向前，二人殺在一處。大殿之內，那武定芳同雷、陳出來，說：「對面這位朋友方才你說話，我等皆聽明白了。我叫武定芳，那二位雷鳴、陳亮，乃楊明義弟，要請濟公，至半路遇這劉香妙，同妖僧法長，已被我等把妖僧殺卻，這賊人寶劍，削了我與雷鳴的刀，今日理應過去幫助，無奈沒有順手兵刃。」小劍客說：「三位不必過來，我自捉他。你三人等著細罷。」

陳亮知道劉香妙利害，恐怕他跑了，蹲在旁邊，冷不防一刀扎去。劉香妙手急眼快，往旁邊一閃。雷鳴是個急性人，他手中並無兵刃，東睜西看，只見那山門之內，立著一根門閂，他跑過去，抄起那門閂來，向當中一跳，說：「哇呀！好劉香妙，你往那裡走？」那劉香妙一見勢情不好，跳出圈外，往東就走，小劍客跳出圈外，一直追下去了。武定芳三人，在後正走之際，東邊有一道小河，當中是一座小橋，有二丈多長，寬約一尺有餘。劉香妙正往東跑，只見那東邊橋頭之上，站立一位老翁，頭戴鴨尾巾，面如晚霞，身穿藍箭袖袍，鵝黃英雄氅，濃眉大眼，一部銀髯，手扶拐杖，正擋住劉香妙去路。那賊人瞪目殺人，用劍一指，說：「老兒躲開，我來也！要不躲開，我畢你命！」話方完，已到近前，見那人不躲，他掄劍就剁。那老人一縱身，躥至他背後，用手一分，劉香妙二臂骨縫離開，生擒過來。大家會齊，一面往玉山布置，一面雷、陳一行往臨安請得濟公。後來會齊官軍，圍剿小西天，大破熏香會，楊明等裡應外合，不消幾日大功告成。一把火燒了小西天匪窟，又連破各地分窟。掃蕩清淨，國泰民安，眾英雄也都有升賞。正是：「多難多險，幸喜大慈伏法；為國為民，共拜活佛靈光。」濟公傳全集就此告一結束。

水滸傳

施耐庵／撰　羅貫中／纂修　金聖嘆／批　繆天華／校注

梁山泊一百零八條好漢嘯聚的故事，自南宋以來即流傳於世，後經文人綴集成長篇小說《水滸傳》。書中最大的特色，在描寫事件、人物深刻佳妙，栩栩如生，且情節鋪陳布局極為緊湊，引人入勝。讀《水滸傳》，看草澤英雄行俠仗義，為世人發不平之鳴，是何等大快人心！本書採用通行最廣的七十回本，並附有金聖嘆批語和詞語方言注釋，陪您一路痛快地造訪水滸英雄！

兒女英雄傳

文康／撰　饒彬／標點　繆天華／校注

《兒女英雄傳》是平話體的小說，作者摹擬說書人口吻來寫，使得小說中的對話特別流利、漂亮。內容旨在揄揚勇俠，讚美粗豪，以智勇兼具的十三妹為主角，前段行俠仗義，英姿煥發；後嫁為人婦，顯出其兒女情態，英雄與兒女之概，備於一身。而書中更可見當時的官場與科舉文化，是一部難得的俠義寫實小說。

七俠五義

石玉崑／原著　俞樾／改編　楊宗瑩／校注　繆天華／校閱

《七俠五義》一書以「正義」為主線，敘述包公斷案及俠士們行俠仗義的故事。看北俠歐陽春、南俠展昭等七俠，以及陷空島五義如何除暴安良，大快人心，如何輔助包公、顏查散等清官，成為法律的守護神，是一部不容錯過的公案俠義小說。

小五義

清・無名氏／編著　李宗為／校注

本書是《三俠五義》的續書。前四十回情節主要是描述白玉堂誤入銅網陣而死，蔣平、智化等人到君山盜取其骨殖，並用計收服了君山寨主鍾雄；四十一回之後以破銅網陣為綱，而又穿插沈仲元挾持巡按顏查散而眾俠分頭找尋的故事，在這過程中依次引出諸俠的後代小五義。武打場面驚心動魄，鬥智情節扣人心弦，全書精彩不斷，高潮迭起，值得一讀。

楊家將演義

紀振倫／撰　楊子堅／校注　葉經柱／校閱

楊家將故事如木桂英掛帥、四郎探母、三岔口等早已廣泛流傳，家喻戶曉。清代以降，以楊家將故事為題材的京劇和地方戲劇不下百種，大都取材自小說《楊家將演義》。書中以楊繼業祖孫五代與入侵的遼和西夏人英勇戰鬥、前仆後繼的事蹟為主軸，雖然事件紛繁，但鏡頭集中，人物形象突出，情節描述有條不紊、生動傳神，值得再三玩味。本書以明清諸多刊刻本詳為參照校注，內容嚴謹可靠。

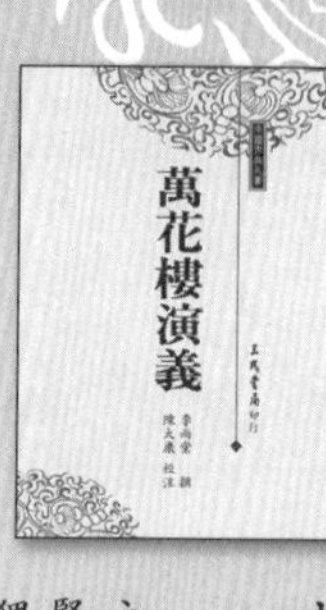

萬花樓演義

李雨堂／撰　陳大康／校注

《萬花樓演義》為楊家將故事的續書、《五虎平西》故事的前傳。以英雄狄青從出身到發跡的傳奇經歷為主線，穿插包公查明狸貓換太子案、朝廷顯貴圖謀龍馬、龐孫奸黨謀害忠良等精彩故事，人物形象鮮明、情節緊湊、高潮迭起，每每令人欲罷不能、拍案叫絕。它將歷史演義與公案小說巧妙結合成一體，某些情節，例如狸貓換太子，更影響後世小說戲曲作品。

粉妝樓全傳

竹溪山人／編撰　陳大康／校注

《粉妝樓全傳》是清代中葉一部家喻戶曉的小說。主要描寫唐代開國功臣之後與奸相沈謙的鬥爭，並穿插青年男女之間的愛情故事。復仇的主線與愛情的副線相互交織，而大故事中套著小故事，小故事又引出大故事的構思，也使得作品情節環環相扣，波瀾橫出，扣人心弦。再加上風格樸實粗獷、語言明白曉暢等民間說唱藝術特色，更能吸引一般大眾。

七劍十三俠

唐芸洲／著　張建一／校注

《七劍十三俠》是一部以明代武宗年間，寧王朱宸濠叛亂一事為背景，寫七子十三生如何鏟奸除惡，並助明武宗平定宸濠之亂的歷史俠義小說。作者採用虛實交錯的手法，將歷史與想像結合，故事高潮迭起，尤其七子十三生與妖道鬥法，場面刺激、變化萬千，讀來讓人不忍釋卷。本書以善本相校，難解詞語注釋詳盡，書中所提歷史制度、人物事件則皆有說明，十分便於閱讀。

包公案

明・無名氏／撰　顧宏義／校注　謝士楷、繆天華／校閱

《包公案》是部專講宋朝名臣包拯斷獄故事的公案小說，其中樹立起包拯廉潔奉公、明察秋毫的清官形象，大為深受貪官污吏之害的百姓歡迎，故能廣為流傳，歷久不衰。作為中國第一部公案小說集，本書為清朝大量出現的公案俠義小說開了先河，對研究公案小說與公案劇的故事演化，有著重要的參考價值。本書以清代翰寶樓刊本為底本，冷僻詞語、典故並有注釋，便於讀者閱讀理解。

說岳全傳

錢彩／編次　金豐／增訂　平慧善／校注

北宋靖康年間金兵入侵，宋朝皇帝無能加上權臣誤國，社稷岌岌可危，一代名將岳飛便是在這樣的背景下躍上歷史舞臺。本書從大鵬轉世、岳飛誕生寫起，精彩鋪陳岳飛一生轟轟烈烈的英雄事蹟。全書高潮迭起，兼顧史實與小說的技巧，是一部引人入勝、涵義深遠的文學作品。本書正文以乾隆餘慶堂刻本為主，另校以二種清刻本，引言與考證對於岳飛史實和相關文學創作，並有深入的評析。